Wolfram Adolphi

CHINAFIEBER

Wolfram Adolphi

CHINAFIEBER

中

Novitäten & Raritäten
NoRA

Die Personen des Romans sind – mit Ausnahme historischer Gestalten wie Sun Yat Sen, Sung Tsching Ling, Sung Mei Ling, Mao Tse Tung, Tschou En Lai, Tschiang Kai Schek und Adolf Hitler – frei erfunden. Für viele ihrer Ansichten und Handlungen gibt es jedoch historische Vorbilder, deren Denken und Tun in der Literatur der Zeit, in Erinnerungstexten und in Akten, die in den Archiven in Berlin, Nanking und London lagern, überliefert ist.

Das chinesische Zeichen auf dem Buchtitel lautet »zhong« (gesprochen: dschung) und bedeutet »die Mitte«. Es ist die erste Silbe des Wortes »zhongguo« (gesprochen: dschungguo), das auf Deutsch »Reich der Mitte« oder auch »Land der Mitte« bedeutet und nichts anderes ist als die Landesbezeichnung Chinas auf Chinesisch.

Die Karte am Ende des Buches ist zeitgenössischen Darstellungen nachgestaltet.

ISBN 3-86557-012-7

1. Auflage

Torstr. 145, 10119 Berlin
Tel.: 030 20454990 Fax: 030 20454991
E-mail: kontakt@nora-verlag.de
Web: www.nora-verlag.de

Druck: GGP media on demand, Pößneck
Printed in Germany

Kapitel 1

Das Schiff, mit dem Paul Kleinert zügig nach Tientsin zu gelangen hoffte, blieb im Eise stecken, und damit hatte er nicht gerechnet.

Natürlich wusste er aus den Erzählungen erfahrener Chinareisender, dass mit dem nordchinesischen Winter nicht zu spaßen war, aber dieser Januar des Jahres 1930 trieb es wohl doch besonders arg. Tag für Tag strahlte die Sonne gleißend vom makellos blauen Himmel, ohne dass die Quecksilbersäule des Thermometers am Steuerhaus des kleinen japanischen Küstenliners »Saitsu Maru« die Null Grad Fahrenheit zu überschreiten vermocht hätte. Kleinert hatte einige Mühe, dies in die zu Hause gewohnten Temperaturangaben umzurechnen. Heftige minus 18 Grad Celsius waren das also – und dazu wehte ein beißender Nordwind, gegen den auch die sibirische Pelzmütze und der dicke Fellkragen des schweren Wollmantels, den er noch kurz vor der Abreise erworbenen hatte, kaum richtigen Schutz boten.

Der Blick von der Reling war nicht ermutigend. Der Paiho, der Tientsin mit dem Ozean verbindet, war beileibe kein kleiner Fluss – aber es fehlte ihm doch an Strömungskraft, als dass er sich lange gegen den harten Frost hätte behaupten können. Obendrein war er so versandet, dass die großen Handelsdampfer selbst im Sommer den Weg nicht bis in die Stadt finden konnten, sondern weit draußen im Meer vor der Mündung ankern und ihre Last dort an kleinere Küstenschiffe übergeben mussten. Wo also sollte da jetzt, im frostklirrenden Januar, eine offene Fahrrinne herkommen? Kalt und grau breitete sich das Eis, und kalt und grau und braun dahinter das Ufer. So wolkenlos der Himmel war, so schneelos war die winterlich erstarrte Landschaft. Wenn es hin und wieder doch ein wenig geschneit haben sollte, so hatte die trockene Luft das dünne Weiß in wenigen Stunden hinweg geleckt. Was blieb, waren kahle, krustige Äcker, dürre Bäume und in sich verkrochene, den Feldern und Wegen an graubrauner Färbung trostlos gleichende Gehöfte.

Später würde Kleinert erfahren, dass das alles auch ganz anders aussehen konnte. Im Mai würden wenige Tage von Hitze und Feuchtigkeit genügen, um aus der lehmigen Kruste dichte Teppiche von Grün hervorzuzaubern. Großblättrige, blütengeschmückte Ranken würden die Mauern erklimmen, mit denen die Vierseithöfe zur Straße hin ihr Inneres verbargen, dichtes Gesträuch würde die flachen Wohnhäuser und Stallungen überwuchern, auf den Feldern würden Kohl und Hirse um die Wette wachsen, und der Sommer würde sich so feucht und schwül zeigen, dass man zuweilen glauben mochte, man sei in subtropische Gefilde geraten. Überall in den Dörfern wären die Stimmen spielender Kinder zu hören, Hunde und Schweine würden in trauter Gemeinschaft die Wege und Gassen bevölkern, und von den Höfen klänge durch die offenen Tore, hinter denen in pfadbreitem Abstand noch eine Sichtmauer vor unerwünschtem Einblick schützte, das Trällern und Zirpen der Singvögel in ihren Käfigen aus Bambusstäben. Der Paiho wäre freilich auch dann kein besonders freundlicher Fluss. Wie eh und je würde er das Abwasser der an seinen Ufern gelegenen Siedlungen aufnehmen und entsprechenden Gestank verbreiten.

Und doch – er wäre wenigstens lebendig. Und nicht tot und lähmend wie jetzt. Kleinert war ungehalten. Den dritten Tag lagen sie schon im Eis, und in Tientsin wartete Arbeit.

Wie die genau aussehen würde, wusste Paul Kleinert allerdings noch nicht zu sagen. »Wir haben Sie dort draußen als Praktikant avisiert«, hatte ihm Gottfried Rieckmüller in Berlin mit auf den Weg gegeben, »und damit haben Sie nicht nur das Recht, sondern die Pflicht, neugierig zu sein. Schauen Sie sich gründlich um! Lassen Sie sich zeigen, was die deutschen Handelskammern treiben, statten Sie den Handelshäusern Besuche ab, hören Sie zu, was man Ihnen über die Verhältnisse im Lande erzählt und bauen Sie sich ein paar Kontakte auf, mit denen Sie in den nächsten zehn, zwanzig Jahren etwas anfangen können.«

Das war alles recht allgemein gewesen, aber Rieckmüller hatte ihn beruhigt. »Nun machen Sie sich mal keine Sorgen, dass Sie plötzlich verloren gehen könnten! Wir würden doch nicht das Geld für Ihre Reise investieren, wenn wir dort nicht Gewährsleute hätten, die bereit sind, Ihnen die notwendigen Wege zu ebnen. Aber«, hatte er fordernd hinzugefügt, »wir rechnen natürlich auch fest mit Ihrer Eigeninitiative! Und darauf, dass Sie Zufälle für sich zu nutzen verstehen. Unsere Landsleute, die dort draußen seit Jahren und Jahrzehnten zu Hause sind, freuen sich, wenn sie mal wieder ein neues, unverbrauchtes Gesicht wie das Ihre vor sich haben. Also seien Sie ganz sicher: Über Langeweile werden Sie nicht zu klagen haben.«

Nun denn, dachte Kleinert, hoffentlich behält er Recht – dieser Gottfried Rieckmüller, der selbstbewusste, stets in feines Tuch gekleidete und gewandt und sicher auftretende Prokurist der »Maschinen und Motoren Import- und Exportgesellschaft m.b.H.«, deren Kürzel »Mamo Impex« zwar nicht zu den besonders bekannten Firmennamen in Deutschland gehörte, aber dennoch erstaunlich viele Türen in Banken und Ministerien zu öffnen vermochte.

Das hatte Kleinert lange gewundert, aber dann hatte er gemerkt, dass es nicht immer die Größe eines Unternehmens sein musste, die zählte, sondern dass man Größe auch mit Konzepten wettmachen konnte – und da hatte die Mamo Impex tatsächlich keine schlechten Karten. Denn ihre Pläne setzten nicht einfach auf das Übliche, Gewohnte, sondern – wie Rieckmüller gern und häufig verkündet hatte – auf Umbruch, auf Veränderung. Man war auf Bedeutenderes aus als nur die Fortsetzung der Geschäfte der großen Hamburger und Bremer Handelshäuser – egal, ob sie nun Buckowitz, Garbsen oder Schröder & Tackelmann hießen. Natürlich – auch das war Rieckmüller nicht müde geworden zu betonen – hätten sie ihre Meriten, diese mit allen Wassern im Chinageschäft gewaschenen Firmen, seien nicht wegzudenken aus dem Handel mit seltenen Erzen und mit Seide und Trockenei, Soja, Knochenmehl oder Ziegenhaaren, und kaum eine der bisherigen Lieferungen deutscher Maschinen und Ausrüstungen an chinesische oder chinesisch-deutsche Industrieunternehmungen hätte ohne sie auf den Weg gebracht werden können. Nein, unterschätzen dürfe man das auf gar keinen Fall. Schließlich fuhren in mancher chinesischen Großstadt bereits deutsche Straßenbahnen, machten deutsche Kanonenhersteller erfolgreich Geschäfte mit den untereinander verfeindeten chinesischen Kriegsherren, und die deutsche Farbenindustrie war drauf und dran, im Wettlauf um die Befriedigung des mit geradezu atemberaubender Geschwindigkeit wachsenden Bedarfs des 400-Millionen-Volkes an billigen Baumwoll-Färbemitteln an die Spitze zu preschen. Also: Da tat sich etwas, woran sich das von Reparationszahlungen geplagte Nachkriegsdeutschland endlich einmal gütlich tun konnte. Um über die Hälfte waren die deutschen Exporte nach China in der Zeit von 1927 bis 1929 gewachsen.

Aber Rieckmüller und die anderen Mamo-Impex-Leute hielten sich zugute, sich nicht nur in diesen Geschäften auszukennen, sondern auch etwas von Politik zu verstehen. Und deshalb reichte ihnen das Bisherige nicht aus. War China nicht auf dem Wege, sich allmählich aus den Wirren der Bürgerkriege zu lösen? Hatte nicht mit Tschiang Kai Schek ein Mann in der neuen Hauptstadt Nanking die Macht übernommen, der in der Lage schien, die Zügel fest in die Hand zu nehmen und die ewigen Ränke zwischen den Provinzfürsten in den Griff zu bekommen? Und hörte man nicht hier und da, dass die england- und frankreichfeindlichen Stimmungen in China stärker wurden?

Aus einer solchen Situation – so hatte Rieckmüller seine Geschäfts- und Konzeptpartner immer wieder beschworen – musste doch etwas zu machen sein! Man musste sie nur richtig deuten, die Signale, die da aus China kamen. Musste begreifen, dass der neue starke Mann Chinas dann, wenn er sich endgültig behaupten wollte gegen seine noch immer zahlreichen chinesischen Konkurrenten und gegen den wachsenden japanischen Druck, dringend auf ausländische Hilfe angewiesen war. Denn es fehlte ihm doch an allem, diesem Tschiang Kai Schek: an modernen Waffen sowieso, aber auch und vor allem an einer Industrie, die ihm diese Waffen im eigenen Land zu produzieren vermochte. Wer konnte da ein besserer Partner sein als Deutschland? Freilich – wenn man sie ernst nahm, diese Aufgabe, dann würde es um eine Sache nicht von Wochen oder Monaten gehen, sondern von Jahren, ja Jahrzehnten, und es wäre darum – Rieckmüller war an dieser Stelle seiner Rede meist besonders eindringlich geworden – ganz gewiss unklug, diese Dinge nur den Zufällen des Marktes zu überlassen. Nein, da musste etwas anderes her – ein Vertrag, der für lange Zeit Stabilität und Sicherheit bot. Beiden Seiten, natürlich! Denn sie ergänzten sich doch so prächtig – die chinesischen und die deutschen Wünsche. Tschiang brauchte Waffen und Industrieanlagen – die Deutschen brauchten einen stabilen Absatzmarkt. Tschiang musste die Waffen und Anlagen bezahlen – die Deutschen brauchten Rohstoffe, deren Bezug sie gern in zuverlässige, planbare Bahnen gelenkt sähen.

Auf solche neuen, noch unerprobten Wege müsse man sich begeben, hatte Rieckmüller ihm, Kleinert, nach jedem der Gespräche, zu denen er ihn mitgenommen hatte, eingeschärft – und Kleinert hatte keine Mühe, dazu bereit zu sein. So bereit, dass ihn das hinterzimmerisch Verschwiegene seiner Auftraggeber weder besonders erschreckt hatte noch wirklich störte. Was war denn so Besonderes dabei, dass das Kontor der Mamo Impex auf einem Hinterhof residierte? Und wieso sollte Kleinert sich wundern, dort Leute anzutreffen, die ganz im Vertrauen darauf hinwiesen, dass sie sich hier zwar mit Lieferterminen, Schiffsabfahrten und Quartalsbilanzen herumschlugen, einst aber hohe militärische Ränge bekleidet hatten? Und vielleicht dereinst auch wieder bekleiden wollten?

Das alles war für das Berlin der Weltwirtschaftskrise und das Deutschland der Versailler Verträge doch normal. Firmen wurden gegründet und machten rasch wieder Pleite, und wer nicht in der eigenen Immobilie wirtschaftete, war den Launen des Marktes doppelt und dreifach ausgesetzt – da konnte eine bescheidene Bleibe auf einem dritten Hinterhof manchmal mehr Sicherheit bieten als eine prunkvolle Beletage in nur scheinbar bester Geschäftslage. Und dass die Offiziere und Generäle des Weltkrieges irgendwie Beschäftigung finden mussten, war doch auch kein Geheimnis. Da war, fand Kleinert, ein Unterkommen in der Wirtschaft noch tausendmal besser als jenes dumpfheimliche Kriegsgespiele auf pommerschen und ostpreußischen Truppenübungsplätzen, von dem zuweilen oppositionelle Zeitungen berichteten.

Nein, Paul Kleinert war nicht gesonnen, sich von zweifelnden Mutmaßungen beeindrucken zu lassen. Er war gerade dreißig geworden und überglücklich, dieses Angebot, nach China zu reisen, erhalten zu haben. Genau dafür hatte er gearbeitet in den vergangenen Jahren, hatte sich Abend für Abend nach seinen Vorlesungen und Seminaren im Fach Volkswirtschaft in die Charlottenburger Studentenbude zurückgezogen, um mit der Hilfe eines schon in die Jahre gekommenen chinesischen Kleinhändlers, der auf diese Weise das karge Einkommen der Familie etwas aufbesserte, Chinesisch zu lernen, und er hatte sich manchen Umtrunk mit Freunden versagt, weil er das Geld lieber in Bücher über China steckte.

In die Wiege gelegt worden war ihm dieses Interesse am Reich der Mitte ganz und gar nicht. Wie denn sollte es auch geschehen sein – damals, in dem mitteldeutschen Industriestädtchen L., in dem der Vater beim Bau eines großen Chemiebetriebes als Ingenieur Karriere machte, während die Mutter ganz so, wie es in dieser Welt der Beamten und Angestellten üblich war, den Haushalt führte: sorgsam die kleinen Reichtümer behütend – die beiden gut bestückten Bücherschränke und die schwere Sesselgruppe im Arbeitszimmer und das

Klavier und das Biedermeier-Vertiko in der gemütlichen Wohnstube –, mit Hingabe den winzigen Hausgarten bestellend und glücklich davon zehrend, dass der Mann heil aus dem großen Krieg von 14/18 zurückgekommen und ihr einziger Sohn an einer Einberufung gerade noch vorbeigeschrammt war.

Nein, Paul Kleinert war alles andere als der Typ des entschlossenen, vor nichts zurückschreckenden Weltenfahrers. Nur mittelgroß von Wuchs und fast schmächtig, mit schon schütterem aschblondem Haar und einem weichen, durch die graugrünen Augen noch zusätzlich milde gestimmten Gesicht machte er viel eher den Eindruck eines Mannes, der sich möglichst ohne Risiko hinter dem Schreibtisch eines kleinen Büros in andauernde Sicherheit bringen wollte. Und so hatte sein Weg eigentlich auch begonnen: Nach solide absolvierter kaufmännischer Lehre hatte er im Sommer 1922 dem Paradies familiärer Geborgenheit nur widerwillig den Rücken gekehrt, war auf Drängen des Vaters, der sich dort einst seine ersten beruflichen Sporen verdient hatte, nach Berlin gegangen, hatte nach ängstlichem Zögern eine Anstellung in einer Textilhandlung gefunden und im Jahr darauf – fast überraschte es ihn selbst – sogar den Mut aufgebracht, sich an der Technischen Hochschule zum Studium einzuschreiben. Naturwissenschaftliches oder Ingenieurtechnisches wie beim Vater war seine Sache nicht – aber Volkswirtschaft, das schien ihm machbar und lohnenswert.

Und dann war plötzlich China ins Zentrum seines Interesses geraten. Kleinert, an der Reling stehend, musste lächeln. Würde sie ihm irgend jemand glauben, diese Geschichte, wenn er sie erzählte? Diese Geschichte der Zufälle und Überraschungen? Aber so war sie gewesen – so und nicht anders –, und so hatte sie ihn – so unglaublich es ihm auch manchmal selbst vorkommen mochte – schließlich hierher getragen, auf diesen grauen, vereisten Fluss irgendwo im chinesischen Norden.

Denn nichts anderes als ein Zufall war es doch gewesen, dass er in einer Nebenstraße des Kurfürstendamms plötzlich vor einem Antiquariat stehengeblieben und dann sogar hineingegangen war, und ganz gewiss hätte er den schwer und bedeutungsvoll in der Hand liegenden Goldschnitt-Band von 1901 mit dem Titel »Dreiunddreißig Jahre in Ost-Asien« nach kurzem Durchblättern wie so viele andere Bücher zuvor einfach ins Fach zurückgestellt, weil ihn nicht so sehr der Inhalt, sondern vielmehr die Aufmachung interessiert hatte, wenn – ja, wenn ihn eben nicht im gleichen Augenblick ein junger Mann im korrekten dunklen Anzug angesprochen hätte – ein Mann, der, wie an der Farbe des kurz geschnittenen, exakt gescheitelten Haares und am Augenschnitt unschwer zu erkennen gewesen war, in jenem Teil der Welt zu Hause war, auf den das Buch gerade seine Aufmerksamkeit gelenkt hatte. Schon eine ganze Weile – Kleinert hatte es aus den Augenwinkeln heraus beobachtet – war dieser Mann mit ähnlicher Ziellosigkeit durch die Buchreihen gestreift wie er selbst. Nun, da er gesehen hatte, wofür sich Kleinert interessierte, war er in fast fehlerfreiem Deutsch mit der Frage an ihn herangetreten, ob er denn mehr wisse über den Verfasser dieses Buches, diesen Max von Brandt? Nein, hatte Kleinert gestehen müssen, gar nichts. Und ob er sich denn ansonsten mit China befasse? Nein, auch nicht. Aber ob das nicht eine gute Gelegenheit sei, es einmal zu versuchen?

Kleinert hatte so überrascht wie neugierig zugestimmt, das Buch rasch und unverpackt in seine Aktentasche gesteckt, den neu gewonnenen Bekannten in ein Café gezogen und – nachdem die üblichen Höflichkeiten ausgetauscht waren – staunend zugehört, wie gewandt und sicher dieser Herr Hsü, der seinen vollen Namen mit Hsü Tao Lin angegeben hatte, daran gegangen war, über Deutschland und China zu reden.

Max von Brandt, so hatte er doziert – und ein kleiner Akzent hatte den pathetisch vorgetragenen Sätzen so sehr die Schwere die genommen, dass Kleinert immer wieder hatte lächeln müssen – sei achtzehn Jahre lang, von 1875 bis 1893, deutscher Gesandter in China gewesen. Damit habe er – ja, so könne man das wohl sagen – an der Wiege moderner politischer und wirtschaftlicher Beziehungen zwischen beiden Ländern gestanden. Von Gleichberechtigung im beiderseitigen Verhältnis habe damals natürlich noch nicht die Rede sein können. Erst die Revolution von 1911 und die Politik ihres wichtigsten Führers Sun Yat Sen hätten die Voraussetzungen dafür geschaffen, dass China den europäischen Staaten selbstbewusst gegenüber treten könne – nach Jahrzehnten der Unterwerfung unter die ungleichen Verträge aus der Mitte des neunzehnten Jahrhunderts und nach dem Zusammenbruch der kaiserlichen Herrschaft, der sich unglücklicherweise ebenfalls über Jahrzehnte hingezogen habe. Aber Max von Brandt – das verdiene höchste Anerkennung – habe schon damals erkannt, dass zwischen China und Deutschland besondere Bande würden entstehen können. Und dazu sei es dann auch wirklich gekommen. Er selbst, Hsü Tao Lin, sei mit seinem Studium in Berlin ja ein lebendiger Beweis dafür. Das sei etwas, wofür Max von Brandt den Grundstein gelegt habe: dass nicht nur Deutsche in China ihren Geschäften nachgingen, sondern auch Chinesen nach Deutschland kämen. Deutschland genieße einen guten Ruf unter den chinesischen Studenten, und Berlin insbesondere sei ein begehrter Studienort.

Kleinert hatte nicht gewusst, was er von all dem hatte halten sollen. Noch nie hatte er sich Gedanken solcher Art gemacht, wie sie ihm jetzt ausgerechnet von diesem chinesischen Studenten in einem kleinen verrauchten Café unterbreitet worden waren. Als der Krieg vorüber gewesen war, hatte er wenig Interesse verspürt, sich mit politischen oder gar internationalen Fragen zu beschäftigen. Die deutsche Wirtschaft musste wieder in Gang gebracht werden – das, natürlich, hatte er gut verstanden, und wie der Vater da mittat, hatte ihm größte Hochachtung abverlangt. Aber Revolution – das Wort, das der Chinese mit soviel Stolz in der Stimme ausgesprochen hatte? Ja, auch in Deutschland war von Revolution die Rede gewesen, aber, ach Gott, die Abdankung des Kaisers im November 1918 hatte in der kleinen Stadt an der Saale nicht so viel Staub aufgewirbelt, wie man in Berlin glauben mochte, und von den Unruhen im März 1921 hatte Kleinert wenig verstanden. Im Chemiewerk von L. und im Mansfeldischen hatte es Zusammenstöße zwischen Arbeitern und Polizeiverbänden gegeben, aber Kleinert wusste so wenig über die eine wie über die andere Seite. Die Bilder von im Silo von L. erschossenen Arbeitern, die unter der Hand in der Berufsschule die Runde machten, hatten ihm Angst eingejagt, aber auch das Gefühl gegeben, nicht wirklich beteiligt gewesen zu sein.

Freilich, wenn die Rede auf Versailles gekommen war, dann hatte auch er gewusst, dass damit jene Friedensverträge gemeint waren, die Deutschland ein Übermaß an Reparationszahlungen abforderten und den Wiederaufbau einer schlagkräftigen Armee untersagten. Ein paar seiner Kommilitonen hatten kein Hehl daraus gemacht, dass sie Sympathien für politische Bewegungen hegten, die sich die Überwindung der »Schandverträge« auf ihre Fahnen geschrieben hatten. Niemand, so hatten sie verkündet, habe das Recht, Deutschland auf Dauer einen Platz an der Sonne streitig zu machen. Das hatte auch in Kleinerts Ohren überzeugend geklungen – bloß hatte er für den martialischen Ton dieser Leute nichts übrig gehabt. Es war ihm zuviel Umsturz- und Kriegsgedröhn darin gewesen – und, wie er fand, auch eine dem studentischen Alltag ganz unangemessene Aufgeregtheit. Er, Kleinert, wollte weder etwas umstürzen noch in irgendeinen Krieg ziehen, sondern sich seines Lebens freuen. Berlin hatte gerade begonnen, ihm Heimat zu werden. Er hatte Geschmack gefunden am Trubel der Metropole und an der Leichtigkeit, wie sie aus der anfangs so gefürchteten Anonymität des Großstadtdaseins erwuchs. Und je besser er sich zurechtgefunden hatte in der Welt der zufälligen Begegnungen und spontanen Entscheidungen, um so nachdrücklicher hatte er zugleich den Reiz ernsthaften Lernens entdeckt – und erstaunt registriert, dass die Bücherschränke des Vaters mehr in ihm hinterlassen hatten als nur den Eindruck von respekterheischender Strenge.

Hsü Tao Lin hatte gespürt, wie sich Kleinert in Nachdenklichkeit verloren hatte, und seine Rede abgebrochen. Aber ob es nicht eine Möglichkeit geben könne, das Gespräch zu späterer Gelegenheit fortzusetzen? Er wäre dafür sehr dankbar, denn es sei zwar leicht für ihn, eine flüchtige Bekanntschaft zu schließen, daraus jedoch eine dauerhafte Beziehung zu machen – das sei ihm in den zwei Jahren, die er bisher in Berlin verbracht hatte, noch nicht gelungen. Aber bestehe der Sinn eines Auslandsstudiums nicht auch im Anknüpfen von Freundschaften? Und sei der Anlass ihrer Begegnung – der Chinabericht des Max von Brandt – nicht ein treffliches Omen, dass zwischen ihnen beiden eine solche Freundschaft würde entstehen können?

Kleinert war neugierig genug gewesen, einen solchen Gang der Dinge nicht von vornherein auszuschlagen, hatte sich Hsüs Adresse geben lassen, und die Unruhe, die sich in den folgenden Tagen in ihm ausgebreitet hatte, hatte ihn erst erstaunt und dann regelrecht beflügelt. Er hatte den Sprung aus der Provinz in die Hauptstadt gewagt: Welchen vernünftigen Grund sollte es da geben, zu glauben, dies müsse der einzige solche Sprung in seinem Leben bleiben? Warum die Tür in eine andere Welt, die sich so unerwartet einen Spalt breit geöffnet hatte, nicht ganz resolut noch weiter aufstoßen?

Die Brandt-Lektüre hatte ein Übriges getan. Das Buch war nun einmal im Haus gewesen, hatte einen beachtlichen Teil des Bücherbudgets, das ihm die

Eltern monatlich bewilligten, geschluckt und Platz gefunden in dem einfach gezimmerten Regal, das er der ehrwürdigen Einrichtung seines möbliert gemieteten Zimmers hinzuzufügen die Erlaubnis erhalten hatte – da musste es selbstverständlich auch gelesen werden. Und weil er Hsü hatte gewachsen sein wollen im Gespräch, hatte er nun sogar einen Bleistift in die Hand genommen, hatte hier und da Unterstreichungen vorgenommen, sich einzelne Passagen herausgeschrieben, geordnet und mit Bemerkungen und Fragen verbunden und bald belustigt festgestellt, dass ihm hier fast spielend gelungen war, wozu er sich bei mancher Pflichtlektüre im Studium schmerzhaft hatte quälen müssen. Ganz so, dachte er, als ob da eine Saite in ihm angezupft und zum Klingen gebracht worden war, von der er bis dahin keine Ahnung gehabt hatte.

Ja, Paul Kleinert musste auch jetzt, auf der »Saitsu Maru« im schneidenden Wind vor Tientsin, schmunzeln, wenn er an diese erste Begegnung mit China zurückdachte. Gelacht hätte er, wenn ihm zuvor einer gesagt hätte, er sei zu solcher Jungmännerromantik fähig, und stolz hätte er auf die Solidität seiner kaufmännischen Ausbildung und die strebsame Ernsthaftigkeit verwiesen, mit der er sein Studium betrieben hatte, um sich von dem Verdacht zu befreien, er glaube daran, dass es so etwas wie eine plötzliche Berufung geben könne und eine euphorische Stimmung, in der einem nichts wichtiger war, als dieser Berufung zu folgen.

Und doch war genau das mit ihm geschehen. Er hatte Hsü Tao Lin mit einem Päckchen Kaffee in der Hand in dessen möbliertem Zimmer, das dem seinen so ähnlich war wie alle Studentenbuden in dieser Gegend, aufgesucht, hatte widerspruchslos hingenommen, dass der Kaffee gleich nach dem freundlichen »Dankeschön« des Gastgebers tief in dem kleinen Wandschrank, der das wenige Geschirr beherbergte, verschwunden war, sich dann neugierig dem – wie er zunächst annahm: ersatzweise – servierten grünen Tee gewidmet, schnell gespürt, dass da von »ersatzweise« nicht die Rede sein konnte, darum schon bald einen zweiten Aufguss der großen, in der stilgerechten Keramikschale verbliebenen Teeblätter erbeten und nach einigen Minuten wohligen Schweigens das Gespräch dort wieder aufgenommen, wo sie es drei Wochen zuvor beendet hatten.

Ja, hatte er begonnen, diesmal wolle er, Kleinert, den Anfang machen mit ein paar Fragen. Nein, aufdringlich sein wolle er unter keinen Umständen, aber da er nicht verhehlen könne, dass ihn der Vortrag, den Hsü ihm so unvermittelt im Café gehalten hatte, doch erheblich überrascht hatte, dränge es ihn, Weiteres zu erfahren. Was Hsü denn glaube, in China mit seinen in Deutschland erworbenen Kenntnissen anfangen zu können? Was er denn überhaupt studiere, und ob er das auf eigene Faust unternommen habe? Oder ob es da Leute gebe, die fest mit seiner Rückkehr rechneten und ihm daher Unterstützung gewährten?

Hsü hatte sich als so auskunftsfreudig erwiesen wie bei ihrer ersten Begegnung. Er habe schon in China das Glück gehabt, Deutschunterricht nehmen zu können, und an der Peking-Universität habe sich seine Zuneigung zu

Deutschland noch weiter vertieft, denn er habe bei Rektor Tsai Yüan Peh Vorlesungen hören können, und dieser Tsai Yüan Peh habe selbst in Deutschland studiert und sich danach in China als Organisator eines Werkstudentenprogramms für junge Chinesen in Europa einen Namen gemacht. Zweitausend Leute seien mit diesem Programm nach Europa zum Studium geschickt worden – nach Berlin, Paris, London, Rom. Ob er, Kleinert, sich vorstellen könne, was das bedeutet habe – dass er bei einer solchen Berühmtheit habe studieren können? Bei einem Mann, der ein ganz neues Denken an die Universität gebracht habe? Dass man sich nämlich öffnen müsse für die Welt – und sich nicht nur auf die alte chinesische Kultur und die alten chinesischen Wissenschaften beschränken dürfe? Das habe ihn, Hsü, begeistert, und nun, in Deutschland, sei er dabei, seine Kenntnisse auf dem Gebiet der deutschen und europäischen Geschichte weiter zu vertiefen, um später vielleicht seinen Doktor auf diesem Gebiet zu machen. In der Tat erhalte er ein Stipendium von der Regierung in Nanking, und natürlich seien daran Erwartungen geknüpft. Er habe das ja schon im Café erzählt: China befinde sich in einem Aufbruch, wie es ihn noch nie gegeben habe. Das Programm von Tsai Yüan Pei sei ja erst der Anfang gewesen. Immer mehr junge Leute gingen jetzt nach Moskau, Paris, San Francisco und Berlin zum Studium – und nicht nur zum Studium allein, sondern auch zum Kennenlernen anderer Lebensweisen, und das sei etwas ganz Neues gegenüber etwa jener notgedrungenen Auswanderung, wie sie in der zweiten Hälfte des vergangenen Jahrhunderts jene etlichen Zehntausende vollzogen hatten, die im nordamerikanischen Westen beim Eisenbahnbau ihr Glück zu machen versuchten – was nicht wenigen von ihnen übrigens nach ersten entbehrungsreichen Jahren auch auf erstaunliche Weise gelungen war. Aber er, Hsü, wolle weder in Berlin einen Handel aufmachen oder sich eine Anstellung suchen, noch betrachte er die Stadt als Zwischenstation auf dem Weg weiter nach Westeuropa oder in die USA, sondern für ihn stehe fest: Er werde zurück nach China gehen und deutsche Erfahrungen für die Modernisierung seines Landes nutzbar machen.

Da war es wieder vor Kleinert aufgebaut gewesen: dieses so sichere Koordinatensystem, das Hsü offenbar in die Lage versetzte, sein eigenes Handeln mit Größerem zu verbinden – und es hatte eine immer stärkere Anziehungskraft ausgeübt. Ja, so wollte er es auch versuchen, hatte Kleinert gedacht – und tief beeindruckt hatte ihn die geradezu lässige Selbstverständlichkeit, mit der sich Hsü, selbstbewusst auf seiner ur-berlinischen Chaiselongue zurückgelehnt und mit vornehmer Geste die Teeschale in den Händen haltend, wieder zum Dozenten gemacht hatte – und ihn, Kleinert, zum aufmerksam lauschenden Schüler.

Aber umso energischer war ihm in den nächsten Wochen um einen Wandel dieses Bildes zu tun gewesen. Er war nun öfter zum Gastgeber ihrer bald schon regelmäßigen Treffen geworden, sie waren ins Kino gegangen und ins Kabarett, hatten – wenn sich auch Kleinerts Sparsamkeitssinn dagegen gesträubt hatte – ab und an beim Bier in Studentenkneipen mitgehalten, und vor allem: In Kleinert war der Ehrgeiz erwacht, auch Eigenes zu ihren politischen Debatten beitragen zu können.

Zielstrebig hatte er sich in den Buchhandlungen auf die Suche begeben und einen Moment erregenden Entdeckerglücks erlebt, als ihm im Schaufenster eines eher unscheinbaren Ladens, der die von ihm bisher noch nie zur Kenntnis genommene Literatur der Gewerkschafts- und Arbeiterbewegung führte, ein Buch im blauweißen weichen Pappeinband mit dem Titel »Sun Yat Sen« ins Auge gefallen war. War er das nicht – der Name des Revolutionsführers und Chinaveränderers, von dem Hsü gleich an ihrem ersten gemeinsamen Abend geschwärmt hatte? Natürlich. Die junge Buchhändlerin, froh darüber, ein neues Gesicht in ihrem Geschäft zu sehen, hatte ihn fröhlich agitierend Genaueres wissen lassen: Der Verfasser des Bandes, der Sozialforscher Karl August Wittfogel, sei einer der besten deutschen Chinakenner überhaupt. Und damit nicht genug. Er sei außerdem auch einer der ersten unter diesen Chinakennern, der das Ausmaß der revolutionären Umwälzungen in China richtig erkannt hätte. Bisher seien es – er möge ihr das nicht übel nehmen, aber der Wahrheit müsse schon die Ehre gegeben werden – ja vor allem Politiker der kommunistischen Partei gewesen, die in Deutschland die Aufmerksamkeit auf diese so aufregenden chinesischen Vorgänge gelenkt hätten. Manche täten das ja darum ganz gern als reine Propaganda ab, aber mit den Wittfogel-Büchern – sie könne ihm auch »Das erwachende China« wärmstens empfehlen – sei das nun anders. Da sei endlich einer gekommen, der die inneren und äußeren Antriebe der revolutionären Umbrüche in Sowjetrussland und in China richtig herauszuarbeiten in der Lage sei. Und noch dazu in einem Stil, den man nur als spannend und abwechslungsreich bezeichnen könne!

Kleinert war überrascht gewesen, dass er die Geduld aufgebracht hatte, sich dem Redeschwall der jungen Frau nicht gleich wieder zu entziehen. Er hatte ihr doch längst bedeutet, dass er das Buch kaufen werde – was also wollte sie noch von ihm? Andererseits hatte die überschäumende Hingabe, mit der sie ihn zu überzeugen suchte, auch etwas Rührendes gehabt, und das Thema war ihm lieb und teuer – also hatte er ausgehalten.

Gedanken hatte er sich allerdings darüber gemacht – und das trieb ihm jetzt, an der Reling der »Saitsu Maru«, ein erneutes Mal ein Lächeln ins Gesicht –, was denn der Grund dafür sein mochte, dass er die Leute immer gleich einlud, ihm Vorträge zu halten? Erst Hsü, nun die junge Buchhändlerin – es musste, hatte er gedacht, etwas an ihm dran sein, das ihn über die Maßen deutlich als noch unbeschriebenes Blatt auswies. Nun gut, hatte er sich am Ende beruhigt – er würde schon dafür sorgen, dass er beim Ausfüllen dieses Blattes auch noch ein Wörtchen mitzureden haben würde.

Bei der Lektüre des Wittfogel-Buches war Kleinert dann vor allem an jenen Passagen hängengeblieben, in denen es um Deutschland ging. Seit dem Sommer 1922, hatte Wittfogel geschrieben, habe man in China von einem »Dreibund« zwischen China, Russland und Deutschland gemunkelt, und im Oktober des gleichen Jahres habe Sun Yat Sen in Kanton diesen Plan tatsächlich ganz offiziell als das zukünftige außenpolitische Programm der chinesischen Revolution bezeichnet.

Das mag so sein, hatte Kleinert gedacht, das sind die Pläne der Chinesen, aber warum, um alles in der Welt, sollte nicht nur Sowjetrussland Partner dieses Programms sein, sondern auch Deutschland? Wo von Revolution doch überhaupt keine Rede sein konnte?

Das Schlüsselwort hieß offensichtlich wieder Versailles. Wittfogel hatte das mit Worten begründet, die Kleinert trotz des Vortrags der eifrigen Buchhändlerin, in dem häufig von Kapitalismus, Imperialismus und Sozialismus die Rede gewesen war, noch immer sehr fremd erschienen waren. Die Einsicht, so hatte er nun gelesen, dass es aussichtslos sein würde, auf sich allein gestellt die Vormachtstellung der imperialistischen Mächte in China zu brechen, habe die chinesischen Revolutionäre in der ganzen Welt nach Gefährten ihres Schicksals Ausschau halten lassen, und als Opfer imperialistischen Unterdrückungswillens seien ihnen dabei vor allem zwei Staaten bemerkenswert erschienen: das vom Versailler Vertrag geknebelte Deutschland und die von den kapitalistischen Großstaaten auf den Tod gehasste russische Sowjetrepublik.

Nun war es an Hsü gewesen, bei ihren Gesprächen die Rolle des staunenden Zuhörers zu übernehmen. Sieh an, da war dieser Kleinert doch wirklich dabei, sich in chinesische Gedankenwelten hinein zu leben!

Und Kleinert seinerseits hatte die Genugtuung erlebt, die man empfindet, wenn sich aus zunächst noch verstreuten und unfertigen Gedanken allmählich ein überschaubares, geordnetes Ganzes fügt. So – das stand ihm nun ganz klar vor Augen – würde es sein: Er, Paul Kleinert, würde nach dem Abschluss seines Studiums nicht im Heer der an Ämter- und Institutsschreibtischen verschwindenden Volkswirtschaftler untergehen, sondern sich durch Chinakenntnisse für eine interessantere Arbeit empfehlen. Wenn mit einem Mann wie Hsü mit seinen Deutschlandkenntnissen in China dringend gerechnet wurde – warum nicht auch mit einem Mann wie ihm?

Und so hatte er zielstrebig dafür gesorgt, dass die Reihe der Chinabücher in seinem Regal immer länger wurde. Ein Münchener Verlag hatte gerade das Buch »China und das Problem des Fernen Ostens« des Engländers Bertrand Russel auf den Markt gebracht. Kleinerts Interesse hatte sich schon am Vorwort entzündet. Ein General Prof. Dr. Karl Haushofer hatte dies mit einem Pathos formuliert, das ihn zugleich befremdet und fasziniert hatte. Von einem mutigen, von echter Menschlichkeit durchstrahlten Blick in das Rätselauge der uralten ostasiatischen Kulturmacht China war da die Rede gewesen und davon, dass diese Kulturmacht als die älteste in ihrem innersten Wesen bis jetzt unveränderte Lebensform unseres Planeten anzusehen sei – eine Lebensform, die jetzt freilich in schweren Verjüngungs-Wehen liege. »Älteste Kulturmacht« in »Verjüngungswehen« – was für schillernde Wortkombinationen! Und wie hilfreich der Verweis Haushofers, dass Russels Ansichten – die eines Engländers, immerhin! – dem Suchenden »beste und ehrlichste Führung« bieten würden.

Auf diese Weise eingestimmt, war Kleinert froh gewesen, durch Russel das bei Wittfogel Gelesene und im Gespräch mit Hsü Gehörte ein weiteres Mal bestätigt zu sehen. Amerika, Großbritannien, Frankreich und Japan – so sagte es mit Russel nun also auch ein Mann von der anderen Seite – seien mit den Verträgen von Versailles und Washington übereingekommen, China in Gemeinschaft auszubeuten, und Japan habe außerdem seinen Einfluss in der Mandschurei festigen können. Wenn China sich aus dieser Lage befreien wolle, müsse es eine aufgeklärte Einstellung entwickeln. Es müsse willens sein, von anderen Nationen zu lernen – aber nicht, diesen anderen Nationen die Herrschaft einzuräumen. Unabhängigkeit müsse gewonnen werden – und zwar nicht als Ziel an sich, sondern als Mittel zu einer neuen Verschmelzung zwischen westlicher Klugheit und traditionellen chinesischen Tugenden.

O ja, solche Überlegungen hatten es Kleinert angetan! Deutschland war von Russell zwar nicht ausdrücklich erwähnt, aber eben auch nicht in die Reihe der China ausbeutenden Mächte gestellt worden. Hatte man das nicht als wichtigen Hinweis darauf lesen müssen, dass Deutschland einen anderen, besseren Weg gehen konnte?

Auch weniger Tiefgründiges hatte Kleinert in diesen Monaten verschlungen, wenn es nur mit China zu tun hatte. Jeder Reisebericht war ihm jetzt wichtig geworden – auch wenn er so seltsam daher kam wie der, den ein Graf H. von Koenigsmarck 1894 in Berlin unter dem seltsamen Titel »Sportliches und Nicht-Sportliches aus anderen Erdteilen« in Druck gegeben hatte. Begierig hatte sich Kleinert in die Schilderung von Land und Leuten vertieft – und sich geärgert, wenn er auf Sätze gestoßen war wie diesen, der ihm besonders bitter aufgestoßen war. Auf dem Damme, hatte es da zum Beispiel geheißen, habe es von zahllosen Chinesen gewimmelt, von durchweg schmutzigen, ekelhaften Kerlen, die, zum Teil nur in elende Lumpen gehüllt, das ästhetische Gefühl des Europäers verletzten. In seiner ersten Erregung über diesen Stil hatte er sich mit dem Alter des Buches getröstet, aber bei der Lektüre ähnlicher Berichte war ihm dann aufgegangen, es wohl doch mit so etwas wie einer Haltungsfrage zu tun zu haben. Und er hatte sich herausgefordert gefühlt: Nein, hatte er gedacht, von der Warte eines solchen Überlegenheitsdünkels herab war ein besserer Weg in den Beziehungen zu China bestimmt nicht zu gehen!

Dann wieder war Kleinert von seiner fröhlichen Buchhändlerin, die sich bei einem seiner nun häufiger gewordenen Besuche als Carola Hartenfeldt vorgestellt und ihn mit nie erlahmender Emsigkeit in lange, vergnügte Gespräche verwickelt hatte, auf die geheimnisvolle Sammlung der »Briefe, die ihn nicht erreichten« aufmerksam gemacht worden – ein Buch, das in den Jahren zwischen 1901 und 1907 in Berlin achtzig Auflagen erreicht hatte. Die anonyme Verfasserin schilderte darin die Ängste, die sie ausgestanden hatte, als im Jahre 1900 während des Boxer-Aufstandes das Pekinger Gesandtschaftsviertel belagert worden war. Kleinert hatte für eine Weile das Gefühl gehabt, den beim Lesen dieser Briefe gewonnenen Eindrücken mit seinem frisch erworbenen Enthusiasmus für die chinesische Revolution und Selbstbestimmung nicht gewachsen zu sein. Das tödliche Attentat eines chinesischen Aufständischen auf den deutschen Gesandten von Ketteler, die Gefahr, in der die Ausländer in Peking über Wochen geschwebt hatten, weil die Rebellen gedroht hatten, ihre Wut auf Christentum und ausländischen Einfluss an den Bewohnern des Gesandtschaftsviertels auszulassen – das waren Dinge, die nicht in das Bild, das Hsü Tao Lin gezeichnet hatte, passen wollten. Später dann, als ihm Carola Hartenfeldt mit Büchern wie »Chinesen« von Eduard Erkes oder »China in Aufruhr« von Tang Liang Li neuen Stoff zum Lesen und Nachdenken vorgelegt hatte, hatte er die »Briefe« ein erneutes Mal zur Hand genommen, und danach war er sich wieder sicherer gewesen. Im Vergleichen und Gegenüberstellen der einen und anderen Schilderungen hatte sich ihm am Ende doch wieder bestätigt, worauf Hsü Tao Lin von Beginn an so viel Wert gelegt hatte: dass der Schlüssel für eine gedeihliche Entwicklung tatsächlich in der Gleichberechtigung liegen musste. Und war es nicht das Glück ihrer Begegnungen gewesen, dass sie beide – Hsü Tao Lin und er – genau diese Gleichberechtigung miteinander praktiziert hatten?

Bestärkt gesehen hatte sich Kleinert in diesen Überlegungen dann auch noch einmal bei einem Zunftkollegen des Max von Brandt – dem ehemaligen österreichischen China-Gesandten Arthur von Rosthorn, der 1919 in einer schmalen Broschüre über »Das soziale Leben der Chinesen« geschrieben hatte. Da hatte es Überlegungen gegeben wie die, dass die Sozialisierung der Gesellschaft in China viel weiter fortgeschritten sei als in den Ländern des Westens, worauf auch die besondere Freiheit und Friedfertigkeit der Chinesen beruhe. War solcherart Stärke des anderen nicht beste Grundlage für den Dialog? Und dass Rosthorn 1919 noch die Einschätzung hatte treffen müssen, dass die politische Verwaltung Chinas der Militärmacht ausgeliefert, der Verband der Provinzen gelockert und das Reich in mehrere unabhängige Regionen zerrissen sei – hatte nicht die dann folgende Politik zunächst von Sun Yat Sen und nun von Tschiang Kai Schek den Beweis erbracht, dass solche Verhältnisse in nur wenigen Jahren überwunden werden konnten? War also nicht auch dieses Buch eine Bestätigung dessen gewesen, was Hsü Tao Lin mit so viel Hingabe erzählt und erklärt hatte?

Ja, dachte Kleinert und zog sich die Pelzmütze noch fester über die Ohren, im Wechsel von Lesen, Exzerpieren und Debatte, an dem er immer mehr Freude gefunden hatte, war am Ende ja doch so etwas entstanden wie sein ganz eigener, innerer Chinapfad.

Und Gott sei Dank – er rieb sich schmunzelnd die frierenden Wangen – hatte es Carola Hartenfeldt gegeben. Da hatte es doppelten Spaß gemacht, die Trittfestigkeit dieses Pfades auszuprobieren, denn die Buchhändlerin hatte ihm bald bewiesen, dass sie nicht nur sprudelnd zu reden, sondern auch aufmerksam und neugierig zuzuhören vermochte. Und dazu war sie auch eine wahre Meisterin in der Kunst gewesen, nach Ladenschluss ihren kleinen, hinter den Bücherregalen versteckten Schreibtisch mit ein paar Kerzen, die sie des Brandschutzes wegen in Konservengläser gestellt hatte, und zwei auf irgendeinem Flohmarkt aufgetriebenen dunkelrot funkelnden, schon etwas angeschlagenen Weinkelchen eine Atmosphäre zu zaubern, in der der billige, aber betörende Wein, den Kleinert mitzubringen sich angewöhnt hatte, unversehens zu einem edlen Tropfen und ihr fröhlich-ernsthaftes, von Mitteilungsbedürfnis überquellendes Gespräch irgendwann in ein erst ganz aufgeregtes, dann in Hingabe versinkendes Flüstern übergegangen war.

Nur eines hatte er bis dahin noch ganz außer Acht gelassen: die chinesische Sprache. Aber auch hier war ihm Hsü Tao Lin zu Hilfe gekommen. Viel zu gut hatte er die finanziellen Probleme vieler seiner Landsleute in Berlin gekannt, um nicht zu wissen, dass da schnell zugegriffen werden würde, wenn es die Nachfrage nach erschwinglichen Unterrichtsstunden gab. Aber nur selten – auch das hatte er gewusst – würde dieser Unterricht auch die erforderliche Qualität haben. Und so hatte er Kleinert nicht einen Studenten vermittelt, von dem man annehmen musste, dass er genug mit seinen eigenen Vorlesungen und Seminaren zu tun haben würde, sondern einen schon älteren Mann aus dem Kreis der chinesischen Kleinhändler, wie sie auf den Märkten in Berlin und anderen großen deutschen Städten immer öfter anzutreffen waren. Dieser Herr Wang hatte sich als geduldiger, behutsamer Lehrer erwiesen, und weil er – ganz anders als der redegewandte Hsü – des Deutschen nur sehr eingeschränkt mächtig war, hatte Kleinert nicht in Versuchung geraten können, sich dem beim Erlernen einer fremden Sprache nun einmal unumgänglichen Büffeln und Pauken durch überflüssige Fragen nach dem Warum und Wieso dieser oder jener Wendung zu entziehen. Auch ans Schreiben der komplizierten Schriftzeichen hatte sich Kleinert unter Wangs Leitung herangewagt, dann aber bald feststellen müssen, dass er darin wohl über Anfänge nicht hinauskommen würde.

Hatte es genutzt, dieses Chinesischlernen in der Charlottenburger Studentenbude? Die Probe aufs Exempel stand für Paul Kleinert noch aus. Die Besatzung der im Eise steckenden »Saitsu Maru« war eine Mischung aus Japanern und Chinesen, und mit dem groben Slang, den die chinesischen Matrosen sprachen, konnte er auch bei genauestem Zuhören nichts anfangen. Nicht viel besser war es ihm in Hongkong und Schanghai, wo er auf seiner langen Schiffsreise von Hamburg herüber kurz Station gemacht hatte, ergangen. Hsü Tao Lin in Berlin hatte wohlweislich darauf geachtet, dass Wang in der Lage war, Kleinert die chinesische Hochsprache, die in Europa als Mandarin bekannt war, beizubringen – aber dieses Mandarin sprachen in Süd- und Südostchina nur einige Staatsbeamte. Im Hafen, auf den Straßen, in den Hotels und Restaurants war das Kanton-Chinesische zu Hause. Die Namen Sun Yat Sen und Tschiang Kai Schek – das hatte ihm Hsü schon erklärt – stammten aus dieser Mundart. Mit Silben wie *schek*, *yat* und *sen* oder auch *wok*, *fuk* und *kak* konnte man im Mandarin nichts anfangen, und in Schanghai merkte Kleinert schnell, dass die von Lehrer Wang so sorgfältig unterschiedenen Zischlaute in den Silben *hsi* und *schih* zu einem einzigen *hsi* und bei *dsi* und *dschi* zu einem einzigen *dsi* zusammenschmolzen. Das alles hatte Kleinert eher verwirrt als ermutigt, aber da er sich mit seinem ganz passablen Englisch problemlos durch die Geschäftsviertel geschlagen hatte, war er guter Hoffnung, an diesem Sprachenproblem nicht zu scheitern.

»Wollen Sie sich nicht ein bisschen aufwärmen?«

Kleinert schrak zusammen und schaute sich um. Dann war er beruhigt. Der Mann, der da gerade an ihn herangetreten war und nun den Vorschlag machte, in der Kombüse einen Tee zu nehmen, dem man ja vielleicht mit einem kräftigen Reisschnaps, *maotai* genannt, noch etwas aufhelfen könnte, war Rudolf Fuchs. In Schanghai hatten sie gemeinsam eine Kabine für die 1400 Kilometer lange Fahrt nach Tientsin bezogen: Fuchs, ein bärtiger, agiler Mittvierziger, der gleich bei der Begrüßung mit dröhnendem Bass davor gewarnt hatte, Reiseschriftsteller zu sein und seine diesbezügliche Neugier niemals bremsen zu können, und Kleinert, dem, nachdem er von seinem mächtigen Hochseedampfer abgestiegen war, angesichts des schäbigen Äußeren des nun viel kleineren Schiffes schon etwas blümerant geworden war, was Fuchs ihm aber laut lachend ausgeredet hatte. »Da sind wir schon mit ganz anderen Kähnen nicht untergegangen«, hatte er lärmend verkündet, und ehe sich Kleinert zur Wehr setzen konnte, hatte Fuchs den Beweis anzutreten begonnen, dass er sich offensichtlich nicht nur als Schriftsteller, sondern auch als kaum zu stoppender Erzähler und Schwadronierer einen Namen zu machen gedachte.

»Warum haben Sie es eigentlich so eilig, nach Tientsin zu kommen?«, drang er auch jetzt wieder in Kleinert, ehe der noch richtig die Kombüsentür hinter sich geschlossen hatte. »Ich habe Ihnen doch schon in Schanghai gesagt: Es ist nichts mehr los mit den chinesischen Küstenstädten. Schanghai, das einst so prunkende und üppige: Ich wette mit Ihnen, noch unsere Generation wird diese Stadt verdorren sehen. Auch wenn Sie so begeistert waren von der Küstenstraße, die in guter Tradition ›Bund‹ genannt wird, und von der Nanking-Road mit ihren Tausenden roten und weißen und grünen Glühlampen und Prachtgeschäften – es ist eine Stadt des Spekulierens und der Spekulanten, und die Weißen, die immer noch den Ton angeben wollen, merken nicht, dass ihnen schon alles wie Treibsand unter den Füßen wegrutscht. Sie denken immer noch, sie seien die einzigen, die den enormen Vorteil des unbesteuerten Handels für sich beanspruchen können, und halten es für völlig selbstverständlich, dass ihnen die Grundsteuern und der Mietzins von eineinhalb Millionen Chinesen zufallen – nebst der billigen Arbeitskraft der Gelben.«

Sie fanden einen Platz unter einem Bullauge, Fuchs rief mit polternder Stimme nach dem Tee, zog eine Flasche aus der Manteltasche, schnüffelte, als er den Korken herausgezogen hatte, genüsslich dem scharfen Duft des Schnapses nach, füllte einen Schluck voll in jeden der beiden herbei gebrachten großen, aus grobem Porzellan gefertigten, mit einem Deckel versehenen Trinkbecher und fuhr fort:

»Dabei gibt es nun schon etliche mächtige Chinesen und Japaner, die ihnen in diesem Treiben gewaltig den Rang ablaufen! Aber das wollen die

Engländer und Franzosen und Amerikaner und – mit Verlaub – auch unsere dort ja durchaus erfolgreichen, nur eben viel zu spät gekommenen Landsleute einfach nicht wahrhaben. Ja, so geht das, junger Mann! Merken Sie sich das auf Ihren China-Touren: Hochmut kommt vor dem Fall. Halten Sie die Augen offen! Und weil auch die Chinesen in Schanghai so manches nicht merken – nämlich zum Beispiel, dass sie drauf und dran sind, trotz ihrer in erklecklichen Mengen zusammenspekulierten Silberdollars von den Japanern über den Löffel balbiert zu werden: Deshalb eben, mein lieber Kleinert, hat diese Stadt am Ende keine Chance. Mit den Weißen nicht, und mit den Gelben erst recht nicht!«

Kleinert hätte gern irgendwie eingehakt – eine Frage gestellt oder gar einen zaghaften Widerspruch gewagt –, aber Fuchs war nicht zu bremsen.

»Und nun erst Tientsin!«, polterte der Schriftsteller weiter. »Was hat diese Stadt denn schon zu bieten? Eine hässliche flache Zwecksiedlung an diesem stinkenden braunen Paiho. Ja ja, seien Sie froh, dass das jetzt alles zugefroren ist! Das Eis bildet einen Mantel der Nächstenliebe. Früher hat man das alles ja noch hinnehmen können – da war Tientsin das Tor zur Hauptstadt, der Hafen von Peking. Und wo ein wirtschaftlicher Zweck ist, da kommt irgendwann auch noch ein anderer hinzu. Nur: Peking ist eben nicht mehr die Hauptstadt. Die Regierung hat sich weiter nach Süden verfügt, sitzt in Nanking, und was da übrig für Tientsin bleibt, ist nur noch Tristesse.«

Er prostete Kleinert mit einer ausladenden Gebärde zu.

»Glauben Sie einem, der weit herumgekommen ist im Osten, Kleinert: Ich habe selten einen solchen Pleitegeruch verspürt wie in Tientsin. Also: Grämen Sie sich nicht, dass wir hier, in einiger Entfernung von dieser grässlichen Stadt, noch ein bisschen festsitzen. Sie kommen noch schnell genug dazu, sich das alles selbst anschauen zu müssen.«

Kleinert verspürte bei dieser Redeflut ein tiefes Unbehagen, aber er schwieg. Es war ihm zu grobschlächtig, zu laut, zu selbstgewiss, was Fuchs da von sich gab. Nicht nur von Hsü war er eine andere, behutsamere Beurteilung der Dinge gewöhnt. Auch die Leute von der Mamo Impex, die er gelegentlich einer eher unscheinbaren Veranstaltung an der Universität, die auf kleinen, handgeschriebenen Plakaten als Deutsch-chinesischer Freundschaftsabend bezeichnet worden war, kennengelernt und nach seinem Studienabschluss mit Hinweis auf seine Chinakenntnisse kurz entschlossen und erfolgreich um Anstellung ersucht hatte, pflegten einen anderen Betrachtungsstil. Natürlich hatten auch sie ihm die Probleme der chinesischen Küstenstädte geschildert, und wo so offensichtlich kein Glanz war, konnte auch keiner hineingeredet werden. Aber in ihren Reden hatte anders als bei Fuchs eben auch Hoffnung geklungen und die Zuversicht, in den kommenden Entwicklungen eine eigene Rolle spielen zu können. Und das – er nahm einen tiefen Schluck vom *maotai*-gesättigten, heiß die Speiseröhre hinunter rinnenden bitteren Tee – würde er sich nicht zerreden lassen. Von Rudolf Fuchs nicht und von keinem anderen.

Kapitel 2

Nach drei weiteren Tagen im Paiho-Eis änderte sich das Bild, das sich Kleinert bot, wenn er an die Reling trat. Es hatte eine kurze frostfreie Periode gegeben, und von der Flussmündung her arbeitete sich ein Eisbrecher heran. In seinem Gefolge schoben sich drei weitere Schiffe durch die krachenden Eisschollen, und gespannt verfolgten Kleinert und Fuchs die Manöver, die der Kapitän des Eisbrechers unternahm, um auch der »Saitsu Maru« einen Weg in die aufgebrochene Fahrrine zu bahnen. Das gelang erst nach mehrfachem, von lauten Kommandos begleitetem Vor und Zurück des bulligen Schiffes, und sie konnten von Glück reden, dass sich im rechten Augenblick auch die Schraube der »Saitsu Maru« zu drehen begann, um ihren eigenen Beitrag zur Befreiungsaktion zu leisten – sonst wären sie im Eise gefangen geblieben wie der chinesische Frachter, den es noch weiter in Ufernähe erwischt hatte. Für den würde es wohl erst wieder weiter gehen, wenn im Frühjahr das Wasser anschwoll.

Mit mächtigem Stampfen, Klirren und Rütteln ging es nun in Richtung Tientsin, und nach einer letzten Nacht in der engen Kabine und einem bescheidenen Frühstück mit Reis, Kohl und ein paar Pickles in der Kombüse der »Saitsu Maru« standen Kleinert und Fuchs endlich mit ihren Koffern auf der Pier des Tientsiner Hafens. Es musste sich im Settlement, in dem die Ausländer ihre Häuser hatten, herumgesprochen haben, dass es ein Schiffskonvoi den Paiho herauf in die Stadt geschafft hatte. So standen nicht nur in langer Schlange chinesische Eselkarren zum Abtransport der Säcke und Ballen aus den Laderäumen der Schiffe bereit, sondern es hatten auch ein paar schwarze Limousinen den Weg zum Hafen gefunden, deren Fahrer nun herauszufinden suchten, ob die von ihnen Erwarteten auch tatsächlich unter den Ankömmlingen waren.

Fuchs brauchte nicht lange zu warten, bis er angesprochen wurde. Er war schon das dritte Mal in der Stadt, und Kleinert ahnte, dass es unter den Tientsiner Chinadeutschen wohl nur wenige gab, deren Gastfreundschaft der leutselig polternde Schriftsteller noch nicht mit größter Selbstverständlichkeit für sich zu nutzen gewusst hatte. »Kommen Sie mit«, rief ihm Fuchs zu, als sich der Schlag eines Wagens für ihn öffnete, »dieser freundliche chinesische Boy bringt mich zur Familie Kampmann und kommt dabei sicher am Hotel ›Imperial‹ vorbei, wo Sie – da bin ich mir ganz sicher – durchaus behagliche Unterkunft finden werden.«

Durchaus behaglich? Wie kam es, dass Fuchs plötzlich so wohlwollende Worte für Tientsin fand? Was es doch ausmachen kann, dachte Kleinert, wenn einer anstelle einer engen, nur spärlich beheizten Schiffskabine ein gut gewärmtes Gästezimmer mit Familienanschluss und, wie er es in Schanghai schon in den wenigen Tagen seines Aufenthaltes zur Genüge erlebt hatte, anstelliger Dienerschaft in Aussicht hat! Beneidenswert, dieser Fuchs! Und er selbst? Was blieb ihm, da sich niemand sonst um ihn bemühte, übrig, als das Angebot anzunehmen? Generalkonsul Stiller, dem man von Berlin aus gewiss ganz allgemein seine Reisepläne annonciert hatte, konnte beim besten Willen nicht gewusst haben, wann genau er eintreffen würde. Da war das »Imperial« doch eine gute Zwischenlösung. Von dort würde er Stiller anrufen und auch die anderen Kontakte knüpfen, auf die es ihm und den Leuten von der Mamo Impex ankam.

Das »Imperial«, in englischem Stil dreistöckig und säulenbewehrt einen weitläufigen Platz am Rande des Settlements begrenzend, begrüßte ihn mit einem wohlig knisternden Kaminfeuer, vor dem ein paar riesige leere Sessel an kleinen Tischen zu ausgiebiger Pause einluden. Die Einschreibeformalitäten waren schnell erledigt. Die vielen Schlüssel am Brett verrieten, dass das Haus nur wenig gebucht war. Es war, konnte Kleinert dem offenbar englischen Empfangschef nur heftig nickend bestätigen, ja auch weiß Gott keine Reisezeit. Aber selbstverständlich, versicherte ihm der Mann hinter dem Tresen, werde das auf die Qualität seiner Unterbringung keinerlei negativen Einfluss haben. Im Gegenteil, er möge sich umso herzlicher willkommen fühlen! Und so war der Whisky, den Kleinert sich an eines der Tischchen bringen ließ, schon serviert, bevor er selbst die paar Schritte schräg durch die Halle gemacht hatte, und mit gleicher Aufmerksamkeit brachte der Liftboy auch ein paar englischsprachige Zeitungen heran.

Was er da las, gab Kleinert das beruhigende Gefühl, es auf der eingefrorenen »Saitsu Maru« doch noch ziemlich gut getroffen zu haben. Andere waren nicht so glimpflich davon gekommen. Auf der Eisenbahnstrecke Peking-Kalgan, so teilte das Blatt seinen Lesern mit, seien in einem Zug fünfzehn Chinesen erfroren, weil die Heizkraft der Lokomotive dem strengen Frost nicht habe Paroli bieten können. In der Provinz Honan sei die Kälte so groß, dass es unter der Landbevölkerung wegen Hungers und Zukunftsangst zu etlichen Selbstmorden gekommen sei, und in der Provinz Schanhsi seien Krähen und Spatzen erfroren von den Bäumen gefallen. Da war es gut, sich weit zurücklehnen und den nächsten Tag freundlich umsorgt in einem gut geheizten und – wie sich schon am Abend herausstellen sollte – mit einer vorzüglichen Küche aufwartenden Hotel verbringen zu können.

Als Kleinert am nächsten Tag im deutschen Generalkonsulat anrief, wurde er ohne langes Herumfragen sofort mit dem Chef verbunden. Hatte die Drahtnachricht der Mamo Impex also doch als Türöffner funktioniert! Generalkonsul Stiller ließ denn auch gar nicht erst eine Verlegenheitspause entstehen. »Ich bin in einer Stunde bei Ihnen, dann trinken wir gemeinsam Kaffee, und Sie erzählen mir, warum Sie sich für Ihre Erkundungsfahrt ausgerechnet den Winter ausgesucht haben. Hat man Sie in Berlin so schlecht beraten? Na, egal, jetzt sind Sie hier, also: bis später!«

Der Mann, der sich ihm dann im Foyer als Reinhard Stiller vorstellte, war, wie Kleinert erleichtert bemerkte, nur ein paar Jahre älter als er selbst, und der lockere Ton, den er schon am Telefon gepflegt hatte, war ihm offensichtlich Gewohnheit. »Ziehen Sie den Schal fester und schlagen Sie den Kragen hoch, wir gehen ein paar Schritte zu Fuß. Man hat Ihnen doch bestimmt schon in Berlin gesagt, dass wir hier in Tientsin eine Pflichtadresse haben, zu der wir alle Neuankömmlinge schleppen? Nein? Auch gut, dann erfahren Sie's von mir: Jeder, der nach Tientsin kommt, muss zuerst zu Greiling & Buder. Das ist eine deutsche Konditorei, wie sie sie auch zu Hause mit der Lupe suchen können. Sächsische Backkunst bester Qualität! Bis nach Südafrika verschippern sie ihre Streuselkuchen und Schokoladentorten. Also los, lernen Sie die Leute selber kennen!«

Beim Kaffee kam Stiller dann rasch zur Sache. »Wissen Sie, Kleinert, hier sind natürlich viele unserer Landsleute misstrauisch, wenn einer wie Sie auftaucht. Was will der, wer schickt ihn? Irgendwelche neue Verträge sollen im Schwange sein? Will uns da irgend jemand an die Kandarre nehmen? Oder sich auf unsere Kosten ein einträgliches Pöstchen verschaffen? Die Leute hier haben alle ihren Stolz, ist doch klar. Manche Familien sitzen hier seit 40, 50 Jahren, und wenn sie eines zu schätzen gelernt haben, dann ist es ihre Freiheit. Die stellen sie höher als alles andere, denn mit der haben sie 14/18 überlebt und auch das Chaos danach mit Inflation in Deutschland und all den Unsicherheiten im internationalen Handel, und die hilft ihnen auch durch die Irrungen und Wirrungen, die der hiesige Bürgerkrieg immer wieder zu bieten hat. Die brauchen hier keinen – die helfen sich selber. Wenn Sie's ein bisschen genauer wissen wollen – ich erzähl's Ihnen gerne. Und wäre natürlich auch ganz froh, wenn Sie's ernst nehmen würden – denn Sie sind nicht der erste, dem wir's klar zu machen versuchen, aber mancher hat's dann auf dem langen Weg zurück nach Berlin auch schnell wieder vergessen.«

Nein, nein, er sei ja extra der Information aus erster Hand wegen hergekommen, beeilte sich Kleinert zu versichern.

»Na bestens«, fuhr Stiller fort, »dann will ich's mal grundsätzlich machen. Wir haben hier in Tientsin zwei Gruppen deutscher Handelshäuser. Die einen sind die großen, von denen Sie natürlich längst gehört haben, also: Buckowitz, Garbsen, Schröder & Tackelmann, Harmssen. Die haben ihre Zentralen in Hamburg oder Bremen, und Filialen finden Sie außer in Tientsin auch in Schanghai, Kanton, Hongkong und manchmal auch in Tsingtao. Die Geschäfte, die diese Häuser machen, haben nicht nur mit Deutschland zu tun, sondern mit der ganzen Welt. Aber – das ist für Sie besonders wichtig: Im Deutschlandhandel ziehen für sie gerade besonders dicke Wolken auf.«

Kleinert blickte ihn fragend an.

»Es sieht so aus, als ob der Kuchen neu verteilt werde. Es gibt da Firmen in Deutschland, die meinen, sie könnten die alten Handelshäuser links liegen lassen. Vielleicht nicht so sehr, was den Import von hier betrifft. Da ist wohl klar, dass die Chinadeutschen vom alten Schlag über die besten Verbindungen verfügen. Aber bei den Lieferungen aus Deutschland – da könnte ein solches Ausklinken schon klappen! Klar, dass die Handelshäuser solchen Entwicklungen zuvorkommen wollen – und an ihren Hauptsitzen in Bremen oder Hamburg entsprechend Dampf machen.«

Kleinert nickte.

»Nun muss man«, fuhr Stiller fort, »nicht gleich Angst haben um die großen Chinahändler. Die haben – ich sagte es schon – ja noch ihre weltweiten Geschäfte, bei denen sie den Engländern mit Amerika- und Europafahrten manchen lukrativen Happen wegnehmen. Außerdem sind sie ganz erfolgreich zwischen China und Japan unterwegs, und sie handeln auch in China selbst nicht schlecht. Zum Beispiel mit und zwischen den verschiedenen chinesischen Kriegsherren – Sie wissen doch Bescheid darüber? Dass Tschiang Kai Schek in Nanking regiert, aber hier im Norden nur wenig zu sagen hat? Dass in der Mandschurei die Japaner den Ton angeben, was aber nicht ginge, wenn ihnen nicht ein paar mit Tschiang verfeindete chinesische Generäle in die Hand spielten? Und dass im küstenfernen Landesinneren sowieso jeder Provinzfürst macht, was er will?«

Kleinert nickte wieder, und Stiller ließ einen zweiten Kaffee kommen.

»Aber es ist natürlich klar«, nahm er dann den Faden wieder auf, »dass man diese innerchinesischen Geschäfte eben nur betreiben kann, wenn aus Deutschland genug Handelbares eingetroffen ist. Womit wir wieder bei der Aufteilung des Kuchens wären.«

Kleinert rührte in seinem Kaffee, ohne in seiner Aufmerksamkeit nachzulassen. Es überraschte und freute ihn, dass Stiller so offen mit ihm umging. Wie leicht hätte auch alles in Geheimniskrämerei erstarren können!

»Nun wollen Sie wissen«, fuhr Stiller fort, »was die Handelshäuser als Vorteil für sich ins Feld führen können? Na, sie wissen besser als alle anderen, dass man für diese innerchinesischen Geschäften außer erstklassigen deutschen Waren mindestens dreierlei braucht: gute Nerven, hervorragende Verbindungen zu den chinesischen Partnern, die man am besten in allen Lagern gleichzeitig bei Laune hält, und genug flüssiges Kapital, Schmierfett sozusagen, damit kein Sand ins komplizierte Getriebe kommt. Das alles haben diese Leute, und wenn Sie verhindern wollen, dass man Sie gleich wieder aus dem Settlement wirft, dann – das darf ich Ihnen aus eigener Erfahrung raten – zeigen Sie ordentlich Respekt.«

»Anderes habe ich nicht vor«, sagte Kleinert, »aber lassen Sie mich dennoch nachfragen. Sie sprachen eingangs von zwei Gruppen der chinadeutschen Handelshäuser. Beschrieben haben sie mir bisher aber nur eine. Und welches ist also die andere?«

»Die andere Gruppe sind diejenigen, die nur hier in China ansässig sind und keine reiche Mutterfirma in Deutschland haben. Bei uns in Tientsin betrifft das zum Beispiel das Handelshaus Bresch, Cronitz & Wang. Sie können sich vorstellen, dass bei denen der Hunger nach guten Geschäften noch ein bisschen größer ist – und das Selbstbewusstsein auch. Denn die sind auf eigene Faust hergekommen, haben als kleine Leute angefangen, haben ihr weniges Kapital dann mit dem eines Chinesen zusammengetan – worüber im Settlement bestimmt ausgiebig die Nase gerümpft worden ist! – und sind dann zu ganz ordentlichen Konkurrenten herangewachsen. Jedenfalls hier in China – und auch in der chinesisch-japanischen Küstenfahrerei. Benachteiligt aber sind sie bei all dem, was aus Deutschland nach hier zu schaffen ist. Da kriegen sie keinen Fuß in die Tür, weil sie keinen haben, der in Berlin oder Hamburg hartnäckig Klinken putzt.«

Kleinert wollte einwerfen, dass er sich ja vielleicht an dieser Stelle nützlich machen könne, ließ es dann aber sein. So etwas konnte zu diesem frühen Zeitpunkt seiner Reise nur besserwisserisch klingen. Und außerdem – was wusste er denn wirklich über die entsprechenden Möglichkeiten in Berlin? So genau hatte Rieckmüller die Karten ja auch noch nicht auf den Tisch gelegt.

Als Kleinert diesen Gedanken zu Ende gedacht hatte, durchfuhr ihn ein Schreck. Wieso war ihm das eigentlich noch nicht früher aufgefallen? Da musste erst Stiller mit seinem Vortrag kommen, damit ihm klarwerden konnte, dass er noch gar keinen Spielraum für eigenes Handeln oder Vorschläge hatte. Fahren Sie hin, schauen Sie sich in Ruhe um, hören Sie zu, und in Berlin sehen wir dann weiter, hatte Rieckmüller gesagt, und Kleinert hatte das ganz auf die chinesischen Verhältnisse bezogen und entsprechend vernünftig gefunden. Aber übersehen hatte er dabei, dass sich dieses »Dann sehen wir weiter« ja auch auf ihn selbst bezog. Na klar, auch er selbst, Paul Kleinert, sollte getestet werden mit dieser Reise! Wahrlich ein Grund mehr, zurückhaltend zu bleiben. Wie hatte Stiller so schön gesagt? Respekt sei angebracht vor den Chinadeutschen. An dem würde er es ganz sicher nicht mangeln lassen – aber Respekt musste er nun auch Rieckmüller zollen. Der hatte ihn geschickt eingebaut in seine Pläne – Pläne, die er, der Neuling, weder in ihrem ganzen Ausmaß noch in ihren hier vor Ort des Geschehens so wichtigen Details durchschauen konnte! War er schon eingeklinkt in die Neuaufteilung des Kuchens, von der Stiller gesprochen hatte? Gaben sie deshalb so viel Geld aus in Berlin für ihn und seine Reise? Da musste er Augen und Ohren noch weit offener halten, als er es sich ohnehin vorgenommen hatte.

»Wie sieht es aus«, fragte Stiller in die entstandene Pause hinein, »wollen Sie sich umschauen in einem der Handelshäuser, oder haben Sie erst einmal Lust auf die Akten? Da können Sie sich bei mir im Büro einiges zu Gemüte führen – und dann können Sie ja entscheiden, wem Sie gern einen Besuch abstatten würden. Das können Sie am besten abends im Deutschen Klub verabreden. Da wird in diesen Zeiten sicher kaum einer von den Herren fehlen – wo soll man denn sonst auch hin bei dieser Hundekälte?«

Kleinert entschied sich, während Stiller mit der jovialen Geste des Gastgebers die Rechnung bezahlte und dabei mit neuerlichem Lob für das Haus Greiling & Buder nicht geizte, gegen die Akten und für einen baldigen Besuch bei Buckowitz & Co., den er auch prompt für den nächsten Tag festmachen konnte.

Der schwergewichtige Mann in den Fünfzigern, der ihn im zweistöckigen, in englischem Kolonialstil errichteten Verwaltungsgebäude der Firma empfing und mit einer ausladenden Armbewegung zum Fenster hin stolz auf die beiden hohen Lagerhäuser wies, die, direkt an der Pier stehend, ebenfalls in großer Schrift den Namen Buckowitz & Co. trugen, stellte sich als Friedrich Lüttjohann vor und machte den Eindruck, als würde es ihm nichts ausmachen, all die vielen landwirtschaftlichen Produkte, die sein Haus nach Deutschland und in andere europäische Länder lieferte, aus tiefstem Landesinneren selbst heranzuschaffen. Die Beine steckten in einer bis in die Stiefel reichenden derben Lederhose, über dem rauhen Baumwollhemd trug er eine dicke Kamelfellweste, und seinem Händedruck war anzumerken, dass ihn auch die großen Doppelzentnersäcke, die sich zu Hunderten an der Pier stapelten, nicht würden schrecken können.

Bei seiner Führung über die Lagerböden fühlte sich Kleinert wie ein Lehrjunge, dem man das erste Mal Zutritt zu den Heiligtümern der Firma gewährt. Sein Erstaunen, dachte er, musste seinen Augen wohl anzusehen sein, denn Lüttjohann fühlte sich schon bald zu ausschweifenden Erklärungen herausgefordert. »Sie sind ein Stadtkind, nicht wahr?«, stellte er lachend fest. »Na, dann lassen Sie sich hier mal ein bisschen Natur um die Nase wehen!«

Sie standen vor schier endlos aufgetürmten Mengen von Woll- und Haarballen, und Kleinert versuchte auszurechnen, wie viele Schiffe gebraucht würden, um all das nach Deutschland zu schaffen. Lüttjohann war derweil ganz in seinem Element. »Das hier vorn ist Schaf- und Ziegenwolle – na, dazu muss ich Ihnen ja wohl nichts weiter sagen. Das begreift man auch, wenn man ansonsten nur über Großstadtstraßen stolpert. Aber hier« – sie gingen zu einem nächsten bis unter die Decke reichenden Ballenstapel –, »schauen Sie, das hier ist Kamelwolle. Das ist nun schon ein bisschen etwas Besonderes – und zwar nicht nur, weil Sie die Kamele nun mal nicht in Ställen halten können und auch nicht in jeder Gegend, sondern weil auch die Schur ein bisschen mehr braucht als nur ein scharfes Messer. Sie merken schon: Wir reden hier nicht von Kamelen, wie sie durch die arabische Wüste marschieren, sondern von denen, die hier oben in den mongolischen und mandschurischen Steppen heiße Sommer und lange eiskalte Winter gleichermaßen aushalten müssen. Da wächst was auf an Wolle, das kriegen Sie nicht so einfach abgeschnippelt. Da müssen ganze Kerle ran, das können Sie mir glauben! Aber wenn sie erstmal runter ist, die Wolle, und gut verarbeitet, dann hält sie dreimal wärmer als die vom Schaf. So einen Mantel geben Sie Ihr Leben lang nicht wieder her!«

Sie erreichten über eine schmale Treppe den nächsten Boden, und Lüttjohann fuhr mit einer für seine Körperfülle erstaunlichen Leichtigkeit fort: »Hier oben lagern die Schweineborsten. Eignen sich vorzüglich für Pinsel und

Bürsten aller Art. Daneben Pferdehaare und Haare vom Yak. Sie kennen dieses Hochlandrind? Kommen von weit her, diese Haare – aus Tibet und Hsinkiang oben im Nordwesten. Und das Schwarze ein Stück weiter – ganz recht, das sind Menschenhaare. Nun kriegen Sie keinen Schreck, Kleinert!« Er lachte wieder. »Ihnen werden doch auch die Haare geschnitten, oder? Machen sich – mit Wolle, Hanf, Flachs, Leinen oder Jute, was wir natürlich auch alles am Lager haben, vermischt – erstklassig bei der Filzherstellung, diese kräftigen schwarzen Haare, und Sie glauben ja gar nicht, wozu Filz in Deutschland alles gebraucht wird. Filzstiefel für die Armee, die Polizei, die Feuerwehr – da kommt schon ein riesiger Packen zusammen. Und wenn auf dem Bau etwas abgedichtet oder gedämmt werden muss oder im Maschinenbau – was nehmen Sie? Filz natürlich! Und Matten werden aus Filz gemacht und Teppiche – na, Sie merken schon, daraus kann man schnell ein abendfüllendes Thema machen. Was manche Leute wahrscheinlich auch brauchen – denn ich sehe es ja immer direkt vor mir, dieses Naserümpfen, das manche parat haben, wenn die Rede auf diese Art von Landesprodukten kommt. Keine Ahnung haben die, kann ich da nur sagen. Keine Ahnung!«

Sie gingen hinüber ins zweite Lagerhaus, wo zu ebener Erde Saaten und Saatenöle aufbewahrt wurden, und Lüttjohann hatte immer neuen Grund zu stolzgeschwellter Anpreisungsrede. Auf die Aprikosenkerne machte er Kleinert aufmerksam, deren Öl von der kosmetischen Industrie gern gekauft werde, und eine Etage höher präsentierte er getrocknete Schweine- und Ziegendärme, Strohborten und Strohgeflechte, Erd- und Walnüsse, dann noch einmal eine Häute- und Felleabteilung mit rohen, noch ungegerbten Pony-, Ziegen- und Fuchsfellen und schließlich auf dem obersten Boden lange Reihen von Säcken mit Hühner- und Entenfedern.

Wieder im warmen Büro zurück, ließ Kleinert sich noch erklären, was es mit den in Berlin oft erwähnten Eiprodukten auf sich habe, die doch wohl zu den Standardlieferungen der Handelshäuser nach Deutschland gehörten. Lüttjohann erwies sich auch hier als Fachmann: »Natürlich geht es nicht um die rohen Eier. Nein, was wir von den Eiereien im Land, die sich übrigens – jedenfalls in der Nähe von Tientsin – zuweilen auch in deutscher oder gemischt deutsch-chinesischer Hand befinden, aufkaufen und verschiffen, sind Pulver aus getrocknetem Eigelb und trockene Albumine, die Sie im Eiklar finden. Gebraucht wird das alles, soviel ich weiß, in der Nahrungsmittelherstellung. Es scheint so, als ob bei Ihnen zu Hause die Zahl der Hühnereier immer weniger ausreicht, um genügend dauerhaft haltbare Lebensmittel aus ihnen herzustellen. Aber uns soll's recht sein. Wir haben hier massig Spielraum, um zu expandieren.«

Zufrieden fuhr Kleinert ins »Imperial« zurück. Lüttjohann hatte ordentlich Eindruck auf ihn gemacht. Das war doch einer, der anzupacken wusste! Und die Ängste, von denen Stiller gesprochen hatte? Friedrich Lüttjohann schien seiner Sache sehr sicher zu sein.

Am nächsten Tag fand Kleinert im Hotelempfang einen Brief mit dem Absender Max Kampmann. Kampmann? Dessen Fahrer seine Reisebekanntschaft Rudolf Fuchs am Hafen erwartet hatte? Richtig: Fuchs, so las er, werde in die Mandschurei weiterreisen, und Max Kampmann freue sich darauf, als Gastgeber einer kleinen Fuchsschen Abschiedsrunde in seinem Hause auch »den Mamo-Impex-Gesandten Paul Kleinert« begrüßen zu können.

Kleinert war unsicher. Er konnte sich gut vorstellen, wie Fuchs von ihrer gemeinsamen Schiffsreise erzählt hatte: voller Übertreibungen – und immer mit dem Ziel, sich selbst ins rechte Licht zu rücken. Hoffentlich hatte er dabei nicht Porzellan zerschlagen und dem Misstrauen, auf das ihn Stiller hingewiesen hatte, unnötige Nahrung gegeben!

Aber andererseits: Was konnte ihm Besseres passieren als so ein Abend unter lauter wichtigen Tientsin-Deutschen? Dass er lernen musste, sich auf solchem Parkett zurecht zu finden, war doch ausgemacht! Warum also nicht hier und an diesem Tag?

Er wählte die auf der Einladung angegebene Telefonnummer, und pünktlich zum Abendessen stand dieselbe Limousine, in die er am Ankunftstag von Fuchs mit so großzügiger Geste hinein bugsiert worden war, vor dem Hoteleingang. Ein junger Mann, der gerade erst die Zwanzig überschritten haben konnte, sprang aus dem Wagen und stellte sich als Rolf Seifert, Mitarbeiter des Nordchina-Repräsentanten der Deutschen Farben-Vertriebsgesellschaft Keibel & Co., Max Kampmann, vor. Sein Chef habe ihn gebeten, ihm, Kleinert, auf der kurzen Fahrt noch ein wenig über Tientsin zu erzählen, und das wolle er gerne tun.

»Ich weiß doch, wie abfällig die Leute in Schanghai über uns hier oben reden!«, sagte er, als die Türen zugeschlagen waren und der chinesische Fahrer den Wagen in Bewegung setzte. »Klar, es lässt sich schön auftrumpfen in Gegenden, wo Schnee und Eis Fremdwörter sind, kein Fluss oder Hafen je zufriert und unablässig die Transporte aus dem Landesinneren anlanden. Und wenn es dann auch noch politischen Aufwind gibt, weil sich die Nanking-Regierung ja offensichtlich mit den Schanghaier Opiumkönigen und Waffenhändlern – den chinesischen, meine ich in diesem Falle – bestens arrangiert hat und zugleich den anderen Handelskönigen der Stadt – jetzt rede ich von den ausländischen – im Settlement völlig freie Hand lässt: Was soll da guten Bilanzen im Wege stehen? Aber«, fuhr er fort und wies mit der Hand auf ein aus dem Dunkel auftauchendes hell erleuchtetes, von Parklaternen umsäumtes schlossähnliches Gebäude, an dessen großem Eingang gerade in dichter Folge moderne Limousinen elegante Gäste in eine unübersehbar prunkvolle Abendgesellschaft entließen, »hier ist ja nun auch nicht gerade das Ende der Welt. Wissen Sie, wer in diesem Hause residiert? Das ist Pu Yi, der letzte chinesische Kaiser – jetzt zwar ohne Hof und politische Macht, aber – wie Sie sehen – mit erheblichem Unterhaltungswert. Schauen Sie sich die Autos an und die Garderoben! Nichts da mit altem chinesischem Protokoll! Das ist europäisch, das ist modern – man lässt sich nicht lumpen! Auch im eiskalten Tientsin nicht!«

»Und wer«, fragte Kleinert, »lässt sich da sehen? Bei einem Kaiser, der nichts mehr zu sagen hat?«

»Ach, da gibt es Etliche, die auch nichts zu sagen, aber eine Menge Geld in der Tasche haben. Aus Russland sind nach der Revolution eine Menge nicht ganz armer Leute nach China geflohen. Vor allem in Harbin – das liegt an der Bahnlinie hinauf nach Mandschuria, und wenn Sie wissen wollen, was wirklich sibirische Kälte ist, dann ist das ein idealer Studienort – haben sie sich niedergelassen, und nicht wenige auch hier in Tientsin. Sie werden von den Europäern hier gewöhnlich als Weißrussen bezeichnet – aber Sie als einer, der vom Osten ein bisschen Ahnung hat, wissen natürlich, dass das politisch gemeint ist und keineswegs etwas mit Weißrussland zu tun hat. An Rotrussen übrigens gibt es hier auch keinen Mangel.« Seifert drehte sich um: »Ich langweile Sie doch nicht?«

»Ganz und gar nicht«, sagte Kleinert, »reden Sie weiter! Die Roten allerdings dürften es ja wohl gerade nicht gewesen sein, die da zum Ex-Kaiser fahren?«

»Wissen kann man's nie, würde ich sagen. Die wollen ja auch irgendwie dabei sein überall, haben hier im Norden durchaus ihre eigenen Interessen. Es schwirren da ziemlich heftige Gerüchte durch die Gegend. Die Japaner, heißt es, werden es wohl beim jetzigen Status der Mandschurei nicht belassen. Sie wollen sie ganz. Und da haben die Rotrussen, glaube ich, einiges dagegen, denn ihnen gehört ja die Ostchinesische Eisenbahn – die wichtigste Transportlinie in dieser Gegend, die mitten hindurch führt durch diese Mandschurei.«

Er musste seine Rede unterbrechen, weil der Chauffeur mit heftigem Schwung einigen Eselkarren ausgewichen war, und fuhr dann fort: »Und was uns hier in Tientsin betrifft – wir gehören zwar nicht dazu zur Mandschurei, aber wir wissen natürlich, dass die Japaner dann, wenn sie erst einmal im mandschurischen Mukden, das nur ein paar Eisenbahnstunden von hier entfernt liegt, alles in der Hand haben, sich auch noch gleich unsere Gegend hier unter den Nagel reißen wollen. Wo doch die chinesischen Bürgerkriegsgeneräle, die hier die Fäden in der Hand halten, ohnehin mit Tschiang Kai Schek nicht gerade befreundet sind. Und also, wenn es ihnen denn nutzt, interessanten Verbindungen mit den Japanern nicht abgeneigt gegenüber stehen.«

Wieder unterbrach er sich. Diesmal war es ein abruptes Bremsen, das ihn und Kleinert heftig nach vorn schleuderte, und lautes, wütendes Schimpfen von draußen zeigte an, dass sie wohl nur knapp einer Karambolage entgangen waren. Aber der Chauffeur quittierte den Lärm mit stoischer Gelassenheit, gab ungerührt wieder Gas, und auch Seifert schien nicht besonders beeindruckt zu sein.

»Und um noch einmal auf die Mandschurei zurückzukommen« – nahm er seinen Faden wieder auf –, »Pu Yi ist Mandschu – und so hört man immer öfter, die Japaner könnten ihm eben deshalb eine neue politische Rolle zugedacht haben. Ein Mandschu an der Spitze der Mandschurei – wäre das nicht ein gelungener Coup? Also bitte: Wer auch immer da heute abend dort in der großen Villa auftauchen und zum Tänzchen bitten mag – es werden neben den Dandys aus Russland, England und Amerika und ein paar verwöhnten Söhnchen und Töchterchen reicher Chinesen auch ernsthafte Leute aller politischen Couleur dabei sein – ob man's ihnen nun ansieht oder nicht.«

»Und was ist mit Ihnen? Hätten Sie nicht auch Lust auf ein solches Vergnügen?«, fragte Kleinert.

»Lust schon«, antwortete Seifert, »aber irgendwie sind wir Deutschen nicht richtig drin in diesen Kreisen. Was sind wir denn hier in Tientsin? Kaufleute, ein paar Techniker – alles Bürgerliche, die von ihrer Arbeit leben müssen. Das ist nicht die Welt von Pu Yi! Da passt der russische Adel, selbst wenn er hier nur noch vom Eingemachten lebt, schon besser dazu. Und die Nachkommenschaft aus den großen englischen Bankhäusern, die hier nichts anderes tut als Zinsen zu verzehren, wohl auch.«

Der Wagen hatte, während Seifert seine Betrachtungen zur Tientsiner Gesellschaft fortsetzte, das Anwesen des Ex-Kaisers weit hinter sich gelassen und war in eine Seitenstraße eingebogen, der man auch in der abendlichen Dunkelheit ansah, dass es sich hier mehr als nur passabel wohnen ließ. Im Licht der wenigen Straßenlaternen waren großzügige, von hohen gusseisernen Zäunen begrenzte baum- und sträucherbestandende Anwesen zu erkennen, in deren Mitte man, wie die hell erleuchteten Fenster verrieten, durchaus stattliche Villen vermuten durfte.

Auch Max Kampmann, noch keine vierzig Jahre alt, schlank, hochgewachsen, im korrekten Dreiteiler den stilsicher-selbstbewussten Geschäftsmann gebend, bewohnte ein solches Haus und begrüßte Paul Kleinert mit einem fröhlichen Händedruck, in dem sichtliche Daseinsfreude lag. »Seien Sie willkommen, Kleinert, auf einem der östlichsten und – wie Sie gleich sehen werden – auch besonders einladenden Außenposten der deutschen Farbenindustrie. Glauben Sie anderslautenden Stimmen nicht und lassen Sie sich von der Kälte nicht beirren: Hier geht es aufwärts, und Sie können froh sein, dass Sie das miterleben können. Ich hoffe doch sehr, Seifert hat Ihnen das auch schon gesagt?«

Ohne eine Antwort abzuwarten, schob er die beiden jüngeren Männer in den Vorraum, in dem sie sich ihrer Mäntel entledigen konnten, und geleitete sie dann in ein Speisezimmer, dessen Anblick Kleinert den Atem verschlug. Natürlich hatte er in einem Haus wie diesem chinesische Einrichtungsgegenstände und Zeugnisse der chinesischen Kunst erwartet – aber nicht in einer Fülle, wie sie Kampmann hier präsentierte. An drei Wänden waren über dunkelbraunen hölzernen Anrichten Borde mit großen und kleinen Porzellanvasen und -tellern angebracht, bis unter die Decke hinauf drängten sich dazwischen Rollbilder mit faszinierender Kalligraphie, und selbst die vierte Wand – dort, wo am Tage drei große Fenster den Blick in den Garten freigaben – wurde noch zur Ausstellung der Kampmannschen Sammlerleidenschaft genutzt. Hier waren es bis an die Fensterbretter reichende kleine geschnitzte Schränkchen und Regale, die den Blick des Betrachters auf sich zogen, und selbst an den schmalen Wandstücken zwischen den Fenstern hatte sich noch Platz für zierliche Vasenarrangements gefunden.

Das Essen, das später, als alle Gäste eingetroffen waren, an der vierzehn Gedecken Platz bietenden Tafel von chinesischen Hausangestellten serviert wurde, stand an Prunk – und, wie Kleinert fand, einiger Überladenheit – der Dekoration des Raumes nicht nach. Kampmann hatte die Speisenfolge dankbarerweise in deutscher Sprache auf hübsch geschmückten Kärtchen notieren lassen, und so konnte sich Kleinert am nächsten Morgen im Hotel alles noch einmal vergegenwärtigen. Schon zu Beginn hatten silberne Schalen mit Walnüssen, Aprikosenkernen, Lotoskernen, eingelegten wilden Äpfelchen und süßen Obstgelees auf dem Tisch gestanden. Dann waren auf großen Porzellantellern Vorspeisen serviert worden, die von jedem der ausschließlich deutschen Gäste ganz nach chinesischem Brauch erst mit den speziellen Vorlegestäbchen, später, als die Stimmung lockerer wurde, auch mit den Essstäbchen in die eigenen Reisschälchen befördert wurden. Kleinert, der froh war, dass er schon von seinem Freund Hsü in die Kunst des Essens mit Stäbchen eingeweiht worden war, hatte besonderen Gefallen an den »hundertjährigen« Eiern mit dem säuerlich-würzig schmeckenden fest-dunkelbraunen Gelee gefunden, in das sich das hartgekochte Eiweiß in einem längeren Konservierungsprozeß verwandelt hatte, und an den säuerlich-salzig eingelegten Hühner- und Entenfüßen. Außerdem hatten eingelegter Blumenkohl und in Reiswein und Essig konservierter Fisch zu den Vorspeisen gehört, ehe man dann zu klaren Suppen mit Baumpilzen oder Bambussprossen übergegangen und schließlich – nicht ohne zwischendurch entweder dem angenehm angewärmten Reiswein oder einem kühlen Tsingtao-Bier zuzusprechen – zu den warmen Hauptgerichten gekommen war. Kleinert erinnerte sich gut an die Krabben in grünen Erbsen, an die scharf gewürzte Hühnerbrust mit Erdnüssen, an die pikant angemachten gebratenen Haifischflossen und die kräftigen Bambusspitzen, und auch um die gedämpften Schwalbennester hatte er keinen Bogen gemacht. Mit einem erneuten Gang fantasievoller Suppen – diesmal mit Teilen vom Huhn und von verschiedenen Süßwasserfischen – war dann in den Mägen noch einmal Platz geschaffen worden für gebackenen Karpfen in süßsaurer Sauce und kross gebratene Mastente, und Kampmann hatte zusätzlich zu Bier und Wein hochprozentigen Reis- und Hirsebrand bringen lassen. »Der besseren Verdauung wegen«, hatte er verkündet, und natürlich hatte niemand widersprochen.

An die vier Stunden hatten sie auf diese essende und trinkende Weise beisammen gesessen, und Kleinert hatte das Anregende, dem Gespräch so Förderliche dieser Art des Tafelns in vollen Zügen genossen. Gewiss: Der Alkohol hatte die Zungen gelöst, wie er es in Deutschland auch getan hätte. Aber schon weit vorher hatten das Hantieren mit den Stäbchen, das gegenseitige Vorlegen, das bewundernde Staunen über die neu herein gebrachten Schalen und Schüsseln eine ähnliche Wirkung erzeugt. Niemand hatte stumm über seinem Teller gebrütet – alle waren in Aufmerksamkeit füreinander und für die ständig wechselnden Arrangements auf dem Tisch.

Und noch einen anderen Grund hatte es für das Belebende dieses Abends gegeben: Endlich, nach den langen Wochen seiner Reise, den Nächten in

Schiffskabinen und Hotelbetten, den einsam oder nur in männlicher Reisebegleitung rasch und unzeremoniell eingenommenen Mahlzeiten, hatte Kleinert wieder einmal mit Frauen in einer Runde gesessen. Und was für welchen! Die Frau des Hauses, Katharina Kampmann, kaum älter als er, aber schon Mutter zweier bereits schulpflichtiger Mädchen, hatte, verführerisch in ein nach chinesischer Art schmal geschnittenes langes, hochgeschlossenes, zwischen rechter Brust und Schulter schräg geknöpftes und an der linken Seite bis weit den Oberschenkel hinauf geschlitztes dunkelrot-samtenes Kleid gehüllt, ihre Gastgeberrolle perfekt auszufüllen gewusst. Nichts in ihrem offenen, fröhlichen Lachen und ihrem gewandten Umgang mit ihren Gästen hatte Spuren der winterlichen Öde Tientsins oder einsamer dunkler Abende erkennen lassen – es war, als hätte sie alle Farben, Düfte und Freuden des Sommers, den sie wie viele andere Chinadeutsche am nicht weit entfernten Strand von Peitaiho verbracht hatte, in sich bewahrt. Sie hatte, wenn sie nicht mit leichthändigem Dirigieren ihres chinesischen Hauspersonals beschäftigt war oder selbst hier und da ein wenig Reiswein nachgeschenkt hatte, Kleinert direkt gegenüber gesessen, und er hatte seinen Blick nicht abwenden können von ihrem jungen Gesicht und ihrem kunstvoll aufgesteckten, mit einem fein ziselierten Silberhängerchen geschmückten dunklen Haar. Als der Abend fortgeschritten war, hatte er sie sich heimlich ein wenig hinweg gewünscht von ihrem für seinen Geschmack zu prahlerischen Ehemann. Aber jetzt, am nüchternen späten Morgen im Hotel, glaubte er einzusehen, dass das doch alles ganz stimmig zusammengepasst hatte im Kampmannschen Anwesen: die überladene Darstellung der Chinaliebhaberei im Esszimmer, die selbstgewisse Erfolgsbeschwörung in den Reden des Gastgebers und die geradezu triumphale Schönheit der Hausherrin. Es war von allem immer irgendwie ein Quäntchen zu viel gewesen – ganz so, als ob da auch ein Schutzpanzer gebildet worden war. Aber wie wollte er, Kleinert, das in so kurzer Zeit wirklich beurteilen? Und außerdem – merkte er jetzt – hatte er ja nicht einmal gewagt, Katharina Kampmann direkt anzusprechen.

Aber dankbar war er gewesen, dass sie ihn, der solche Feierlichkeiten zu Hause nie kennen gelernt hatte, so unkompliziert mit den anderen Gästen bekannt gemacht hatte: mit Josef Fuhrmann, dem schon auf die Sechzig zugehenden Vertreter der Deutschen Stickstoff-Vertriebsgesellschaft Bauch & Co., und dessen Frau Margot, die in der Deutschen Schule als Lehrerin arbeitete; mit Helmut Laase, einem quirligen, gesprächsfreudigen Mittvierziger, Repräsentant der Elektrizitätsgesellschaft China Electric Co., der stolz seine noch sehr junge Frau vorzeigte, die bis zur gerade erst stattgefundenen Hochzeit als Sekretärin in seinem kleinen Büro gearbeitet hatte und nun ein Kind erwartete; und mit Gerhard Baudner von Simon China Co., der, im Alter etwa mit Laase gleich, sich mit bäuerischer Ruhe und Gewitztheit nur selten in die Gespräche mischte und ein amüsant zu beobachtendes Vergnügen an den treffsicheren politischen Kommentaren hatte, mit der seine Frau Elisabeth die Unterhaltung würzte. Dann waren da noch Paul Wicke von der Deutsch-Ostasiatischen Bank und Otto Jurgeleit von den Deutsch-Nordchinesischen Nachrichten mit ihren Frauen – alle noch in den Dreißigern und mit jener Mischung aus Neugierde und Eigentlich-kann-mich-nichts-mehr-Erschüttern im Gesichtsausdruck, wie er häufig bei Leuten, die seit ein, zwei Jahren im Ausland leben und arbeiten, anzutreffen ist.

Für ein Gespräch mit dem Vierzehnten in der Runde hatte es dann der Vermittlung durch Katharina Kampmann nicht mehr bedurft: Rudolf Fuchs, der eigentliche Held des Abends, hatte ihn so lärmend und übertreibend, wie er es befürchtet hatte, über die ganze Länge des Tisches als »kommenden Mann« im deutsch-chinesischen Handel gepriesen und ein Bild von der Mamo Impex gezeichnet, das, so meinte er, ihm kaum günstige Karten in die Hand würde geben können.

Im Erinnern merkte Kleinert, dass ihm der Alkohol im zweiten Teil des Abends wohl manches Schnippchen geschlagen hatte. Für die Namen der Anwesenden hatte er die Visitenkarten – da konnte nichts passieren. Aber was hatten sie ihm nun eigentlich alles gesagt? Hatte es da Botschaften gegeben, die er nicht vergessen sollte und durfte?

Er beschloss, das eine oder andere doch in seinem Tagebuch zu notieren. Wer hatte doch diese begeisterte Rede auf die Mandschurei und ihren eisfreien Hafen Dairen gehalten und damit dem ja ohnehin so japanbegeisterten Rudolf Fuchs noch zusätzlich den Mund wässrig gemacht? Richtig, das war Josef Fuhrmann, der Mann von der Stickstoff-Vertriebsgesellschaft, gewesen.

»Fuchs«, hatte Fuhrmann gesagt, »ich beneide Sie um Ihre Reise«, und dann hatte er zu schwärmen begonnen: dass in Dairen nichts von jener Skepsis zu spüren sei, die ansonsten über Chinas Häfen laste; dass diese Stadt, die einst unter dem Namen Dalnyj mit dem nahen Hafen Port Arthur ein russischer Vorposten gewesen war, dank der japanischen Herrschaft und Anstrengungen zu einem Welthandelsplatz geworden sei, der an der chinesischen Küste schon jetzt nur noch von Schanghai übertroffen werde – und, wenn Schanghai weiter dem Stillstand verfallen bleibe, auch noch Platz eins erobern könne. Fuchs müsse sich, so hatte er gefordert, unbedingt der Erfolgsgeschichte der südmandschurischen Eisenbahn widmen. Diese Unternehmung sei mehr als nur eine einfache Eisenbahn. Ihr gehöre in der Mandschurei nahezu alle, was einigermaßen wichtig sei: Kohlengruben und Hafenanlagen, Straßenbahnen und Gaswerke, Lagerhäuser und Siedlungen, Spitäler und Schulen, Hotels und Schifffahrtslinien. Seit 1910 habe sich der Gewinn, den sie erwirtschafte, verzwanzigfacht. Und natürlich diene sie vor allem der Besiedlung des nur spärlich bewohnten Landes. Zehn-, ja Hunderttausende Chinesen aus dem bürgerkriegsgeplagten Nordchina seien auf dem Weg in die Mandschurei und bereit, sich dort eine neue Existenz aufzubauen. Und es sei doch unerhört lehrreich und interessant, wie die Japaner diese Einwanderung beförderten und sich zugleich mit den reichen chinesischen Bürgerkriegsgenerälen, die in der Mandschurei Unterschlupf suchten, arrangierten. Dumm und engstirnig sei, wer angesichts all dessen nicht auch auf neuartige deutsche Arrangements mit den Japanern ziele. Ihnen gehöre die

Zukunft, von ihnen gingen die entscheidenden wirtschaftlichen Impulse aus. Da könne er, hatte sich Fuhrmann noch einmal direkt an Fuchs gewandt, bleibende Verdienste erwerben, wenn er das alles sehr überzeugend und werbend darlege, denn es gebe da doch allweil Chinadeutsche, die meinten, man müsse es aus alter Verbundenheit heraus unter allen Bedingungen mit den Chinesen halten. Nein, er, Fuhrmann, sehe das anders: Das Geschäft habe sich am Erfolg zu orientieren, und der liege nun einmal bei den Japanern.

Fuchs hatte Fuhrmann erstaunlich geduldig zugehört, ihm dann nachdrücklich zugestimmt und die Pläne der Japaner in China betreffend einen Spruch zum Besten gegeben, den er, wie er sagte, in Schanghai in einer Runde erfahrener Banker gehört hatte: Japan sei in seiner Chinapolitik so weit- wie vorsichtig. Es habe auf chinesischem Boden zweimal siegreich Krieg geführt – einmal gegen China und einmal gegen Russland –, und es habe dabei gelernt, dass Siege in China den Aufwand nicht lohnten. Bestechungen seien rentabler.

Richtigen Widerspruch – erinnerte sich Kleinert jetzt – hatte Fuhrmann bei seiner Rede nicht erfahren. Wicke und Jurgeleit hatten beifällig genickt, Laase und Baudner schweigend und ohne erkennbare Regung zugehört. Nur Elisabeth Baudner hatte sich eingemischt: Hatte nicht Fuhrmann letztens erst in selbigen Tönen von Schanghai geschwärmt? Und die Japaner für viel zu klein gehalten, um gegen Tschiang Kai Schek bestehen zu können? Aber Margot Fuhrmann hatte sie ärgerlich nieder gezischt.

Die Gastgeber hatten diesen kleinen Streit schnell geschlichtet. Wieso man sich den Kopf der Politik zerbrechen wolle, hatte Max Kampmann gefragt und darauf verwiesen, dass er dann ja gleich den Generalkonsul hätte zum Vortrag bitten können. Und Katharina hatte die beiden Frauen um die Schultern gefasst und zu einem Versöhnungstrunk gebeten. Das fehle noch, dass sie sich hier in die Haare gerieten! Sitze man denn nicht in einem Boot? Und sei es ihnen nicht eigentlich egal, wer in Tientsin das Sagen habe – wenn nur das Settlement so lebenswert bleibe wie bisher und der Strand von Petaiho keinen Schaden nehme? Wo doch auch die Schulklassen so fröhliche Ferientage verleben könnten?

Während Kleinert sich dies alles ins Gedächtnis rief, fiel ihm auf, was er bis dahin übersehen hatte: dass unter den Kampmannschen Gästen die Handelshäuser nicht vertreten waren. Genau! All jene, die Generalkonsul Stiller so gepriesen hatte, waren bei Kampmann außen vor geblieben. Und von den Kampmanns und Fuhrmanns und Baudners und Laases wiederum hatte Stiller kaum gesprochen. Das konnte kein Zufall sein. Das waren, merkte Kleinert, Interessenkonflikte, bei denen es um deutlich mehr ging als nur die eine oder andere Export- oder Importquote. Sollte er tatsächlich schon so schnell darauf gestoßen sein, wovon Hsü Tao Lin immer wieder gesprochen hatte: dass es in Deutschland einen China- und einen Japanflügel gab?

Kapitel 3

Zwei Wochen nach dem Abend bei Max und Katharina Kampmann verließ Paul Kleinert Tientsin mit dem Zug nach Nanking.

Die verbliebenen Tage hatte er zu Gesprächen und weiteren Besichtigungen genutzt. Bei Bresch, Cronitz & Wang war er mit Carl Flöcker zusammengetroffen – einem Bergmann, der schon gleich nach der Jahrhundertwende aus dem Saarland nach China gekommen war und sich gerade auf der Durchreise aus der Provinz Schantung nach Peking befand, um dort Bergbauangelegenheiten zu klären.

Als Flöcker erfahren hatte, was ihm mit Kleinert da für ein chinadeutsches Greenhorn untergekommen war, hatte er ihn gleich für Stunden mit Beschlag belegt.

Er wolle sich ja nicht wichtig machen, hatte er gesagt, aber dass die Kohlengrube des Generals a. D. v. Zimmeken in der Provinz Tschili – ja, richtig, das sei die Gegend von Peking und Tientsin nach Süden hinunter bis zum Hoangho, dem Gelben Fluss – heute wieder ordentlich Erträge brächte, könne er, Flöcker, sich getrost auf seine Fahnen schreiben. Zimmeken sei Kleinert doch ein Begriff? Nein? Na, in Tschili kenne ihn jedenfalls jedes Kind. Nun sei der General ja leider nach dem verlorenen Krieg seine Kohlenkonzession losgeworden, und auch ihn, Flöcker, hätten die Chinesen erst einmal wieder nach Hause geschickt.

»Aber ein knappes Jahr später haben sie es sich anders überlegt und mich per Telegramm zurückgeholt«, hatte er voller Stolz verkündet. »Wie das eben so ist in China: Beziehungen sind alles. War da also ein Neffe des gerade installierten Präsidenten, und der hatte eine Grube neben der des Generals, und nun gehörten ihm alle beide, und weil er einen Fachmann brauchte, kam die Rede wohl irgendwie auch auf meine Person. Also bin ich wieder hin. Aber ich kann Ihnen sagen: Leicht ist es nicht, sich in einem rein chinesischen Betrieb durchzusetzen! Und dann stellen Sie sich mal die technischen Bedingungen vor! Am Anfang hatten wir noch keinen Bahnanschluss, also mussten die Dampfkessel und Maschinen 20 Kilometer über Land transportiert werden. Straßen? Fehlanzeige. Über Karrenwege und Saumpfade ging es, und wenn es regnete, wurde alles zu Schlamm. Einmal mussten wir ein breites Flussbett überqueren, als ein gewaltiger Gewitterguss einsetzte. Die Maschinenteile blieben stecken, und es dauerte Tage, bis das Hochwasser so weit abgelaufen war, dass wir alles wieder ausgraben konnten. Aber was soll's: Es hat sich gelohnt. Es ist eine gute Industriekohle dort unten, und Abnehmer gibt es derzeit auch genug.«

Als Kleinert darüber Genaueres hatte wissen wollen, hatte Flöcker gelacht. »Die Japaner natürlich sind es, die jetzt unsere großen Kunden sind«, hatte er gesagt, und als er Kleinerts skeptischen Blick bemerkt hatte, hinzugefügt: »Sie gehören doch nicht etwa zu diesen Korinthenkackern, die argwöhnisch gucken, was die Japaner alles so unternehmen? Ist doch klar, dass sie zu Großabnehmern unserer Kohle geworden sind. Was denn sonst? Sie sind es doch, die den frischen Wind in den Norden bringen. Und wenn ihnen also unsere Kohle gefällt – nur zu!«

Und Schantung? Was Flöcker dort getrieben habe? »Der Präsidentenneffe hat mich vermittelt. In einer Mine gab es Schwierigkeiten. Der chinesische Chefingenieur hatte Opiumprobleme, die Förderung ging zurück, die Unkosten stiegen. Also bin ich für ein halbes Jahr hinüber gefahren und habe versucht, wieder Grund reinzubringen. Mal sehen, vielleicht werde ich ganz und gar dorthin wechseln. Die dortige Kohle geht nach Schanghai und weiter nach Japan, und das ist alles noch ein bisschen gewinnträchtiger als in Tschili. Die Bergbaugesellschaft, zu der die besagte Mine gehört, hat ihre eigenen Kohlenzüge und Dampfer, jetzt wollen sie in Pukou – das liegt am Nordufer des Yangtsekiang und ist mit Nanking, der neuen Hauptstadt, per Eisenbahnfähre verbunden – sogar einen eigenen Kohlehafen errichten: Da wäre ich doch dumm, wenn ich nicht über einen Umzug nachdächte. Jetzt allerdings«, hatte Flöcker seine Rede beendet, »muss ich erst nochmal zurück in die Kälte. Man hat ja schließlich Verpflichtungen, nicht wahr.«

Am Tag darauf hatte sich Kleinert von Helmut Laase, dem Vertreter der China Electric, über die Leistungen der deutschen Elektroindustrie bei der Ausstattung chinesischer Städte mit Fernleitungen, Straßenbeleuchtungen und Fernsprechverbindungen ins Bild setzen lassen, und ein paar Tage später war er von Otto Jurgeleit, dem Journalisten, fernab des Settlements in eine chinesische Gastwirtschaft zum Abendessen eingeladen worden. »Probieren Sie mal die richtige nordchinesische Küche«, hatte Jurgeleit vorgeschlagen, »damit Sie nicht denken, mit dem Kampmann-Menü wüssten Sie schon, was gut gewürztes Essen ist!«

Sie waren dann zu dritt gewesen bei vorzüglichem Feuertopf und nicht weniger vorzüglichem Wodka: Jurgeleit, er und der Kaufmann Gustav Rantz, der nur wenige Stunden zuvor aus Kalgan eingetroffen war und ebenso wie Carl Flöcker gern die Gastfreundschaft seiner Tientsiner Landsleute in Anspruch nahm. Jurgeleit hatte eine gute Wahl getroffen: Die Wirtschaft war einfach, aber anheimelnd. Schnell hatten das Kohlebecken mit glühender Holzkohle und der Kessel mit seiner dreibeinigen Aufhängung auf dem grob behauenen runden Tisch gestanden, und bald waren von den beiden Kellnern – von Jurgeleit in bewundernswerter Beherrschung der Peking-Tientsiner Mundart dirigiert – auch die Teller mit fein geschnittenem rohem Hammelfleisch und ebenfalls rohen Kohlblättern und Bohnenkeimlingen sowie die Schalen zum Anrichten der scharfen Tunken aus Sojasauce und tränentreibendem grünem Meerrettich oder nicht minder die Geschmacksnerven prüfenden Mischungen aus Chili-Schoten-Extrakt und Sesamöl herangebracht. Mit geübten Gesten hatten Jurgeleit und Rantz die hauchdünnen Fleischscheiben, den Kohl und die Bohnenkeimlinge ins kochende Wasser befördert, das schon nach wenigen Sekunden gare Fleisch wieder herausgeholt, in eine der Saucen gestippt und Kleinert herübergereicht, der froh war, dass schließlich auch noch kochender Reis serviert worden war, mit dessen Hilfe er den Aufruhr an Zunge und Gaumen ein wenig dämpfen konnte. Später, als die Kohlblätter durchgegart waren, hatten sie das Fleisch nicht mehr pur gegessen, sondern mit den Bohnenkeimlingen zusammen in die Blätter gewickelt. Und weil der Wodka die Lust am Essen weiter vergrößerte, hatte Jurgeleit auch noch einen Block Sojabohnenquark kommen lassen, den sie in Würfel schnitten und dem immer würziger werdenden Sud im Kessel beifügten.

Gustav Rantz hatte sich bei all dem nicht lange bitten lassen, Geschichten aus seinem abenteuerlichen Reiseleben zum besten zu geben. Wie Flöcker gehörte auch er zu den Deutschen, die schon vor dem Krieg nach China gekommen waren. Damals war er zweiundzwanzig gewesen – jetzt, mit knapp Fünfzig, hätte er lange überlegen müssen, wenn er einen Platz des deutschen Chinahandels hätte nennen sollen, zu dem es ihn nicht irgendwann einmal getrieben hatte.

»Und da konnte man nicht immer wählerisch sein«, hatte er aufseufzend festgestellt. »Nicht immer konnte ich das tun, wofür ich eigentlich mal hergekommen war: mit Maschinenteilen und Ausrüstungen zu handeln. Denn wenn – wie noch vor wenigen Jahren – nur noch der Waffenhandel blüht: Was soll man da machen? Als hier jeder Kriegsherr gegen den anderen stand und nach der jeweiligen Machtübernahme nichts Eiligeres zu tun hatte, als ein Arsenal – also eine Waffenfabrik – zu bauen: Da musste man sich anpassen! Für anderes war ja kein Geld da – aber für Waffen immer. Da war man doch froh, wenn man ein paar Drehbänke an die Arsenale liefern konnte und ein paar Werkzeuge. Für ihre Gewehrläufe kauften die Generäle gerne gewöhnlichen Bohrstahl, und ich hatte die günstigsten Lieferadressen. Was aber, wenn den Gewehrlaufbohrmaschinen die Kühlung fehlte? Auch da war ich wieder gefragt, denn ich konnte den Leuten mit meinen guten Verbindungen nach Schanghai mehr als einmal aus der Verlegenheit helfen. Nur dort gab es das wasserlösliche Öl, das man unbedingt benötigte und andernorts nicht auftreiben konnte.«

Rantz hatte einen kräftigen Schluck vom Wodka genommen. »Aufpassen mussten Sie bei diesen Geschäften immer, dass der Auftraggeber dann, wenn die Lieferungen eintrafen, noch am Ruder war. Sonst hatten Sie zwar das Bestellte herangeschafft, aber die Löhnung blieb aus. Auf diese Weise bin ich mal auf einer Sendung Minenwerferrohre sitzen geblieben, die ich dann erst Monate später doch noch verkaufen konnte – und an wen?« Rantz hatte mit theatralisch hochgezogenen Augenbrauen in die Runde geguckt und dann gleich selbst die Antwort auf seine Frage folgen lassen: »Natürlich an die Japaner.«

Schon wieder die Japaner! Kleinert hatte seinen sich allmählich anstauenden Ärger über die Selbstverständlichkeit, mit der die Rede immer wieder auf diese Art von Geschäften gekommen war, diesmal nicht verbergen können, aber sein Ausbruch, der in der erregten Frage gipfelte, ob denn hier jeder machen könne, was er wolle, war von seinen beiden Gesprächspartnern einfach nicht ernst genommen worden. Rantz hatte mit einem beruhigenden »Ist ja gut, ist ja gut« Wodka nachgeschenkt, sich mit einem spöttischen Blick zu Jurgeleit hinüber des Einverständnisses des Journalisten versichert und dann ohne weitere Umstände seine Rede fortgesetzt.

»Natürlich«, hatte er gesagt, »war das eine Ausnahmesituation. Das wissen Sie doch, Kleinert! Das ist doch kein Grund zur Aufregung! Ansonsten mache ich, wie ich schon sagte, viel lieber unkriegerische Sachen.«

Jurgeleit hatte diese Auskunft mit heftigem Kopfnicken unterstrichen, und Rantz hatte begonnen, sich wieder in Fahrt zu reden. »Haben Sie schon einmal ein Wasserschöpfwerk gesehen, wie es hier in der Gegend zur Bewässerung der Reisfelder üblich ist? Na, schauen Sie mal aufmerksam hin, wenn Sie demnächst nach Nanking unterwegs sind. Jetzt, im Winter, sind die Dinger natürlich nicht in Betrieb. Aber im Frühjahr, wenn sie wieder in Gang gesetzt sind, werden Sie Augen machen!«

Kleinert hatte noch einen zaghaften Versuch unternommen, die Japanfrage doch wieder ins Gespräch zurück zu holen, aber Rantz hatte ihm mit einem gestenreich untermalten Vortrag endgültig den Wind aus den Segeln genommen.

»In einem Holzkasten ohne Deckel«, hatte er erklärt und mit ausgreifenden Handbewegungen Breite und Höhe der Konstruktion markiert, »läuft eine hölzerne Gliederkette, die mit Brettern besetzt ist – und die ganze Anlage kommt ohne einen einzigen Nagel aus. Alles fein gefugt – und angetrieben durch ein ebenfalls hölzernes Tretwerk, auf dem sich zwei Leute vor Anstrengung so ziemlich die Lunge aus dem Halse pusten. Sind sie ein bisschen besser gestellt, die Bauern, können sie sich vielleicht ein Göpelwerk leisten, vor das ein Maultier gespannt ist, das nun mit verbundenen Augen seine Runden drehen muss. Aber da merkt man natürlich auf als einer, der mit Maschinen zu tun hat, nicht wahr?« Er hatte wieder den zustimmenden Blick von Jurgeleit gesucht. »Da merkt man doch, dass es Zeit ist, dem Fortschritt zu seinem Recht zu verhelfen. Und so habe ich also für so eine Anlage zusammen mit einem chinesischen Schlosser eine Antriebsmaschine entwickelt – auf der Basis eines kleinen amerikanischen Petroleummotors. Wir haben eine ziemlich erfolgreiche Produktion aufgezogen, in den Dörfern für unsere Erfindung geworben und ein, zwei Jahre lang richtig gute Geschäfte gemacht. Aber dann gab es Überschwemmungen, Dammbrüche, und als die Chinesen auch noch anfingen, den einfachen Petroleummotor nachzubauen, war es vorbei mit unserer Herrlichkeit. Sie tun's eben billiger, brauchen weniger, um ihre Familien zu ernähren. Na, macht nichts, jetzt sitze ich mit einem anderen chinesischen Schmied und Schlossermeister an der Entwicklung eines Pfluges, der sich zum Tiefpflügen der Reisfelder eignet. Neues Spiel, neues

Glück. Und das wird«, hatte er sich nun wieder direkt an Kleinert gewandt, »ja auch für Sie gelten, oder was treibt Sie sonst nach Nanking?«

Kleinert hatte erklären wollen, dass er sich dort wie auch hier in Tientsin nur ein erstes Bild vom Wirken der Deutschen in China machen wolle und sein neues Glück – hoffentlich! – danach in Berlin seinen Anfang nehmen werde, aber das hatte Rantz gar nicht ernsthaft interessiert. Vom Wodka befeuert, hatte er schon bald wieder ganz allein das Wort genommen, seine beiden Zuhörer in die Welt des hindernisreichen Handels mit Grubenausrüstungen entführt, dabei immer wieder Anekdoten über verwickelte Verhandlungen mit chinesischen Provinzgouverneuren eingestreut, und als sie sich zu später Stunde voneinander verabschiedeten, hatten Jurgeleit und Kleinert ihm aus ebenso wodkaseligem Herzen Glück gewünscht für seine Unternehmungen, die ihn am folgenden Tag nach Mukden führen sollten.

Mit Otto Jurgeleit hatte sich Paul Kleinert dann noch ein weiteres Mal getroffen. Der Journalist hatte ihm die Deutsche Schule gezeigt und den Deutschen Klub, und bei Greiling & Buder hatten sie nicht nur gemeinsam Kaffee getrunken, sondern Kleinert hatte sich, weil Jurgeleit darüber schreiben und seinen Text auch großen deutschen Tageszeitungen in Berlin, München und Frankfurt anbieten wollte, geduldig ein zweites Mal die Geschichte der Konditorei angehört, die – wen wollte es verwundern – viel ausführlicher ausgefallen war, als sie ihm Stiller bei ihrer ersten Begegnung hatte erzählen können. Es konnte, dachte Kleinert nach all den Erzählungen der Lüttjohann, Flöcker und Rantz, wohl keine dieser Chinageschichten abgehen ohne die schillernde Darstellung dramatischer Überfälle auf Eisenbahnzüge, blutiger Scharmützel zwischen wer weiß zu welchen Armeen gehörenden Soldaten und undurchsichtiger Intrigen der wer weiß mit wem gerade verbündeten Behörden – und genauso unfehlbar endeten sie auch stets mit der stolzen Beschreibung des eigenen Geschicks, sich in all dem erfolgreich behauptet zu haben.

Und so hatten auch die beiden Konditormeister für den Preis regelmäßiger Mehl-, Milch- und Eierlieferungen bei den unumgänglichen Einkaufsfahrten über Land zwei oder drei Mal buchstäblich ihr Leben riskieren müssen, waren beim Erstreiten der Back- und Verkaufslizenzen vor wechselnden Behörden gleich mehrfach um die Erübrigung größerer Bestechungssummen nicht herumgekommen, hatten Plünderungen ihres Geschäfts durch marodierende Soldatenbanden erlitten oder durch den Einsatz von Geld und List gerade noch abgewendet – und standen nun umso strahlender in der Gunst nicht nur der deutschen Chinagemeinde und der anderen ausländischen Bewohner des Settlements, sondern auch der gehobenen chinesischen Bürger- und Beamtenschaft.

Auch wenn Kleinert bei all diesen Erzählungen immer wieder einmal das Gefühl beschlich, der einen oder anderen Übertreibung aufgesessen zu sein, so gab es in der Summe doch keinen Zweifel: Nicht nur das riesige Land im Ganzen war seit Jahrzehnten nicht zur Ruhe gekommen – auch die, die hier mit eigener Arbeit ihr Glück zu machen versuchten, waren es nicht.

Mit Reinhard Stiller hatte sich Kleinert noch auf einen Abschiedstee verabredet, aber der Generalkonsul hatte sich mit politischen Äußerungen zurückgehalten. Wohl war er, wenn es ums allgemeine Debattieren der chinesischen Verhältnisse ging, locker wie bei ihrem ersten gemeinsamen Gespräch gewesen, aber als Kleinert versucht hatte, den Abend bei Kampmann zu reflektieren, hatte er abgeblockt. Er sei Generalkonsul in einer chinesischen Stadt, und dies – und nur dies! – bestimme sein Arbeitsfeld und Aufgabengebiet. Er sei verantwortlich für alle hier lebenden Deutschen einschließlich der Kirche, der Schule und der auf dem flachen Land rund um Tientsin lebenden nicht sehr zahlreichen, aber doch seiner Unterstützung bedürfenden Unternehmer, und er trage Sorge für gute deutsche Kontakte zu den chinesischen Behörden. Gewiss: Mancher der Händler und Firmenvertreter könne sich da ungebundener sehen. Er, Stiller, hingegen stehe in eindeutiger politischer Pflicht. Sein Haus, das Auswärtige Amt in der Wilhelmstraße, sei – und da war er für einen kurzen Moment wirklich ärgerlich geworden – keine Quatschbude. Deutschland habe gute Beziehungen mit China und ebenso mit Japan. Was da diese beiden Ländern untereinander auszumachen hätten, dürfe seine – die deutsche Politik in Tientsin – nicht beeinflussen.

Nun also saß Kleinert im Zug, und während der Fahrt, die ihn mehr als tausend Kilometer nach Süden führte und trotz manch vorheriger Unkenrufe fast planmäßig vonstatten ging, versuchte er, die Überlegungen des Generalkonsuls richtig zu deuten. Aber alles, was ihm klar wurde, war, dass er noch immer erst ganz am Anfang stand. Konnte man wirklich, wie Stiller es tat, einerseits so deutlich für die deutschen Handelshäuser in China Partei ergreifen und andererseits zugleich im sich ja offensichtlich verschärfenden Konflikt zwischen China und Japan Neutralität beschwören? Und die Runde bei Kampmann – waren die Leute, die sich dort versammelt hatten, schon auf dem Weg in ein japanisch dominiertes China und ein entsprechendes deutsches Arrangement mit Japan? Oder war es nur er selbst, Kleinert, der in all diesen Gesprächen und Begegnungen Geheimnisse sah, die in der Wirklichkeit des alltäglichen Geschäftemachens gar keine Grundlage hatten?

Die Ankunft im schon fast frühlingshaften Pukou entriss ihn allen Grübeleien. Es war, wie Carl Flöcker, der beredte und weit herum gekommene Bergmann, es beschrieben hatte: Am gegenüberliegenden Ufer des Yangtsekiang erhob sich – durch den fast zwei Kilometer breiten Strom mit seinen ruhig dahintreibenden gelbbraunen Wassermassen scheinbar ganze Welten von Pukou getrennt und im Dunst der Frühlingsluft nur schemenhaft erkennbar – die Hauptstadt Nanking. Kleinert war überwältigt. Noch um die dreihundertfünfzig Kilometer, wusste er, waren es von hier flussab bis zur Mündung des Yangtsekiang ins Gelbe Meer. Schanghai lag an dieser Mündung – und von dort bis hierher, nach Nanking, und noch weitere siebenhundert Kilometer stromauf in Richtung Westen, dort, wo der Hankiang einmündete und am Zusammenfluss der beiden Ströme die Stadt Wuhan – eine riesige Dreierstadt mit den Teilstädten Wutschang, Hankou und Hanyang – entstanden war, war der alles in allem sechstausend Kilometer lange Strom spielend in der Lage, auch große Ozeanfrachter zu tragen. Drüben in Hsiakuan, dem Nankinger Hafen, waren einige dieser Riesen deutlich auszumachen. In der Stadt selbst waren Krane und Baugerüste zu erkennen. Stiller hatte ihm erzählt, wie sich Nanking seit 1927 verändert hatte. Tschiang Kai Schek, so seine Worte, wolle eine Hauptstadt, die sich hinter dem Glanz Pekings nicht zu verstecken brauchte – und so hatte er begonnen, großzügige Regierungsgebäude errichten und Straßen verbreitern zu lassen.

Quietschend und rumpelnd wurden die Eisenbahnwagen der Tientsin-Pukou-Bahn auf die Fähre geschoben, und ebenso rumpelnd setzte der schwere Schiffsdiesel die Fähre in Bewegung. Es war, dachte sich Kleinert, keine leichte Aufgabe, die Fähre stabil gegen die Strömung zu halten und zugleich Karambolagen mit den Dutzenden von Ruderdschunken zu vermeiden, die, oft zu Konvois zusammengebunden, entweder gekonnt gesteuert mit der Strömung stromab trieben oder sich im Schlepp keuchender kleiner Schleppdampfer langsam stromauf bewegten.

Hier also kamen sie her, die Boote mit ihren zerbrechlich wirkenden, den vorderen Teil des Rumpfes überdeckenden, aus Tierhäuten oder Stroh gefertigten halbrunden Dächern, wie sie Kleinert zu Tausenden auf den großen und kleinen Wasserläufen von Schanghai gesehen hatte. Von hier oder noch weiter stromauf von den hunderten Dörfern in Richtung Hankou her brachten sie in viele Tage dauernden Fahrten Obst, Gemüse, Fleisch, lebendes Geflügel, Reis, Sojabohnen, Strohhüte und -matten, Eier und was die kleinen Wirtschaften der Bauern sonst noch hergaben in die Riesenstadt Schanghai – in ununterbrochener Wiederkehr des Stromab und Stromauf. Mehrere Familien zugleich wohnten auf einem solchen Boot, die Väter und Söhne immer bereit, zu den Rudern zu greifen, und auch die Kinder mussten mithelfen, wenn es galt, die Waren auf- und wieder abzuladen. Die Fahrt flussab mochte noch zu den glücklichen Momenten zählen – vor allem, wenn die Hoffnung auf raschen Absatz der Güter in Schanghai bestand. Wehe aber, wenn für die Rückfahrt nicht so bald ein Schlepper aufzutreiben war! Dann hatte man die Wahl zwischen unendlich langen Tagen des Untätigseins oder dem Versuch, abseits der Hauptströmung in den seichten Randgewässern des breit wie ein Meer sich dehnenden Deltas mühselig stromauf zu rudern. Aber für welche dieser beiden Möglichkeiten man sich dann auch entschied – die Fahrt würde in jedem Falle im wirtschaftlichen Desaster enden. Bloß: Wen kümmerte das? Das reiche Schanghai hatte bekommen, was es brauchte – was scherte da das Schicksal von einigen der nach Zehntausenden zählenden Bootsfamilien? Für Nachschub würde immer gesorgt sein.

Das, merkte Kleinert, musste Rudolf Fuchs gemeint haben, als er auf dem Küstenliner von Schanghai nach Tientsin das Bild vom fruchtbaren und wohltätigen chinesischen Boden gezeichnet hatte, den – wie hatte der Schriftsteller es doch formuliert? – Schanghai mit einem Netz schmarotzender Wurzeln unablässig aussaugte. Und als sein Blick stromauf über die Hafenanlagen des näherrückenden Hsiakuan schweifte und er hinter den großen Schiffen die gewaltig sich reckenden Speicher und ausländischen Firmenniederlassungen entdeckte, erfasste ihn eine Ahnung davon, was es für den Stolz und das Selbstverständnis der Chinesen bedeutet haben mochte, als in der zweiten Hälfte des vergangenen Jahrhunderts hier, weit im Innern des Landes, das erste Mal britische und französische Ozeandampfer aufgetaucht waren. Und nicht allein waren die ja gewesen, sondern in Begleitung kriegsbereiter Kanonenboote hatten sie sich befunden, und deren Bewaffnung war von einer Art, dass die Chinesen nichts entgegenzusetzen hatten.

Kurz vorm Anlegen der Fähre wurde Kleinert aufgefordert, wieder in seinen Eisenbahnwagen zu steigen, und nach krachendem Geschiebe und Wagenkuppeln fauchte der Zug die letzte kurze Etappe zum Nankinger Westbahnhof.

Das Getümmel, das Kleinert auf dem Bahnhofsvorplatz erwartete, raubte ihm für einen Moment die Sinne. Noch nie – auch bei seinen kurzen Aufenthalten in Schanghai und Hongkong nicht – war er so unvermittelt in das Straßenleben einer chinesischen Stadt eingetaucht. In Tientsin war er noch im Hafen in eine Limousine gestiegen, hatte dann im Settlement gelebt, und auf den Straßen in – wie man unter den Ausländern zu sagen pflegte – der Chinesenstadt hatte die große Kälte die Leute nur das Allernötigste im Freien tun lassen. Hier indes zeigte das Thermometer fast 15 Grad Celsius, und das Leben der Millionenstadt quirlte in orientalischer Lebendigkeit. Omnibusse schoben sich mit lautem Hupen die große Hauptstraße entlang durch Ströme von Passanten in Richtung Stadtzentrum, überall gab es Läden und kleine Kneipen, vor einer Garküche saßen in einem Netz gefangen zwei Hühner, die bald geschlachtet werden sollten, an der Ecke gegenüber pries eine Frau heiße Esskastanien an, daneben eine andere ebenso heiße Süßkartoffeln, Männer mit Tragestangen, an denen Körbe mit aufgeregt schnatternden Gänsen hingen, bahnten sich ihren Weg durch die Menge, Rikschakulis riefen nach Kundschaft, kleine Zeitungsverkäufer machten mit schrillen Stimmen auf sich aufmerksam, und als er sich nun auch noch der Düfte und an mancher Ecke des nur schwer erträglichen Gestanks bewusst wurde, hatte Kleinert plötzlich das Gefühl, nun endlich in China angekommen zu sein.

Und er war froh darüber. Die nächtelangen Diskussionen mit seinem Freund Hsü Tao Lin in Berlin – sollten sie denn zu nichts anderem getaugt haben, als in deutschen Herrenrunden eine gute Figur zu machen? Nein, etwas mehr sollte es schon sein. Und hier, in Nanking, schien das endlich möglich.

Entschlossen ließ er sich mit einer Rikscha zu der Adresse bringen, die man ihm in Tientsin aufgeschrieben hatte. Sie erwies sich als ein Hotel europäischer Mittelklasse, und er freute sich, dass sein Zimmer zur Straße hinausging. Zwar ließ ihn der Lärm, der von dort heraufdrang, lange nicht zur Ruhe kommen, aber das störte ihn nicht. Ohnehin war er voller Spannung, was die nächsten Tage bringen würden. Denn bei der Mamo Impex hatten sie ihm als Anlaufpunkt in Nanking nicht einen Offiziellen des Auswärtigen Amtes genannt, sondern den Ingenieur Dr. Walter Schuchardt – einen Mann, der, wovon in Berlin immer nur hinter vorgehaltener Hand die Rede gewesen war, zur deutschen Beraterschaft von Tschiang Kai Schek gehörte. Wie ihm Rieckmüller dringend angeraten hatte, hatte Kleinert den Namen Schuchardt weder in seinen Tientsiner Gesprächen noch Rudolf Fuchs gegenüber erwähnt. Nun war er begierig darauf zu erfahren, was es mit dieser Beraterschaft auf sich hatte.

Sie trafen sich am dritten Tag nach Kleinerts Ankunft in einem Park am idyllisch im Nordosten der Stadt gelegenen Hsüänwuhu, dem See des – wie Kleinert im Wörterbuch glücklich herausgefunden hatte – Mystisch-Kriegerischen. Und nicht nur da hatten sich seine Chinesischkenntnisse bewährt. Auch die Buslinie, die ihn zu diesem Ausflugsziel bringen konnte, hatte er ohne Mühe zu finden vermocht, und es hatte ihm auch nichts ausgemacht, sich – was ganz gegen die Gewohnheit der in der Stadt lebenden Europäer war – in den Bus zu setzen und von den Einheimischen entsprechend neugierig gemustert zu werden. Die Sprache der Leute um ihn herum zu verstehen gelang ihm freilich auch hier in Nanking nicht. Aber die Schriftzeichen erkennen und deuten zu können – das machte ihm zunehmend Freude.

»Ich habe uns diesen Park ausgesucht«, begrüßte ihn Schuchardt, »weil ich denke, dass uns ein bisschen Abgeschiedenheit gut tun wird.« Und als er Kleinerts überraschte Miene sah, fügte er rasch hinzu: »Sie brauchen gar nicht erschrocken zu sein. Mein Freund Rieckmüller hat mir alles, was ich über Sie wissen muss, mitgeteilt, und die Lage erlaubt es mir auch gar nicht, erst lange Spielchen mit ihnen zu spielen. Trotzdem will ich natürlich nicht unhöflich sein: Haben Sie eine gute Reise gehabt?«

Kleinert nickte, was Schuchardt offensichtlich ausreichte, denn er sprach sofort weiter: »Ich bitte Sie wirklich um Verständnis, aber die Zeit drängt. Ich weiß, dass man Ihnen in Berlin über uns Berater nicht viel erzählt hat. Und Sie wissen – oder wissen es noch nicht, aber dann wird es höchste Zeit, dass Sie es erfahren –, dass das gute Gründe hat. Nicht jeder in Berlin mag uns und unsere Arbeit, und im Ausland ist man sowieso argwöhnisch. Vielleicht ist Rieckmüller davon ausgegangen, dass Oberstleutnant a. D. Patzel, der die Beraterschaft seit dem plötzlichen Tod von Oberst a. D. Landmann leitet, Ihnen hier in Nanking alles Notwendige erklären wird. Aber Patzel – das muss ich Ihnen nun gleich zu Beginn so unverblümt mitteilen, damit Sie gar nicht erst in irgendein Fettnäpfchen treten – ist leider nicht der richtige Mann dafür. Das habe ich Rieckmüller nur noch nicht auf geeignetem Wege mitteilen können. Was ich aber hoffe, ist, dass Rieckmüller Recht gehabt hat, als er mir sagte, dass Sie nicht gerade ein Freund der Hitler-Partei sind?«

Kleinert fühlte sich überrumpelt von dieser Frage, aber eine Antwort war ihm offensichtlich gar nicht abverlangt, denn Schuchardt hielt, Kleinerts zögerndes Nicken schon als Zustimmung deutend, in seiner Rede nur kurz inne.

»Gut«, fuhr er fort, »denn sehen Sie: Dieser Patzel ist nun nicht nur ein Freund, sondern ein einflussreicher Frontmann dieser Leute, war 1923 bei

Hitlers Putsch in München mit dabei, und mit dem, was er hier tut und treibt, bringt er uns alle ziemlich durcheinander.«

Kleinert verstand fast gar nichts, und das sah man ihm auch an. »Lassen Sie uns ein paar Schritte gehen«, sagte Schuchardt, »dann wird es mir leichter, Ihnen die Zusammenhänge aufzuhellen.«

Kleinert war einverstanden. Es musste dem kleinen, ziemlich lässig mit Strickjacke und Übergangsmantel gekleideten Schuchardt, der die sechzig wohl schon überschritten hatte, ja irgend etwas sehr massiv an die Nieren gegangen sein, dass er sich ihm, dem Neuling, so entschlossen offenbarte! Und so genau hatte Rieckmüller ihn, Kleinert, beschrieben? Dass Schuchardt von seinen politischen Ansichten wissen konnte?

Na gut – was blieb ihm bei alledem, als aufmerksam zuzuhören! Es war doch sonnenklar: Ohne Schuchardt würde er hier in Nanking keinen Fuß auf die Erde kriegen. Und Rieckmüller würde über jede seiner Reaktionen – egal, wie sie denn ausfielen – auf schnellstem Wege genauestens Bescheid wissen. Also hieß es ein weiteres Mal, Geduld zu üben. Und aber wohl auch: zu begreifen, dass es hier sehr viel direkter zur Sache ging als in Tientsin. Hier war er nicht nur der Praktikant, nicht nur der stets dankbare Abnehmer spannender Geschichten, nein, hier hatte – womit er nie und nimmer gerechnet hätte – einer richtig auf ihn gewartet! Und sogar Hoffnung in ihn gesetzt!

»Patzel«, begann Schuchardt nach einigen Minuten schweigenden Nebeneinanders, »ist – da bin ich mir mit den meisten meiner Kollegen einig – der unpassendste Nachfolger für Landmann, den man sich denken kann. Er ist ein Wichtigtuer ohne Verstand für das, was wir uns hier vorgenommen haben, und ohne die Fähigkeit, eine Gruppe wie die unsere anzuleiten. Ein Emporkömmling, der wohl wirklich glaubt, seine Partei werde uns alle in eine lichte Zukunft führen. Was für ein Unfug! Das Amt des Leiters der Beratermission ist ihm nur zugefallen, weil er nach Landmann der ranghöchste Offizier war – was nun wahrlich kein Kunststück ist, wenn von insgesamt 18 Leuten fast alle anderen Zivilisten sind. Und nun vergisst Herr Patzel immer wieder, dass hinter seiner Rangbezeichnung Oberstleutnant die Buchstaben a. D. zu stehen haben – außer Dienst, was eben auch zu heißen hat: Wir sind nicht seine Soldaten und Feldwebel!«

Schuchardt hatte sich sichtlich in Rage geredet und versuchte, sich im Weitererzählen wieder zu beruhigen. »Da war Theodor Landmann von anderem Kaliber. Oberst war er auch – aber hergekommen ist er, weil er etwas von Wirtschaft versteht. Darum hat ihn Tschiang Kai Schek Ende 1927 zu sich geholt, und darum ist er 1928 noch mal für ein halbes Jahr nach Deutschland zurückgekehrt. Dort hat er – übrigens abgestimmt mit einer gleichzeitig in Berlin weilenden chinesischen Delegation unter Leitung des Sun-Yat-Sen-Sohnes Sun Fo – wirtschaftliche Kontakte vermittelt und Geschäfte vorbereitet. Und eben auch eine gezielte Suche nach Mitstreitern betrieben.«

Er straffte sich ein wenig. »Ich bin ja auch einer von denen, die er da mit Engelszungen beredet hat. So schlecht ging es mir nicht im Preußischen Finanzministerium, dass ich unbedingt Veränderung gebraucht hätte, aber es war doch reizvoll, von einem beeindruckenden und zielsicheren Mann wie Landmann zu hören, dass in China Leute gebraucht würden, die etwas von straffer, zentral gesteuerter Wirtschaftsführung verstehen. Und wen würde es nicht reizen, bei einem so kompletten Neuanfang, wie ihn Tschiang Kai Schek versucht, mitzumachen! Also bin ich Landmann gefolgt – genauso wie der Landwirtschaftsexperte Dr. v. Ziergiebel, der Geologe Prof. Kröper, die Telegrafiespezialisten Oberstleutnant a. D. Lanz und Ingenieur Jochmann und andere, deren Namen jetzt und hier aber vielleicht nicht so wichtig sind.«

Sie waren an eine Biegung des Seeufers gekommen, die ihnen einen herrlichen Blick auf eine kleine Halbinsel eröffnete. Wie auf einem der Gemälde, die Kleinert bei Hsü Tao Lin gesehen hatte, krönten ein paar aufs Anmutigste krumm gewachsene Kiefern einen kleinen Felsen, und leicht war vorstellbar, wie im Sommer die zart rosafarbenen oder strahlend weißen Lotosblüten den See schmücken würden.

Aber Schuchardt hatte keine Ruhe für derlei Betrachtungen und fuhr fort: »Landmann war wirklich ein Mann mit Visionen. Er wusste, dass man hier mit halben Sachen nicht würde vorankommen können. Also plante er groß und umfassend: ein Netz von Kohlen- und Eisenerzgruben, Eisenhütten, Stahlwerken, Maschinen- und Waffenfabriken, verbunden durch neue Eisenbahnlinien und modernste Telegrafie. Ganze Industriestädte wollte er errichten, und wie komplex er das alles anging, sehen Sie zum Beispiel an der Rolle, die der dem Geologen Prof. Hermann Kröper hier zugedacht hat.«

Er machte eine Pause – ganz so, als wolle er Kleinert bedeuten, dass er sich den Namen Kröper etwas fester einprägen sollte.

»Landmann«, fuhr er dann fort, »wusste, wie wichtig für die Herstellung eines guten Stahls die Zuschlagstoffe sind: Mangan, Chrom, Antimon, Wolfram. Und er hatte gelesen, dass China wohl viel mehr davon besitzen muss, als bisher bekannt ist. Also holte er Kröper nach Nanking und brachte ihn mit Tschiangs Experten für Bodenschätze zusammen. Und was mich betrifft, so hatte er die Vorstellung, dass ich Pläne für eine effektive Stadtverwaltung entwickeln sollte.«

Er straffte sich wieder, als ob er sich seiner selbst versichern musste. »Das wäre mehr an Umbruch, als Sie vielleicht denken. Woher kommen Sie gerade? Aus Tientsin? Dann stellen Sie sich doch mal das dortige Verwaltungsdurcheinander vor. Wer hat denn dort wirklich etwas zu sagen? Da gibt es das Settlement, in dem die Ausländer ohnehin selbst entscheiden, was sie tun und was nicht. Dann gibt es eine chinesische Stadtbehörde, die sich in allen Alltagsfragen mit den Provinzbehörden von Tschili arrangieren und zugleich – aber fragen Sie nicht, nach welchen Regeln! – gute Beziehungen mit Peking pflegen muss. Die Pekinger Behörden ihrerseits wollen sich Tientsin als möglichst billigen Hafen bewahren – da klemmt die Tientsiner Verwaltung ganz wunderbar zwischen Baum und Borke. Denn was liegt ihr nun näher: die Entwicklung – und lassen Sie uns ruhig auch mal denken: die

Wohlfahrt – der Tientsiner Bevölkerung oder das durch allerlei Kanäle ins geheime Säckel fließende Bestechungsgeld der Pekinger? Das sich durch ebenso geheime Gelder aus dem Settlement noch prächtig aufbessern lässt?«

Er vergewisserte sich mit einem Seitenblick, dass Kleinert in seiner Aufmerksamkeit für seine Erörterungen nicht nachgelassen hatte, und fuhr fort: »Und wenn Ihnen das alles an Durcheinander noch nicht reicht, dann verdeutlichen Sie sich die politische Situation dort oben in Nordchina: Zwar ist Tschiang Kai Schek seit seinem Nordfeldzug von 1928 von den Militärmachthabern formell anerkannt, aber jeder weiß ja auch, dass General Tschang Hsüe Liang, Sohn und Erbe des per Attentat um die Ecke gebrachten einstigen Mandschurei-Beherrschers Tschang Tsuo Lin, nach wie vor eigene – und vielleicht mit den Japanern verknüpfte – Ziele verfolgt. Warum also sollen da nicht auch die Tientsiner mit den Japanern liebäugeln?«

Er unterbrach sich. »Sehen Sie«, sagte er mit einem Ton der Entschuldigung, »so treibt es einen fort in der Rede, wenn man seinen Gedanken über die eigene Wichtigkeit ungezügelt freien Lauf lässt.«

»Aber Sie haben doch Recht«, sagte Kleinert, »genau das war – obwohl ich ja nun wahrhaftig noch keine besonders tiefen Einblicke hatte – in Tientsin allenthalben zu spüren. Man konnte doch gar keinen anderen Eindruck gewinnen als den, dass die Sympathien noch ganz unentschieden zwischen Tschiang Kai Schek und den Japanern pendeln. Und was die allgemeine Stimmungslage dort oben angeht, so habe ich gemerkt, dass der Bedeutungsverlust, der im Zusammenhang mit dem Wechsel der Hauptstadtrolle von Peking nach Nanking eingetreten ist, zu einer Menge zusätzlicher Verunsicherungen geführt hat.«

Kleinert war erstaunt, dass er nun doch auch selbst zu einer längeren Rede angesetzt hatte, und er bremste sich auch gleich wieder. »Aber was erzähle ich Ihnen denn da!«, sagte er. »Das wissen Sie doch alles selbst viel besser! Verzeihen Sie, bitte, und lassen Sie mich lieber noch ein bisschen zur Beraterschaft nachfragen. Denn, ehrlich gesagt: Ihre Abneigung gegen Patzel kann ich noch nicht so richtig nachvollziehen. Und ich bin – um auch das ganz offen zu sagen – auch ziemlich überrascht, dass Sie mich so direkt und so schnell in Ihr Vertrauen ziehen.«

»Es gibt, junger Mann, Situationen«, nahm Schuchardt seine Rede wieder auf, »da haben Sie fast keine Wahl. Da können Sie nur hoffen, dass Sie Ihr Instinkt nicht trügt, und das ist es, was ich im Moment tue: Ich hoffe, dass ich mit Rieckmüller richtig liege und damit auch mit Ihnen. Als Landmann noch lebte – und auf diese Zeit gehen meine guten Kontakte mit Rieckmüller zurück –, wäre ich in eine solche Zwangslage nicht gekommen. Aber Landmann ist im Mai 1929 gestorben. Und zwar – hat man Ihnen diese absurde Geschichte in Berlin nicht erzählt? – an Pocken! Weil er unbedingt, obwohl sein Vertrag das gar nicht vorsah, mit Tschiang Kai Schek gemeinsam an die Bürgerkriegsfront wollte! Als ob uns die militärischen Auseinandersetzungen Tschiangs mit den Kommunisten irgend etwas angingen! Und seit diesem – verzeihen Sie – geradezu grotesken Tod, denn wer stirbt denn heute noch an Pocken, hat nun ein Patzel hier das Heft in der Hand, der, weil er zu anderem nicht in der Lage ist, nur gar zu gern die Rolle des Kommunistenfressers spielen würde.«

Er schnaufte wütend vor sich hin. »Und so leben wir achtzehn Berater hier in Nanking nun in einem nur mit Mühe verdeckten Krieg miteinander. Ein paar der alten Offiziere haben Patzel ziemlich ungeschminkt erklärt, dass sie ihn als Chef nicht akzeptieren und nur deshalb den Mund halten, weil sie ihre Position Tschiang Kai Schek gegenüber nicht gefährden wollen. Und die zivilen Berater – ein paar Namen habe ich Ihnen vorhin ja bereits genannt: nun, die haben sich verständigt, nur dann weiter zu arbeiten, wenn Patzel bereit ist, mir den Bereich der Wirtschafts- und Verwaltungsberaterschaft weitgehend in Eigenverantwortung zu übertragen. Aber Patzel – was will man auch anderes erwarten – pokert, sucht sich Verbündete, und ich, der ich ja froh bin, das Vertrauen der anderen Zivilisten zu genießen, gerate immer stärker unter Druck.«

Er blickte Verständnis heischend zu Kleinert hinüber. »So, lieber Kleinert, ist die Lage in diesen Tagen. Da können Sie doch verstehen, dass ich Sie mir nicht erst ein paar Tage geduldig angucken konnte?«

Mit diesen deutlichen Worten hatte sich Schuchardt ziemlich verausgabt. Er war froh, an der nächsten Wegbiegung eine Bank entdeckt zu haben, und steuerte erleichtert auf sie zu. Auch Kleinert war eine Atempause recht. Er prüfte sein Gedächtnis noch einmal auf alle Details seiner Gespräche mit Rieckmüller in Berlin – aber nein, da war nichts, was ihn auf eine solche Situation, wie er sie jetzt erlebte, vorbereitet hatte.

Er ließ den Blick über den auch von dieser Bucht aus zauberhaft sich breitenden See schweifen, wartete, bis Schuchardt sich wieder etwas gefangen hatte, und fragte dann: »Darf ich Ihnen trotz all dieser Widrigkeiten noch ein paar Fragen stellen?«

»Sie müssen«, antwortete Schuchardt und wiederholte gleich noch einmal: »Sie müssen. Glauben Sie denn, ich wüsste nicht, dass Sie von all dem bisher nicht die Spur einer Ahnung hatten? Natürlich kenne ich die Geheimniskrämerei in Berlin, und die hat ja auch ihre Gründe. Kennen Sie den Artikel 179 des Versailler Vertrages? Darin ist Deutschland ausdrücklich untersagt, Militärberater ins Ausland zu entsenden. Tschiang Kai Schek kümmert das wenig. Der wollte von Anfang an eine gemischte Mission: Militär, Polizei, Wirtschaft, Verwaltung. Und Theodor Landmann – so sehr ich ihn schätze – konnte, wie ich Ihnen schon sagte, der Versuchung nicht widerstehen und kehrte, als Tschiang ihn darum bat, in völlig überflüssiger Weise den Oberst heraus, der auch in militärischen Dingen Ratschläge erarbeiten kann. Als ob es mit den herausragenden wirtschaftsplanerischen Fähigkeiten Landmanns nicht getan gewesen wäre! Na, jedenfalls: Das Auswärtige Amt in Berlin nimmt – im Gegensatz zu Tschiang Kai Schek – diesen Artikel 179 sehr ernst und stellt sich strikt gegen die Beraterschaft. Man will die Beziehungen zu den Westmächten nicht belasten und auch Japan nicht verärgern. Da waren, wie Sie sich vorstellen können, die Landmannschen militärischen Aktivitäten mächtig Wasser auf die Mühlen!«

»Aber wenn das Auswärtige Amt Sie hier gar nicht will – wieso sind Sie trotzdem da?«, fragte Kleinert.

»Sehen Sie, da können Sie im fernen Nanking etwas über Machtkämpfe und Interessenkonflikte in Deutschland lernen, von denen Ihnen in Ihrem Studium gewiss niemand etwas gesagt hat.«

Schuchardt holte wieder etwas weiter aus. »Das Auswärtige Amt ist eben nur ein Akteur unter mehreren, und wessen Stimme am stärksten ins Gewicht fällt, das wird sich erst noch entscheiden müssen. Ein richtig starkes Interesse an unserem Hiersein hat eine Gruppe von Leuten aus der Reichswehr und der Industrie. Lassen Sie doch mal all Ihre wirtschaftlichen Kenntnisse spielen und mischen Sie noch ein paar geopolitische dazu: Versailles hat Deutschland doch nicht nur militärisch ungeheuer eingeengt, sondern auch wirtschaftlich. Und wie kommt man aus einer solchen – entschuldigen Sie schon – mehr als nur üblen Lage heraus?«

Er schaute Kleinert an wie einen, mit dem er ein Prüfungsgespräch für die Beamtenlaufbahn zu führen hätte, obgleich er doch wusste, dass er die Antwort gleich selber geben würde.

»Die einen«, fuhr er dann auch unverzüglich fort, »die zum Beispiel im Auswärtigen Amt sitzen, sagen: durch allmählichen Aufbau stabiler Beziehungen zu den Westmächten. Andere meinen – und solche Leute finden Sie vor allem in den alten Armeekreisen und auch in der Industrie – durch neue Beziehungen mit dem Osten, über die dann der Westen unter Druck gesetzt werden kann. Für Leute mit dieser Sichtweise bietet sich China gleich in mehrfacher Hinsicht an: Es ist erstens ein großer Markt, der der geschwächten deutschen Industrie auf die Beine helfen kann; es ist zweitens ein interessanter Machtfaktor, den man möglicherweise einmal im weltpolitischen Spiel gegen England und Frankreich ins Spiel bringen kann – und da reicht es ja vielleicht auch schon, wenn man erstmal nur den Einfluss dieser beiden Mächte in China selbst zurückzudrängen vermag; und es ist drittens – aber da sind wir nun wieder ganz direkt bei den Verboten der Versailler Verträge, und deshalb ersuche ich Sie nachdrücklich um größte Verschwiegenheit – ein Partner für die Rüstungsindustrie.«

Schuchardt machte wieder eine Pause. Kleinert merkte, dass die Erregung des Älteren während der letzten Sätze erneut zugenommen hatte. Er wollte ihm vorschlagen, den Spaziergang fortzusetzen, überlegte, ob er Schuchardt etwas von seinen Gesprächen mit Hsü Tao Lin in Berlin erzählen sollte, um ihm zu zeigen, dass die Materie für ihn ganz so neu, wie Schuchardt annehmen mochte, nicht war, aber Schuchardt hatte sich so in Rage gebracht, dass er nun offensichtlich einen richtigen Ausbruch brauchte.

»Ach, zum Teufel, Kleinert«, schimpfte er, »reden wir doch endlich Klartext: Tschiang Kai Schek will Waffen aus Deutschland, und die kriegt er, und er will Militärberater aus Deutschland, und die kriegt er auch, und was will er mit all dem? Krieg gegen die Kommunisten führen!«

Er sprang auf und begann, vor Kleinert hin und her zu spazieren.

»Nun werden Sie fragen«, schimpfte er weiter, »warum regt sich ein fast im Pensionsalter stehender und gut versorgter Ministerialbeamter so darüber auf? Und da sage ich Ihnen: Ich rege mich erstens darüber auf, weil das etwas anderes ist, als man mir in Aussicht gestellt hat und ich mir vorgestellt habe. Landmann hat mich – ich sagte es schon – vor zwei Jahren nach Nanking geholt, damit ich Pläne für straff arbeitende Stadt- und Provinzverwaltungen erarbeite. Und ich rege mich zweitens darüber auf, weil bei einer solchen Orientierung aufs Militärische die falschen Leute das Sagen kriegen. Auf der chinesischen Seite – na gut, das geht uns nichts an, da können wir nichts machen. Aber auf der deutschen! Es ist doch klar, dass ein solcher Kurs all diejenigen anzieht, die schon wieder an nichts anderes denken als an Krieg! Warum soll man denn nicht, sagen die, die Schlachten, die Tschiang Kai Schek gegen die Kommunisten schlagen will, zur Erprobung heimlich gelieferter deutscher Waffen nutzen? Und sich auch gleich noch als Militärberater in diesen Schlachten zur Verfügung stellen?«

Er hielt in seiner erregten Wanderung inne. »Ach, Kleinert, es tut mir leid, dass ich ausgerechnet Sie, der Sie gerade erst angekommen sind, mit meinen Ansichten belaste. Aber vielleicht können Sie ja verstehen, dass ich manche der abendlichen Klubdebatten einfach nicht mehr aushalte.«

Er nahm seine Wanderung wieder auf, marschierte nun aber schnellen Schrittes in die Richtung, aus der sie gekommen waren. »Kommen Sie«, rief er Kleinert mit einer Stimme zu, die verriet, dass er sich wieder gefangen hatte, »wir machen uns auf den Rückweg. Rund um den See, wie ich das ursprünglich vor hatte, schaffen wir es ohnehin nicht. Da lade ich Sie lieber noch zum Essen ein!«

Kleinert folgte ihm mit einigem Abstand. Nun war es endgültig an ihm, erregt zu sein.

Gut, dachte er, Schuchardt hatte sich Luft gemacht – aber er? Wo sollte er nun hin mit seinem neu erworbenen und – wie Schuchardt ihm ja nur allzu deutlich zu verstehen gegeben hatte – durchaus gefährlichen Wissen? Mit wem würde er noch reden können in Nanking? Und wie würde Rieckmüller all diese Dinge aufnehmen? Das Gefühl, das ihn in Tientsin schon einmal beschlichen hatte – Steinchen zu sein in einem Spiel, das er nicht zu durchschauen vermochte – ergriff nun mit bedrückender Kraft Besitz von ihm.

Schuchardt schien seine Gedanken erraten zu haben. Er wartete auf ihn und legte ihm mit fast väterlicher Geste den Arm um die Schulter: »Ein *mapo toufu* wird uns beiden gut tun – wenn Sie sich für eine einfache chinesische Gastwirtschaft nicht zu schade sind? Und die Qualitäten von *toufu*, dem Sojabohnenquark, schon schätzen gelernt haben?«

Sie erreichten ein einstöckiges Häuschen mit geschwungenem Ziegeldach, das ein paar rote Lampions mit eindrucksvoll aufgemalten schwarzen Schriftzeichen unübersehbar als Gaststätte auswiesen. Im Inneren war es verraucht, und intensiver Knoblauchgeruch verriet, dass man hier kräftig zu kochen und zu braten verstand. Auf dem langen, fast die ganze Längsseite des Raumes einnehmenden Schanktisch standen große, mit gläsernen Deckeln verschlossene zylindrische Glasbehälter, wie sie Kleinert von zu Hause mit Bonbons gefüllt kannte. Hier indes dienten sie nicht der Aufbewahrung von Süßigkeiten, sondern von scharfen Schnäpsen, die mit kleinen Kellen in Porzellanbecher abgefüllt wurden. Auch Bier, sah Kleinert, wurde mit der Kelle ausgeschenkt – aus einer großen, zerbeulten Blechschüssel. An den blanken Holztischen saßen zu dieser Tageszeit – es war früher Nachmittag mitten in der Woche – nur ein paar Männer, die es aus den umliegenden Gassen kleiner Geschäfte wegen hierher getrieben haben mochte.

Die Gerichte, die hier serviert wurden, waren einfacher Art und auf einer Tafel notiert, die an der Wand hinter dem Tresen hing. »Nein«, sagte Schuchardt, als er Kleinerts fragenden Blick bemerkte, »Chinesisch kann ich nicht, aber die Schriftzeichen für einige Gerichte habe ich mir eingeprägt. Da oben, sehen Sie, sind *djaodse* notiert – das sind Teigtaschen mit Kohl- oder Fleischfüllung, wie sie die beiden Männer da drüben gerade verzehren. Und weiter unten sehen Sie das *ma* von *mapo toufu* – die zwei nebeneinander stehenden Bäume im Zeichen kann man sich leicht merken, und das, was diese Bäume am oberen und linken Rand einrahmt, ist – so hat man mir erklärt – der Schlüssel des Zeichens, nach dem man es im Wörterbuch sortieren und finden kann. Dieser Schlüssel hier hat wohl, für sich genommen, die Bedeutung ›weit‹, ›ausgedehnt‹.«

Schuchardt stutzte. »Ich verlaufe mich schon wieder mit meinen Gedanken. Warum unterbrechen Sie mich nicht einfach?«

»Warum sollte ich?«, entgegnete Kleinert. »Es ist doch interessant, wie Sie reden. Und ich bin, ehrlich gesagt, froh, dass Sie Ihre Ruhe wieder gefunden haben. Ich war, das muss ich gestehen, vorhin doch etwas hilflos.«

Er lächelte Schuchardt zu. »Und was die chinesischen Zeichen betrifft: Ein paar Grundkenntnisse habe ich mir in Berlin angeeignet, bei einem chinesischen Lehrer, und Ihre freundliche Erläuterung hilft mir, mich mancher Dinge zu erinnern. Sie haben Recht: die beiden Bäume für sich genommen heißen *lin* – der Wald –, und der Schlüssel heißt *kuang* – weit, ausgedehnt, wie Sie ja schon gesagt haben. Was aber nun das Schriftzeichen *ma* in seiner Gesamtheit bedeutet, muss ich erst nachschlagen.«

»Viel wichtiger«, sagte Schuchardt erleichtert, »ist ja wohl auch, dass wir den *mapo toufu* endlich auf den Tisch kriegen.«

Das Gericht, das dann dampfend in flachen Schüsseln vor ihnen stand, erwies sich als ein Eintopf aus Toufuwürfeln in brennend scharf gewürzter roter Sauce, in der sich kleine Hackfleischstücken, gelbe Sesamkörner, fein gehackte Zwiebel, schwarze Pfefferkörner, winzige grüne Paprikawürfel und Scheibchen von Knoblauchzehen ein atemberaubendes Stelldichein gaben.

»Na, trauen Sie sich«, sagte Schuchardt, als er merkte, dass es Kleinert nach Trinkbarem verlangte, »holen Sie uns zwei Bier und machen Sie sich nichts daraus, dass Sie auf die Blume verzichten müssen. Bier mit Blume können Sie heute abend im Deutschen Klub haben – aber hier haben wir noch Gelegenheit zu ungestörter Unterhaltung.«

»Ich will nicht unangemessen in Sie dringen«, sagte Kleinert, als er mit zwei vollen Bierkürgen zurückgekommen war, »aber Ihre Abneigung gegen Patzel – sie ist mir noch ein bisschen unklar. Sagten Sie nicht, dass auch Landmann schon das Militärische in den Vordergrund rücken wollte? Und macht Patzel nicht einfach dasselbe?«

»Landmann«, antwortete Schuchardt, »hatte Augen und Ohren für alles zusammen. Er hatte China insgesamt im Blick. Das Militärische gehörte für ihn einfach dazu – wie das eben so ist bei Leuten, die den wichtigsten Teil ihrer Karriere im Krieg absolviert haben. Patzel aber ist China eigentlich völlig egal. Der ist froh, dass er sich hier in Nanking ein bisschen aus dem Schussfeld bringen konnte nach dem Putschversuch von 1923, für den man ja in Deutschland Gott sei Dank – auch wenn diese Herren sich das vielleicht ein wenig anders gewünscht haben – nicht besonders geliebt wird, und hier, denkt er, kann er seinen Kommunistenhass so richtig ausleben. Nein, glauben Sie mir, das ist beim besten Willen kein Partner für mich.«

»Und wie wollen Sie weitermachen unter diesen Bedingungen?«

»Zunächst einmal erfülle ich meinen Vertrag. Den habe ich mit Tschiang Kai Schek und niemandem sonst. Dabei habe ich – ich sagte es Ihnen schon – auf jeden Fall v. Ziergiebel, Kröper und ein paar andere auf meiner Seite. Und dann hoffe ich – und das gebe ich Ihnen dringend mit auf den Weg nach Berlin –, dass man dort ernsthaft über eine Ablösung Patzels nachdenkt. Ich weiß, Sie haben nicht damit gerechnet, als Bote einer so dringenden Nachricht fungieren zu müssen. Aber es geht nicht anders. Natürlich werden Sie nicht der einzige sein, der mit diesem Anliegen in Berlin vorstellig wird – der eine oder andere hier wird auch seine Drähte dorthin haben, und vielleicht stößt der Patzel-Kurs ja auch einigen unter den Diplomaten sauer auf –, aber wie dem auch sei: Ich habe mich entschieden, Sie zu meinem Vertrauten zu machen, und darauf baue ich nun.«

Kleinert spürte, dass es an der Zeit war, sich seinerseits verbindlicher zu erklären. »Ich habe – da hat Sie Rieckmüller richtig informiert – mit den Nationalsozialisten in der Tat nichts am Hut, und so können Sie sicher sein, dass ich mit Ihren Informationen sehr sorgfältig umgehen werde. Richtig ist auch: Rieckmüller hat mir diese Chinareise ermöglicht, und nur ihm werde ich Bericht erstatten. Und dann will ich Ihnen auch dies ausdrücklich sagen: Es fällt mir nach allem, was ich in Tientsin erlebt und zuvor in Berlin über China gelesen und mit chinesischen Freunden diskutiert habe, nicht schwer, Ihre Haltung zu China und zu Ihrem Engagement hier zu begreifen. Wenn ich das nur zögerlich zum Ausdruck bringe, dann seien Sie mir bitte nicht böse. Sie sind einfach – bitte verzeihen Sie – der erste, der mich hier auf eine solche Weise ins Vertrauen gezogen hat. Das tut gut – aber es will auch verarbeitet sein.«

Nun war es an Schuchardt, zum Tresen zu gehen. Er kam mit zwei Bechern *maotai* zurück, und sie spülten die Spannung des Tages mit einem Lächeln hinunter, das Kleinert den Weg zurück ins Hotel leicht machte.

Kapitel 4

Anfang September des Jahres 1932 – mehr als zwei Jahre waren seit seinem ersten Aufenthalt in der Stadt vergangen – war Paul Kleinert wieder in Nanking. Die Sonne stand noch sommerheiß über der Stadt. Vom Yangtsekiang, so breit er war, wehte keine Kühlung herüber. Man musste, dachte Kleinert, schon dankbar sein, dass der Strom Kraft genug hatte, die Ausscheidungen der Stadt rasch mit sich fort zu nehmen. Die schweißgetränkte Schwüle der Mittagsstunden nahm ihm den Atem, und nur schwer konnte er sich an die Regengüsse gewöhnen, die mit tropischer Wucht die Gassen in schlammige Bäche verwandelten. In den Abendstunden erfüllte in den Parks, in denen er auf ein wenig Erholung hoffte, das Zirpen tausender Zikaden die Luft. Er wünschte sich etwas von der Gelassenheit, mit der die alten Männer der Stadt unter den Bäumen Platz nahmen, ihre Vogelkäfige in die Zweige hängten, beim Mah-Jongg-Spiel ihr Vergnügen suchten oder sich den gemächlichen Bewegungen des Schattenboxens hingaben.

Aber er fand diese Gelassenheit nicht. Nicht in der geräumigen Wohnung, die er durch Vermittlung der Nanking-Deutschen in einer Villa im Ausländerviertel bezogen und mit Hilfe eines chinesischen Hausdieners, der ihm zugleich als Koch empfohlen worden war, einfach und freundlich eingerichtet hatte. Und auch nicht in dem schmalen Büro mit dem metallenen Firmenschild der Mamo Impex an der Tür, das er in einem Nebengebäude der deutschen Gesandtschaft hatte beziehen können.

Er hatte gehofft, Walter Schuchardt wieder zu treffen, aber diese Hoffnung hatte sich nicht erfüllt. Der Wirtschafts- und Verwaltungsberater mit den so irdischen, auf das Alltagsleben der Leute zielenden Plänen und der Angst davor, dies alles militärischen Zwecken und Absichten dienlich machen zu müssen, hatte die Segel gestrichen. Per Schiff hatte er von Schanghai aus die Heimreise angetreten – zu spät, als dass Kleinert davon noch in Berlin hätte hören können. So hatte er es erst von Jochmann, dem Ingenieur, bei seiner Ankunft in Nanking erfahren, und er war darüber stärker schockiert gewesen, als er sich das einzugestehen wagte. Plötzlich erschienen die beiden Berliner Jahre, die seit seiner ersten Chinareise vergangen waren, in einem schärferen Licht. Und diesem schärferen Licht – so spürte Kleinert von Tag zu Tag deutlicher – würde auch er selbst sich aussetzen müssen, wenn er hier bestehen wollte.

Schuchardt – das war die Verheißung gewesen, noch abwägen zu dürfen zwischen unterschiedlichen Möglichkeiten, noch reden zu können über das Militärische hier und das Zivile da, noch Gelegenheit zu haben, von der Erfahrung des Älteren zu profitieren und dessen anderswo so selten gewordener Bereitschaft, diese Erfahrung auch vertrauensvoll auszubreiten. Nun würde er ohne ein solches Halteseil auskommen müssen.

Bloß: Wieso überraschte ihn das eigentlich? Hatte es nicht Zeichen genug gegeben, die er nur hätte richtig deuten müssen? War er noch immer einfach nur zu naiv gewesen? Noch immer nichts anderes als der so neugierige wie gutgläubige Provinzler, der vor lauter Glück darüber, dass man ihn ernst nahm, nicht nur andere zu befragen vergaß, sondern auch die eigenen Erinnerungen? Und die eigenen Wahrnehmungen zurechtstutzte nach dem Maß des Genehmen oder Unangenehmen?

Kleinert versuchte, seine zurück schweifenden Gedanken zu ordnen. Allmählich wurde ihm die Alarmierung wieder bewusst, die er empfunden hatte, als er mit Schuchardt am Hsüänwuhu spazieren gegangen war. Aufgewühlt war er danach ins Hotel gekommen, hatte, um seiner Erregung Herr zu werden, im Wörterbuch nach der Bedeutung der Silbe *ma* aus ihrem *mapo toufu* gesucht, war verwundert gewesen, dass dieses *ma* dem deutschen Wort »Pocken« entsprach, hatte sich erinnert, dass ihm dieser wunderliche Zusammenhang von seinem Berliner Lehrer schon irgendwann einmal mit einem Histörchen über das an Pockennarben erinnernde Aussehen dieses *mapo toufu* erklärt worden war, hatte es unter den gegebenen Umständen dann ganz passend gefunden, dass ihm das nicht schon in der Gastwirtschaft eingefallen war – denn hatte Schuchardt nicht gerade vom Pockentod des Theodor Landmann berichtet? –, war noch auf einen Beruhigungswhisky in die Hotelbar gegangen und erst gegen Mitternacht eingeschlafen.

Die Alarmierung hatte auch über die drei, vier weiteren Begegnungen hinweg, die ihm mit Walter Schuchardt im damals vorfrühlingshaft frischen Nanking noch geblieben waren, angehalten. Zwar war Schuchardt ruhiger geworden in diesen Gesprächen, hatte sich zunehmend auf Fachliches konzentriert, ihn mit Wirtschaftsdaten traktiert und Planungsskizzen vor ihm ausgebreitet, und bei ausgedehnten Wanderungen durch die Stadt, die sie auch weit hinaus in den Osten zur Baustelle der großen Denkmalanlage für Sun Yat Sen führten, hatte er mit wachsendem Vergnügen sein reiches Wissen über Nankings Geschichte präsentiert. Aber selbst dann – erinnerte sich Kleinert jetzt ganz genau – war Schuchardt ein Gefangener seiner Zweifel und Unzufriedenheiten geblieben.

Indes: Was waren das für glänzende Vorträge! Zunächst hatte Schuchardt ein lebendiges Bild vom Jahre 1842 gezeichnet, als britische Kriegsschiffe in Nanking gelandet waren und der kaiserlichen Mandschu-Dynastie im fernen Peking den Abschluss jenes Vertrages abgepresst hatten, der als »Nankinger Vertrag« berühmt geworden ist. Vergeblich hatte Kleinert versucht, Schuchardt zu einer Pause auf einer Bank in einem der kleinen Parks zu bewegen, damit er besser zuhören konnte – Schuchardt war nicht zu bremsen gewesen. Mit diesem Vertrag – hatte er trotz des lebhaften Fußgänger- und Rikschaverkehrs und der Mühe, die es Kleinert gekostet hatte, an seiner Seite zu bleiben, wie in einem Seminarzimmer referiert – hätten die Briten den Weg geebnet für die schrankenlose Öffnung Chinas für ausländische wirtschaftliche Interessen, sie hätten außerdem den christlichen Missionaren aus Europa und Amerika freie Bewegung im ganzen Land erwirkt, und sie hätten sich schließlich jene Sonderrechte gesichert, die ihnen auch heute noch eine Vormachtstellung in China garantierten – wenn auch nur, wie Schuchardt mit seinem energischen Schnaufen, das Kleinert schon seit ihrem ersten Gespräch an ihm kannte, betont hatte, unter den Westmächten, weil Japan ihnen im letzten Jahrzehnt entschieden den Rang abgelaufen habe.

Anderntags – diesmal waren sie zum Hafenviertel Hsiakuan aufgebrochen, wo sie Planungen zu einer Modernisierung des Güterumschlages erörtern wollten – hatte Schuchardt Kleinerts Aufmerksamkeit auf das Jahr 1853 gelenkt. »Haben Sie schon einmal von der Taiping-Bewegung gehört?«, hatte er gefragt, und noch ehe Kleinert ein zögerndes »Ja« hatte hervorbringen können, hatte er wieder zu erzählen begonnen.

»Das war ein Aufstand gegen den Kaiser. Voller Wut über dessen Politik der Schwäche und der Selbstunterwerfung unter die Ausländer. 1853 haben die Aufständischen Nanking zu ihrer Hauptstadt gemacht. Ihr ›Himmlisches Reich des Großen Friedens‹ wollten sie hier errichten. Einen Feldzug nach Norden haben sie von hier aus gestartet, aber kurz vor Peking ist ihnen die Luft ausgegangen. 1864 waren dann alle Träume ausgeträumt. Nach etlichen unglaublich blutigen Schlachten im Yangtse-Tal – man spricht von Hunderttausenden von Toten allein dort, und insgesamt sollen der Aufstand und seine Niederschlagung sogar viele Millionen Opfer gefordert haben – fiel Nanking zurück an die Kaiserlichen. Und wissen Sie, wie das gegangen ist? Ich sage es Ihnen: mit Hilfe der Engländer und Amerikaner.«

Bei diesen Worten war Schuchardt stehen geblieben, um Kleinert ins Gesicht sehen zu können. »Verstehen Sie?«, hatte er geradezu beschwörend auf ihn eingeredet. »Modernste Waffen haben die beiden Westmächte den kaisertreuen Truppen zur Verfügung gestellt, und damit nicht genug: sogar Heerführer aus beiden Ländern haben sich gefunden, um die Truppen zu kommandieren. Frederick Ward und Charles Gordon – das sind zwei Namen, die Sie sich in diesem Zusammenhang ruhig merken können.«

Kleinert war des Staunens voll gewesen: Wann hatte Schuchardt, der preußische Ministerialbeamte, der hier über Verwaltungsreformen, städtische Stromversorgung und die Lösung des Abwasserproblems nachdenken sollte, sich das alles angeeignet? Und jetzt erinnerte er sich plötzlich genau an Schuchardts Antwort. »Ich habe doch Zeit«, hatte Schuchardt ihm erklärt, und die Bitterkeit in seiner Stimme war nicht zu überhören gewesen. »Patzel hat doch kaum Verwendung für mich.«

Wie sollte er auch, dachte Kleinert jetzt, wo doch Schuchardt sogar bei seinen Ausflügen in die Geschichte aus seiner Abneigung gegen eine militärische Einflussnahme der Ausländer kein Hehl gemacht hatte.

Andererseits: Patzel war doch schon im Sommer 1930 abgelöst worden! Als Kleinert in der von Schuchardt gewünschten Weise Gottfried Rieckmüller über ihre Gespräche in Nanking informiert hatte, hatte Rieckmüller mit der Geste des längst Bescheid Wissenden nur abgewinkt. »Da zerbrechen Sie sich mal nicht den Kopf«, hatte er gesagt, »da sind alle notwendigen Veränderungen bereits im Gange.« Schuchardt aber hatte das nichts genutzt. Auch in den Plänen des Patzel-Nachfolgers General a. D. Wellersdorff war einer, der vom Militär nichts hielt, augenscheinlich nicht gewollt.

Dies aber mit Rieckmüller gründlich zu diskutieren war Kleinert zunächst nicht gelungen. Die Alarmierungen, die er im Gespräch mit Schuchardt empfunden und von denen er freimütig erzählt hatte, hatte Rieckmüller einfach hinweg geredet. Nicht, dass sie ihn nicht interssiert hätten! Nein, das war es nicht. Geduldig hatte er sich von Kleinert in der halbdunklen Kühle des Mamo-Impex-Kontors ausführlichen Bericht erstatten lassen. Aber er hatte ihnen kein Gewicht geben wollen, den Zweifeln und Bedenken, und um das zu unterstreichen, hatte er für den zweiten Teil ihres langen Gesprächs zu einer kräftigen Schlachteplatte mit frischer Blut- und Leberwurst, dampfendem Wellfleisch und gut gewürztem Sauerkraut in ein Kellerlokal mit dem ebenso kräftigen Namen »Eckensteher« eingeladen und Kleinert nicht nur ordentlich zulangen lassen, sondern auch mit kräftigen Kommentaren für zusätzliche Würze gesorgt.

»Seien Sie doch mal etwas selbstbewusster«, hatte er gefordert, »Sie haben doch allen Grund dazu! Denken Sie wirklich, wir wüssten nicht, dass wir Sie in einer komplizierten Lage nach China geschickt haben? Aber ich bitte Sie: Die Lage dort war noch nie unkompliziert! Natürlich wissen wir, dass in Tientsin die einen mit den Japanern liebäugeln und die anderen mit Tschiang Kai Schek. Und natürlich wissen wir auch, dass es bei den Deutschen in Nanking zuweilen drunter und drüber geht. Ist doch klar, wenn jeder einem andern Herrn gehorcht! Also lösen Sie sich doch von dem Gedanken, Sie müssten all das jetzt auf Ihren schmalen Schultern wegschleppen! Sie sollten sich ein Bild machen, und das haben Sie getan – bravo! Sie haben sich mit dem zweifelnden Schuchardt angefreundet – auch bravo, denn Sie werden diese Erfahrung brauchen können. Sie haben sich nicht rumgestritten mit den Leuten dort – erst recht bravo, denn dann wird man sie auch beim nächsten Mal willkommen heißen und nicht vor die Tür setzen. Und Sie sind manchmal unsicher darüber gewesen, was eigentlich Ihre Aufgabe ist? Na, da waren Sie – wie Sie an Schuchardt gemerkt haben – ja nicht der Einzige, und außerdem: Dass das nicht ein zweites Mal vorkommt, dafür bin ich ja da. Beim nächsten Mal, da können Sie sicher sein, werden Sie ganz genaue Aufträge haben. Und trotzdem«, hatte er noch hinzugesetzt, »kann Sie eben niemand ans Gängelband nehmen. Wissen wir denn, wer dann, wenn wir Sie wieder nach China schicken, das Sagen hat? In Nanking – und im übrigen auch in Berlin?«

Kleinert war froh gewesen, dass Rieckmüller trotz seines energischen und hin und wieder auch spöttischen Tones nie den Eindruck hatte aufkommen lassen, er, Kleinert, könne seine Probezeit nicht bestanden haben. Es mussten – da war sich Kleinert ganz sicher – schon vor seiner Rückkehr Informationen über ihn vorgelegen haben aus Tientsin und Nanking, die Rieckmüller zufrieden gestellt hatten. Sei's drum, hatte er gedacht – wenn es half, ihm Akzeptanz zu verschaffen?

Und er hatte sie ja gefunden, diese erhoffte Akzeptanz in der Mamo Impex. Es hatte sich ein winziges Arbeitszimmer für ihn gefunden im Kontor – halbdunkel wie alle anderen Räume auch, mit einem nur für das Notwendigste eingerichteten kleinen Schreibtisch, einem Stuhl, dem man ansah, dass er schon manchen Umzug und Besitzerwechsel miterlebt hatte, und einem Bord an der Wand, das anstelle eines Schrankes die Aktenordner aufnehmen musste. Aber die Kargheit dieses Domizils hatte ihn genauso wenig gestört wie der triste Blick auf den schmalen Hinterhof und der Lärm, der sich zwischen den Wänden brach, wenn in der Glaserei gegenüber die Scherben zusammengefegt und in große Stahlbehältnisse gekippt wurden oder dröhnendes Rollen anzeigte, dass die am Abend zuvor geleerten Bierfässer der im Vorderhaus gelegenen Eckkneipe gegen volle ausgetauscht wurden. Wen scherte das alles – er hatte Arbeit! Und sogar eine, die ihm Freude machte.

Wenn auch nicht in jedem Detail. Am Anfang hatte Rieckmüller ihn mit viel Kleinkram beschäftigt, der herzlich wenig mit China zu tun hatte. Lieferlisten kleiner Eisen- und Stahlgießereien, Drahtziehereien und Maschinenfabriken aus dem Ruhrgebiet und dem Chemnitzer Revier, aus Leipzig und Magdeburg waren zu kontrollieren gewesen, und bei Unstimmigkeiten hatten lange Telefonate Zeit und Nerven gekostet. Dann, als er sich einigermaßen eingearbeitet hatte, war es zwar abwechslungsreicher geworden, aber China trotzdem noch nicht wieder näher gerückt. Rieckmüller hatte ihn nun direkt in die Betriebe geschickt – und in die Häfen von Hamburg und Bremen, wo er sich mit zu langen Umschlagfristen, zu spät eingetroffenen Schiffen oder Eisenbahnwaggons und falsch deklarierten Ladungen hatte herumschlagen müssen.

Mitten im Sommer des Jahres 1930 aber hatte sich das Bild plötzlich geändert. Rieckmüller hatte ihn in sein Büro kommen lassen und ihm einen dicken Packen Akten in die Hand gedrückt. »Lesen Sie sich das sorgfältig durch«, hatte er ihn aufgefordert, »es geht um eine Studienkommission, die gerade aus China zurückgekommen ist. Jetzt können Sie beweisen, was Sie gelernt haben. In einer Woche will ich Vorschläge auf dem Tisch haben, was für die Mamo Impex aus all dem herausspringen kann.«

Er hatte eine kleine Pause gemacht und dann bedeutungsvoll hinzugefügt: »Ich muss Ihnen doch nicht noch einmal sagen, dass das alles streng geheim zu behandeln ist?«

Gespannt hatte sich Kleinert an die Lektüre gemacht. Aus einem dem Reisebericht vorangestellten Vermerk, der keine Unterschrift trug und auch sonst keinen Hinweis auf den Verfasser gab, hatte er erfahren, welch langes Tauziehen es um diese Kommission gegeben hatte. Eine Einladung aus China habe, hieß es dort, seit 1928 vorgelegen. Sun Fo sei der Überbringer gewesen – Kleinert hatte sich sofort daran erinnert, dass auch Walter Schuchardt schon von dessen Besuch in Berlin gesprochen hatte und davon, wie Theodor Landmann das Anliegen Sun Fos – des Sun-Yat-Sen-Sohnes, der an der Seite Tschiang Kai Scheks für den wirtschaftlichen Aufbau verantwortlich zeichnete – unterstützt hatte. Das Auswärtige Amt – war im Vermerk weiter notiert – habe aber gegen eine schleunige Umsetzung derartiger Reisepläne Bedenken geltend gemacht: Die politische Lage in China sei zu unsicher, die Position Tschiang Kai Scheks unklar, der Einfluss Sun Fos umstritten – und darum auch der Rückhalt für seine weitreichenden Aufbaupläne. Vor dem Hintergrund all dessen sei daher nicht abzusehen, ob sich führende Persönlichkeiten der deutschen Industrie an einer solchen Studienreise beteiligen würden.

Außerdem habe es auch in der deutschen Industrie selbst einige Rangeleien gegeben. Die Farbenindustrie sei zunächst bereit gewesen mitzumachen, habe dann aber wieder zurückgezogen. Die Hütten- und Maschinenbauindustrie sei von der Reichsvereinigung der Industrie bei den Reiseplanungen zunächst nicht berücksichtigt, dann aber auf Drängen des Auswärtigen Amtes doch noch hinzugezogen worden.

Gar keine guten Karten hatten bei der Reiseplanung – so hatte Kleinert dem Vermerk entnommen – die China-Handelshäuser. Die Reichsvereinigung der Industrie wollte sie nicht dabei haben – obgleich sich, wie Kleinert lesen konnte, das Generalkonsulat in Schanghai und die Gesandtschaft in Peking gerade für sie besonders stark gemacht hatten.

War der Konflikt also doch bereits viel schärfer geworden, als es Kleinert bis dahin geahnt hatte! Die deutsche Industrie wollte ihre Geschäfte mit ihren chinesischen Kunden direkt machen! An den satten Gewinnen, wie sie die zu erwartenden staatlichen chinesischen Aufträge verhießen, sollten die Handelshäuser nicht beteiligt werden! Und um dieser Auffassung Nachdruck zu verleihen, war die Reichsvereinigung nicht einmal vor einem Boykott zurück geschreckt! Einer Einladung des Auswärtigen Amtes zu einer Vorbesprechung war sie einfach nicht gefolgt, weil mit dem »Ostasien-Verband« auch ein Interessenvertreter der Handelshäuser geladen war.

Und das war noch nicht alles gewesen. Mit Erstaunen hatte Kleinert erfahren, dass auch die chinesische Seite nichts davon hielt, die Handelshäuser einzubeziehen. Derlei Umwege, hieß es im Vermerk, würden nicht nur in wirtschaftlicher, sondern auch in politischer Hinsicht für unvorteilhaft gehalten. Die chinesische Gesandtschaft in Berlin sei je gerade der direkten Geschäfte wegen um eine spezielle Handelsabteilung erweitert worden. Nur so könne – schloss der Vermerk – die komplizierte und politisch überaus delikate Aufgabe des Kaufs von Waffen und Rüstungsgütern in Deutschland effizient und mit der in solchen Fällen unerlässlichen Diskretion gemeistert werden.

Kleinert hatte, als er das las, zu einem erneuten Male seine Bewunderung für Rieckmüller nicht verhehlen können. Wie geschickt der ihn Schritt für

Schritt in diese Materie hineinwachsen ließ! Die nur knappen Andeutungen vor Beginn seiner Reise; dann das Vertrauen darauf, dass er in China ein Gefühl für die Dinge bekommen würde; und nun die Einbeziehung in Vorgänge, die ihn direkt ins Zentrum der deutschen Chinapolitik führten. So hatte er es sich immer gewünscht und erhofft!

Aber als sie nun vor ihm lagen, diese Akten, in seinem spartanischen Arbeitszimmer, auf einem Schreibtisch, auf dem gerade noch eine Lampe und die Thermosflasche mit heißem Kaffee Platz fanden, da hatten ihm die Knie gezittert, und es hatte ihm Mühe bereitet, nicht auf den Flur hinauszulaufen und andere an seinem Stolz teilhaben zu lassen.

Es wäre, dachte Kleinert jetzt in seinem Nankinger Büro, das in seiner Ausstattung kaum üppiger war als das Berliner, ja auch schwer gewesen, jemanden zu finden, der bereit gewesen wäre zu solcher Freudeteilung. Von den fünf oder sechs Männern, die außer Rieckmüller im Kontor arbeiteten, hatte er auch nach seiner Rückkehr aus China kaum etwas gesehen oder erfahren. Sie waren nur sporadisch im Hause, und es galt das ungeschriebene Gesetz, dass darum kein Aufhebens zu machen war. Dass sie zudem alle deutlich älter waren als Kleinert, hatte zusätzliche Distanz aufkommen lassen.

Wäre also noch Gerda Lienen geblieben, Rieckmüllers Sekretärin, eine kluge, energische und ihm keineswegs unsympathische Frau irgendwo um die vierzig – aber auch sie hatte, wie Kleinert rasch klar geworden war, das Diskrete des Kontors so sehr verinnerlicht, dass ihr ein Freudenausbruch wie eine unverzeihliche Regelverletzung vorgekommen wäre.

Und außerhalb des Kontors? Ach Gott, dachte Kleinert, er hatte sich doch nach seiner Rückkehr aus Nanking so intensiv in die Arbeit gestürzt. Die lockeren Studentenfreundschaften? Es war, wenn man einmal von Hsü Tao Lin absah, unter ihnen ohnehin keine gewesen, deren Fortsetzung er unbedingt hätte betreiben wollen. Hsü aber hatte Deutschland gerade in den Wochen, da er selbst in China gewesen war, verlassen.

Und Frauen? Ja, dachte Kleinert noch einmal – und Frauen? Sie waren ihm seltsam fremd geblieben auch in diesen Monaten. Irgendwie, dachte er auch jetzt wieder, war er wohl nicht der Typ für eine ernsthaftere Beziehung. Er hatte seine Freude an den Frauen, wenn er sie anschauen konnte – wie damals, an jenem prunkvollen Abend in Tientsin, die schöne Katharina Kampmann. Aber er konnte auch ohne sie auskommen, fühlte sich wohl in seinem – ja, wie sollte er es denn sagen? – fast keuschen Junggesellendasein. So sehr, dass ihn auch der Spott, mit dem ihn Rieckmüller bei gelegentlicher Nachfrage bedacht hatte, nicht wirklich erreicht hatte. Ja, gewiss, ein paar Mal hatte er sich von Rieckmüller zu einem Bordellbesuch überreden lassen. Aber das war mehr aus Pflichtgefühl gewesen und aus dem Drang, dazuzugehören. Für die Begeisterung, in die Rieckmüller in – wie er fand – ziemlich großsprecherischer Weise regelmäßig am nächsten Morgen noch einmal verfallen war, hatte er jedenfalls überhaupt nichts übrig.

Eine Ausnahme in all dem war Carola Hartenfeldt gewesen. Mit ihr – der jungen, unbekümmert agitierenden Buchhändlerin – hatte er schon bald nach seiner Rückkehr aus Nanking wieder Kontakt gesucht. Er hatte Gefallen gefunden an ihrer hübsch geschwungenen Nase, dem heiteren Blick ihrer neugierigen blaugrünen Augen und dem ein selbstbewusstes »Hier bin ich« verkündenden Wippen ihres dunkelblonden Pferdeschwanzes, und er hatte genossen, wie nach zwei, drei Cocktails das Agitierende ihrer Stimme in einen zärtlichen Plauderton hinüber geglitten war, der sie ihrem Ziel, ihn mit klug ausgewählten Zitaten und keck gerafften Textwiedergaben einzuweben in ihre Lesewelt, nur immer näher gebracht hatte.

Aber als es dann so ausgesehen hatte, als ob aus den ersten Zärtlichkeiten und einer etwas unbeholfenen, weil auch von Carolas Seite mit großer Scheu und wenig Erfahrung herbeigewünschten und herangestreichelten gemeinsamen Nacht eine Liebe hätte werden können, war sie ihm plötzlich davon gelaufen, und es hatte ihm an Mut gefehlt, in der Buchhandlung nach ihr zu sehen.

Also hatte er in seiner Freude über seine neuen Aufgaben am Abend in der Studentenbude, die er zu günstigen Konditionen hatte weiterhin mieten können, ein stilles Glas Wein getrunken, und am nächsten Tag hatte er sich den Reisebericht der Studienkommission vorgenommen.

Acht Herren waren als Kommissionsmitglieder verzeichnet gewesen, und mit allen hatte er in der Folgezeit Gespräche zu führen gehabt, aber nur zwei waren ihm wirklich im Gedächtnis geblieben: ein Spezialist der Reichsbahn, der – wie Kleinert sich schmunzelnd erinnerte – den treffenden Namen Wagenbrenner trug und schon am Bau jener Tientsin-Pukou-Bahn beteiligt gewesen war, mit der er selbst gerade erst von Tientsin nach Nanking gefahren war, und der knapp vierzigjährige Chinakenner Herbert Howe, der zum Generalsekretär der Kommission bestellt worden war, obgleich die deutschen Handelskammern in Peking und Schanghai – wie einem speziellen Vermerk zu entnehmen war – Ablehnung signalisiert hatten, weil man ihn dort, wie es hieß, für einen Blender hielt.

So schlimm, hatte Kleinert gedacht, hatte es mit dem Blenden nicht sein können, denn die Studienreise war – so jedenfalls sagte es der Bericht – ein großer Erfolg gewesen. Man hatte auf der dreißigtägigen Schiffspassage zunächst in Singapur einen Zwischenhalt eingelegt, wo, wie zu lesen war, »der Chinese« – bei solchen Passagen hatte Kleinert freilich sofort wieder jenes Unbehagen beschlichen, das er schon bei den polternden Herablassungen des Rudolf Fuchs auf dem Küstenliner im Eis vor Tientsin gespürt hatte – sich »unter geordneten und friedlichen Verhältnissen« als »außerordentlich erfolgreicher Unternehmer und Finanzmann, Fabrikant und Händler« gezeigt habe. Den Chinateil der Reise hatte man mit einem Besuch Kantons begonnen, dann war es über Hongkong nach Schanghai gegangen, weiter den Yangtse hinauf nach Nanking, von dort zurück nach Wuhsi, der zweitgrößten Industriestadt der Provinz Kiangsu, schließlich nach Hangtschou, der ebenfalls zum engeren Einzugsgebiet Schanghais gehörenden Provinzhauptstadt von Tschekiang, und dann noch einmal den Yangtse hinauf – nun aber bis nach Wuhan, der Dreierstadt, die zum Industriezentrum Mittelchinas geworden war.

Überall waren – so hatte Kleinert lesen können – die Deutschen gastfreundlich aufgenommen worden, »der Chinese« – Kleinert hasste diesen Begriff inständig – hatte nicht selten »außerordentlich starkes persönliches Interesse« gezeigt, und so hatte es eine nicht enden wollende Kette von Besichtigungen und Empfängen gegeben, die meist mit intensiven Gesprächen verbunden waren. Der Besuch von Fabriken, landwirtschaftlichen Musterbetrieben und Kohle- und Erzgruben hatte auf dem Programm gestanden, immer wieder auch waren Waffenarsenale besichtigt worden, in Kanton hatte man die Sun-Yat-Sen-Universität besucht und in Schanghai die für ihre deutsch-chinesischen Traditionen berühmte Tungtschi-Universität, und stets war den Provinzgouverneuren und Stadtoberhäuptern daran gelegen gewesen, ihr Wohlwollen mit abendlichen Einladungen unter Beweis zu stellen. In Nanking hatten die Kommissionsmitglieder Begegnungen mit fast allen Regierungsmitgliedern gehabt, und zweimal hatte sich Tschiang Kai Schek höchstselbst Zeit für die deutschen Experten genommen.

In Hankou – jenem Stadtteil von Wuhan, in dem es auch eine internationale Niederlassung gab – war der Zeitplan der Kommission durcheinander geraten. War bis dahin von den Bürgerkriegswirren nicht viel zu spüren gewesen, so hatten diese nun eine Weiterreise mit der Bahn über Taiyüan nach Peking unmöglich gemacht.

Also auch hier, hatte Kleinert gedacht und sich der Tientsiner Erzählungen von den Zwischenfällen und Gefechten erinnert. Auch diese von den Behörden so umsichtig umsorgte Delegation hatte die Folgen der bei diesen bewaffneten Auseinandersetzungen üblichen Brückensprengungen, Gleiszerstörungen und Zugüberfällen zu spüren bekommen. Peking war somit zunächst aus dem Programm gestrichen worden, die Gruppe hatte sich per Schiff wieder zurück nach Schanghai begeben und von dort auf dem Seeweg die Reise nach Mukden fortgesetzt.

Mukden, das lag – Kleinert hatte sich richtig erinnert – im Norden, in der Mandschurei. Und ebenfalls richtig: Tschang Hsüe Liang, mit dem die Kommission dort verhandelt hatte, war kein Freund Tschiang Kai Scheks. Aber auch er war den Deutschen mit wohlwollendem Interesse gegenüber getreten und hatte seine Bereitschaft zu größeren Geschäften bekundet.

Nun war Kleinert gespannt gewesen, ob die Kommission auch Kontakte mit den Japanern in der Mandschurei gehabt hatte – und wieder richtig: Auch solche Kontakte hatte es gegeben. Weil man aber um das Delikate solcher Begegnungen wusste, hatte man einen Trick versucht. Zunächst war die Gruppe mit dem Zug nun doch noch über Tientsin nach Peking gereist und hatte dort die Studienreise offiziell für beendet erklärt. Ein paar ihrer Mitglieder hatten die Heimreise angetreten, und Generalkonsul Klotz, der die Kommission bis dahin begleitet und damit ihren regierungsoffiziellen Charakter für alle sichtbar unterstrichen hatte, war wieder nach Schanghai zurückgekehrt.

Die anderen aber – Wagenbrenner und Howe hatten zu dieser Gruppe gehört – hatten sich noch einmal nach Mukden auf den Weg gemacht. Ganz privat – wie sie sagten – hatten sie dem in japanischem Besitz befindlichen Kohlebergwerk von Fuschun und dem ebenfalls japanischen Hüttenwerk von Anschan einen Besuch abgestattet. Den Chinesen – so hatte Kleinert einem dem Bericht beigefügten Vermerk des deutschen Konsuls in Mukden, Wentrich, entnehmen können – hatte dieses Vorgehen nicht besonders gefallen. Sie hatten darauf bestanden, die Deutschen auch bei diesen Besichtigungen zu begleiten, und dies sei – so Wentrich – »den Japanern sichtlich unwillkommen gewesen«.

Nach einem letzten Stopp in Harbin war die Kommission dann nach insgesamt dreimonatigem Aufenthalt in China Ende Juni mit der Transsibirischen Eisenbahn wieder nach Deutschland aufgebrochen.

Kleinert hatte den Bericht mit wachem Interesse und immer wieder auch mit der Freude des Erinnerns und Wiederentdeckens gelesen, aber als er ihn zur Seite gelegt hatte, hatte er gemerkt, dass er in der Erfüllung der Rieckmüllerschen Forderung nach Formulierung eigener Schlussfolgerungen noch nicht so richtig weitergekommen war.

Das hatte sich geändert, als er den Abschlussbericht von Generalkonsul Klotz aus dem Aktenstapel hervorgezogen hatte. Klotz – war Kleinert nun ganz schnell klar geworden – hatte der Kommission nicht nur zu höchster offizieller Anerkennung verholfen und den Weg sowohl zu Tschiang Kai Schek als auch zu Tschang Hsüe Liang geebnet, sondern war auch Auge und Ohr des Auswärtigen Amtes in der Kommission gewesen. Und dieses Auswärtige Amt – das hatte Kleinert nun schwarz auf weiß nachlesen können – sah die Dinge deutlich anders als die Reichsvereinigung der Industrie. Zwar war man sich einig, dass die vielen deutsch sprechenden Chinesen in den Verwaltungen und einigen der modernsten Fabriken wichtige Partner eines raschen Ausbaus der Beziehungen sein könnten und darum der Delegationsaustausch entschlossen forciert werden sollte. Aber dann war der Dissens trotz zurückhaltender Wortwahl des Diplomaten unübersehbar geworden: Die Kommission habe sich leider einseitig auf die Seite Tschiang Kai Scheks geschlagen. Das gefährde die deutschen Interessen in Nordchina und in der Mandschurei. Es sei bedauerlich, dass der Grundsatz der strengsten Neutralität verletzt worden sei.

Zu Japan hatte sich Klotz nicht geäußert, aber Kleinert hatte – das war ihm von Rieckmüller später bestätigt worden – Recht gehabt, als er angenommen hatte, dass das Auswärtige Amt auch da strikte Neutralität fordern würde. Die entsprechenden Sätze von Reinhard Stiller, dem Generalkonsul in Tientsin, klangen ihm auch jetzt noch in den Ohren.

Und noch an einem anderen Punkt hatte sich Klotz unerwartet energisch geäußert: Es sei keineswegs günstig gewesen, dass die Farben- und die Textilindustrie in der Kommission nicht vertreten gewesen seien.

So hatte sich Kleinert für das Gespräch mit Rieckmüller einige Fragen notiert. Er dürfe wohl davon ausgehen, dass der Ruf nach engeren persönlichen Kontakten mit chinesischen Partnern in Verwaltungen und Unternehmen auch für ihn selbst positive Wirkungen haben würde? Es sei des weiteren wohl offensichtlich, dass die Mamo Impex mit den Herren von der Eisen- und Stahlindustrie und vom Maschinenbau zwei Leute der eigenen Branche in der Kommission gehabt hatte, mit denen nun weiterführende Gespräche zu führen wären? Und dabei sei dann aber doch wohl gewiss auch die Rolle der Handelshäuser noch einmal ins Kalkül zu ziehen? Denn habe er, Kleinert, nicht bei seinen Aufenthalten in Hamburg und Bremen im Namen der Mamo Impex ständig mit den Herren der Firmen Buckowitz & Co., Garbsen sowie Schröder & Tackelmann zu tun gehabt?

Um gründliche Aufklärung müsse er auch bitten, was es mit der Kritik des Auswärtigen Amtes an der Parteinahme der Kommission für Tschiang Kai Schek auf sich habe. Er, Kleinert, liege doch richtig, wenn er annehme, dass diese Kritik auch auf die Mamo Impex gemünzt sein könnte? Und schließlich: Was habe es mit dem Bedauern über das Fehlen der Farbenindustrie in der Kommission auf sich?

Rieckmüller hatte sich mit deutlichen Antworten nicht geziert. »Kleinert«, hatte er gesagt, »Sie merken, dass es jetzt richtig zur Sache geht, und dass ich Sie dabei haben will, wissen Sie längst. Sie vermuten richtig: Mit den Herren von Eisen und Stahl werden Sie in den nächsten Wochen etliches zu verhandeln haben. Aber auch – und das wird Sie vielleicht überraschen – mit Herbert Howe. Denn einer musste uns ja schließlich mit all den Akten hier versorgen, nicht wahr? Aber nun gucken Sie um Gottes willen nicht wieder erstaunt – Sie haben den Finger doch auf der richtigen Wunde: Vom Auswärtigen Amt können Sie außer einer ständigen Beschwörung strikter Neutralität nichts erwarten. Aber wer so neutral ist, will – das sage ich Ihnen – am Ende gar nichts tun. Der will ein bisschen Besuchsdiplomatie hier, ein paar Universitätskontakte da, vielleicht auch – Sie haben's ja bei Klotz gelesen – ein paar Journalistenreisen wegen der netten Propaganda. Aber das große Geschäft, mein Lieber, eines, vor dem alles, was bisher so hin und her geschippert worden ist zwischen Nordsee und Gelbem Meer, als Kinderkram erscheinen muss – dieses große Geschäft kommt mit Neutralität, die Sie ruhig auch mal Feigheit nennen können, nicht zustande.«

»Und Sie meinen«, – Kleinert hatte versucht, den forschen Ton Rieckmüllers aufzunehmen – »ausgerechnet die Mamo Impex sei in der Lage, dem Auswärtigen Amt Paroli zu bieten?«

»Ja, das meine ich«, hatte Rieckmüller geantwortet, »und ich will Ihnen auch sagen, warum, und wenn ich Ihnen das gesagt habe, werden Sie auch wissen, warum es in unserem Hause so still zugeht. Die Herren, die hier ihre Büros haben, sind von der Reichswehrführung, und sie verstehen etwas von Rüstungsproduktion, und das werden Sie nun auch verstehen lernen. Verschwiegenheit gehört dazu – aber das wissen Sie ja längst –, und vor allem: ein bisschen strategisches Verständnis. Ein paar Kanonen nach China verkaufen und die Geschosse dazu – das ist keine Kunst, die kann ich an Tschiang Kai Schek adressieren oder Tschang Hsüe Liang oder wen auch immer, bloß:

Darum geht es doch längst nicht mehr. Worum es heute geht, sind ganze Systeme neuer Waffen, und die müssen irgendwo anders als in Deutschland erprobt werden, weil es hier nicht erlaubt ist. Und im Gegenzug geht es um die Rohstoffe, die man zur Waffenproduktion braucht. Eisenerz haben wir selber – aber Mangan, Chrom, Antimon und Wolfram – also alles, was erst einen guten, schlachtfeldtauglichen Stahl erst ausmacht -: das haben wir nicht, aber die Chinesen haben es. Und da müssen wir ran – schnell, aber ohne Aufsehen, also: energisch und geschmeidig zugleich. Aber das hat natürlich auch Konsequenzen dafür, wer in China unsere Partner sein können. Für die Provinzfürsten – das liegt doch auf der Hand – sind all diese Vorhaben eine Nummer zu groß.«

»Und darum«, hatte sich Kleinert wieder bemerkbar gemacht, »kommt uns der Machtzuwachs von Tschiang Kai Schek wie gerufen?«

»Sie sagen es, und ich freue mich, dass Sie ›uns‹ gesagt haben. Tschiang Kai Schek ist in der Tat unsere große Chance – und wenn Sie den Bericht der Studienkommission daraufhin noch einmal durchsehen, werden Sie das auch bestätigt finden. Selbst das Auswärtige Amt muss ja zugeben: Dieser Mann will einen starken, zentral gelenkten Staat, er will eine starke, moderne Wirtschaft, er will auch eine starke Wissenschaft und Kultur – und das alles lassen Sie uns mal richtig ernst nehmen, Kleinert, denn je besser man die am Rand gelegenen Felder bestellt, desto besser kann man den Hauptacker bewirtschaften. Was Tschiang Kai Schek aber vor allem braucht, weil er seine Macht im Innern militärisch konsolidieren muss und von außen – Sie wissen ja: von Japan – militärisch bedroht wird, ist eine starke Armee. Mit allem Drum und Dran. Und da, frage ich Sie, sollen wir Deutschen so etwas wie strikte Neutralität üben? Wo sich ein Partner, der so komplex mit uns zusammenarbeiten will, vielleicht nie wieder findet?«

Kleinert hatte sich natürlich daran erinnert, dass er viel Ähnliches von Schuchardt in Nanking gehört hatte, als der über die Pläne und Leistungen Theodor Landmanns ins Schwärmen geraten war, und Rieckmüller nun direkt darauf angesprochen.

»Ja, sicher«, hatte Rieckmüller geantwortet und so getan, als wäre Kleinert schon immer bekannt gewesen, dass Landmann mit der Mamo Impex engste Kontakte gehabt hatte, »Theodor Landmann hatte genau diese Vision: ein wiedererstarktes Deutschland an der Seite eines wiedererstarkten China. Und Schuchardt – der teilt diese Ansichten.«

»Aber Schuchardt kommt mit Patzel nicht klar«, hatte Kleinert eingeworfen, »und müssten Sie mir nun, da Sie das alles so offen ausgebreitet haben, nicht auch noch etwas genauer sagen, was Sie davon halten?«

»Ich bleibe dabei«, hatte Rieckmüller entgegnet, »dieses Problem ist mit dem Amtsantritt von General Wellersdorff gelöst. Natürlich weiß ich auch, dass Schuchardt die militärische Zusammenarbeit nicht mag und darum diesen Rochus auf Patzel hatte. Aber deshalb soll er ja die Felder am Rande bestellen, von denen ich vorhin gesprochen habe – das ist genauso wichtig.«

Also doch!

Kleinert, in seinem mittagsheißen Nankinger Büro unter dem brummenden Ventilator ein weiteres Mal heißes Wasser aus dem Thermosbehälter auf die schon längst ausgelaugten wenigen grünen Teeblätter in seinem großen emaillierten Trinkbecher gießend und die Weisheit derer preisend, die empfahlen, der Hitze mit heißem – und keineswegs kaltem! – Getränk zu begegnen, war froh, dass er sich diese entscheidenden Gespräche mit Rieckmüller noch einmal so gründlich in Erinnerung gerufen hatte. Rieckmüller hatte ihn nicht abgeschrieben, den nachdenklichen und zuweilen zerquälten Schuchardt, und er hatte auch dessen Ansichten nicht abgetan. Aber weil das so war, gab es eben auch nur eine Schlussfolgerung: Die Gründe für Schuchardts Resignation mussten hier, in Nanking, liegen, und er, Kleinert, würde auf der Hut sein müssen.

Indes – so schwach, wie er zuweilen glaubte, war er ja wirklich nicht, und so konnte er den kommenden Auseinandersetzungen doch auch gelassen entgegen sehen. Er hatte mit vielen weiteren Gesprächen und Begegnungen in Berlin doch ein solides Fundament für sein Agieren in China gelegt.

Mit den Leuten von Eisen und Stahl hatte er in einem Beratungsmarathon, der sich über Monate hingezogen hatte, Vorschläge nicht nur für die Lieferung kompletter Ausrüstungen für ganze Maschinenfabriken in China ausgearbeitet, sondern auch ein Programm zum Austausch ingenieurtechnischen Personals. Zugleich war ihm von den leitenden Herren die Bekanntschaft verschiedener Universitätsprofessoren vermittelt worden, mit denen er neue Wege des Studentenaustausches besprochen hatte. Wie hatte doch Generalkonsul Klotz in seinem Bericht formuliert? Die deutsch sprechenden Chinesen in chinesischen Ämtern und Behörden machten nur »einen winzigen Prozentsatz« der aus England, den USA und Frankreich zurückkehrenden Studenten aus? Nun, er, Kleinert, würde das Seine dazu tun, dass sich das ändern könnte. Und zum ersten Mal hatte er bei diesen Universitätsgesprächen gespürt, dass die Schule des verständnisvollen, toleranten und alle Arroganz vermeidenden Herangehens an die chinesischen Angelegenheiten, durch die er mit seinem Freund Hsü Tao Lin gegangen war, auch für andere Deutsche überzeugend und werbend sein konnte.

Ausgesprochenes Vergnügen hatte Kleinertt ein Besuch bei Günther Wagenbrenner, dem Mann der Reichsbahn in der Studienkommission, gemacht. Wagenbrenner strotzte vor Anekdoten über den Eisenbahnbau in China, und er hatte mit einer Begeisterung erzählt, vor der selbst die spannenden Geschichten von Rantz und Flöcker, denen Kleinert in Tientsin so hingebungsvoll gelauscht hatte, verblasst waren. Noch die trockensten Begriffe seines Faches wie Spurweiten, Kurvenradien, Radstände oder Puffertypen hatte er zum Ausgangspunkt für kleine Geschichten genommen, und als Kleinert wieder in sein Mamo-Impex-Büro zurückgekehrt war, war er nicht nur um Skizzen und Pläne für neue Eisenbahnlinien in China reicher gewesen, sondern auch um die ermutigende Erfahrung, dass auf chinesischem Boden Chinesen, Deutsche, Engländer, Franzosen, Russen und Japaner schon ganz erquicklich zusammengearbeitet hatten. Jedenfalls bei der Eisenbahn.

Eine Überraschung hatte Kleinert erlebt, als er sich mit den Bankenvertretern in der Studienkommission getroffen hatte. Eigentlich hatte es um die Gepflogenheiten bei internationalen Kreditgeschäften gehen sollen, um Zinssätze, Laufzeiten, Wechselkurse und die Seriosität chinesischer Partnerbanken. Aber plötzlich war man ausgerechnet hier auf die Frage gekommen, die Kleinert schon so lange unter den Nägeln gebrannt hatte: auf den Widerstreit zwischen dem China- und dem Japanflügel in Deutschland. Bei einem Mittagessen hatte noch einmal die Zusammensetzung der Kommission eine Rolle gespielt, und als Kleinert versucht hatte, eine Erklärung für das Fehlen der Farbenindustrie bei dieser Reise zu erhalten, war ihm knapp und scharf entgegnet worden: »Diese Leute sind zu groß für Sie, junger Mann! Bei der Kommission ging es um China – die aber wollen ganz Ostasien.«

Das war von einer unmissverständlichen Deutlichkeit gewesen. Und hatte die Dinge für Kleinert dennoch nicht durchsichtiger gemacht. Denn in China würde man auf jeden Fall miteinander zu tun haben – auf welche Weise auch immer. Oder sollten – Kleinert wagte es auch jetzt in seinem Nankinger Büro nicht zu Ende zu denken – die Differenzen zwischen den einen und den anderen bereits so groß sein, dass man sich würde voneinander fern halten müssen?

Der Leiter der Studienkommission, Konteradmiral a. D. Retzlaff, war gelegentlich eines Empfangs der Reichsvereinigung der Industrie Kleinert gegenüber auf vielsagende Weise unverbindlich geblieben. »Ich höre, Sie bereiten sich auf einen längeren China-Aufenthalt vor?«, hatte er gefragt, nachdem Rieckmüller das Vorstellungszeremoniell hinter sich gebracht hatte, und dann bedeutungsvoll fortgesetzt: »Seien Sie gründlich, und seien Sie diskret – das ist es, was ich Ihnen vor allem raten will. Es geht – wie Sie natürlich längst wissen – um große Beträge. Ich bin gespannt, von Ihnen zu hören!«

Und dann, als die Fahrkarten für die Transsibirische Eisenbahn schon in seinem kleinen Tresor gelegen hatten, hatte ihn Rieckmüller noch mit Herbert Howe bekannt gemacht – dem Mann, der, wie Rieckmüller lachend verkündet hatte, für die Mamo Impex schon in manches Fettnäpfchen getreten war – nicht nur des Auswärtigen Amtes, sondern auch des einen oder anderen China-Handelshauses.

Kleinert war unsicher gewesen, ob ihm Howe sympathisch sein konnte. Nur wenige Jahre älter als er, war der andere doch so etwas wie sein komplettes Gegenteil. Groß und sportlich, mit dichtem dunklem Haar, trug er kostbare Anzüge und ebensolche Schuhe, die seinem raumgreifenden Gang genau das verliehen, was man lässige Eleganz zu nennen pflegt. Seine Familie war nicht – wie in Kleinerts Falle – die eines kleinen Betriebsingenieurs. Nein, Howe stammte aus wohlhabendem Fabrikantenhause aus dem Ruhrgebiet, war mit Eisen und Stahl groß geworden, hatte eine erstklassige Ausbildung genossen, und gleich nach dem Studium hatte ihn der Vater in die

Niederlassungen seines Unternehmens nach Schanghai und Tsingtao geschickt.

Konflikte mit den Konsulaten? Aber bitte, hatte Howe gelächelt, das sei doch Ehrensache. Was wüssten die Herren Diplomaten denn vom wirklichen Leben in China? In gut bewachten Ausländervierteln zu leben mit Dienerschaft und Kirchenchor – das verkläre die Sicht auf die Dinge nicht nur, sondern verenge sie auch. Ehe man sich's versehe, werde man bequem unter solchen Umständen – und ängstlich.

Nein, nein – er, Howe, sei da andere Wege gegangen. Ob Kleinert denn schon einmal darüber nachgedacht habe, wie Tschiang Kai Schek zu dieser Machtfülle gelangt sei, um die ihn heute alle beneideten? Und darüber, wie raffiniert er sich mit der Schanghaier Unterwelt arrangiert habe? Die mit Opiumhandel und Hafenzöllen in den Besitz nicht einfach von Millionen, sondern von Milliarden gekommen sei? Dort, wo das richtige Geld sei, hatte Howe erzählt, habe er Kontakte angebahnt, und dort habe er gelernt, dass man in China nicht kleckern durfte, sondern klotzen musste. Die Mamo Impex habe sein Vorgehen immer zu schätzen gewusst – und auch, dass er den Diplomaten ein paar falsche Fährten gelegt hatte. Das sei schon in Ordnung, dass ihn da manche für einen Blender hielten. Ihm, Kleinert, könne er jedenfalls nur raten, sich vom wichtigmacherischen Getue der Diplomaten nicht allzu heftig beeindrucken zu lassen. Wenn er ein bisschen was aus sich machen wolle, sei die Mamo Impex genau der richtige Stall.

Als Kleinert ihn nach seinen persönlichen Plänen gefragt hatte, hatte Howe fröhlich verkündet: »Ich kehre an den – wenn Sie so wollen – häuslichen Herd zurück. Mein Vater braucht mich in Tsingtao, wir wollen in der Provinz Schantung eine neue Kohlengrube ausrüsten. Wenn Sie also von Nanking aus unterwegs sein sollten in Sachen Mamo Impex, sind Sie selbstverständlich stets willkommen. Also«, hatte er seine Rede beschlossen, »schauen Sie einfach herein!«

Nun denn, dachte Kleinert, als er an diesem Punkt seiner Erinnerungen angelangt war, zwei, drei Wochen der Einarbeitung würde er jetzt erst einmal noch brauchen – aber hieß es nicht, im Herbst sei die Gegend um Tsingtao besonders schön? Warum also nicht Howe beim Wort nehmen? Rieckmüller in Berlin, da war er sich sicher, würde nichts dagegen haben.

Kapitel 5

Sie saßen auf der Terrasse eines bayrischen Holzhauses, genossen das Panorama bizarrer Felswände in der untergehenden Sonne und hörten vom nahe plätschernden Bach das fröhlich kreischende »Hierher!« und »Spring doch!« spielender Kinder.

»Na, habe ich Ihnen zuviel versprochen?«, fragte Herbert Howe. »Ist das nicht ein Alpenidyll wie aus dem Bilderbuch?«

Mit ausladender Geste stellte er ein paar massige Bierseidel auf den derben, vom Wetter gebleichten Holztisch, entnahm dem mitgebrachten Korb einige Flaschen des begehrten Tsingtao-Bieres und füllte die Gläser. »Auf Ihr Wohl, Kleinert, und auf das Ihre, lieber Hsü! So mag ich's: Andere überraschen – aber selbst nicht überrascht werden. Und ich konnte Sie doch überraschen, Kleinert?«

»Ja, das konnten Sie. Und wenn es so angenehme Überraschungen sind, dann machen Sie ruhig so weiter!« Kleinert, auf der breitbalkigen Bank an der dunkelbraun gebeizten Hauswand hockend, lehnte sich gemütlich zurück. »Hatten Sie uns nicht sogar Meeresblick in Aussicht gestellt? Und Erleuchtung durch taoistische Wundersprüche?«

»Nun seien Sie nicht ungeduldig!« Howe hatte sich in einen der beiden breiten Korbsessel fallen lassen und räkelte sich genüsslich. »Man muss den Laoschan in kleinen Happen auf sich wirken lassen, und das werden wir in den nächsten Tagen tun. Schön, dass Sie sich auf die lange Bahnfahrt gemacht haben – nun lassen Sie erstmal die Seele baumeln. Oder was meinen Sie, Hsü?«

Hsü Tao Lin, Kleinerts Freund aus den Berliner Jahren, hatte es sich im zweiten Korbsessel bequem gemacht und bisher schmunzelnd geschwiegen. Er war nicht verwundert gewesen, als ihn in Peking Howes Einladung erreicht hatte, für eine Woche in den Laoschan zu kommen. Er wusste ja, wie wichtig den Deutschen dieses zwar kleine, aber in romantischer Zerklüftung auf über tausend Meter Höhe sich emporschwingende Gebirge im Norden von Tsingtao, der ehemaligen Hauptstadt des ehemaligen deutschen Pachtgebietes Kiautschou, war. Es war – so hatte er von Howe schon in Berlin einmal gehört – für sie ein Stück Alpen, Harz und Elbsandsteingebirge zugleich, und ganz gleich, wo sie in China arbeiteten – ob in Nanking oder Peking, Tientsin oder Schanghai: Sie nahmen, wenn sie denn irgend konnten, die vielen Stunden auf der Bahn durch das flache Land der Reis-, Sojabohnen-

und Hirsefelder gern auf sich, wenn sich zum Lohn aller Mühen der Blick auf die Hügelkuppen und Felsgruppen »ihres« Gebirges öffnete. Die Tsingtao-Deutschen, denen die Berge fast vor der Nase lagen, hatten es bei alledem besonders gut. Von ihnen hatte sich mancher hier ein eigenes Wochenend- und Feriendomizil errichtet – im bayrischen Stil, wie es die alten Howes getan hatten, oder mit einem Fachwerkbau, wie man ihn auch in Wernigerode oder Bad Schandau finden konnte.

»Natürlich haben Sie Recht«, sagte Hsü nun, und er strahlte wieder jene milde Gelassenheit aus, die Kleinert schon ihn Berlin an ihm bewundert hatte, »es ist ein herrlicher Ort, um – wie haben Sie gesagt? – die Seele baumeln zu lassen. Ein hübscher Ausdruck! Ich freue mich – in Berlin habe ich so etwas Gemütliches nie von Ihnen gehört. Da ging es Ihnen immer nur um die Arbeit, ums Geschäft. Schön, dass Sie hier ein bisschen chinesische Ruhe finden, in Ihrem – wie sagen Sie immer? – deutschen Gebirge.«

Kleinert blickte erstaunt zu ihm herüber. In Berlin hatten sich die beiden schon kennen gelernt? Das hatte er nicht erwartet. Natürlich war ihm, als er Hsü vor dem Howeschen Anwesen hatte sitzen sehen, klar gewesen, dass sie miteinander bekannt sein mussten. Aber von Deutschland her? Er hatte auf Tsingtao getippt, wo er Howe im Unternehmen seines Vaters wusste, oder Peking, wo Hsü, wie er ihm bei ihrem Abschied vor drei Jahren angedeutet hatte, beste Aussichten auf eine Universitätslaufbahn hatte. Nun zeigte sich: Er hatte zu kurz gedacht! In Berlin schon hatten Howe und Hsü gemeinsame Pläne geschmiedet! Und erst hier, auf dem Laoschan, geruhten sie, ihn, Kleinert, einzubeziehen. Da hatte Howe gut reden – von wegen Überraschung. Überrumpelung war wohl das treffendere Wort.

Hsü bemerkte Kleinerts Verstimmung und tauschte mit Howe einen Blick stillen Einverständnisses. »Ich werde mich um die Küche kümmern«, sagte Howe und ging ins Haus. Von der Hütte jenseits des Baches – im bayrischen Stil gehalten wie die Howesche – kündete der energische Ruf einer Frauenstimme in Richtung der Kinder hinüber, dass auch in der Nachbarschaft ans Abendessen gedacht wurde.

»Sie müssen nicht verärgert sein.« Hsü hatte sich aus seinem Sessel erhoben, noch einmal zwei Flaschen vom Tsingtao-Bier aus dem Korb genommen und sich zu Kleinert auf die Bank gehockt. Er füllte die Seidel ein zweites Mal und stieß mit seinem Glas fast zärtlich an das Kleinertsche.

»Sie wissen doch ganz genau: Über Manches muss man auch einmal schweigen können. Warum hätte ich Ihnen erzählen sollen, dass ich Howe kenne? Meine Bekanntschaft mit ihm entstand genauso zufällig wie die mit Ihnen. Wir trafen uns bei einem Vortrag, den ein ehemaliger deutscher Diplomat, der lange in China gewesen war, an der Universität hielt. Ich sprach ihn an, weil er unter den Gästen von außerhalb, die sich bei solchen Vorträgen ja immer sehr deutlich von den Studenten unterscheiden, zu den Jüngsten zählte.«

Er schmunzelte verschwörerisch. »Sie wissen doch: Ich kann nicht anders, als neugierig zu sein. Ich muss die Leute, die mir interessant erscheinen, ansprechen. Und Herbert Howe kam mir sehr freundlich entgegen. Auch ihm war es offensichtlich recht, ins Gespräch zu kommen. Na ja, und als er mir erzählte, dass er nur gelegentlich in Berlin sei und die meiste Zeit im Unternehmen seines Vaters in Tsingtao verbringe, habe ich meine Bemühungen um eine dauerhafte Bekanntschaft natürlich verstärkt. Und nun – lassen Sie uns sehen, was wir daraus machen!«

Sie nahmen beide einen kräftigen Schluck, und weil Kleinert noch immer sichtlich verstört dreinschaute, fuhr Hsü in seiner Rede fort: »Ich will doch mit Howe nichts anderes als mit Ihnen. Ich will etwas tun für eine intensivere Zusammenarbeit. Also lassen Sie uns doch die kleine Verstimmung rasch hinunter spülen.«

Nun nickte Kleinert, und Hsü setzte noch einmal nach: »Im übrigen finde ich, dass das Tsingtao-Bier sich dafür besonders gut eignet. Nicht, dass ich der Kolonie, die Sie damals hier errichtet haben, nachtrauern würde. Nein, ganz gewiss nicht. Aber dass ich ein richtig gutes Bier, wie ich es in Berlin kennen gelernt habe, auch hier im Laoschan trinken darf – das ist doch mal ein schönes Zeichen dafür, wie man sich gegenseitig nützen kann.«

Kleinert war sich für einen Moment nicht sicher, ob Hsü das ernst oder spöttisch gemeint haben könnte, aber Hsü kam seiner Nachfrage zuvor. »Oder sagen wir mal so: Wir könnten uns gemeinsam anstrengen, dass es ein solches Zeichen wird. Denn wenn die Japaner, die Ihnen 1914 dieses wunderschöne Kiautschou entrissen haben, hier nun auch gegen uns die Oberhand gewinnen sollten – na, dann ist unser Traum bald ausgeträumt.«

»Und um welchen Traum« – Kleinert konnte nun doch einhaken – »handelt es sich? Sind wir noch beim ganz Allgemeinen, oder haben Sie mit Howe schon ein bisschen konkreter voraus geträumt?«

»Wir sind beim Allgemeinen«, sagte Hsü beschwichtigend. »Aber wir wollen – natürlich nur, wenn Sie einverstanden sind – in den nächsten Tagen ein wenig genauer ins Detail gehen. Und ist dieses Häuschen nicht ein herrlicher Ort dafür?«

»Ja, das ist es«, bestätigte Kleinert und entschied sich im gleichen Moment, sich auf eine Geheimnistuerei zwischen Ihnen dreien nicht länger einzulassen. »Aber nur« – seine Stimme war energischer geworden –, »wenn Sie mich nicht auf die Folter spannen und mir schon heute Abend reinen Wein einschenken. Sie wissen natürlich, dass Howe für die Studienkommission der Reichsvereinigung der deutschen Industrie gearbeitet hat?«

»Das weiß ich, denn ich war zugegen, als diese Kommission in Nanking mit Tschiang Kai Schek gesprochen hat.«

Hsü lehnte sich wieder zurück, genoss den verdutzten Gesichtsausdruck, mit dem Kleinert auf diese Mittelung reagierte, und wies hinüber zu den Felsklippen, auf denen die Abendsonne glühte. »Wie hat unser Freund Howe gesagt? Lassen Sie die Seele baumeln! Sie sind erschrocken über meine Worte? Aber wieso denn? Ich habe Ihnen doch von Anfang an gesagt, dass ich versuchen will, nicht nur – wie heißt es in Ihrer schönen Redensart – kleine Brötchen zu backen. Und das hat nun geklappt. Und bei Howe offensichtlich auch.«

Er räkelte sich zufrieden. »Und da wir nun einmal zu dritt beisammen sind, rate ich Ihnen: Vertrauen Sie seiner Erfahrung. Ich glaube, er hat in seinen vielen Tsingtao-Jahren schon ein bisschen von der chinesischen Geduld gelernt. Er weiß genau: Ein gemeinsamer Plan wird nicht gedeihen, wenn wir nicht von ein paar guten gemeinsamen Stunden und Erlebnissen, die mit diesem Plan noch gar nichts zu tun haben, zehren können. Also lassen Sie uns jetzt solche Stunden haben.«

Er griff wieder zum Glas und schloss in eindringlichem Ton: »Noch einmal, lieber Kleinert: Haben Sie Vertrauen!«

Sie stießen noch einmal an, ohne dass Kleinert wirklich wohler geworden wäre. Andererseits: Hsü hatte ja Recht. Warum war er so unrastig? Er hatte sich doch wirklich gefreut auf diese Reise in den Laoschan nach all den Eingewöhnungsschwierigkeiten der ersten Nanking-Wochen und dem bisher – wie konnte es denn anders sein – noch kaum gelungenen Versuch, einen stabilen Überblick zu gewinnen über die wichtigsten chinesischen und deutschen, englischen und französischen Geschäftspartner der Mamo Impex.

Und auch ein bisschen Stolz hatte er geglaubt mitbringen zu können hierher: Stolz darauf, dass ihm trotz aller Schwierigkeiten auch ein paar Erfolge geglückt waren. Zum Beispiel bei der Werbung für in Deutschland neu entwickelte Drehbänke, die bei einigen chinesischen Abnehmern auf großes Interesse gestoßen waren. Warum sie also nun nicht annehmen, die Ferienstimmung, in die ihn Howe und Hsü zu bringen versuchten?

Die Entscheidung wurde ihm erleichtert, als Howe wieder auf der Terrasse erschien. »Ich habe Ihnen«, verkündete der Gastgeber vergnügt, »zwei weitere Überraschungen zu präsentieren. Die erste: Sie wussten beide noch nicht, dass ich verheiratet bin. So nehmen Sie es jetzt bitte – und hoffentlich wohlwollend! – zur Kenntnis. Und hier« – er legte den Arm um eine sportliche, mit Wanderhosen, Kniestrümpfen und karierter Bluse bekleidete, höchstens fünfundzwanzig Jahre zählende schlanke junge Frau, die ihm nach draußen gefolgt war – »ist also Ihre Gastgeberin. Fragen Sie nicht lange nach dem Wieso und Warum – wir haben uns nach meiner Rückkehr nach Tsingtao im August einfach entschlossen, das zu tun, was wir schon seit Jahren vorhatten. Und weil der Pfarrer und der Konsul gerade einen Termin für die Hochzeit frei hatten, haben wir uns gesagt, dass die Warterei jetzt eigentlich ein Ende haben könnte.«

Hsü und Kleinert waren erstaunt aufgesprungen und klatschten nun fröhlich und mit theatralischem Übermut in die Hände.

»Ich heiße Susanne und hoffe, Sie werden sich wohl fühlen hier oben«, nahm Frau Howe den vergnügten Ton Ihres Ehemannes auf, »und ich glaube, die zweite Überraschung, von der mein Mann gerade sprach, wird nun wohl meine Sache sein. Also«, wandte sie sich an Kleinert, »seien Sie so lieb und fassen Sie ein bisschen mit an.«

Kleinert, überrascht und angetan zugleich, folgte der jungen Frau widerstandslos in die Küche, und sie trugen zwei große Holzbretter hinaus, auf die ein paar umfängliche Schweinshaxen drapiert waren. Ein zweiter Gang in die

Küche förderte Schüsseln und Schalen mit Sauerkraut, Erbspürree, Senf und Apfelmeerrettich zutage, und als alles aufgetafelt und gegen die beginnende Herbstkühle ein großes Holzkohlebecken in Brand gesetzt war, lief Howe noch einmal hinein und kehrte mit einer Flasche hochprozentigem *maotai* zurück.

»Zwar ist es unüblich«, sagte er, als er die vier Gläser gefüllt hatte, »mit diesem Schnaps schon vor dem Essen anzustoßen, aber das soll uns heute nicht bekümmern.«

Er reichte die Gläser herum. »Bitte lassen Sie uns erstens auf diesen Abend trinken, zweitens auf ein langes Leben unseres unverwüstlichen Tsingtaoer Schlachters, der uns mit diesen Köstlichkeiten versorgt hat, und drittens auf eine gute – und ich wage sogar zu hoffen: freundschaftliche – Zusammenarbeit!«

Überm stimmungsvollen Essen, bei dem Howe den Biervorrat noch einmal ergänzen und zur Bändigung des üppig-knusprigen Haxenspecks auch vom *maotai* großzügig nachschenken musste, war es stockdunkel geworden. Susanne Howe hatte ein paar Windlichter aufgestellt, und von den Nachbarn leuchtete gedämpfter Lampenschein herüber.

»Sie sind ein Glückspilz«, sagte Kleinert an Howe gewandt und wusste, weil der *maotai* erste Wirkung zeigte, nicht genau, ob er damit den Laoschan, das Haus, Susanne Howe oder alles zusammen meinte.

»Und ich bin froh, dass Sie sich wohl fühlen«, antwortete Howe. »Kommen Sie, ich zeige Ihnen Ihre Zimmer.«

Am nächsten Morgen brachen sie zu einer Wanderung auf, bei der sich Susanne Howe als orts- und geschichtskundige Führerin erwies.

»Sie müssen nachsichtig sein, wenn Sie in den jetzigen Zeiten durch diese Berge ziehen«, sagte sie, als sie über schmale Wege, denen man ansah, dass sie einmal besser gepflegt und ausgeschildert waren, den ersten Gipfel erklommen hatten. »In der Zeit des Pachtgebietes haben unsere Landsleute – Sie erlauben doch, Hsü, dass ich das so sage? – dieses Gebirge wirklich als ein deutsches betrachtet und darin gebaut und gewirtschaftet, als könne das ewig so bleiben. Schauen Sie dort, diese große Ruine im Tal, das war einmal das Sanatorium ›Brandenburghaus‹.«

Sie wies mit der Linken auf die Reste eines zweistöckigen Gebäudes, dem man immer noch ansah, dass es einmal eine über die ganze geschwungene Vorderfront sich erstreckende, säulengestützte Galerie gehabt haben musste, und es brauchte nicht allzu viel Fantasie, sich auf dieser Galerie auch die unvermeidlichen sonnensuchenden Kurgäste in Liegestühlen vorzustellen.

»Es gab einmal einige Tausend Deutsche in Kiautschou«, fuhr Susanne Howe fort, »heute aber sind wir nur noch knapp dreihundert. Es gab eine deutsch-chinesische Hochschule, Schulen, Verwaltungseinrichtungen, zwei deutsche Eisenbahnlinien, Kohlengruben, Werkstätten, Ferienheime – und eben auch dieses Sanatorium. Aber es ist leider im Krieg zerstört worden.«

Sie gingen weiter, fanden einen schmalen Pfad für den Abstieg, und Susanne Howe machte die anderen auf einen verwitterten Wegweiser aufmerksam. »Sogar der deutsche Alpenverein war hier im Laoschan tätig geworden, hat Wanderwege markiert mit Zeichen wie diesen hier, und in Bergklöstern hat er Übernachtungsquartiere eingerichtet. Aber die Japaner, die das Gebiet 1914 übernommen haben, haben alles verfallen lassen, und 1922 ist Kiaotschou zwar wieder an China zurückgekommen, aber wer kümmert sich in diesen Bürgerkriegszeiten schon um Wanderwege und Berghütten? Wenn ich Sie hier trotzdem einigermaßen sicher und zielgerichtet geleiten kann, dann liegt das einzig und allein an den alten Karten, die der Alpenverein damals hat drucken lassen. Also kommen Sie, gehen wir hier entlang.«

Kleinert war neugierig, wie Hsü solche Rede beurteilte, und wollte ihn um einen Kommentar bitten, aber Hsü tat gar nicht dergleichen. Gleichmütig lächelnd folgte er der unbefangen plaudernden Susanne Howe, und nach einigem Auf und Ab durch herbstlich gelben Akazienwald, der von blau, lila und weiß blühenden Asternsträuchern in eine überraschend starke Farbigkeit getaucht war, erreichten sie bald einen zweiten und – wie Susanne Howe sogleich beruhigend verkündete – für diesen Ausflug letzten Gipfel.

»Hier, lieber Kleinert«, übernahm nun Herbert Howe die Führung, »haben Sie den versprochenen Meeresblick.« Und tatsächlich: Durch die Baumwipfel hindurch war in der Ferne die See zu erkennen.

Und auch ein Kloster fand sich hier oben, in dessen Mauern sie für eine halbe Stunde im Halbkreis Platz nahmen und sich von einem der taoistischen Mönche mit Tee bewirten ließen. »Ich weiß nicht, ob es die versprochene Erleuchtung ist«, sagte Howe leise zu Kleinert, »aber eine Erbauung, finde ich, ist es allemal.« Kleinert, ganz in die Atmosphäre des monotonen Gemurmels einer Gruppe betender Mönche versunken, war viel zu beeindruckt, um darauf antworten zu können.

Als sie zur Hütte zurückgekehrt waren, improvisierte Susanne Howe aus köstlichem Graubrot vom Tsingtaoer Bäcker, einem Laib bestens gereiften Käses, gut abgehangenem Schinken und eingelegten Gurken eine dem Stil der Hütte angemessene Brotzeit.

Herbert Howe schlug vor, ein Kartenspiel zu wagen, zu dessen freundlicher Begleitung er gern auch einen seiner besseren Spätburgunder opfern würde, aber Hsü Tao Lin widersprach. Er habe selbstverständlich nichts gegen ein neuerliches kleines Gelage, und ein solide ausgebauter Rotwein sei natürlich auch für ihn ein Genuss, aber zuvor wolle er nun auch seinerseits mit einer kleinen Überraschung aufwarten, und da sei es besser, wenn sie sich mit dem Alkohol noch ein wenig geduldeten.

Sie gingen auf seinen Vorschlag ein, und ein paar Minuten später stand Hsü mit ein paar Zeitungen und einem dicken Buch vor ihnen.

»Liebe Gastgeber, lieber Kleinert«, sagte er feierlich, »ich bin sehr froh, dass wir hier in so freundschaftlicher Stimmung zusammen sind und dass wir es wirklich geschafft haben, einen ganzen Tag lang nicht von der Arbeit zu reden. Ich glaube fest daran, dass das unseren gemeinsamen Vorhaben sehr gut tun wird. Und darum möchte ich jedem von Ihnen etwas schenken.«

Er breitete mit sorgfältigen Handbewegungen eine der mitgebrachten Zeitungen auf dem Tisch aus. »Sie wissen doch«, fuhr er mit unveränderter Feierlichkeit fort, »dass am 22. März der hundertste Todestag von Johann Wolfgang von Goethe war? Und, sehen Sie: Aus diesem Anlass hat das Deutsche Seminar der Pekinger Universität eine Sonderausgabe seiner ›Deutsch-Chinesischen Nachrichten‹ veröffentlicht, und mit diesem Blatt möchte ich Ihnen allen eine Freude machen.«

Kleinert und die beiden Howes beugten sich über den Tisch und erkannten nebeneinander gesetzte chinesische und deutsche Texte, illustriert mit Holzschnitten und Handzeichnungen. »Da steht nun vieles in deutscher Sprache in dieser Zeitung«, fuhr Hsü fort, »das Sie sicher alle kennen, und daneben Etliches, das ins Chinesische übersetzt wurde – es sind ja 16 dicht bedruckte Seiten –, aber zeigen will ich Ihnen vor allem dieses hier.« Er strich vorsichtig, ja liebevoll die Mittelseiten glatt. »Schauen Sie, diesen chinesischen Holzschnitt.«

Er wartete, bis die anderen seinen Blicken gefolgt waren, und fragte dann: »Ist er nicht köstlich?«

Sie erblickten die fein ziselierte Darstellung einer stickenden Schönen. »Das Bild stammt«, erklärte Hsü, »aus dem Zyklus ›Neue Gedichte auf die Bilder hundert schöner Frauen‹, und darunter« – sie folgten seinem ausgestreckten Zeigefinger – »sehen Sie einige Verse in Goethes gestochen schöner und sorgfältiger Handschrift, datiert übrigens auf den 4. Februar 1826. Haben Sie das gewusst?« Er richtete sich triumphierend auf. »Dass Goethe chinesische Texte nachgedichtet hat?«

Er freute sich über das allseits erstaunte Kopfschütteln. »Sehen Sie, ich auch nicht. Aber es ist so – und ich würde es Ihnen gerne vorlesen.«

»Einen Moment«, unterbrach ihn Howe, »wenn es so feierlich ist – dann werde ich doch erst den Spätburgunder holen.«

Kleinert merkte mit einiger Genugtuung, dass er diesmal nicht der einzige war, dem die Worte fehlten. Auch Susanne Howe schwieg mit großen, bewundernden Augen. »Wo haben Sie das bloß alles gelernt?«, sagte sie schließlich, an Hsü gewandt. »Sie sprechen ein so wunderbares Deutsch, und nun werden Sie auch noch unser Goethe-Lehrer.«

Sie strich nun ihrerseits sinnend über das hübsche Frauenbildnis. »Aber Sie sind doch«, fragte sie, als ob sie plötzlich daran zweifelte, »in China geboren und aufgewachsen?«

»Aber ja«, antwortete Hsü, »das bin ich. Aber ich konnte – Ihnen, lieber Kleinert, habe ich das ja seinerzeit in Berlin schon erzählt – bereits in meiner Pekinger Schulzeit Deutsch lernen, und von der Goethe-Verehrung meines Lehrers, Professor Tsai Yüan Peh, ist eben auch ein wenig auf mich gekommen.«

Herbert Howe war mit dem Wein zurückgekehrt, hatte die Gläser gefüllt, und weil sie der entstandenen Feierlichkeit etwas von ihrer Schwere nehmen wollten, gruppierten sie sich, um Hsüs Vortrag zu lauschen, in fröhlich übertriebener Hab-acht-Stellung. »So hören Sie also« – Hsü nahm das Signal dankbar auf und verneigte sich, so tief er konnte – »die ergreifenden Zeilen des Fräulein Mei-Ke:

Du sendest Schätze mich zu schmücken!
Den Spiegel hab ich längst nicht angeblickt.
Seit ich entfernt von Deinen Blicken,
weiß ich nicht mehr was ziert und schmückt.«

Hsü verbeugte sich ein zweites Mal, seine Zuhörer klatschten laut und anhaltend Beifall, Susanne Howe juchzte ein übermütiges »Wie schön!«, und Herbert Howe reichte dem Vortragenden sein Glas.

»Sie sind ein Tausendsassa, lieber Hsü!«, sagte er. »Und Sie haben Recht: Wir sollten sie hochleben lassen, unsere kulturelle Verbundenheit. Ganz hoch, denn sie gibt unseren Beziehungen Charakter und Seele. Sie sind genial, Hsü, dass Sie auf diese Idee mit der Goethe-Zeitung gekommen sind! Also: Auf Sie – und auf unsere Gemeinsamkeit.«

Sie stießen miteinander an, aber Hsü war noch nicht am Ende.

»Warten Sie noch«, sagte er, als sie die Gläser wieder abgestellt hatten, »ein paar Minuten Geduld müssen Sie noch haben. Denn hier, auf der nächsten Seite der Zeitung, ist noch eine Passage aus Goethes Gesprächen mit Eckermann ins Chinesische übersetzt, und die darf ich Ihnen einfach nicht vorenthalten.«

Er nahm das Buch zur Hand, das er auf einem Regal abgelegt hatte, und schlug es auf. »Hier ist der Eckermann in deutscher Ausgabe, und nun hören Sie also im Original – und nicht etwa in meiner unzulänglichen Übersetzung –, was der große Goethe am 31. Januar 1827 nach der Lektüre eines chinesischen Romans zu China zu sagen hatte: ›Es ist bei ihnen‹ – damit meinte er uns Chinesen – ›alles verständig, bürgerlich, ohne große Leidenschaft und poetischen Schwung‹.«

»Ohne Leidenschaft? Und ohne Schwung?« Susanne Howe blickte verwundert auf. »Das ist ja nun nicht gerade ein begeistertes Urteil!«

»Das habe ich auch erst geglaubt«, sagte Hsü, »aber dann habe ich weiter gelesen, und wissen Sie, was ich da gefunden habe? Dass er – also Goethe – diesen chinesischen Roman gerade deshalb mit seinem eigenen Werk ›Hermann und Dorothea‹ auf eine Stufe gestellt hat. Und auch mit den Romanen des Engländers Richardson, die er offensichtlich sehr schätzte. Es hat ihn beeindruckt, dieses – wie er es nennt – Verständige und Bürgerliche, es hat ihm gefallen, dass nicht alles durch heftige Leidenschaft der Sprache überlagert wird.«

Die anderen spürten, wie sehr sich ihr chinesischer Freund jetzt in seinem Element fühlte, und ließen ihn, obwohl seine Rede etwas ausschweifend wurde, gewähren.

»Und voller Bewunderung«, fuhr Hüs fort, »ist Goethe darüber, dass im chinesischen Roman – ich darf wieder zitieren? – ›die äußere Natur neben den menschlichen Figuren immer mitlebt. Die Goldfische in den Teichen hört man immer plätschern, die Vögel auf den Zweigen singen immerfort, der Tag ist immer heiter und sonnig, die Nacht immer klar; vom Mond ist viel die Rede, allein er verändert die Landschaft nicht, sein Schein ist so helle gedacht wie der Tag selber.‹ Ist das nicht« – er blickte sich Zustimmung heischend um – »köstlich beobachtet?«

Die anderen nickten.

»Und was mir besonders gefällt« – Hsü war nun nicht mehr zu bremsen – »ist, wie Goethe über die Legenden spricht, die seiner Meinung nach ›immer in der Erzählung nebenher gehen und gleichsam sprichwörtlich angewendet werden.‹ Was meint er da?«

Sein Blick ging – ganz wie der eines erfahrenen Lehrers – wieder in die Runde. »Zum Beispiel« – nun schaute er zu Susanne Howe hinüber, die sein Lächeln mit einem versonnenen Strahlen erwiderte – »die Legende ›von einem Mädchen, das so leicht und zierlich von Füßen war, dass sie auf einer Blume balancieren konnte, ohne die Blume zu knicken.‹«

»Oder« – nun ging Hsüs Blick in Kleinerts Richtung – »die ›von einem jungen Manne, der sich so sittlich und brav hielt, dass er in seinem dreißigsten Jahre die Ehre hatte mit dem Kaiser zu reden.‹ Und schließlich – o doch, liebe Howes, auch diese Legende müssen Sie noch hören – ›von Liebespaaren, die in einem langen Umgange sich so enthaltsam bewiesen, dass, als sie einst genötigt waren, eine Nacht in einem Zimmer miteinander zuzubringen, sie in Gesprächen die Stunden durchwachten, ohne sich zu berühren.‹«

»Und eine politische Moral?«, warf Howe ein, dem natürlich nicht entgangen war, wie hingerissen seine Frau den Erklärungen und Schwärmereien seines Freundes gefolgt war, und der nun versuchte, die burschikose Stimmung des Anfangs wieder zu finden. »Sie haben uns, wie ich Sie kenne, doch bestimmt auch noch eine politische Moral mitzuteilen?«

»Natürlich«, sagte Hsü lächelnd, »natürlich. Ich muss sie ja haben, weil auch der große Goethe sie hatte! Also erlauben Sie mir diesen letzten Satz, und dann höre ich auf, Sie zu traktieren. Was also sagt Goethe? Er sagt, diese Legenden gingen alle« – Hsü hob wieder die Stimme – »›auf das Sittliche und Schickliche‹, und er schließt: ›Durch diese strenge Mäßigung in allem hat sich denn auch das chinesische Reich seit Jahrtausenden erhalten und wird dadurch ferner bestehen‹.«

»Durch strenge Mäßigung in allem wird das chinesische Reich auch ferner bestehen« – Kleinert war es, der diese Worte aufnahm und noch einmal halblaut wiederholte, und er hätte ihrem Klang gern noch ein wenig länger nachgelauscht und mit Hsü und Susanne weiter über ihren Sinn und ihre sprachliche Schönheit geplaudert, aber Howe, dem praktischen, war das nun doch zu romantisch und gefühlsbetont geworden.

Entschlossen, einen Schlusspunkt zu setzen, erklärte er darum: »Ich wiederhole mich gern, lieber Hsü: Sie sind genial. Sie haben uns eine große Freude bereitet, aber nun, nach so viel geistiger Nahrung, können wir uns wohl guten Gewissens dem Kartenspiel widmen.«

Am nächsten Morgen verabschiedete sich Susanne Howe gleich nach dem Frühstück. »Ich gehe mit den Nachbarskindern in die Berge«, sagte sie, »und ich hoffe, ich finde Sie alle am Abend in guter Stimmung wieder.«

Kleinert schaute ihr nachdenklich hinterher. Sie hatte ihm gut gefallen am gestrigen Tag – wie sie als Bergführerin schlank und biegsam vor ihm her gegangen war und versonnen Hsüs abendlichem Vortrag gelauscht hatte. Sie hatte die Atmosphäre weich gemacht mit der heiteren Selbstverständlichkeit ihrer Gesten und ihrem großzügig auf sie alle drei verteilten Lächeln. Schade, dass er in Nanking nicht jemand wie sie an seiner Seite hatte! Mit schmerzhafter Wucht wurde er sich plötzlich seines Alleinseins bewusst. Aber bis jetzt hatte ihn das doch nie wirklich gestört. Sollte ein einziger Tag tatsächlich alles so verändern können?

Herbert Howe riss ihn aus seinen Gedanken. »Es wird Zeit, dass wir uns richtig an die Arbeit machen. Unser Freund Hsü hat uns nicht nur Goethe mitgebracht, sondern auch eine Studie, die er kürzlich seinem obersten Chef Tschiang Kai Schek unterbreitet hat. Wir sollten überlegen, was wir daraus machen können.«

Sie nahmen wieder auf der Terrasse Platz, und Hsü begab sich erneut in die Rolle des Vortragenden.

»Ich habe«, begann er, »in dieser Studie die Idee Sun Yat Sens vom Kontinentalbündnis zwischen China, Russland und Deutschland auf ihre Gegenwartstauglichkeit überprüft und Tschiang Kai Schek den Vorschlag unterbreitet, diese Idee weiter zu verfolgen. Die wirtschaftlichen Gründe dafür liegen ja auf der Hand: Deutschland ist ein Industrieland, China ein Land, das über alle wichtigen Rohstoffe verfügt, und es ist ein Agrarland – also können sich beide ganz vorzüglich ergänzen. Darüber braucht man eigentlich nicht weiter zu reden. Aber auch die politischen Gründe treten von Tag zu Tag klarer hervor: Deutschland und China wollen sich gleichermaßen von den Fesseln, die ihnen England und Frankreich angelegt haben, befreien. Nun werden Sie sagen, dass Sie das alles auch schon aus unseren Berliner Gesprächen wissen, und damit haben Sie natürlich Recht, bloß: Die Situation hat sich jetzt zugespitzt. Denn erstens kommt Japan von Jahr zu Jahr stärker und angriffslustiger ins Spiel, und zweitens muss man sich wohl gründlicher über die Sowjetunion unterhalten. Was Japan betrifft, so ist mir sehr wohl bekannt, dass es in Deutschland manchen gibt, der seine Ostasienbeziehungen lieber mit diesem Land als mit uns entwickeln will. Vor ein paar Jahren noch hätte man in China darüber lächeln können – aber nun, da Japan die Mandschurei von unserem Land abgetrennt und unter dem Namen Mandschukuo zu seinem Satelliten gemacht hat und darüber hinaus auch die angrenzenden nordchinesischen Provinzen zu seiner Einflusssphäre machen will – da wird die Entscheidung Deutschlands zu einer Schicksalsfrage. Und die Sowjetunion ...«

»Bleiben Sie doch erst einmal noch bei Japan«, unterbrach ihn Howe. »Was wollen Sie denn gegen dessen wachsende Stärke unternehmen?«

»Ich will«, sagte Hsü, »dagegen eine kluge Außenpolitik setzen. Und das ist es ja auch, warum ich Tschiang Kai Schek zu einer Stärkung der Beziehungen mit Deutschland rate. Sehen Sie, Deutschland hätte von einem Ausbau der Beziehungen mit China fünf Vorteile: Erstens gäbe es diese Ergänzung zwischen Industriestaat und Rohstoffstaat – das wäre mit Japan nicht möglich, denn Japan ist selbst ein Industriestaat, also wird es Konkurrenz statt Zusammenarbeit geben. Zweitens bietet China für Deutschland den militärstrategischen Vorteil einer großen, kaum je vollständig zu erobernden Kontinentalmacht – Japan hingegen besteht aus nichts anderem als einer Inselgruppe, die für die großen See- und Luftmächte kein Hindernis darstellt. Drittens könnte sich Russland einem Bündnis Deutschland-China immer anschließen – einem Bündnis Deutschland-Japan aber niemals. Zwar sind die Beziehungen zwischen Sowjetrussland und China im Moment nicht gerade die besten, aber das kann sich schnell ändern. Es gibt keine unüberwindlichen Hindernisse. Bei Russland und Japan hingegen ist das anders. Die Spannungen, die es da gibt, gehen und tief und bestehen bereits seit vielen Jahrzehnten. Denken Sie nur an Russlands Niederlage 1905.«

Er ließ seinen Zuhörern eine Pause.

»Viertens«, fuhr er dann fort, »würden die USA gegen ein deutsch-chinesisches – oder auch ein deutsch-chinesisch-russisches – Bündnis keine Einwände haben, aber ein Bündnis Deutschland-Japan würden sie niemals tolerieren. Und fünftens würde ein chinesisch-deutsches Bündnis auch im chinesischen Volk großen Beifall finden.«

»Und Sie meinen wirklich« – Howe war mit dieser Darstellung der Dinge noch nicht zufrieden – »dass die Kraft einer solchen Politik ausreichen könnte, Japan in die Schranken zu weisen? Ich bin – das muss ich Ihnen schon sagen – da sehr skeptisch.«

Er schaute zu Kleinert hinüber, aber der machte keine Anstalten, das Wort zu ergreifen.

»Denn schauen Sie doch«, fuhr er fort, »mit welcher Entschlossenheit Japan seine Ziele verfolgt. Wie war das doch vor einem Jahr, am 18. September 1931? Ein paar Granaten auf die Gleise der Südmandschurischen Eisenbahn, und der Vorwand war da, die Kwantung-Armee in Gang zu setzen und Mukden einzunehmen. Und haben sich die chinesischen Truppen gewehrt? Bestimmt hier und da, und ich will Ihnen, lieber Hsü, ja auch keinesfalls zu nahe treten, was den Heldenmut Ihrer Leute betrifft, aber in der Konsequenz? Was hat denn am Ende dieser hier und da geübte Widerstand wirklich gebracht? Nach fünf Monaten hatten die Japaner die ganze Mandschurei in der Hand!«

Hsü schwieg.

»Und wann«, erregte sich Howe weiter, »ist Mandschukuo ausgerufen worden? Ja genau, nicht einmal ein halbes Jahr musste vergehen! Schon am 9. März 1932 war es so weit! Und das Schlimme an dieser ganzen Sache ist doch: So entschlossen die Japaner sind, so unentschlossen ist Tschiang Kai Schek. Oder stimmt es etwa nicht, dass er den General Tschang Hsüe Liang, der, wie wir alle wissen, dort oben die Hauptrolle spielt, angewiesen hat, keinen richtigen Widerstand zu leisten? Also wie Sie es auch drehen und wenden, lieber Hsü: Sie müssen mir schon gestatten, da meine Zweifel zu haben.«

»Die habe ich doch auch, diese Zweifel«, entgegnete Hsü, »oder denken Sie, ich bin mit Tschiangs Unentschlossenheit einverstanden? Das ist doch genau der Grund, warum ich das mache mit meiner Studie für ihn. Ich will ihn überzeugen, dass er das Bündnis-Instrument stärker zum Tragen bringt. Aber natürlich – das braucht Zeit! Da sind nach den wenigen Jahren, die Tschiang erst stabil im Sattel sitzt, doch keine Wunderdinge zu erwarten! Und von außen ja wahrscheinlich auch nicht – denn der internationale Protest gegen das Vorgehen Japans ist ja nur sehr leise gewesen.«

»Sie haben Recht«, ergriff nun auch Kleinert das Wort, »von internationalem Protest konnte kaum die Rede sein, und wenn wir hier ganz offen miteinander reden wollen, dann müssen wir, lieber Howe, ja wohl auch zugestehen, dass Hsü sehr wohl Recht hat mit seiner eingangs gemachten Feststellung, dass auch unter den Deutschen mancher entweder schon ganz und gar auf die japanische Karte setzt oder sich in Neutralitätsübungen versucht. Wenn ich Sie also richtig verstehe, lieber Hsü, dann haben wir unter unseren jeweiligen Landsleuten gleichermaßen anstrengende Überzeugungsarbeit zu leisten.«

»Ja, darauf läuft es hinaus«, bekräftigte Hsü.

»Dann sagen Sie uns also jetzt auch noch, was Sie zu Sowjetrussland sagen wollten«, sagte Howe, »ich hatte Sie vorhin ziemlich unhöflich unterbrochen.«

»Das macht nichts«, sagte Hsü, »Sie hatten ja Recht, dass das Japan-Thema erst noch ein bisschen zugespitzt werden musste. Also, was Russland betrifft, so bin ich der festen Überzeugung, dass Deutschland seine antikommunistischen Vorbehalte zurückstellen wird, weil es sonst gegen England und Frankreich keine Chancen hat. Und wenn das geschehen ist – dann ist der Weg frei für ein Kontinentalbündnis der Art, wie Sun Yat Sen es sich vorgestellt hat.«

»Das klingt ganz plausibel«, sagte Howe, »nur: Was machen Sie mit dem Antikommunismus von Tschiang Kai Schek? Wird der auch zurückgestellt werden können?«

»O ja, das wird er«, antwortete Hsü. »Für Tschiang Kai Schek ist dieser Antikommunismus immer vor allem eine Machtfrage. Ich glaube, er sieht das viel weniger ideologisch als Sie in Europa. Natürlich: Sie sehen den blutigen Kampf zwischen der Kuomintang – der Partei, die Sun Yat Sen gegründet hat und an deren Spitze Tschiang jetzt steht – und der kommunistischen Partei. Und da können Sie sich ein Einlenken gar nicht vorstellen. Aber dieser Kampf ist ein innenpolitischer – und hat mit der Haltung zu Sowjetrussland nichts zu tun. Tschiang hat – Sie werden es kaum glauben – gründlich Marx und Lenin gelesen, und er weiß sehr gut, dass die einzigen, die Sun Yat Sen und ihn beim Aufbau einer Armee der Kuomintang unterstützt haben, die Kommunisten in der Sowjetunion gewesen sind. Darum hat er 1923 vier Monate lang in Moskau das sowjetische Militärwesen studiert, und er hat sich sogar mit der Komintern, der kommunistischen Internationale, eingelassen. Die Militärakademie von Whampoa in der Nähe von Kanton ist nach sowjetischem Vorbild errichtet worden.«

»Und trotzdem«, warf Kleinert ein, »sind Sie sich da wirklich so sicher, dass Tschiang seinen Antikommunismus – nun, benutzen wir diesen Begriff ruhig einmal – ›zurückstellen‹ wird? Ich darf Sie an unsere Gespräche in Berlin erinnern. Da waren Sie es doch, der mir von dem Blutbad berichtet hat, das Tschiang Kai Schek im Frühjahr 1927 unter den Kommunisten in Schanghai anrichten ließ, und von der Niederschlagung des Kantoner Aufstandes im Dezember des gleichen Jahres, bei der ebenfalls einige Tausend Kommunisten umgebracht wurden. Wieso denken Sie jetzt, dass das alles rasch vergessen werden könnte?«

»Das denke ich nicht«, sagte Hsü, »aber ich denke, dass Tschiang Kai Schek unter veränderten Bedingungen auch verändert handeln wird. 1927 stand er nicht nur von Seiten der Kommunisten unter Druck, sondern auch von Seiten der vielen regionalen Kriegsfürsten, die ihm seinen Machtzuwachs streitig machten und Bürgerkrieg gegen ihn führten. Jetzt haben ihn die meisten dieser Kriegsfürsten als ihren starken Mann akzeptiert. Wenn er also seine Macht im Innern nicht mehr bedroht sieht, könnte er mit den Kommunisten durchaus wieder jene Beziehungen der Zusammenarbeit herstellen, wie es sie in den Revolutionsjahren 1925/26 schon einmal gab.«

»Ich weiß nicht, ob Sie mit dieser Prognose Recht behalten werden«, griff Howe wieder ins Gespräch ein, »aber das scheint mir für uns drei hier auch gar nicht das Wichtigste zu sein. Uns geht es ja darum, was wir ganz konkret für die deutsch-chinesischen Beziehungen tun können – und da bestärkt mich, was Sie sagen. Und Sie, Kleinert – geht es Ihnen genau so?«

»Ja, mir geht es genau so«, sagte Kleinert, »aber Sie nehmen mir doch nicht übel, wenn ich trotzdem noch etwas ratlos bin? Denn ich kann noch nicht so richtig erkennen, was unsere gedankliche Übereinstimmung am Ende wert sein soll.«

»Wir sprechen doch eine klare Sprache miteinander, nicht wahr?« Hsü hatte in seinem Korbsessel wieder jene Position der eleganten Selbstsicherheit eingenommen, die Kleinert schon oft beeindruckt hatte. »Ich möchte Tschiang Kai Schek sagen können, dass er in Ihnen beiden starke Verbündete hat. Und das darf ich also tun?«

»Das dürfen Sie«, sagte Howe, »wenngleich ich Ihnen von Tsingtao aus nur bedingt hilfreich sein kann.«

»Ich glaube, es ist egal, wo Sie gerade arbeiten«, entgegnete Hsü, »denn die Auseinandersetzungen um den deutschen China-Kurs werden doch überall geführt, und Sie haben eine Stimme, mit der Sie – da bin ich mir ganz sicher – auf jeden Fall auch in dieser Sache Gehör finden werden.«

Er wandte sich an Kleinert. »Und Sie? Sie sind immer noch unsicher, was Sie tun können?«

Er lächelte wieder sein verschwörerisches, selbstbewusstes Lächeln. »Dann denken Sie doch noch mal an die Überzeugung des großen Goethe, dass das chinesische Reich auch fernerhin bestehen wird, und lassen Sie uns über einen richtigen Vertrag nachdenken. Einen, der in die Zukunft reicht und mit dem Ihre Firma, die Mamo Impex, dafür sorgt, dass Tschiang Kai Schek von Deutschland richtig und auf lange Dauer unterstützt wird.«

Kapitel 6

Der Ankunft des Generalobersten v. Saecken in Nanking im April 1934 sah Paul Kleinert mit gemischten Gefühlen entgegen. Er war froh, dass das Gezerre um den Chef der Beraterschaft, General Wellersdorff, mit dem Dienstantritt seines Nachfolgers – denn als solcher war v. Saecken seit Wochen avisiert – endlich ein Ende haben würde, und auf die von Gottfried Rieckmüller angekündigte Zusammenarbeit mit ihm war er gut vorbereitet. Sorgen aber machte er sich, dass nun eine Entwicklung hin zum Militärischen ins Rollen kam, der er sich entgegen manch früherer Vorstellung nicht mehr würde entziehen können.

Wie unendlich weit in der Vergangenheit, dachte er, lagen jetzt die Gespräche im Laoschan! Wie unwirklich erschien schon nach diesen nur eineinhalb Jahren die Euphorie der Gemeinsamkeit von Überzeugungen und Plänen! Wie entrückt das abendliche Schwärmen über Goethes Chinabild! Und wie fern die glückliche Harmonie der Gespräche mit Susanne Howe.

Dabei war Kleinert nicht erfolglos gewesen seither, nein, ganz im Gegenteil! Rieckmüller hatte gleich mehrfach Anlass gesehen, ihm Dank und Anerkennung zu drahten, denn er hatte nicht nur ein paar handfeste Fabrikausrüstungsgeschäfte auf den Weg gebracht, sondern auch eine Vielzahl zukunftsträchtiger Kontakte angebahnt.

Hsü Tao Lin hatte Wort gehalten. Noch im Dezember 1932 hatte er eine Begegnung mit Tschiang Kai Schek arrangiert. Kleinert war überrascht gewesen, wie umstandslos ihm der kleine, ja geradezu zarte fünfundvierzigjährige Marschall entgegen getreten war und wie rasch sie beim obligatorischen Tee einen gemeinsamen Gesprächsfaden gefunden hatten. Nach nur wenigen Sätzen, die Tschiang an ihn gerichtet hatte, hatte Kleinert gewusst, dass die Auffassungen, die Hsü ihnen im Laoschan unterbreitet hatte, mit denen des mächtigsten Mannes des Landes völlig übereinstimmten. Und auch darin hatte Hsü Recht behalten: Tschiang Kai Schek hatte offen zu erkennen gegeben, dass er sich gern auf Männer wie Kleinert verlassen würde.

Der Besuch bei Tschiang Kai Schek hatte außerdem einen sehr nützlichen Nebeneffekt gehabt: Er hatte Kleinert endlich auch die Türen zu den deutschen Beratern des Marschalls geöffnet. Vergeblich hatte er bis dahin versucht gehabt, so etwas wie einen Ausgleich für den mit Schuchardts Abreise erlittenen Verlust an Beratungsmöglichkeit und kollegialer Nähe zu finden. Es schien, als seien sie alle froh gewesen, dass der Wirtschaftsberater aufgegeben hatte, und weil es ihnen irgendwie zu Ohren gekommen war, dass er, Kleinert, gerade in diesem Mann so etwas wie einen Mentor gesehen hatte, hatten sie ihre Abneigung gegen Schuchardt einfach auf ihn übertragen. Nun aber hatte ihn die höchste Instanz persönlich mit einer Einladung geadelt – da hatte man wohl oder übel auch das eigene Verhalten dem Neuankömmling gegenüber einer Prüfung unterziehen müssen.

Im ersten Anlauf war das für Kleinert jedoch mit einer Ernüchterung einhergegangen. Chefberater General Wellersdorff hatte ihn von Beginn an spüren lassen, wie wenig er von einem jungen Zivilisten wie ihm zu halten bereit war, und Kleinert seinerseits hatte erschüttert zur Kenntnis nehmen müssen, dass dem General das Land, von dem er sich hatte in Dienst nehmen lassen, mit Ausnahme des Militärischen egal und fremd geblieben war. Von Kleinert auf Möglichkeiten des Ausbaus der Wirtschaftsbeziehungen angesprochen, hatte ihn Wellersdorff brüsk darauf verwiesen, dass er seinen Auftrag als ausschließlich auf die Armee gerichtet verstehe und sich da von niemand hineinreden lasse. Und von diesem Standpunkt war er auch nicht abgerückt, als Kleinert versucht hatte, doch, wenn der General sich schon nicht auf die Bedürfnisse der chinesischen Wirtschaft einlassen wollte, wenigstens die der deutschen an nützlichen Exporten nach China ins Blickfeld zu rücken.

»Das ist doch alles Gefasel«, hatte er Kleinert belehrt. »Was ich sehe – und da werden Sie einem im Kriege weithin erfahrenen General doch nicht widersprechen – ist, dass Tschiang Kai Schek hier vor allem ein paar entschlossene deutsche Offiziere braucht, die Ordnung schaffen in seiner verschlampten Armee – und sonst gar nichts. Schauen Sie sich die unfähigen Truppenführer doch an! Jeder macht, was er will. Keine Spur von Zucht und Ordnung. Und wie immer fängt der Fisch am Kopf zu stinken an – oder wie würden Sie dieses geschmacklose Zusammengehen der Nord-Generäle mit der Kuomintang-Linken 1930/31 sonst bezeichnen? Damals habe ich gerade hier angefangen, und da hat auch Tschiang Kai Schek nichts von irgendwelchen hehren Wirtschaftsplänen wissen wollen, denn das Wasser stand ihm bis zum Hals. Nein, Kleinert, Ihre Phantastereien interessieren mich nicht. Machen Sie, was Sie für richtig halten – aber die Beraterschaft lassen Sie dabei besser aus dem Spiel.«

Das war deutlich gewesen, und Fred Jochmann – der Ingenieur, der ihm bei seiner Ankunft im September 32 mit so deutlichem Bedauern die Nachricht von der Abreise Schuchardts überbracht und sich seitdem wiederholt als ganz passabler, immer freundlicher Gesprächspartner erwiesen hatte – hatte Kleinert gelegentlich eines abendlichen gemeinsamen Bieres vorsichtig bestätigt, dass Wellersdorff eine gewisses Maß an engstirniger Starrköpfigkeit wohl nicht abzusprechen sei. Darunter litte er, Kleinert, übrigens nicht allein. Auch einige der deutschen Offiziere, die ihm in seiner Ausrichtung aufs rein Militärische ansonsten natürlich gern folgten, fänden sich mit Wellersdorffs Stil nicht zurecht, und besonders schlimm sei es mit den Partnern auf chinesischer Seite. Er, Jochmann, könne da natürlich nur Gehörtes weitererzählen

– aber für chinesische Offiziere sei der Ton Wellersdorffs nicht selten beleidigend, ja nachgerade demütigend, und das schlage natürlich unangenehm auf die gesamte Beraterschaft zurück.

In den nächsten Wochen hatte sich Jochmanns Rede davon, dass Kleinert in seiner Distanz zu Wellersdorff keineswegs allein sei, auf eine für Kleinert überaus angenehme Weise bestätigt. Obwohl – oder es musste wohl treffender heißen: weil – das Gespräch mit Wellersdorff eher Abfuhr denn Einladung gewesen war, hatte das Interesse an Kleinert merklich zugenommen. Im Deutschen Klub, in dem er nach seinem meist im Alleingang zu bewältigenden Arbeitstag gern den Abend verbrachte, erhielt er Einladungen zum Essen und zum Kartenspiel, in der Mittagszeit steckten außer Jochmann auch hin und wieder Botschaftsmitarbeiter oder Firmenvertreter den Kopf durch die Bürotür, um ihn zum gemeinsamen Imbiss an eine der zahlreichen Tintenfischbratereien oder Suppenküchen mitzunehmen, die – auf Holzkarren montiert – fast an jeder Straßenecke standen, und sonntags traf man sich zum Spiel oder einfach nur zum Zuschauen auf dem Tennisplatz.

Aber vertrauensvolle, tiefer lotende Beziehungen, wie Kleinert sie sich wünschte, waren daraus nicht entstanden.

Was, wie Kleinert mit dem Abstand eines Jahres heute wusste, ja auch kein Wunder war. Wie hätten denn die Veränderungen in Deutschland spurlos an den Nanking-Deutschen vorübergehen sollen! Zwar hatte man im Dezember 32 hier noch wenig Aufhebens um eine Parteimitgliedschaft gemacht, so getan, als gingen einen die Dinge in Berlin, Hamburg und München wenig an und sich – auch über manch sonstige Differenz hinweg – in der Aufgabe vereint gefühlt, in der ostasiatischen Ferne etwas für Deutschland zu tun, aber im Februar 33 war das Bild ein deutlich anderes geworden.

Nun hatten sich plötzlich auf Versammlungen im Deutschen Klub Männer in den Vordergrund gedrängt, die stolz ihre Hakenkreuzabzeichen am Jackenaufschlag präsentierten und in markigen Reden Bekenntnisse zur Revolution des Adolf Hitler nicht nur selbst zum Besten gaben, sondern auch ihren Zuhörern abverlangten. Das hatte zur Folge gehabt, dass man vorsichtiger geworden war in seinen Gesprächen und lieber doppelt hinschaute, mit wem man sich in eine Debatte über die künftige deutsche Chinapolitik oder gar über die Ereignisse in Deutschland selbst einließ.

Mitte März war über der Botschaft die Hakenkreuzflagge aufgezogen worden zum Zeichen dessen, dass nun die Nazi-Partei das Sagen hatte. Nanking-Deutsche, die im Frühjahr von Deutschland-Aufenthalten zurück gekehrt waren, hatten auf sehr unterschiedliche, ja gegensätzliche Weise von ihren Eindrücken berichtet. Die einen laut, glücklich und selbstsicher: Endlich werde die Heimat aufstehen und sich aus eigener Kraft aus dem Joch von Versailles befreien; endlich sei Schluss mit dem unentschlossenen Hin und Her der Systemzeit; endlich gebe es wieder einen gemeinsamen deutschen Willen; und endlich werde man auch in Ostasien energisch gegen die Erbfeinde England und Frankreich vorgehen. Die anderen, hinter vorgehaltener

Hand, leise und ängstlich: Der März, so frühlingshaft schön er gewesen sei, sei für Menschen, die mit der Hitlerschen Politik nichts gemein hätten, ein Monat größter Bedrückung gewesen; man habe sich dem Sog der Massenaufmärsche und Jubelfeste nur mit Mühe und unter Inkaufnahme persönlichen Risikos entziehen können; die Fahnen der Nazis seien kaum noch aus den Fenstern verschwunden; Hitler sei mit seinen per Radio und Lautsprecher übertragenen Reden allgegenwärtig; in allen Behörden, Verwaltungen, Universitäten und Zeitungen gebe es Überprüfungen auf Zuverlässigkeit; und es gingen Gerüchte von grausamer Verfolgung, Folterung und Hinrichtung derer, die sich Hitler und seiner SA zu widersetzen versuchten.

Die Furcht des einen oder anderen, es würde auch unter den Nanking-Deutschen zu Verfolgung und Repressionen kommen, hatte sich dann allerdings als grundlos erwiesen. Es hatte sich eine Art stummer Übereinkunft eingestellt, dass man sich den Nazi-Partei-Ritualen fügen, ansonsten aber wie gewohnt seiner Arbeit nachgehen würde. Hier draußen, so hatte man sich gegenseitig beteuert, waren Spezialistentum und Chinakenntnis gefragt, und das waren Werte von größerer Dauerhaftigkeit als irgendwelche tagespolitischen Bekenntnisse. Wer wusste denn schon, wie lange Hitler durchhalten würde? Und was wäre er denn, der Emporkömmling – hörte man in der Botschaft sagen – ohne die traditionsreiche deutsche Diplomatie? Oder – beeilten sich die Militärberater gegenseitig zu bestätigen – ohne die kriegserprobte Reichswehrführung? Oh nein, auf ihrer aller Kenntnisse und Fähigkeiten würde auch das künftige Deutschland nicht verzichten können. Und was das Schicksal der sozialdemokratischen und der kommunistischen Partei betraf – nun, das waren Leute und Auffassungen, mit denen man hier in Nanking ohnehin nichts zu tun hatte.

So hatten die meisten sehr schnell wieder in ihren gewohnten Alltag zurück gefunden, und mancher von denen, die so bedrückt aus Deutschland berichtet hatten, hatte seine Sorgen und Bedenken unter einem Berg von Arbeit und Verpflichtungen begraben.

Kleinert selbst hatte sich auf seltsame Weise in eine Beobachterrolle versetzt gefühlt. Nachrichten aus Deutschland, die ihn ganz persönlich hätten beunruhigen können, hatte er nicht erhalten. Der Kontakt mit den Eltern war seit langem nur lose gewesen, die übliche Neujahrspost hatte keinerlei Hinweise enthalten, die ihn hätten alarmieren müssen, und nur schwer konnte er sich vorstellen, dass der Vater von seinem Standpunkt, wonach ein guter Ingenieur nicht nur erstens, sondern auch zweitens und drittens vor allem Ingenieur zu sein habe und nichts sonst, abgerückt sein und sich politisch engagiert haben könnte.

Nur einmal, plötzlich, war eine große Angst in ihm aufgestiegen. Das war im Mai gewesen, als der in Schanghai gedruckte »Ostasiatische Lloyd« ausführlich von Bücherverbrennungen in Berlin und anderen deutschen Städten berichtet hatte. Da war auf einmal das zärtlich agitierende Gesicht von Carola Hartenfeldt in ihm aufgeschienen, und er hatte sich gefragt, ob es auch ihre Buchhandlung getroffen haben könnte. Es schien ihm nicht unwahrscheinlich, denn war nicht, als sie ihm schon bei seinem ersten Besuch stolz ihr kleines Reich präsentiert hatte, auch von Gewerkschaftsliteratur die Rede gewesen? Und hatte Hitler, wie nun aus Deutschland zu lesen und zu hören war, nicht auch die Gewerkschaften verbieten lassen?

Aber dann hatte er diese Angst schnell wieder verdrängt. Was wusste er denn schon wirklich von dieser Buchhandlung. Es musste ja bei diesem speziellen Angebot an Büchern und Zeitschriften gar nicht geblieben sein. Und vielleicht hatte Carola ja längst auch ganz woanders Arbeit gefunden. Als sie zu ihrer Verabredung nicht mehr erschienen war – vielleicht war sie einfach fortgezogen? Und er machte sich hier ganz überflüssige Sorgen? Nein, musste er sich eingestehen – und er empfand Erleichterung dabei –, es war sinnlos, darüber noch länger zu grübeln. Die Nähe, in die sie sich einst zueinander begeben hatten, war dahin gegangen, und es hatte ihn nicht bekümmert, warum. So war es endgültig zu spät geworden, eine Spur aufzunehmen – im Guten wie im vielleicht zu befürchtenden Bösen.

Und im Kreise der Nanking-Deutschen Anteil nehmen zu können an Schicksalen, Entscheidungen, Glücksgefühlen oder Zweifeln anderer – wie sollte das ihm, der noch immer als Neuankömmling galt, gelingen, wenn die Begegnungen und Gespräche im Deutschen Klub zwar freundlicher und akzeptierender geworden, nie aber unter die Oberfläche gedrungen waren? Selbst Jochmann, der mit respektlosen Bemerkungen über seine Beraterkollegen nicht hinterm Berg gehalten hatte, war seit Februar in Deckung gegangen.

Nur Hermann Kröper, der zur Beraterschaft gehörende Geologieprofessor, war eine Ausnahme gewesen. Er hatte Kleinert an einem heißen Augustabend vor dem Klub abgefangen und ihn zu einem Besuch in seiner Villa eingeladen.

»Nein, Sie sollen hier nicht über meine Lebensverhältnisse staunen«, hatte er die Unterhaltung begonnen, als sie in einer Ecke des Gartens unter dichten, in üppigem Weiß erblühten Jasminbüschen in leichten Rohrsesseln Platz genommen hatten und von einem chinesischen Diener ein leichtes Abendessen aus nach Nankinger Art zerlegter kalter gebratener Gans, in Öl eingelegten, von Schanghai herüber geholten Krabben-, Tintenfisch- und Oktopusteilen, scharf angemachten Kohlblättern, frischem Gemüse und ein paar gedämpften ungefüllten Teigbällchen serviert worden war. »Es ist schon so: Tschiang Kai Schek lässt seine Berater nicht im Regen stehen. Wir leben hier unter sehr großzügigen Bedingungen – fast möchte man sagen: wie Gott in China, nicht wahr? Und auch die Arbeit betreffend können wir nicht klagen: jederzeit Zugang zu den Vorzimmern des Marschalls, enge Zusammenarbeit mit den zuständigen Ministern – davon träumt man anderswo. Das ist eben der Vorteil, wenn man in so eine Aufbauphase hinein gerät – da sind die Wege noch kürzer, und die Entscheidungswege auch. Aber« – Kröper hatte aus einer kunstvollen Steinzeugkanne mit einem hohen, Einfüllöffnung und Deckel überspannenden Henkel mit unerwartet graziösem Schwung Tee in die bereit gestellten zierlichen Schalen gefüllt und Kleinert zum Zugreifen aufgefordert – »das ist nicht der Grund, warum ich Sie hergebeten habe. Ich möchte – nein: ich muss, denn anders werde ich damit nicht fertig werden können – mit Ihnen über Dinge sprechen, die Sie aber bitte ganz für sich behalten müssen. Ich weiß von meinem Freund Schuchardt, dass Sie ein Mensch sind, dem ich vertrauen könnte. Wenn Sie aber meinen, sich lieber nicht belasten zu wollen, dann können Sie es jetzt noch sagen. Wir können das Essen trotzdem gemeinsam genießen, über Chinas Bodenschätze und ihre Erkundung mittels deutscher Methoden und Erfahrungen schwatzen, Po Ta, mein Diener, wird uns noch einen guten Cocktail mixen, und Sie können gehen, als sei nichts gewesen. Ein Gespräch unter einsamen Männern wie so viele andere auch – mehr nicht. Also, sagen Sie mir ohne Umschweife, woran ich mit Ihnen bin, damit wir uns beide darauf einstellen können.«

Kleinert war aufgestanden und ein paar Schritte durch den Garten gegangen, hatte gedankenverloren die geschwungenen Ziegelbögen des Daches bewundert, die – wie er fand – in schönem Traditionsbewusstsein auch einen Neubau wie diesen schmückten, war dann in die Gartenecke zurückgekehrt, hatte Kröper seine Entscheidung mitgeteilt, ihm verschwiegener Zuhörer sein zu wollen, und war in den nächsten Stunden in Ereignisse eingeweiht worden, die er sich so nie und nimmer hatte vorstellen können.

Von seinem Sohn hatte Kröper ihm berichtet, knapp über dreißig wie er, Kleinert, auch. Die unpolitische – wie er das genannt habe – Haltung seines Vaters habe dieser Sohn nie begreifen können. Berliner Sozialdemokrat sei er, dem linken Flügel seiner Partei habe er sich immer zugehörig gefühlt, und entsprechend energisch habe er sich gegen die Hitler-Politik und den Terror der SA-Trupps zur Wehr gesetzt. Schon 30/31 sei das lebensgefährlich gewesen, mit dem Februar 33 aber seien alle Dämme gebrochen. In der Nacht des Reichstagsbrandes – Kleinert habe doch von diesem seltsamen Ereignis am 27. Februar gehört? – sei er von der SA verhaftet, viehisch geschlagen und in ein Konzentrationslager – ja, so hießen die rasch errichteten Spezialgefängnisse, in die man ohne jedes Gerichtsverfahren zu sogenannter Schutzhaft eingewiesen werden könne – am Nordrand Berlins verbracht worden. Dort habe er weitere Prügel erdulden und die grausame Ermordung von Mithäftlingen erleben müssen. Wie durch ein Wunder sei er im Mai wieder freigelassen worden – mit der Auflage, sich wöchentlich bei der Polizei zu melden und kein Sterbenswörtchen über das Erlebte weiter zu geben. Kurze Zeit später sei ihm aber im Zittauer Gebirge die Flucht über die grüne Grenze in die Tschechoslowakei gelungen. Über lauter unglaubliche Umwege habe er, Kröper, nun von diesen Vorgängen Nachricht bekommen. Und nun glaube er seinen Sohn zwar in Sicherheit – aber wisse man denn, wie das alles weiter gehen werde? Könne sein Sohn denn in Prag bleiben – und wenn ja, unter welchen Umständen? Und was, wenn man ihn, Kröper, hier in Nanking wegen der politischen Aktivitäten seines Sohnes zur Rede stellen würde? Undenkbar doch wohl auch, unter solchen Umständen nach Deutschland zurückkehren zu können?

Der kräftige, wettergegerbte Mann, dem man ansah, dass er es gewohnt war, tagelang im Freien durch unwirtliches Gelände zu stapfen, dabei Gesteinsproben zu sammeln oder gar aus Felswänden zu hämmern und, wenn es notwendig war, bei karger Kost im kleinen Zelt zu kampieren, war während seiner Rede immer mehr in sich zusammen gesunken. Kleinert hatte ihm außer seiner erschütterten Aufmerksamkeit nichts an Trost bieten können. Gedämpft hatten sie sich voneinander verabschiedet. Kleinert hatte das Gehörte noch tagelang mit sich herum getragen, dann aber tief in sich eingeschlossen, und weil Kröper sich für einen auf Monate geplanten Aufenthalt den Yangtse hinauf in die Provinz Hunan begeben hatte, wo er mit der Suche nach neuen Mangan-, Antimon- und Wolframvorkommen beschäftigt sein würde, war auch keine Gelegenheit gewesen, sich dieser Geschichte wieder anzunehmen.

Geirrt hatte sich Kleinert in seiner Vermutung, die Entwicklungen in Deutschland würden die Befürworter eines Zusammengehens mit Japan lauter werden lassen. Zwar mehrten sich in den Zeitungen die Nachrichten, dass Hitler die japanische Staatsgründung Mandschukuo durchaus mit Sympathie betrachte und sich mit Japan einig fühle im Streben nach Zurückdrängung der USA, Englands und Frankreichs, aber in Nanking war das ohne Folgen geblieben. Mandschukuo war zweitausend Kilometer weit entfernt, an den Aufgaben für Botschaft und Beraterschaft hatte sich nichts geändert, und die Firmenvertreter waren – wie Kleinert aus Tientsin zur Genüge bekannt war – in ihren Geschäften ohnehin oft mit ganz Ostasien befasst.

Was selbstverständlich auch auf Herbert Howe zutraf – aber die Art und Weise, wie das geschah, hatte Kleinert tief getroffen.

Natürlich hatte Kleinert gewusst, dass Howe ein Hans Dampf in allen Gassen war, es an der Schantunger Kohlengrube seines Vaters nicht lange aushalten und lukrative Geschäfte kaum an sich vorbeigehen lassen würde. Er hatte sie ja nicht vergessen, die kritischen Stimmen zu Howes Berufung in die Studienkommission, und auch nicht die Nonchalance, mit der Howe selbst und auch Rieckmüller über diese Stimmen hinweggegangen waren. Im Sommer 33 aber hatte ihn das Gerücht erreicht, dass Howe in Kanton dabei sei, die Lieferung einer kompletten deutschen Waffenfabrik gegen Kantoner Erzlieferungen nach Deutschland auf den Weg zu bringen, und das hatte ihn in doppelter Hinsicht aufgebracht.

Waren sie sich nicht, so hatte sich Kleinert empört gefragt, mit Hsü darin einig gewesen, dass es ihnen um die Wirtschaft – und nur um diese – gehen werde? Und konnte Howe denn ernsthaft darüber hinweg gesehen haben, dass die Kantoner Provinzherrscher, die seine Vertragspartner waren, in Opposition zu Tschiang Kai Schek standen und ihr Territorium seiner Kontrolle entzogen hatten? Nein, sein anfängliches Misstrauen Howe gegenüber hatte ihn wohl doch nicht getrogen: Howe war einer, der bei Geschäften nach nichts anderem fragte als nach dem, was am Ende in seine eigenen Taschen floss.

Mitte Juli hatten die Gerüchte ihre Bestätigung gefunden. Howe selbst war in Nanking aufgetaucht – und zu allem Überfluss im Tross jenes Generaloberst v. Saecken, der jetzt, im April 1934, die Nachfolge Wellersdorffs antreten sollte.

Die Begegnung mit Howe hatte sich – wie hätte es nach den Wochen des ahnungsvollen Vermutens anders sein können – zu einem heftigen Streit ausgewachsen. Auf eine Debatte über ihre Laoschan-Gespräche hatte sich Howe gar nicht erst eingelassen. »Menschenskind, Kleinert«, hatte er ihn bespöttelt, »sind Sie denn immer noch nicht erwachsen geworden? Da verkaufen Sie nun schon seit Monaten – nicht ohne Erfolg, wie man hört – Ihre Maschinen, hauen also ihre chinesischen Freunde genauso übers Ohr wie ihre englischen und französischen Konkurrenten, aber leben immer noch in irgendeiner Traum- und Wünschewelt. Natürlich ist es romantisch, in den Bergen zu sitzen und Pläne zu schmieden! Aber das Leben, lieber Kleinert, das Leben! Es geht doch ganz andere Wege!«

»Und denen muss man folgen«, hatte Kleinert eingewandt, »koste es, was es wolle?«

»Aber was werfen Sie mir denn vor?«, hatte Howe zurückgefragt. »Dass ich zwischen Tschiang Kai Schek und den Kantoner Provinzfürsten keinen Unterschied mache? Lächerlich! Die wollen Macht, einer wie der andere, und sie setzen sie rücksichtslos durch, einer wie der andere, sie brauchen Waffen, einer wie der andere, und sie haben Erz zu verkaufen – auch einer wie der andere. Wissen Sie denn, wer da morgen mit wem verbündet und übermorgen wieder verfeindet ist? Also, was soll mir da Ihr auf den großen Tschiang gerichtetes Feingefühl?«

Howe hatte sich in Rage geredet, wie Kleinert es bisher an ihm nicht gekannt hatte.

»Und dann, mein Lieber, einmal ganz prinzipiell: Meinen Sie nicht auch, dass wir uns vor allem um Deutschland kümmern sollten? Um Deutschland, verstehen Sie? Und Deutschland braucht – wieso muss ich Ihnen das eigentlich sagen? – Devisen, und es braucht Erz. Also verkaufe ich Waffen – und kriege dafür eins von beidem oder, wenn es besonders gut kommt, auch beides zugleich.«

Kleinert hatte bald einsehen müssen, dass er mit seinem Bemühen, ihre Laoschan-Gespräche zu beschwören und damit ihrem Tun den Sinn einer Vision, eines Planes, eines über den Tag hinaus reichenden Konzeptes zu geben, bei Howe nur immer neuen Spott ernten konnte.

Aber schlimmer noch: Er hatte von dieser Auseinandersetzung an auch gespürt, dass er selbst sich den Howeschen Ansichten würde annähern müssen, wenn sein geschäftlicher Erfolg von Dauer sein sollte.

Denn es war zwar richtig, dass es nicht schlecht voranging mit seinen Geschäften, aber richtig war auch: Der Hunger seiner chinesischen Partner ging auf mehr. Er, Kleinert, war – das musste er sich unumwunden eingestehen – in eine Zwickmühle geraten: Wenn er Hsü in seinen Vorstellungen von einem starken, von Tschiang Kai Schek geführten China folgen wollte, durfte er Militär und Rüstung nicht länger ausklammern. Mit dem Verkauf von Maschinen und Motoren und der Vermittlung von Gegenlieferungen aus Agrarprodukten, wie er es in Tientsin anschaulich hatte studieren können, war es nun tatsächlich nicht mehr getan. Das kostbare Mangan-, Antimon- und Wolframerz, nach dem – wie ihm Rieckmüller doch in Berlin schon eindringlich auseinandergesetzt hatte! Da hatte es der Ausbrüche Herbert Howes doch gar nicht noch einmal bedurft! – die deutsche Stahlindustrie lechzte: Die Chinesen gaben es nur her für Waffen, Arsenale und – weil auch das kriegswichtig war – Eisenbahnen.

Aber so klar die Dinge auch auf der Hand lagen: Die endgültige Entscheidung, sich ihnen zu stellen, hatte Kleinert noch lange geradezu körperlichen Schmerz bereitet. Stundenlang hatte er wie gelähmt an seinem Schreibtisch gehockt, die verschränkten Hände auf die Tischplatte gepresst, und noch einmal stundenlang war er abends ohne Halt und Essen rastlos durch die Straßen gewandert. Die Unmöglichkeit, sich mit jemand zu beraten, hatte ihm Atemnot bereitet, und vor Selbstzweifeln hätte er schreien mögen.

Wieso, zum Teufel, hatte er sich trotz Rieckmüllerscher Forderungen und Schuchardtschen Scheiterns, trotz Wellersdorffscher Eindeutigkeit und Howeschen Spotts so fest in seine Ideale verbissen? Oder war »trotz« vielleicht gar nicht das richtige Wort? Musste er es vielleicht durch »wegen« ersetzen? Hatte er sich in seine eigene Pläne- und Träumewelt eingeigelt nicht trotz, sondern gerade wegen all dieser Erfahrungen? War es sein, Kleinerts, ganz eigener Weg der Selbstbehauptung, veränderte Situationen einfach nicht anzunehmen? Was jedoch wäre das für eine seltsame Selbstbehauptung, die am Ende gerade auf ihr Gegenteil hinauslief, weil er keine müde Mark mehr würde verdienen können!

Aber andererseits: Er war doch nicht verrückt gewesen im Laoschan. Ihre Träumereien waren doch ihre gemeinsamen gewesen! Und er hatte in Berlin doch richtig gehört, dass Rieckmüller Schuchardts Ansichten nicht rundweg verworfen und ihn, Kleinert, im Gegenteil sogar darin bestärkt hatte, an seinen Vorstellungen über die Dominanz des zivilen Handels und Wirtschaftsaufbaus festzuhalten.

Den fruchtlosen Grübeleien ein Ende bereitet hatte Herbert Howe mit der praktischen Bitte, für eine Woche oder auch zwei das Kleinertsche Büro mit nutzen zu dürfen, denn es gebe in der Folge seiner Kanton-Reise einige Dinge aufzuarbeiten, die für die ganze Mamo Impex von Belang sein dürften.

So hatte Kleinert also einen zweiten kleinen Schreibtisch in den engen Raum geholt, hatte ihn mit der Stirnseite an den seinen gerückt, im Gegenübersitzen war Howe mit gewohnter Selbstsicherheit vom spöttischen ganz schnell wieder zum freundschaftlichen Ton ihrer Laoschan-Gespräche zurückgekehrt, und ehe er es sich richtig versehen hatte, war Kleinert mitten hinein gerutscht in das Geflecht der Howeschen Überlegungen und Planungen, die – warum nur war er noch immer nicht glücklich darüber? – auf nichts anderes hinausliefen als auf das, was Hsü schon im Laoschan verkündet hatte: auf einen Vertrag, der die gegenseitigen deutsch-chinesischen Warenlieferungen auf höchster Ebene – also mit der Tschiang-Regierung – regeln sollte.

Mit dem entscheidenden Unterschied freilich, dass nun eben Waffen im Mittelpunkt stehen würden. Da das aber – Howe war nicht müde geworden, es zu betonen – jetzt und auch künftig dem Ausland nicht bekannt werden dürfe, werde das Kürzel Mamo im Firmennamen der Mamo Impex auch künftig nichts anderes bedeuten als das, wofür es immer schon gestanden hatte: Maschinen und Motoren.

Ein Telegramm von Rieckmüller hatte auch die letzten Kleinertschen Zweifel darüber ausgeräumt, dass Howe vielleicht auf eigene Faust gehandelt haben könnte, und nach der von Rieckmüller angewiesenen Übergabe aller Papiere an Kleinert und einem gemeinsamen Abendessen, das dann doch wieder ein wenig von der Laoschan-Atmosphäre heraufbeschworen hatte, hatte sich der umtriebige Freund wieder nach Tsingtao auf den Weg gemacht.

Aber so sehr sich Kleinert in die veränderten Umstände gefügt und mit neu gewonnener Energie in die Howeschen Vertragsvorschläge eingearbeitet hatte – dass er nun ausgerechnet mit Generaloberst v. Saecken den entscheidenden Gang der Verhandlungen mit den von Tschiang Kai Schek beauftragten Unterhändlern bestreiten sollte, bereitete ihm neuerliche Kopfschmerzen.

Denn während Wellersdorff ihn einfach nur links liegen gelassen hatte und – machst du deins, mach ich meins – an Einmischung in die Geschäfte der Mamo Impex nicht interessiert gewesen war, würde v. Saecken eine ganz andere Linie fahren. Seine Kanton-Reise im vergangenen Jahr hatte ja nicht zufällig mit den von Howe entwickelten Verträgen im Zusammenhang gestanden. Auch hier in Nanking würde er sich zum Protagonisten der Howeschen – und nun auch Kleinertschen – Entwürfe machen. Und dass die Kantoner Pläne inzwischen gescheitert waren – nun, das würde ihn eher anspornen denn entmutigen.

Denn viel zu deutlich hatte sich Tschiang Kai Schek in den vergangenen Monaten darum bemüht, v. Saecken an Wellersdorfs Statt in seine Nähe zu kriegen. Einen wirklich einflussreichen Mann brauche er an seiner Seite, hatte er signalisiert. Einen, der nicht nur wisse, wie man eine Armee führt, sondern zugleich mit der deutschen Schwer- und Rüstungsindustrie auf gutem Fuße stünde und mit den großen Banken. Und wer konnte da besser geeignet sein als v. Saecken?

Hermann Kröper, nach seiner Rückkehr aus Hunan anlehnungsbedürftig und gesprächssüchtig, hatte Kleinert Nachhilfeunterricht erteilt.

»Sie waren damals noch zu jung«, hatte er bei einem der nun häufigeren Zusammentreffen in der jasminumstandenen Gartenecke seines Anwesens nachsichtig lächelnd zum Vortrag angesetzt, »sonst wüssten Sie natürlich, dass Saecken im Kriege Generalstabschef einer unserer Armeen war. Danach hat er sich als Chef der Heeresleitung beim Aufbau der Reichswehr verdient gemacht, und Ende 23/Anfang 24 stand er – vom Reichspräsidenten berufen –

sogar einmal an die Spitze der Regierung. Es ging damals ziemlich durcheinander – wenn Sie wissen, was ich meine.«

Kleinert hatte nicht gewusst, und Kröper hatte nach möglichst unverfänglichen Worten gesucht. »Nun ja, der Führer hat – Kleinert, das kann doch an Ihnen nicht vorbeigegangen sein! – schon im November 23 einmal versucht, an die Macht zu kommen. In München hat er diesen Versuch gestartet – am Ende zwar erfolglos, aber Berlin hat er damit doch ganz schön in Aufregung versetzt. Da war Saecken der richtige Mann zur Beruhigung der Lage. Mein Sohn allerdings« – Kröper hatte die Stimme noch weiter zurückgenommen –, »mein Sohn würde Ihnen sicher noch mehr erzählen können, bloß: Niemand hier würde das wohl gerne hören. Denn es war nun einmal nicht fein, wie der General anno 23 seine Reichswehr in Sachsen und Thüringen gegen aufständische Arbeiter hat marschieren lassen. Aber vielleicht« – Kröper hatte plötzlich so laut aufgelacht, dass Kleinert ernsthaft um die Diskretion ihres Gespräches hatte fürchten müssen –, »vielleicht ist das ja überhaupt nicht so anstößig, wie ich denke? Vielleicht ist es ja gerade das, was Tschiang Kai Schek so an ihm gefällt? Dass er weiß, wie man die Truppen gegen die Kommunisten führt?«

Kleinert hatte sich eines Kommentars enthalten. Kröper tat ihm leid in seiner Sorge um den Sohn und seiner so tief sitzenden Verunsicherung. Zugleich hatte er gespürt, wie verunsichert er auch selbst geworden war, wo er sich doch ohnehin um politische Vorgänge und Bewertungen nur selten gekümmert hatte. Wie rasch konnte man da einer nicht ins gewünschte Bild passenden Bewertung von Vorgängen oder Personen aufsitzen.

Und nun stand er v. Saecken direkt gegenüber. Der Generaloberst, hoch in den Sechzigern schon, dabei schlank und preußisch gerade, das Haar straff gescheitelt, Monokel im asketischen, befehlsgewohnten Gesicht, hatte ihn zu einem ersten Gespräch gebeten.

»Es wird sich herumgesprochen haben«, begann Saecken, »dass ich hier einiges ändern werde. Ich bin nicht nur Generalberater bei Marschall Tschiang Kai Schek, sondern mir ist – anders als meinem Vorgänger – zugleich die Beraterschaft in Gänze unterstellt. Schluss also mit der Berufung des einen oder anderen auf Einzelverträge mit dem Marschall – hier hört jetzt alles auf mein Kommando.«

Er hob, als er merkte, dass Kleinert darauf etwas erwidern wollte, beschwichtigend die Hand.

»Ich weiß, ich weiß«, sagte er, »Sie sind kein Berater, sondern der Mamo-Impex-Mann am Ort. Aber auch Ihnen darf ich raten, nicht irgend etwas an mir vorbei in die Wege leiten zu wollen. Es ist der Wunsch Berlins, dass wir beide hier zusammenarbeiten, und das werden wir tun. Sie sind von Ihren Leuten unterrichtet?«

Kleinert nickte.

»Dann erwarte ich Sie morgen mit den Vertragsentwürfen.«

Kapitel 7

Der Tag, den sich die chinesische Regierung für die Vertragsunterzeichnung ausgesucht hatte, hätte heißer nicht sein können. Kleinert hatte einmal mehr Gelegenheit, über v. Saecken zu staunen. Auch jetzt, mitten im August, hielt der Generaloberst sich gerade, als ob es gelte, eine Parade abzunehmen. Alle in der Beraterschaft wussten, dass er diese Temperaturen eigentlich nicht vertrug und darum schon ab Mitte Juni weiter im Norden, im beliebten Badeort Petaiho, Zuflucht gesucht hatte. Jetzt aber, da nicht mehr Kleinarbeit zu leisten, sondern Ernte einzufahren war, hatte er mit einem Gemisch aus herablassend zur Schau gestelltem Pflichtbewusstsein und nur schlecht verhohlener Sorge darum, er könne vom Glanz des Erfolges nicht genügend abbekommen, sein Sommerdomizil aufgegeben, den Rückweg nach Nanking angetreten und seinen Platz mit einer herausfordernden Energie eingenommen, als sei von gesundheitlichen Beeinträchtigungen vorher nie die Rede gewesen. Kleinert wünschte, auch ihm wäre etwas von dieser Fähigkeit zu im entscheidenden Moment stoischer Verleugnung körperlichen Missbehagens gegeben. Er fühlte sich schwach und unwohl, der helle Anzug, den er sich extra für diesen Anlass aus leichtem englischem Tuch hatte schneidern lassen, klebte unangenehm auf der schweißnassen Haut, und er hatte alle Mühe, in der lastenden Schwüle einen klaren Kopf zu behalten.

Dabei hatte er doch allen Grund zu selbstbewusstem Stolz. Denn das, was es heute zu unterzeichnen gab, war zwar insofern Saeckens Werk, als der Generoberst es mit seinem Eintreffen im April endgültig auf den Weg gebracht hatte, aber die Mühsal des Verhandelns, des Vorschlagens und Verwerfens und Prüfens und erneuten Vorschlagens – die hatte er, Kleinert, zu schultern gehabt, und zwar ohne Sommerpause und ohne Chance, der drückenden Hitze der Stadt zu entfliehen

Gerade hatte ein hochrangiger Vertreter des chinesischen Wirtschaftsministeriums mit feierlicher Stimme begonnen, den Grund des Zusammentreffens mit den – wie er immer wieder betonte: hochverehrten – Deutschen zu würdigen, und Kleinerts Gedanken glitten für einen Moment in die Heimat.

Wer würde ihm das glauben von seinen Schulkameraden in der mitteldeutschen Provinz, dass ausgerechnet er, der sich doch nirgends besonders ausgezeichnet hatte, gerade dabei war, zehntausend Kilometer weiter östlich einen für Deutschland hochwichtigen Vertrag unter Dach und Fach zu bringen? Seltsam, dachte er, schon in Berlin hatte er sich daran gewöhnt, seinen Eltern über Art und Inhalt seiner Arbeit nicht Bericht geben zu können, und in China hatte er diese Regeln so sehr verinnerlicht, dass ihm gar nicht mehr aufgefallen war, dass er seinen kurzen Grüßen und belanglosen Alltagsschilderungen nicht einmal ein paar Fotos beigefügt hatte – jetzt aber wünschte er sich plötzlich mit geradezu schmerzhafter Deutlichkeit, sie könnten sich eine Vorstellung machen von ihm, wie er da, mit einiger Anstrengung um Gelassenheit bemüht, an der Seite des Generaloberst v. Saecken den chinesischen Ministerialbeamten gegenüber stand – die Herren vom Wirtschafts- und vom Bergbauministerium in dunklen, europäisch geschnittenen Anzügen, die Militärs in straffer Uniform –, und wie ihm die Achtung dieser Männer entgegen floss, die – wie er aus den freundlichen Gespräche wusste, mit denen sie zuweilen ihre langwierigen Verhandlungen beschlossen hatten – in ihrem Leben doch schon durch ganz andere Turbulenzen gegangen waren als er, sich behaupten gemusst hatten im lebensgefährlichen Wechselbad der harschen politischen Umschwünge oder gar der grausamen, alles hinweg fegenden Bürgerkriegsschlachten. Wie würden sie staunen zu Hause, wenn er ihnen sagen könnte, was er, der ranglose, ganz und gar unmilitärische Unterhändler, diesen allen, die nun ihr Schicksal mit dem Klügsten, Geschmeidigsten, Kaltblütigsten und militärisch Fähigsten aus dem Kreise der mächtigen Kriegsherren – eben mit Marschall Tschiang Kai Schek – verbunden hatten, würde bringen können.

Vorn hatte ein zweiter chinesischer Redner das Wort genommen, und Kleinert ging noch einmal durch den Kopf, was er wirklich geschafft hatte. Tatsächlich: Es war ihm in zähen Verhandlungen mit den Chinesen und einem nicht weniger zähen Austausch verschlüsselter Drahtnachrichten mit Rieckmüller gelungen, perfekt zu machen, wovon sie in ihren halbdunklen Berliner Büros schon vier Jahre zuvor geträumt hatten. China würde die für die deutsche Stahlindustrie so wichtigen Mangan-, Antimon- und Wolframerze nach Deutschland liefern und dafür nicht Devisen verlangen, sondern im direkten Austausch deutsche Industrieerzeugnisse.

Das war gut für das devisenknappe Deutschland, aber auch für China hielt der Vertrag einen besonderen Vorteil bereit: Kleinert hatte Signale aus Berlin, dass dem chinesischen Wunsch, die deutschen Industrieerzeugnisse mit einem von Deutschland gewährten Kredit vorfinanzieren zu können, stattgegeben werden könnte. Und so enthielt der Vertrag eine Klausel, wonach die Mamo Impex nicht nur den Austausch der Güter in ihre Regie nehmen, sondern in Berlin auch diesen Kredit endgültig aushandeln werde. Auf 100 Millionen Reichsmark hofften die Chinesen. Das freilich war eine Summe – Kleinert lief es jetzt nicht nur wegen der Augusthitze siedend heiß über den Rücken –, die ihm wohl noch einiges Kopfzerbrechen bereiten würde.

Am Anfang – musste sich Kleinert eingestehen – hatte er etwas Mühe gehabt, den Kreditwunsch richtig zu verstehen. Waren die Dinge denn nicht übersichtlich? Erz gegen Maschinen und Ausrüstungen – ließ sich das nicht sauber gegeneinander verrechnen? Dann aber war er für einige Tage nach

Hunan hinüber gefahren und hatte sich ein Bild machen können von den Schwierigkeiten des Abbaus und des Transports der Erze. Er hatte an Carl Flöcker denken müssen, den Bergmann, der ihn in Tientsin mit abenteuerlichen Geschichten über seine Aktionen zur Rettung von Kohlengruben unterhalten hatte. Solche Bilder hatten sich nun auch ihm geboten. Zweirädrige Pferdekarren hatte er gesehen, die sich, mit Erzbrocken beladen, über schlammige Pfade einen Weg zu den Mühlen bahnten. Dort warteten zu schwache oder überalterte Brecherwerke, die das Erz nur notdürftig vom tauben Gestein zu trennen vermochten. Und dann erneuter langwieriger Karrentransport zum noch einmal Dutzende Kilometer entfernten Bahnhof.

Es lag auf der Hand: Wollten die Deutschen das Erz schneller und in besserer Qualität in ihren Fabriken haben, mussten sie zuvor hier in China für bessere Ausrüstungen sorgen. Nie und nimmer war mit den bisherigen Methoden so rasch gutes Erz zu liefern, als dass ein Gleichgewicht zu den hochwertigen deutschen Maschinen hätte hergestellt werden können. Und die Eisenbahn, die tausend Kilometer in den Süden nach Kanton und Hongkong führte? Kleinert hatte sie sich genau angesehen. Es dauerte lange, bis genügend Wagen vorhanden waren, um einen Güterzug in die Hafenstädte zusammenstellen zu können, und dann blieb immer noch die Frage, ob die Lokomotive durchhalten würde. Auch hier – nein, da gab es nichts mehr zu bestreiten – war deutsche Vorleistung unabdingbar.

Ein Räuspern v. Saeckens riss Kleinert aus seinen Gedanken. Der Generaloberst war einen Schritt nach vorn getreten, um nun auch seinerseits das Vertragswerk zu loben und den chinesischen Verhandlungspartnern zu danken. Jetzt musste Kleinert genau hinhören. Er hoffte, Saecken würde die Kreditklausel – so wichtig sie war – nicht noch einmal ausdrücklich erwähnen. Die Gespräche in Berlin über diese Dinge, für die sich Kleinert schon bald auf die Reise machen wollte, würden – daran konnten auch die beruhigenden telegraphischen Beschwörungen Rieckmüllers nichts ändern – sehr hart werden. Was, wenn sie – die Mamo-Impex-Leute – doch zu hoch gepokert hatten? Die 100 Millionen sich als zu gewaltige Summe erweisen würden? Die Verbindungen der Mamo Impex zu den Banken, ins Wirtschaftsministerium und ins Reichswehrministerium am Ende nicht hielten, was sie versprachen? Oder das Außenministerium sich quer stellte? Nein, da war es besser, sie würden diese Frage hier jetzt nicht mehr so hoch hängen. Das Notwendige war im Text verankert – das musste genügen.

Saecken tat ihm den Gefallen. Klug und – wie Kleinert fand – mit einem für ihn geradezu überraschenden Einfühlungsvermögen ging er nicht auf den Vertragstext im einzelnen ein, sondern lobte die chinesische Verhandlungsführung. Er sei tief beeindruckt, sagte er, von der Entschiedenheit der Regierung, die Wirtschaft und die Verteidigung des Landes rasch zu modernisieren und sich dabei der Unterstützung einer der modernsten und stärksten Mächte Europas zu versichern. Dem Ruf Tschiang Kai Scheks sei er mit großer Dankbarkeit und voller Hochachtung für dessen Leistungen gefolgt. China und Deutschland seien sich in ihren Anstrengungen beim Aufbau einer neuen

Ordnung so nahe wie noch nie zuvor in ihrer Geschichte. Er freue sich auf weitere gute Jahre an der Seite des Marschalls.

Die ruhige Bestimmtheit der Saeckenschen Rede machte Kleinert noch einmal bewusst, dass der Generaloberst auf genau solche Weise auch seine – Kleinerts – Bedenken in Sachen militärischer Ausrüstungen und Waffenlieferungen endgültig zerstreut hatte.

Woher v. Saecken auch immer von Kleinerts Vorbehalten gehört haben mochte – irgendwann im Mai hatte er ihn zu einer Übung chinesischer Truppenteile in der Nähe von Nanking mitgenommen, ihn auf das zumeist veraltete Kriegsgerät aufmerksam gemacht, dann die Rede auf die japanischen Eroberungen gebracht und mit der gleichen Selbstverständlichkeit, mit der er gerade die deutsch-chinesischen Gemeinsamkeiten beschrieb, darüber referiert, dass er sich beim besten Willen nicht vorstellen könne, wie Tschiang Kai Schek zu unterstützen sei, wenn ihm nicht vor allem beim Aufbau einer soliden Verteidigungsfähigkeit geholfen werde. Ob er, Kleinert, sich schon einmal klar gemacht habe, warum Japan die Mandschurei so schnell habe besetzen können? Und wie groß die Probleme der chinesischen Truppen bei den japanischen Angriffen auf Schanghai im Januar/Februar 32 gewesen seien? Gewiss, man habe die Japaner noch einmal zurückschlagen können – aber das habe eher mit der japanischen Unentschlossenheit als mit der Stärke des chinesischen Militärs zu tun gehabt. Ob er denn nicht mit General Wellersdorff schon einmal darüber gesprochen habe? Der sei doch damals an der Front gewesen, und seine Berichte hätten doch keinerlei Zweifel an der Notwendigkeit deutscher Waffenhilfe gelassen.

Kleinert hatte – wie immer in solchen Fällen – geschwiegen. Was hätte er dem Generaloberst auch antworten sollen? Dass er selbst in dieser Zeit in Berlin gewesen war? Und Wellersdorff keinen Pfifferling auf ihn und seine Ansichten gegeben hatte?

Jetzt war es ein vornehmes Händeklatschen, das Kleinert aus den Erinnerungen in die Gegenwart zurückholte. Saecken war zum Schluss gekommen, die chinesischen Herren hatten höflich Beifall gespendet, und Kleinert wurde an einen schweren dunkelbraunen Tisch gebeten, um gemeinsam mit seinem chinesischen Verhandlungspartner Tscheng Sun Hao – einem knapp vierzigjährigen hageren Wirtschaftsfachmann, der wie Hsü Tao Lin seine Studien in Deutschland absolviert hatte und seit Jahren als rechte Hand des Wirtschaftministers arbeitete – den Vertrag zu unterzeichnen. Sie hatten ein gutes Gefühl bei diesem feierlichen Akt, und die anwesenden Minister und v. Saecken auch. Es war ein erstaunlich weitreichender Vertrag – aber weil er nur die Unterschriften der Unterhändler trug, konnte er, wenn sich das als notwendig erweisen sollte, dem misstrauischen Ausland gegenüber immer heruntergespielt werden.

Eine Woche später saß Kleinert im Zug nach Peking. Rieckmüller hatte gedrängt, er möge mit der Reise nach Berlin nun nicht länger warten. Die Kreditfrage dulde keinerlei Aufschub, man müsse das Eisen schmieden, so lange es heiß sei. Kleinert hatte nichts dagegen. Zwei Jahre war er nicht mehr zu Hause gewesen, und sicher war es am besten, wenn er den Banken mit noch ganz frischen Eindrücken von den Vertragsverhandlungen gegenübertreten konnte.

Mit dem gleichmäßigen Rollen und rhythmisch die Schienenstöße aufnehmenden Schlagen der Räder wuchs zudem seine Freude auf das neuerliche Abenteuer einer Fahrt mit der Transsibirischen Eisenbahn. Acht Tage lang würde er – wenn alles gut ging – nach Moskau unterwegs sein. Eine reichliche Woche der Ruhe und Abgeschiedenheit.

Ferien würden es diesmal werden, beschloss er. Vor zwei Jahren, als er die Strecke in umgekehrter Richtung bewältigt hatte, war er zu gespannt gewesen auf das Kommende, zu unruhig, um das Ungestörtsein richtig zu genießen. Das würde ihm – so schwor er sich – diesmal nicht passieren. Er hatte den Erfolg seines Lebens im Gepäck und alles Recht der Welt, sich darauf ein bisschen auszuruhen.

In der Botschaft in Peking gewährten sie ihm für zwei Tage freundlichen Zwischenaufenthalt.

»Wir freuen uns immer, wenn mal wieder ein richtiger Hauptstädter hier vorbeischaut«, begrüßte ihn der Chef des Hauses, Legationsrat Siegfried Breitenschlager. »Wissen Sie, was Sie für ein Glück haben, in Nanking arbeiten zu können? Da sind Sie, wie sich das gehört, dicht dran an der Regierung, da spüren Sie Aufbruch und Bewegung. Aber hier – hier ist man nun doch sehr deutlich aufs Abstellgleis geschoben. Na, was soll's, worüber soll ich mich beklagen – für einen wie mich ist's ja vielleicht sogar eine besonders günstige Lösung. Da brauchen Sie nicht so verdutzt dreinzublicken – Sie sehen doch, dass ich nicht mehr der Jüngste bin!«

Tatsächlich – erfuhr Kleinert später, als sie sich zu einem Spaziergang durch das alte Gesandtschaftsviertel aufmachten – hatte der Legationsrat die Sechzig schon deutlich überschritten, sich aber bisher standhaft geweigert, seinen Pekinger Posten aufzugeben. »Was soll ich jetzt in Berlin? Wo alles umgestülpt wird? Hier in Peking kenne ich mich aus, hier habe ich meine Frau und meine Freunde. Nein, nein, nach – wenn ich alles zusammenrechne – mehr als dreißig Chinajahren, da möchte ich auch meinen letzten Atemzug hier draußen tun. Und im übrigen: Wer weiß denn schon, was hier noch alles passiert? Die Ruhe ist ja vielleicht sehr trügerisch. Den Japanern jedenfalls ist zuzutrauen, dass sie schon bald hier auftauchen werden, und man munkelt, dass sie dann die Bildung einer Art chinesischer Separatregierung für Nordchina im Auge haben. Und wenn so etwas passiert, ist fürs Ausbalancieren der deutschen Interessen so ein alter Chinamann wie ich vielleicht sogar noch ganz nützlich.«

»So nah, meinen Sie, ist ein japanischer Vormarsch bis hierher?« Kleinert merkte, dass er sich ein genaues Bild der Veränderungen, die sich seit der Gründung von Mandschukuo hier oben im Norden vollzogen hatten, in Nanking nicht gemacht hatte, und ihm wurde klar, dass er mit der Verwirklichung seines Beschlusses, auf dieser Reise nichts anderes zu tun als auszuspannen, wohl noch ein wenig würde warten müssen.

»Ein Vormarsch im Sinne eines Krieges mit Front und Frontenverschiebung« sagte Breitenschlager, »ist es ja nicht. Der ist auch gar nicht nötig, denn der Widerstand, der auf chinesischer Seite geleistet wird, ist sehr zersplittert. Es gibt immer wieder Partisanenaktionen – sogar in Mandschukuo, wo die Japaner, wie sie unter der Hand zugeben, schon um die vierzigtausend Leute bei Überfällen und Sabotageakten verloren haben. Aber dieser Widerstand ist nicht zentral organisiert, hat keine Durchschlagskraft. Das sehen Sie auch in den Gebieten nördlich der Großen Mauer, die formal noch unter chinesischer Hoheit stehen, aber bereits von japanischen Truppen durchsetzt sind. Tschiang Kai Schek kann einen richtigen Widerstand nicht organisieren, weil seine Kraft nicht weit genug reicht, und die lokalen Kriegsherren wollen einen solchen Widerstand nicht, weil sie erstens diese Volksguerilla ohnehin nicht mögen – zumal sie oft auch noch kommunistisch unterwandert ist – und zweitens nicht bereit sind, sich Tschiang Kai Schek zu unterwerfen.«

Er schaute Kleinert fragend an – unsicher, ob er ihn weiter mit einem solchen Vortrag traktieren sollte –, und als er dessen interessiertes Nicken sah, fuhr er fort:

»Die Chinesen hier wollen das nicht – dass alle Macht in Nanking konzentriert ist. Und das ist es, worauf die Japaner bauen können. In der Provinz Tschahar zum Beispiel, die westlich an Mandschukuo grenzt und zum großen Gebiet der Inneren Mongolei gehört – warum soll man da Tschiang Kai Schek mehr lieben als die Japaner? Der eine ist diesen Leuten so fremd wie die anderen. Also suchen die dortigen Kriegsherren nichts weiter als ihren größtmöglichen eigenen Vorteil. Und Peking selbst – na, was glauben Sie denn, wie gern diese Stadt wieder Hauptstadt werden würde! Und sei es auch nur eines chinesischen Teilstaates. Das kommt den Japanern natürlich zupass. Genau so wie Tschiangs militärische Schwäche. Er hat keine Truppen, die er in Marsch setzen könnte. Die, die er hat, braucht er – das wissen Sie ja viel besser als ich – zur Verteidigung im Süden. Und so setzen sie hier oben ihre Nadelstiche an und schieben ihr Einflussgebiet Stück für Stück in Richtung Peking vor – und nördlich der Großen Mauer über Tschahar hinweg sogar schon bis in die Provinz Suiyüän. Tschiang Kai Schek in Nanking muss zähneknirschend zusehen – und kann nur hoffen, dass die Dinge so langsam ablaufen, dass er seine Armee modernisieren kann.«

Breitenschlager war stehen geblieben. »Eigentlich wollte ich Ihnen aber keinen Vortrag halten, sondern zeigen, was in den letzten Jahren aus dem einst so berühmten Gesandtschaftsviertel geworden ist.«

»Das tun Sie doch«, sagte Kleinert, »und Sie müssen sich wirklich nicht entschuldigen. Im Gegenteil: Ich bin Ihnen für Ihre Erläuterungen ausgesprochen dankbar. Ich glaube, meine Neugier ist groß genug, um gleichzeitig zuhören und die Augen offen halten zu können. Also fahren Sie, bitte, in Ihrer Rede fort.«

Der Legationsrat, erfreut über Kleinerts Reaktion, setzte sich wieder in Bewegung, und schon nach ein paar Schritten hatte er den Faden seiner Rede wieder aufgenommen.

»Es gibt bei der Beurteilung dieser Vorgänge hier oben in Nordchina etwas, das auch von manch angeblichem Ostasienkenner immer wieder gröblich unterschätzt wird. Ich meine die Tatsache, dass es hier, wenn von Gebietsabtrennungen oder möglichen Separatstaatsgründungen die Rede ist, immer um Territorien und Bevölkerungszahlen geht, die in Europa ganz selbstverständlich eigenständige Staaten ausmachen. Mandschukuo misst in der Nord-Süd-Ausdehnung fast zweitausend Kilometer und in der Ost-West-Ausdehnung ebenso. Fahren Sie von Berlin aus tausend Kilometer nach Süden – da sind Sie in Florenz oder Mailand! Nach zweitausend Kilometern in Richtung Südwesten sind Sie schon in Spanien! Und vergegenwärtigen Sie sich die Bevölkerungszahlen: In Mandschukuo leben fast 40 Millionen Menschen – da ist man schon fast an Frankreich herangekommen. Selbst eine so kleine Provinz wie Jehol – das ist das Gebiet, das derzeit noch einen Puffer zwischen Peking und Mandschukuo bildet, aber von Japan schon sehr deutlich beansprucht wird – ist doppelt so groß wie Belgien und hat mit fast vier Millionen Einwohnern die Hälfte der belgischen Einwohnerzahl.«

Breitenschlager machte eine Pause, blickte zur Orientierung um sich und wies auf ein Gebäude, das links vor ihnen in der Tungtanstraße auftauchte. »Apropos Belgien: Schauen Sie, was das kleine Land im großen China für eine beachtliche Gesandtschaft besessen hat!«

Kleinerts Blick fiel auf eine im europäischen Stil errichtete Stadtvilla, die aber offensichtlich nur noch spärlich genutzt wurde. »Da sehen Sie«, erklärte der Legationsrat, »wie schnell eine ehemalige Kolonialmacht an Bedeutung verlieren kann. Vor dreißig Jahren noch gehörten die Belgier hier mit zu den Großen, jetzt fällt es ihnen schon schwer, parallel zu ihrer Vertretung in Nanking noch eine in Peking zu unterhalten. Aber was soll's – die Briten und die Franzosen betreiben ihre Gesandtschaften hier ja auch nur noch mit ein paar wenigen Leuten.«

»Und wir?«, fragte Kleinert, »wie steht's mit uns?«

»Wir sind, glaube ich, durchaus weitsichtig«, antwortete Breitenschlager diplomatisch. »Wir sind hier nicht stärker vertreten als die Briten und Franzosen, aber auch nicht schwächer, und für die Zukunft – na, ich denke, dass es sich da noch als sehr richtig erweisen wird, dass wir hier ordentlich die Stellung halten.«

Sie waren in eine nach Osten führende Straße abgebogen und standen bald vor einem besonders kunstvoll gestalteten, dreiflüglig gegliederten Eingangstor. Kleinert war fasziniert von der architektonischen Spannung zwischen der im kaiserlichen Dunkelgelb gehaltenen schweren Ziegeldachkonstruktion und den sie tragenden zierlichen dunkelroten Säulen. »Das ist das alte Tsungli Yamen, das Außenamt der kaiserlichen Regierung.« Breitenschlager war wieder stehengeblieben. »Und wenn Ihnen die Lust am Zuhören noch immer nicht vergangen ist, dann könnten wir uns jetzt nicht nur auf den Rückweg zur Botschaft, sondern zugleich auf einen Weg in die Geschichte machen.«

Kleinert war einverstanden, und Breitenschlager wies in Richtung Süden auf ein mächtig sich vor ihnen erhebendes Stadttor, das Hatamen.

»Die riesige Mauer«, – der Legationsrat hatte nun ganz die Pose eines Stadtführers eingenommen – »die das ganze alte Peking mit einer Gesamtlänge von fast fünfzig Kilometern umgibt, trennt hier noch einmal auf neun Kilometer Länge die Nordstadt, die auch Tatarenstadt genannt wird, von der Südstadt, der Chinesenstadt. Die Kaiserstadt mit dem Kaiserpalast – leider reicht Ihre Zeit diesmal nicht, den Besuch müssen Sie sich für Ihren nächsten Aufenthalt hier bei uns aufsparen – und das Gesandtschaftsviertel liegen in der Tatarenstadt, und dieses Tor, das Hatamen, das gleichsam die Südostecke des Gesandtschaftsviertels markiert – nun, das hat für uns Deutsche eine ganz besondere Bedeutung. Aber lassen Sie uns erst einmal noch ein Stück herangehen.«

Je näher sie dem Tor kamen, um so dichter wurde das Getriebe der Fußgänger und Rikschas, aber alles wirkte winzig im Schlund des an die zehn Meter lichte Höhe messenden Tunnels, der hier das Durchqueren der noch um einige Meter höheren Mauer ermöglichte und über dem als weithin sichtbares Zeichen von Macht, Bedeutung und Verteidigungswillen ein die Mauerhöhe noch einmal verdoppelndes dreistöckiges, mit Säulen und geschwungenen Dächern prunkendes Gebäude thronte. Kleinert hatte solche Tore auch in Nanking schon bewundert, aber hier, in Peking, war alles noch um einiges größer und machtvoller geraten.

Breitenschlager wartete wieder mit Zahlen auf: »Sechzehn Meter ist sie hoch, diese Mauer, und ihre Breite beträgt am Fuße zwanzig und oben, auf dem Kamm, immer noch zwölf Meter. Zwischen Tataren- und Chinesenstadt gibt es neben dem Hatamen nur noch zwei weitere Tore – so ist der Verkehr jederzeit gut kontrollierbar. Die Außenmauer hat insgesamt dreizehn Tore – auch da hatten die Torwachen meist alles fest im Griff.«

Er tippte sich in einer Geste plötzlichen Erinnerns an den Kopf. »Da fällt mir ein: Wenn wir in der Botschaft sind, werde ich Ihnen ein paar Luftbilder zeigen, ganz frisch geschossen von einem unserer Eurasia-Piloten. Sie wissen ja sicher von dieser gemeinsamen deutsch-chinesischen Fluggesellschaft, die hier mit viel Enthusiasmus und einigen erstaunlichen Flugleistungen versucht, ein Netz stabiler Flugverbindungen aufzubauen? Na, das ist auch so ein Thema für einen Ihrer nächsten Besuche. Aber die Fotos – die müssen Sie wirklich heute noch sehen. Dann werden Sie einen Eindruck davon bekommen, wie sich dieses gewaltige Tor einfügt in den noch viel gewaltigeren Gesamtkomplex der Stadt.«

»Ich bin gespannt darauf«, sagte Kleinert, »aber genauso gespannt bin ich auf den Geschichtsvortrag, den Sie mir angekündigt haben.«

»Gut«, sagte Breitenschlager, »dann muss ich Sie also ins Jahr 1900 zurück entführen, als hier, wo die Gesandtschaftsstraße auf die Tungtan-Straße trifft, am 20. Juni unserer damaliger Gesandter Klemens Freiherr von Ketteler von einem chinesischen Aufständischen namens En Hai hinterrücks erschossen worden ist. Es war die Zeit, als der Boxer-Aufstand seinen Höhepunkt erreichte.«

Kleinert merkte auf. Boxer-Aufstand? Wann und wo hatte er davon gelesen? Ach ja, erinnerte er sich allmählich, in den »Briefen, die ihn nicht erreichten«. Mein Gott, dachte er, wie lange war das schon her! Und nun führte ihn Breitenschlager direkt an den Ort des Geschehens! Er blickte sich um, versuchte, das Bild der Tungtan-Straße ganz in sich aufzunehmen, die Erinnerungen an die Schilderungen der Unbekannten in ihren Briefen traten deutlicher hervor, und er spürte, wie wieder einmal dieses romantische Chinagefühl von ihm Besitz ergriff, für das ihn Leute wie Rieckmüller und Howe schon so oft bespöttelt hatten. Aber er konnte es nun einmal nicht heraus treiben aus sich, dieses Erhebende, das ihn ergriff, wenn er sich ganz auf einen solchen historischen Ort einließ. Und auch nicht das Glück, das er empfand, wenn er wieder einmal genau zu spüren glaubte, warum es ihm schon damals in Berlin so leicht gefallen war, sich mit Haut und Haaren auf dieses Land einzulassen. Hier also, in dieser Straße – er hielt noch einmal inne – hatten seine Landsleute um ihr Leben gebangt. Hatten tausend Ängste ausgestanden, weil – wie er glaubte, verstanden zu haben – die Chinesen der Bevormundung durch die Ausländer überdrüssig geworden waren.

Und nun also erfuhr er Breitenschlagers Sicht auf die Dinge.

»Tientsin und Peking«, erzählte der Generalkonsul, » waren von den fremdenfeindlichen Aufständischen besetzt, die Gesandtschaften aufs Äußerste bedroht, und Ketteler ließ sich, wie das üblich war, in einer Sänfte ins Tsungli Yamen tragen. Er wollte dort die chinesische Regierung zwingen, ein Ultimatum zurückzunehmen, demzufolge die Gesandten Peking binnen 24 Stunden verlassen sollten. Drei Tage zuvor hatten die Boxer gemeinsam mit kaiserlichen Truppen die Taku-Forts vor Tientsin gestürmt, und man war nun offensichtlich zu der Auffassung gelangt, man könne die Ausländer ganz und gar vertreiben. Aber mit der Ermordung Kettelers wurde das Gegenteil erreicht: Die ausländischen Mächte – Deutschland gehörte dazu – entsandten ein Truppenkontingent von fast 20 000 Mann, die im August 1900 dem Boxer-Spuk ein Ende machten.«

»Sind Sie denn«, fragte Kleinert, »zu dieser Zeit schon in Peking gewesen? Dass Sie die Dinge so genau beschreiben können? Ich glaube, darüber ist in Deutschland nur wenig bekannt.«

»Ja, ich war damals schon in Peking«, erwiderte Breitenschlager. »Ich hatte gerade meine ersten Schritte als kleiner Anfänger im diplomatischen Dienst getan und war, wie Sie sich denken können, heilfroh, dass es am Ende so gut ausgegangen ist für uns. Und was das Wissen darüber in Deutschland betrifft: Das kann ich von hier aus nicht beurteilen. Ich weiß, dass die Erinnerungen des Feldmarschalls Graf von Waldersee – er war der Kommandierende unserer Truppen – in Deutschland Anfang der zwanziger Jahre veröffentlicht worden sind, und die kann ich Ihnen nur empfehlen. Zu allem anderen fehlt mir der Überblick.«

Kleinert bemerkte mit Erstaunen, dass sich der Legationsrat plötzlich in sich zurückzog. War er eben noch geradezu sprudelnd gesprächig gewesen, machte er jetzt den Eindruck, als wolle er den Spaziergang rasch zu Ende bringen. Aber vielleicht war es auch einfach nur die Müdigkeit, die den Redestrom zum Versiegen gebracht hatte? Sei's drum, dachte Kleinert, die wenigen Stunden, die er in der Stadt verbringen würde, waren – was auch immer Breitenschlagers Stimmungsumschwung herbeigeführt haben mochte – nicht die geeignete Basis für irgendein ernsthaftes Nachfragen.

Und so übernahm er nun, als sie aus der Tungtan-Straße wieder in die berühmte Legation Street eingebogen waren, mit ein paar launigen Bemerkungen zur italienischen und französischen Gesandtschaft selbst die Gesprächsinitiative. Das fiel ihm nicht schwer, weil hier der Verfall noch viel sichtbarer war als bei der einstigen Hochburg der Belgier. Ganze villenbestandene Parks – oder Compounds, wie sie Breitenschlager im alten Sprachgebrauch des Gesandtschaftsviertels nannte – hatten hier einst als Domizil der Abgesandten der Weltmächte gedient und waren nun fast völlig leergezogen. Auch die Bankhäuser und Geschäftszeilen zwischen den Compounds mussten – wie ohne große Mühe zu erkennen war – schon entschieden bessere und lebendigere Zeiten gekannt haben.

»Fällt Ihnen auf, wie leer die Straßen hier sind?« Breitenschlager fand allmählich wieder ins Gespräch zurück. »Früher war es hier, auf diesen anderthalb Kilometern der Legation Street, einmal fast wie in Paris. Jetzt kommt man sich richtiggehend vereinsamt vor. Was für ein Gegensatz zum Gedränge, wie wir es gerade noch am Hatamen erlebt haben!«

Der Compound der deutschen Botschaft machte, fand Kleinert, einen vergleichsweise geordneten Eindruck. Zwar war auch hier nicht zu übersehen, dass der Glanz früherer Tage vergangen war, aber Kleinert fühlte sich wohl zwischen den in chinesischem Baustil errichteten Häusern, und als Breitenschlager ihn noch in sein Büro bat, um ihm die versprochenen Fotos zu zeigen, war auch die mitteilsame Gesprächigkeit des Nachmittags wieder hergestellt.

»Ist es nicht«, sagte der Legationsrat, als er die Luftbilder auf einem großen Beratungstisch ausgebreitet hatte und das Netz der konsequent rechtwinklig in genauer Ost-West- und Nord-Süd-Ausrichtung angelegten Straßen, Paläste und riesigen Mauern sichtbar wurde, »ein unvorstellbares Selbstbewusstsein, mit dem diese Stadt in den freien Raum hinein gebaut worden ist? Als gäbe es – auch wenn die vielen Mauern manchmal einen anderen Eindruck vermitteln – keinerlei Grenzen und Beschränkung!«

Ja, dachte Kleinert, als er sich in das für ihn vorbereitete Gästezimmer der Botschaft zurückgezogen hatte: Der Kaiser als *tiän tse*, als Himmelssohn, der Herrscher über *tschung kuo*, das Reich der Mitte – hier, in Peking, konnte man dieses Selbstverständnis der chinesischen Imperatoren geradezu körperlich erfühlen.

Am Nachmittag des darauffolgenden Tages bestieg Kleinert den Zug nach Hsinking. Die Hauptstadt von Mandschukuo, in vielleicht sechzehn Stunden erreicht, würde die nächste Zwischenstation seiner Reise sein. Dann, so hoffte er, würde es einen Kurswagen nach Moskau geben.

Als der Zug sanft schaukelnd in den Abend rollte, vertiefte er sich in die Landkarte, die er sich extra für diese Reise besorgt hatte. Nach Westen sollte seine Reise gehen, aber zunächst einmal würden sie zwei Tage lang in die entgegengesetzte Richtung, nach Osten, fahren. Einen direkteren Weg gab es nicht. Hatte Wagenbrenner, der Reichsbahnmann von der Studienkommission, nicht von Plänen gesprochen, von Kalgan aus – er suchte den kleinen Punkt an der nach Westen führenden Peking-Paotou-Bahn – ein Gleis direkt nach Nordwesten zu treiben? Immer die alte chinesisch-russische Handelsstraße entlang? Durch die Wüste Gobi hindurch über das alte Urga, das heute Ulan-Bator hieß, bis zur russischen Stadt Ulan-Ude, wo es auf die Transsibirische treffen könnte?

Aber das war wohl ferne Zukunftsmusik – nicht nur der Kosten, sondern auch der politischen Verhältnisse wegen. 1924 war die Äußere Mongolei mit erheblicher russischer Rückendeckung von China unabhängig geworden, die Innere Mongolei geriet nach der Gründung von Mandschukuo immer mehr unter japanischen Einfluss, und nicht nur die japanisch-chinesischen, sondern auch die japanisch-russischen Spannungen nahmen zu – wer sollte da den Bau einer so langen und komplizierten Eisenbahnlinie in Angriff nehmen? Man musste froh sein, wenn die vorhandenen Verbindungen nicht zerstört wurden.

Also in der Abendsonne nach Osten zunächst – nach Südosten sogar, nach Tientsin, wo sich Kleinert für ein Weilchen in die Gemütlichkeit des Cafés von Greiling & Buder wünschte. Obgleich: Er wusste nicht, wie sie ihn dort empfangen würden. Hatte er nicht mit dem Vertrag, den er gerade unterzeichnet hatte, den alten Handelshäusern einen mächtigen Tritt versetzt? Nein, ein Lüttjohann konnte an diesen Vereinbarungen, die ihn ein weiteres Stück aus dem Rennen warfen, keine Freude haben. Die Buckowitz & Co., Garbsen, Schröder & Tackelmann oder Harmssen – sie alle würden im nun beschlossenen Direktgeschäft nur Randfiguren bleiben. Mit Transportverbindungen würden sie vielleicht hier und da einmal aushelfen können – aber die dicken Gewinne würden damit nicht zu machen sein. Da hatte er keine Chance – sie würden ihn, Kleinert, als Verräter sehen. Und er selbst, fragte er sich, wie sah er sich selbst?

Das Grübeln, in das er geriet, behagte ihm nicht. Es ging, versuchte er sich zu beruhigen, in seiner Arbeit doch nicht um dieses oder jenes Handelshaus. Er hatte doch viel Wichtigeres auf den Weg gebracht – einen Vertrag, der nicht einem Einzelnen, sondern einem großen Gesamtinteresse diente. Die Zeiten änderten sich – daran würden sich auch die Handelshäuser gewöhnen müssen. Und wenn Deutschland insgesamt mit diesem Vertrag gewann, dann würde das auch für den traditionellen Handel wieder einen Aufschwung bringen. Freilich – sie würden sich kümmern müssen. Aber mussten das nicht alle?

Um sich abzulenken, war Kleinert auf den Gang getreten. Ein paar Abteiltüren weiter stand ein Paar am Fenster und schaute wie gebannt hinaus, wo in der Dämmerung die ersten Häuser der Küstenstadt Taku sichtbar wurden. Es waren ältere Leute, sah Kleinert, Europäer wohl oder Amerikaner. Der hochgewachsene, schnauzbärtige Mann hielt mit der Rechten die viel kleinere Frau, deren kurzgeschnittenes weißes Haar in einem letzten Schimmer der Abendsonne aufleuchtete, schützend an der Schulter umfangen, sie hatte die Linke um seine Hüfte gelegt, und alles an dieser stummen Gestik deutete auf inniges gemeinsames Erinnern.

Plötzlich aber löste sich die Frau aus der Umarmung. »Kommen S' doch näher, junger Mann«, rief sie mit unerwartet kräftiger Altstimme in freundlich österreichischer Mundart, als sie Kleinerts Versuch, sich diskret wieder zurückzuziehen, bemerkte. »Sie stören nicht, ganz im Gegenteil. Ich glaube sogar, Sie sind meinem Mann ganz willkommen. Er muss erzählen, glaube ich, sonst wird er mir in den nächsten Stunden noch ganz depressiv werden. Also kommen S'«, wiederholte sie noch einmal, »und haben S' keine Scheu.«

Kleinert ging die wenigen Schritte hinüber. Er hatte sich nicht getäuscht – sie mussten beide wohl schon in den Siebzigern sein. Aber das verrieten nur die Gesichter. Von Statur waren beide sportlich, ja drahtig geradezu, und – wenn er die zweckmäßige Kleidung richtig deutete – langes Reisen gewohnt.

»Dreiheilig, Antonia.« Die Frau reichte ihm mit festem Händedruck schmunzelnd die Hand. »Ja, so heiße ich, und das ist mein Mann Xaver, auch Dreiheilig. Aus Innsbruck, wenn's beliebt. Und unterwegs nach Harbin.«

Sie sah ihm offen ins Gesicht. »Und Sie – wohin treibt es Sie, junger Mann?«

»Ein Stück weiter«, sagte Kleinert, »nach Moskau, und dann nach Berlin.«

»Da folgen wir Ihnen später nach. Aber erst einmal müssen wir an die Stätten unserer Jugend zurück. Bei mir, wissen S'«, fuhr sie heiter fort, »ist das nicht so ein Problem. Ich war mit meinem ersten Mann – der Dreiheilig ist mein zweiter – schon lange vor dem Krieg in Harbin. Er hat an der Eisenbahn mitgebaut, auf der Sie von Harbin nach Mandschuria an der russischen Grenze fahren werden. 1903 – ja, ja, lächeln Sie nur, ich habe ein gutes Zahlengedächtnis! – ist sie fertig geworden, diese Strecke. Ach, das sind Geschichten, junger Mann! Die Russen haben die Bahn damals gebaut.«

Sie schaute sich suchend um. »Sie haben nicht zufällig eine Karte zur Hand? Damit eine alte Eisenbahnerfrau ihrer Leidenschaft frönen und die Welt in Eisenbahnstrecken einteilen kann?«

»Ich habe«, sagte Kleinert, und als er zurückkehrte, breitete sie den Plan voller Tatendrang über das untere Bett ihres Abteils.

»Schauen S', diese Ostchinesische Eisenbahn« – sie folgte mit ihrem rechten Zeigefinger, der nicht die Spur eines Zitterns verriet, der starken roten Linie – »ist natürlich für die Russen der kürzere Weg nach dem russischen Wladiwostok, so mitten durch Nordostchina hindurch, viel günstiger als auf dem russischen Territorium am Amur entlang über Chabarowsk. Und dann« – ihr Finger verweilte auf einem Punkt im Zentrum Nordostchinas – »Harbin. Von hier aus gibt es den Abzweig nach Süden. Bis Hsinking gehört er noch zur Ostchinesischen. Von Hsinking weiter nach Süden ist es die Südmandschurische Eisenbahn, und sie führt über Mukden nach Port Arthur, wo die Russen damals – Sie wissen, ich spreche von der Jahrhundertwende – ihre Kriegsflotte hatten. Und nun schauen Sie mal« – ihr Zeigefinger hatte den südlichsten Punkt der Bahn auf einer schmalen Landzunge, die tief ins Gelbe Meer hineinstieß, erreicht –, »was dieses Port Arthur für ein wichtiger Hafen ist! Wer den im Griff hat, beherrscht nicht nur den Zugang in die Mandschurei, sondern auch den Seeweg nach Tientsin – und damit das Tor nach Peking. Kein Wunder, dass es für die Japaner im Krieg mit Russland 1904/05 ein Hauptziel war, den Russen dieses Goldstück abzujagen. Was ihnen ja auch gelungen ist.«

Sie seufzte mit einer Herzhaftigkeit, die ahnen ließ, wie sehr ihr diese Entwicklungen gegen den Strich gegangen waren.

»Und Harbin«, fuhr sie fort, »unser Harbin – das ist, weil es ja quasi ein russischer Eisenbahnknotenpunkt war, auch eine richtig russische Stadt geworden. Und ein paar Deutsche gab es auch und ein paar Österreicher, weil die Russen wussten, dass wir Spezialisten sind im Eisenbahnbau. Aber nun«, sie seufzte wieder, »ist alles japanisch geworden. Nachdem sie Port Arthur hatten, die Japaner, haben sie Stück für Stück die Kontrolle über die Eisenbahn bis Mukden übernommen, haben ihre eigene südmandschurische Eisenbahngesellschaft gegründet, dann haben sie angefangen, sich die südmandschurische Kohle unter den Nagel zu reißen, und nun ist das ganze Nordostchina zu Mandschukuo geworden. Unsere Ostchinesische« – sie fuhr mit dem Finger noch einmal über die rote Linie von Mandschuria über Harbin nach Wladiwostok –, »war die letzte Bastion, die den Russen noch geblieben war, und sie haben wohl auch ziemlich hartnäckig darum gekämpft, ihre Konzession, die ihnen die Chinesen immer gelassen hatten, auch unter den Japanern zu behalten. Aber nun – haben Sie es gelesen? Es hat gerade erst in der Zeitung gestanden! – haben sie doch klein beigegeben. Ist eben zu groß, der Druck, den die Japaner aufmachen.«

Kleinert war verdutzt. Nicht nur über die Geschwindigkeit, mit der die kleine Frau eine Brücke von der Eisenbahn zur Politik geschlagen und sich dabei als kenntnisreiche Beobachterin erwiesen hatte. Hatte sie nicht auch gesagt, nicht ihr, sondern ihrem Mann ginge es um jemand, der zum Zuhören bereit sei? Xaver Dreiheilig aber war still auf dem Gang stehen geblieben.

»Das muss Sie nicht beunruhigen«,, sagte Antonia Dreiheilig, die seinen fragenden Blicken gefolgt war, »mein Mann wird gleich zu uns kommen. Er braucht ein bisschen, um aufzutauen. Ich spiele da gern den Eisbrecher, glauben Sie mir. Also, wenn ich Sie nicht gelangweilt habe« – sie faltete das Papier behutsam zusammen –, »dann bringen Sie Ihre Karte doch morgen noch einmal mit, wenn wir von Mukden nach Harbin unterwegs sind. Und jetzt lassen Sie mich schauen, ob ich vom Schaffner frischen Tee besorgen kann.«

Sie verschwand mit einer erstaunlichen Behendigkeit, und Xaver Dreiheilig kam ins Abteil. »Bleiben Sie sitzen«, sagte er zu Kleinert, der ihm einen Platz auf dem Bett anbieten wollte, »ich ziehe bei meinen Körpermaßen den kleinen Klappsitz am Fenstertisch vor. Da weiß ich zwar auch nicht, wohin mit den Beinen, aber ich muss wenigstens den Kopf nicht einziehen. Stört es Sie, wenn ich rauche?«

Er griff mit bedächtigen Bewegungen nach einem ledernen Beutel, stopfte mit einer Behäbigkeit, die, wie Kleinert fand, einen hübschen Gegensatz zum quirligen Wesen seiner Frau bildete, eine Pfeife, schlug die Beine übereinander und begann zu schmauchen. Schweigend saßen sie sich gegenüber, und erst, als Antonia Dreiheilig mit drei großen, mit Deckeln verschlossenen emaillierten Henkeltöpfen voll duftenden Tees zurückgekommen war und neben Kleinert Platz genommen hatte, begann er zu reden.

»Dieses Taku da draußen« – Dreiheilig zeichnete mit der Hand, die die Pfeife hielt, einen raumgreifenden Bogen in die Luft, als ob er den Ort, den der Zug schon wieder hinter sich gelassen hatte, ins Abteil hinein holen wollte –, »wäre mir vor 34 Jahren fast zum Grabe geworden.«

Er machte eine Pause, als habe schon dieser eine Satz eine Menge Kraft gekostet. Dann fuhr er mit schwerer Stimme fort: »Meine Frau möchte, dass ich darüber rede, weil sie hofft, dass es mich erleichtern kann. Bloß, wissen Sie, das sind keine Heldentaten, über die ich da zu berichten habe, und es ist gefährlich, eine Schande eine Schande zu nennen, wenn der Geist der Zeit verlangt, dass es doch Heldentaten gewesen sein mögen. Weiß ich denn, wie Sie es verstehen werden?«

Er blickte Kleinert in die Augen, schaute dann zu seiner Frau hinüber, und erst, als Antonia Dreiheilig aufmunternd genickt hatte, setzte er hinzu: »Ach, sei's drum, vielleicht sind Reisebekanntschaften ja doch die besten, um dem Herzen Luft zu machen. Aber« – er zögerte noch einmal – »Sie werden verstehen: Darf man trotzdem erst noch erfahren, was Sie nach China getrieben hat?«

»Geschäfte«, sagte Kleinert, »ich bin Kaufmann.« Die Antwort kam ihm plötzlich banal vor. Dreiheilig hatte ihn neugierig gemacht auf seine Geschichte – wie aber würde er den Österreicher bewegen können, ein bisschen mehr aus sich herauszugehen? Doch nicht mit so belanglosen Dingen wie seinen Nankinger Maschinenverkäufen! Über die Vertragsverhandlungen konnte er nicht reden. Die hatten, das war ausgemacht, in solchen Gesprächen nichts zu suchen. Aber seine privaten Chinastudien in Berlin, die mussten doch von Interesse sein? Mit ein paar Sätzen umriss er seine Begegnungen mit der Gedankenwelt Sun Yat Sens.

Damit hatte er den Nerv seines Gegenübers getroffen. »Das ist gut«, sagte Dreiheilig, »dann wissen Sie ja einiges über die chinesische Geschichte und die Zeiten, in denen die Deutschen und auch wir Österreicher nicht gerade friedlich in ihr herumgestochert haben. Können Sie sich vorstellen, dass einem da, wenn man an diesem Stochern beteiligt war, das schlechte Gewissen schlaflose Nächte bereiten kann? Passen Sie auf, ich werde Ihnen etwas vorlesen.«

Er holte ein mehrfach gefaltetes Stück Papier aus seiner Brieftasche, das er offensichtlich schon oft in den Händen gehalten hatte, und glättete es behutsam. »Als wir ihn gefangen hatten«, las er, »gab er auf die Frage, was er sei, mittels Handzeichen voller Hohn und mit einem grausamen Grinsen zur Antwort, dass er uns, wenn er denn könnte, die Köpfe abschneiden werde. Erbost darüber, erschlugen wir ihn auf der Stelle und warfen ihn auf eine Böschung, damit sein Leichnam für jeden schon weitem zu sehen war.«

Dreiheilig machte eine Pause. »Das hat ein Kamerad von mir so aufgeschrieben. Im Sommer des Jahres 1900. Der da erschlagen wurde, war ein Chinese. Und bei denen, die ihn erschlagen haben, war ich dabei. Nicht direkt in diesem beschriebenen Falle. Aber ich gehörte zur gleichen Abteilung. Damals, als wir den Boxer-Aufstand niedergeschlagen haben.«

Kleinert konnte seine Verblüffung nicht verbergen. Was für ein Zufall! Schon wieder ging es um den Boxer-Aufstand! Gestern Breitenschlager, heute Dreiheilig, und beide waren sie Augenzeugen und Beteiligte gewesen! Hsü Tao Lin würde seine helle Freude an dieser Art Geschichtsunterricht haben.

Dreiheilig nahm einen tiefen Zug aus der Pfeife. »Sie schauen so überrascht! Staunen Sie etwa, weil ich ›wir‹ sage? Ja, wissen Sie denn nicht, dass auch wir Österreicher beteiligt gewesen sind?«

»Nein, nein«, sagte Kleinert, »das ist es nicht. Ich wundere mich nur, weil ich erst gestern im Pekinger Gesandtschaftsviertel gewesen bin und da die Rede schon einmal auf den Boxer-Aufstand gekommen war. Und nun treffe ich heute wieder einen, der dabei gewesen ist. Aber bitte – das soll Sie um Gottes Willen nicht am Erzählen hindern! Ihre Geschichte ist ja gewiss eine ganz andere.«

Dreiheilig, nun etwas gelöster, nahm seine Erzählung wieder auf. »Unsere Gesandtschaft gehörte also auch zu denen, die von den Boxern bedroht und von Juni bis August 1900 sogar acht Wochen lang unter Blockade gesetzt waren. Ich nehme an, Sie waren damals noch gar nicht auf der Welt, und so haben Sie keine Erinnerung an unser großes Österreich-Ungarn, dessen Kaiser natürlich nicht zurückstehen wollte, als die anderen Großen – warten Sie mal, ich weiß gar nicht, ob ich alle zusammenkriege – also jedenfalls die Engländer, die Deutschen, die Russen, die Japaner, die Franzosen, die Amerikaner und die Italiener beschlossen, dem Aufstand ein Ende zu bereiten. Darum hat er die ›Zenta‹ von Triest aus nach China auslaufen lassen, unser Kaiser. Nun war die ›Zenta‹ kein gewaltiges Schlachtschiff, sondern eher einer von den kleineren Kriegsdampfern, mit so um die achtzig Mann kampffähiger Besatzung. Aber egal – ich gehörte eben dazu zu den ›Zenta‹-Männern. Wir hatten schon die lange Seereise von Europa hinter uns, waren, als wir China erreicht hatten, zunächst – wohl um zu zeigen, dass wir ernst genommen werden wollten – in einem britischen Verband den Yangtsekiang bis Hankou hinauf- und wieder nach Schanghai hinuntergefahren, hatten dann noch im japanischen Nagasaki festgemacht und schließlich ein paar Tage vor Taku auf Reede gelegen. Dann endlich wurden wir nach Tientsin in Marsch gesetzt.«

»Nach Tientsin? Da sind Sie den Paiho hinaufgefahren?« Kleinert war froh, eine Gelegenheit zum Einhalken gefunden zu haben. »Das kenne ich ein bisschen. Da habe ich im Januar 30 einige Tage im Eis festgesessen. Die Landschaft machte nicht gerade einen einladenden Eindruck.«

»Da haben Sie recht, wir haben es ja auch gerade von der Bahn aus gesehen: Viel sumpfartiges Gelände, eine Menge Ungeziefer, schlimme Hitze und ein übles Wasser, das auch im abgekochten Zustand kaum zu genießen war. Aber um Ihre Frage zu beantworten: Nein, mit dem Schiff sind wir nicht nach Tientsin gefahren. Wir sind von der ›Zenta‹ mit kleinen Booten ausgeschifft worden und zur Bahnstation Tangku marschiert. Von dort ging es mit dem Zug nach Tientsin, und bis dahin ging eigentlich alles noch ganz reibungslos.«

Dreiheilig gönnte sich einen erneuten Zug aus der Pfeife. »Die Schwierigkeiten begannen, als wir weiter in Richtung Peking wollten. Denn da fingen die Boxer an, uns zu attackieren. Die Gleise waren gesprengt, und es kam zu heftigen Gefechten. Nun müssen Sie sich das nicht wie eine reguläre Schlacht vorstellen – die Boxer waren ja keine reguläre Armee. Es waren ja Aufständische. Viele ganz junge Leute waren darunter, und nur wenige hatten Feuerwaffen. Und so marschierten also nicht Truppen gegen Truppen – nein, das lief ganz anders ab. Wir waren mit dem Reparieren der Gleise beschäftigten, räumten Trümmer weg, ein paar von uns schleppten aus einem Dorf, das ganz in der Nähe lag, Schweine, Esel und Hühner herbei, und plötzlich hörten wir gellende Schreie. Vier unserer Leute – ich glaube, es waren Italiener –, die ein wenig abseitig im Dorf herumgezogen waren, versuchten verzweifelt, unser Lager zu erreichen, aber es waren ihnen schon ein paar hundert Boxer auf den Fersen – der Himmel weiß, woher die gekommen waren. Ehe wir uns formieren und in die anstürmende Meute schießen konnten, waren die vier Mann schon aufs schrecklichste niedergesichelt. Als dann von unserer Seite die ersten Schüsse fielen, hatten die Boxer nicht viel hinzu zu setzen. Viele von ihnen brachen getroffen zusammen, die anderen ergriffen die Flucht. Und ich? Zum Schießen war ich nicht gekommen, aber nun wurde ich einer Gruppe zugeteilt, die die toten Italiener bergen sollte.«

Dreiheilig zögerte, ehe er weiterredete. »Wissen Sie, Sie haben ja bestimmt eine Menge Geschichten vom Weltkrieg gehört, und da mögen Sie sich Ihr Teil denken, wenn Ihnen einer mit solchen kleinen Scharmützeln daherkommt. Aber ich sage Ihnen: Wenn Sie je in die Lage kommen sollten, derart bestialisch zerstochene und zerschnittene Körper zusammensuchen und aufsammeln zu müssen – da ist es ihnen ganz egal, ob es um große oder kleine Schlachten geht. Und dann das Bild insgesamt: Überall lagen tote Chinesen in ihren einfachen, bäuerlichen Uniformen, mit turbanartig um den Kopf geschlungenen roten Tüchern, einige barfuß, andere in Riemensandalen, dazwischen erbärmlich wimmernde Verwundete – aber die gingen uns nichts an, um die hatten wir uns nicht zu kümmern. Nur die Italiener sollten wir ins Lager bringen, um sie ordentlich bestatten zu können. Am nächsten Tag, als die Eisenbahn wieder fahren konnte, wollten wir uns schleunigst nach Peking verfügen, aber nach 30 Kilometern – in Yangtsun – kamen wir schon nicht mehr weiter.«

Kleinert war sich nicht sicher, ob er mit irgendeinem Kommentar gefragt war. Was konnte er sagen zu diesen Dingen? Aber weil Antonia Dreiheilig so offensichtlich ein Gespräch herbeisehnte, wollte er auch nicht schweigen. »Das sind schreckliche Szenen, die Sie beschreiben«, sagte er etwas unbeholfen, »und Sie haben Recht: Man kann sie als Unbeteiligter wohl niemals richtig begreifen.«

»Nein, das kann man nicht«, bestätigte Dreiheilig und schwieg.

»Aber verstehen kann ich trotz allem noch nicht«, begann Kleinert erneut, »warum Sie – wie Ihre Frau fürchtet – über den Erinnerungen verzweifeln sollten. Sie waren Soldat, und Sie haben die Gesandtschaft Ihres Landes verteidigt. Da ist es doch egal, ob es dabei gegen reguläre Soldaten ging oder gegen Aufständische. Sie haben Ihre Pflicht erfüllt. Dass es dabei nicht ohne Tote abgegangen ist, ist wohl nicht zu ändern. Können Sie nicht einfach froh sein, dass Sie es überstanden haben?«

»Ja, das sollte ich wohl.« Dreiheilig griff wieder nach der Pfeife und hätte es dabei wohl bewenden lassen, aber seine Frau ging noch einmal nach frischem Tee, und das ermunterte ihn zu einem neuen Anlauf. Die raumgreifende Handbewegung, mit der er sich in Positur brachte, ging nun schon in eine nachtdunkle Landschaft hinaus, in der nur selten ein paar Laternen blinkten. Schade, dachte Kleinert, vom berühmten Schanhaikuan – dem Ort, an dem die Große Mauer das Meer erreicht – würden sie nichts zu sehen kriegen.

»Normaler Krieg und Pflichterfüllung«, sagte Dreiheilig, »genau das ist die Frage. Wir blieben also in Yangtsun, aber der Druck der Boxer wurde immer stärker. Sie gingen daran, das Ausländerviertel in Tientsin zu beschießen, und wir erfuhren, dass sie die Stadt vollständig einnehmen und alle Ausländer vernichten wollten. Also wandten wir uns wieder Tientsin zu, um die Chinesen dort zurückzuschlagen. Weil die Boxer nun aber auch Unterstützung durch reguläre chinesische Einheiten erhielten, entwickelten sich am Ufer des Paiho richtige Schlachten. Beide Seiten setzten Kanonen ein. Eine Woche lang – ich erinnere mich sehr genau – hatten wir in den internationalen Truppenteilen jeden Tag etliche Tote zu beklagen, und die Zahl der toten Chinesen ging in die Hunderte.«

Dreiheilig seufzte. »Aber auch dann, wenn wieder ein chinesischer Angriff abgewehrt war, blieben die Lebensbedingungen unerträglich. Im Paiho – sagten Sie nicht, dass Sie da mal im Eis stecken geblieben sind? – trieben entsetzlich stinkende Leichen. Die mörderische Hitze machte jeden Schritt zur Qual. Und weil sich in unseren Reihen eine geradezu unheimliche Rachsucht ausbreitete – wir alle hatten ja mit solch verzweifelten Kämpfen nie und nimmer gerechnet –, gingen wir in den Nächten, in denen es sich erheblich abkühlte, mit letzter Kraft gegen die Dörfer vor. Damit sie den Chinesen keinen Schutz bieten konnten, steckten wir sie der Reihe nach in Brand. Können Sie mir glauben, dass das ein wirklich bittersüßes Schauspiel war? Die hell auflodernden Feuergarben in der dunklen Nacht?«

Dreiheilig nahm einen tiefen Schluck vom Tee, den seine Frau auf dem Tischchen abgestellt hatte, und fuhr, als ob er das Thema nun schnell zum Abschluss bringen wollte, hastig fort: »Ende Juni haben wir Tientsin dann eingenommen. Viele Straßen in Schutt und Asche, die große katholische Kirche stark beschädigt – aber wir lebten. Und Mitte August war auch Peking frei. Später habe ich gelesen, dass insgesamt um die zwanzigtausend Mann gegen die Boxer im Einsatz waren. Weil wir mit unseren modernen Waffen den Chinesen weit überlegen waren, hielt sich die Zahl unserer Toten insgesamt in Grenzen. Es waren wohl – auch das habe ich erst später gelesen – nicht einmal hundert. Die Chinesen hingegen hatten gewiss viele Tausend Tote zu beklagen. Aber obwohl – und das eben lässt mich nicht zur Ruhe kommen – für uns in Tientsin schon Ende Juni alles entschieden war, hatte unser Einsatz noch kein Ende. Die Rachsucht forderte auch dann noch ihren Tribut. Es gab Strafexpeditionen und Brandschatzungen – und nun sagen Sie, was Sie wollen, aber so etwas können Sie Ihr Lebtag nicht vergessen.«

Dreiheilig hatte sich nun endgültig erschöpft geredet, seine Frau jedoch wollte das Gespräch noch nicht versiegen lassen.

»Wissen Sie«, wandte sie sich an Kleinert, »die Frage, die sich mein Mann immer wieder stellt, ist doch vor allem die, wie es zu diesem Aufstand gegen die Ausländer, den ganz Europa als Boxer-Aufstand kennt, überhaupt kommen konnte. Die Tagebuchnotiz, die er Ihnen am Anfang vorgelesen hat – er fragt sich immer, wieso sie damals überhaupt schon so hassgeladen nach China gekommen sind. Dass sie eine militärische Aufgabe zu erfüllen hatten – na gut. Die Gesandtschaften sollten verteidigt werden. Aber warum haben sie, kaum, dass sie an Land waren, die ersten besten Chinesen, die sie für Aufständische hielten, gleich niedergemacht? Und die chinesischen Dörfer in Brand gesteckt? Wir haben schon oft darüber gesprochen, und auch jetzt, als wir durch Tientsin gewandert sind, habe ich ihn wieder gefragt, ob sie sich denn damals auf ihrer langen Fahrt nach China nicht auch darüber unterhalten haben, wie es denn eigentlich so ist mit den Ausländern in China? Woher die Feindschaft der Boxer denn eigentlich gekommen sein könnte? Nein, sagt mein Mann, darüber habe man nicht viel geredet. Nur eines habe man gewusst: dass die Chinesen Feinde seien. Gedanken über ihr Leben, ihre Arbeit, ihre Frauen und Kinder – nein, die habe man sich nicht gemacht.«

Sie blickte Kleinert nachdenklich in die Augen. »Was mich betrifft«, fuhr sie fort, »so war ich in einer besseren Position, verstehen Sie? Mein erster Mann, der Eisenbahnbauer, hat in Harbin russische, englische und natürlich auch chinesische Kollegen gehabt. Man hat gesprochen miteinander und miteinander gebaut.«

»Ja, ja«, sagte Dreiheilig, »aber wenn Du das so betonst, vergisst Du, dass sich der Hass der Boxer in Schantung auch gegen die ausländischen Eisenbahnen und Kohlengruben richtete, auch gegen die kirchlichen Missionen, und da überall hat man ja nun ganz gewiss und gründlich miteinander geredet.«

Er war jetzt sichtlich ungehalten. »Es ist doch immer wieder einfach nur die Frage, was die Europäer überhaupt hier wollen – redend, missionierend, bauend oder schießend. Wer hat sie hierher geholt? Wem sind sie willkommen? Und warum?«

Er sandte Kleinert einen ungeduldigen Blick hinüber »Ich weiß bloß nicht, ob wir das heute abend wirklich noch klären können. Antonia, sag ihm doch noch, was wir in Harbin tun werden, und dann sollten wir den jungen Mann in die Stille seiner Kabine entlassen.«

Dreiheilig trat auf den Gang hinaus, um sich zur Abendtoilette zurückzuziehen, und seine Frau tat, worum er sie gebeten hatte.

»Wir werden in Harbin ein paar russische Freunde besuchen. Und die Frage danach, was wir hier eigentlich wollen, sicher noch bei manchem Glas Wodka ausführlich erörtern. Die Russen wissen ja nun auch nicht, wie es weitergehen wird. Ob die Japaner irgendeine Verwendung für sie haben? Na, wir werden sehen. Ich für meinen Teil hoffe nur, dass wir dann gesund wieder nach Hause kommen. Diese Reise soll wirklich der Abschluss des China-Kapitels in unserem Leben sein. Vom Tag der Heimkehr an gibt's nur noch Alpenwanderungen und Brettljause und ab und an einen Vogelbeerbrand.«

Antonia Dreiheilig lächelte. Kleinert konnte sie sich gut vorstellen in ihrer den Jahren trotzenden Sportlichkeit, wie sie – ihrem Mann immer ein paar Schritte voraus – steile Seitentäler hinaufstapfen, sich an der Schönheit der Alpenwiesen erfreuen und mit ihrem angenehm burschikosen Alt in der Jausenstation zwei halbe Liter Landwein ordern würde. Was für eine schöne Art, alt zu werden, dachte er. »Denken Sie an die Karte, morgen«, sagte sie, »wir müssen noch über Mukden und Hsinking reden.«

Kapitel 8

Es war später Vormittag des nächsten Tages, als der Zug in den Bahnhof von Hsinking einfuhr. Mukden – die erste große Stadt in Mandschukuo – hatten sie in den Morgenstunden passiert, zuvor, noch mitten in der Nacht, die Grenze, die neue, die es früher nicht gegeben hatte, nun aber den neuen Staat Mandschukuo von China trennte.

Wie verabredet, hatte sich Kleinert mit seiner Landkarte schon bald wieder im Abteil der Dreiheiligs eingefunden. Es war ihm ganz recht, nicht lange allein zu sein. Die Erzählungen Xaver Dreiheiligs hatten ihn so tief berührt wie seinerzeit bei ihren Spaziergängen in Nanking Schuchardts heftige Plädoyers gegen eine militärische Einmischung des Auslands. Er hatte das Gefühl, unbedingt mit Hsü Tao Lin sprechen zu müssen. Denn ob ihm in Berlin Zeit bleiben würde, in Buchhandlungen oder Bibliotheken nach Büchern über den Boxer-Aufstand zu stöbern, war mehr als fraglich. Rieckmüller würde ihn für verrückt erklären.

Das Kreischen der Bremsen riss ihn aus seinen Gedanken. Jetzt erforderte erst einmal das Umsteigen alle Aufmerksamkeit. Die Dreiheiligs waren froh, dass Kleinert sich nicht nur des eigenen, sondern auch ihres umfangreichen Gepäcks annahm. Ein paar Gleise weiter fanden sie den schon bereitstehenden Zug der Ostchinesischen Eisenbahn. Die mächtige Dampflok stieß mit einem dumpfen Stampfen dunkle Rauchschwaden in den klaren, sonnigen Septemberhimmel, und Kleinert fand wie erhofft den Kurswagen nach Moskau.

Nun stand eine mehr als einwöchige Fahrt bevor, und es lohnte sich, sich wohnlich einzurichten. Nachdem er sich von der Stabilität des oberen, für die Nacht vorbereiteten Bettes überzeugt hatte, legte er ein paar schon reichlich zerlesene leichte Romane, die ihm Breitenschlager in Peking mit dem Hinweis auf drohende Langeweile beim Abschied überraschend in die Hand gedrückt hatte, in die schmale Luke über dem Kopfende, ersetzte das Kopfkissen durch eine mit Hirsekörnern gefüllte Nackenrolle, wie er sie in der Nankinger Sommerhitze zu schätzen gelernt hatte, platzierte Handtuch und Zahnbürste am winzigen Waschbecken und einen kleinen Vorrat an frischem Obst und Süßigkeiten in einem daneben angebrachten Schränkchen, verstaute die beiden Koffer im engen Gelass über der Tür, legte das Oktavheft, das er als Reisetagebuch zu führen beschlossen hatte, auf den Klapptisch unterm Fenster, griff sich die unvermeidliche Landkarte und machte sich, wie er mit Antonia und Xaver Dreiheilig verabredet hatte, auf die Suche nach dem Speisewagen, wo sie gemeinsam das Mittagessen einnehmen wollten. Bis Harbin, dem Ziel der Dreiheiligs, blieben, so sagte es der Fahrplan, noch vier Stunden Zeit.

Die Dreiheiligs hatten schon einen Tisch mit Beschlag belegt, und während sie ihre Bestellungen aufgaben, bot sich ihnen aus den Fenstern des langsam den Bahnhof verlassenden Zuges das Panorama einer Stadt, die sich in völliger Veränderung befand. Sah man entlang der Bahnlinie noch die winkligen Hütten und Gässchen, wie sie für die armen und ärmsten Viertel jeder chinesischen Stadt typisch waren, so erhoben sich in einigem Abstand die Silhouetten vielstöckiger moderner Verwaltungs- und Wohngebäude, breite asphaltierte Straßenzüge wurden erkennbar, und riesige Gerüste markierten weitere große Bauvorhaben.

Hsinking – die neue Hauptstadt. Kleinert schrieb die beiden chinesischen Schriftzeichen auf eine Serviette. Was für eine Symbolik, dachte er: *hsin* heißt »neu«, und *king* heißt »Hauptstadt«. Und weil die Dreiheiligs seinen Schreibübungen interessiert zuschauten, setzte er senkrecht unter das *king* von Hsinking noch drei weitere solche *king*. »Ich finde«, sagte er, »dass es erhellend ist, wenn man sich die Bedeutung der Zeichen immer mal wieder vor Augen führt.«

Rasch unterbrach er sich wieder. »Aber was rede ich denn da – Sie kennen die Zeichen ja sicher viel besser als ich.«

»Nein, nein.« Antonia Dreiheilig lächelte. »Machen Sie nur weiter. Mein Mann kann überhaupt kein Chinesisch – wann und wie hätte er es denn lernen sollen. Und was mich betrifft – nun gut, in Harbin konnte ich mich ein bisschen orientieren, aber gesprochen und geschrieben haben wir nur deutsch oder russisch. Unsere Freunde und Bekannten waren ja alles Deutsche oder Russen – mit Chinesen hatte nur mein damaliger Mann richtigen Kontakt, und dafür hatte er sich dann auch ein paar Sprachkenntnisse angeeignet. Aber ich selbst – nein, wie gesagt, ich hab' mich da nie richtig rangetraut. Also helfen Sie uns ruhig ein wenig auf die Sprünge!«

»Na gut.« Kleinert freute sich. »Dann kann ich heute mal ein bisschen der Lehrer sein – nach Ihren ausführlichen Lektionen vom gestrigen Abend. Also schauen Sie.«

Er setzte mit flinken Strichen vor das erste king das Zeichen pe. »*Pe* ist ›Norden‹ und *king* die Hauptstadt – Peking, die nördliche Hauptstadt. Nun sitzt Tschiang Kai Schek aber in Nanking.« Er schrieb ein *nan* vor das zweite *king*. »Das ist – denn *nan* bezeichnet den Süden – die südliche Hauptstadt. Damit diese – seine – Hauptstadt die einzige sei, hat Tschiang Kai Schek 1929 verfügt, Peking wieder einen Namen zu geben, den die Stadt vor ein paar Jahrhunderten schon einmal hatte: Peping – die nördliche Friedvolle. Auch ein schöner Name – aber es will sich, glaube ich, niemand so richtig daran gewöhnen. Aber gut. Noch interessanter wird es nun, wenn Japan mit ins Spiel kommt. Denn das *kio* in ›Tokio‹, das ist« – er wies mit dem Stift auf das letzte Zeichen in seiner Reihe –, »nichts anderes als mein drittes *king*. Japanisch wird es *kio* ausgesprochen, aber es hat, weil die Japaner seinerzeit die chinesischen Zeichen übernommen haben, die gleiche Bedeutung: ›Hauptstadt‹.«

Kleinert hatte zunehmenden Spaß an seiner Lehrerrolle gefunden und die Schriftzeichen schwungvoll noch einmal nachgezogen. »Und vor dieses dritte *king* oder *kio* – sprechen Sie es japanisch oder chinesisch, ganz, wie Sie wollen – gehört nun das *to*, und das heißt nichts anderes als ›Osten‹, womit wir also bei Tokio als der östlichen Hauptstadt wären. Und die Herrscher dieser östlichen Hauptstadt haben nun im Ergebnis ihrer mandschurischen Eroberungen aus dem alten chinesischen Tschangtschun Hsinking gemacht – die neue Hauptstadt.«

»Bleibt nur noch die Frage, welche Hauptstadt am Ende die entscheidende sein wird«, resümierte Antonia Dreiheilig nachdenklich, als der Kellner die heißen Metallplatten zum Warmhalten der Gerichte auf den Tisch stellte.

»Ja«, sagte Kleinert, »genau darauf läuft es am Ende hinaus.«

Der Zug hatte endgültig Fahrt aufgenommen, als vom Eingang des Speisewagens her ein dröhnender Bass zu vernehmen war. »Um Gottes Willen – Kleinert? Ja, tatsächlich! Na, es ist ja ein altes Lied – man kann sich in diesen Weiten doch niemals wirklich aus dem Wege gehen. Lassen Sie sich ans Herz drücken! Man hört ja durchaus Erstaunliches von Ihnen!«

Die lärmende Selbstsicherheit des Neuankömmlings ließ keinen Zweifel – es war Rudolf Fuchs, der Reiseschriftsteller, mit dem Kleinert 1930 auf der Fahrt von Schanghai nach Tientsin eine Kabine geteilt hatte. Kleinert war sich nicht sicher, ob er sich freuen sollte über diese unverhoffte Begegnung, aber ehe er sich noch hatte erheben und Fuchs entgegen gehen können, stand dieser schon mit fröhlichem Poltern am Tisch. »Bis Harbin wird für einen Landsmann doch noch ein Plätzchen zu haben sein?«

»Aber gern«, sagte Antonia Dreiheilig, »nehmen S' Platz. Wir sind auch nach Harbin unterwegs. Und das, bittschön« – sie wies auf den kaum von seinem Essen aufblickenden Xaver Dreiheilig – »ist mein Mann.«

Kleinert war froh, dass ihm die Österreicherin Zeit verschafft hatte, seiner Überraschung Herr zu werden. Und wenn Fuchs in Harbin wieder ausstieg – nun gut, die paar Stunden würde er schon überstehen.

»Rudolf Fuchs, Reiseschriftsteller.« Fuchs verbeugte sich kurz und nahm dann Kleinert gegenüber Platz. »Und dieser junge Mann hier« – er schlug Kleinertüber den Tisch hinweg auf die Schulter – »ist die große Hoffnung der deutschen Wirtschaft und hat, wie sich sogar bis hier herauf herumgesprochen hat, gerade einen interessanten Handelsvertrag abgeschlossen.«

Kleinert stockte der Atem. Diesem Mann war wie immer nichts verborgen geblieben, und wie immer tat er so, als müsse davon auch sofort die ganze Welt Kenntnis erhalten. Aber die Dreiheiligs blieben unbeeindruckt, und Fuchs schwadronierte unbekümmert weiter: »Und er ist ein großer Freund Chinas, unser Kleinert, nur leider immer ein wenig zu still – und für meinen Geschmack auch immer ein wenig zu skeptisch. Ich fürchte, er wird

– wenn er sich nicht gründlich geändert haben sollte – die Zeichen der Zeit nicht verstehen.«

»Wollen S' nicht trotzdem erstmal in die Speisekarte schauen? Und uns ein wenig Zeit zum Essen lassen?« Antonia Dreiheilig war nicht die Frau, die sich so schnell die Butter vom Brot nehmen oder einen gerade gewonnenen Freund ins Zwielicht rücken ließ. »Wissen S', wir sind hier in einer sehr gemütlichen Runde. Und ein Mann Ihres Formats, glaub' ich«, – der Charme ihrer Stimme hatte nun etwas Spöttisches angenommen, das ihr Mann mit genüßlichem Lächeln kommentierte – »wird sich doch gewiss einfügen können?«

Vor diesem leisen, aber um so bestimmteren Widerstand kapitulierte der Schriftsteller, und erst, als der Kellner eine große Schüssel dampfender Suppe aus klarer Brühe mit Nudeln, Kohlblättern, Möhren- und Bambusscheiben, Erbsen, Krabben, ein paar Stücken gekochten Fischs und allerlei Kräutern zur Abrundung der Mahlzeit auf den Tisch gestellt hatte, fand er in sein Element zurück.

»Kleinert, erinnern Sie sich an unsere Gespräche in Tientsin? Und wie verängstigt Sie waren, wenn man Ihnen von den japanischen Interessen in der Mandschurei sprach?«

Er lachte wieder sein dröhnendes Lachen. »Und nun, nur viereinhalb Jahre später, treffen wir uns ausgerechnet hier, im Zug von Hsinking nach Harbin, und Hsinking ist die Hauptstadt von Mandschukuo, und was soll ich Ihnen sagen: So etwas haben Sie im Leben noch nicht gesehen.«

Er lehnte sich zurück und verschränkte mit dem Ausdruck der Recht habenden Zufriedenheit die Arme. »Die Japaner haben hier in zwei Jahren eine völlig neue Stadt aus dem Boden gestampft. Breite Straßen, Büropaläste, moderne Wohnhäuser – nichts mehr mit dem alten asiatischen Dreck in den Gassen, dem Gestank, der Schmuddligkeit. Großzügige Hotels finden Sie in Hsinking, saubere, einladende Vergnügungsviertel – wenn Sie Zukunft sehen wollen, müssen Sie dorthin. Erinnern Sie sich, wie Fuhrmann – ja, ja, Josef Fuhrmann von Bauch & Co., war immer in Sachen Stickstoffdünger unterwegs – in Tientsin von der Südmandschurischen Eisenbahn geschwärmt hat? Wie sie ihre Gewinne in die Stadt- und Landesentwicklung gesteckt hat? Und genauso geschieht es nun in Hsinking.«

»Bestimmt haben Sie Recht«, warf Kleinert ein, »aber in Nanking bleibt die Zeit auch nicht stehen. Tientsin – da waren wir uns doch damals schon einig – ist durch die politische Entwicklung ziemlich an die Peripherie geraten, aber in Nanking, da wird natürlich auch gebaut, da wird natürlich auch modernisiert, und es ist Ihnen doch sicher nicht unbekannt, was für gewaltige Anstrengungen für die nächsten Jahre geplant sind, um der chinesischen Industrie einen Schub zu geben.«

»Merken Sie«, wandte sich Fuchs an die Dreiheiligs, »warum ich Ihnen gleich gesagt habe, was er doch für ein großer Freund Chinas ist? Er ist doch rührend in seiner Verteidigung Tschiang Kai Scheks, finden Sie nicht auch?«

Und an Kleinert gerichtet fuhr er, ohne mit einer Antwort gerechnet zu haben, fort: »Natürlich weiß ich das alles. Mein alter Klassenlehrer pflegte in solchen Fällen zu sagen: Wir sind doch alle nicht auf der Wurstsuppe daher geschwommen. Und so ist es doch. Ich kenne Nanking, und ich kenne Hsinking, und da kann ich vergleichen und am Ende nur wiederholen: Die Japaner sind Tschiang Kai Schek um Meilen voraus. Und nicht nur im Bauen und Wirtschaften, auch in der Politik.«

Er beugte sich nach vorn und legte, als ob er das Endgültige seiner Beobachtungen betonen wollte, die zu losen Fäusten geballten Hände auf den Tisch. »Schauen Sie doch mal, wie geschickt in Hsinking die Chinesen eingebunden werden in die Entwicklung! Zehntausende Leute vom Land, die sonst irgendwo gestrandet wären, finden auf den Baustellen Arbeit. Auch die Bauern haben eine neue Perspektive gefunden: Zu Tausenden kommen sie mit ihren Pferde- und Eselkarren in die Stadt, um auf den Märkten mit den japanischen Ingenieuren und Verwaltungsbeamten, Kaufleuten und Soldaten, die mittlerweile ja auch nach Zehntausenden zählen, ihre Geschäfte zu machen. Die Einwohnerzahl der Stadt hat sich seit 1932 mehr als verdoppelt! 110 000 Einwohner waren es damals, jetzt sind es schon eine Viertel Million! Eine Universität ist im Bau, bald werden junge Japaner und junge Chinesen hier gemeinsam studieren. Und in der großen Politik? Ich bin in Hsinking in vielen Regierungsämtern gewesen. Jeder weiß, dass die Japaner am Ende bei allem das Sagen haben. Aber die Ämter selbst – die sind fast ausnahmslos mit Chinesen besetzt. Da wächst – das können Sie mir glauben – ein neues Selbstbewusstsein heran, von dem die Welt noch hören wird. Lassen Sie noch ein paar Jahre vergehen, und niemand wird mehr aus Mandschukuo ins alte China zurück wollen.«

»Ich finde es spannend, wie Sie erzählen.« Antonia Dreiheilig mischte sich mit ihrem freundlichen Alt ins Gespräch. »Bloß, wissen S', ich bin von dem, was die Japaner da so treiben, nicht so überzeugt wie Sie. Ich wundere mich, wie begeistert Sie davon sind, wie die Japaner mit den Chinesen umgehen. Ich habe in Harbin seinerzeit ganz andere Erfahrungen gemacht. Aber das mag«, fügte sie versöhnlich hinzu, »auch daran liegen, dass das schon eine ganze Weile her ist. Unser Freund Kleinert weiß es ja: Ich rede von der Zeit vor dem Weltkrieg.«

»Und ich rede von heute« – Fuchs war schon viel zu sehr in Fahrt geraten, um auf den behutsamen Ton der Österreicherin einzugehen – »und halte mich einfach nur an die Tatsachen. Kleinert, erinnern Sie sich, wie mancher in Tientsin noch gespöttelt hat, wenn die Rede auf Chinas Ex-Kaiser Pu Yi kam? Der damals in der Stadt so eine Art mondänes Halbwelt-Leben führte? Mit Frauen und Männern, die es aus Russland oder Amerika oder sonstwoher nach Tientsin getrieben hatte und die nicht wussten, wohin mit ihrem Geld und ihrem Schick? Was für eine lächerliche Ausweglosigkeit – dieser Untergang in Glimmer und Gloria! Und nun, nur vier Jahre später? Da ist aus Pu Yi wieder ein Kaiser geworden. Zwar nicht von China, aber von Mandschukuo. Darum heißt er auch nicht mehr Pu Yi, sondern Kang Teh. Und wenn Sie nun sagen, dass Mandschukuo viel kleiner ist als China, dann sage ich Ihnen: Aber es ist moderner und leistungsfähiger. Seine Entwicklungskurve zeigt steil nach oben, die von China steil nach unten. Die Kaiser von Japan und von Mandschukuo sind die Symbole des aufstrebenden Ostasien – und nicht Tschiang Kai Schek.«

»Ich verstehe, was Sie sagen wollen.« Antonia Dreiheilig ließ sich vom Dröhnen der Fuchs'schen Rede auch jetzt nicht beeindrucken. »Aber ich verstehe nicht, warum Sie so eifernd herumpoltern. Kleinert, helfen S' mir doch ein wenig: Was ist denn eigentlich der Widerspruch? Welch alter Streit wird hier ausgefochten?«

»Die Hauptstadtfrage«, sagte Kleinert. »Es ist am Ende die Hauptstadtfrage, auf die wir vorhin bei unserem Ausflug in die Zeichenkunde ja schon einmal gestoßen waren. Wer hat zukünftig das Sagen in Ostasien? Nanking oder Tokio? Nanking oder Hsinking? Fuchs sagt: Hsinking – und meint natürlich: Tokio. Ich sage: Nanking. Das findet Fuchs – widersprechen Sie mir, Fuchs, wenn ich Sie falsch verstanden haben sollte! – altmodisch. Ich kann ihm da nicht folgen. Ich sehe in China einen wertvollen Verbündeten für Deutschland. Deutschland und China, denke ich, können sich in Vielem auf nützliche Weise ergänzen. Und warum soll ich's nicht zugeben: Ich habe auch einiges für die Idee des Kontinentalblocks übrig – also für die deutsch-russisch-chinesische Zusammenarbeit.«

»Das ist gut!« Fuchs polterte wieder los. »Ausgerechnet auf der Fahrt nach Harbin reden Sie von Zusammenarbeit mit den Russen. Ja sind Sie denn von allen guten Geistern verlassen? Sie sollten dort mit aussteigen, damit Sie sehen, wovon Sie reden! Gewiss, gewiss: Um die Jahrhundertwende war Harbin wirklich eine blühende russische Stadt. Aber was haben die Russen denn draus gemacht? Eigentlich haben Sie das Gleiche machen wollen wie heute die Japaner: Sie haben die Eisenbahn gebaut und damit die Landschaft kolonisiert, und das ging ziemlich leicht, denn wer lebte denn schon sonst noch in dieser Gegend? Die Chinesen – ich meine jetzt die eigentlichen Chinesen, die *han*, sind ja so weit nach Norden gar nicht vorgedrungen. In den unwirtlichen weiten Steppen, unter denen zu Hauf wertvolle Bodenschätze lagern, lebten nur die nomadisierenden Stämme der Tungusen, der Mandschu und der Mongolen. Also war es für die Russen ein Leichtes, sich wirtschaftlichen und politischen Einfluss zu verschaffen. Aber was, zum Teufel, ist daraus geworden?«

Fuchs redete sich immer mehr in Fahrt.

»Wenn Sie einen Beweis haben wollen für die Unfähigkeit des Bolschewismus, irgend etwas Vernünftiges auf die Beine zu stellen, dann finden Sie ihn hier in der Mandschurei. Um die Jahrhundertwende sind ein paar Zehntausend Russen hierher ausgewandert – ein paar Zehntausend, verstehen Sie? Was für eine gewaltige Kraft könnte das sein, wenn das alles einigermaßen organisiert wäre! Und was für eine lebendige Stadt war Harbin! Nicht einfach nur russisch, europäisch sogar! Die Leute waren ja nicht arm, die hierher kamen, sondern hatten Geld, und sie hatten vor allem den Mut, mit diesem Geld etwas anzufangen und große Unternehmen aufzuziehen.«

»Da haben S' Recht. Genau so war das.« Antonia Dreiheilig nickte zustimmend zu Fuchs hinüber. »Wir kannten damals ein paar junge Kaufmannnssöhne, die, von ihren Vätern in Moskau, Petersburg oder Nishni-Nowgorod mit ordentlichen Wechseln ausgerüstet, nach Mukden oder Harbin gekommen waren und hier einen gutgehenden Sojabohnen- und Getreidehandel aufgezogen hatten. O ja, glauben Sie mir«, wandte sie sich an Kleinert, »jetzt, wo Ihr Freund Fuchs so anschaulich erzählt, da kommen auch mir ganz wunderbare Erinnerungen. Worüber Du, lieber Xaver« – sie startete den allerdings vergeblichen Versuch, ihren Ehemann, der sich längst hinter dem Qualm seiner Tabakspfeife in geduldiges Schweigen zurückgezogen hatte, ins Gespräch einzubeziehen – »Dich keineswegs grämen musst, denn es ging ja alles ganz platonisch zu. Aber sagen muss ich schon: Diese Leute kannten sich nicht nur in Geschäften aus, sie konnten auch wunderbar tanzen. Es gab in Harbin ein paar recht liebenswürdige Hotels und ganz köstliche Ballabende.«

»Ja, eben.« Fuchs war froh, wieder das Wort nehmen zu können. »Es war ein bisschen Petersburg, und es war ein bisschen Paris, und was ist es heute? Seit die Roten in Russland die Macht an sich gerissen haben, haben sie Harbin gleich doppelt den Todesstoß versetzt. Erstens waren sie unfähig, mit dem Erbe, das da Ostchinesische Eisenbahn hieß, vernünftig umzugehen, und zweitens haben sie alle, die ihnen nicht in den Kram passten, aus dem Lande getrieben, und das hieß für Harbin, nun plötzlich mit einer gewaltigen Flüchtlingswelle fertig werden zu müssen. Und unter solchen Bedingungen war natürlich an Aufbau und Entwicklung nicht mehr zu denken. Binnen weniger Jahre ist die Stadt ins Elend gefallen. Hunger, Armut, Bettelei, Banditentum. Ich will Ihnen keine Angst machen, Frau Dreiheilig, aber es ist wirklich so: Die Russen sind heute in Harbin noch schlechter dran als die Chinesen. Denn sie haben keinerlei Perspektiven. Zurück ins Sowjetreich können sie nicht, Chinesen, mit denen sie sich arrangieren könnten, gibt es kaum, und die Japaner, die jetzt die Macht im Lande haben – nun, die haben an diesen hier vom Ozean der bolschewistischen Revolution angespülten, verelendeten Weißen natürlich auch kein Interesse.«

»Sehen Sie«, sagte Antonia Dreiheilig, »das ist es, was ich meine, wenn ich sage: Die Methoden der Japaner gefallen mir nicht. Es gab eine Zeit – und ich habe sie erlebt –, da sind in Harbin Leute aus vielen Ländern gut miteinander ausgekommen. Warum müssen die Japaner das alles zerschlagen?«

»Es waren einfach andere Zeiten, von denen Sie reden«, sagte Fuchs. »Warum, um alles in der Welt, sollen denn die Japaner jetzt den Dreck wegräumen, den ihnen die Weißen hinterlassen haben? Und das ist es doch, worum es eigentlich geht: Die Gelben wollen endlich ihr angestammtes Land zurück. Und siehe da: Die Weißen erweisen sich als unfähig, das zu verhindern. In Mandschukuo sind es die Russen, die schmählich versagt haben, und in Peking, Tientsin und Schanghai – erinnern Sie sich, Kleinert? Das habe ich Ihnen schon vor viereinhalb Jahren ins Stammbuch zu schreiben versucht! – sind es die Engländer, Franzosen und Amerikaner. Die gelbe Welt gegen die weiße – das ist es doch, was wir hier draußen erleben. Und weil die Chinesen in diesem Kampf zu schwach sind und zu korrumpiert und zu zerstritten, übernehmen die Japaner auf der Seite der Gelben endgültig die Führung. Und ist Mandschukuo nicht der schlagende Beweis dafür, dass sie dazu geradezu berufen sind?«

Er nahm wieder die Pose des unerschütterlich Überlegenen ein.

»Und dieser Berufung müssen sie mit Annexion folgen? Und mit immer wieder vom Zaune gebrochenen Kriegshandlungen?«, fragte Kleinert.

»Ja, natürlich, Sie Romantiker!«, dröhnte Fuchs. »In welcher Welt leben Sie denn? Hat sich denn irgendwo schon jemals das Zukunftskräftige einfach nur durch gutes Zureden gegen das Rückwärtsweisende durchgesetzt? Sie werden mir immer wieder Beispiele bringen, in denen Sie die Japaner als Aggressoren und Eroberer sehen. Aber es gibt genau so viele Beispiele dafür, dass die Japaner hier auf dem Festland heiß willkommen sind! Ich habe in Hsinking mit einem chinesischen – nicht japanischen! – Minister gesprochen, der hat mir Folgendes erklärt: Er habe, als Tschiang Kai Schek an die Macht gekommen war, diesem etliche Vorschläge zur Umgestaltung Chinas unterbreitet, die aber brüsk zurückgewiesen worden seien. Nun verwirkliche er seine Pläne zur Unterdrückung des allgegenwärtigen Banditenwesens, zur Sanierung der Währung und zum Bau neuer Straßen und Eisenbahnen hier in Mandschukuo, und es störe ihn nicht, dies unter japanischer Oberhoheit zu tun, denn es diene nichts anderem als dem Gemeinwohl.«

»Das heißt – wenn ich Sie richtig verstehe –«, fragte Kleinert weiter, »dass Sie sogar meinen, dass dieser mandschurische Weg zu einem Vorbild für ganz China werden könnte?«

»Für ganz China – das weiß ich nicht. Aber für das halbe, das nördliche China – das glaube ich schon.«

Kleinert stutzte. Das war es, was Breitenschlager in Peking ja auch für möglich hielt: Eine Teilung Chinas in einen Nord- und einen Südstaat.

»Ich weiß ja, dass Sie das nicht gern hören mögen«, fuhr Fuchs fort, »aber auch in diesem Falle muss ich Ihnen wieder sagen: Nehmen Sie doch einfach die Fakten zur Kenntnis. Pu Yi – oder Kang Teh, nennen Sie den Kaiser, wie Sie wollen – gehört zur Tsching-Dynastie, ist Mandschu, und glaubt fest daran, der Weg der Mandschu von Nord nach Süd, wie sie ihn vor dreihundert Jahren gegangen sind, könne von ihm noch einmal gegangen werden. Tschiang Kai Schek im Süden hindert ihn daran, Nanking, Schanghai, Kanton und die großen Provinzen am Yangtsekiang und am südchinesischen Meer werden ihm wohl für immer verschlossen bleiben. Aber die uralten und im Grunde doch nie überwundenen Fehden zwischen Süd und Nord lassen ihn vielleicht wenigstens wieder bis Peking und dann bis zum Gelben Fluss und bis in die Provinz Schantung kommen. Da ungefähr könnte dann die Grenze sein. Ein Kaiserreich unter Kang Teh im Norden und das, was Tschiang Kai Schek eine Republik nennt, aber – wir wissen es doch alle – in Wirklichkeit die Diktatur eines Militärherrschers ist, im Süden – warum denn nicht? Auch zwei Chinas wären immer noch zwei riesige Staaten. Und jedes für sich könnte wahrscheinlich mehr für seine Selbststärkung leisten als das eine zerrissene China, mit dem wir es jetzt zu tun haben.«

»Und über all diese Dinge«, fragte Antonia Dreiheilig, »haben Sie in Mandschukuo bereits gesprochen?«

»Ja, das habe ich«, antwortete Fuchs, »und Sie glauben gar nicht, wie offen darüber gerade mit uns Deutschen geredet wird. Das ist ja mal etwas, worin ich mit Kleinert völlig übereinstimme: dass wir im Gegensatz zu den Engländern und Franzosen als den Erben der alten Kolonialmächte bei den Chinesen einen mächtigen Stein im Brett haben. Nicht nur in Nanking kann man erleben, wie sie sich in ihren Plänen und Vorstellungen immer wieder auf Deutschland beziehen. Auch in Mandschukuo habe ich die Auffassung gehört, dass Nordchina und Südchina heute vielleicht Preußen und Bayern in der Zeit vor 1870 gleichen. Die deutsche Reichsgründung als Vorbild für die Zusammenführung eines zuvor reichlich zerstückelten Staatengebildes – das geht, glaube ich, durch manchen klugen chinesischen Kopf.«

»Nun sind Sie aber von der Ihrer Meinung nach so unausweichlichen Berufung der Japaner wieder abgekommen«, warf Kleinert ein. »Wie verträgt sich die mit Ihrer Zwei-Staaten-Idee?«

»Nun, sie verträgt sich insofern, als die Chinesen – wie der Norden zeigt – allein ja eben nicht in der Lage sind, ihr Land wirklich zu modernisieren. Eine solche Modernisierung aber ist unausweichlich, wenn China nicht wieder zum Spielball der alten Kolonialmächte und Amerikas werden will. Oder anders ausgedrückt: Nur die Japaner können den Gelben die Kraft, Disziplin und Organisationsform geben, die sie brauchen, um den Einfluss der Weißen dauerhaft zurück zu drängen.«

»Und wir, die Deutschen? Wo sehen Sie uns in diesem Spiel?«

»Jedenfalls nicht – das habe ich Ihnen ja schon einmal gesagt – so dicht bei Tschiang Kai Schek, wie Sie das tun. Unsere Kunst wird die des Ausgleichs, des Vermittelns sein. Wir haben doch alle guten Karten in der Hand! Wir werden in China nicht angefeindet wie die Engländer und Franzosen, sind nicht so erfolglos und schwach wie die Russen, und wir sind nicht nur in Nanking und Peking, sondern auch in Tokio und Hsinking gut gelitten.«

»Das haben Sie wieder sehr schön formuliert«, sagte Antonia Dreiheilig, »aber ich finde, jetzt könnte Schluss sein mit der Politisiererei. Wir könnten uns noch einen Tee kommen lassen, und dann wird wohl auch Harbin bald erreicht sein.«

Fuchs und Kleinert stimmten zu, und Xaver Dreiheilig nutzte die entstandene Pause, um nun auch einmal zu Wort zu kommen.

»Ich wünschte mir, lieber Fuchs«, sagte er, »Sie würden uns einmal in Innsbruck besuchen. Bei Gedanken, wie Sie sie entwickeln, darf man nicht in einem engen Eisenbahnwagen sitzen. Da muss man Luft und Weite vor sich haben, am besten einen Blick übers Tal hinüber auf die Kette der Bergesgipfel – sonst platzt einem ja der Kopf. Als ich – Kleinert kennt die Geschichte schon – im Jahre 1900 auf der ›Zenta‹ nach China gekommen bin, hab' ich hier kämpfen gemusst – aber gewusst von den Chinesen habe ich gar nichts. Nun weiß ich dank einer Erzählernatur wie Ihnen eine ganze Menge mehr, aber ich bin mir noch nicht richtig im Klaren darüber, was ich damit anfangen soll. In Harbin werden wir hoffentlich trotz Ihrer vielen skeptischen Einwände noch ein paar gute Freunde treffen – und dann, wie gesagt: Kommen Sie hinauf zu uns auf die Hütte!«

»Das ist schon so gut wie beschlossen.« Fuchs dröhnte wieder, als gelte es, den ganzen Speisewagen von seinen Absichten zu überzeugen. »Irgendwann muss ich auch mal wieder über etwas anderes schreiben als die Wirren und Händel in Fernost. Da ist ein Blick auf den Berg Isel vielleicht das Schlechteste nicht.«

»Sehen S'«, sagte Antonia Dreiheilig, »das habe ich mir fast gedacht – dass Sie nicht nur in Harbin und Hsinking, sondern auch bei uns in Innsbruck Bescheid wissen. Man muss sich, glaube ich, vorsehen vor Ihnen – aber das soll mich nicht hindern, mich der Einladung meines Mannes anzuschließen. Und Sie, lieber Kleinert? Werden wir Sie auch einmal in Innsbruck sehen?«

»Ich fürchte, nein.« Kleinert hob bedauernd die Hände. »Sie werden mich, nehme ich an, in Berlin nicht zur Ruhe kommen lassen und dabei nicht einmal ein schlechtes Gewissen haben, weil sie glauben, ich könnte mich ja dann in China wieder ausruhen. Es bleibt mir nur, Ihnen von Herzen alles Gute zu wünschen. Und haben Sie Dank für diese wunderbaren Stunden.«

Kleinert erhob sich. Antonia und Xaver Dreiheilig würden mit Ihrem Gepäck in Harbin allein fertig werden oder sich von Rudolf Fuchs helfen lassen. Er, der Weiterreisende, wurde da nicht gebraucht, und das war ihm sehr angenehm. Sie hatten sich so viele wichtige und gute Dinge gesagt – warum dies alles in der unvermeidlichen Ungeduld des Wartens auf den endlichen Halt des Zuges fad werden lassen? Und auf einen längeren Abschied von Fuchs hatte er schon gar keine Lust. Gewiss, man konnte eine Menge von ihm lernen, Etliches war höchst bedenkenswert, aber das – wie hatte Antonia Dreiheilig sehr treffend gesagt? – Eifernde seiner Rede machte ihm den Schriftsteller auch diesmal nicht sympathischer. So beließ er es dabei, ihm über den Tisch hinweg die Hand zu schütteln und ihm einen guten Weg zu wünschen.

»Lassen Sie's gut sein.« Fuchs hatte auch diesmal wieder das letzte Wort. »Sie wissen doch: In Ostasien trifft man sich sowieso immer wieder.«

Zurück im Abteil nahm sich Kleinert die Karte vor. Genau: Der Sungari war der große Fluss, den sie in Harbin überqueren würden. In der Nacht würden sie dann Tschitschihar passieren, und am nächsten Morgen wäre die russische Grenzstation Mandschuria erreicht.

Kleinert ließ sich aufs Bett fallen. Die Gespräche hatten ihn müde gemacht, und das gleichmäßige Rollen der Räder tat ein Übriges.

Als er wieder erwachte, hatten sie Harbin schon hinter sich gelassen. Die Fahrt ging nun endlich nicht mehr nach Nordosten, sondern nach Nordwesten. Der Blick aus dem Fenster bot das auch nach stundenlanger Fahrt kaum sich verändernde Bild einer schier unendlichen flachen Landschaft, in der das Auge nirgends Halt zu finden vermochte. Schnurgerade führte das Gleis durch nach der Ernte grau und ermattet sich dehnende Felder. Kleinert erinnerte sich, bei der Herfahrt durch ein wogendes Meer der übermannshohen Halme des *kaoliang* gerollt zu sein – der chinesischen Hirse, die nicht nur eines der Hauptnahrungsmittel in dieser trockenen Gegend war, sondern auch – wie Kleinert bei manch durchzechter Nankinger Nacht erfahren hatte – zu einem besonders scharfen Schnaps gebrannt werden konnte. Damals waren die in regelmäßigen Abständen am Fenster vorbeiziehenden lehmgrauen, einander zum Verwechseln ähnlichen Dörfer immer ganz überraschend aufgetaucht – zu flach waren ihre Häuser und Dächer, als dass sie aus dem *kaoliang*-Meer hätten herausragen können. Nun, da die Halme geschnitten waren, lagen die Dörfer frei in der dürren Ebene, im Graubraun ihrer Mauern mit dem Graubraun der Äcker verschmelzend. Vergeblich hielt Kleinert nach einem Stück Wald Ausschau oder einem Höhenzug. Bald aber war alles ohnehin in Dunkelheit getaucht.

Waldlos bot sich die Landschaft auch am nächsten Morgen: nun aber in den weichen – Kleinert überlegte eine Weile und schrieb dann in sein Oktavheft: fast gütig sich wölbenden – Hügeln der Ausläufer des Chingan-Gebirges. In weiten Kurven schwang sich das Gleis durch die sanften, unbewohnten Täler. Kein Zweifel: Hier war – Kleinert notierte sich auch dies – einer jener Flecken Erde, an denen sich die Welt eine Atempause gönnt.

Und diejenigen, die sie durchreisen, in eine seltsame Zeitlosigkeit entlässt, sinnierte er weiter, als er nach den Grenzkontrollen auf dem Bahnhof die beiden nebeneinander stehenden Uhren mit den unterschiedlichen Zeitangaben erblickte. Wie spät war es nun wirklich? Fünf vor halb Acht, sagte ihm seine die Pekinger Zeit bietende Taschenuhr. Schon fünf vor halb Neun, kündete hingegen die eine der beiden Bahnhofsuhren, die auf die Ortszeit eingestellt war. Logisch – merkte Kleinert nach einem Blick auf die Karte – war das nicht, denn Mandschuria lag fast genau auf dem gleichen östlichen Längengrad wie Peking. Tatsächlich: Erst jetzt, nach 40 Stunden Fahrt, war das weite Halbrund beschlossen, das ihn nach Norden, aber noch nicht nach Westen geführt hatte. Aber warum musste er nun trotzdem – wenigstens für ein paar Stunden – in einer östlicheren Zeitzone leben? Noch nie, stellte er fest, hatte er sich Gedanken über diesen Widerspruch zwischen der administrativen Zweckmäßigkeit der Zeitzonen und dem tatsächlichen Sonnenstand gemacht. Und wie schön war es, einmal in Müßiggang aufgehen zu können, der ihm Zeit ließ, sich solcherart Beobachtungen hinzugeben!

Und dann also auch noch die zweite Bahnhofsfuhr, die ihm mitteilte, dass es nach Moskauer Zeit gerade erst halb Drei schlagen würde. Das hätte man als einen netten Spaß auffassen können, aber es war natürlich mehr als das, denn auch der Fahrplan, der in jedem Wagen des Zuges in einem schmalen Holzrahmen ausgehängt war, wies die Ankunfts- und Abfahrtszeiten ja in eben dieser Moskauer Zeit aus.

Als die hohen hölzernen Grenzwachttürme, die einen kilometerweiten Blick über die auch hier völlig baumlose Steppe gestatteten, hinter dem Horizont verschwunden waren und der Zug in der fahlen Vormittagssonne in gemächlichem Tempo durch einen auch hier immer wieder gleichen Wechsel von

Ebene und weitläufigen Hügelgruppen glitt, notierte sich Kleinert die wichtigsten Fahrplandaten, um, wie er hoffte, den Überblick zu behalten. Elf Stunden – die große Zahl machte ihn auch jetzt, da er doch schon einige Erfahrung gesammelt hatte, wieder staunen – würden sie bis Tschita unterwegs sein, wo sein Kurswagen an einen Zug der Transsibirischen Eisenbahn angekoppelt werden sollte. 15.35 Uhr wies – nach Moskauer Zeit – der Fahrplan als Ankunftszeit aus. Als Kleinert – glücklich, sich nach Stunden des Lesens und gemütlichen Dösens ein wenig Bewegung verschaffen zu können – auf den Bahnsteig trat, sah er diese Zeit auf der einen der beiden Uhren prompt bestätigt. Die andere aber stand nicht, wie er erwartet hatte, auf 21.35 Uhr, sondern erst auf 20.35 Uhr. Die Stunde, die er an der Grenze verloren hatte, hatte er wieder zurückgewonnen. Sie waren eine Zeitzone weiter westlich angekommen. Der Unterschied zu Moskau betrug nicht mehr sechs, sondern nur noch fünf Stunden. Und jeden weiteren Tag würde er seine Taschenuhr eine weitere Stunde zurückstellen können. Blieb nur noch, das Datum noch einmal abzugleichen. Der 26. September ging gerade zu Ende. Am 1. Oktober also würden sie, wenn alles gut ging, Moskau erreicht haben.

Am nächsten Morgen bot sich nicht nur ein gänzlich verändertes Landschaftsbild – es war auch mit einem Schlag kalter, regnerischer Herbst geworden. Regentropfen trommelten an die Scheiben. In Ulan-Ude, wo der Zug seinen nächsten halbstündigen Aufenthalt zum Lokwechsel hatte, hielt sich Kleinert nicht lange auf dem Bahnsteig auf. Mit Respekt hatte er auf einem viereckigen Schild neben dem Gleis, das über die Kilometer Auskunft gab, die bis Moskau noch zurückzulegen waren, die Zahl 5624 registriert – dann aber schien ihm der Speisewagen der geeignetere Platz zu sein, die Zeit bis zur Abfahrt zu verbringen. Zwar entsprach das hier gereichte Frühstück mit einem faden Kartoffelbrei, einigen dünnen Bockwürstchen, einem hartgekochten Ei und ein paar Stücken eingelegten Gemüses ganz und gar nicht seinem Geschmack, aber der aromatische schwarze Tee, zu dem die Kellnerin ihm eine Schale herber Preiselbeerkonfitüre servierte, lud dann doch zu längerem Verweilen ein, und als schließlich auch noch das Ufer des Baikalsees in sein Blickfeld trat, waren alle Gedanken an die Unzulänglichkeiten des Essens schnell verflogen. Dunkelgrau breitete sich eine unendliche Wasserfläche, dunkelgrau auch hingen die Wolkenberge darüber, hellgrau, fast weiß trieben Nebelfetzen dazwischen, weiß leuchteten überall Schaumkämme auf, und weiß brachen sich die langen Wellen am Strand, den die Bahn mit ihren Gleisen fast berührte.

Genau wollte er es diesmal wissen, nicht nur so ungefähr wie bei der Herfahrt, wie lange der Zug am Ufer des riesigen Sees unterwegs sein würde – das Gleis zuweilen auf engstem Raum balancierend zwischen dem linkerhand schroff sich erhebenden, mit hohen Tannen bestandenen Baikalgebirge und der rechterhand die Wellen bändigenden, von steinernen Molen geschützten Kaimauer, und so kehrte er rasch in sein Abteil zurück, um im Oktavheft die entsprechenden Eintragungen vornehmen zu können. Fünf Stunden waren es schließlich – stellte er beim Einlaufen des Zuges in Irkutsk, der nächsten großen Stadt, am frühen Nachmittag fest –, in denen er den Baikal kaum einmal aus den Augen verloren hatte. Und dabei hatten sie ihn doch nur an seinem Süd- und Südwestende berührt! Was für ein Meer inmitten der Taiga! Kleinert brauchte lange, um der geradezu übermächtigen Eindrücke Herr zu werden.

War es an diesem Tage die Großartigkeit des Aufeinandertreffens von See und Gebirge gewesen und der Urtümlichkeit des Himmels über der grenzenlosen Wasserfläche, über die er nicht genug staunen konnte, so war es an den folgenden drei Tagen die nicht minder beeindruckende Großartigkeit der Gleichförmigkeit.

Als sie Sima passierten, hatte er sich am 27. September schlafen gelegt, in Krasnojarsk – die Kilometerschilder an der Strecke zeigten mittlerweile Zahlen um die 4080, und der Zeitunterschied zu Moskau war auf vier Stunden zusammengeschrumpft – war er wieder aufgewacht, und die Wälder, durch die der Zug seither rollte, zeigten ein immer gleiches Gesicht. In prächtigen, der stetigen Wiederkehr wegen aber bald ermüdenden Bildern mischte sich das herbstliche Gelb der Birken und Lärchen mit dem Dunkelgrün von Tannen, Fichten und Kiefern, die hier in lockerem, dort dichterem Verbund nur gerade so viel Raum für die Gleise und die sie begleitenden Telegrafenleitungen ließen, dass der Blick nur selten einmal in die Ferne schweifen konnte. Abwechslung bot nur die Überquerung der großen Ströme – des Jenissej bei Krasnojarsk, des Ob bei Nowosibirsk am späten Abend des gleichen Tages, des Irtysch bei Omsk am frühen Morgen des 29. September. Von Omsk waren es noch immer 2700 Kilometer bis Moskau und drei Stunden Zeitunterschied, aber auch auf den nächsten 1000 Kilometern in Richtung Westen bis Swerdlowsk und Perm im Ural änderte sich am Bild der Wälder nichts.

Und auch die Dörfer an der Bahnstrecke – oft lagen sie einhundert oder mehr Kilometer voneinander entfernt – glichen einander über tausende Kilometer hinweg. Einstöckige, dunkle Holzhäuser mit manchmal frisch lackiert bunten, manchmal schon lange nicht mehr erneuerten Fensterläden und kleinen Vorgärten an ungepflasterten Dorfstraßen – das war der Anblick, der sich Kleinert wie eine immer wieder passende Schablone eingeprägt hatte. Um die großen Städte herum war von der Bahnlinie aus auch einmal so etwas wie Wohlstand zu entdecken – Datschensiedlungen zogen sich in die Wälder hinein. Die Dörfer aber sprachen die Sprache der Armut und des wohl seit Jahrhunderten – wenn man von der Eisenbahn und den durch sie errichteten Bahnhofsgebäuden, Streckenwärterhäuschen und Instandhaltungsmagazinen absah – unveränderten Daseins.

Die Gleichförmigkeit der vorbeiziehenden Landschaft ließ Kleinert träge werden. Nur zweimal am Tag ging er in den Speisewagen, wo auch das Angebot gleichförmig geblieben wäre, hätte nicht die rundlich-freundliche, nicht mehr ganz junge Kellnerin Gefallen an ihm gefunden und ihn – nachdem sie ihm mit auf die Lippen gelegtem Zeige- und Mittelfinger zu schweigen bedeutet hatte – das eine und andere Mal mit Köstlichkeiten versorgt, die sie – wie er aus dem Abteilfenster hatte beobachten können – beim Halt auf kleineren Stationen den meist älteren Bäuerinnen, die dort mit Körben und Eimern erschienen waren, abkaufte. So kam er nicht nur in den Genuss neuer Preiselbeerkonfitüre, sondern auch von eingelegten und frischen Pilzen, würzigem Schwarzbrot, saurer Milch, salzig-scharfem Trockenfisch, fettem Speck und hausgebranntem Wodka. Da Kleinert kein Wort russisch sprach, blieb die Verständigung auf freundliche Gesten und darauf beschränkt, dass er mit den Rubeln, die er in China eingetauscht hatte, nicht kleinlich umging. Für einen Abschied blieb keine Gelegenheit – erst in Perm merkte er, dass bereits in Swerdlowsk die Speisewagenbesatzung gewechselt hatte.

Breitenschlagers Schmöker waren bald ausgelesen. Also überließ sich Kleinert immer öfter dem schläfrig machenden gleichmäßigen Rollen und Wiegen des Wagens. Die am Tage verschlafenen Stunden ließen ihn dann nachts länger wach bleiben – aber was machte das schon, der Rhythmus war durch die tägliche Zeitverschiebung ohnehin aus dem Gleichgewicht geraten.

In solchen halbwachen Nachtstunden riss ihn zuweilen ein heller Klang, wie er beim Schlagen von Metall auf Metall entsteht, aus dem dösenden Träumen. Dann hatte der Zug auf einem der riesigen Güterbahnhöfe Halt gemacht, und das Klingen rührte von den Hämmern her, mit denen dick vermummte Männer und Frauen in der schon empfindlichen Kühle dieser Nächte die Räder und Bremsen der langen und schweren Güterzüge prüften. Wer die Bahn liebte, dachte Kleinert, konnte auch hier Großartiges entdecken. Die an Drahtseilen über den Gleisen schwebenden, im Winde schwankenden Laternen gaben mit unstetem gelblichem Licht den Blick frei auf zehn, ja fünfzehn nebeneinander auf die Weiterfahrt wartende lange Reihen von achtachsigen Kessel-, Langholz- und Kohlewagen. Das vielhundertfache Klingen der Hämmer hallte in Kleinerts Ohren noch nach, wenn sein Zug schon längst wieder auf freier Strecke war.

Aber nun rückte Moskau näher – und damit auch Berlin, und Kleinert wusste nicht, wie es ihn empfangen würde. Angst – dessen war er sich sicher – musste er nicht haben. Die Sorgen eines Hermann Kröper brauchte er sich nicht zu machen – eine Einmischung in die Politik, wie sie dessen Sohn betrieben hatte, war seine Sache nie gewesen. Und was seine Arbeit betraf, so waren das Lob eines v. Saecken und die zufriedenen Reaktionen Rieckmüllers eine wohl sichere Garantie dafür, dass er sich auf dem richtigen Dampfer befand.

Trotzdem nahm seine Unruhe zu. Er wusste, dass das Land, in das er zurückkehrte, ein anderes war als dasjenige, das er 1932 verlassen hatte, aber die Nachrichten aus diesem veränderten Land waren zu diffus, als das er sich hätte ein genaues Bild machen können. All zu gern, natürlich, hätte er die Aufbruch verheißenden Zeitungsartikel und die optimistischen Reden einiger Herren im Deutschen Klub fürs Ganze genommen. In diesen Reden war gar nichts diffus, nichts unentschlossen, sondern alles auf Neubeginn, nie gekannte Kräftebündelung und endliche Überwindung nationaler Schmach gestellt. Aber die so ganz anderen Erfahrungen des Professor Kröper – er konnte sie nicht einfach hinweg wischen; und auch nicht die schon zum Alltag gewordenen Vorsichtigkeiten in Gesprächen, das misstrauische gegenseitige Abtasten, das sich kaum merklich in alle Begegnungen fraß. Hatte nicht sogar der alte Xaver Dreiheilig, der sich doch nirgends mehr beweisen musste, sondern nur noch verdientem Ruhestand entgegensah, seine weiß Gott nicht verfängliche Erzählung mit einem ängstlichen Seitenblick auf den veränderten Zeitgeist begonnen?

Und was ihm plötzlich noch deutlicher ins Bewusstsein kam: Hatte nicht dieser Rudolf Fuchs, der immer ein wenig mehr wusste als die anderen, immer ein bisschen hintergründiger informiert war, mit seinen scheinbar so launigen Bemerkungen zu Kleinerts Chinabild genau diesen veränderten Zeitgeist berechnend ins Spiel gebracht? Gab es da Fallstricke, die ihm irgendwo in Berlin gespannt sein konnten?

Auf dem Jaroslawler Bahnhof der russischen Hauptstadt, in den der Zug am späten Nachmittag des 1. Oktober 1934 einfuhr, standen nicht mehr zwei Bahnhofsuhren nebeneinander. Sie waren in Moskau, es galt die Moskauer Zeit – Fahrplan- und Ortszeit waren wieder in Übereinstimmung. Die Tage der schwebenden Zeitlosigkeit zwischen Abgefahren- und Angekommensein gingen – Kleinert erfüllte es mit Wehmut – in jeder Hinsicht ihrem Ende entgegen. Auf der letzten Etappe, den nun nur noch dreißig Stunden nach Berlin, würde er sich – wieder einmal, dachte er – wappnen müssen. Und wieder einmal nahm er sich vor, alle Zweifel zu verjagen.

Kapitel 9

Ke Lan Pao *hsiänscheng*, treten Sie ein! Ich freue mich, dass ich Sie unter so glücklichen Umständen begrüßen darf!«

Kleinert war gerührt. Der sonnenhelle, aber noch frühlingshaft laue Maientag hatte ihn ohnehin in Hochstimmung versetzt, und nun begrüßte ihn kein geringerer als Tschiang Kai Schek persönlich mit jenem chinesischen Namen, den ihm einst sein Sprachlehrer in Berlin gegeben hatte! Hatten sie ihn also doch angenommen, diesen Namen, seine Nankinger Gesprächspartner vom Wirtschafts- und Verteidigungsministerium, nachdem er eine Weile gezögert hatte, ihn mitzuteilen, weil er nicht sicher war, ob sie ihn wegen des *lan pao*, das »blauer Panther« hieß, nicht belächeln würden. Und nun setzte der Marschall gar noch das von Hochachtung sprechende *hsiänscheng* hinzu, das eigentlich doch dem Älteren, dem Lehrer, gebührt!

Die freudigen Worte des Marschalls, seine herzliche Gestik, dazu das ungewöhnliche Strahlen im Gesicht des Dolmetschers Robert Tschen: Nein, da gab es nichts misszuverstehen. Das alles konnte nur heißen: Auch in den Augen Tschiang Kai Scheks musste die Reise der chinesischen Regierungsdelegation nach Deutschland, für die Kleinert seit der Vertragsunterzeichnung vom August 1934 erst in Berlin und dann, als er ein Jahr später wieder zurückgekehrt war, auch hier in Nanking so intensiv gearbeitet hatte, ein voller Erfolg gewesen sein. Der Mamo-Impex-Vertrag, von nicht wenigen Fachleuten in Deutschland und auch – wenn er nur an Rudolf Fuchs oder die Tientsiner Runde um die Farben- und Stickstoffvertreter Max Kampmann und Josef Fuhrmann dachte – von manchem der Chinadeutschen lange geringschätzig als das Werk einiger realitätsferner, ihrer übergroßen Chinaliebe zum Opfer gefallenen Enthusiasten abgetan, musste tatsächlich wie geplant in den Rang eines Regierungsabkommens gehoben worden sein.

Dann war also der Durchbruch geschafft! Dann war die Kreditfrage zu einem guten Ende gekommen! Dann konnte der Vertrag endlich mit Leben erfüllt werden!

Und richtig: »Sie haben«, sagte der Marschall, »eine wunderbare Arbeit geleistet, für die ich Ihnen aufrichtigen Dank schulde. Sie haben China in einer sehr angespannten Lage einen überaus wertvollen Dienst geleistet. Ihr Chef, der auch von mir verehrte Generaloberst v. Saecken, hat schon vor zwei Jahren davon gesprochen, dass China noch nie zuvor so gute Beziehungen zu Deutschland gehabt hat wie gerade jetzt. Das stimmt heute, im Frühjahr 1936, um so mehr. Ihren Anteil daran wird man Ihnen, Ke Lan Pao *hsiänscheng*, nicht vergessen.«

Robert Tschen, der Dolmetscher des Marschalls – alle Deutschen in Nanking und Berlin kannten den klein gewachsenen, stets nach europäischer Mode gekleideten Chinesen unbestimmbaren Alters nur unter diesem gemischt deutsch-chinesischen Namen – hatte die feierliche Rede des Marschalls mit gleicher Feierlichkeit übersetzt, und Kleinert hatte Zeit, eine Antwort zu finden, in der die Balance zwischen Stolz und Zurückhaltung gewahrt bleiben würde.

»Was in meinen bescheidenen Kräften steht, Exzellenz«, sagte er, »habe ich getan. Aber das ist wenig im Vergleich mit Ihrem eigenen Engagement! Sie selbst haben ja den entscheidenden Grundstein gelegt, als Sie vor zwei Jahren den Mut hatten, dem Vertragsvorschlag, den Generaloberst v. Saecken und ich Ihnen damals antrugen, Ihr Wohlwollen nicht zu versagen und mit Herrn Tscheng Sun Hao einen Verhandlungsführer zu bestimmen, der über ausgezeichnete Kenntnisse der deutschen Verhältnisse verfügt. Nur mit der Sicherheit, ganz Ihren Wünschen entsprechend zu handeln, wie ich sie in den Gesprächen mit Herrn Tscheng gewinnen konnte, war es mir möglich, in Berlin Zugang zu den entscheidenden Herren finden. Es ist darum – wenn ich mir dieses Urteil erlauben darf – auch eine glückliche Entscheidung gewesen, Herrn Tscheng nun mit der Leitung der Delegation zu betrauen.«

Der Marschall gab mit einem Nicken zufriedene Zustimmung zu erkennen.

»Aber alle Anstrengungen«, hob Kleinert noch einmal an, »wären wohl auch nur Stückwerk geblieben, wenn nicht alles, was ich in Berlin unternommen habe, vollständig durch Herrn v. Saecken unterstützt worden wäre. Nach seiner Abreise aus China im Frühjahr hat der Generaloberst in Berlin trotz seines angegriffenen Gesundheitszustandes alle Hebel in Bewegung gesetzt, um ein gutes Klima für die Delegation zu schaffen. Sie, Exzellenz, hatten völlig Recht, als Sie seinerzeit darauf drangen, dass niemand anderes als v. Saecken nach Nanking kommen sollte. Sein Einfluss in Berlin öffnet alle Türen. Er ist ein wirklicher Freund Chinas und hat darüber in Berlin auch niemand im Zweifel gelassen. Nur ihm ist es zu verdanken, dass die Delegation nicht nur von Wirtschaftsminister Hjalmar Schacht und Reichswehrminister Werner von Blomberg, sondern auch vom Führer und Reichskanzler Adolf Hitler selbst empfangen wurde.«

»Ich weiß die Freundlichkeit, mit der Sie meine kleinen Anstöße für das Gelingen unserer gemeinsamen Pläne bedenken, wohl zu schätzen«, erwiderte der Marschall, »aber ich weiß auch, dass Sie keinen Grund haben, Ihr Licht unter den Scheffel zu stellen. Ihr persönlicher Anteil an den so positiven Entwicklungen ist – ich habe darüber mehr als genug zuverlässige Informationen – sehr groß. Ich habe hier einen Brief des Reichskanzlers vom 13. Mai, und ich habe keinen Zweifel daran, dass er ohne Ihre Arbeit nie zustande gekommen wäre. Tschen *fanyi*, bitte lassen Sie unseren Gast wissen, was Adolf Hitler geschrieben hat.«

Tschen – der Marschall hatte in seiner Anrede dem Familiennamen in landesüblicher Weise die Berufsbezeichnung hinzugefügt: Dolmetscher Tschen also – entnahm der Mappe, die er schon während der Begrüßung in den Händen gehalten hatte, ein Blatt Papier und las.

Hitler, vernahm Kleinert, begrüße den Entschluss des Marschalls, das Aufbauwerk Chinas in freundschaftlicher Zusammenarbeit mit Deutschland durchzuführen, und sei bereit, ihn bei seinen Bestrebungen zu unterstützen. Der Warenaustauschverkehr sei für die wirtschaftliche Entwicklung beider Länder von größter Bedeutung. In Übereinstimmung mit dem Marschall sei der Führer und Reichskanzler der festen Überzeugung, dass alle Voraussetzungen für die gegenseitige erfolgreiche Unterstützung Deutschlands und Chinas gegeben seien und die enge freundschaftliche Verbundenheit beiden Ländern und Völkern nur von großem Nutzen sein könne.

Tatsächlich, dachte Kleinert: Es war dem alten Fuchs Saecken wirklich gelungen, Hitler von einem Text zu überzeugen, der den chinesischen Wünschen so weit als irgend möglich entgegen kam. Wie lange hatten sie darum gerungen, den Leuten in Berlin klar zu machen, dass es für Tschiang Kai Schek mit einer einfachen Aufwertung des Mamo-Impex-Vertrages allein nicht getan sein würde! Natürlich stand der Warenaustausch im Zentrum von allem – aber der Marschall wollte mehr, wollte eine Bestätigung, dass er in der Bedrängnis, in die ihn Japan gebracht hatte, vielleicht doch nicht allein bleiben würde. Darum hatte Kleinert für die Delegation ein Besuchsprogramm vorbereitet, das neben den Gesprächen mit Schacht und Blomberg auch Beratungen in den Ministerien für Luftfahrt, Verkehr, Bildung, Arbeit und Inneres und natürlich auch im Auswärtigen Amt vorsah, und er hatte einen Themenkatalog vorgeschlagen, bei dem es nicht nur um eine Verstärkung der deutschen Militär- und Wirtschaftsberaterschaft ging, sondern auch um die Ausbildung chinesischer Offiziere in der deutschen Wehrmacht, um Kulturbeziehungen und um den Studentenaustausch. Und das alles war nun offensichtlich sogar im Gespräch des Führers mit Tscheng Sun Hao zur Sprache gekommen.

Das war mehr, als man erhoffen konnte. Tschiang Kai Schek hatte Recht: Jetzt, 1936, war das bisher beste Jahr in den deutsch-chinesischen Beziehungen. Und: Es war auch das Jahr, in dem er, Kleinert, endgültig ins Zentrum der deutsch-chinesischen Zusammenarbeit aufgestiegen war. Die Anstrengungen der vergangenen Jahre waren nicht vertan. Hsü Tao Lin hatte Recht behalten mit seinen im Laoschan-Gebirge vorgetragenen Überlegungen zur Kraft und Dauerhaftigkeit der Vorstellungen Sun Yat Sens: Beide Seiten hatten ein stabiles Interesse an Zusammenarbeit. Saecken und er – sie hatten nicht zu hoch gepokert, als sie den 100-Millionen-Kredit ins Spiel gebracht hatten. Wie töricht war er gewesen, sich immer wieder von Zweifeln einholen zu lassen!

»Ke Lan Pao *hsiänscheng*, ich möchte Ihnen ein Angebot unterbreiten.« Robert Tschen war mit dem Verlesen des Briefes zu Ende gekommen, und der Marschall wandte sich wieder direkt an Kleinert: »Sie haben doch noch ein paar Minuten Zeit für mich?«

Was für eine Frage, dachte Kleinert. Wenn Tschiang Kai Schek Zeit für ihn hatte, dann war es umgekehrt natürlich erst recht der Fall.

»Sie sind, wenn ich richtig informiert sind, noch immer Mitarbeiter der Mamo Impex. Aber jetzt, da der Vertrag eine Angelegenheit zwischen unseren beiden Staaten geworden ist und die verschiedenen Ministerien sich damit herumschlagen müssen, wie sie ihn am besten erfüllen können – haben Sie da nicht Lust, direkt in meine Dienste zu treten?«

Kleinert blickte erstaunt auf. Das war eine Wendung, mit der er selbst in der Euphorie dieses Frühlingstages nicht gerechnet hatte.

»Ich möchte«, fuhr der Marschall fort, »Sie gern noch direkter in meiner Nähe haben. Nicht, dass ich mit Ihrer Anstellung bei der Mamo Impex unzufrieden wäre. Nein, sie hat uns ja – wie man sieht – alle Möglichkeiten guter Zusammenarbeit eingeräumt. Aber jetzt ist eine andere Lage entstanden. Generaloberst v. Saecken ist in Berlin. Sein Nachfolger an der Spitze der Beraterschaft, General v. Spechthausen, kümmert sich – worum ich ihn ausdrücklich ersucht habe – vor allem um militärische Belange. Wir müssen, wie Sie wissen, unsere Anstrengungen zur Verteidigung gegen die Japaner erheblich verstärken. Sie aber haben – ähnlich wie seinerzeit Oberst Landmann – den Blick für die Gesamtheit unserer Beziehungen. Sie haben die erforderlichen Kontakte in Berlin, und ich schätze Ihre strategischen Fähigkeiten. Ich habe mir all die Konzepte, die Sie im Herbst zu Papier gebracht haben, noch einmal angesehen, und würde mich freuen, wenn Sie deren Verwirklichung in meinem Auftrag in Angriff nähmen. Wenn Sie Bedenkzeit brauchen – bitte schön. Aber morgen abend hielte ich Ihre Antwort gern in Händen.«

Kleinert brauchte einen Moment, um sich zu fangen. Keine Frage – es war ein großartiges Angebot. Trotzdem wollte das Für und Wider sorgfältig erwogen sein. Es musste Gründe dafür geben, dass der Marschall so schnell auf eine Entscheidung drängte – Gründe, die er über dem Glück dieses Tages nicht übersehen durfte.

Mit wem aber, überlegte er, nachdem er sich von Tschiang Kai Schek verabschiedet, eine Prüfung der Dinge bis zum nächsten Tag zugesagt und mit Robert Tschen beim Hinausgehen noch ein paar freundliche Worte über den Erfolg der Delegation gewechselt hatte, an dem der Dolmetscher mit seiner Übersetzung der Kleinertschen Konzepte ja ebenfalls gewichtig beteiligt war – mit wem also sollte er sich in dieser schwierigen Frage beraten?

Hsü Tao Lin fiel ihm – wie immer – als erster ein. Der aber hatte sich nach Kleinerts Rückkehr aus Berlin nur kurz in Nanking sehen lassen – dann war er wieder nach Peking abgereist.

Herbert Howe? O ja, die zupackende, allen Grübeleien abholde Art des gewieften Draufgängers würde ihm jetzt gut tun. Aber Howe war in Tsingtao, hatte sich brieflich auch aus Mukden und Hsinking gemeldet – ganz umsichtiger Geschäftsmann, bereit, seinen Fuß in jede der sich gerade öffnenden japanischen, mandschurischen oder nordchinesischen Türen zu stellen. Schwer vorstellbar darum, dass gerade er einer so engen Bindung an Tschiang zuraten würde. Aber ausstreiten würden sie's wenigstens, dachte Kleinert.

Was mit Fred Jochmann, überlegte Kleinert weiter, leider nicht möglich war. Der immer freundliche, auf Ausgleich bedachte Ingenieur, der ihm vor dreieinhalb Jahren mit seiner Zuwendung so kameradschaftlich geholfen hatte, den Weggang Walter Schuchardts nicht zu tragisch zu nehmen, war ihm bis heute zwar ein geselliger Partner für gutes Essen und Trinken geblieben, der auf vergnügliche Weise seine Erlebnisse in den beiden von ihm betreuten Nankinger Maschinenfabriken zu erzählen wusste, und er war auch ein freundlicher Begleiter für sonntägliche Wanderungen am Rande der Stadt, bei denen er seine kenntnisreiche Freude an den Schönheiten der Landschaft und der Architektur aufblitzen ließ, aber er hatte Kleinert ein paar Mal auch sehr deutlich zu verstehen gegeben, dass er ihn mit politischen Gesprächen bitte nicht behelligen möge. Er, Jochmann, sei – und bleibe – nun einmal ein Mann der Technik, die klare Sprache seines Faches sei diejenige, die er verstehe und in der er sich auch mit seinen chinesischen Partnern bestens verständigen könne, und dies bitte er zu respektieren.

Blieb nur noch Hermann Kröper, der Geologe. Aber während Jochmann das Politische gänzlich zu meiden versuchte, war es bei Kröper gerade das Gegenteil. Mit ihm, fürchtete Kleinert, würde er sich gleich wieder und viel zu intensiv in die Entwicklungen in Deutschland verbeißen.

Die Begegnungen, die sie seit Oktober gehabt hatten, waren immer nach dem gleichen Muster verlaufen. Sie hatten mit Fachgesprächen begonnen, bei denen ihm der Professor mit immer neuen, gründlich ausgearbeiteten Vorschlägen zur Modernisierung der chinesischen Antimon- und Wolframförderung ein wichtiger, ja unersetzlicher Partner war, und waren dann, wenn auch der Alkohol das Seine getan hatte, in bohrende Grübeleien über die heimatlichen Zustände übergegangen. Kröper wusste seinen Sohn nun ganz zuverlässig in Sicherheit – ein Kartengruß aus London hatte ihm angezeigt, dass Prag nur eine Zwischenstation auf der Flucht gewesen war. Aber das hatte Kröper nicht wirklich beruhigt. Die Freundinnen und Freunde des Sohnes, die Nachbarn, die Kollegen – es gab zu viele, über die man sich – davon war Kröper im Gegensatz zu vielen anderen fest überzeugt – große Sorgen machen musste. Natürlich hatte er von Kleinert ein wenig Aufklärung zu erhalten gehofft. Ein ganzes Jahr Berlin – da musste ihm doch deutlich geworden sein, dass sich das Leben nicht zum Guten verändert hatte?

Aber Kleinert hatte die Erwartungen Kröpers nicht erfüllen können. Er hatte tausend Gründe gehabt, sich denen zuzuschlagen, die schon bei den Nankinger Debatten im Frühjahr 33 vor allem auf das Erfreuliche und Positive gepocht hatten.

Unter den Leuten, mit denen er es in Berlin zu tun gehabt hatte, war niemand gewesen, der dem Durcheinander der Regierungen und Parteien der Republik nachgetrauert hätte. Rieckmüller hatte auf den Punkt gebracht, was in der Mamo Impex wohl alle dachten: Es war gut, dass ein Mann wie Hitler endlich die Zügel straff in die Hand genommen hatte. Es hatte sich doch gezeigt: In einer Zeit der Weltwirtschaftskrise und der gleichzeitig fortdauernden nationalen Erniedrigung – oder wie sonst sollte man die unverändert weiter geltenden Beschränkungen der deutschen Rüstung und Heeresentwicklung und die noch auf Jahrzehnte hinaus auf Deutschland lastenden Reparationsforderungen bezeichnen? – war die Republik einfach nicht lebensfähig. Wo klare Entscheidungen auf der Tagesordnung standen, hatten sich die Parteien unentschlossen in immer neue Kompromisse zu retten versucht. Obgleich eine Wahl die andere gejagt hatte, waren im Reichstag nie Mehrheiten zustande gekommen, mit denen ordentliche Programme zur Gesundung des Landes hätten auf den Weg gebracht werden können. Und nun? Man schrieb das Jahr 1935, und die vor kurzem noch so dramatische Arbeitslosigkeit war wie weggeblasen. Hitlers Revolution hatte Millionen Leuten wieder Arbeit verschafft, und vor allem: Sie hatte wieder Optimismus ins Volk gebracht. Oder war es denn kein Glück, wieder an einem Strang ziehen zu können? War es denn kein lohnendes Ziel, Deutschland in einer gemeinsamen Kraftanstrengung wieder stark machen zu können?

Als Kleinert in Berlin einmal vorsichtig – und ohne einen Namen zu nennen – die Kröperschen Sorgen zur Sprache gebracht hatte, hatte Rieckmüller mit jener Mischung aus Verständnis und spöttischer Überlegenheit reagiert, die Kleinert nur allzu gut an ihm kannte. Natürlich, ja, solche Sorgen könne er sehr gut verstehen, und es habe ja in den Wochen um den Machtwechsel herum auch in der Tat manch Unerfreuliches, ja Erschreckendes gegeben. Auch er habe gehört, dass Menschen ohne Schuld in Verhaftungswellen geraten oder gar zu Tode gekommen seien, und hier und da hätten die Hitlerschen SA-Trupps wohl auch des Notwendigen zu viel getan. Aber so sei das eben: Revolutionen seien so ganz ohne Blutvergießen ja wohl noch nirgends über die Bühne gegangen. Und ob Kleinert denn wirklich ernsthaft meine, der roten Bedrohung sei anders beizukommen gewesen? Denn das war es doch, was Deutschland geblüht hätte ohne die Hitlersche Entschlossenheit: eine Diktatur nach sowjetischem Muster. Und die hätte hier ja nun weiß Gott niemand haben wollen.

Einmal – erinnerte sich Kleinert – war er im Morgengrauen in der kleinen Charlottenburger Wohnung, die er auf einen Hinweis Rieckmüllers hin günstig hatte mieten können, aufgeschreckt, weil es Tumult auf der Straße gegeben hatte. Zwei augenscheinlich aus dem Hinterhaus stammende Männer waren von einer Gruppe bewaffneter Uniformierter mit brutalen Schlägen aus dem Hauseingang getrieben und auf einen bereitstehenden Mannschaftswagen gestoßen worden, aber schon nach kurzer Zeit war alles wieder ruhig gewesen. Am nächsten Morgen war Kleinert ins Mamo-Impex-Büro gegangen wie eh und je. Am Abend hatte er den Blockwart getroffen und ihn gefragt, wem denn die nächtliche Ruhestörung zu verdanken gewesen sei. Der Blockwart hatte nur abgewinkt. Da müsse er sich keine Gedanken machen, hatte er Kleinert bedeutet, die beiden seien schon lange »fällig« gewesen. Hätten trotz nachdrücklicher Warnung die Hände nicht lassen können von kommunistischer Agitation. Was für eine Dummheit! Als ob sie nicht längst wussten, dass sie damit Kopf und Kragen riskierten. Und was sie sich überhaupt gedacht hätten bei ihren Aktionen? Er könne das nicht verstehen. Da stehe nun das Volk mit einer so gewaltigen Mehrheit hinter dem Führer – was wollten da diese Einzelgänger mit ihrer Sabotage? Rot Front hatte ausgedient ein für alle mal – warum war das für ein paar Wenige so schwer zu begreifen?

Kleinert hatte weder Lust gehabt, das Gespräch zu vertiefen, noch, im Hause weitere Erkundigungen einzuziehen. Er war Berliner auf Zeit gewesen in diesen Monaten, seine Rückkehr nach Nanking beschlossene Sache – warum also sich auf das glatte Eis unsicherer Bekanntschaften oder missdeutbarer Unterhaltungen begeben? Der Blockwart hatte gesagt, was auch in den Zeitungen stand, und der Ton, in dem er das getan hatte, hatte keinen Zweifel daran gelassen, dass er sich ganz und unverrückbar auf der Seite des Rechts und des Richtigen wusste.

Und hatte nicht auch der Alltag nichts als diese eine und eindeutige Sprache gesprochen? Kleinerts Arbeitsalltag ohnehin. In den Banken, mit denen er über die Einzelheiten des Großkredites verhandelte hatte, im Wirtschafts- und im Reichswehrministerium, wo es um die Zusammenstellung von Listen über die deutschen Rohstoffwünsche und Liefermöglichkeiten bei Waffen, Maschinen und Ausrüstungen gegangen war, in den Kontoren der großen Stahl-, Maschinenbau- und Rüstungsbetriebe, die er besucht hatte, um die Listen mit den tatsächlichen Produktionskapazitäten abzugleichen – überall war die Stimmung viel besser gewesen als in den Zeiten, in denen er seine ersten Schritte für die Mamo Impex gegangen war. Nichts Hinterhöfisches gab es jetzt mehr in der Arbeit der Firma, die Geheimnistuerei war selbstbewusstem Auftrumpfen gewichen.

Was Wunder auch – hatte Hitler doch die Weichen endgültig auf Erfolg gestellt. Mit Rieckmüller war Kleinert irgendwann im Frühjahr 1935 einmal im Kino gewesen. »Triumph des Willens« hatte der Film geheißen – mit den Worten »Kommen Sie, Kleinert, ein ›Ausländer‹ wie Sie muss doch gesehen haben, was sich in seiner Heimat so tut« hatte Rieckmüller ihn in den gewaltig beflaggten Kinosaal gelotst und seine Freude daran gehabt, dass sich Kleinert der Kraft dieser Bilder vom NSDAP-Parteitag in Nürnberg nicht zu entziehen vermocht hatte.

Und war es nicht – dachte Kleinert jetzt in Nanking – tatsächlich ein Triumph des Willens, mit dem Hitler sich mutig und offen Schritt für Schritt der Versailler Fesseln entledigt hatte? Schon im Herbst 1933 – Rieckmüller hatte beim Resümieren der Kleinertschen Abwesenheit aus Berlin gerade darauf sehr nachdrücklich verwiesen – hatte Deutschland die Abrüstungskonferenz und den Völkerbund verlassen. Und auch in Kleinerts Berlin-Monaten hatte sich doch eine Triumph-Nachricht an die andere gereiht: die Heimholung des Saarlandes ins Reich; die Einführung der Wehrpflicht; die Durchsetzung des Flottenabkommens mit England. Aus der alten, auf Hunderttausend Mann beschränkten Reichswehr hatte Hitler die Wehrmacht geschaffen mit Heer und endlich wieder auch Flotte und Luftwaffe. Zwar hatte es geharnischte Proteste des Auslands gegeben – aber Hitler hatte sich durchgesetzt, und der Jubel unter den Leuten war überwältigend gewesen.

Bei der Mamo Impex war man froh gewesen über die Straffung der Zuständigkeiten. Im Mai hatte Hitler den Reichswirtschaftsminister Hjalmar Schacht zum Generalbevollmächtigten für die Kriegswirtschaft ernannt – das versprach gerade im Chinageschäft erhebliche Vereinfachungen. Nun passte das, was im Mamo-Impex-Vertrag an Ein- und Ausfuhren unter einen Hut gebracht werden sollte, auch im Maßstab der Gesamtwirtschaft zusammen, und es bestand gute Aussicht, dass die bisher üblichen kraft- und zeitraubenden Rangeleien zwischen den verschiedenen Ministerien ein Ende haben würden.

Die Aufbruchsstimmung, die Kleinert in seiner Arbeit gespürt hatte, war ihm auch auf der Straße begegnet. Nie hatte er bis dahin geglaubt, Gefallen an großen Massenkundgebungen finden zu können – nun aber hatte er einen strahlenden ersten Mai erlebt, hatte eingekeilt gestanden zwischen Tausenden und Abertausenden festlich gelaunten Leuten und teilgehabt an den Begeisterungsstürmen, mit denen die Menge die Reden aufgenommen hatte, die von der hohen, in ein Meer von Hakenkreuzfahnen getauchten Tribüne herunterbrandeten. Sie waren also doch echt, hatte er gedacht, die Bilder, die er gleich nach seiner Ankunft in Berlin in den Zeitungen gesehen hatte vom großen Erntedankfest auf dem Bückeberg, zu dem sich mehr als eine Million Menschen versammelt hatten. Und mit der Hochstimmung des ersten Mai hatte er auch die Fotos in sich aufgenommen, die ihm die Presse in den darauffolgenden Wochen geboten hatte: von den mitreißenden Demonstrationen der ersten Einheiten des gerade geschaffenen Reichsarbeitsdienstes; von den Feierlichkeiten, mit denen München die Ernennung zur »Hauptstadt der Bewegung« begangen hatte; und von dem großen Aufmarsch Zehntausender Angehöriger der Hitlerjugend und des Bundes Deutscher Mädel vor dem Reichsparteitag.

Aber ob er denn nicht – hatte Kröper ihn bei einem dieser erhitzten nächtlichen Gespräche in der jasminbeschirmten Nankinger Gartenecke gefragt – gespürt habe, mit wieviel Einschränkung, Unterdrückung, Ausschaltung Andersdenkender dies alles einher gehe? Ob er die vielen und in ihrer Aussage und Bedeutung ganz unzweifelhaften Meldungen darüber – Kröper hatte ihm Zeitungsausschnitte aus den Monaten seines Berlin-Aufenthaltes präsentiert mit Nachrichten über das »Gesetz zum Schutze des deutschen Blutes und der deutschen Ehre«, mit dem die Judenverfolgung zur Staatspolitik wurde, und über Aktionen wie die öffentliche Selbstverpflichtung einiger zehntausend Berliner Arbeiter, nicht mehr in jüdischen Geschäften einzukaufen; ferner mit Listen über die Ausbürgerung deutscher Staatsbürger – zahlreiche bekannte Schriftsteller und Schauspieler darunter –, die, so der Kommentar, »durch ihr Verhalten, das gegen die Pflicht zur Treue gegen Reich und Volk verstößt, die deutschen Belange aufs Schwerste geschädigt« hätten; weiter mit

Mitteilungen über die Hinrichtung von Kommunisten und ehemaligen Gewerkschaftsführern, über das Verbot von Zeitungen, die Schließung von Theatern und Kabaretts, die Verhaftung missliebiger Frauen und Männer der Kirche, ja sogar die Festnahme des offensichtlich für zu kritisch gehaltenen Komitees des Mainzer Karnevalvereins – Ob er, Kleinert, dies alles also einfach ignorieren, einfach verdrängen könne?

Kleinert, voller Respekt vor der Lebenserfahrung des Älteren und an nichts weniger interessiert als an einem politischen Streit mit ihm, hatte sich mit Gegenfragen verteidigt: Ob denn die Größe des Aufbruches nicht auch Opfer rechtfertige? Ob es nicht schon immer so gewesen sei, dass sich eine neue Politik nur im Kampf gegen das Alte durchsetze? Und die Maßnahmen, die von den Aufbrechenden ergriffen werden, nicht auch davon bestimmt würden, wie sich das Alte gegen diesen Aufbruch wehre? Und müsse – schließlich – nicht immer auch die äußere Bedrohung in Betracht gezogen werden, der sich Deutschland in wachsendem Maße ausgesetzt sehe?

Kröper – auch er in keiner Weise auf Streit aus – hatte nicht weiter insistiert. Sie wussten beide von den Zweifeln, die sie sich mit ihren Fragen gegenseitig in die Herzen senkten, wussten auch, dass sie sich aufeinander verlassen konnten im Schweigen darüber, und sie wussten noch etwas: Dass sie mit ihren Gesprächen nichts, aber auch gar nichts würden verändern können.

Weshalb Kleinert noch des öfteren jene seltsame Begegnung vor Augen stand, die er an einem seiner einsamen Berliner Abende in einer Bar gehabt hatte.

Er hatte nach einem anstrengenden Arbeitstag ein wenig erschlaffende Zerstreuung gesucht und sich bei Bier und Korn an einen der ins Halbdunkel sich duckenden Tische gehockt, als sich ihm ein schmalgliedriger Mann, wohl etwas jünger als er selbst, zugesellt hatte, den ein sichtlich vom Alkohol befeuertes Mitteilungsbedürfnis zu nur mühsam unter Kontrolle gehaltener Rede trieb. Er befinde sich in einer Krise, hatte er Kleinert einleitungslos und bar allen Sinns für vorsichtige Rückversicherung erklärt, und das gehöre sich zwar für einen deutschen Richter nicht, aber er könne es nicht ändern, er müsse darüber reden.

Kleinert hatte schnell gespürt, dass er nur die Wahl hatte, entweder sofort das Lokal zu verlassen oder, wenn es nicht zum lautstarken Skandal kommen sollte, sich des schwierigen Gesprächspartners mit geduldigen Beschwichtigungsversuchen anzunehmen. Er hatte sich für Letzteres entschieden, den Mann mit einem freundlichen Griff neben sich gezogen und augenzwinkernd versucht, die Atmosphäre einer Vertrautheit herzustellen, an der das an den Nebentischen kurz aufgeflammte Interesse rasch wieder abprallen würde. Der andere war beherrscht genug gewesen, die Kleinertschen Bemühungen nicht abzuweisen. Bei einem weiteren Bier war er dann in jene sanfte Sentimentalität hinüber geglitten, die – weil sie sonst kopfzerbrechende Wahrheiten plötzlich so widerstandslos von der Zunge gehen lässt – auf fatale Weise geeignet ist, sich leise und ohne alles Aufsehen um den Hals zu reden.

Hätte Kleinert, der wieder einmal – was nur war da an ihm, das andere so beharrlich einlud, ihm ihr Herz zu öffnen? – zum Adressaten einer Lebensbeichte geworden war, ihm das noch einmal sagen müssen? Nein, dazu war es längst zu spät gewesen. Der Fluss des rückhaltlosen Erzählens war längst in Gang gekommen.

Er sei ein guter Student gewesen, damals, hatte der Fremde begonnen. Jura habe er gewählt als das Fach, mit dem er geglaubt hatte, das vom Vater auf ihn gekommene Bildungsideal bestens mit dem der Gerechtigkeit verbinden zu können. Und es sei ja auch gut gegangen trotz Wirtschaftskrise und politischem Hin und Her. Einen interessanten Gesprächskreis hätten sie gepflegt miteinander, ein paar Freunde und er, wöchentlich hätten sie sich getroffen und disputiert, dabei auch schärferen Streit nicht vermieden, aber immer Gewinn voneinander gehabt. Die Vielfalt der Ansichten – der eine hatte es mit Marx gehalten, war von den sensationellen Stücken Bertolt Brechts begeistert und mochte es nicht, wenn man sich abfällig über die Kommunisten äußerte; ein anderer war vom Spenglerschen »Untergang des Abendlandes« fasziniert gewesen und hatte von daher aus seiner Zuneigung zu den Nationalsozialisten kein Hehl gemacht; er selbst habe immer versucht, den Demokratieversuch, den die Weimarer Verfassung eingeleitet hatte, ernst zu nehmen und zu verteidigen – diese Vielfalt also hatten sie als ebenso selbstverständlich und ewig empfunden wie ihr Berufsziel. Richter hatten sie werden wollen und Anwälte – und die hatten ihren Platz gefunden zu allen Zeiten. Dann – sie waren mit den Vorbereitung auf ihr Assessorexamen beschäftigt gewesen – hatte die Revolution der Nationalsozialisten begonnen. Nie hätten sie zugegeben, zu glauben, dass dies einen tieferen Einfluss auf ihren Lebensweg haben könnte. Eine Revolution der Straße – notwendig, natürlich, denn wie sonst hätte das Volk sich seiner selbst versichern, seine Kraft zum Aufbruch spüren können? Aber mit ihnen, den angehenden Richtern und Anwälten, erprobt schon im Referandariat, geübt in der geschliffenen Sprache der Gerichtssäle und Kanzleien, zu Hause in den Bibliotheken, Theatern und Klubs der Stadt – was hatte das alles mit ihnen, die doch mit Recht zur geistigen Elite sich zählten, zu tun? Sie – nein, sie brauchten das doch nicht – die Lautheit und den Fahnenprunk der Massenversammlungen, die Aufmärsche, die Einschwörungen auf den neuen Kurs.

Kleinert hatte aufmerksam zugehört, um den anderen nicht zu größerer Lautstärke zu verführen, verständnisinnig gelächelt, als ob es um nichts anderes ging als eine der in einer Bar üblichen Liebes- und Leidensgeschichten, und er hatte neues Bier kommen lassen. Der Fremde hatte dankbar genickt und nicht aufgehört zu reden.

So sei es dann also erst einmal unbedrängt weitergegangen mit dem Studium – ganz, wie sie es erwartet hatten. Draußen hatten sich die Aufregungen der ersten Wochen allmählich gelegt, und sie hatten ihre häuslichen Examensarbeiten zu erledigen. Nur selten traf man sich noch an der Universität. Dann aber, im Sommer 33, hatte in der Zeitung gestanden, dass alle Referendare, die im Assessorexamen standen, vor den letzten Prüfungen in Gemeinschaftslagern versammelt werden würden, wo sie bei Wehrsport und gesundem Gemeinschaftsleben weltanschaulich geschult und für ihre kommenden großen Aufgaben als deutsche Volksrichter erzogen werden würden. Er selbst habe dann auch schon nach kurzer Zeit einen Gestellungsbefehl erhalten und sich in einem Militärlager im Süden Berlins einfinden müssen. Achtzig Mann in einer Stube mit zweistöckigen Betten, kleinen Schränkchen, in denen das Notwendigste knapp verstaut werden konnte, dazu zwei lange Esstische mit Bänken. Am Tage unter Führung von SA-Leuten Dienst: marschieren, exerzieren, Revier reinigen. Nach zwei Wochen ein Wechsel: Die SA-Leute wurden durch Reichswehr-Leutnants ersetzt. Nun auch Dienst an der Waffe – richtiges Rekrutenleben eben.

Na gut, hatte ihn Kleinert – allmählich ungeduldig geworden – unterbrochen, das aber könne doch nun wahrhaftig kein Beinbruch gewesen sein. Dass Deutschland sich gegen äußere Bedrohung wehren müsse, wisse jedes Kind, und warum sollten an den dafür notwendigen Anstrengungen nicht alle gleichermaßen teilhaben? Und gerade die künftigen Vertreter des Rechts draußen bleiben?

Ja, hatte der andere zugegeben, so hätten sie das ja am Ende des achtwöchigen Einsatzes auch gesehen, und es sei ja auch gar nicht so übel gewesen – einmal den Geist der Kameradschaft zu schmecken, von dem die Kriegsveteranen schwärmen, und zu erleben, wie man in der Gemeinschaft aufzugehen in der Lage ist und sie vergessen kann, die kleinen Bedenken und Wehwehchen, die man so mit sich rumschleppen zu müssen glaubt. Auch der Ärger, den sie zu Beginn mit der Primitivität der Befehle, Reden und abendlichen Auftritte ihrer SA-Führer gehabt hätten, sei bald verflogen, weil die sie ablösenden Reichswehroffiziere doch von anderem Kaliber gewesen seien. Da habe es anregende Debatten gegeben über die verlorene Marneschlacht von 1914, über das schmähliche, kapitulantenhafte Versagen der zur notwendigen Kraftanstrengung unfähigen Politiker im traurigen Herbst 1918, über die nun endlich wiederhergestellte Ehre des deutschen Soldaten und das natürliche Recht des Reiches auf Gleichberechtigung bei Rüstung und Wehrhaftigkeit. O doch, das habe Niveau gehabt, sei ihnen angemessen gewesen, da könne man sich wirklich nicht beklagen.

An dieser Stelle hatte Kleinert überlegt, ob sie es nicht dabei belassen sollten. Sein Tischgast war müde geworden, hatte wahrscheinlich den aufgeregten Anfang seiner Rede schon vergessen, und sie konnten froh sein, dass sie den ruhigen Plauderton beizubehalten verstanden hatten. Als er aber den Ober um die Rechnung gebeten hatte, war der andere plötzlich wieder ganz wach gewesen. Mit der Hartnäckigkeit des Angetrunkenen und immer in der Gefahr, nun doch noch laut zu werden, hatte er darauf bestanden, dass Kleinert sich auch den Schluss der Geschichte anhöre.

Gut also sei es am Ende gewesen im Lager, hatte der Fremde seinen Faden mühsam wieder aufgenommen, aber dann sei das böse Erwachen gekommen. Ihr Examen hätten sie gemacht und sich zur Abschlussfeier getroffen, und plötzlich, als sie sich wieder in ihren guten Anzügen gegenüber gesessen, ihren rüden Kasernenjargon, der auch ihm selbst schon so flott von den Lippen gegangen war, fein säuberlich abgelegt und nicht mehr über den Krieg, sondern über Ehe- und Erbschaftsrecht, Eigentumstitel und Verkehrsstrafsachen unterhalten hatten, sei ihm nicht nur die ganze Hohlheit ihres Lagerdaseins plötzlich ins Bewusstsein gerückt, sondern auch, wie gefährlich das alles für seine Zukunft war. Die Individualität, die Selbstbestimmtheit, auf die er soviel gegeben hatte – sie sei gestorben im perfekt geübten Gleichschritt, sei erstickt unter der dicken, alles nivellierenden Decke der Kasernenkameradschaft, habe sich selbst entmannt in den albernen Männlichkeitsritualen der Saufereien und zotigen Gesänge. Er hätte es wissen müssen von Anfang an und habe es doch verdrängt in der Hoffnung, es werde so schlimm nicht werden – dass er nun, in welchem Gerichtssal es auch sein möge, auf immer wieder genau diese Leute treffen würde, die alles von ihm wussten und ihn immer wieder zurückpressen würden in den Geist der Kasernengemeinschaft, den sie bestimmt hatten mit ihrem kleinen Führertum, ihrem Immer-einen-Schritt-voraus-Sein im Beschwören der Unfehlbarkeit ihrer Revolution und ihrem ungezügelten Hass nicht nur auf die, die sich ihnen offen widersetzten, sondern schon auf jene, die einfach nur in Ruhe gelassen werden wollten. So harmlos hatte es angefangen, wenn sie durch die Dörfer marschiert waren mit ihren Liedern und Fahnen und Hakenkreuzarmbinden – wenn nur alle an den Straßenrändern sich auch ordentlich fröhlich und ehrerbietig zeigten. Aber wehe, es hatte an solcher Aufmerksamkeit gemangelt! Wie schnell seien sie – ausnahmslos! – zu Gebärden des Drohens und der Einschüchterung bereit gewesen! Waren es damals gewesen – und würden es immer wieder sein. So hatte es – wer hätte es ändern wollen? – kommen müssen, wie es gekommen war, und nun, an diesem Tag seiner Schande, habe er es getan und ein Todesurteil gesprochen. Gegen eine Frau, die beim Verteilen von Flugblättern erwischt worden war.

Kleinert wunderte sich auch jetzt in Nanking noch, wie ruhig er geblieben war. Er hatte ein weiteres Mal Bier und Korn für sie beide bestellt, zugleich endgültig um die Rechnung gebeten, dann seinen Tischgast am Arm genommen, ihn vor die Tür begleitet und in ein Taxi gesetzt. Ohne weitere Fragen, ohne Kommentar, ohne Abschied. Und sich am nächsten Tag mit verbissener Energie in die Arbeit gestürzt.

Also doch, dachte Kleinert, als ihn seine Erinnerungen an diesen Punkt geführt hatten, in plötzlicher Hellsichtigkeit: Es musste Kröper sein und niemand anderes, mit dem er sich beraten würde. Es war ein Fehler, dass er den Abend mit dem Fremden, der sich so minutiös in seinem Gedächtnis festgehakt hatte, in den Gesprächen mit dem Geologen bisher nicht erwähnt hatte. Er hatte Kröper unterschätzt – und das Gewicht der Bedenken, die in ihm selbst bohrten, auch. Irgendwie hatte er sich an den Gedanken geklammert, es sei besser, Kröpers Sorgen mit der Darstellung der eigenen nicht noch weiter zu vertiefen – und dabei völlig vergessen, sich zu fragen, wieso der Professor eigentlich trotz all seiner Zweifel so vorbildlich seine Arbeit tat. Und: Wie er selbst denn künftig mit seinen Bedenken umzugehen gedachte.

So einfach zu verdrängen, wie er sich das immer wieder vorgenommen hatte, waren sie nicht. Es musste zu schaffen sein, eine Brücke zu bauen zwischen ihnen und dem, was zu leisten ihm angetragen war.

Hermann Kröper machte kein Hehl aus seiner Freude, als Kleinert ihm überraschend seine Aufwartung machte.

»Ich gestehe Ihnen, lieber Kleinert«, sagte er, als sie den gewohnten Platz im Garten ansteuerten und Po Ta, der rührige Haushälter des Professors, mit ebenso gewohnter Liebenswürdigkeit nach den ersten Getränkewünschen gefragt hatte, »dass ich nicht nur darauf gehofft, sondern auch damit gerechnet habe, dass Sie einmal von sich aus zu mir kommen werden, ohne dass es ein fachliches Problem zu lösen gibt. Man bekommt mit den Jahren ein Gespür dafür, wo einer eigene Ratlosigkeit mit besonders positiver Weltsicht zu überdecken versucht, weil er vielleicht meint, Ratlosigkeit sei Schwäche und gehöre sich nicht. Aber wir beide sollten doch mittlerweile voneinander wissen, dass solche von manchen als besonders kernig betrachteten Auffassungen in unseren Gesprächen nicht gelten. Also erzählen Sie – und ich will sehen, ob ich Ihnen außer mit einem guten Po-Ta'schen Abendessen auch mit dem einen oder anderen Gedanken nützlich sein kann.«

»Sie können, ganz gewiss«, sagte Kleinert, aber als er dann ohne Umschweife auf das Angebot Tschiang Kai Scheks zu sprechen kam und mit der Frage endete, warum der Marschall es mit einer Antwort so eilig habe, war Kröper dann doch nicht so rasch mit einer Erklärung bei der Hand. Vielmehr erhob er sich erst noch einmal, ließ Kleinert mit dem Hinweis, es könne in der Küche etwas vergessen worden sein, in seinem Gartenstuhl allein, und erst, als er wieder zurückkehrte, hatte er seine gewohnten Beredsamkeit wiedergefunden.

»Das ist«, sagte er, und sein dozierender Gestus verriet, wie sorgfältig er sich auf dem Weg durch den Garten seine Worte zurecht gelegt hatte, »erstens eine überraschende Frage, und zweitens, das muss ich schon zugeben, auch ein überraschender Vorgang, dass gerade ich es bin, dem Sie sie stellen. Denn Sie wissen aus Ihrer Arbeit ja noch viel deutlicher als ich, dass Tschiang Kai Schek an unserem gemeinsamen Heimatland nicht nur liebt, dass es ihm in seiner bedrängten Lage mit wirtschaftlicher Hilfe und einer ganz passablen Beraterschaft zur Seite steht, sondern auch, dass es einen Führer hat, zu dessen Methoden er eine starke Zuneigung verspürt.«

Er machte eine Pause, als gelte es zu prüfen, ob ihm der richtige Ausdruck eingefallen war, und fuhr fort: »Und da soll ausgerechnet ich, dem diese Zuneigung doch – na, sagen wir mal: – ein wenig fremd ist, eine geeignete Antwort geben können?«

Er blickte Kleinert lange an und lachte dann plötzlich wie befreit auf. »Ach, Kleinert, nun schauen Sie nicht so furchtbar ernst! Wir kennen uns doch wirklich lange genug und wissen, was wir voneinander zu halten haben. Also lassen Sie mir diesen etwas umständlichen Einstieg. Wenn erst das Essen auf dem Tisch steht, werden wir schon gemeinsam dahin kommen, wo Sie hin wollen.«

Natürlich rate er ihm zu, sagte Kröper denn auch, als Po Ta zwei Teller mit verführerisch duftenden gebratenen Nudeln herangebracht und einen Korb mit ein paar Bierflaschen neben den Tisch gestellt hatte. Es könne ihm, Kleinert, etwas Besseres als dieses Angebot Tschiang Kai Scheks ja gar nicht passieren. Dies sei doch – wenn er ihn richtig verstanden habe – immer sein Ziel gewesen: die deutsch-chinesische Zusammenarbeit zu fördern, wo immer er nur könne. Und auf diesem Platz nun – und zu dieser Zeit! – könne er dies besser tun als irgend sonst. Da gebe es doch überhaupt keine Frage.

Was nun aber seine, Kröpers, Distanz zur Politik Hitlers betreffe, so sei Kleinert ja sicher klug genug, zu erkennen, das die nicht rein und kristallklar im Raum stehe, sondern in ein ganzes Bündel von Halbherzigkeiten hineingeschlungen sei. Das müsse man sich doch in aller Ehrlichkeit eingestehen. Selbst bei allerbestem Willen könne man nicht ernsthaft der Auffassung sein, Tschiang Kai Schek sei an irgendeiner Stelle demokratischer, menschenfreundlicher oder weniger diktatorisch als Hitler. Nein, nein, da müsse man schon reinen Tisch mit sich machen: Die Arbeit hier – auch seine, die geologische, die manch einer ja für ganz und gar unpolitisch zu halten bereit sei – diene einem geradezu fanatischen Antikommunisten, einem rücksichtslosen Kriegsherrn, dem es auf ein paar mehr oder weniger hunderttausend Opfer seiner Feldzüge nicht angekommen sei, und einem mit allen Wassern gewaschenen Machtmenschen, der politische Gegner nach Belieben auszuschalten bereit sei. Da müsse Hitler noch viele Gewalttaten vollbringen, ehe er sich mit dem Marschall messen könne. Aber so sei es eben eingerichtet mit der menschlichen Natur: Immer und überall funktioniere das Verdrängen. Was gingen sie ihn, Kröper, denn an, die Feldzüge Tschiangs gegen die chinesischen Kommunisten? Gar nichts. Aber was Hitler mit den deutschen Sozialdemokraten und Kommunisten treibe – das, natürlich, beschäftige ihn Tag und Nacht. Und um das zu überspielen, was tue er da? Vorbildlichen Dienst für den Hitlerfreund Tschiang.

»Also, lieber Kleinert, Sie sehen«, schloss Kröpert seine Rede, »mit einer allgemeinen Moral ist den Dingen hier nicht beizukommen. Und wenn ein Mann wie ich das schon einsehen muss – dann wird es Ihnen, der Sie jünger sind und die Dinge doch viel positiver sehen, noch viel leichter fallen.«

Kleinert war erstaunt. Kröper musste Gedanken lesen können. Wie sonst konnte er ihm mit seinen Argumenten so entgegen kommen? Oder lag darin ganz einfach nur die Zwangsläufigkeit, wie sie sich aus ähnlicher Situation und Arbeit ergibt?

»Wenn ich Sie richtig verstanden habe, raten Sie mir also zu, weil die Übereinstimmung zwischen dem Marschall und der deutschen Politik heute noch größer ist als in der Vor-Hitler-Zeit?«

»Ja, so ist es.«

»Und Sie sind trotz Ihrer Vorbehalte gegenüber Hitler und Tschiang der Auffassung, dass es richtig ist, diese Arbeit zu machen?«

»Ja, auch da verstehen Sie mich richtig.«

»Aber zu den Gründen, warum es Tschiang so eilig hat ...«

»... kommen wir auf diese Weise sofort.« Kröper zog das Gespräch wieder an sich. »Wir sind uns also einig: Tschiang ist froh darüber, dass Hitler in Deutschland das Heft des Handelns an sich gerissen hat. Das jetzige Deutschland entspricht seinen eigenen Vorstellungen davon, wie man einen Staat straff und zentralisiert leitet und gestaltet, viel mehr, als das die Weimarer Republik getan hat, und auch die Entschlossenheit, endlich aus dem Sumpf der Versailler Verträge herauszukommen und sich dabei so gar nichts aus dem Protestgetöse des Auslands zu machen, gefällt unserem Marschall nur allzu gut. Aber die Zeit, in der er aus all dem so richtig Kapital schlagen könnte, zerrinnt ihm zwischen den Fingern. Die Japaner lassen ihm doch keine Ruhe. Nehmen Sie das vergangene Jahr, als Sie in Berlin so brav daran gearbeitet haben, den Mamo-Impex-Vertrag zum Staatsabkommen zu entwickeln. Da sind die Japaner in der entmilitarisierten Zone von Nordchina mal eben ein bisschen auf – wie sie das nennen – Partisanenjagd gegangen, haben herumgetönt, die Sicherheit Mandschukuos sei gefährdet, und sie haben Tschiang damit so unter Druck gesetzt, dass der sich bereit erklären musste, so eigenartige separatistische Konstruktionen wie die Antikommunistische Autonome Regierung Ost-Hopeh oder den Autonomen Politischen Rat Hopeh-Tschahar zu akzeptieren.«

»Seltsam, nicht wahr?« Kleinert wollte dem Professor das Feld nicht völlig überlassen. »Dass die Japaner die Läuse, die sie dem – Sie haben ihn ja völlig richtig charaktersisiert – geradezu fanatischen Antikommunisten Tschiang Kai Schek in den Pelz setzen, immer ausdrücklich als antikommunistisch bezeichnen? Es scheint, als sei der Marschall ihnen immer noch nicht antikommunistisch genug.«

»Ein raffinierter Trick, finde ich«, sagte Kröper. »Die Japaner wissen genau, dass sie Tschiang damit in der perfekten Zwickmühle haben. Was soll er jetzt tun? Mit den Japanern gemeinsam gegen die Kommunisten? Dann gibt er China auf. Und mit den Kommunisten gemeinsam gegen die Japaner? Dann gibt er sich selber auf. Also treiben ihn die Japaner mit immer neuen Nadelstichen vor sich her. Und profitieren dabei natürlich davon, dass der Antikommunismus des Marschalls trotz aller seit 1927 geschlagenen blutigen Schlachten nicht ausgereicht hat, die Kommunisten endgültig zu vertreiben.«

»Sagen Sie mir noch ein bisschen mehr darüber«, sagte Kleinert, »ich muss gestehen, dass ich mich um diese Dinge so gut wie gar nicht gekümmert habe.«

»Das habe ich schon gemerkt«, sagte Kröper, »und das ist einer der Gründe dafür, warum ich Ihre Arbeitsweise – was Sie mir hoffentlich nachsehen werden – vorhin mal als ›brav‹ bezeichnet habe. Da haben Sie nun einen Generaloberst v. Saecken als Chef gehabt – aber mal mit ihm darüber zu reden, ob es außer der Stärkung der Verteidigungskraft gegen die Japaner auch noch andere Aufgaben für die Militärberater gegeben haben könnte, ist Ihnen nicht in den Sinn gekommen.«

»Ich wollte das Meine tun und nichts sonst.«

»Ist ja auch in Ordnung«, lenkte Kröper ein, »ich mache es ja nicht anders und bin froh, wenn ich draußen unbehelligt durch meine Bergwerke stapfen kann. Aber wenn man wie ich schon ein paar Jahre länger hier in der Gegend ist, dann weht einem der Wind eben auch ein paar mehr von den Dingen zu, von denen man eigentlich die Finger lassen wollte.«

»Dann lassen Sie mich teilhaben an dem Zugewehten.« Kleinert griff in den Korb mit den Bierflaschen und füllte die Gläser neu, und als ob sie sich verabredet hätten, trat Po Ta mit ein paar süßen, in heißem Öl gebackenen, rosenartig geformten Küchlein an den Tisch heran. Aha, dachte Kleinert schmunzelnd, auch Kröper hatte also etwas übrig für den Kontrast des bitteren Bieres mit einer leckeren Süßigkeit. Und war sichtlich froh über die kleine Unterbrechung.

»Nun ja«, nahm Kröper den Faden wieder auf, »ein Spezialist bin ich vom gelegentlichen Zuhören natürlich nicht geworden. Aber dass die Kommunisten gar nicht so weit von hier, nur fünf-, sechshundert Kilometer südlich, in der Provinz Kiangsi eine Art Sowjetrepublik aufbauen wollten und 1934 von dort durch Tschiangs Armeen vertrieben worden sind, das weiß ich, und auch, dass sie sich dann mit einem viele Monate dauernden Gewaltmarsch dem Zugriff des Marschalls entzogen haben und jetzt eine Basis in der Provinz Schensi – das liegt nun wieder mehr als tausend Kilometer nordwestlich von hier – errichten. Tschiang war ihnen immer auf den Fersen, aber bis nach Schensi reichen seine Kräfte nicht mehr. Wie eben auch nicht nach Nordchina, was den Japanern den willkommenen Anlass gibt, seinen Antikommunismus als reichlich zahnlos zu verhöhnen. Und das werden sie, da können Sie ganz sicher sein, für ihr weiteres Vordringen auf chinesisches Territorium gnadenlos ausnutzen.«

»Womit wir«, sagte Kleinert, »wieder beim Ausgangspunkt wären: der Zeit, die dem Marschall durch die Finger rinnt.«

»Richtig«, bestätigte Kröper, »und bei unserer eigenen Lage. Denn wir stecken ja auch in der Klemme, und auch uns läuft die Zeit davon. Wir müssen uns ja auch entscheiden: für oder gegen China. Und da können Sie mir glauben, lieber Kleinert, dass ich eine Menge Verrenkungen machen muss, aber am Ende bleibt mir ja doch keine Wahl: Ich muss diesen Hitler, diesen jetzt vielleicht wichtigsten Verbündeten von Tschiang Kai Schek, nehmen, wie er ist, muss ihm sogar dienen, ihm zuarbeiten, denn wie sollte ich meinem Wunsch, China zu helfen, sonst treu bleiben können?«

Das war sie, dachte Kleinert, die Brücke, nach der er gesucht hatte. Und ausgerechnet Hermann Kröper, der Besorgte, der Zweifler, hatte sie ihm gebaut.

Kapitel 10

Hsü Tao Lin, der immer Elegante, immer Beherrschte, schlug mit beiden Fäusten auf den Tisch. »Das ist ganz unglaublich! Das ist ein Schlag mitten ins Gesicht! Kleinert, Sie müssen doch davon gewusst haben! Sagen Sie mir, bitte, wie das geschehen konnte!«

Kleinert hob verdutzt den Kopf. Dass der Freund nicht in Begeisterungsstürme ausbrechen würde über den Vertrag, den Deutschland und Japan gerade miteinander abgeschlossen hatten, lag auf der Hand. Man freut sich nicht, wenn ein Gegner, der dabei ist, dem eigenen Land mit einem Gemisch aus Tricks, Erpressung und Gewaltandrohung immer neue Provinzen zu entreißen, internationale Bestärkung erfährt. Und schon gar nicht, wenn das durch ein Land geschieht, mit dem man selbst in Freundschaft lebt. Aber andererseits: Hsü war doch kein heuriger Hase im internationalen Geschäft. Er kannte sich doch aus im Spiel der Kräfte und Möglichkeiten, und wer wüsste besser als er, wie auch der Marschall selbst in diesem Spiel taktierte, drohte und schmeichelte. Warum also ein solcher Ausbruch?

Und überhaupt: Eigentlich hatte er den Freund zu einem gemütlichen ersten Advent in seine kleine Wohnung eingeladen, wollte mit ihm das zu Ende gehende Jahr 36 Revue passieren lassen, wollte erfahren, wie es Hsü in Peking ergangen war und ihm im Gegenzug ein paar Berliner und Nankinger Geschichten erzählen, und weil, dachte Kleinert, es doch eine Menge zu feiern gab, hatte er neben einer riesigen Schüssel mit knoblauchduftenden dampfenden *djaodse* und den obligaten mit Sojasauce gefüllten Porzellankännchen auch eine Flasche *maotai* bereitgestellt.

Aber Hsü war nicht zu bremsen. »Sie müssen mir sagen, was Sie von all dem gewusst haben«, wiederholte er erregt, »sonst weiß ich nicht, was aus unserer Freundschaft werden soll. Ich war so glücklich, Kleinert, als ich im April vom Erfolg unserer Delegation in Berlin gehört habe. Ein Austauschvertrag auf staatlicher Ebene – das war es doch, wovon wir immer geträumt haben, oder nicht?«

»Natürlich«, sagte Kleinert, »das war unser Traum, und er hat sich erfüllt, und darauf sollten wir einen trinken.«

»Und dass Sie in die Dienste Tschiang Kai Scheks getreten sind – ist das nicht der zweite Teil dieses Traums? Dass wir einmal Kollegen werden würden?«

»Auch damit haben Sie Recht.«

»Aber wieso dann dieser Verrat? Wieso dieser Antikominternpakt mit Japan? Das kann man doch gar nicht anders verstehen als eine feindliche Attacke gegen uns, oder?«

»Ich weiß nicht, ob Sie da nicht ein wenig übertreiben, lieber Hsü. Was steht denn drin in diesem Vertrag? Das ist doch lächerlich!«

»Lächerlich? Ich kann Ihnen nicht folgen.«

»Aber ich bitte Sie!« Kleinert ging ins Nebenzimmer und kam mit einem Zeitungsartikel zurück, den er Hsü in die Hand gab. »Schauen Sie doch mal ganz in Ruhe auf den Text. Was soll denn getan werden laut diesem Vertrag? Deutschland und Japan wollen sich gegenseitig über die Tätigkeit der Kommunistischen Internationale unterrichten und gemeinsam Abwehrmaßnahmen beraten. Das ist doch eine Plattitüde reinsten Wassers! Welcher Staat tut das denn nicht? Sich gegen die Kommunisten zu wehren?«

»Mag sein«, sagte Hsü, »dass es eine Plattitüde ist. Dann soll ich also glauben, dass man neuerdings Plattitüdenverträge macht? Den ganzen Vertragsaufwand wegen nichts und wieder nichts? Großer Rummel bei der Unterzeichnung, Presse, Fahnen, stolze Reden – alles wegen einer Nichtigkeit? O nein, Kleinert, das glaube ich einfach nicht.«

»Ganz so ist es ja auch nicht. Trommeln gehört zum Geschäft – das wissen wir doch beide. Hitler hat immer entschieden gegen die Kommunisten gekämpft – das will er nun der ganzen Welt noch einmal demonstrieren. Und dann gibt es ja auch noch dieses außenpolitische Signal in Richtung Sowjetunion. Man munkelt da von Geheimklauseln, die im Falle eines sowjetischen Angriffs eine gemeinsame Verteidigung vorsehen. Das ist natürlich keine Plattitüde – da haben Sie völlig Recht. Aber es hat auch nichts mit China zu tun. Und insofern kann ich mit Ihrem Vorwurf des Verrats nichts anfangen.«

»Weil Sie ein Deutscher sind und nur die deutsche Sicht im Kopf haben.« Hsü hob wieder die Stimme. »Schauen Sie doch mal in den Artikel II des Vertrages! Da heißt es, dass Deutschland und Japan andere Staaten, deren innerer Friede durch die Zersetzungsarbeit der Kommunistischen Internationale bedroht wird, gemeinsam einladen wollen, Abwehrmaßnahmen im Geiste dieses Abkommens zu ergreifen.«

»Ja, und?« Kleinert blickte verständnislos. »Das ist doch um keinen Funken dramatischer als das, was ich Ihnen eingangs vorgelesen habe. Also hören Sie doch bitte auf, dieses ganze Getöse so ernst zu nehmen. Die beiden Staaten wollen andere zur Zusammenarbeit einladen – na, das ist doch bestens. Wer sich dann wann und wie einladen lässt, kann das doch jederzeit selber entscheiden. Darüber müssen wir uns hier doch nicht erregen.«

»Doch, wir müssen.« Hsü blieb hartnäckig. »Prüfen Sie doch einfach mal, mit welchen Argumenten Japan seine Attacken auf unser Land begründet. All diese Gebietsabtrennungen in Nordchina, die Japan seit der Gründung Mandschukuos erzwungen hat – sie alle hat Tokio damit gerechtfertigt, dass es dort kommunistische Umtriebe gebe, gegen die vorzugehen man gezwungen sei. Ein Raubzug mit der Begründung, uns von den Kommunisten befreien zu wollen – das ist der Kern der Sache. Dass es in den eroberten Gebieten kaum wirklich Kommunisten gibt und deren Tun und Lassen in jedem Falle Chinas innere Angelegenheit ist – das schert die Japaner nicht. Sie haben sich eine Begründung zurecht konstruiert, die ihnen in den Kram passt, und die haben sie sich nun von Deutschland vertraglich absegnen lassen.«

»Dass das alles so ist, wie Sie es schildern mit dem Vormarsch der Japaner, das weiß ich auch.« Nun war auch Kleinert etwas ungehalten. »Aber das passiert seit vielen Jahren – und der Vertrag ist gerade mal eine Woche alt. Am 25. November wurde er unterschrieben. Ich kann einfach – verstehen Sie doch! – das Wort vom Verrat nicht auf mir sitzen lassen.«

»Weil Sie – ich sagte es schon einmal – unsere ostasiatischen Verhältnisse noch immer nicht verstehen. Sie sehen den Vertragstext und überlegen, wen Hitler denn jetzt zur Mitarbeit an diesem Vertrag einladen könnte und wen nicht, und dann überlegen sie, wer von sich aus dem Vertrag beitreten könnte oder nicht, und dann finden Sie das alles ganz harmlos, denn trotz Komintern sind die Kommunisten nirgends wirklich eine Bedrohung, nirgends steht ein Umsturz vor der Tür, in Deutschland sind die Kommunisten ganz und gar verboten, und für das Land, in dem sie regieren und in dem die Komintern ihre Zentrale hat – für die Sowjetunion also – hält der Vertrag ja die von Ihnen erwähnte Geheimklausel parat.«

»Und in China«, warf Kleinert ein, »steht an der Spitze ein Mann, der mit aller Härte gegen die Kommunisten vorgeht und Hitler dafür bewundert, dass er es genauso macht.«

»Richtig – und wenn es die Japaner also ernst meinten mit dem gemeinsamen Ziel Antikommunismus, dann hätten sie Tschiang schon längst zur Mitarbeit am Vertrag eingeladen. Aber genau das wollen sie ja eben nicht. Sie haben uns die Mandschurei entrissen, weil Tschiang nicht stark genug war, das zu verhindern, und bei ihrem Vorgehen jetzt erklären sie immer wieder, dass Tschiang auch zu schwach sei, die Kommunisten nieder zu halten, und aus diesem Grunde suchen sie sich dubiose Lokalherrscher, von denen sie wissen, dass sie gegen Tschiang sind, und die laden sie dann im Sinne ihres Vertragstextes zur Zusammenarbeit gegen den Kommunismus ein. Und darum sage ich es Ihnen noch einmal: Die Japaner brauchen den Vertrag zur Begründung ihres Raubzuges, sie brauchen ihn zur Eroberung Chinas – und Hitler hat ihn ihnen gegeben.«

»Ich begreife Ihre Erregung«, sagte Kleinert in einem erneuten Bemühen, das Gespräch nicht zum harten Streit werden zu lassen, »aber die Art und Weise, in der Sie das Vorgehen der Japaner mit dem Vertrag verknüpfen, überzeugt mich auch jetzt noch nicht. Sie schreiben Deutschland eine Rolle zu, die es nicht wirklich spielt. Was die Japaner mit China machen, hat mit Deutschland nichts zu tun.«

»Ich begreife auch etwas«, antwortete Hsü. »Sie wollen Ihr Heimatland verteidigen. Und das ist ja auch ganz normal. Aber was ich nicht begreife, ist, warum Sie dabei einige Zusammenhänge, die doch sonnenklar auf der Hand liegen, einfach nicht zur Kenntnis nehmen.«

»Und die wären?«

»Nun, selbst wenn ich Ihnen folgte und das psychologische Gewicht des Antikominternvertrages für Japans Eroberungspolitik ein wenig niedriger hängte – da bleibt dann doch trotzdem noch der unleugbare Fakt, dass Deutschland mit Mandschukuo einen Handelsvertrag abgeschlossen hat.«

Er hat Recht, dachte Kleinert, dieser Tatsache kann man sich auch bei nüchternster Betrachtung der Ereignisse nicht verschließen. Und trotzdem widersprach er dem Freund. »Sie verrennen sich, lieber Hsü, wenn Sie jetzt plötzlich eine ganze Kette von deutschen Aktionen gegen China erkennen wollen. China ist riesengroß, Mandschukuo ist auch nicht gerade klein, die deutschen Wünsche sind sehr umfangreich – das lässt sich doch ganz friedlich unter einen Hut bringen.«

»Ach, Kleinert.« Hsü machte eine Pause. »Wie wenig kennen Sie uns. Und wie wenig wissen Sie davon, wie demütigend es für uns ist, wenn man uns zwingt, das Gesicht zu verlieren. Sie wollen, dass wir einen *maotai* trinken auf das gute Jahr 36? Wir werden es tun, weil Sie für unser Land geleistet haben, was in Ihren Kräften stand. Und weil ich Ihnen glaube, dass Sie nicht mit zwei Zungen reden und persönlich mit den beiden Verträgen, über die wir uns hier die Köpfe zerbrechen, wirklich nichts zu tun haben.«

Er nahm die Flasche, füllte die Gläser, prostete Kleinert zu, leerte das Glas auf einen Zug und machte sich an den *djaodse* zu schaffen. »Und damit Sie mir glauben, dass ich Ihre so freundliche Einladung trotz meiner Erregung zu schätzen weiß, übernehme ich jetzt einfach die Gastgeberrolle.«

Mit geübtem Schwung bugsierte er eine Kelle voll Teigtaschen in eine der beiden bereitstehende Schalen, träufelte Sojasauce darüber und schob sie Kleinert über den Tisch. Dann wiederholte er die Prozedur für sich selbst, füllte auch die *maotai*-Gläser noch einmal, und nun stießen sie richtig an.

»Auf unsere Freundschaft«, sagte Hsü.

»Auf unsere Freundschaft«, sagte auch Kleinert.

»Aber wir müssen«, sagte Hsü nach einer Weile schweigenden Essens, »trotzdem noch einmal auf diese verschiedenen Verträge zurückkommen. Denn ob das wirklich alles, wie Sie sagen, friedlich unter einen Hut zu bringen sein wird – der Mamo-Impex-Vertrag, der Antikominternpakt und das Handeslabkommen mit Mandschukuo: Ich habe da meine erheblichen Zweifel.«

Ich doch auch, wollte Kleinert sagen. Denn während der letzten Worte des Freundes und seiner rührenden Versuche, aus diesem ersten Advent doch noch einen gemütlichen zu machen, waren ihm einige Bilder wieder in Erinnerung gekommen, die er zunächst einfach nicht wichtig genommen hatte.

Mit welchem Stolz hatte doch Martin Wentrich, der einstige Konsul in Mukden, der nach Hsinking umgezogen und dort zum Generalkonsul für Mandschukuo ernannt worden war, über das deutsch-mandschurischen Handelsabkommen berichtet! O doch, da konnte einem schon angst und bange werden bei soviel gläubiger Bereitschaft, mit den Japanern zusammen zu gehen. Und als er kurz nach seinem Amtsantritt beim Marschall dem deutschen Botschafter Wilhelm Trauthoff seine Aufwartung gemacht hatte – hatte nicht auch der Zweifel an der Weisheit dieses Abkommens durchblicken und die Sorge erkennen lassen, dass in Berlin die Japanbewunderer und Mandschukuofreunde auf dem Vormarsch sein könnten?

Aber er schwieg, und so nahm Hsü wieder das Wort.

»Ich konnte es einfach nicht fassen«, sagte er. »Da kommen unsere Leute zufrieden mit einem Vertrag aus Berlin zurück, und im gleichen Monat – im gleichen Monat, Kleinert! – macht Ihr Land einen fast gleichrangigen Vertrag mit diesen Separatisten in Mandschukuo. Diese Demütigung – es ist schwer, mit ihr fertig zu werden. Und es wäre mir – das muss ich dann doch noch einmal sagen – unerträglich gewesen, wenn Sie an dieser Demütigung einen Anteil gehabt hätten.«

»Lassen Sie's gut sein«, sagte Kleinert, froh darüber, dass Hsü sich den anfangs geäußerten Verdacht nun wirklich aus dem Kopf geschlagen hatte, »ich habe Sie doch verstanden. Nun lassen Sie uns überlegen, wie wir trotz allem kühlen Kopf bewahren können.«

Schon ein paar Tage später bot die Arbeit dafür beste Gelegenheit. Kleinert hatte Post aus Berlin bekommen, in der die Reichswirtschaftsführung ihren Bedarf an Rohstoffen aus China zum ersten Mal bis ins Detail auflistete, und er hatte daraufhin Tscheng Sun Hao, mit dem er gemeinsam die Berlin-Delegation der Chinesen vorbereitet hatte, Robert Tschen, den Dolmetscher, und Hsü Tao Lin eingeladen, sich diese Auflistung gemeinsam anzuschauen. Gewiss hatte Tscheng Sun Hao bei seinem Deutschlandbesuch solche oder ähnliche Zahlen schon präsentiert bekommen – aber jetzt hatte man alles zusammen auf einem Stück Papier.

»Eine Überraschung ist das für Sie alle natürlich nicht«, begann Kleinert. »Zink, Blei, Zinn, Antimon, Mangan, Molybdän und Wolfram wollen wir aus China – das wissen Sie ja längst.«

»Und die Zahlen? Was sagen die?« Tscheng Sun Hao wirkte ungeduldig, und es war gut, dass Robert Tschens flinke Übersetzung gar nicht erst eine Pause entstehen ließ.

»Nun, die Zahlen sagen, dass wir fast alles kaufen wollen, was Sie zu fördern in der Lage sind.« Kleinert räusperte sich. »Schauen Sie hier: 220.000 Tonnen Zink. Und hier: 100.000 Tonnen Blei. Und weiter: 8.000 Tonnen Wolfram, 6.000 Tonnen Molybdän, 3.000 Tonnen Antimon, 600 Tonnen Quecksilber.«

»Das ist noch mehr«, sagte Tscheng, »als wir in Berlin besprochen haben. Sie haben Recht, Kleinert: Das geht an die Grenze unserer Möglichkeiten.«

»Aber unser Kredit und unsere Gegenlieferungen – das alles zusammen ist Ihnen doch alle Anstrengungen, diese Grenzen zu überschreiten, wert?«, fragte Kleinert.

»Selbstverständlich«, antwortete Tscheng. »Ich ahne nur schon, wie man im Bergbau-, im Wirtschafts- und im Verkehrsministerium aufstöhnen wird, wenn man sich dessen bewusst wird, was da an neuen Lösungen gefunden werden muss. Das Tempo, das Sie da in Berlin anschlagen – ich weiß nicht, ob das bei uns nur reine Begeisterung auslöst.«

»Aber bei Ihnen selbst«, mischte sich Hsü Tao Lin ins Gespräch, »in Ihrem Herzen: Da trifft es doch auf Begeisterung?«

»Natürlich«, sagte Tscheng, »ich habe in Berlin ja erlebt, wie ernst es die Herren dort meinen. Und der Marschall seinerseits drängt im übrigen ebenfalls auf größte Eile bei der Realisierung der Lieferungen.«

»Ich denke, das genau ist unsere gemeinsame Stärke«, sagte Kleinert, »dass wir es gemeinsam eilig haben. Wir sollten denjenigen, die uns von außen so unter Druck setzen, vielleicht sogar dankbar sein. Sie zwingen uns zu raschem Handeln.«

»Bravo, Kleinert!« Hsü nickte ihm zu. »Ich freue mich, dass Sie das so sagen. Da spürt man doch wieder ein Stück unseres Laoschan-Geistes in Ihnen. Es stimmt: Wir Chinesen müssen uns beeilen, weil uns sonst die Japaner zuvor kommen. Und warum müssen Sie, die Deutschen, sich beeilen? Was Sie in Berlin für Gründe haben, will ich nicht beurteilen. Aber hier, in China, haben wir ganz zweifellos den gleichen Gegner – oder Antreiber, wenn Sie das so nennen wollen. Auch Sie, Kleinert, werden von Japan zur Eile gedrängt, denn ein japanisch besetztes China wird Ihre nun wahrlich nicht gerade bescheidenen Wünsche wohl kaum erfüllen können. Die Japaner werden das alles selber haben wollen.«

Er machte eine Pause und wandte sich dann auf Chinesisch an seinen Landsmann Tscheng Sun Hao, aber Robert Tschen sorgte auch jetzt dafür, dass Kleinert nichts entgehen konnte.

»Sie erlauben, Tscheng *hsiänscheng*«, sagte Hsü, »dass ich in aller Bescheidenheit darauf hinweise, dass ich unter Nutzung der Überlegungen unseres großen Lehrers Sun Yat Sen schon vor Jahren auf diesen Vorteil unserer Position für Deutschland aufmerksam gemacht habe: dass sich unsere Wirtschaft mit der deutschen ergänzt, die japanische aber immer in scharfer Konkurrenz mit der deutschen sich befinden wird. Und es ist vielleicht auch für Sie durchaus von Interesse, zu wissen, dass es genau solche Überlegungen gewesen sind, über die Ke Lan Pao und ich seinerzeit in Berlin miteinander ins Gespräch gekommen sind.«

Tscheng lächelte. »Ich weiß, ich weiß, dass Sie beide da schon lange einen gemeinsamen Faden spinnen. Und dass Sie ein großer Deutschlandkenner sind, lieber Hsü, das ist ja auch völlig unbestritten. Um so mehr verwundert mich jedoch, dass Sie eben sagten, zu den Gründen, die die Deutschen in Berlin zur Eile trieben, wollten Sie sich nicht äußern. Gehört es unter Vertragspartnern nicht dazu, sich über die Situation beider Seiten gründlich ins Bild zu setzen?«

»Sie haben Recht«, antwortete Hsü, »aber den deutschen Part bei dieser Erörterung wollte ich dann doch lieber meinem Freund Ke Lan Pao überlassen.«

»Und es ist ja auch gar kein Geheimnis darum«, sagte Kleinert. »Die Versailler Verträge sind zwar nun endgültig Geschichte – aber an der schlechten Lage Deutschlands hat sich damit ja noch nichts geändert. Machen wir doch den einfachen Vergleich: England und Frankreich – das sind zwei Länder, die ähnlich dicht besiedelt und ähnlich stark industrialisiert sind wie Deutschland, und sie verfügen ähnlich wie wir nur über wenige Bodenschätze verfügen. Aber sie sind im Besitz riesiger Kolonialgebiete, und das sind im Verbund mit dem Mutterland Großwirtschaftsräume, in denen sie ihre Bedürfnisse an Bodenschätzen und landwirtschaftlichen Rohstoffen fast ungehindert befriedigen können. Den Vereinigten Staaten von Amerika ergeht es ein wenig anders. Sie haben kein solches Kolonialgebiet, aber erstens ist ihr Staatsterritorium viel größer und auch rohstoffreicher als das von England, Frankreich oder auch Deutschland, und zweitens haben sie den mittel- und südamerikanischen Kontinent durch ein Netz von wirtschaftlichen und politischen Druck- und Abhängigkeitsmechanismen fast vollständig unter ihre Kontrolle gebracht. Das ist vielleicht sogar noch effektiver als ein klassisches Kolonialreich.«

»Und was nun wollen Sie dem entgegenstellen?« fragte Tscheng. »Ein Kolonialreich nach klassischem Modell oder eine Einflusssphäre amerikanischer Art?«

»Da gehen die Meinungen auseinander«, antwortete Kleinert. »Ich habe hier zum Beispiel einen Bericht der Industrie- und Handelskammer Hamburg, in dem unter Rückgriff auf die im Krieg verlorenen Kolonien klipp und klar die Wiedererrichtung eines deutschen Kolonialreiches gefordert wird.«

»Soll da auch Kiautschou dazugehören?« Hsü war erstaunt. »Sagen Sie ehrlich: Wollen die Hamburger auch Kiautschou wiederhaben?«

»Davon steht nichts drin in diesem Papier, und – ehrlich gesagt – ich weiß es auch nicht. Dazu kenne ich diese Leute zu wenig.« Kleinert versuchte, aus der unangenehmen Fragestellung wieder heraus zu kommen. »Aber ich glaube, Sie sollten sich nicht verängstigen lassen. Denn solche Ängste verhindern vielleicht, dass wir gemeinsam etwas wahrnehmen, was auch in diesem Papier steht und viel wichtiger ist. Ich meine jene Passagen, in denen das Interesse Deutschlands an eigenen, stabilen, vom Einfluss der Konkurrenten unabhängigen Bezugsquellen für Erze, Ölfrüchte und Faserstoffe beschrieben ist. Wir waren doch vorhin dabei, uns klar darüber zu werden, was uns, die Deutschen, und Sie, die Chinesen, antreibt, unseren Vertrag so schnell wie möglich zu erfüllen. Und hier, im unabdingbaren Streben nach einem eigenen Großwirtschaftsraum, haben Sie den Schlüssel für unsere, die deutsche, Eile.«

»Aber Sie geben zu«, nahm Tscheng die Hsü'sche Frage noch einmal auf, »dass uns die Form, in der Ihre Leute unsere Rohstoffe und Bodenschätze in ihre Pläne einbauen, nicht völlig egal sein kann?«

»Natürlich gebe ich das zu«, antwortete Kleinert, »sonst wäre ich doch gar nicht hier. Da muss ich Sie, lieber Hsü, denn doch noch einmal zum Kronzeugen anrufen: Ich will – und Sie wissen das – kein Kolonialreich, sondern gleichberechtigte Zusammenarbeit. Ich will, dass wir uns gegenseitig unsere jeweiligen Interessenlagen zunutze machen. Und darum sage ich: Machen Sie sich die Idee des deutschen Großwirtschaftsraumes zunutze! Ziehen Sie Ihren eigenen Vorteil daraus.«

Als Kleinert am Abend erschöpft in die Kissen fiel, tat er das in dem guten Gefühl, die Zweifel, die Hsü Tao Lin bei ihrem nur halb geglückten Adventsumtrunk eine Woche zuvor so schmerzhaft umgetrieben hatten, entschieden zerstreut zu haben. Sie hatten noch ein paar weitere Stunden über den Listen gesessen, Tscheng Sun Hao hatte eifrig Notizen gemacht, um Tschiang Kai Schek Bericht erstatten und dann den verschiedenen Ministerien die notwendigen Anweisungen geben zu können, und als sie nach gründlichen Debatten über den Abbau und die Lieferung der Bodenschätze zu den Agrarprodukten gekommen waren, hatte Kleinert noch einmal deutlich machen können, dass der deutsche Handelsvertrag mit Mandschukuo wirklich keine Gefahr für die deutsch-chinesischen Belange darstellte.

»Vier Millionen Tonnen an Sojabohnen, Erdnüssen und Ölsaaten braucht unser Land in einem Jahr – das können Sie allein doch gar nicht leisten«, hatte er Hsü und Tscheng erklärt, »da bleibt uns doch gar nichts anderes übrig, als auch mit Mandschukuo ins Gespräch zu kommen. Und außerdem sind Sie doch noch mit fast einer Million Tonnen Baumwolle und tausenden Tonnen Hanf und Seide bestens im Spiel – also, ich bleibe dabei: Es gibt wirklich keinen Grund zur Beunruhigung.«

Die Chinesen hatten nicht noch einmal nachgebohrt. Sei es, dass sie die Zahlen wirklich überzeugt hatten, oder sei es, dass ihnen die Kleinertschen Meldungen über die pünktlichen deutschen Waffen- und Ausrüstungslieferungen und die problemlose Gewährung der ersten Kredittranchen den Wind aus den Segeln nahmen – der Tag war harmonisch und optimistisch zu Ende gegangen.

Und kurz vor Weihnachten erreichte Kleinert eine weitere gute Nachricht: Seine Bemühungen, die Handelshäuser in die umfangreichen Transportaufgaben einzubinden, hatten doch noch Früchte getragen.

Lange war es in Berlin offenbar hin- und hergegangen, immer wieder musste es Stimmen gegeben haben, denen die Buckowitz & Co., Garbsen, Harmssen oder Schröder & Tackelmann irgendwie nicht in den Kram passten. Kleinert war sich nicht sicher, was die Gründe dafür sein sollten. Gewiss, es gab bei diesen altehrwürdigen Unternmehmen, von denen einige schon auf 75 Jahre erfolgreichen Chinageschäfts zurückblicken konnten, manche nostalgische Vorstellungen. Das hatte man ja gerade erst in den eigenartigen Hamburger Kolonialreich-Plänen nachlesen können. Und ganz sicher mussten nicht nur die Schiffsverbindungen der Handelshäuser auf den nunmehr Millionen Tonnen an Fracht umfassenden Handel eingestellt werden, sondern auch das Netz der im Landesinnern verstreuten Lieferanten und Aufkäufer, auf die sich die Handelshäuser stützten, bedurfte einer entschiedenen Modernisierung. Aber das, dachte Kleinert, war ja alles machbar.

Denn wer sonst sollte eigentlich all diese Dinge übernehmen? Sie hatten in Berlin ja schon verschiedene Varianten erwogen. Als Hauptproblem hatte sich dabei herausgestellt, dass die Lieferungen von Deutschland nach China ganz gut von den großen Reedereien direkt übernommen werden konnten, in der Gegenrichtung ein solches Verfahren aber ganz und gar untauglich war.

Das war leicht überschaubar: In Deutschland schafften die Waffen- und Ausrüstungshersteller ihre Produkte mit der Eisenbahn direkt in die Häfen, da wären bei dem gewaltigen Umfang der Posten Zwischenhändler nur ein Zeit, Kraft und Kosten raubender Störfaktor gewesen. In China aber sah das gänzlich anders aus. Die agrarischen Produkte kamen aus verschiedensten Landesteilen, die kleinen Mengen, die die einzelnen Lieferanten anboten, mussten zusammengefasst, Transporte zum nächst größeren Sammelpunkt zusammengestellt werden. Von dort ging es in die Lagerhallen der Handelshäuser, die – Kleinert erinnerte sich des langen Rundgangs mit Friedrich Lüttjohann – sich zu unverzichtbaren Zentren des Ordnens der Waren, der Qualitätsprüfung und der Vorbereitung zum Schiffstransport entwickelt hatten. Als jemand eingeworfen hatte, bei den Erzen sei das doch anders, da gehe es doch ähnlich wie bei den deutschen Lieferungen auch um große, produkteinheitliche Mengen, hatte Kleinert energisch widersprochen und von seinen Erfahrungen berichtet, dass auch der Erztransport noch häufig mit primitivsten Fuhrwerken und in unregelmäßigen Abständen erfolge. Man müsse also auch hier Sammelstellen und Zwischenlager einrichten. An eine Direktbelieferung eines im Hafen liegenden Dampfers von den Minen aus – daran sei beim besten Willen nicht zu denken. Wenn man das wolle, dass ein Schiff nach dem Löschen der aus Deutschland herüber gebrachten Güter sofort wieder mit der Gegenfracht für Deutschland beladen werde – dann werde man ohne die Handelshäuser nicht auskommen.

Und nun hatte er es also schwarz auf weiß, dass sich auch diese Anstrengungen gelohnt hatten. Zwar waren in Berlin noch keine endgültigen Regelungen getroffen worden, aber es war grünes Licht für weitere Sondierungen gegeben, und da, war sich Kleinert sicher, würden die Tatsachen ganz einfach für sich sprechen.

Im Januar sandte er einen Brief an Friedrich Lüttjohann von Buckowitz & Co. in Tientsin mit der Bitte, ihn an die Filiale der Firma in Schanghai weiter zu empfehlen. »Gern wäre ich zu Ihnen nach Tientsin gekommen«, schrieb er, »denn schließlich waren Sie es, der mich in die Geheimnisse der Handelshäuser eingeweiht und mich ihren besonderen Stolz hat spüren lassen. Aber ich muss diesmal auf kürzere Wege erpicht sein – und die 350 Kilometer nach Schanghai hinüber sind allemal leichter zu überwinden als die mehr als 1000 zu Ihnen hinauf. Also seien Sie mir bitte nicht böse und erleichtern Sie mir den Einstieg bei Ihren Schanghaier Firmenkollegen. Sollten wir zu günstigen Vereinbarungen gelangen, kämen diese ohnehin Ihnen allen zugute.«

Lüttjohanns freundliche Antwort ließ nicht lange auf sich warten, und so saß Kleinert an einem feuchten, nasskalten Februarnachmittag im prächtigen, mit allen Insignien jahrzehntelanger China-Kennerschaft und noch älterer deutscher Weltfahrertradition ausgestatteten Schanghaier Buckowitz-Büro.

Sein Gastgeber Christian Stochlow, ein schmaler, hellblonder Brillenträger in den Vierzigern mit ausgeprägtem Hamburger Akzent und norddeutscher Bedachtsamkeit in Rede und Gestik, hatte ihn zu einer Sitzgruppe aus fein ziseliertem Ebenholz gebeten, wie man sie wohl nur bei ausgesuchten Antikhändlern erwerben konnte, und ließ ihm, nachdem er im Vorzimmer den obligaten Grünen Tee hatte sevieren lassen, Zeit, die Schönheit des Raumes auf sich wirken zu lassen. Und in der Tat: Selten hatte Kleinert erlebt, dass deutsche und chinesische Möbel so stimmig miteinander arrangiert worden waren. In der Heiterkeit und Eleganz ihrer sanft geschwungenen Stuhl- und Tischbeine bildete die zu gelöstem Gespräch einladende Sitzgruppe einen über die Maßen gelungenen Kontrast zu dem massiven, Respekt erheischenden hanseatischen Schreibtisch, dessen klare Kantigkeit in der Struktur des lederbezogenen, hochlehnigen Arbeitssessels und der Bücherschränke an der Schmalseite des Raumes eine gelungene Fortsetzung fand, die freilich durch ein paar weichlinige Holzschnitzereien am Rande der fast riesig wirkenden Arbeitsfläche auch gleich wieder gemildert wurde. Zwei kleine, kaum Tischhöhe erreichende Regale führten als Stellflächen für Vasen und Schalen das China-Thema weiter, während neben der doppelflügligen Tür noch einmal Hamburg und die Seefahrt zu Wort kamen: Auf einer einfach gegliederten Kommode hatte man einen Sextanten, einen Globus und eine dickleibige alte Seekartensammlung platziert, und eine mächtige, in goldenem Glanz erstrahlende Schiffsglocke, die darüber an der Wand befestigt war, kündete vom Ruhm der einstigen Buckowitz'schen Seglerflotte.

Reich sind sie, dachte Kleinert, doch sie wissen Maß zu halten. Wo, versuchte er sich zu erinnern, hatte er sich über die protzige Zurschaustellung wertvoller Chinasammlungen so geärgert? Richtig, fiel ihm ein, das war bei Max und Katharina Kampmann in Tientsin gewesen, den Leuten von Keibel und Co., der Farbenvertriebsgesellschaft. Die Alteingesessenen und die Neureichen – wie unverblümt sich die Unterschiede zwischen ihnen in Möbeln und Raumgestaltung Ausdruck verschaffen konnten!

»Es ist schön hier, nicht wahr?«, sagte Christian Stochlow in einem Ton, der die Antwort auf die Frage schon vorweg nahm. »Man sollte dreimal auf Holz klopfen, dass einen die Hamburger Chefs nicht so bald zurückholen.«

»Wieso?«, fragte Kleinert. »Gibt es irgendwelche Anzeichen?«

»Für den Moment wohl nicht.« Stochlow sah Kleinert prüfend an. »Aber sind Sie mit Ihrem Austauschvertrag nicht auf dem besten Wege, uns das Wasser abzugraben?«

»Wer sagt so etwas?« Kleinert versuchte, mit der Gegenfrage etwas Zeit zu gewinnen.

»Die Spatzen pfeifen es von den Dächern.« Stochlow grinste und wackelte in gespielter Nachdenklichkeit mit dem Kopf. »Dass es doch immer noch Leute gibt, die glauben, sie könnten Gewaltiges tun, ohne dass die anderen es merken! Er ist doch gewaltig, Ihr Vertrag, oder nicht?«

»Es wäre schön, wenn er es wirklich würde«, sagte Kleinert.

»Na also.« Stochlows Grinsen hatte einem sarkastischen Ernst Platz gemacht. »Und bei soviel Gewaltigkeit kann man auf so Ungewaltige wie uns natürlich verzichten.«

Kleinert überlegte. Hatte er nicht in seinem Brief an Lüttjohann bereits angedeutet, dass er gute Nachrichten für die Handelshäuser hatte? Aber warum war Stochlow dann trotzdem so feindselig? Wer hatte da Stimmung gemacht gegen den Vertrag?

»Ich weiß nicht, woher Sie Ihre Informationen beziehen.« Kleinert beschloss, in die Offensive zu gehen. »Es ist mir eigentlich auch ziemlich egal. Ich für meinen Teil habe nichts zu verbergen. Es stimmt – es gibt bei diesem Vertrag Leute, die Sie draußen lassen wollen. Aber richtig ist auch: Ich habe mich immer gegen diese Auffassungen gewehrt. Und zu Ihnen gekommen bin ich, weil sich dieses Wehren gelohnt hat. Hat Ihnen Ihr Kollege Lüttjohann das nicht übermittelt?«

»Wissen Sie, Lüttjohann ist ein Idealist von altem Schrot und Korn. Er glaubt Ihnen, weil er Ihnen glauben will – und weil er weiß, dass er ohne dieses Zipfelchen Hoffnung seinen Laden gleich dichtmachen kann. Wir hier in Schanghai wissen mittlerweile, dass mit solcher Romantik nichts anzufangen ist. Ich sehe hier Schiffe eintreffen aus Deutschland, von denen ich nichts weiß. Warum weiß ich nichts? Weil Buckowitz & Co. an der Fracht nicht beteiligt sind. Gut, mag sein, denke ich, haben sie nicht aufgepasst in Hamburg. Aber dann höre ich: Garbsen und Harmssen stehen auch mit leeren Händen da, und Schröder & Tackelmann, die aus Bremen stammen, auch. Und dann fahren diese Schiffe wieder zurück, und wir alle zusammen kriegen erneut keinen Fuß auf die Planken. Da frage ich mich natürlich: Wo kriegen die plötzlich ihre Ladung her? Wer kümmert sich um die bestens ausgelasteten Abfahrten?«

Kleinert schwieg.

»Sehen Sie, Sie schweigen. Und was sagen mir die, die nicht schweigen? Dass es Ihr Vertrag ist, der uns so in die Bredouille bringt. Und da sage ich natürlich: Ein toller Vertrag, der mich zwingt, wieder enger mit den Engländern und den Franzosen anzubändeln. Die nehmen mir mein Zeug wenigstens ab, auf deren Schiffen kriege ich es auch unter, und irgendwo muss das Geld ja herkommen. Also sagen Sie, was Sie wollen: Ich kann nicht erkennen, dass Sie da irgendwo in unserem Sinne erfolgreich gewesen sein wollen.«

»Dann kann ich eigentlich gehen.« Kleinert war es plötzlich leid, sich Stochlows Klagen noch länger anzuhören. Bei allem Verständnis für die veränderte Lage: So klein und hilflos, wie der Norddeutsche sein Unternehmen plötzlich hinstellte, war es ja wahrhaftig nicht. Da gab es die Verbände und Kammern in Hamburg und Bremen, die Lobbyisten in Berlin, und wenn die nun untätig geblieben waren in all den Jahren – wieso sollte er, Kleinert, jetzt den Kopf hinhalten dafür, was die Handelshäuser selber verschlafen hatten? Weil sie in all ihrer Tradition und Schönheit auch selbstgefällig und unbeweglich geworden waren? Plötzlich sah er die gediegene Pracht des großen Büros, die er eben noch bewundert hatte, mit anderen Augen. Ein goldener Käfig, dachte er, der seine verunsicherten Insassen nun die Krallen ausfahren lässt.

Er wollte sich gerade erheben, als die Tür aufging und eine junge, gertenschlanke Frau in sportlichem Kostüm, das schwarze Haar mit einer dunkel glänzenden Spange zu einem Selbstbewusstsein ausstrahlenden Knoten gerafft, energischen Schrittes das Büro betrat. »Sie hatten mich gebeten, sofort zu Ihnen zu kommen, wenn ich neue Nachrichten habe. Hier bin ich.«

Kleinert fiel überrascht in seinen Stuhl zurück, Stochlows bitterer Gesichtsausdruck wich in Sekunden einem selbstzufriedenen Lächeln, und der vornehme Reichtum des Raumes, der gerade noch einer zu Ende gehenden Ära zugehörig schien, machte plötzlich den Eindruck, wieder optimistisch von Zukunft zu künden.

»Tschang Li *fanyi*!« Stochlow ließ alle Bedachtsamkeit fahren, sprang auf und rückte mit einer einladenden Geste den dritten Stuhl der Sitzgruppe zurecht. »Das ist gut, dass Sie da sind! Denn schlechte Nachrichten werden es ja hoffentlich nicht sein, von denen Sie reden?«

Kleinert kam aus dem Staunen nicht heraus. Eine Frau hatten sie hier bei Buckowitz & Co. zum Dolmetschen! Und was für eine! Als ob sie das Büro mit einem Zauberstab berührt hatte, hatte sich die Atmosphäre der Niedergeschlagenheit von einem Augenblick zum anderen verflüchtigt.

»Sie sind überrascht, nicht wahr?« Stochlow hatte Mühe, seinen Besitzerstolz zu verbergen. »Ja, lieber Kleinert, das kann ich gut verstehen. In den Kreisen, in denen Sie verkehren, sind Frauen ja so gut wie gar nicht anzutreffen. Beraterschaft, Regierungsbehörden, Botschaft – da sind die Männer doch lieber wie in alten Zeiten unter sich. Hier bei uns geht es da Gott sei Dank schon ein bisschen anders lang. Wir sind weder Militärs noch Bürokraten, und Schanghai ist nicht Nanking. Hier ist nicht nur China, hier ist auch Europa, auch Amerika. Und was, frage ich Sie, kann es Schöneres geben, als wenn das moderne Leben auf so entzückende Weise Einzug hält?«

Die Frau errötete und entzog sich mit einer schlangenhaften Bewegung geschickt dem Arm, den Stochlow um ihre Schultern zu legen versuchte. Kleinert, ein wenig verunsichert, weil Stochlow in all seinem Schwadronieren vergessen hatte, ihn vorzustellen, deutete eine Verbeugung an, nannte seinen Namen, und dann setzten sie sich wieder.

»Nun spannen Sie uns nicht länger auf die Folter«, wandte sich Stochlow an die Dolmetscherin. »Sagen Sie uns, was Sie an Neuigkeiten mitbringen.« Und wieder zu Kleinert hinüber schauend fügte er erklärend hinzu: »Sie müssen wissen, Frau Tschang ist für mich Dolmetscherin und Mitarbeiterin zugleich. Das weiß man auch in der deutschen Handelsvertretung, und so erledigt sie zuweilen auch den betreffenden Post- und Informationsaustausch.«

»Handelsattaché v. Sommerfeldt«, sagte die junge Frau, »lädt Sie für den kommenden Mittwoch zu einer Beratung ein. Man will in Berlin wissen, was

Sie davon halten, eine« – sie blätterte in ihren Papieren, um die richtige Formulierung zu finden – »chinesisch-deutsche Fluss-, Küsten- und Seeschifffahrtsgesellschaft zu gründen.« Sie blickte erst zu Stochlow, dann zu Kleinert hinüber und fügte kokettierend hinzu: »Habe ich das schwierige Wort verständlich ausdrücken können?«

Das haben Sie, natürlich, und ganz wunderbar, wollte Kleinert sagen, und auch noch, dass ihm nicht nur ihre Stimme und Aussprache gefallen hatte, sondern auch der Inhalt ihrer Mitteilung, denn diese Gesellschaftsgründung hatte ja mit seinen ureigensten Ideen in Sachen Handelshäuser zu tun, und so hatte sie ihm, ohne es ahnen zu können, für das weitere Gespräch die vorzüglichste Rückendeckung gegeben – aber Stochlow, der seine Ruhe wieder gefunden hatte, kam ihm zuvor.

»Na, das ist doch was«, sagte er, ganz Geschäftsmann nun wieder und ohne sich noch bei der kleinen Koketterie aufzuhalten. »Also eine Gesellschaft soll gegründet werden, und wir werden sogar gefragt, ob wir mitmachen wollen. Klingt gut. Oder was meinen Sie, Kleinert?«

Kleinert war verwirrt. Die fröhlichen schwarzen Augen der Chinesin waren auf ihn gerichtet geblieben, und er merkte, wie ihm das funkelnde Selbstbewusstsein, das aus ihnen sprühte, den Atem nahm. Nun beugte sie sich wieder über ihre Papiere, zwischen dem tiefen Schwarz ihres Haares und dem Dunkelblau der Kostümjacke blitzte ihr zarter Nacken auf, und als sie Stochlow das Blatt mit der Mitteilung über die Schifffahrtsgesellschaft hinüberschob und ihn, Kleinert, mit einem ganz vom Spiel ihrer Augenbrauen getragenen Lächeln bedachte, hatte er das Gefühl, jetzt und in diesem Moment begriffen zu haben, was es mit dem Wort Anmut auf sich hatte. Ja, dachte er, sie ist anmutig, diese Tschang Li. Und heiter, fand er, als er merkte, dass er nach weiteren Worten suchte, mit denen er sie sich erklären konnte. Heiter nicht nur in den Augen, nicht nur im Lächeln, sondern auch in ihren Gesten und Bewegungen. Die Heiterkeit ihrer Hände – seltsam, dachte er, dass ihm plötzlich solche Wendungen in den Sinn kamen.

»Kleinert, was ist los?« Stochlow räusperte sich. »Sind Sie so überrascht von Tschang Lis Mitteilung, dass es Ihnen die Sprache verschlagen hat? Aber mich würde schon interessieren, was Sie von dieser Gesellschaftsidee halten.«

»Natürlich ist sie gut.« Kleinert hatte sich wieder gefasst, und weil ihm plötzlich der Gedanke eingeschossen war, dass es jetzt galt, möglichst lange im Gespräch zu bleiben, denn allzu rasch hätte er ja andernfalls auf die Anwesenheit der jungen Frau schon wieder verzichten müssen, holte er zu einer längeren Erklärung aus. Er berichtete von seinen Berliner Verhandlungen, rückte sein Eintreten für die Interessen der Handelshäuser in ein, wie er fand, angemessenes Licht, sorgte dafür, auch ein paar kritischen Bemerkungen über die Starrheit mancher Geschäftskonzepte loszuwerden und machte seinem Herzen Luft, dass es wohl eine sehr ungerechte Beurteilung seines Wirkens gewesen wäre, wenn er, wie es sich kurz vor Tschang Lis Eintreffen abgezeichnet hatte, sich zu vorzeitiger Abreise hätte entschließen müssen, weil offenbar aus manchem Missverständnis schon ein richtiggehendes Vorurteil geworden war. Aber wie er auch redete – und wie geduldig ihm Stochlow, den nun offensichtlich doch so etwas wie eine Spur schlechten Gewissens plagte, auch zuhörte – Kleinert spürte, dass alles, was er sagte, nur noch an die junge Chinesin gerichtet war. Nun gut, dachte er, als er sich bei einer ungewohnt kämpferischen und mit entschiedener Gestik untermalten Formulierung zur Verteidigung des Austauschvertrages ertappte, vielleicht ist es ja trotzdem gar nicht so schlecht, wenn ich Stochlow in seinem Schanghaier Paradies auf diese Weise ein wenig aus der Reserve locke. Soll er doch spüren, dass der Wind sich dreht und auch die Wohlbestallten sich nicht auf ihren Lorbeeren ausruhen können!

Tschang Li hatte sich, als Kleinert zu reden anfing, halb gespannt und halb belustigt zurück gelehnt. Sie hatte, als sie ins Büro geplatzt war, nicht mit Besuch gerechnet, aber schnell Spaß daran gefunden, dass Stochlow nicht wie üblich allein hinter seinem Schreibtisch saß. Sie waren ein gut eingespieltes Team, sie und der fast aristokratisch wirkende Hamburger, sonst hätte sie den Dienst längst wieder gekündigt und mit ihrem amerikanischen Universitätsdiplom auch keine Mühe gehabt, einen neuen Arbeitsplatz zu finden. Aber es war auf die Dauer doch ein wenig anstrengend geworden mit dem etwas plumpen Werben des glücklichen Familienvaters Stochlow. Da kam die unerwartete Ablenkung gerade recht – und mit ihr die Chance, vielleicht sogar einmal selbst die Initiative übernehmen zu können.

Ihre Freundinnen, dachte sie, würden kichern, wenn sie erführen, dass sie sich solche Gedanken machte. Natürlich waren sie der festen Überzeugung, sie hätte im großen, freien Amerika mehr als reichlich Männererfahrungen gemacht. Warum auch hätte sie von der Strenge erzählen sollen, mit der sie von ihrer Tante und ihren älteren Cousins, bei denen sie während ihres Studiums gewohnt hatte, bewacht worden war? Und davon, wie provinziell geordnet und ganz und gar nicht freizügig es zugegangen war in der kleinen Universitätsstadt? Nein, sollten sie sie nur hegen, ihre kleinen Legenden – genau so, wie sie ihre geheimen Wahrheiten hegen würde, zu denen dieser Kleinert vielleicht bald schon gehören könnte.

Denn schon ihre ersten zarten Signale, merkte sie, hatten ihn ja völlig aus der Fassung gebracht. Und mit einiger Überraschung stellte sie fest, dass sie nun sogar eines kleinen Jagdfiebers fähig war.

Da konnte er also tatsächlich eine feurige Rede halten, dieser Kleinert, konnte aus sich herausgehen, konnte streiten und für seine Ideen werben! Sie musste, dachte sie, langsam anfangen, einen Plan für den Abend machen. Ohne Stochlow, natürlich.

Ein Anruf erlöste sie aus der schwierigen Aufgabe, sich eine Ausrede ausdenken zu müssen. Stochlow, teilte ihm die aufgeregt ins Zimmer schauende deutsche Sekretärin mit, werde dringend zu Hause erwartet. Eine kleine Erkrankung des Sohnes wohl, lasse ihm seine Frau mitteilen. Nein, zu Besorgnis bestehe kein Anlass, aber es sei doch besser, er sei an Ort und Stelle, um im Komplikationsfalle rechtzeitig helfen zu können.

»Und Sie?«, fragte Stochlow, nachdem Kleinert seine Rede mit ein paar knappen Sätzen zu einem vorzeitigen Ende gebracht hatte, im Hinausgehen. »Bleiben Sie eigentlich noch länger in der Stadt?«

Tschang Li beugte sich mit einem Lächeln wieder über ihre Papiere.

»Ja, natürlich«, sagte Kleinert, »ich will ja auch noch bei Garbsen vorbei schauen und bei Schröder & Tackelmann, und mit Sommerfeldt werde ich reden, ob er einverstanden ist, dass ich an seiner Beratung am – wann sagten Sie, Tschang Li *fanyi*, wird die stattfinden? Am Mittwoch, nicht wahr?« Die junge Frau nickte ihm zu. »... dass ich also an dieser Beratung teilnehmen werde. Denn wenn noch andere so unzufrieden sind mit dem Austauschvertrag wie Sie, Stochlow, ist es vielleicht ganz gut, dass sie einen haben, den sie als Blitzableiter benutzen können.«

»Nun seien Sie bloß nicht nachtragend!« Stochlow war schon in der Tür. »Kommen Sie morgen vormittag erst nochmal bei mir vorbei. Dann kann ich bei einem Kaffee Abbitte leisten, und Tschang Li wird Ihnen – da bin ich ganz sicher – beim Termine machen helfen können.«

»Vielleicht«, sagte Tschang Li, als Stochlow gegangen war und Kleinert begonnen hatte, unschlüssig im Zimmer auf und ab zu gehen, »sollte ich Ihnen den ersten Termin ja schon heute vorschlagen?«

Kleinert blieb am Fenster stehen und schaute hinaus. Es war schon dunkel geworden, aber der Großartigkeit des Ausblicks tat das keinen Abbruch. Was hatte, dachte Kleinert, dieser Stochlow für ein unverschämtes Glück, jeden Tag aus der Höhe eines vierten Stockwerks den Blick über den Bund genießen zu können. Gewiss, mit dem traditionellen China hatte das, was er sah, nun gerade alles wirklich nichts zu tun. Aber das hatte man ja ein paar Straßen weiter. Hier, am Ufer des Huangpu, musste man den Eindruck gewinnen, als stelle sich die Pracht der Geld- und Finanzwelt aller Herren Länder gleichzeitig zur Schau. Vier-, fünf- und sechsstöckige schwerwandige, reich mit Säulen, Simsen und Vorsprüngen verzierte Bank-, Versicherungs- und Hotelpaläste mit prunkvollen Portalen und krönenden Türmen und Kuppeln englischer, amerikanischer und portugiesisch-spanischer Baustile reihten sich lückenlos aneinander. Der Blick hinüber zum Fluss blieb an der anderen Seite der Straße zunächst an einer schier endlosen Reihe dicht an dicht geparkter großer schwarzer Limousinen hängen – undenkbar, dachte Kleinert, in irgendeiner anderen Stadt des Landes. Dann, noch weiter dem Wasser zu, markierte sanftes Laternenlicht die baumgesäumte Uferpromenade, die die Grenze bildete zu dem auch jetzt, in den Abendstunden, schrillen und hektischen Treiben an den Hafenpiers mit ihren Anlegestellen, flachen Marktständen und dem Gewimmel der unzähligen kleinen Dschunken und Hausboote.

Dort, dachte Kleinert, stimmte es nicht mehr, dass der Bund nicht China war. Dort war er China durch und durch – wie auch im Strom der Rikschas, der sich in beiden Richtungen an den geparkten Limousinen entlang schob, sorgfältig darauf bedacht, nicht den laut klingelnden Straßenbahnen ins Gehege zu kommen.

»Ich hatte versucht, Ihnen einen Vorschlag zu machen.« Tschang Li, berührt von der Entrücktheit, mit der sich Kleinert dem Blick zur Straße hingab, war nahe an ihn herangetreten.

»Mir?« Kleinert zuckte zusammen. »Ja, natürlich.« Er schob den schweren Vorhang noch ein wenig mehr zur Seite, um auch ihr den Ausblick zu ermöglichen. »Aber vielleicht«, sagte er leise, als sie neben ihm stand und sich ihre Arme berührten, »muss man da gar nicht mehr lange überlegen?«

»Dann werde ich jetzt gehen, ganz schnell.« Tschang Li entwandt sich einer engeren Berührung mit der gleichen schlangenhaften Geschmeidigkeit, die er, als sie dem Stochlowschen Annäherungsversuch gegolten hatte, noch bewundert hatte. Jetzt rief sie in ihm eine so abgrundtiefe Enttäuschung hervor, dass er wie unter einem plötzlichen Schmerz erneut zusammenzuckte – aber nur, um schon im nächsten Augenblick wieder ganz obenauf zu sein. Denn da hatte er den lockenden Schalk in ihren Augen entdeckt und auch in ihrem fröhlichen Gang, und er wusste, dass sie auf ihn warten würde unten im Haus und nur jetzt das Vorzimmer allein passieren wollte, um das gerade entstandene kleine Geheimnis nicht schon im nächsten Moment wieder preisgeben zu müssen.

Also wanderte er noch ein paar Minuten im Büro umher, blätterte in den alten Seekarten, vereinbarte in routinierter Geschäftigkeit mit der Sekretärin den von Stochlow angebotenen Frühstückstermin am nächsten Morgen, sparte nicht mit Anerkennung, als sie versprach, für deutsche Brötchen und ebensolches Gebäck zu sorgen, machte noch ein paar launige Bemerkungen zum Ruhm eines so bedeutenden Hauses wie Buckowitz & Co., der sich eben auch in solchen nur scheinbar nebensächlichen Kleinigkeiten manifestiere, zog dann gemächlich die Tür hinter sich zu – und sprang die Treppen hinunter in einer Art, für die er seit zwanzig Jahren nur ein Kopfschütteln übrig gehabt hätte.

Tschang Li, in einen Mantel gehüllt, der ihre Zerbrechlichkeit betonte, und mit einer Kappe auf dem Kopf, die im Kontrast dazu ihre selbstbewusste Entschlossenheit unterstrich, nahm seine jungenhafte Atemlosigkeit als letzten Beweis dafür, dass sie ihre Ahnungen nicht getrogen hatten. Er würde, da gab es nun keinen Zweifel mehr, der Ihre sein in den nächsten Stunden, und es würde schön sein mit ihm, denn sie mochte seine kleinen Unsicherheiten, fühlte sich angezogen von der Behutsamkeit, mit der er sich bewegte und darstellte, und musste auch jetzt wieder lächeln in ihrer Freude darüber, wie er vor ihren Augen aufgeblüht und dennoch verletzlich geblieben war.

In wortlosem Einverständnis überquerten sie die Straße, spazierten ein wenig die Promenade entlang und fanden in einer Nebenstraße ein kleines indisches Restaurant. Lachend und gurrend, weil sie entdeckt hatten, gleichermaßen neugierig auf bisher Unbekanntes zu sein, stolperten sie hinein und waren bald eingehüllt von den berückenden Gerüchen der Kunst turbanbekrönter, schwarzbärtiger Männer, mundgerecht zugeschnittenes Huhn und Lamm in weißen, rosafarbenen oder grünen, kräftig gewürzten oder herb-süßen Saucen auf den Tisch zu bringen, gaumenbrennende Schärfe mit safrangelbem Reis zu mildern und den *nan*, den luftig-lockeren Teigfladen, vor den Augen der Gäste mit schwungvollen Gesten ihrer muskulösen blanken Arme an den senkrechten Wänden des zylindrischen Steinofenschachts zu backen.

Mit erhitzten Lippen und im Glück vielfacher Betörung traten sie irgendwann den Heimweg an, Tschang Li dirigierte die Rikscha zum Hotel, und es war das Selbstverständlichste von der Welt, dass sie sich nun nicht mehr loslassen konnten. Mit der gleichen Anmut und Fröhlichkeit, mit der sie am Nachmittag einen Zauber über das ganze Büro gebracht hatte, löste sie nun ihr langes Haar, trat ihm unbefangen entgegen und schlug mit einer Geste vollständigen Einverständnisses die Decken zurück. Als sie im Dunkeln nebeneinander lagen, war er gerührt vom kühlen Weiß und der vogelhaften Weichheit ihrer kleinen Brüste, und als er spürte, dass ihr Mund kundig war und ihre Hüfte so heiter wie ihre Hände, ließ er sich willig einhüllen in ihren Rhythmus, mit dem sie ihn sanftmütig bestieg und jugendlich thronend mitnahm auf ihrem Pfad erst schmiegsamer, dann wunschvoller Selbstvergessenheit.

Kapitel 11

Die folgenden Tage erlebte Kleinert in einem Hochgefühl, wie er es bis dahin nicht gekannt hatte.

Für einen kurzen Moment war ihm, als er erwacht war nach der Nacht und Tschang Li sich noch einmal schlaftrunken auf die andere Seite gedreht hatte, der zärtlich werbende Blick der blaugrünen Augen Carola Hartenfeldts erschienen und dann der wippende Schritt Susanne Howes, und er hatte die Augen wieder geschlossen und ein paar Mal den Kopf geschüttelt. Zuerst über seine fast kindliche Unentschlossenheit und seltsam disziplinierte Selbstbegrenzung. Und dann darüber, dass ihm das ausgerechnet jetzt durch den Kopf ging – jetzt, wo es doch längst Geschichte war.

Ja, dachte er, so war er eben. Hatte Carola Hartenfeldt widerstandslos ziehen lassen, weil es ihm aussichtslos erschienen war, sich vorzustellen, er könne aus dem immer wahrscheinlicher werdenden China-Abenteuer ein gemeinsames machen. In ausgerechnet dieser Mamo-Impex-Männerwelt! Wo er der Jüngste war – und der Unbedarfteste dazu. Hatte eine Pflicht gesehen für sich und eine Aufgabe und keine Bindungseile. Und hatte – natürlich!, dachte er – sich auch dem verstörenden Aufgewühltsein rasch wieder entzogen, das ihm Susannes verlockungsreiche Nähe im Laoschan-Gebirge bereitet hatte. Nie und nimmer wäre er eingedrungen in diese Welt des Herbert Howe. Der kam aus alteingesessenem chinadeutschem Hause, da war ihm selbstverständlich auch ein Nest bereitet worden für eine glückliche Familie, und wie leicht war es unter solchen Umständen, eine Frau zu gewinnen, die so lieblich aus gleichem chinadeutschem Holz geschnitzt war wie Susanne. Aber doch nicht für ihn, Kleinert, den Neuling aus der mitteldeutschen Provinz! Sie war nicht die seine, diese Welt, und so hatte er sie ohne Bedrängnis auch wieder verlassen – trotz der offen gebliebenen Frage, wohin Susannes umgarnende Unbekümmertheit sie beide noch hätte führen können.

Das Kitzeln einer Flut langen schwarzen Haares hatte seinen Träumereien ein keine Umkehr mehr duldendes Ende bereitet. Tschang Li war wach geworden, hatte sich über ihn gebeugt, ihn lange und fordernd geküsst, sich dann mit fröhlicher Gelenkigkeit unter ihn gerollt und ihm mit einem hellen, von allem Zweifel freien Lachen bedeutet, dass sie ihn festzuhalten gedachte weit über den glücklichen Abend hinaus.

Die Stadt, die sie ihm später zeigte, war nicht nur vom Namen her eine andere, als er sie bei den ausgiebigen Spaziergängen mit Walter Schuchardt in Nanking oder mit Siegfried Breitenschlager in Peking erlebt hatte. Endlich geschah ihm, wovon er schon vor Jahren in Berlin geträumt hatte: Er tauchte hinein in die Welt der Chinesen, verließ die Zuschauerloge, lernte einen anderen Blick. Und wurde von Stunde zu Stunde dankbarer dafür, ausgerechnet dieser Frau begegnet zu sein.

Denn Tschang Li war ganz anders, als er es in Büchern gelesen oder bei Gesprächen in den Klubs gehört hatte. Von drei Gruppen Chinesinnen war da immer die Rede gewesen. Zuerst von den wenigen Damen aus der kleinen Oberschicht, schön, reich und unerreichbar. Dann von der riesigen Masse der Frauen aus dem Volke, den Bäuerinnen, den Frauen der Kulis, der kleinen Händler und Handwerker. Unerreichbar auch sie, aber aus ganz entgegengesetztem Grunde, weil in aller ohnehin erbärmlichen Armut noch weit unter ihren Männern stehend, rechtlos, unfrei, gefesselt im ausweglosen Kreislauf jährlicher Schwangerschaften, täglichen bitteren Kampfes um das Allernotwendigste und zehrender Angst um das Leben der Kinder. Und schließlich war – mal verschämt, mal derb – die Rede auf die dritte Gruppe gekommen, die Erreichbaren, sie sich verkauften in ihrer Not und daraus für manchen der einsamen Fremden eine Tugend machten.

Gewiss, Kleinert hatte im Kreise der Chinadeutschen und der Beraterschaft auch Ausnahmen erlebt: die zufriedene chinesische Haushälterin oder Amme, seit Jahrzehnten in der fremden Familie mit Bezügen, die, so klein sie auch waren, Sicherheit boten weit über das Durchschnittliche hinaus; oder die heimliche Geliebte, behütet und beschenkt, aber auch gedemütigt durch das Verschwiegene und Zerbrechliche ihres Glücks.

Tschang Li aber war nichts von alledem. Ein winziges Türchen hatte sich geöffnet mit der Entschlossenheit Tschiang Kai Scheks, das Land herauszuholen aus der dumpfen Enge der Vergangenheit, und sie war mit dem sicheren Instinkt der unbefangenen Jugend durch dieses Türchen hindurch geschritten.

Als sie gemeinsam vom Bund und der Nanking-Road aus durch die Szetschuan-Road nach Norden wanderten, begriff Kleinert, wieso sie das Türchen überhaupt hatte finden können. »Weil ich Schanghaierin bin«, hatte sie gerufen, sich aus seinem Arm gelöst und tänzerinnengleich mit ausgebreiteten Armen ein paar Drehungen vollführt, »Schanghaierin aus der Szetschuan-Road, und schau doch« – sie hatten die Brücke über den Sutschouho erreicht, einen dicht an dicht mit Ruderdschunken und Hausbooten bevölkerten Fluss, der ein paar hundert Meter weiter am Bund in den Wangpu mündete –, »wie sich hier China und die Welt miteinander vermischen! Nirgends sonst ist das so in unserem riesigen Land. Und warum«, war sie in ihrer vor Glück sprühenden Rede fortgefahren, »sollte nicht auch Deine kleine Li von hier aus in die Welt gelangen?«

Sie hatte ihm ein mehrstöckiges Gebäude gezeigt, das einmal ihre Schule gewesen war, und die Wohnhäuser chinesischer Familien, die mit dem Handel der Stadt zu Geld gekommen waren oder als Verwalter des neuen Reichtums ihr Glück gemacht hatten. Und sie selbst, war Kleinert wieder neugierig geworden, hatte auch hier gewohnt? »Nein, großer Lan Pao«, hatte sie, übermütig seinen chinesischen Namen benutzend, geantwortet, »sie ist keine von diesen Wohlhabenden, Deine kleine Li. Nur die Schule war hier. Unsere Wohnung lag viel tiefer in der Chinesenstadt.«

»Lag?«, hatte Kleinert gefragt. »Soll das heißen, es gibt sie nicht mehr?«

»Ja, es gibt sie nicht mehr.« Aus Tschang Lis Übermut war Nachdenklichkeit geworden. »Meine Mutter ist gestorben, als ich sechzehn war. Sie war lange krank. Und mein Vater ist später zurück gegangen in die Stadt seiner Eltern, nach Hofeh. Aber da war ich schon in der Schule, im Internat.« Sie hatte ihre Fröhlichkeit wiedergewonnen. »Hier, in der Szetschuan-Road.«

»Und von hier bist Du zum Studium nach Amerika gegangen?«

»Ja, weil ich die Beste in den Fremdsprachen war. Englisch habe ich hier gelernt, in der Schule, und zum Deutschunterricht bin ich in die Tungtschi-Universität gegangen. Kennst Du die, großer Lan Pao? Wo sie doch von Deutschen gegründet worden ist?«

Nein, musste sich Kleinert gestehen, er kannte sie nicht, und so konnte Tschang Li ihm erzählen von den Anfängen um die Jahrhundertwende, als deutsche Ärzte in der internationalen Niederlassung ein Krankenhaus errichteten, das sie Tungtschi-Krankenhaus nannten. »Tungtschi – das heißt soviel wie ›gemeinsam helfen‹ oder auch ›zum gemeinsamen Nutzen‹, und ich finde, das ist ein schöner und treffender Name. Denn es war ja ein Krankenhaus für die Chinesen, und weil es großen Zuspruch fand, gingen Deine Landsleute bald noch einen Schritt weiter und gründeten eine medizinische Hochschule zur Ausbildung chinesischer Ärzte.«

Erschöpft von so langer ernsthafter Rede, lief sie ihm plötzlich wieder ein paar Schritte davon, drehte sich mit einem lockenden Schwung ihres ungebändigten glänzenden Haares zu ihm zurück und rief mit blitzenden Augen: »Zu den Geldgebern gehörten übrigens auch Buckowitz & Co. – da siehst Du, in was für gute Hände ich geraten bin.«

Kleinert lief ihr nach und zog sie an sich heran. »Du sollst«, sagte er, angesteckt von ihrem Übermut, »in meinen Händen sein und keinen anderen.«

»Das bin ich doch!« Weich kuschelte sie sich in seinen Arm, machte sich aber mit einer theatralischen Geste gleich wieder los. »Willst Du denn gar nicht wissen, wie es weiter ging?«

Natürlich wollte er – und konnte sich nicht satt sehen an ihrer Art des Erklärens und Deklamierens. Jetzt lehnte sie an einem eisernen Geländer und dozierte mit erhobenen Armen: »Ende 1910 wurde die Tungtschi-Hochschule für Medizin um eine technische Lehranstalt erweitert, und es wurden Sprachlehrgänge eingerichtet. 1917 war wegen der Kriegsereignisse die rein deutsche Verwaltung nicht mehr zu halten – sie wurde durch eine chinesische Behörde ersetzt. Aber deutsche Professoren blieben an der Spitze der Lehrstühle. 1927, als Tschiang Kai Schek die Macht übernahm, wurde die Hochschule unter maßgeblichem Einfluss von Professor Tsai Yüan Peh in eine staatliche Universität – die Tungtschi-Universität – umgewandelt. Na, was sagst Du« – sie flog ihm wieder entgegen –, »habe ich nicht gut aufgepasst?«

»Ich bin begeistert.« Kleinert lachte. »Von Tsai Yüan Peh hat übrigens mein Freund Hsü Tao Lin auch schon geschwärmt. Hast Du ihn persönlich kennen gelernt?«

»Aber nein, wo denkst Du hin!« Sie blickte ihn verschmitzt aus den Augenwinkeln an. »Was glaubst Du, wie alt Deine kleine Li damals war? Fünfzehn Jahre! Eine kleine, unbedeutende Schülerin! Und er war schon über sechzig und ein berühmter Mann. Ein Jahr später, 1928, hat er die Akademie gegründet. Ganz von Ferne habe ich ihn einmal gesehen, bei einer großen Versammlung, bei der wir in den hintersten Reihen sitzen durften. Aber wenn Du wissen willst, ob wir ihm gemeinsam dankbar sein sollten, dann sage ich meinem großen Lan Pao: Ja, das sollten wir.«

»Und warum? Wenn Ihr Euch doch gar nicht kennen gelernt habt?«

»Weil es ohne ihn die Programme für das Auslandsstudium nicht gegeben hätte. Schon vor zwanzig Jahren, als er in Deutschland war, hat er sich darum gekümmert, dass chinesische Werkstudenten nach Europa gehen konnten. Und noch etwas hat er gemacht: Er hat auch die jungen Frauen in seine Programme einbezogen. Ach, großer Lan Pao« – sie strich ihm mitfühlend über den Kopf –, »Du musst noch viel lernen über das Land, in dem Du schon so lange arbeitest.«

»Dann sei meine Lehrerin, wo immer Du kannst.« Kleinert gab ihr einen Kuss, trat zurück und verbeugte sich mit einem ausgreifenden Schwung des rechten Armes, als hätte er einen Hut mit mächtigem Federbusch zu schwenken. »Tschang Li *hsiänscheng*, Sie sollen Ihre Freude an mir haben!«

Sie überquerten den Sutschouho und verloren sich in Gassen, die, rechts und links von zwei- und manchmal auch dreistöckigen schmucklosen Häusern lückenlos begrenzt, immer schmaler, ärmlicher und schmutziger wurden. Obgleich er ihn kannte, diesen scharfen Kontrast zwischen der unsäglichen Armut der großen Mehrheit der Chinesen und dem Reichtum der Ausländer – so bedrückend wie jetzt, da er an Tschang Lis Seite ging, hatte er ihn noch nie empfunden. Auch sie, die Liebste, die so betörend Anmutige, hatte einmal auf solchen von stinkenden Rinnsalen durchzogenen Gassen gespielt, war genau wie die Kinder, denen sie jetzt begegneten, achtlos beiseite geschoben worden von vorüber hastenden Lastträgern und um ihre kleinen Geschäfte besorgten Händlern und Garküchenbesitzern, hatte wie die beiden Mädchen, die ihnen gerade mit ausgestrecktem Zeigefinger hinterher kicherten, vielleicht hin und wieder ein wenig Geborgenheit gefunden bei den in den Häusernischen hockenden, die Zeit mit Mah-Jongg-Spiel sich vertreibenden Alten. Dann hatte – was für ein Wunder! – der Vater eine Anstellung gefunden weiter südlich der Nanking-Road zu, und ein Lehrer auf der Schule an der Szetschuan-Road hatte ihr Sprachtalent entdeckt. Aber wie viele solcher Talente hatten es nie über den Sutschouho geschafft – und würden auch jetzt in unendlicher Zahl in den Gassen verkümmern.

Tschang Li war eine einfühlsame Führerin durch diese Welt. Mit Gesten selbstverständlicher Freundlichkeit überbrückte sie die nicht zu übersehende Kluft, die zwischen ihrer Lebensweise und der, die in den Gassen herrschte, entstanden war. Sie erntete ein dankbares Lächeln, wenn sie Kleinert in einen der kleinen Läden zog und ihn zum Kauf einer winzigen Schnitzerei ermunterte, nahm sich Zeit für ein Gespräch mit dem Mann, dem sie an der Straßenecke zwei frisch geröstete, auf Holzstäbe gezogene Tintenfische abkauften, und behielt die Geduld, wenn sie von einigen der Händler gar zu energisch bedrängt wurden. Freilich, zahlungskräftige Ausländer ließen sich kaum sehen in der Gegend, und auch diejenigen unter den Chinesen, die es endgültig in die Ausländerniederlassung geschafft hatten, verschlug es nur noch selten hier heraus – da durften die wenigen, die es dennoch wagten, nicht überrascht sein, wenn sie als willkommene Quelle unerwarteter Zusatzeinnahmen laut und heftig umworben wurden.

Abends im Hotel – mit aller Selbstverständlichkeit der Welt waren sie den Weg wieder gemeinsam gegangen – fragte Kleinert Tschang Li nach ihren Empfindungen. »Was meinst Du damit?«, fragte sie zurück. »Gibt es das bei Euch denn nicht – dass Armut und Reichtum so dicht beieinander liegen? Und man sich in diesem Gegensatz irgendwie zurecht finden muss?«

Kleinert rief sich die Bilder der Weltwirtschaftskrise in Erinnerung, dachte daran, welchem Elend man im Berliner Norden – im Wedding etwa oder im Prenzlauer Berg – hatte begegnen können, ließ die Gedanken noch weiter zurück schweifen in die Kriegsjahre und die Jahre danach, damals in L. und den kargen Dörfern ringsum, und merkte, dass sie Recht hatte. Ja, auch in der Heimat hatte er hohlwangige, hungernde Kinder in schmutzigen Gossen spielen gesehen, hatten ihn Bettler mit müden Gesten um eine kleine Gabe ersucht, forderten Krankheiten unter den Armen und Ärmsten massenhaften Tribut – und auch dort brauchte man Glück, um aus solchen Verhältnissen heraus den Sprung zu schaffen in ein Leben, das zu leben sich lohnte, Glück, dass man einen traf, der ein Talent zu entdecken und zu fördern in der Lage war, Glück, dass sich einem nicht neue Hindernisse in den Weg stellten.

Freimütig berichtete er ihr von diesem erstaunlichen Vorgang: wie sie sein Erinnern in solche für ihn bisher fremde Bahnen gelenkt hatte. Und ebenso freimütig erzählte sie ihm daraufhin von ihren Jahren in Amerika.

Doppeltes Glück, sagte sie, hatte sie gehabt: dass sie ins Programm der Studentenentsendung aufgenommen worden war und dann auch noch bei der Verwandtschaft wohnen konnte. Die war weit vor dem Krieg schon ausgewandert und dann zwar nicht reich geworden – wie sollte sie –, aber auch nicht arm geblieben. Für ein eigenes Zimmerchen für die Großnichte Tschang Li hatte es gereicht, für einen kleinen Schreibtisch darin, an dem sie sich ihren Studien widmen konnte, und hin und wieder auch für einen Kinobesuch oder einen Nachmittag mit Freunden im Café. Alles hatte sich freundlich eingefügt in den kleinen, sorgsam gehüteten Wohlstand des Stadtviertels.

Aber bei Ausflügen mit Kommilitonen, die sie aus der provinzstädtischen Beschaulichkeit ihres Studienortes heraus führten, hatte sie – erzählte sie weiter – auch ganz anderes gesehen: Landsleute, die in der Chinatown der nahen

Großstadt gestrandet waren und längst verhungert wären, wenn man sie nicht in den Abfällen der Restaurants nach essbaren Resten hätte suchen lassen; Stadtviertel, in denen braun- und schwarzhäutige Kinder schon von frühesten Jahren an nicht weniger bedauernswert in den alltäglichen Überlebenskampf geworfen waren als in Schanghai; und Gegenden schließlich, in denen die Weltwirtschaftskrise auch bei den Weißen unübersehbare Spuren der Armut hinterlassen hatte.

»Und trotzdem«, sagte Kleinert, »finde ich auch dann, wenn ich meine und Deine Erinnerungen zusammen nehme, die Zustände hier in Schanghai noch viel schlimmer als anderswo. Wir haben heute so viel Bedrückendes gesehen, aber jetzt, im Hotel, nur ein paar Hundert Meter von all dem entfernt, sind wir wieder in der reichen Ausländerstadt, und hier regieren nicht die Chinesen, sondern die Engländer, Amerikaner und Japaner.«

»Und das Recht, das hier gilt«, – Tschang Li nahm ihm mit einem überraschenden Anflug von Ungeduld das Wort aus dem Mund – »ist nicht das chinesische, und die Polizisten kommen – was man an ihren Turbanen ja leicht erkennen kann – aus Indien, sind von ihren englischen Kolonialherren hierher gebracht worden und zeigen mit ihren Schlagstöcken den chinesischen Kulis gar zu gern, wer hier Herr im Hause ist. Meinst Du wirklich, lieber Lan Pao, dass Du mir das erklären musst?«

Kleinert suchte verdutzt nach Worten. »Wie meinst Du das? Ich verstehe Dich nicht.«

»Nun, ich meine das so, dass ich das schon oft genug erlebt habe«, sagte sie. »Dass Ausländer mir erklären wollen, dass unsere Lage in China besonders schwierig ist. Am Anfang hat es mir sogar gefallen, weil ich dachte, dass das Leute sind, die es besonders gut mit uns meinen. Und einige von ihnen« – sie war hinter seinen Sessel getreten, legte ihm zärtlich die Arme um den Hals und ließ den Saum ihrer Haare seine Wangen streicheln – »tun das ja sicher auch.«

Dann löste sie sich und trat wieder vor ihn hin. »Aber immer deutlicher habe ich gemerkt, dass mir solche Erklärungen Schmerz bereiten. Es ist so eine ewige Besserwisserei darin: Erst kommen die Ausländer ins Land und schaffen mit ihrem Geld und ihren Waffen und der Macht, die mit all dem verbunden ist, genau diese schrecklichen Verhältnisse, wie wir sie jetzt haben – und dann, dann erklären sie sie uns. Aber vielleicht« – sie kehrte an den Platz hinter dem Sessel zurück und schmiegte ihren Kopf an den seinen – »versteckt Ihr ja hinter all diesem Erklären und Besserwissen nur Eure eigene Unsicherheit? Weil Ihr mit Euren eigenen Verhältnissen nicht fertig werdet?«

Kleinert schloss die Augen. Tschang Li gab ihm immer neue Rätsel auf. Von Hsü Tao Lin war er einen solch wachen Blick auf die Dinge gewöhnt und auch von seinem Verhandlungspartner Tscheng Sun Hao, aber das waren Männer, und es war normal, dass sich Männer mit Haut und Haaren der Weltbetrachtung verschrieben – normal auf der ganzen Welt, und normal erst recht in China. Wieso aber durchbrach ausgerechnet Tschang Li diese Regel? Tschang Li, die Anmutige, die Verführerische?

Er war verwirrt, und sie merkte es. »Was ist los, Lan Pao? Du hast nicht gedacht, dass Deine kleine Li Dich mit solchen Reden traktiert, nicht wahr?«

»Ja«, gab er zu, »das habe ich nicht gedacht.«

»Das macht nichts«, sagte sie, »wenn Du nur schnell gestehst, dass es Dir Freude bereitet.«

Er gestand es, sie zog ihn aus seinem Sessel, nahm seinen Arm, ließ ihn die Jugend ihrer Hüfte spüren und blieb auch in dieser Nacht wieder die Führende.

Am Abend darauf – sie war tagsüber ihrer Arbeit im Büro von Buckowitz & Co. nachgegangen, und er hatte sich bei Schröder & Tackelmann davon überzeugen können, dass nicht nur die Hamburger, sondern auch die Bremer Handelshäuser ihre in einem Jahrhundert Ostasienschifffahrt gewonnenen Erfahrungen kraftvoll in den Streit um ihren Anteil am Austauschvertrag einzubringen wussten – machte sie ihm einen Vorschlag.

»Nenn mich Lisa«, sagte sie und gab ihm einen ihrer langen, erkundenden Küsse.

»Ja gern«, erwiderte er stockend, als sie ihn frei gegeben hatte, »aber wie kommst Du darauf?«

»Ach, weißt Du, es ist mir so eingefallen. Du warst gestern so erstaunt darüber, dass ich mit Dir politisch diskutieren wollte. Aber vielleicht kommt Dein Erstaunen nur daher, dass ich die fremde, ferne Li bin? Die kleine Li, der ihre Eltern den romantischen Namen ›Seemuschel‹ gegeben haben? Der sich nun so gar nicht für ernste Gespräche eignet? Also will ich, dass Du Lisa zu mir sagst. Dann bin ich für Dich eine ganz normale junge Frau, und dann staunst Du nicht mehr, sondern nimmst mich einfach ernst.«

Als ob ich Dich nicht schon immer ernst genommen hätte, dachte Kleinert, und als ob Du, kleine, selbstbewusste Li, darüber nicht bestens Bescheid wüsstest! Aber vielleicht – überlegte er weiter – hatte sie dennoch ganz Recht? Vielleicht war ein anderer Name tatsächlich dazu angetan, einen neuen, noch ungewohnten Blick auf die Dinge zu gewinnen? Gut, sollte sie also seine Lisa sein.

»Aber dass Du mich Lan Pao nennst«, fragte er, nachdem er ihr mit einem nun auch seinerseits ausgiebigen und genießerischen Kuss sein Einverständnis signalisiert hatte, »und mich so zum nicht weniger romantischen ›blauen Panther‹ machst, das stört Dich nicht?«

»Nein, großer Lan Pao, das stört mich nicht. Es ist doch schön, wenn Du einen chinesischen Namen hast und ich im Gegenzug einen deutschen. Dann können wir uns besser ineinander hinein versetzen.«

»Ja gut. Aber hast Du nicht auch gesagt, diese romantischen Namen führten dazu, dass man nicht ernst genommen würde?«

»Ach, großer Lan Pao, Du hast es immer noch nicht verstanden.« Ihre Augen schlugen ihn wieder mit spöttischem Blitzen in ihren Bann. »Für Männernamen gilt das natürlich nicht. Männer kriegen immer ernsthafte Namen. Das hast Du doch auch an Dir selbst erfahren, als Dir Deine chinesischen

Freunde Deinen Namen gegeben haben. Die haben doch gewusst: Du bist ein starker Mann, Du kriegst einen männlichen, starken, mutigen Namen. Einen blauen Panther – den muss man natürlich ernst nehmen. Aber der Name Li, den sie für die Mädchen übrig haben – der heißt je nach dem ausgewählten Schriftzeichen manchmal ›Schönheit‹, dann wieder ›Pflaumenblüte‹ oder eben, wie in meinem Falle, ›Seemuschel‹. Das ist alles sehr hübsch, und die Schriftzeichen lassen sich wunderschön schreiben – aber ernst nehmen, nein, ernst nehmen muss man Leute mit diesen Namen nicht. So ist sie, unsere Tradition, verstehst Du? Man sagt uns Frauen schon mit dem Namen, welche Rolle man uns zugedenkt.«

»Gut, Lisa, jetzt habe ich es begriffen.« Kleinert umfing sie mit einem Blick, in dem sich Zärtlichkeit und immer wieder neues Erstaunen miteinander mischten. »Aber nun darfst Du mich nicht auf halbem Wege stehen lassen. Erzähl' mir mehr darüber, wo Du gelernt hast, Dir über all das so viele Gedanken zu machen.«

Tschang Li war zu solchem Erzählen nur allzu bereit, und so hörte Kleinert an diesem Abend zum ersten Mal davon, dass es ein Fehler wäre, sich bei der Beurteilung der jüngsten chinesischen Entwicklungen nur an seinem Dienstherrn Tschiang Kai Schek und jenen Männern zu orientieren, die ihm als Minister oder Generäle zur Seite stünden. Nein, auch die Frau des Marschalls sei eine bedeutende politische Persönlichkeit, bleibe nicht, wie es eigentlich üblich sei, im Hintergrund, sondern bestärke die Politik ihres Mannes mit eigenen, vor allem die jüngere Generation beeindruckenden Leistungen.

Kleinert erinnerte sich, dass er sie einmal von Ferne an der Seite des Marschalls gesehen hatte – Madame Tschiang Kai Schek, wie die Ausländer sie nannten, bewundert wegen ihrer betont westlichen Eleganz und von der Legende umrankt, erst dann in die Heirat eingewilligt zu haben, als Tschiang sich ihrem Wunsche entsprechend zum Christentum bekannt hatte.

»Das ist kein Wunder, dass sie so stark war«, sagte Tschang Li, »denn schau doch nur, aus welcher Familie sie stammt. Es ist die Sung-Familie, und die ist vielleicht die reichste und mächtigste in China überhaupt. Und nicht nur das: Sie ist vor allem auch sehr modern. Die Eltern der heute so einflussreichen Sungs sind im vorigen Jahrhundert nach Amerika ausgewandert. Weil sie aber ihre Bindungen an China nie aufgegeben haben, sind vier von ihren sechs Kindern hierher zurück gekehrt, die anderen beiden sind in Amerika geblieben, und alle gemeinsam haben nicht nur ein riesiges Vermögen aufgehäuft, sondern auch eine Menge für die chinesisch-amerikanischen Beziehungen getan.«

»Dann gehe ich«, fragte Kleinert, »nicht fehl in der Annahme, dass Premierminister T. V. Soong einer von diesen Sungs ist?«

»Richtig.« Tschang Li strahlte darüber, dass er ihr so aufmerksam zuhörte. »Er ist der älteste der drei Söhne und heißt eigentlich Sung Tsu Wen. Aber im Ausland ist er unter dem Namen bekannt, den Du genannt hast – T. V. Soong. Sie wählen gern eine solche amerikanische Schreibweise, wenn sie nicht nur in China, sondern auch in der Welt Fuß fassen wollen, und wünschen dann auch, dass es amerikanisch ausgesprochen wird – Ti Wi Sung.«

Aha, dachte Kleinert schmunzelnd, hier also hat ihr Wunsch, Lisa genannt zu werden, seine Wurzeln. Er wollte ihr dazu eine liebevolle Bemerkung machen, aber sie war schon weiter geeilt in der Familienchronik.

»Die beiden anderen Söhne sind als Bankiers in Amerika geblieben. Aber die interessieren mich eigentlich auch nicht so sehr« – sie lachte –, »denn vor allem will ich Dir ja von den drei Töchtern erzählen.«

Ihre Stimme bekam etwas Schwärmerisches. »Diese drei Töchter also sind alle in Amerika ausgebildet worden, und alle haben sie ganz besonders mächtige chinesische Männer geheiratet. Die Älteste, Sung Ai Ling mit Namen, ist die Ehefrau von Kung Hsiang Hsi, unserem Finanzminister. Den kennst Du, nicht wahr? Unter dem Namen H. H. Kung?«

»Ja, natürlich«, bestätigte Kleinert, »den kenne ich, und ich hoffe sehr, dass ich ihn noch besser kennen lernen werde, denn er will im Frühjahr nach Deutschland reisen. Aber dass seine Ehefrau die Schwester des Premierministers ist – das wusste ich noch nicht.«

»Dafür hast Du ja mich als Lehrerin.« Tschang Li lächelte vergnügt. »Aber pass auf, es wird gleich alles noch viel verworrener. Drei Töchter, habe ich Dir gesagt, haben die Sungs, und über eine haben wir erst gesprochen. Die zweite also ist Sung Tsching Ling. Sie war die Ehefrau von Sun Yat Sen, dem großen Revolutionär, von dem Du, wie Du mir erzählt hast, schon eine Menge gelesen hast.«

»Weil ich vor Dir, liebe Lisa« – Kleinert lauschte dem Klang des noch ungewohnten Namens nach – »schon einmal einen guten chinesischen Lehrer hatte. Hsü Tao Lin war es, und wir sollten freundlich an ihn denken, denn ohne ihn wäre ich nie nach China gekommen. Aber lass Dich nicht unterbrechen, ich bin gespannt darauf, nun endlich das ganze Familienbild vor mir zu sehen.«

»Geduld, großer Lan Pao, solche schwierigen Zusammenhänge sind nicht in Sekunden erklärt.« Tschang Li blieb bei ihrem vergnügten Lehrerinnenton. »Sun Yat Sen ist 1925 gestorben, aber Sung Tsching Ling ist auch nach seinem Tode politisch aktiv geblieben. Und nun stell Dir vor: Sie unterstützt sogar die Kommunisten! Als Schwester des Premierministers, Schwägerin des Finanzministers und – Schwägerin auch des Marschalls!«

Sie machte eine Pause, um dieser Mitteilung das nötige Gewicht zu geben, und fuhr dann fort: »Denn Madame Tschiang Kai Schek ist – Du ahnst es, nicht wahr? – niemand anderes als Sung Meh Ling, die Dritte der Sung-Töchter.«

Sie erhob sich und baute sich – wie er das schon mehrmals an ihr erlebt hatte, wenn sie besonders überzeugend wirken wollte – mit fröhlich gestikulierenden Armen vor ihn auf. »Und nun sag selbst«, sagte sie, und ihre Augen blitzten wieder, »sind das nicht ganz außergewöhnliche Verhältnisse? Drei Schwestern, alle drei sehr modern, alle drei nicht einfach nur Ehefrauen, sondern politisch sehr aktiv – dazu noch in verschiedenen Lagern! Hättest Du das gedacht von einem Land wie China? Von dem Du bisher nur die Männer kanntest?«

Kleinert schüttelte folgsam den Kopf.

»Siehst Du«, rief Tschang Li triumphierend. »Und nun lass Dir auch noch sagen, was Sung Meh Ling mir ganz persönlich bedeutet. Sie ist Tschiang Kai Scheks sehr ernsthafte Mitstreiterin und hat mit ihm gemeinsam 1934 in der Stadt Nantschang die Bewegung ›Neues Leben‹ begründet. Mit ihrer Hilfe soll eine politisch interessierte Jugend herangebildet werden – eine, die sich dem modernen, staatlich einheitlichen China verpflichtet fühlt, sich diszipliniert an seinem Aufbau beteiligt und auch bereit ist, unser Land gegen äußere Feinde zu verteidigen. Und Sung Meh Ling, weißt Du, ist es zu danken, dass es bei all dem auch um die modernen Lebensrechte der Frauen geht.«

»Und Du bist drin in dieser Bewegung?«, fragte Kleinert.

»Ja, das bin ich. Und so weißt Du nun auch, wo ich das politische Diskutieren gelernt habe, über das Du immer so erstaunt bist. Deine Lisa, lieber Lan Pao« – sie hatte sich auf seinen Schoß fallen lassen, und ihre Stimme gewann von einem Moment zum anderen all ihre werbende und umgarnende Zärtlichkeit zurück – »ist kein kleines chinesisches Mädchen mehr.«

Kapitel 12

Sie erwachten vom ohrenbetäubenden Krachen explodierender Bomben. Kleinert, noch benommen von der Wärme, mit der Tschang Li Bauch und Brüste an seinen Rücken geschmiegt hatte, sprang auf und hastete zum Fenster. Was er sah, verhieß Schlimmes. Über der Südstadt erhob sich ein dicker, von Feuerlohen durchzuckter grauschwarzer Rauchteppich.

O nein, dachte Kleinert, das waren nicht mehr nur die üblichen vereinzelten Qualmwolken, an die man sich in den vergangenen Wochen schon gewöhnt hatte – seit jenem Oktobermorgen, da die japanische Luftwaffe das erste Mal über Nanking hergefallen war. Das, was sich da jetzt abspielte, war der richtige Krieg.

Gegen das Bisherige, dachte er weiter, hatte sich die chinesische Luftabwehr erstaunlich lange erfolgreich zu wehren vermocht. Oft war es ihr gelungen, die laut dröhnenden Bomber mit der roten Sonne im Hoheitszeichen in großer Höhe zu halten. Das hatte die Besatzungen zu ungezielten Abwürfen am Rande der Stadt gezwungen, und weil dort eine lockere Siedlungsstruktur herrschte, waren die Schäden bisher in Grenzen geblieben. Viele Bomben waren auf freiem Feld nieder gegangen und hatten dort zwar tiefe Krater gerissen, aber längst nicht so große Zerstörungen angerichtet, wie die japanischen Angreifer erhofft hatten. Schäden an Straßen und Wasserleitungen waren rasch wieder repariert worden, und mit einem Gleichmut, von dem nicht nur Kleinert, sondern auch viele der weitaus länger in China lebenden Ausländer überrascht gewesen waren, hatte die Bevölkerung noch lange den alltäglichen Rhythmus ihres Lebens aufrecht erhalten. Nur in der Südstadt, dort, wo die Gassen enger wurden und sich die Häuser dichter aneinander drängten, hatten die Bomben schon eine größere Zahl von Opfern gefordert und Panik und Schrecken auszulösen vermocht.

Nun jedoch – Kleinert versuchte noch, sich gegen diesen Gedanken zu wehren, aber der rasch sich ausbreitende Rauchteppich strafte alle beschwichtigenden Überlegungen Lügen – musste befürchtet werden, dass alles, was bisher geschehen war, nur ein Vorgeplänkel gewesen sein würde zu dem, was jetzt über die Stadt hereinbrach. Es konnte keinen Zweifel mehr geben: Der Sturm der Japaner auf Nanking, auf die Hauptstadt, hatte begonnen.

Obwohl ihn fröstelte, blieb Kleinert, den Blick auf die Südstadt gerichtet, am Fenster stehen. Geradezu zwanghaft gingen ihm noch einmal die Ereignisse vergangenen Wochen durch den Kopf. Hatte es sich nicht abgezeichnet, dass es bald zum japanischen Angriff kommen würde? Natürlich, und zwar seit Tagen, ja Wochen schon. Aber irgend etwas war in ihm gewesen, das ihn getrieben hatte, sich der Einsicht in die Unausbleiblichkeit dieses Ereignisses zu verweigern. So gut, so zukunftsträchtig hatte dieses Jahr 1937 begonnen – es graute ihm davor, der Wahrheit ins Auge blicken und erkennen zu müssen, dass es im völligen Chaos zu enden drohte. Wann hatte Tschiang Kai Schek mit seiner Regierung die Stadt verlassen und sich stromauf nach Hankou zurückgezogen? Kleinert schaute auf den Kalender, der aufgeschlagen auf dem Schreibtisch lag: Richtig, am 30. November. Und welches Datum war heute? Der 9. Dezember. Seit zehn Tagen also musste allen klar gewesen sein, dass Nanking von der Regierung bereits aufgegeben war.

Und entsprechend groß war ja auch die Verwirrung in der Stadt. Wo gestern noch Mut und Verteidigungswille gewesen waren, hatten nackte Angst und Erstarrung um sich gegriffen, und dann war eine gewaltige Fluchtwelle losgebrochen. Zu Zehntausenden versuchten die Menschen, die Stadt zu Fuß oder, wenn sie denn irgend konnten, mit dem Schiff auf dem Yangtse hinauf in Richtung Südwesten, weiter ins Landesinnere hinein, zu verlassen.

Er aber, Kleinert, war geblieben. Hatte den Marschall, seinen Dienstherrn, um Zustimmung dafür gebeten nicht nur, weil er gewiss war, dass er ihm in den militärischen Angelegenheiten, die jetzt zu entscheiden waren, ohnehin keine Hilfe sein konnte, sondern auch, weil er wusste, dass sich noch einige andere Deutsche in der Stadt zum Bleiben entschlossen hatten. Georg Nelken zum Beispiel, Legationssekretär in der Botschaft, der ihm bei abendlichen Gesprächen im Deutschen Klub zu einem guten und verständnisvollen Freund geworden war. Und Christoph Krug, neuer, noch junger Repräsentant von Buckowitz & Co. in Nanking, den er schon nach kurzer Zeit als klugen Verhandlungspartner schätzen gelernt hatte.

Den entscheidenden Anstoß zum Bleiben aber hatte Johann Stieglitz gegeben, seit über dreißig Jahren Vertreter von Simon China & Co. in der Stadt.

Ausgerechnet Stieglitz! Und ausgerechnet in der Wohnung von Kröper! Trotz der Anspannung, die jetzt in ihm war, musste Kleinert in der Erinnerung an das Zusammentreffen dieser so unterschiedlichen Menschen, das irgendwann Anfang November stattgefunden hatte, lächeln.

Er hatte ihn bis dahin nur flüchtig gekannt, diesen Johann Stieglitz, obwohl ihm nicht entgangen war, welche Achtung der grauköpfige Endfünfziger mit jener Gelassenheit in Meinungsbildung und Urteil, wie man sie häufig bei Menschen mit beachtlicher Körperfülle findet, in der deutschen Landsmannschaft genoss. Aber Stieglitz repräsentierte nicht nur Simon China & Co., sondern war auch Amtswalter der Nazi-Partei in der Stadt – ein Mann der Macht also, und unbefangener Umgang mit ihm war daher nicht jedermanns Sache. Zumal für einen deutlich Jüngeren, wie Kleinert es war, und zumal dann, wenn sich ein Anlass für näheres Kennenlernen noch nicht ergeben hatte.

Aber es lag wohl in der Natur der ungewöhnlich zugespitzten Lage, dass es so kommen musste, wie es dann geschah. Er, Kleinert, war – wieder einmal – bei Hermann Kröper zu Gast gewesen. Po Ta, der Diener, hatte wie stets tief in die Schatzkiste seiner Kochrezepte gegriffen und köstliche Glasnudeln mit Baumohrenpilzen und hauchdünnen, nur zart angebratenen Rindfleischscheiben serviert, und Kröper hatte darüber berichtet, dass er Nanking wohl bald verlassen werde. Selbst wenn, hatte er gesagt, ein Wunder geschehen sollte und Nanking verteidigt werden könnte, werde sich das Zentrum der Politik des Marschalls ganz zweifellos nach Westen verlagern. Tschungking, so glaube er, werde künftig dieses Zentrum bilden. Vielleicht noch nicht gleich, sofern es den Sitz der Regierung betraf – da könne auch das zwischen Nanking und Tschungking gelegene Hankou noch eine Rolle spielen –, auf jeden Fall aber wirtschaftlich. Und so habe er, Kröper, also auch den Auftrag, sich jetzt schon nach Tschungking zu begeben und dort seine geologischen Forschungen weiter zu führen.

In diesem Moment hatte Po Ta gemeldet, dass Johann Stieglitz an einem Gespräch mit Kröper gelegen sei, und der Professor war mehr als überrascht gewesen. Der Nazi Stieglitz? Ihn, Kröper? Den doch ganz gewiss irgendwo als »unzuverlässig« Notierten, in Ruhe gelassen nur, weil er schon so lange in Tschiang Kai Scheks Diensten stand und für das Funktionieren der Nazi-Angelegenheiten völlig bedeutungslos war? Was konnte Stieglitz bewogen haben, gerade jetzt seine Nähe zu suchen?

Die Antwort war schnell gegeben – und sie stand Kleinert jetzt, da der Rauchteppich über der Südstadt immer bedrohlicher aufquoll und das Krachen der Bomben kein Ende zu nehmen schien, noch einmal in aller Klarheit vor Augen. Entgegen allen Kröperschen Befürchtungen war es Stieglitz mitnichten um irgendwelche Parteifragen gegangen oder um Dinge, die mit Deutschland zu tun hatten, sondern er hatte nichts anderes gewollt als vorzufühlen, mit wem er im Falle der Einnahme der Stadt würde rechnen können.

»Denn ich gehe doch nicht fehl in der Annahme, Professor«, hatte er gesagt, »dass wir beide uns einig sind darin, Verantwortung für Nanking zu haben? Und uns zu wehren dagegen, dass hier alles drunter und drüber geht?«

Kröper war völlig überrascht gewesen und hatte dies den unverhofften Besucher auch spüren lassen. »Dass ich das erleben darf – dass wir uns in unserer Verbundenheit mit den Chinesen so übereinstimmen: Verzeihen Sie, Stieglitz, aber das habe ich beim besten Willen nicht erwartet.«

Die von Stieglitz erhoffte Zusage aber hatte er ihm trotzdem nicht geben können. »Bitte verstehen Sie«, hatte Kröper mit einer Stimme gesagt, die verriet, wie ihm die schwierige Entscheidung fast den Hals abschnürte, »dass ich mich aus meinen Verpflichtungen dem Marschall gegenüber unter keinen Umständen lösen kann.« So war Stieglitz unverrichteter Dinge wieder davon gezogen – aber Kleinert hatte nach diesem Abend begonnen, sich mit dem Gedanken des Bleibens anzufreunden.

Nun denn, dachte er: Jetzt gilt es, zu diesem Wort zu stehen.

Eine zarte Berührung riss ihn aus seinen Gedanken. Tschang Li, zitternd vor Kälte und schreckensbleich, war neben ihn getreten. »Diese Bomben, diese Feuer, dieser Rauch – Liebster, ich habe das alles in Schanghai schon erlebt, ich weiß nicht, ob ich das noch einmal aushalten kann«, sagte sie mit leiser, verzeifelter Stimme. Tröstend nahm er sie in die Arme, aber es fehlte ihm an Worten, ihr Mut machen zu können. Zwar war ihr Leben nicht direkt in Gefahr, denn das Ausländerviertel – so hoffte er – würde wohl auch diesmal von den Angriffen verschont bleiben. Aber im pausenlosen Geheul der Flugzeugmotoren, im Pfeifen der niedersausenden Bomben und im Krachen der Explosionen erstickte dennoch alle Zuversicht.

Und es erstickte auch, dachte Kleinert, als er sich daran machte, ein Frühstück für sie beide zu bereiten für diesen Tag voller Angst und Ungewissheit, die Hoffnung des nun zu Ende gehenden Jahres 1937.

Wie optimistisch war er nach dem Februar – jenem Monat des Glücks, in dem er Tschang Li getroffen hatte – aus Schanghai nach Nanking zurück gekehrt! Alles war ihm gelungen in diesen feuchtkalten Tagen am Huangpu-Fluss. Jede Nacht war eine Nacht mit der immer inniger Geliebten gewesen – es schien, als sollte er in wenigen Wochen nachholen, was ihm jahrelang nicht vergönnt gewesen war. Und fast mit Leichtigkeit hatte er die Aufgaben des Tages bewältigt. Die Beratungen mit Hans v. Sommerfeldt, dem Handelsbeauftragten der Botschaft, waren ihm flüssig von der Hand gegangen. Und bei den Gesprächen mit den Repräsentanten der Handelshäuser hatte er das Gefühl gehabt, als seien ihm neue Antennen gewachsen: Antennen, die ihm halfen, sich in die Sorgen und Nöte der alten Fernostfahrer noch besser hinein versetzen und ihnen Kompromisse anbieten zu können, die sie mit Würde zu tragen in der Lage waren.

Natürlich hatte er immer wieder gespürt, wie schwierig sich die Dinge seit seinen Tientsin-Tagen vor sieben Jahren entwickelt hatten. Es passte da einfach einiges ganz grundsätzlich nicht mehr zusammen. Leuten wie Christian Stochlow, die sich schon in zweiter oder dritter Generation auf einem heiß umkämpften, aber sehr vielfarbigen Markt zu behaupten gelernt und ihr Geld in einer Mischung aus chinesischem Küstenhandel, chinesisch-deutschen Geschäften und allgemeinem internationalem Überseehandel gemacht hatten, mussten staatliche Eingriffe in den freien Handel, wie sie mit dem Austauschvertrag sowohl auf deutscher wie auch auf chinesischer Seite ins Auge gefasst waren, selbstverständlich ein Dorn im Auge sein. Selbst wenn sie nun Anteilsquoten an den Lieferungen zwischen beiden Ländern zugesichert bekamen – sie fühlten sich nicht mehr wohl in ihrer Haut, waren nicht mehr die souveränen Herren über ihre Geschäfte wie einst, verloren an Spielräumen und an Beweglichkeit, mussten sich mit neuem Verwaltungskram abgeben und zu allem Überfluss Kontrolleure dulden, die sie unter anderen Umständen nie und nimmer über ihre Schwelle gelassen hätten.

Aber allmählich war es Kleinert eben doch gelungen, Verhärtungen aufzubrechen. Die Gründung der chinesisch-deutschen Fluss-, Küsten und Seeschifffahrtsgesellschaft war – der Handelsattaché hatte aus Berlin zuverlässig Nachricht darüber erhalten – beschlossene Sache. In den Gesprächen über ihre künftige Arbeitsweise hatten sich Stochlow und die anderen Handelshausleute nicht mehr im Schmollwinkel verschanzt, sondern interessante Vorschläge unterbreitet, für die sie manche ihrer langjährigen Verbindungen ins Land hinein wieder aufgefrischt hatten. Im Ergebnis hatte sich heraus gestellt, dass nun auch die komplizierten Erztransporte von abseitig gelegenen Gruben und Fundstätten und die Heranschaffung der weit verstreut produzierten landwirtschaftlichen Produkte besser zu bewältigen sein würden, als es bis dahin ausgesehen hatte. Ihren Anteil an der Zusammenstellung der chinesischen Lieferungen nach Deutschland hatten sich die Handelshäuser damit am Ende doch noch gesichert. Anders herum war das noch nicht so geglückt. Die deutschen Exporte gingen noch immer – wie Stochlow es so ausgiebig beklagt hatte – an den Schiffen der Handelshäuser vorbei. Aber es würde, da war sich Kleinert sicher gewesen, auch da eine gute Entwicklung geben.

Denn auch in den Folgemonaten war alles in Richtung Aufschwung gegangen. Kleinert war nach seiner Rückkehr aus Schanghai in Nanking gleich doppelt in Anspruch genommen worden. Zunächst hatte ihn Tschiang Kai Schek beauftragt, einige früher bereits notierte Überlegungen zur Schaffung einheitlicher Verwaltungsstrukturen in ganz China weiter zu vertiefen. Herausgekommen war ein nicht weniger als 24 Seiten starkes Papier, das Kleinert »Organisationsvorschlag für den Aufbau einer starken Zentrale« genannt hatte und dem Marschall in der von Robert Tschen besorgten Übersetzung schon bald hatte präsentieren können. Bei der Erarbeitung des Papiers hatte Kleinert deutlich spüren können, dass er im Kreise der Deutschen nun endgültig einen anerkannten Platz gefunden hatte. Bereitwillig war ihm Rat gegeben worden von den Kollegen aus der Beraterschaft, und auch von Berlin aus hatte man mit nützlichen Hinweisen nicht gegeizt. Gottfried Rieckmüller von der Mamo Impex hatte wieder einmal Türen geöffnet, und so hatte sich selbst Generaloberst v. Saecken noch einmal zu einigen kleinen Ausarbeitungen überreden lassen.

Der Marschall hatte eine Menge anerkennender Worte für den Vorschlag gefunden, und Kleinert war sich sicher, dass er mit seinen Ideen tatsächlich ins Schwarze getroffen hatte. Wie denn auch nicht – da sich eine straff zentralisierte Verwaltung und Wirtschaftsführung in Deutschland doch gerade so hervorragend bewährte! Und hatten sich nicht Deutschland und China gleichermaßen sowohl auf die innere Entwicklung als auch auf die gleichzeitige Abwehr äußerer Feinde zu konzentrieren?

Also hatte Kleinert eine Verwaltungsstruktur vorgeschlagen, an deren Spitze er einen zentralen Aufbaustab der Regierung sehen wollte. Dieser Aufbaustab sollte die Reorganisierung der Armee und die wirtschaftliche Entwicklung unter vorrangiger Berücksichtigung militärstrategischer Gesichtspunkte miteinander koordinieren und eine entsprechend energische Kontrolle ausüben. Zu diesem Zweck sollte ihm eine Reihe weiterer zentraler Ämter unterstellt werden. Um deren Aufgabenbereiche hatte Kleinert lange Diskussionen gehabt und umfangreichen Briefwechsel mit Berlin gepflegt. Schnell hatte er sich überzeugen lassen, als Kröper ihn bedrängt hatte, schon auf Platz zwei dieser Ämterliste – direkt nach dem Amt für Industrieentwicklung – ein Amt für topographische Erkundung vorzusehen. Richtig – das war ein Arbeitsfeld, das in Deutschland kaum noch solcher zentralen Aufmerksamkeit bedurfte. Aber hier in China – da hing vom planmäßigen Vorgehen und von der Schnelligkeit bei der Erkundung riesiger noch weitgehend unerforschter Landstriche nicht nur der Erfolg des einen oder anderen Bergwerkes ab, sondern der von Wirtschaftsentwicklung und Exportkraft überhaupt. Dass es neben diesen beiden Ämtern auch solche für Land- und Forstwirtschaft, Verkehr oder Post- und Fernmeldewesen geben sollte, lag auf der Hand. Skepsis hatte Kleinert überwinden müssen mit der Idee, auch die Ämter für Gesundheitswesen und für Veterinärwesen dem Aufbaustab zu unterstellen. Erst mit einem nachdrücklichen Hinweis auf die Bedeutung von Epidemien für die wirtschaftliche Entwicklung hatte er die Bedenken auszuräumen vermocht. Und auf eine Intervention Rieckmüllers hin hatte er neben den Ämtern für Justiz und für öffentliche Sicherheit auch ein Amt für Bildung der Massen und ein Amt für Propaganda in seinen Plänen vorgesehen.

»Bedenken Sie doch«, hatte Rieckmüller geschrieben, »welche enorme Rolle das persönliche Vorbild des Führers und Reichskanzlers für die Heranbildung einer leistungs- und opferbereiten Jugend, für die Bildung von tatkräftigen Gefolgschaften in den Betrieben oder für die Schaffung eines starken Reichsnährstandes spielt. Damit eine solche Vorbildwirkung aber tatsächlich in die gesamte Gesellschaft ausstrahlen kann, bedarf es straff organisierter Strukturen. Propaganda ist keine Randfrage! Ich kann mir vorstellen, dass das der Marschall, von dem ich weiß, dass er die deutschen Entwicklungen in vieler Hinsicht als vorbildlich empfindet, ähnlich sehen wird.«

Wie direkt Kleinert mit seinem Organisationsvorschlag den Nerv des Marschalls getroffen hatte, zeigte sich in der zweiten großen Aufgabe, die er im Frühjahr zu bewältigen hatte. Erneut hatte sich eine chinesische Delegation in Richtung Deutschland auf den Weg gemacht – nun aber nicht mehr auf der Arbeitsebene, wie sie ein Jahr zuvor Tscheng Sun Hao vertreten hatte, sondern mit einem der wichtigsten Männer des Landes an der Spitze: mit Finanzminister H. H. Kung.

Und wieder war Kleinert beauftragt worden, die nötigen Vorbereitungen zu treffen. »Machen Sie ein großes Programm, Ke Lan Pao *hsiänscheng*«, hatte ihm Tschiang Kai Schek gesagt, »und sorgen Sie dafür, dass nicht nur direkt über die Erfüllung des Warenaustauschvertrages beraten wird. Das ist ungeheuer wichtig, aber es reicht mir nicht. Ich möchte, dass der Minister auch Gespräche über Wirtschaftsplanung haben kann, und ich möchte, dass es eine Gelegenheit gibt, auch über Fragen der Gesellschaftsorganisation zu reden.«

»Darf ich das Letztere so verstehen«, hatte Kleinert gefragt, »dass Sie daran denken, für die Entwicklung der Bewegung ›Neues Leben‹ auch deutsche Erfahrungen heran zu ziehen? Etwa aus der Hitlerjugend?«

»Ja, das dürfen Sie«, hatte der Marschall geantwortet – und Kleinert hatte unendlich bedauert, Tschang Li in diesem Moment nicht an seiner Seite zu haben. Wie hätte sie sich gefreut darüber, mit welcher Aufmerksamkeit die Bewegung, der sie sich mit so viel Hingabe angeschlossen hatte, vom Marschall bedacht wurde.

Aber Tschang Li war weit entfernt gewesen in dieser Zeit. Die Trennung – so schwer sie ihnen auch gefallen war nach den gemeinsamen Wochen, die ihnen in der Schönheit ihrer Zweisamkeit fast unwirklich vorgekommen waren – hatten sie beide als unabänderlich hingenommen. Keiner war auf die Idee gekommen, sich auch das Weitere in Gemeinsamkeit zu denken.

»Die Zeit wird doch schnell vergehen, großer Lan Pao«, hatte Tschang Li mit dem Mut des gewollt fröhlichen Abschieds verkündet. »Du wirst doch ganz gewiss im Sommer wieder Geschäfte in Schanghai zu erledigen haben, oder ich lasse mich von Herrn Stochlow zur Inspektion der Nankinger Buckowitz-Vertretung abordnen, und schon sehen wir uns wieder. Und an meiner Treue« – sie hatte mit einer koketten Geste ihr langes schwarzes Haar im Nacken gerafft, über die rechte Schulter nach vorn gestrichen und, von einem neckenden Blick begleitet, spielerisch zum Zopf geflochten – »hast Du doch hoffentlich keinen Zweifel?«

»Nein, Lisa, den habe ich nicht«, hatte Kleinert geantwortet, und sie war ihm, verlegen vor Glück darüber, mit welcher Selbstverständlichkeit er sie bei diesem Namen nannte, noch einmal in die Arme geflogen. Dann hatte er sich allein auf den Weg zum Bahnhof gemacht – und schon im Zug eine Verstörung empfunden, die ihn seitdem nicht mehr losgelassen hatte und auch durch manchen Brief aus Schanghai nicht zu besänftigen gewesen war.

An einem der letzten Junitage hatte Botschafter Wilhelm Trauthoff Kleinert zu einem Abendessen eingeladen. »Ich nehme an, Sie freuen sich, wenn Sie mal wieder richtige deutsche Küche genießen können?«, hatte er schon an der Tür gefragt und Kleinert, ohne noch eine Antwort abzuwarten, sanft in das kleine Speisezimmer seiner Residenz geschoben. Auf einer Anrichte hatte auf einer silbernen, von einem Kohlebecken warm gehaltenen Platte ein Schweinebraten bereit gestanden, wie ihn Kleinert noch nie gesehen hatte.

»Sie staunen? Das freut mich. Denn das habe ich mir so gedacht – dass man einem Mitteldeutschen, wie Sie es sind, mit einem pommerschen Rippenbraten noch immer eine richtige Überraschung bereiten kann.« Der Botschafter war bester Laune gewesen, und sie hatten sich ohne längere protokollarische Umwege über das Kunstwerk aus kross gebackener Schwarte, zart gegartem Fleisch und kräftig süß-pfeffrigem Backobst hergemacht.

»Wir haben allen Grund zur Zufriedenheit«, hatte Trauthoff dann beim Bier erklärt, »denn schauen Sie, was ich hier für eine Statistik auf den Tisch bekommen habe: China ist für unser Land zum drittwichtigsten außereuropäischen Absatzgebiet nach den USA und Brasilien geworden. Und was unseren Anteil am chinesischen Außenhandel betrifft, so ist er auf fast 20 Prozent gestiegen. Oder hier« – Trauthoff hatte eine andere Seite des Drahtberichts aufgeschlagen: »China ist zum Hauptabnehmer unserer Waffenlieferungen geworden. Fast 40 Prozent unserer Verkäufe wurden hier gebunden. Und die chinesischen Wolframexporte gehen mittlerweile schon zu drei Vierteln nach Deutschland. Wenn das nichts ist, lieber Kleinert! Der deutsch-chinesische Austausch ist nun wirklich aus dem Stadium des Krümelkrams – wenn ich das mal so sagen darf – heraus gekommen. Darauf kann man sich schon mal einen guten *maotai* genehmigen!«

Sie hatten angestoßen, und Trauthoff hatte noch ein weiteres Papier aus seinem Arbeitszimmer geholt. »Auch das will ich Ihnen zeigen – es ist so frisch, dass es hier noch niemand außer uns beiden gesehen hat.«

Kleinert hatte nicht lange gebraucht, die Brisanz des vor ihm liegenden Textes zu begreifen: H. H. Kung, der Finanzminister, war bei seinem Deutschlandbesuch tatsächlich vom Führer und Reichskanzler empfangen worden. In der Sommerresidenz auf dem Obersalzberg – so sagte die Aufzeichnung aus dem Auswärtigen Amt – war das geschehen, und Hitler hatte ein Loblied auf starke autoritäre Regierungen gesungen und in diesem Zusammenhang auch Tschiang Kai Schek gepriesen. Der Marschall – so las Kleinert – müsse wohl als eine dem Chinesischen Reich von der Vorsehung besonders gesandte Persönlichkeit betrachtet werden, und mit einem Land, in dem eine solche Persönlichkeit herrsche, könnten dauerhaft haltbare Abmachungen getroffen werden. So gebe es – hatte Hitler weiter versichert – guten Grund, die beiderseits vorteilhaften Geschäfte weiter auszubauen.

»Na, was sage ich Ihnen?« Trauthoff hatte noch einmal *maotai* nachgeschenkt. »Das läuft doch alles bestens, oder nicht?«

Kleinert hatte bestätigend genickt und den scharfen Schnaps mit einem Gefühl tiefer Genugtuung hinunter gestürzt. Als sie sich trennten, waren beide der festen Überzeugung gewesen, dass sie sich mit ihrer Beharrlichkeit in Sachen Austauschvertrag wohl einen Orden verdient hätten. Noch nie zuvor hatten sich die beiden Länder gegenseitig so nützlich sein können.

Aber es waren keine zwei Wochen vergangen, und alles, was sie gerade noch gefeiert hatten, war wie von einem Erdbeben erschüttert ins Wanken geraten.

Denn aus Peking waren aufgeregte Nachrichten eingetroffen. Am 7. Juli, so hieß es, hätten japanische Truppen an der Lukoutschiao – der berühmten, am südwestlichen Stadtrand von Peking gelegenen Marco-Polo-Brücke – einen bewaffneten Zusammenstoß mit chinesischen Einheiten provoziert.

Kleinert hatte sich sofort seiner Gespräche mit Siegfried Breitenschlager erinnern müssen. Hatte der nicht schon im Herbst 1934 bei ihrem gemeinsamen Peking-Spaziergang damit gerechnet, dass die Japaner die Schwäche Tschiang Kai Scheks in Nordchina zu weiterem Vorrücken nutzen würden? Nun schienen sich diese Prophezeiungen zu erfüllen.

Das hatte man in Nanking jedoch zunächst noch nicht glauben wollen. Es sei einer der doch eigentlich üblichen kleinen Zwischenfälle, hatte es geheißen, und Grund zu besonderer Beunruhigung bestehe nicht. Dann aber hatten sich Gerüchte verstärkt, die besagten, Japan habe Schiffe mit großen Mengen neuer Truppen in Richtung China in Marsch gesetzt, und eine Woche später hatte es keinen Zweifel mehr geben können: Japan plante weitere Eroberungen chinesischen Territoriums im großen Stil.

Kleinert war in diesen Tagen Zeuge dramatischer und überraschender Entwicklungen geworden. Schon am 8. Juli hatten die chinesischen Kommunisten zum gemeinsamen Widerstand der bewaffneten kommunistischen Einheiten und der Regierungstruppen Tschiang Kai Scheks gegen die Japaner aufgerufen. Im Deutschen Klub hatte es ungläubige Gesichter gegeben. Die gleichen Kommunisten, die vom Marschall seit einem Jahrzehnt in gnadenlos geführten Feldzügen weit ins Landesinnere abgedrängt worden waren und von denen er immer wieder behauptet hatte, sie würden in der chinesischen Politik nie wieder irgendeine Rolle spielen – sie wagten es jetzt, Vorschläge von solcher unglaublichen Tragweite zu unterbreiten? Aber die Zweifler hatten zur Kenntnis nehmen müssen: Nicht die Kommunisten, von denen man – wenn man ehrlich war – herzlich wenig wusste, hatten sich in der Beurteilung der Lage geirrt, sondern die Leute der Regierung und mit ihnen der Marschall selbst. Hermann Kröper hatte – wie so oft – die Dinge Kleinert gegenüber auf den Punkt gebracht.

»Es war doch klar«, hatte er in der Gewissheit, einer der Wenigen zu sein, die den Kommunisten überhaupt so etwas wie politische Aufmerksamkeit entgegen brachten, verkündet, »dass das Fass der Demütigungen, die die Japaner den Chinesen in den letzten Jahren zugefügt haben, irgendwann einmal zum Überlaufen gebracht sein würde. Und genau das ist mit den Ereignissen an der Lukoutschiao nun geschehen. Nun zeigt sich, dass die Kommunisten mit ihrer antijapanischen Politik, die sie ja schon sehr lange vertreten, nicht isoliert sind, wie der Marschall bisher geglaubt hat, sondern im Gegenteil massenhafte Unterstützung haben. Und was sagen sie, die Kommunisten? Dass endlich Schluss sein soll mit der Politik des Rückzugs und der Beschwichtigung. Sie wollen den offenen Widerstand. Und das wollen nun offensichtlich viele andere auch. Ich höre es doch unter chinesischen Kollegen allenthalben: Der Verlust der Mandschurei und Nordchinas bis nach Peking hinüber war bitter genug – weiteres Territorium will man nun nicht mehr preisgeben.«

In Gesprächen, die er mit Robert Tschen, dem Dolmetscher, geführt hatte, hatte Kleinert dann gespürt, wie tief der Marschall in die Zwickmühle geraten war. Eine Zusammenarbeit mit den Kommunisten – wie ungeheuer schwierig würde die ins Werk zu setzen sein, ohne das Gesicht zu verlieren! Tschen hatte Kleinert dabei ein Ereignis ins Gedächtnis gerufen, das Kleinert längst vergessen hatte, dem nun aber offensichtlich größte Bedeutung zu kam. Im Dezember 1936 war das gewesen – genau zu der Zeit, als er, Kleinert, mit Hsü Tao Lin in Nanking gemütlich das Ende eines erfolgreichen Jahres hatte feiern wollen. Der Marschall war damals in die alte Kaiserstadt Hsi'an gefahren, weil sich zwei seiner Generäle der Stillhalteorder der Regierung nicht zu unterwerfen gedachten und zur Abwehr japanischer Attacken in Richtung der nordwestchinesischen Provinz Suiyüan ein Abkommen mit den in dieser Gegend ebenfalls operierenden kommunistischen Truppen abgeschlossen hatten. Dabei war ihm aber ein fataler Irrtum in der Beurteilung des Kräfteverhältnisses unterlaufen – weshalb die Nachrichten darüber auch nur spärlich nach Nanking durchgesickert waren. Die Initiative hatte nicht – wie geplant – bei ihm, dem Oberbefehlshaber, gelegen, sondern bei den abspenstigen Generälen, und als er sich geweigert hatte, ihre Aktion gut zu heißen, hatten sie ihn und seinen Tross kurzerhand gefangen genommen.

O ja, hatte Kleinert gedacht, als ihm Tschen diese Situation schilderte, da war sie wieder – diese unglaubliche Weite des chinesischen Raumes, der von einer Zentralregierung so schwer zu beherrschen und zu kontrollieren war. Wie schnell konnten Generäle wieder zu ganze Provinzen beherrschenden Kriegsherren werden, und wie groß war die Loyalität der Truppen diesen Kriegsherren gegenüber, wenn sie sogar bereit waren, ihren eigentlichen Oberbefehlshaber zu verhaften! Aber wie kurzsichtig musste auch der Marschall gewesen in seiner Siegesgewissheit, die Kommunisten endgültig geschlagen und isoliert zu haben! Denn nun war er urplötzlich von ihnen, seinen Hauptfeinden, abhängig geworden. Mao Tse Tung, der Führer der kommunistischen Partei, hatte aus seinem Quartier im weit abgelegenen Yän'an einen Gesandten namens Tschou En Lai nach Hsi'an geschickt, und der hatte sich in den Verhandlungen mit den Generälen tatsächlich als fähig erwiesen, eine Regelung herbeizuführen, die Tschiang Kai Schek die Freilassung und eine gesichtswahrende Rückreise nach Nanking ermöglichte.

Der Preis dafür aber war jetzt, im Juli 37, zu zahlen. Ein Alptraum hatte sich erfüllt: Der Marschall war vor die Wahl gestellt, entweder mit den Kommunisten gemeinsam zum Widerstand gegen die Japaner zu blasen oder aber seinen eigenen Sturz – und damit den Untergang all dessen, was er seit zehn Jahren aufgebaut hatte – zu riskieren. Einige Tage lang hatte er noch überlegt, dann war er nach Luschan in der Provinz Honan aufgebrochen – einer Stadt, die etwa auf halbem Wege zwischen Nanking und Yän'an lag – und hatte sich dort zu neuerlichen Gesprächen mit Tschou En Lai getroffen. Und am 17. Juli war geschehen, worauf nun bereits viele Millionen Chinesen sehnsüchtig gewartet hatten: Der Marschall hatte von Luschan aus zum allgemeinen Widerstandskrieg gegen die Japaner aufgerufen. Jeder, ob im Norden oder Süden, ob jung oder alt, sei – so hatte er verkündet – verpflichtet, den Widerstandskrieg zu führen und den Heimatboden zu verteidigen.

Die Zeit der Rückzüge und der zähneknirschenden Duldung japanischer Übergriffe hatte damit ein Ende gefunden. Nun war man sich im Deutschen Klub in Nanking wieder einig: Damit waren die Zeichen auf Krieg gestellt. Und dieser Krieg würde – wie konnte es anders sein angesichts der Größe des Landes, des Eroberungswillens der Japaner und der nun sich formierenden Widerstandskraft der Chinesen – lange dauern und viele Opfer fordern.

Kleinert war in diesen Tagen wiederholt von Trauthoff zum Gespräch gebeten worden und hatte den Botschafter dabei völlig verändert angetroffen. Verflogen war alle Freude über den Erfolg des Kung-Besuches in Deutschland, kein Wort war mehr gefallen über die gerade noch glänzenden Aussichten auf neue große Geschäfte. Niedergeschlagen, ja geradezu verzweifelt hatte ihm Trauthoff die neuesten Drahtmeldungen zur Lage präsentiert. 20.000 japanische Soldaten mit hundert Flugzeugen im Vormarsch im Peking-Tientsin-Gebiet, Beginn einer japanischen Großoffensive gegen Schanghai – der große Krieg war nicht mehr aufzuhalten.

Aber Kleinert hatte bald gemerkt, dass diese Kriegsmeldungen nicht der einzige Grund für Trauthoffs Niedergeschlagenheit waren. Und richtig: An einem quälend heißen Abend – es war schon August geworden, und tagelang hatte es nicht den Hauch eines Windes gegeben, von dem man sich hätte ein wenig Erfrischung erhoffen können – hatte der Botschafter nach ein paar Gläsern eines guten, aber viel zu schnell herunter gestürzten Whiskys seinem Herzen Luft gemacht.

»Na, Kleinert, ich glaube, wir beide gehören zu den Leuten, die gut zum Selbstbetrug taugen«, hatte er mit einer Mischung aus Spott und Traurigkeit verkündet. »Haben wir nicht gerade erst geglaubt, dass alles zum Besten steht? Aber es steht weder zum Besten, noch wenigstens zum Guten, sondern es steht ausgesprochen schlecht.«

»Ich kann Ihnen nicht ganz folgen«, hatte Kleinert eingehakt, »aber wenn Sie den Krieg meinen – muss man da nicht erst einmal abwarten? Kann es denn nicht sein, dass die Aufregung schon bald wieder vorbei ist?«

»Vielleicht könnte es das« – Trauthoff hatte verträumt genickt –, »sehr, sehr vielleicht. Aber« – sein Ton war plötzlich sehr scharf geworden – »dazu dürften wir selbst nicht so furchtbar blöde sein.«

»Wir selbst? Blöde?« Kleinerts Mühe, den Botschafter zu begreifen, war noch größer geworden.

»Ja, blöde.« Trauthoff hatte sich weit über den Tisch gebeugt und Kleinert tief in die Augen gesehen. »Unsere ganze Politik ist blöde, und wir selbst sind blöde, weil wir das immer noch nicht begriffen haben. Wir haben uns hier die Hacken abgelaufen in Nanking für das Deutsch-Chinesische, haben uns gefreut wie die Kinder, dass der Führer unseren lieben Kung auf dem Obersalzberg empfangen hat – und bei all dem gar nicht gemerkt, dass die Uhren in Berlin längst ganz anders ticken.«

Trauthoff hatte sich wieder tief in seinen Sessel fallen lassen, und in Kleinert hatte sich das Gefühl ausgebreitet, dass er, wenn er sich jetzt äußern wollte, einen schwerwiegenden, ja gefährlichen Verdacht würde aussprechen müssen. »Wollen Sie damit sagen« – hatte er zögernd und mit vorsichtig zurückgenommener Stimme gefragt –, »dass mit Kung auf dem Obersalzberg nur gespielt worden ist?«

»Kleinert«, hatte Trauthoff ebenso leise geantwortet, »Sie sind verrückt mit dem, was Sie da denken, aber ich fürchte trotzdem: Sie haben Recht. Und wissen Sie auch, warum? Weil in der Aufzeichnung aus dem Auswärtigen Amt zu vordergründig davon die Rede ist, dass man Kungs Befürchtungen, unser Antikominternpakt mit Japan könne gegen China gerichtet sein, wirksam zerstreut habe. Sie wissen doch genau so gut wie ich, wie das gemacht wird in solchen Niederschriften: Man notiert besonders gründlich das, was man bei dem anderen zu erreichen vorgehabt hat. Aber woran liegt es denn, dass man das überhaupt vorhaben muss? Doch an nichts anderem, als dass die Chinesen uns nicht glauben.«

»Und haben sie denn Grund dazu?«

»Das ist es ja eben.« Trauthoff hatte sich sehr beherrschen müssen, leise zu bleiben. »Bis vor ein paar Tagen hätte ich noch gedacht, sie hätten ihn nicht. Habe ihnen – genauso wie der Führer – immer wieder gesagt, sie sollen diesen sinnlosen Antikominternpakt nicht so wichtig nehmen, denn da sei doch nichts dran außer dem gemeinsamen Ziel, den Sowjets auf die Finger zu hauen. Aber wissen Sie, was mir nun zu Ohren gekommen ist? Dass in Berlin ganz ernsthaft erwogen wird, Mandschukuo offiziell anzuerkennen!«

»Mandschukuo? Jetzt, wo der Krieg im Gange ist?«

»Ja eben!« Trauthoff war nun doch laut geworden. »Verstehen Sie doch! Das kann in China doch gar nicht anders begriffen werden als eine eindeutige Parteinahme für Japan. Da gibt es doch überhaupt keine Zweifel mehr! Da können wir hier Kopfstände machen und immer und immer wieder betonen, wir seien neutral in diesem Krieg – das nimmt uns doch kein Mensch mehr ab.«

Bei seinen letzten Worten hatte Trauthoff, nun deutlich vom Whisky gezeichnet, plötzlich alle innere Spannung verloren. Er war in seinem Sessel zusammen gesackt und hatte lange geschwiegen – so lange, dass sich Kleinert ohne großes Aufsehen hatte verabschieden wollen. Er war dann, weil Trauthoff es so wollte, doch noch geblieben, und der Botschafter hatte sich zu einem Monolog aufgerafft, in dem er mit monotoner Stimme darüber geklagt hatte, dass er nun alle Träume, als Vermittler zwischen China und Japan tätig zu werden, wohl würde begraben müssen.

»Was für eine unglaubliche Dummheit«, hatte er noch mehrmals wiederholt, »was für eine unglaubliche Dummheit, dass wir unsere einzigartige Position aufgeben, zu Japan und China gleichermaßen gute Beziehungen zu haben. Was könnten wir gewinnen an politischem Gewicht in Ostasien, was würden sich für Felder auftun für unsere Wirtschaft, wenn wir Chinesen und Japanern den Tisch anbieten würden dafür, ihren Konflikt friedlich beizulegen. Die Amerikaner können das nicht, die Engländer und Franzosen auch nicht, und die Russen kommen schon gar nicht in Frage – nur wir, die Deutschen, könnten es tun. Aber in Berlin will man Mandschukuo anerkennen – und schlägt sich damit auf die Seite der Japaner. O Gott, Kleinert, was im Himmel ist bloß aus unserer Außenpolitik geworden!«

Seit jenem Abend hatte Kleinert oft an den Streit mit Hsü Tao Lin über den Antikominternpakt denken müssen. Wenn Trauthoff Recht hatte mit seiner Beurteilung der neuesten Berliner Entwicklungen, dann hatte der Freund mit seiner Skepsis schon damals, im Dezember 36, völlig richtig gelegen.

Tschiang Kai Schek hatte, als er nach Nanking zurück gekehrt war, allerdings wieder so etwas wie Optimismus verbreitet. O doch, hatte er Kleinert auf dessen Nachfrage hin wissen lassen, eine deutsche Vermittlung sei schon denkbar, denn noch immer bestehe ja Anlass zu der Hoffnung, dass die Japaner einsehen würden, dass sie einen langen und kräftezehrenden Krieg niemals würden gewinnen können. Die Siege, die sie jetzt hier und da errängen, dürften nicht darüber hinweg täuschen, dass ihre Kraft nicht ausreichen würde, das ganze chinesische Territorium zu besetzen und zu kontrollieren. Er, Tschiang, sei jedenfalls gewillt, sich aller Tugenden chinesischer Friedfertigkeit zu besinnen und auf einen friedlichen Ausgleich hin zu arbeiten. Und dabei sei, natürlich, die Hilfe der deutschen Freunde hoch willkommen.

Die Schlacht um Schanghai hatte den Marschall in seinen Vermutungen über die nicht ausreichende japanische Stärke zunächst bestärkt. Den Drahtmeldungen, die von der deutschen Botschaft in Schanghai nach Nanking herüber gekommen waren, hatte Kleinert entnehmen können, dass die Japaner zunächst geglaubt hatten, die Stadt mit jenen Kräften rasch einnehmen zu können, die sie seit dem als »Schanghai-Zwischenfall« in die Geschichte eingegangenen Ereignis von Anfang 1932 ohnehin in der Region unterhielten. Damals – Kleinert war dankbar gewesen, dass die Schanghaier Kollegen das noch einmal in einem kurzen Abriss zusammengefasst hatten – hatten die Japaner schon einmal getestet, ob sie parallel zu ihren Eroberungen im Norden auch im Süden chinesisches Gebiet würden besetzen können. Die Schwäche der Regierungstruppen hatte seinerzeit die Illusion genährt, man könne dies schon mit ein paar wenigen Tausend gut bewaffneten Soldaten bewerkstelligen. Es war ihnen aber ein Widerstand von bewaffneten Arbeitern und Studenten entgegen geschlagen, mit dem sie nie und nimmer gerechnet hatten, und so hatten sie trotz des schwachen chinesischen Militärs wieder den Rückzug antreten müssen. Dennoch war ihnen gelungen, was sie auch in der Pekinger Region geschafft hatten: der Nankinger Regierung das Recht auf Stationierung japanischer Truppen abzutrotzen. Und ähnlich wie am 7. Juli an der Lukoutschiao im Pekinger Südwesten hatten nun, im August 37, auch in Schanghai genau diese Truppen den Auftrag erhalten, zum Angriff über zu gehen.

Aber im Gegensatz zu 1932 waren sie nun auf die Gegenwehr starker chinesischer Regierungstruppen gestoßen, und weil sich auch diesmal wieder kampfbereite Arbeiter- und Studentenwehren formiert hatten, war an die erhofften schnellen Erfolge nicht mehr zu denken gewesen. Also hatten die Japaner mit weit greifenden Bombardements der Stadt begonnen und in gewaltigen Schiffskonvois mehrere Divisionen Landetruppen auf dem Yangtse hinauf in den Norden von Schanghai gebracht. Dort, um die Städte Baoschan und Luiho herum, hatten sie Brückenköpfe gebildet, um von dort aus die Stadt zu umfassen und zu erobern. Aber Ende September, nach mehr als einem Monat erbitterter Kämpfe, waren die Japaner ihrem Ziel noch immer kaum näher gerückt. Und auch Mitte Oktober hatte sich das Bild noch kaum geändert.

Mit Erstaunen hatte Kleinert registriert, wie sich unter den Ausländern in Nanking die Stimmung geändert hatte. O nein, das hatte man Tschiang Kai Schek nicht zugetraut – dass sich seine Truppen mit einer solchen Energie dem japanischen Vorgehen entgegenstellen würden! Die Verständigung mit den Kommunisten über die antijapanische Einheitsfront – sie zeigte also tatsächlich Wirkung! Auch Trauthoff hatte in diesen Tagen etwas von seinem Vermittlungs-Optimismus zurück gewonnen. Wenn die Schlacht um Schanghai in einem Unentschieden enden würde – vielleicht würde dann ja schon bald wieder Normalität einziehen.

Ein paar Tage später hatten die Japaner aber dann doch das entscheidende Oberwasser gewonnen. Später würde Kleinert erfahren, dass es nicht weniger als 150.000 japanische Soldaten waren, die das japanische Hauptquartier für den Sturm auf Schanghai konzentriert hatte. Aber auch die Berichte von Augenzeugen, denen es gelungen war, über die Frontlinie hinweg nach Nanking zu gelangen, hatten keinen Zweifel mehr daran gelassen, dass da tatsächlich ein großer, kaum noch zu stoppender Krieg in Gang gekommen war.

Ende Oktober – Kleinert hatte schon seit Wochen keine Postverbindung mehr mit ihr gehabt – hatte plötzlich Tschang Li in der Tür seines Büros gestanden. »Lisa!«, hatte er gerufen, und sie war ihm in die Arme geflogen mit einem langen und hellen Schrei unendlicher Erleichterung. Müde hatte sie ausgesehen und abgekämpft, mit Schweißspuren im staubigen Gesicht und aufgelöstem, nur flüchtig gebändigtem Haar.

»Du kannst es Dir nicht vorstellen, Lan Pao, mein großer, lieber, was in Schanghai los ist«, war es aus ihr heraus gesprudelt, als sie sich ein wenig gefangen hatte. »Den Huangpu hinunter bis nach Wusung und zur Mündung in den Yangtse ist durch Bomben und Artilleriefeuer alles wie umgepflügt. Erst haben die Japaner die Stadt bombardiert, um den Widerstand zu brechen. Dann haben die Unseren versucht, mit Bombardements den japanischen Vormarsch zu stoppen. Dazwischen immer wieder der Beschuss mit Kanonen und Granatwerfern. Kannst Du Dich erinnern, was ich Dir von Wusung erzählt habe, dem Vorort, in dem die Tungtschi-Universität stand? Wusung ist völlig zerstört, und auch die Universität ist kaputt. Überall Feuer, überall Rauch, und die Leute fliehen aus ihren Häusern in andere Stadtteile und sind dann wieder gefangen, denn rund um die Stadt wird gekämpft, und niemand kommt durch die Front hindurch.«

»Aber wie, um Gottes willen, hast Du es denn geschafft, hierher zu kommen?«

»Es ist ein Wunder.« Tschang Li hatte ihr Glück immer noch nicht fassen können. »Ein Landsmann von Dir hat mich mitgenommen – warte mal, hier, er hat mir seine Karte gegeben: Wolf Schoknecht heißt er, ein Journalist. Er hat es geschafft, Plätze auf einem Schiff von Butterfield & Swire zu erwischen. Das ist gut, habe ich gedacht, das sind Engländer, denen tun die Japaner nichts, und sie haben auf dem Yangtse von allen Ausländern die größte Erfahrung. Aber weißt Du, was es dann trotzdem für eine komplizierte Fahrt geworden ist? Erst einmal mussten wir Glück haben, nicht in Geschützfeuer zu geraten. Und dann gibt es ja immer noch diese Sperre im Fluss. Bei Kiangyin, weißt Du? Das liegt ungefähr auf halbem Wege. Die

Unseren haben dort 1932 Schiffe versenkt und Minen gelegt, um die Japaner am Vordringen den Yangtse hinauf zu hindern. Nun haben sich Butterfield & Swire etwas einfallen lassen und einen Umleitungsverkehr mit kleinen Booten über die Kanäle bis nach Kowan eingerichtet. Von dort kann man dann in großen Schiffen wieder direkt auf dem Yangtse weiterfahren. Aber weißt Du, wie lange das alles gedauert hat? Seit fünf Tagen sind wir unterwegs! Und immer die Angst, von den japanischen Bombern erwischt zu werden. Denn überall – auch in Kiangyin – sind sie ja schon!«

Als ob sie noch immer hätte Schutz suchen müssen, hatte sie sich eng an ihn gedrängt, und als er sie mit beiden Armen umfangen und ihre Zartheit gespürt hatte unter ihren groben dunkelblauen Baumwollhosen und der ebenso groben, gleichfarbigen Jacke – einem Aufzug, der nicht nur den Unbilden der Reise getrotzt, sondern sie auf den Schiffen, in den dürftigen Nachtquartieren und bei den zahlreichen Kontrollen auch vor allzu aufdringlichen Blicken bewahrt hatte –, war ihm plötzlich bewusst geworden, welch urgewaltiges Glück ihm da mitten im urgewaltigen Unglück gerade widerfuhr. So unverhofft war ihm die Liebste plötzlich wieder erschienen – und so elementar war ihr Bedürfnis, mit ihm und bei ihm zu sein und schon bald auch, noch immer erhitzt und Schweiß- und Staubspuren tragend überall, über und unter ihm in einem fordernden Rausch aus Gier und Geborgenheitsdrang und eins mit ihm in der Wiederentdeckung der langen, suchtvoll erkennenden Küsse.

Da hatte Kleinert es aufgegeben, noch weiter zu fragen nach den Dingen in Schanghai: nach den Flüchtlingen, von denen er gehört hatte, dass sie in der internationalen Niederlassung Zuflucht gesucht hatten; nach der Knappheit an Wasser und Lebensmitteln; nach den erbitterten Kämpfen in den Straßen der Stadt. Er hatte bald begriffen, dass sie Zeit brauchen würde, bis sie ihm alles, was sie erlebt hatte, würde erzählen können.

Und sie wohnte ja nun bei ihm! Hatte aus der schlimmsten Not die glücklichste Tugend gemacht! Wie unentschlossen waren sie gewesen beim Abschied im Februar, sich in ein gemeinsames Leben hinein zu denken. Nun hatte der Krieg ihnen gezeigt: Da war nicht Zeit zum Überlegen, da war Zeit zum Handeln.

Und Tschang Li, sein Lisa, handelte. Im Nu hatte sie Kleinerts Junggesellenwohnung alle Sprödigkeit, alle Kühle ausgetrieben. Mit sicherer Hand hatte sie auf den Märkten, die noch funktionierten, Keramiken aufgetrieben, denen ihre eigene Seele inne zu wohnen schien: in sanfter Wölbung sich öffnende einfache Schalen; eine mit heiteren blauen Schmetterlingsmotiven die Blicke fangende schlanke, fast biegsam wirkende Vase; dazu für das nur sparsam möblierte Wohnzimmer einen großen irdenen, Geborgenheit versprechenden bauchigen Deckelkrug.

Und eines Abends hatte sie Kleinert mit einer Malerei überrascht. »Sieh her, liebster Lan Pao, das hat Deine Lisa in einem Atelier am Markt selbst gemalt!« Fasziniert hatte er sich die aus vielerlei Rottönen und kräftigen und zarten schwarzen Linien gestaltete Blütenkomposition angeschaut und den

Blick bald gar nicht mehr wenden können von einer Ausstrahlung der Farben und Linien, die er erst nach einer Weile als geradezu verschwenderisch erotisch erkannt hatte. Verschmitzt schmunzelnd hatte sie ihm zugesehen in seinem Erstaunen und bald seine Hände erfühlen lassen, was sie gemeint hatte in ihrer schwelgerischen Darstellungslust.

»Aber wo, beim Himmel, hast Du das gelernt?« »Ach, weißt Du, lass die Geheimnisse Geheimnisse bleiben«, hatte sie geantwortet und ihn wie so oft mit einem langen Kuss zum Schweigen gebracht.

Dann, am 12. November, war die Nachricht vom Fall Schanghais nach Nanking gedrungen. Und von da an hatten die Schreckensmeldungen kein Ende mehr genommen. Von heilloser Flucht der chinesischen Truppen war die Rede gewesen. Eine Verteidigungslinie nach der anderen sei aufgegeben worden, die Moral, mit der die Front um Schanghai so lange habe gehalten werden können, sei aufgebraucht, nichts mehr könne den japanischen Vormarsch auf Nanking stoppen.

Aus Angst, in der erzwungenen Untätigkeit die Nerven zu verlieren, war Tschang Li zu Christoph Krug ins Kontor von Buckowitz & Co. gegangen. Zwar war an einen normalen Geschäftsgang längst nicht mehr zu denken gewesen, aber da große Stapel von Akten und Korrespondenzen zu ordnen waren, hatte es dennoch genügend Gelegenheit gegeben, sich einer nützlichen Arbeit zu widmen.

Mitte November hatte Krug dann begonnen, sich täglich mit Johann Stieglitz zu treffen, und er hatte Tschang Li mitgenommen, damit sie eine gute Dolmetscherin bei sich hatten. Stieglitz hatte einen Plan entwickelt, eine Schutzzone für die Bevölkerung einzurichten – für Frauen, Kinder und Alte, die nicht an den Kämpfen beteiligt sein würden. In ihrem Zentrum sollte das Gelände seiner Firma mit der kleinen Schule liegen, die von Simon China Co. dort einst errichtet worden war. Das chinesische Militär hatte sich jedoch von der Idee nicht sonderlich begeistert gezeigt. Was war das für ein seltsamer Einfall, einen Teil der Stadt aus der Kampfzone herauszulösen! Für die Schlacht brauchte man freie Hand – zur Not auch, um durch Abbrennen ganzer Straßenzüge Schussfeld für die Verteidigung zu gewinnen. Und da kam ein Ausländer daher und wollte diese freie Hand einschränken?

Aber an der Geduld des schwergewichtigen Stieglitz und dem gewinnenden Werben von Tschang Li, die trotz ihrer Erinnerungen und Ängste all ihren selbstbewussten Charme wieder gewonnen hatte, war der Widerstand der Generäle schließlich doch zerbrochen. Trotzdem waren noch immer zähe Verhandlungen über den Verlauf der Begrenzung der Flüchtlingszone zu führen gewesen, dazu waren Gespräche in den Krankenhäusern der Stadt gekommen und Beratungen darüber, wie man die Wasserversorgung würde sichern können – Tschang Li war kaum noch aus den Kleidern gekommen. Die Autorität von Stieglitz war weiter gewachsen, als sich ein amerikanischer Missionar und einige weiter Ausländer seinem Plan angeschlossen und ihn zum Vorsitzenden des nun internationalen Komitees für die Flüchtlingszone gewählt hatten. Skeptiker unter den Deutschen hatten Stieglitz zwar belächelt, weil sie ahnten, dass das Komitee aus Mangel an Kräften weder die chinesischen Verteidiger noch die japanischen Angreifern würde tatsächlich daran hindern können, die Zone zu betreten oder gar zu zerstören, aber den erfahrenen Kaufmann hatte das nicht aus der Fassung gebracht. Als Tschang Li von den herablassenden Kommentaren zweier Kaufleute anderer Firmen einmal besonders betroffen gewesen war, hatte er wie schon im Gespräch mit Kleinert und Kröper seine dreißig Nanking-Jahre ins Spiel gebracht.

»Fast mein ganzes Leben gehört dieser Stadt«, hatte er gesagt und Tschang Li über die ganze Breite seines von väterlichem Wohlwollen geprägten Gesichtes angelächelt, »und da sollte es sich nicht lohnen, es für diese Sache nun ganz in die Schanze zu schlagen?«

Kleinert hatte, als Tschang Li mit Stieglitz und Krug unterwegs gewesen war, noch zwei, drei Mal mit Trauthoff zusammen gesessen, um sich mit ihm abzustimmen, wie man Tschiang Kai Schek noch würde unterstützen können. Grund zur Freude hatte Trauthoff dabei noch einmal gehabt, als Meldungen eintrafen, in denen den deutschen Militärberatern unter General v. Spechthausen ein bedeutender Anteil an der Organisierung der lange Zeit erfolgreichen Verteidigung Schanghais eingeräumt worden war.

»Das ist unerhört wichtig«, hatte er Kleinert gegenüber geäußert, »denn wenn Spechthausen auf diese Weise neues Vertrauen beim Marschall gewonnen hat, verbessert das unsere Chancen, noch einmal einen Vorstoß in Sachen Friedensvermittlung zu wagen.«

»Sie haben also«, hatte Kleinert erstaunt gefragt, »ihre Vermittlungshoffnungen noch immer nicht aufgegeben?«

»Natürlich nicht«, hatte Trauthoff geantwortet, und als Kleinert etwas irritiert gestanden hatte, dass er gute Gründe dafür nun beim besten Willen nicht mehr zu erkennen vermochte, hatte der Botschafter in hintergründigem und gar nicht fröhlichem Ton hinzugefügt, dass nur diese Hoffnung ihm hier noch seinen Platz sichere. »Für einen anderen Gang der Dinge, da können Sie sicher sein, stehen längst andere Leute bereit.«

Bald darauf war Trauthoff nach Hankou abgefahren, denn auch der Marschall hatte die Stadt verlassen.

»Komm, Lisa«, rief Kleinert zärtlich in Richtung des Schlafzimmers, in dem sich Tschang Li zum Schutz vor der Kälte noch einmal im Bett zusammengerollt hatte. »Es gibt Frühstück, und wir müssen sehen, dass wir ein bisschen Kraft schöpfen für den Tag.« Immerhin: Noch hatten die Vorräte gereicht für ein kräftiges Rührei mit Speck, wie es Kleinert gern mochte, für gekochten Reis mit herzhaften Pickles, wie es Tschang Lis Wünschen entsprach, und für ein paar Süßigkeiten zum Tee, wie sie ihnen beiden gleichermaßen mundeten.

Kapitel 13

»Kleinert, kommen Sie schnell, um Gottes Willen, und Sie, Lisa, bitte auch! Es ist allerhöchste Eisenbahn! Ich brauche Sie sofort! Alle beide!« Stieglitz' Stimme überschlug sich fast, als er seinen fülligen Körper durch die Tür schob.

»Wollen Sie nicht wenigstens erst ein wenig verschnaufen?«, fragte Kleinert, der gerade damit beschäftigt war, Papiere zu ordnen und das Wichtigste in einem Koffer zu deponieren, den er bei einer eventuell nötigen Flucht schnell würde ergreifen und mitnehmen können.

»Aber nein, unter keinen Umständen. Sie hören und sehen doch, was da draußen los ist!« Stieglitz war schwer atmend am Fenster stehen geblieben. »Wir müssen einen Parlamentär zu den Japanern schicken! General Tang will einen dreitägigen Waffenstillstand aushandeln, damit die Stadt friedlich übergeben werden kann. Wir dürfen keinen Augenblick mehr verlieren!«

Kleinert lief ins Nebenzimmer, suchte ein paar Sachen zusammen und versuchte, sich zu orientieren. Welcher Tag war heute? Der 12. Dezember. Seit drei Tagen befand sich die Stadt unter höllischem Beschuss. In der Flüchtlingszone zwischen der Hsikang-, der Hantschung- und der Tschungschan-Straße war der Teufel los. Zehntausende hatten sich auf engstem Raum zusammen gedrängt. Tausende Soldaten hatten sich unter die Zivilisten gemischt – in zerlumpten Uniformen, waffenlos, geflohen in Panik und heillosem Durcheinander.

»Es sind Leute aus schlecht ausgerüsteten Einheiten, gerade erst eingezogene Bauernsöhne, überhaupt nicht mit den gut ausgebildeten Truppen vergleichbar, die zur Verteidigung Schanghais eingesetzt waren«, hatte ihm Tschang Li erklärt, als sie gemeinsam mit ein paar Offizieren versucht hatten, wenigstens ein kleines Maß an Ordnung und Überschaubarkeit herzustellen. »Sie sind vor dem Artilleriefeuer davon gerannt wie die Kinder.«

Und haben sich – dachte Kleinert – am Ende oft doch nicht retten können. Denn unmittelbar neben dem Hotel, das in der Flüchtlingszone lag, waren Granaten niedergegangen und hatten mit einem Schlag mehr als zwanzig Menschenleben ausgelöscht. Aus der daneben liegenden Mittelschule – auch sie übervoll mit Flüchtlingen belegt – hatten sie dreizehn Leichen heraus getragen, und von überall her entlang der Tschungschan-Straße, die immer das lebendige Herz der Stadt gewesen war, waren ähnliche Meldungen eingetroffen.

»Und es ist ernst diesmal, was der General will?«, rief Tschang Li erregt aus der Küche, wo sie in aller Hast einen Proviant aus *mantou* – mit Hackfleisch gefüllten Hefeklößen – bereitete.

»Ich weiß es nicht, Lisa.« Stieglitz klang abgekämpft. »Aber was bleibt uns denn, als es immer wieder zu versuchen?«

Ja, was bleibt uns denn, dachte Kleinert und fühlte die gleiche Wut in sich aufsteigen, wie sie offenbar auch Tschang Li ergriffen hatte. Schon vor drei Tagen, als die großen Bombardements der Japaner begonnen hatten, hatte Stieglitz versucht, General Tang davon zu überzeugen, dass nur mit einer kampflosen Übergabe der Stadt die Bevölkerung zu retten wäre. »Front ist Front, und Städte sind Städte«, hatte er geschimpft, »was man auf dem Schlachtfeld nicht verteidigt hat, kann man doch nicht im Häuserkampf retten wollen. Was also soll der ganze Unsinn?«

Aber der General hatte sich allem Zureden verweigert. Nein, ein Aufgeben komme nicht in Frage. Nanking müsse um jeden Preis verteidigt werden.

»Um jeden Preis?« Stieglitz hatte noch einmal nachgehakt und dabei eine erstaunliche militärische Sachkenntnis bewiesen. »Sie haben doch an den Verteidigungswällen zwischen Schanghai und Nanking auch nicht um jeden Preis gekämpft – sonst hätten die Japaner die mehr als 300 Kilometer doch gar nicht so schnell bewältigen können. Und nun wollen Sie Ihren Widerstandswillen ausgerechnet hier, wo ein paar Hunderttausend Zivilisten betroffen sind, beweisen? Nein, das kann nicht gut gehen. Dann tragen Sie die Verantwortung dafür, dass es hier vielleicht Zehntausende Tote geben wird!«

Die Hartnäckigkeit, mit der ihn Stieglitz bedrängt hatte, und die Tatsache, dass auch George Morley, der amerikanische Missionar, sich den Stieglitzschen Forderungen angeschlossen hatte, hatten Tang schließlich doch bewogen, von seiner ablehnenden Haltung abzurücken. Allerdings, hatte er mitgeteilt, könne er die Entscheidung nicht selbst treffen. Die Zustimmung von Oberbefehlshaber Tschiang Kai Schek aus Hankou sei einzuholen – andernfalls bleibe nur die Verteidigung, und zwar bis zum letzten Blutstropfen.

Also hatten sich Stieglitz, Morley und Kleinert mit einem Jeep der chinesischen Armee zum Hafen-Vorort Hsiakuan am Yangtse-Ufer auf den Weg gemacht. Dort lag, mit dem Schutz der Ausländer-Niederlassung beauftragt, schon seit Jahren ein amerikanisches Kanonenboot, und die Männer hatten die Hoffnung, von dessen Funkstation aus das erforderliche Telegramm an den Marschall senden zu können. Die Verbindung war in der Tat zustande gekommen, aber den Rückweg im Dunkeln hatten die Männer schon nur noch unter größter Lebensgefahr bewältigen können. Hsiakuan hatte bereits in hellen Flammen gestanden, und der Schlachtenlärm verriet, dass die Japaner die Stadt umzingelt hatten. Über den Purpurbergen im Osten, in denen es große chinesische Munitionsdepots gegeben hatte, stand seither ein riesiger Feuerschein, und vom Südtor und dem Kuanhua-Tor im Südosten schallten mit nur seltenen Pausen Kanonendonner und Maschinengewehrfeuer herüber.

Von einer Antwort des Marschalls jedoch war den Männern trotz ihres todesmutigen Einsatzes nichts bekannt geworden. Die Lage hatte sich stündlich immer weiter zugespitzt – und nun stand offensichtlich auch General Tang selbst das Wasser bis zum Halse.

»Sind Sie fertig?« Stieglitz schlug in nur schwer beherrschter Spannung rhythmisch die rechte Faust in die linke Hand. »Wir müssen uns zu unserem Hauptquartier durchschlagen, kommen Sie, ich gehe voran.«

Mit energisch ausgreifenden Schritten versuchte er sich und seinen beiden Begleitern den Weg zu bahnen, aber es war ein schwieriges Fortkommen. Unablässig drängten von Süden her neue Flüchtlinge in die Zone hinein – schwer bepackte Frauen und ältere Männer, Kinder hinter sich her ziehend, zum Gehen unfähige Alte auf Karren schiebend, und alle Platz suchend in Gebäuden, Höfen und auf Plätzen, die längst besetzt waren von denjenigen, die es schon zuvor hierher geschafft hatten. Mit stoischer Schicksalsergebenheit saßen und lagen die Leute in den Straßen und Gassen, abgestumpft vom unablässigen Donnern der Geschütze, dem Belfern näher rückenden Gewehrfeuers und den Explosionen von Granaten, die hin und wieder unvermittelt irgendwo in der Zone niedergingen und – wie die verzweifelten Schreie aus der Richtung der Einschläge verrieten – immer neuen Tod brachten, wo eigentlich Zuflucht erhofft worden war.

Nach einer halben Stunde anstrengenden Marschierens, Schiebens und Drängens erreichten Stieglitz, Kleinert und Tschang Li das Hauptquartier der Flüchtlingszone. Morley schaute ihnen ungeduldig entgegen. An seiner Seite hatte er jene beiden chinesischen Offiziere, die General Tang als Unterhändler vorgeschickt hatte.

»Wunderbar, dass Sie auch mitgekommen sind«, sagte Morley zu Tschang Li, »dann können wir uns die Arbeit aufteilen. Sie müssten mit den Offizieren gemeinsam einen Brief vorbereiten, den der General an uns senden muss, damit wir offiziell den Japanern gegenüber aktiv werden können. Die Offiziere würden sich dann schnellstens um die Unterschrift des Generals bemühen. Ginge das in Ordnung?« Tschang Li nickte.

»Und wir beide« – Morley wandte sich an Stieglitz, der froh war, nun, da er in seinem gewohnten Sessel Platz nehmen konnte, endlich doch ein wenig verschnaufen zu können – »würden dann ein Telegramm an den japanischen Botschafter entwerfen? Das Sie, Kleinert, vielleicht in die japanische Botschaft bringen könnten?«

»Gern«, sagte Kleinert, »auch wenn mir – verzeihen Sie! – das alles schon fast zu kompliziert und langwierig erscheint. Bedenken Sie doch: Eine halbe Stunde haben wir eben gebraucht von meiner Wohnung bis hierher. Das sind unter normalen Umständen nicht mehr als zehn Minuten Weg. Und da glauben Sie, dass es die Offiziere zum General und zurück schaffen können – also weit aus der Flüchtlingszone hinaus in die Oststadt, die längst Kampfzone ist? Und ich habe Sie doch richtig verstanden: Erst, wenn sie mit der Tangschen Unterschrift zurück gekehrt sind, kann ich mich zur japanischen Botschaft durchschlagen? Wieviele Stunden werden bis dahin vergangen sein?

Und selbst dann haben wir das Allerwichtigste ja noch gar nicht erledigt: die Entsendung des Parlamentärs zum japanischen Oberbefehlshaber.«

»Die Chance, dass Sie Recht haben mit Ihrer Skepsis«, ließ sich Stieglitz aus seinem Sessel heraus mit wieder gewonnener Kraft und Ruhe vernehmen, »ist ziemlich groß. Aber glauben Sie mir: Wir haben hier in den letzten Wochen schon so viel Unglaubliches auf die Beine gestellt – da werden wir auch jetzt nicht einfach die Waffen strecken. Es muss ganz einfach probiert werden – verstehen Sie? Also, Lisa« – er zwinkerte väterlich zu Tschang Li herüber – »machen Sie sich rasch an die Arbeit. In zwanzig Minuten muss alles erledigt sein. Und was den Parlamentär betrifft« – er wandte sich wieder an Morley und Kleinert – »so hat mir Herr Krug signalisiert, dass er für diese Aufgabe zur Verfügung stehen würde. Er wird in ein paar Minuten hier eintreffen. Sie, Kleinert, müssten mit dem japanischen Botschafter alle Einzelheiten abstimmen, damit Krug als Parlamentär auch anerkannt wird. Eine große weiße Fahne – das kriegen wir alleine hin. Aber wie sich Krug verhalten soll, von wem er begleitet werden darf, welchen genauen Weg er nehmen soll – das müssten Sie alles aushandeln.«

»Natürlich mache ich das.« Kleinert ärgerte sich, dass er mit seinen Bedenken nicht hinterm Berg gehalten hatte. Dass es fast unmöglich war, was sie sich da vorgenommen hatten – das wussten die anderen doch auch. Nun bemühte er sich, auch seinerseits ein wenig Zuversicht auszustrahlen. »Ich glaube, in der Botschaft gibt es Leute, denen liegt an einem einigermaßen glimpflichen Ausgang der Sache genauso wie uns.«

»Das glaube ich auch«, sagte Stieglitz, »aber man weiß natürlich nicht, ob die noch irgendwelchen Einfluss haben. Die japanische Armee schert sich, glaube ich, nicht so sehr darum, was da irgendeiner von der Botschaft sagt. Aber egal – wir haben ja gar keine Wahl. Also müssen wir alles auf eine Karte setzen.«

Der Kriegslärm, der von draußen ins Zimmer drang, schwoll an. Die Gefahr, dass sie zu spät kommen könnten mit ihrer Aktion, war fast mit Händen zu greifen. Und doch mussten sie sich zur Ruhe zwingen. Alles, was sie verabredet hatten, mussten sie in guter Qualität zu Ende bringen. Mit Halbheiten war – das wussten sie genau – nichts, aber auch gar nichts zu gewinnen. Und so bremste sich Kleinert auch, im Vorzimmer nachzuschauen, wie weit die Offiziere und Tschang Li mit ihrem Brief gekommen waren. Lisa hatte in den Wochen zuvor mit Stieglitz genügend Erfahrung gesammelt, um jetzt ein sicheres Gefühl dafür zu haben, mit welchen Formulierungen sie den General für eine Unterschrift würde gewinnen können. Da half es gar nichts, wenn er nervös zur Eile drängte.

»Darf ich Sie etwas fragen, Stieglitz?« Kleinert versuchte, dem lähmenden Gemisch aus Schweigen und bedrohlich sich verdichtendem Gefechtslärm etwas entgegen zu setzen. »Auch wenn jetzt vielleicht nicht der richtige Zeitpunkt ist?«

»Nur zu!« Stieglitz lächelte verständnisvoll. »Mir hilft es auch, wenn wir ein bisschen reden.«

»Müssten Sie – verzeihen Sie, verstehen Sie mich bitte nicht falsch, aber es geht mir schon sehr lange durch den Kopf« – Kleinert geriet ins Stocken – »nicht eigentlich ganz einverstanden sein mit dem japanischen Vorrücken?«

»Was müsste ich?« Stieglitz wandte erstaunt den Kopf. »Entschuldigen Sie – aber ich verstehe Ihre Frage nicht!«

»Nun« – Kleinert nahm einen neuen Anlauf –, »es steht doch das japanische Vorgehen durchaus im Einklang mit dem Antikominternpakt, den wir mit Japan abgeschlossen haben, und Sie ...«

»Ach, Sie meinen, wegen meiner Parteifunktion? Jetzt verstehe ich!« Stieglitz lachte. »Deshalb waren Sie seinerzeit bei Professor Kröper schon so überrascht darüber, dass ich mich für die Chinesen stark mache. Aber ich habe es Ihnen doch damals schon gesagt – ich bin ein alter Nankinger. Ich hänge an dieser Stadt.«

»Und das ist wirklich Ihre einzige Antwort?«

»Ja, warum denn nicht? Reicht Ihnen das nicht als Motiv?« Stieglitz begann, ein wenig ungehalten zu werden. »Oder wollen Sie jetzt und hier wirklich von mir politisch belehrt werden?«

»Vielleicht.« Kleinert lächelte nachdenklich. »Denn wahrscheinlich ergibt sich gar nicht so schnell noch einmal Gelegenheit dazu.«

»Da mögen Sie Recht haben.« Stieglitz seufzte. »Aber trotzdem – meinen Sie wirklich, dass man da gleich mit dem Feuer spielen muss?«

»Wieso mit dem Feuer?«

»Ach, Kleinert, seien Sie doch nicht naiv! Was wollen Sie von mir hören? Meine Meinung zum Antikominternpakt? Von dem Sie viel besser als ich wissen, dass es ein – sagen wir mal das Mindeste – sehr kompliziertes und umstrittenes Stück Papier ist? Oder meine Meinung zu den Japanern? Ausgerechnet jetzt, wo wir jeden Moment von ihnen ausgeräuchert werden können? Und da wollen Sie von mir noch wissen, wieso Ihre Fragen ein Spiel mit dem Feuer sind?«

»Aber vielleicht« – Kleinert war aufgestanden, ohne seinen nachdenklichen Tonfall aufzugeben – »will ich auch einfach nur eine wirklich ehrliche Antwort? Und gerade hier und jetzt, weil wir uns beide in den vergangenen Tagen zur Genüge bewiesen haben, dass wir uns aufeinander verlassen können? Dass Vertrauen entstanden ist zwischen uns, auf das man bauen kann? Und weil die Feuer da draußen ein Spiel mit dem Feuer, wie Sie es meinen, in ein ganz anderes Licht setzen?«

»Wenn Sie sich da mal nicht gründlich verschätzen mit dem anderen Licht.« Stieglitz seufzte wieder. »Die Feuer da draußen, die werden irgendwann einmal gelöscht sein. Und dann werden wir, wenn wir nicht Pech haben in den nächsten Stunden und Tagen, immer noch miteinander zu tun haben, und mit all den anderen Deutschen und Japanern auch, und was wird dann aus ihm geworden sein im neuen Alltag – dem Vertrauen, auf das sie jetzt so große Stücke setzen? Ich weiß nicht, ob wir unser Mutkontingent mit der ganzen Flüchtlingszonengeschichte nicht schon bis zum Äußersten ausgereizt haben. Da ist mir an zusätzlichem Risiko wirklich nicht mehr gelegen.«

Schade, dachte Kleinert, aber als er sich gerade damit abgefunden hatte, dass das Gespräch wohl nun zu Ende sein würde, hob Stieglitz doch noch einmal an. »Aber vielleicht haben Sie ja doch Recht, und ich sollte mein Misstrauen einfach mal beiseite lassen? Weil man« – er lachte sarkastisch – »mit reinem Herzen vors Jüngste Gericht treten soll? Das uns die Japaner hier vielleicht in den nächsten Stunden bereiten? Also Klartext, lieber Kleinert, und Sie schwören mir, dass Sie's für sich behalten werden: Ich halte den Antikominternpakt für völlig richtig, weil der Kommunismus ausgerottet gehört. Ich habe hier am Yangtse meine Erfahrungen gesammelt, damals, als die Roten in Wuhan ihre Räterepublik errichten wollten, und ich weiß also, wovon ich spreche. Aber für völlig falsch halte ich, was die Japaner jetzt im Namen dieses Paktes treiben, denn sie schwächen den Kommunismus nicht mit ihrem Vorgehen, sondern sie stärken ihn. Sie haben mit ihren ewigen Nadelstichen Tschiang Kai Schek in das Abkommen mit den Kommunisten getrieben, und sie leisten auch jetzt den Kommunisten Vorschub, denn was lernen die Leute denn aus dem Blitzvormarsch der Japaner von Schanghai nach Nanking und den dilettantischen Verteidigungsversuchen der chinesischen Regierungstruppen rings um Nanking herum? Dass, wenn man sich wirklich erfolgreich wehren will, die Einheitsfront braucht – und nicht eine Zersplitterung der Kräfte, mit der die Niederlagen schon vorbestimmt sind.«

Stieglitz machte eine Pause. Im Vorzimmer war es laut geworden. Christoph Krug, der den Parlamentärsdienst übernehmen wollte, war eingetroffen und berichtete George Morley erregt von neuen dramatischen Flüchtlingsszenen.

»Nur dies noch, Kleinert, damit wir, wenn wir nun schon einmal so weit gegangen sind, nicht auf halbem Wege stehen bleiben« – Stieglitz hatte sich erhoben und war dicht an Kleinert heran getreten: »Aus diesem Grunde passt mir natürlich auch all das nicht in den Kram, was die Japaner in ihrem Vorgehen noch ermutigt. Oder anders ausgedrückt: Man bekämpft den Kommunismus nicht, indem man Verträge mit Mandschukuo abschließt. Das – entschuldigen Sie schon – ist Schwachsinn! Habe ich mich klar genug ausgedrückt? Und nun« – er öffnete die Tür zum Vorzimmer – »ist genug geredet.« Er hob die Stimme. »Lisa, ist alles fertig?«

»Ja, es ist alles bereit.« Tschang Li gab ihm eine Kopie des Brieftextes in die Hand, und als sie sah, dass er zustimmend nickte, versiegelte sie gemeinsam mit Morley den Umschlag, in dem sie das Original verwahrt hatte. Mit einem Gruß verließen die beiden Offiziere das Haus.

Ein paar Stunden später – über dem Yangtse vollzog sich ein von den Rauchwolken in ein gespenstisches Farbenspiel getauchter absurd schöner Sonnenuntergang – mussten auch die Optimistischsten unter den Zurückgebliebenen erkennen, dass an eine Rückkehr der beiden Abgesandten nicht mehr zu denken war. Ob sie irgendwo in feindliches Feuer geraten waren oder General Tang ein erneutes Mal kalte Füße bekommen und seine ursprüngliche Entscheidung wieder zurück genommen hatte – Stieglitz und die Seinen würden es nicht mehr erfahren. Umsonst waren Kleinert, Tschang Li und Krug auf einem schon reichlich mitgenommenen Stadtplan immer und immer wieder alle Möglichkeiten durchgegangen, wie Krug mit der weißen Fahne in der Hand am schnellsten zum japanischen Oberbefehlshaber würde gelangen können. Umsonst hatten sie darüber gestritten, ob sie sich dabei auf den Weg nach Osten oder nach Süden konzentrieren sollten – worüber sie ja erst würden Klarheit haben können, wenn es zu dem geplanten Kontakt mit der japanischen Botschaft und der Übergabe präziser Treffpunktinformationen gekommen wäre. Und umsonst hatten sich Stieglitz und Morley auf einem neuerlichen Kontrollgang noch einmal davon vergewissert, dass eine Gefährdung des erhofften Waffenstillstands durch in der Flüchtlingszone operierende chinesische Kampfeinheiten ausgeschlossen war.

Nun, als die Dunkelheit herein brach, war alles zu spät. Plötzlich lag das Artilleriefeuer direkt an der Grenze der Flüchtlingszone. Die Leute auf der Straße gerieten in Panik. »Wir machen alles zu!«, rief Stieglitz seinen chinesischen Mitarbeitern zu, »hier haben wir nichts mehr zu suchen! Sehen Sie zu, dass Sie schnellstens nach Hause kommen! Wir haben getan, was wir tun konnten! Kümmern Sie sich jetzt um Ihre Familien!« Sein Blick fiel auf Kleinert und Tschang Li. »Sie auch!«, sagte er, »Sie sollten auch sehen, dass Sie sich in Sicherheit bringen!«

»Aber bis in meine Wohnung werden wir's nicht mehr schaffen.« Kleinert musste schreien, um im Getöse der immer näher rückenden Einschläge noch gehört zu werden. »Der Weg hierher war doch schon kaum noch zu bewältigen, und nun sind noch viel mehr Flüchtlinge auf den Straßen als am Vormittag.«

»Dann kommen Sie mit mir!« Stieglitz stapfte davon.

Das Stieglitzsche Anwesen, keine zehn Minuten vom eben noch so wichtigen und nun völlig bedeutungslos gewordenen Hauptquartier der Flüchtlingszone entfernt, glich einer belagerten Festung. Vor den beiden massiven Haustoren drängten sich Frauen und Kinder in der Hoffnung, auf dem von hohen Mauern geschützten Grundstück Schutz zu finden. Das aber war schwierig, weil – wie Kleinert, nachdem sie sich mühsam einen Weg ins Innere gebahnt hatten, schnell feststellen konnte – die beiden Unterstände, die Stieglitz bereits vor Wochen vorsorglich hatte graben und ausmauern lassen, längst bis zum Bersten mit Flüchtlingen gefüllt waren.

»Na ja, hilft ja nichts.« Stieglitz verlor auch jetzt seine Ruhe nicht. »Kommen Sie, Kleinert, wir öffnen die Tore. Aber Sie müssen mir helfen, wenigstens ein bisschen Ordnung zu halten!«

Im Nu verwandelte sich das Anwesen in eine einzige große Lagerstatt. Viele hatten ihr Bettzeug im Bündel auf dem Rücken getragen und ließen sich nun erschöpft im Freien nieder, wo sie gerade standen. Anderen, denen nicht einmal eine Decke geblieben war, gewährte Stieglitz Zuflucht in seinem Büro, und selbst den Kohlenkeller und das Klosett der Hausangestellten verwandelte der Hausherr mit Kleinerts Hilfe schnell in provisorischen Schutzraum für die Nacht.

Tschang Li – Kleinert wurde des Staunens über die Geliebte nicht müde – war in all dem aufgebrachten Gedränge zur Zuversicht verbreitenden Fürsorgerin geworden. Sie lief im Garten von einer der erregten Flüchtlingsgruppen zur anderen, beruhigte die einen, fand energische, Streit schlichtende Worte für die anderen, und als Stieglitz zu ihr stieß und sie gemeinsam einen weiteren Rundgang unternahmen, war ihnen, als sei unter dem ohrenzerreißenden Lärm der Geschütze und im flackernden Widerschein der Feuer für einen Moment eine Insel der Ruhe entstanden.

»Wie viele werden es sein, die wir jetzt auf dem Grundstück haben?«, fragte Stieglitz.

»Vielleicht dreihundert«, antwortete Tschang Li.

»Wollen wir hoffen« – Stieglitz wies auf eine Gruppe von Frauen, die sich mit ihren Kindern ihr Lager unter der großen, horizontal gespannten Hakenkreuzfahne bereitet hatten –, »dass ihr Vertrauen in dieses Stück Stoff gerechtfertigt ist. Vor Bomben hat uns die Fahne ja geschützt – aber Granaten, fürchte ich, sind blind, und Soldaten, die im wilden Straßenkampf hier heran kommen, fürchte ich, auch.«

Es war weit nach Mitternacht, ehe Stieglitz, Kleinert und Tschang Li aus den Schuhen kamen. Auf einer schmalen Bank in der Küche liegend, presste Kleinert Lisa fest an sich. Sie hatten, dachte er, in den letzten Stunden viel zu wenig miteinander geredet. Aber mit welcher Selbstverständlichkeit hatte sich Gleichklang zwischen ihnen hergestellt! Und mit welchem Mut hatte sich die Geliebte in die schwierige Arbeit gestürzt! Wieder einmal, dachte er, als einzige Frau zwischen lauter Männern.

»Hast Du Angst?«, fragte er.

»Natürlich«, antwortete sie, »und Du?«

»Ich auch.« Kleinert küsste sie.

»Um mich?« Sie nahm seinen Kopf in ihre Hände.

»Ja, um Dich.«

»Das ist wunderbar.« Sie rollte sich auf ihn. »Als ich ein Kind war, hat man Angst um mich gehabt.«

»Vielleicht sind wir immer Kinder.« Er schmiegte sich in ihre Handflächen.

»Ja, vielleicht.« Sie ließ, ohne ihren Platz auf seiner Brust aufzugeben und mit der Linken von seinem Gesicht zu lassen, ihre rechte Hand nach unten wandern und den Bund erst ihrer, dann seiner Hose lösen. »Lass es uns bleiben«, flüsterte sie, nahm seinen Kopf wieder in beide Hände und schubberte sich mit rührenden Bewegungen ihres Leibes die Hüften frei. »Lass es uns bleiben, so lange wir es noch können.«

Nun war es an ihm, die Hände nach unten wandern und hinderlichen Stoff abstreifen zu lassen, und als sie geholfen hatten, zu öffnen, was kaum noch geöffnet, und zu lenken, was kaum noch gelenkt werden musste, und mit fester und sicherer Kraft umschlossen, was Lisa in ihrem immer hastiger werdenden Drängen genau so und nicht anders umschlossen, ja umkrallt wissen wollte, damit ihre Schöße auch nicht haaresbreit voneinander ließen, wenn sie sich hochbiegen und auf ihn stützen und dann wieder hinab auf seine Brust und Lippen sinken würde in so erfülltem wie verzweifeltem Glück, war ihm, als seien sie tatsächlich wieder zu Kindern geworden – zu Kindern, die unter der Decke beim Taschenlampenschein alles vergessen konnten um sich herum wie sie beide jetzt in der Stille und süßen Heimlichkeit ihres Tuns, das sich nicht stören ließ vom Donnern der Detonationen und der vielhundertfachen Angst um sie herum.

Das Krachen, von dem sie im Morgengrauen aus unruhigem, erschöpftem Schlaf gerissen wurden, war dann aber ein anderes als das der Geschütze. Kein Zweifel: Da machte sich jemand mit Gewalt an den Haustoren zu schaffen. Als Kleinert aufsprang, war Stieglitz schon auf dem Weg. »Hier, nehmen Sie!« Der Hausherr drückte ihm einen Stahlhelm in die Hand. »Die Dinger verschaffen uns vielleicht Respekt!«

Sie kamen gerade noch zurecht, um einen Trupp japanischer Soldaten daran zu hindern, das erste der beiden Tore zu zertrümmern. Mit untergehakten Armen einander haltend und Kraft gebend, stellten sie sich mit dem Mut der Verzweiflung der Übermacht der Leute entgegen.

»Das ist deutsches Territorium!«, rief Stieglitz. »Es gibt hier keine chinesischen Soldaten, Sie haben hier nichts zu suchen!«

Zwei Soldaten wollten die beiden Männer zur Seite drängen, aber als sich Stieglitz mit der ganzen Kraft seines Gewichtes dagegen stemmte und es Kleinert gelungen war, sich mittels eines der Verriegelungsbalken des Tores festeren Stand zu verschaffen, schauten sie sich suchend nach ihrem Kommandierenden um, und der zeigte sich, nachdem Stieglitz mit weit ausladender Armbewegung immer wieder auf die Hakenkreuzfahne auf dem Dach gewiesen hatte, tatsächlich beeindruckt. Mit einem scharfen Kommando trieb er seinen Trupp weiter. Erleichtert schlossen Stieglitz und Kleinert das Tor. »Kommen Sie«, sagte Stieglitz, »im Keller sind Bretter und Bolzen – wir müssen sofort reparieren.«

Der Angriff auf das Grundstück hatte die Flüchtlinge in neuen Schrecken versetzt. Zum Lärm der Geschütze und Gewehre war jetzt das verzweifelte Schreien der Menschen auf den Straßen und in den umliegenden Häusern und Gärten gekommen. Hilfloses Weinen und Jammern drang aus den Unterständen, diejenigen, die die Nacht im Freien verbracht hatten, unternahmen den aussichtslosen Versuch, noch einen Platz im Haus zu finden, was die anderen, die den Kopf nicht mehr über die Höhe der Fensterkante zu heben wagten, natürlich zu verhindern suchten – Tschang Li, die mit ihrer zuversichtlichen Besonnenheit am Abend viel Vertrauen gewonnen hatte und auch jetzt sofort wieder zur Stelle war, hatte alle Hände voll zu tun, eine Panik zu verhindern.

Aber ihre Anstrengungen waren schon bald wieder zunichte gemacht. Als Stieglitz und Kleinert mit der Reparatur des Tores begannen, stürzte George Morley herein, und hinter ihm drängten drei, vier chinesische Männer nach, die auf einem der üblichen einachsigen Pferdekarren zwei blutüberströmte, in völliger Leere vor sich hin starrende, kaum hörbar wimmernde Frauen hereinschoben. Morley war dem Zusammenbruch nahe.

»Sie haben sie vergewaltigt, Stieglitz! Vor meinen Augen! Einer nach dem anderen und in einer unglaublichen Rohheit und Brutalität! Die Männer, die sich ihnen in den Weg stellen wollten, haben sie niedergeschossen. Einfach so, ohne ein Wort.«

Kleinert rannte ins Haus, um Decken für die Frauen und etwas zu trinken zu holen. Tschang Li, schreckensbleich und am ganzen Leibe zitternd, rief, obwohl sie sich selbst kaum auf den Beinen halten konnte, zwei andere Frauen heran, und gemeinsam trugen sie, nachdem sie sie in die Decken gehüllt und sie mit leiser Stimme ein wenig zu beruhigen versucht hatten, die Misshandelten ins Haus, wo Stieglitz nun rasch auch noch sein Wohnzimmer in eine Zufluchtsstätte umwandelte.

»Kleinert, Sie können sich das nicht vorstellen.« Morley fand nur allmählich seine Fassung wieder. »Es muss der Teufel in diese Japaner gefahren sein. Sie sind auf mein Grundstück gekommen und haben sich auf die Frauen gestürzt. Nicht so, wie es vielleicht zufällig passiert im Krieg – nein, ganz so, als ob es einen militärischen Plan dafür gibt.«

Er musste eine Pause machen. »Und so sind sie dann auch angetreten, und jede dieser Frauen hat mehrere Vergewaltigungen über sich ergehen lassen müssen, immer vor den Augen der anderen, verletzt und gepeinigt und gedemütigt bis zum Äußersten.«

»Und Sie meinen« – Kleinert hatte Mühe, das Gehörte zu verarbeiten –, »dass das nicht nur auf ihrem Grundstück so geschehen ist?«

»Schauen Sie doch raus!« Morley schrie es fast. »Gehen Sie einfach los, und Sie werden sehen, dass ich Recht habe. Sie hausen überall auf die gleiche Weise, diese japanischen Barbaren – ganz so, als ob sie sich an den Frauen der Stadt dafür rächen wollten, dass der Vormarsch länger gedauert hat, als sie es sich gedacht haben.«

»Aber es ist Verletzung allen Kriegsrechts.« Kleinert wollte noch immer nicht glauben, was da aus Morley heraus brach.

»Ach was, Kriegsrecht!« Morley winkte ab. »Wen schert das hier? Sie sehen doch – die amerikanische Fahne auf meinem Grundstück hat auch nichts genutzt. Hier ist eine Lawine ins Rollen gekommen, die uns alle noch in die Hölle reißen wird. Wiegen Sie sich nicht in Sicherheit, weil Sie – worüber ich natürlich sehr froh bin – den ersten Angriff abwehren konnten. Schon der nächste Offizier kann ganz anders denken als der, der dafür gesorgt hat, dass Sie erst einmal in Ruhe gelassen worden sind.«

Morley bat noch einmal um Wasser. »Und wenn Sie irgendwo einen Schnaps finden, sage ich auch nicht nein. O Gott, Kleinert, wo sind wir hin geraten!«

Am Abend saßen Stieglitz, Kleinert und Tschang Li in der Küche beisammen. Der Schlachtenlärm hatte aufgehört – der chinesische Widerstand war offensichtlich zusammen gebrochen. Aber an Ruhe war nicht zu denken. Von überall her drangen die bedrohlichen, das Blut in den Adern zum Erstarren bringenden Geräusche des Marodierens ins Haus: das wüste Gejohle sieges- und schnapstrunkener Soldaten, das Splittern zertrümmerter Türen und Tore, das Klirren von Scheiben und zerschlagenen Tongefäßen, das Knistern und Fauchen neuer, nun von Hand gelegter Brände, das Brüllen und Jaulen gepeinigter Haustiere – und über allem immer und immer wieder das herzzerreißende Schreien der zum Freiwild gewordenen Frauen und Kinder.

Sie wussten nicht, wie es würde weiter gehen können. Die Unruhe unter den Flüchtlingen nahm gefährliche Formen an. Die Wasservorräte wurden knapp und mussten rationiert werden. Von Stunde zu Stunde wurde es schwerer, einen hygienischen Mindeststandard zu wahren. Es fehlte an Medikamenten und an Möglichkeiten, der zunehmenden psychischen Belastung der auf engstem Raum zusammengedrängten, zu Tode geängstigten Menschen etwas entgegen zu setzen. Nur, wenn ein Wunder geschah, würden die beiden misshandelten Frauen, die so unter Schock standen, dass sie noch immer nichts essen und trinken konnten und noch zu keinem einzigen Wort in der Lage gewesen waren, eine Überlebenschance haben.

»Kleinert, Sie müssen sehen, dass wir morgen eine Verbindung zu unserer Botschaft zustande kriegen. Irgendeiner muss uns doch sagen können, wie die Lage ist. Und die deutsche Botschaft – die wird den Japanern doch hoffentlich noch ein bisschen heilig sein? Sonst wären ja – und das wollen wir doch nicht hoffen, nicht wahr? – alle Berliner Verbeugungen vor Tokio umsonst gewesen!«

Kleinert, für einen Moment überrascht davon, dass der Partei-Amtswalter seinem Sarkasmus nun auch ganz offen freien Lauf ließ, stimmte zu. »Ich glaube, Georg Nelken wird uns helfen können. Immerhin ist er ja auch einer von denen, die freiwillig hier geblieben sind.«

»Und Sie, Lisa?« Stieglitz bemühte sich, wie gewohnt die Fäden in der Hand zu halten. »Für Sie ist es wohl am besten, wenn Sie noch eine Weile hier bleiben. Für mich jedenfalls sind Sie eine große Hilfe, und wenn unsere Sicherheit vielleicht auch nur eine trügerische ist, so sind Sie hier doch immer noch tausendmal besser aufgehoben als irgendwo da draußen.«

»Ja, ich bleibe«, sagte Tschang Li.

Am nächsten Vormittag – Kleinert hatte sich, als er sich in Richtung Botschaft auf den Weg gemacht hatte, nur mit einem kleinen Kuss von ihr verabschiedet, weil sie die Nacht diesmal bei den beiden geschundenen Frauen verbracht hatte – warf sie diesen Vorsatz aber plötzlich über Bord. Morley, der schon im Morgengrauen zu seinem Anwesen zurück gekehrt war, war noch einmal wieder gekommen. »Ich brauche«, hatte er gesagt, »unbedingt Ihre Hilfe. Es sind noch mehr vergewaltigte Frauen bei mir, und ich finde die richtigen Worte nicht, um mit ihnen zu reden.«

Sie entschloss sich schnell, mit ihm zu gehen, fand in der Kammer der Stieglitzschen Hausangestellten eine grobe, von Brandflecken verunzierte Männerjacke, verbarg das Haar unter einer Schiebermütze, lud sich einen Sack mit etwas Holz auf die Schulter und folgte Morley in zwei Schritt Abstand mit gesenktem Kopf, als sei sie einer seiner Diener.

Kleinert indes, nachdem er sich auf den Gassen durch immer neue Gruppen völlig orientierungsloser Flüchtlinge hatte drängen müssen und erst im Botschaftsviertel zu rascherem Ausschreiten in der Lage gewesen war, fand Georg Nelken weniger aufgestört, als er erwartet hatte. Das Rätsel löste sich schnell, als Nelken erzählte, dass er noch keinen Schritt vor die Tür getan hatte. »Ich kann die Funkstation, die Panzerschränke und das Archiv nicht allein lassen«, erklärte er. »Fritz Pohlenz, der Zweite von uns, der hier geblieben ist, war gerade bei den Amerikanern auf dem Schiff, als es vorgestern losging. Seitdem bin ich hier festgenagelt. Aber Gott sei Dank – es ist alles unbeschädigt geblieben. Natürlich hatte die japanische Botschaft uns das auch versprochen – aber was besagt das schon, wenn die Artillerie erst einmal von der Kette gelassen ist.«

»Und nun? Wie geht es nun weiter?« Kleinert fand es absurd, mit welcher Ruhe Nelken von den letzten achtundvierzig Stunden sprach, in denen sie keinen Kilometer weit entfernt im Stieglitzschen Anwesen von einem Schock in den anderen gefallen waren. Aber andererseits – konnte er Nelken daraus einen Vorwurf machen? Natürlich nicht. Der hatte seine Pflicht getan, und er, Kleinert, auch, und dass es so unterschiedlich gekommen war, hatte nicht in ihrer Hand gelegen.

»Ich schlage Ihnen vor«, sagte Nelken, »dass, wenn Pohlenz zurück kommt – und das müsste eigentlich jeden Moment passieren – wir uns unsererseits zu den Amerikanern aufs Schiff begeben. Das ist noch immer die einzige Möglichkeit, Funkkontakt mit Hankou zu bekommen. Dann werden wir sehen, was uns Trauthoff mitzuteilen hat, und die Geschichten, die Sie zu erzählen haben, sind ja vielleicht für ihn auch nicht ganz uninteressant. Also schreiben Sie doch ganz gedrängt einige Sätze auf. Den Verzifferer haben wir ja im Hause – der kann das alles rasch verschlüsseln, und dann wollen wir mal sehen, ob wir die Amerikaner zu freundlicher Hilfe überreden können.«

Kleinert war einverstanden, und zwei Stunden später saßen sie an Bord der »Murray«, wo ihnen der Funkmaat ihre Zahlengruppen abnahm und wenig später mit ähnlichen Zetteln wieder zurück kam. »Na, die haben uns wohl einiges mitzuteilen«, mutmaßte Nelken, und sie fanden den Weg zurück in die Stadt mit ihrem Jeep auf der breiten Verbindungsstraße genauso schnell, wie sie zum Hafen vorgedrungen waren. Zwar stand über den Purpurbergen noch immer ein Feuerschein, und Rauchwolken über verschiedenen Orten der Stadt kündeten davon, dass die Brände noch lange kein Ende hatten, aber es schien doch so etwas wie eine erste Ruhe einzukehren. Die japanischen Kontrollposten an den Straßen jedenfalls ließen sie ohne langes Gerede passieren.

In der Botschaft hielten sie bald die entzifferte Nachricht in den Händen. Trauthoff teilte Kleinert mit, dass er mit dem Marschall übereingekommen sei, ihn, Kleinert, schnellstens nach Hankou zu beordern. Es gingen, hatte Trauthoff angedeutet, trotz der Kämpfe mit ziemlicher Regelmäßigkeit englische Schiffe zwischen beiden Städten hin und her, und er solle die nächste sich bietende Möglichkeit zur Passage nutzen. Zeitverzug sei nicht zu tolerieren, denn es gehe um die Erledigung dringendster diplomatischer Aufgaben.

»Dann müssen Sie ja wohl«, sagte Nelken. »Na, wer weiß, wofür's gut ist.«

»Ja, dann muss ich wohl«, stimmte Kleinert zu, »aber dass ich erst noch einmal bei Stieglitz vorbei schaue, wird ja wohl auch der eilige Trauthoff verstehen können.«

»Na klar«, sagte Nelken, »und heute passiert mit einer Schiffsabfahrt sowieso nichts mehr. Wenn es anders wäre, hätten wir das vorhin am Fluss merken müssen. Es reicht, glaube ich, wenn Sie morgen früh wieder hier sind. Dann bringe ich Sie mit dem Jeep zum Hafen.«

Im sicheren Gefühl, Tschang Li wohlbehalten bei Stieglitz zu wissen, beschloss Kleinert, sich zunächst in seiner Wohnung umzusehen. Die Botschaften waren von Zerstörungen verschont geblieben – aber wusste man denn, ob es nicht in den Villen ringsum Plünderungen gegeben hatte? Die Straßen jedenfalls waren voll von Gegenständen, die davon zeugten, dass es eine heillose und unkontrollierte Flucht chinesischer Truppen gegeben haben musste, bei der die Soldaten sich von allem getrennt hatten, was sie an einem schnellen Fortkommen gehindert hatte. Überall lagen Granaten, Handspaten, Tornister und Uniformteile herum.

Aber die Wohnung war unversehrt, und als Kleinert das Nötigste für die Reise in einem großen Rucksack verstaut und sich auf den Rückweg zum Stieglitzschen Anwesen gemacht hatte, begann er, darüber nachzudenken, wie er es würde bewerkstelligen können, Tschang Li mit nach Hankou zu nehmen. Es war kaum damit zu rechnen, dass die japanischen Soldaten, die den Weg zum Hafen kontrollierten, ihren Jeep so umstandslos vorbei winken würden, wie sie das heute getan hatten, wenn sie entdeckten, dass eine Chinesin mit im Wagen saß. Er würde Nelken davon überzeugen müssen, sie irgendwie als Diplomatenfrau zu deklarieren. In Hankou, dachte er, würde es dann keine Probleme mehr geben. An Arbeit – da war er sich ganz sicher – würde es nicht mangeln.

An diesem Glauben hielt er auch noch fest, als Stieglitz ihm mitteilte, dass Tschang Li am Morgen mit Morley verschwunden und seither noch nicht wieder aufgetaucht sei. Wie weit war der Weg zum Hause des Missionars? Na bitte, keine zehn Minuten. Was also sollte ihn hindern, sich dorthin zu begeben, den beiden noch bis zum Abend zur Hand zu gehen und dann mit Tschang Li zurück zu kehren? Auf dass man einen würdigen Abschied würde feiern können nach all den Aufregungen der letzten Tage?

»Nein, nein, Stieglitz«, sagte er beinahe vergnügt, »da machen Sie sich mal keine unnötigen Sorgen. Ich bin unbehelligt zur Botschaft gekommen und unbehelligt zurück – Sie können mir glauben, das beruhigt sich schon allmählich.«

Dann aber sah er, dass die Mauer der Missionarsstation eingestürzt und das Haus völlig verwüstet war. Im Garten fand er die Leichen mehrerer junger Männer – Soldaten, dachte er, denn die blutigen, zerrissenen Kleidungsstücke, in denen sie steckten, waren unzweifelhaft chinesische Uniformen.

Warum aber, fragte er sich, waren nirgends Waffen zu sehen? Und woran mochte es liegen, dass die Wunden so gar nicht an diejenigen erinnerten, die von Schüssen oder Granatsplitter herrührten? Kleinert erschauerte: Tatsächlich – das, was er da sah, waren riesige Schnittwunden. Mit Säbeln, durchfuhr es ihn, mussten sie herbeigeführt worden sein. Mit solcher Kraft, dass es ganze Gliedmaßen abgetrennt und Leiber gespalten hatte.

Ihm wurde schwarz vor Augen, und mit dem Rücken an einen Mauerrest gelehnt sank er zu Boden. Wo waren die Frauen, von denen Stieglitz berichtet hatte? Wo war Morley? Und wo, um alles in der Welt, war Tschang Li?

Kapitel 14

Vier Monate später wusste es Kleinert immer noch nicht. Verzeifelt hatte er von Hankou aus, wo er in pünktlicher Erfüllung der Trauthoffschen Drahtorder schon gleich nach Weihnachten ein kleines Büro bezogen hatte, Telegramme an Pohlenz in der Botschaft, Krug im Buckowitz-Büro und natürlich auch an Stieglitz gesandt mit der Bitte, ihm dabei zu helfen, Klarheit über Tschang Lis Schicksal zu gewinnen, aber niemand hatte ihm sagen können, was aus der Geliebten geworden war. Zwar war, wie Stieglitz berichtet hatte, George Morley ein paar Tage nach seinem geheimnisvollen Verschwinden wieder aufgetaucht, und als Kleinert das las, war er sich sicher gewesen, dass er nun zuverlässige Informationen würde erhalten können – aber der Missionar war, so sagten es die Meldungen weiter, in einem erbärmlichen Zustand gewesen, unfähig, den rechten Arm, der von einem brutalen Schlag auf die Schulter gelähmt worden war, zu bewegen, und ohne alle Erinnerung, was sich an jenem 14. Dezember eigentlich zugetragen hatte.

So wurde Kleinert auch jetzt, da es April 38 geworden war, immer wieder von Alpträumen heimgesucht, und nicht nur einmal hatte er versucht, seinen Schmerz und seine Selbstvorwürfe in einsamen Schnapsgelagen zu ertränken. Aber was er auch tat, und wie rückhaltlos er sich auch nach Tagen des völligen Zusammenbruchs in die Arbeit gestürzt hatte – er vermochte nicht, die Bilder der Angst und das Gefühl des Versagens los zu werden.

Dabei hatte ihn Georg Nelken wieder und wieder mit manchmal sanftem, manchmal auch energischem Nachdruck davon zu überzeugen versucht, dass seine Selbstbezichtigungen fehl am Platze waren.

»Mensch, Kleinert«, hatte er auf ihn eingeredet, »machen Sie sich doch endlich klar, dass Sie und wir alle zusammen keine Chance hatten! Es war doch völlig richtig, dass Sie gleich wieder zu mir in die Botschaft gekommen sind! Wo hätten Sie denn suchen wollen nach ihr? Irgendwo in den verwüsteten Straßen und Gassen? Ohne jeden Anhaltspunkt, wo sie hätte hingelaufen sein können? Oder wollten Sie direkt bei den japanischen Truppen nachfragen? Die, wie Sie doch deutlicher nicht hätten sehen können, von Grundstück zu Grundstück gezogen sind in keiner anderen Absicht als der des Marodierens? Man hätte Sie niedergeschlagen wie Morley – und nichts anderes. Es hat die Soldaten nichts anderes mehr interessiert als nur noch Mord, Vergewaltigung und Plünderung.«

»Und trotzdem« – Kleinert hatte sich viel zu tief im Gestrüpp der Zweifel und Selbstzweifel verfangen, um mit den von Nelken angebotenen Argumenten sein Gewissen beruhigen zu können – »hätte ich in Nanking bleiben und in der japanischen Botschaft auf Aufklärung drängen müssen!«

»Sie sind ein Träumer!«, hatte Nelken ihm entgegen gehalten. »Sie haben doch Zugang zu den Dingen, die ich für Trauthoff aufgeschrieben habe, nicht wahr? Also wissen Sie doch, was abgelaufen ist in Nanking, nachdem Sie abgefahren sind. Ich habe mir das doch nicht aus den Fingern gesaugt, um mich bei irgendwem wichtig zu machen, sondern das ist doch ernsthafte Information, damit man in Berlin Bescheid weiß, was hier wirklich abgegangen ist. Ich sag's Ihnen also noch mal in aller Kürze: Als ich Sie am Morgen des 15. zum Hafen gebracht hatte, konnte ich nicht wieder zurück in die Botschaft, weil die Japaner inzwischen die Stadt abgeriegelt hatten. Ich sollte mich wieder auf die ›Murray‹ begeben, da wäre ich sicher, haben sie mir gesagt, in der Stadt hingegen könnten sie meine Sicherheit nicht garantieren. Als ich nach den Gründen dafür fragte, sagten sie mir, es seien ihnen Plündereien durch fliehende chinesische Truppen bekannt geworden! Was für ein himmelschreiender Unsinn, nicht wahr? Aber Sie sehen daran, wie sehr Sie sich irren, wenn Sie glauben, die Japaner hätten da bereit sein können, Ihnen irgend eine Auskunft zu erteilen. Nein, nein, die haben die Stadt dicht gemacht, damit das Ausland nichts von ihren Schweinereien erfährt. Erst nach Weihnachten durfte ich wieder von der ›Murray‹ runter und in der Botschaft nach dem Rechten sehen. Erst nach Weihnachten, Kleinert! Und Stieglitz – überlegen Sie sich mal: den Amtswalter der Nazi-Partei! – haben sie diese zwei Wochen auf seinem Anwesen unter Arrest gestellt! Aus dem gleichen Grund natürlich: Weil sie keine fremden Augenzeugen haben wollten für ihr Tun. Also schlagen Sie sich endlich aus dem Kopf, dass Sie da hätten den Helden spielen können! Seien Sie froh, dass es geklappt hat mit Ihrer Schiffsfahrt nach Hankou! Trinken Sie nicht, um Ihren Kummer zu ertränken, sondern lieber darauf, dass Ihnen keine Bomben auf den Kopf gefallen sind und keine Granaten, und dass Sie hier in Hankou wieder eine ganz nette Wohnung und ordentlich zu arbeiten haben!«

Als Kleinert noch immer nicht zu beruhigen gewesen war und darauf beharrt hatte, dass das ja alles ganz gut und schön sei, aber doch nutzlos bliebe, wenn er nicht wisse, wie es Tschang Li ergangen sei, war Nelken ärgerlich geworden.

»Hören Sie auf mit diesem Defätismus, Kleinert! Und hören Sie auf, so zu tun, als sei Ihre Tschang Li ein hilfloses Wesen! Sie ist doch – wenn es stimmt, was Sie mir sonst immer von ihr erzählt haben – nicht auf den Kopf gefallen, Ihre Lisa! Sie hat die Schlacht um Schanghai überlebt und sich zu Ihnen durchgeschlagen und dann mit Ihnen und Stieglitz zusammen gearbeitet – warum unterschätzen Sie sie denn jetzt so sehr? Wer sagt denn, dass wirklich das Schlimmste eingetroffen sein muss? Vielleicht hat sie sich geschickt in Sicherheit gebracht? Und hat nun nur keine Möglichkeit, Sie zu finden? Weil sie ja gar nicht wissen kann, dass Sie nach Hankou gegangen sind? Also, arbeiten Sie hier ordentlich, und alles Weitere wird sich finden. Wir leben im Krieg, Kleinert! Vergessen Sie das nicht!«

O Gott, ja, dachte Kleinert, Nelken hat ja Recht: Es war Krieg, und dieser Krieg zog alles in seinen Bann, und es war sinnlos, immer noch zu glauben, es könne da etwas geben, was von ihm nicht berührt werden würde. Man musste eine andere Haltung zum Leben gewinnen. Überlebt zu haben, war für einen wie ihn, der in die Feuerzone geraten war, Glück, Glück und nochmals Glück. Und daraus musste man etwas machen, weil es nur dann sich auch noch einmal würde wiederholen können. Und wenn es einem selbst so nachdrücklich widerfahren war, dieses Glück – warum sollte es nicht auch anderen hold gewesen sein? Und ausgerechnet um die Geliebte einen Bogen gemacht haben? Nein, nein, da nützte alles Grübeln nichts, und wie man es auch drehte und wendete, es blieb nur, nach vorn zu blicken und bereit zu sein für jenen ersehnten Augenblick, da man würde glückliche Rechenschaft ablegen können über die Hoffnung, die man nicht aufgegeben, sondern der man immer neue Kraft verliehen hatte.

Glück – Kleinert dehnte das Wort noch einmal auf der Zunge, um es ganz in sich wirken zu lassen. Ja, es war ihm treu geblieben, dieses so launisch zwischen den Menschen tändelnde, willkürlich auswählende Schicksalselement. Glücklich war er heraus gekommen aus dem eroberten Nanking auf Straßen, die dann, wie er von Nelken wusste, auf Wochen hinaus nicht mehr passierbar gewesen waren, und glücklich verlaufen war auch die fünfhundert Kilometer lange Fahrt auf der »Sussex« den Yangtse hinauf bis nach Hankou. Es war, dachte Kleinert, ein Wunder, wie es den Leuten von Butterfield & Swire gelang, ihren Yangtse-Dienst aufrecht zu erhalten. War nicht auch Lisa mit einem Schiff dieser mit allen Wassern gewaschenen Engländer von Schanghai nach Nanking herauf gekommen? Natürlich, jetzt erinnerte er sich genau. O ja, sie verstanden ihr Geschäft – und hatten sich wohl auch geschickt mit den Japanern arrangiert, denn wie sonst wäre zu erklären gewesen, dass der Union Jack, die blau-weiß-rote britische Flagge, mit fast magischer Wirkung alle japanischen Angriffe fern hielt? Nur einmal, als sie den äußeren Einschließungsring von Nanking passiert hatten, hatte ein übereifriger oder nervös gewordener Geschützführer Kommando gegeben, die »Sussex« ins Visier zu nehmen, aber die Geschosse waren in etlicher Entfernung im Wasser niedergegangen.

Dann war es friedlich geworden auf dem gewaltigen Strom – mit dem Sturm auf Nanking waren die japanischen Truppen erst einmal zum Halten gekommen. Auch die Bomber hatten eine Ruhepause eingelegt – Wuhu, die nächste größere Stadt am nun sich nach Süden, später nach Südwesten wendenden Fluss, war von Luftangriffen noch verschont geblieben, und das einzige, was die seit Wochen an tägliche Bombardements gewöhnten Schiffspassagiere zuweilen vom Himmel her aufschreckte, waren ein paar japanische Aufklärungsflugzeuge, die allerdings – wie Kleinert fand – ihre Kreise in gefährlicher Ungestörtheit zogen. Die chinesische Luftverteidigung, die um

Schanghai und Nanking herum noch Erstaunliches geleistet hatte, musste durch die Dauerbombardements und den japanischen Vormarsch erheblich geschwächt worden sein.

Die Zustände auf dem Schiff waren verworren gewesen. Nur noch zu ahnen war, dass die Reederei ursprünglich daran gedacht hatte, die »Sussex« vor allem wegen der Engländer und Amerikaner, Deutschen und Franzosen, die sich nach Hankou in Sicherheit bringen wollten, auf den Weg zu schicken. Jetzt war das Deck bis auf den letzten Zentimeter von chinesischen Frauen, Männern und Kindern besetzt. Sie hatten sich in ihrer Angst einen Dreck um irgendwelche Formalitäten geschert, waren mit Dschunken und Sampans einfach längsseits gegangen und hatten die Reling überklettert. Glücklicherweise, dachte Kleinert, war der Kapitän besonnen genug gewesen, nicht einzugreifen, sondern hatte den Dingen ihren Lauf gelassen und erst, als zwischen den eng nebeneinander Hockenden keine freie Planke mehr zu entdecken war, mit lang anhaltendem Tuten des Signalhorns kurzerhand abgelegt und Fahrt aufgenommen. Natürlich hatten die Zurückbleibenden geflucht und gedroht, aber die starke Schiffsmaschine hatte dafür gesorgt, dass die Versuche einiger junger Männer, mit wilden Ruderschlägen ihre Sampans weiter in Höhe des Dampfers zu halten, bald scheitern mussten, und allmählich war die erregt sirrende Stimmung einem gelösten, fast zuversichtlichen Atemholen gewichen.

Aber an jedem Hafen, an dem die »Sussex« fest machte, hatte sich das Bild wiederholt. In Wuhu, dann in Tungling, später in Antsching und Kiukiang – überall war das Schiff von der Flussseite her von Dschunken und Sampans bedrängt worden, und immer wieder hatte die kleine Besatzung alle Hände voll zu tun gehabt, Handgemenge zwischen den einen, die an Bord drängten, und den anderen, die dort schon lagerten, zu schlichten. Nicht immer hatten sie gleich Erfolg gehabt, und es waren Leute über Bord gegangen, die in der reißenden Strömung mit wenig Chance auf Rettung rasch abgetrieben worden waren.

O nein, dachte Kleinert, als er sich jetzt dieser Stunden und Tage erinnerte, das war nicht das übliche Feilschen um eine günstige Schiffspassage den Yangtse hinauf. Das war, obwohl die Front noch hundert, ja zwei- und dreihundert Kilometer weit entfernt war, die panikartige Erwartung, dass der japanische Vormarsch nicht mehr aufzuhalten sein und das Schicksal auch der jetzt noch so friedlich daliegenden Städte schon bald besiegelt sein würde.

Die Landschaft beiderseits des Stromes freilich hatte majestätische Ruhe ausgestrahlt wie eh und je. Obwohl Kleinert die Reise das erste Mal gemacht hatte, war ihm doch dank der dem Geologen eigenen Bildhaftigkeit, mit der Hermann Kröper jedesmal, wenn er von einer seiner Erkundungstouren zurück gekehrt war, seine Reiseerzählungen ausgeschmückt hatte, der Eindruck entstanden, als durchquere er längst schon bekannte Gegenden. Die weiten Ebenen, unterbrochen durch dicht an die Ufer heran reichende Hügel- und Felsenketten; die malerischen Siedlungen mit Stadtmauern, die sich geradezu artistisch an die steiler werdenden Berge schmiegten; die von monsunartigen

Sommerregen tief gefurchten kahlen Berghänge, auf denen man vor Jahrhunderten schon den Wald geschlagen und nie erneuert hatte – all das hatte sich vor seinen Augen gebreitet, als sei es für eine friedliche Ewigkeit bestimmt. Ruhig waren auf dem auch hier noch kilometerbreiten Strom große hochseetüchtige Dschunken vorbeigeglitten, wie im Märchen war er sich vorgekommen, als er nach einer Flussbiegung auf einer Felseninsel hoch über den Wellen ein Kloster hervortreten sah, wie er es einst im Laoschan-Gebirge mit Hsü Tao Lin und den Howes gemeinsam erwandert hatte, und fasziniert hatte er an der Reling gestanden, als kurz vor der Stadt Kiukiang am Südufer die schmale Einmündung des Poyang-Sees im abendlichen Licht aufgetaucht war. Einhundertfünfzig Kilometer weit, hatte ihm Kröper unter dem Jasmin in seinem Garten erzählt, erstreckte sich dieser wunderbare See nach Süden, mit hunderten Inseln, Buchten, Landzungen, gespeist von den Flüssen Fu, Kan, Tschang und vielen anderen, und nun, als die »Sussex« mit hartem Stampfen stromauf gezogen war, hatte die untergehende Sonne seine stille Oberfläche gerade in ein Meer aus gleißendem Silber verwandelt, auf dem in unwirklicher Leichtigkeit die Silhouetten von Dschunken und kleinen Dampfern dahin zu schweben schienen. Unvorstellbar schien ihm in diesem Moment, dass dieses Paradies je in den Strudel der Bombardements, der Artilleriegefechte und der Feldschlachten geraten könnte. Und Tränen waren ihm in die Augen gestiegen bei dem Gedanken, wie schön es hätte sein können, wenn er Tschang Li an seiner Seite gehabt hätte.

Hankou, die Stadt, in der Tschiang Kai Schek seine Regierungsgeschäfte nun konzentriert hatte, hatte ihn mit hektischer Aufregung aus den Träumereien der letzten beiden Reisetage heraus gerissen. Trauthoff hatte einen Wagen an den Hafen geschickt, der ihn abholen sollte, und schnell hatten sie die deutsche Botschaft erreicht, die sich wie in Nanking, Peking, Schanghai oder Tientsin auch hier mitten in einer großen ausländischen Niederlassung mit breiten Straßen, von Macht und Reichtum kündenden Bankpalästen und vornehmen Villen befand.

»Ich bin sehr froh, lieber Kleinert, dass Sie rasch und unversehrt angekommen sind«, hatte ihn der Botschafter begrüßt, und Kleinert hatte mit Freude gespürt, dass von der Offenheit, mit der Trauthoff ihn bei ihren letzten Nankinger Gesprächen an seinen von Zweifeln geprägten Beobachtungen und Überlegungen hatte teilhaben lassen, nichts verloren gegangen war. »Wundern Sie sich nicht, dass wir nur eine kleine Wohnung für Sie haben, und auch das Büro, das wir Ihnen bereitstellen können, ist nicht besonders üppig, aber das sollte Sie alles nicht stören, denn wir müssen uns schleunigst an die Arbeit machen. Soviel ich weiß, will Sie der Marschall schon morgen bei sich haben – ich werde Sie also heute Abend noch vom Notwendigsten in Kenntnis setzen. Richten Sie sich aber erst ein wenig ein«, hatte der Botschafter noch hinzu gefügt, »und essen können Sie – das ist hier nicht anders als in Nanking – zu guten Konditionen im Deutschen Klub.«

Die Mitteilungen, die ihm Trauthoff dann gemacht hatte, hatten Kleinert in größte Anspannung versetzt – der Arbeit wegen, die er auf sich hatte zukommen sehen, und weil sie ihn immer wieder auf Tschang Lis ungeklärtes Schicksal stießen.

»Ich ahne«, hatte der Botschafter gesagt, »dass Sie in Nanking Dramatisches erlebt haben. Das müssen Sie mir später noch im Einzelnen erzählen. Aber was wir jetzt tun müssen, ist, genau diese Dramatik für etwas zu nutzen, was ich schon immer vorgehabt habe. Erinnern Sie sich an unsere letzten Gespräche in Nanking? Ich hatte Ihnen gesagt, für wie wichtig ich es hielte, wenn unser Land als Vermittler zwischen China und Japan tätig werden könnte. Und jetzt, sehen Sie, da die Japaner in Nanking offensichtlich einen gewaltigen Sieg eingefahren haben, da scheint mir, dass Tschiang Kai Schek bereit sein könnte, die Sache mit der Einheitsfront mit den Kommunisten und der bedingungslosen Verteidigung des Landes noch einmal zu überdenken.«

Kleinert hatte es vor Überraschung nicht auf seinem Stuhl gehalten. Erregt war er in Trauthoffs Arbeitszimmer hin und her gewandert. »Habe ich Sie richtig verstanden? Dass Sie meinen, dass es zu Friedensverhandlungen kommen könnte? Und dass ausgerechnet die Einnahme Nankings der Ausgangspunkt solcher Verhandlungen sein könnte?«

»Ja«, hatte Trauthoff geantwortet, »die Zeichen für eine solche Entwicklung verdichten sich.«

»Aber haben Sie denn« – Kleinert hatte Mühe gehabt, seine Stimme im Zaum zu halten – »nicht zur Kenntnis genommen, was Ihnen Nelken und ich aus Nanking berichtet haben? Dass es dort drunter und drüber geht, weil die japanischen Truppen sich an keinerlei Kriegsrecht mehr halten? Dass dort gebrandschatzt, geplündert, gemordet und vergewaltigt wird wie im Mittelalter? Verzeihen Sie, aber was das mit Friedensbereitschaft zu tun haben soll, will sich mir beim besten Willen nicht erschließen.«

Trauthoff war ruhig hinter seinem Schreibtisch sitzen geblieben. »Ich kann, lieber Kleinert«, hatte er gesagt, »Ihre Erregung sehr gut verstehen. Von Pohlenz habe ich ja ähnliche Nachrichten wie von Ihnen, von meinem englischen und meinem amerikanischen Kollegen auch – also Angst, dass Ihre Beobachtungen gering geschätzt werden könnten, müssen Sie nicht haben. Aber ...«.

»Beobachtungen?« Kleinert war dem Botschafter laut ins Wort gefallen. »Ich rede doch nicht nur von Beobachtungen! Wir haben das, was wir Ihnen gedrahtet haben, durchlebt, verstehen Sie? Wir waren mittendrin, die Leute sind in nächster Nähe umgebracht worden, Stieglitz und ich sind einer direkt gegen uns gerichteten japanischen Attacke nur mit Glück entkommen, und« – er hatte für einen Moment gezögert, ob er Trauthoff in seine persönlichen Belange einbeziehen sollte – »ich habe in diesen schrecklichen Vorgängen die Frau verloren, mit der ich zusammen leben will. Sie hatte sich mitten hinein in diese Hölle begeben, und ich weiß nicht, ob sie noch lebt. Nein, nein, was ich dazu zu sagen habe, sind weiß Gott nicht nur Beobachtungen. Es sind Erfahrungen, und die sagen mit aller Schärfe: Das ist kein normaler Krieg dort in Nanking.«

»Es tut mir leid.« Trauthoff hatte eingelenkt. »Natürlich wollte ich Ihre Gefühle nicht verletzen, und was Sie mir da von Ihrer Freundin erzählen – einer Chinesin, nicht wahr? Herr Krug von Buckowitz & Co. hat, glaube ich, früher schon einmal von ihr gesprochen – berührt mich sehr. Selbstverständlich werde ich Ihnen helfen, über ihr Schicksal Klarheit zu gewinnen – wenn mir dazu irgendwelche Mittel in die Hand gegeben sein sollten. Aber« – er hatte Kleinert gebeten, wieder in dem bequemen Besuchersessel, den er dicht an seinen Schreibtisch heran gerückt hatte, Platz zu nehmen, und ihm besänftigend die Hand auf den Unterarm gelegt – »wir müssen doch trotzdem kühlen Kopf bewahren. Nanking können wir nicht mehr rückgängig machen – aber vielleicht können wir verhindern, dass Hankou ein ähnliches Schicksal nimmt?«

Ein Glas *maotai* hatte geholfen, dass Kleinert sein Gleichgewicht wieder fand, und Trauthoff hatte ein paar entzifferte Telegramme und Gesprächsnotizen vor ihm ausgebreitet. Aus ihnen war hervorgegangen, dass die Geschwindigkeit des japanischen Vormarsches auf der chinesischen Seite tatsächlich zu tiefgreifender Verwirrung geführt hatte. Vom Feuer des entschlossenen Widerstandes, das in den Reden Tschiang Kai Scheks an das chinesische Volk noch bis in den September hinein gelodert hatte, war nicht mehr viel geblieben. Und zwar nicht erst – Kleinert las es mit einigem Erstaunen – seit dem Fall von Nanking am 13. Dezember. Schon mit dem Sieg in der Schlacht um Schanghai Anfang November und dem gleichzeitigen Vormarsch in Nordchina hatte sich nach Meinung einiger führender chinesischer Generäle das Kräfteverhältnis so erdrückend zugunsten der Japaner entwickelt, dass man den Gedanken an Waffenstillstandsverhandlungen nicht mehr von sich weisen sollte. Am 2. Dezember – Trauthoff hatte es in einem Gesprächsvermerk notiert – hatten die Generäle Pai und Hsü dies auch gegenüber dem Marschall vertreten.

»Und das war der Durchbruch, Kleinert«, hatte Trauthoff ihm mit einem Lächeln der Genugtuung mitgeteilt. »Von da an war klar, dass ich Erfolg haben würde mit meiner Vermittlungsidee.«

In der folgenden Stunde hatte Trauthoff ihn dann in das Gesamtszenario der Verhandlungen eingeweiht, und Kleinert hatte mehr als einmal Grund zum Staunen gehabt. Trauthoff hatte da wirklich eine überraschend konzertierte Aktion ins Rollen gebracht! Hermann Harksen, der deutsche Botschafter in Tokio, gehörte, wie Kleinert wusste, nun wahrlich nicht zum Trauthoffschen Freundeskreis. Mehr als einmal hatte er, Kleinert, Trauthoff darüber fluchen hören, wie bereitwillig sich Harksen zum Fürsprecher der japanischen Eroberungen gemacht hatte, und als Kleinert geltend gemacht hatte, dass Harksen dies ja wohl kaum im Alleingang würde tun können, sondern in Berlin einflussreicher Rückendeckung sicher sein musste, war Trauthoffs Ärger keineswegs kleiner geworden. »Eben«, hatte er damals geschimpft, »das ist es ja: Dass da noch viel mehr Leute glauben, sie könnten hier mit Japan gemeinsam den großen Gewinn einfahren!«

Aber nun, in diesem Kriegsherbst, hatten die beiden Kontrahenten offenbar doch eine gemeinsame Sprache gefunden. Harksen hatte die Japaner schon im Oktober davon überzeugt, dass, wenn es auf ihrer Seite einmal das Bedürfnis zu Gesprächen mit den Chinesen geben sollte, Deutschland sicher der geeignetste Briefträger sein würde. Denn wer sonst hatte gleichermaßen gute Beziehungen zu beiden Ländern? Im November hatten die Japaner angebissen und Harksen einen Katalog mit Forderungen übergeben, die sie von den Chinesen erfüllt sehen wollten. Harksen seinerseits hatte Berlin mit den überaus optimistischen Lagebeurteilungen der Japaner versorgt, und Außenminister v. Neurath in Berlin hatte den Ball aufgenommen und dem chinesischen Botschafter Tscheng bedeutet, dass Tschiang Kai Schek angesichts der drückenden japanischen Überlegenheit wohl nichts anderes übrig bleiben werde, als einen Waffenstillstand anzustreben und dazu die japanischen Forderungen anzunehmen. Trauthoff hatte mit Tschiang Kai Schek in ähnlichem Ton geredet, und um den Kreis zu schließen, hatte sich auch der Chef der Militärberaterschaft, General v. Specthhausen, mit dem Hinweis auf die völlig verbrauchten chinesischen Truppen für einen Waffenstillstand eingesetzt.

»Und nun« hatte Kleinert gefragt, »wollen Sie, dass ich beim Marschall in gleicher Richtung tätig werde?«

»Genau«, hatte Trauthoff geantwortet, »und Sie sind doch mit Ihrer Nankinger Erfahrung dafür noch besser geeignet als jeder andere von uns. Sie haben die japanische Überlegenheit am eigenen Leibe gespürt, haben erlebt, dass die Truppen des Marschalls keine Chance hatten, die Hauptstadt zu verteidigen – also dürfte es Ihnen doch nicht schwer fallen, eine entsprechende Überzeugungsarbeit zu leisten.«

Kleinert war erneut aufgestanden und hatte seine erregte Wanderschaft wieder aufgenommen. Es war zu viel, was da plötzlich auf ihn eingestürzt war. Nicht nur die Fülle der Trauthoffschen Informationen und der vielen Widersprüche und Fragen, die in ihnen steckten, hatte ihn aus der Fassung gebracht. Nein, es war noch etwas anderes geschehen: Wie nie zuvor war ihm plötzlich klar geworden, dass er in diesem Spiel nur ein winziges Rädchen war – und nichts anderes.

Was für ein grotesker Augenblick, hatte er gedacht, und noch jetzt, im April 38, war ihm, als spüre er die Wucht der Erschütterung, die ihn in diesem Moment befallen hatte. Was für ein grotesker Augenblick, weil er sich plötzlich zehn Jahre zurück versetzt gefühlt hatte. Damals, als er jung und unbedarft aus der Provinz nach Berlin gekommen und im mitreißenden Getriebe und grenzenlosen Glanz der Möglichkeiten fast ertrunken war – damals, ja, da hatte er schon einmal das Gefühl gehabt, nichts als ein Rädchen sein zu können und sich drehen zu müssen in Richtungen und Geschwindigkeiten, die kaum etwas mit ihm selbst zu tun gehabt hatten. Aber dann war er Hsü Tao Lin begegnet, und plötzlich hatte alles ganz anders ausgesehen. Plötzlich hatte er etwas Besonderes für sich entdeckt, etwas, das nur ihm selbst gehörte, und er hatte sich eine Welt erobert, in die ihm nur wenige zu folgen vermochten. Es war, als ob er nicht mehr nur gedreht wurde, sondern selbst zu drehen vermochte – an einem Rad, das größer zu werden schien von Jahr zu Jahr.

Gewiss, bei seiner ersten Chinareise hatte er erfahren, dass es Leute gab, die schon da waren in seiner neuen, herausgehobenen Welt, die sich dort schon ihren Platz erobert und gesichert hatten, und vielleicht wäre, was nun für ihn vorgesehen war, auch wieder nur eine Rädchen-Rolle gewesen – aber er hatte mit einem entschlossenen Sprung gleich noch die nächste Stufe genommen. Sicher, es war eine Menge Glück dabei gewesen, und nicht immer konnte es klappen, dass man sich so genau zur rechten Zeit am rechten Ort befand. Aber mit ihm war es so geschehen, und er hatte zugegriffen. Wie im Olymp hatte er sich gefühlt in jenem brennend heißen August 1934, als er an der Seite v. Saeckens zum Vertragsunterzeichner geworden war, und zwei Jahre später, als man diesen Vertrag in den Rang eines Staatsvertrags gehoben hatte. Was für Engpässe hatten damit für Deutschland beseitigt werden können! Die deutschen Stahlwerke bekamen seither den notwendigen Nachschub an Mangan, Antimon und Wolfram, vorbei war es mit der Knappheit an Sojabohnen, Rohseide, Tierhaaren oder Trockenei, und wieviele lukrative Ausrüstungs- und Waffenlieferungen großer deutscher Firmen nach China waren mit dem 100-Millionen-Kredit bezahlt worden, für den er, Kleinert, so viele hartnäckige Verhandlungen geführt hatte. Mit wieviel Ministern, Bank- und Firmenchefs hatte er zusammen gesessen! Und sein Vertrag mit Tschiang Kai Schek – war es nicht das höchste nur Denkbare überhaupt? Von einem Mann zum Berater berufen zu werden, dessen Machtfülle keinen Vergleich zu scheuen brauchte?

Und nun, an der Jahreswende 1937/38, hatte sich plötzlich gezeigt, dass das alles eine Chimäre war. Keinen Pfifferling war sie wert, seine Meinung, dort, wo wirklich die Entscheidungen gefällt wurden. Man hatte tatsächlich – ganz so, wie Trauthoff es an ihrem gemeinsamen whiskyschweren Augustabend in Nanking ahnungsvoll beklagt hatte – in Berlin das Ruder herumgeworfen. Hatte einen neuen Kurs vorgegeben und ihn, den Vertragsaushändler und Spitzenberater, einfach vor vollendete Tatsachen gestellt. Nichts da mit einem großen Rad, das er selbst zu drehen vermeinte – zum Rädchen war er wieder degradiert. Zum Rädchen, das sie in letzter Minute geschickt eingebaut hatten in ein neu konstruiertes, bestens geöltes und längst auf vollen Touren laufendes Räderwerk, mit dem der Marschall überzeugt werden sollte, sich mit den Japanern zu arrangieren. Immerhin, hatte Kleinert gedacht, trauten sie ihm wenigstens dies noch zu – Einfluss zu haben auf den chinesischen Oberbefehlshaber. Aber wo, zum Teufel, sollte das alles enden? Und wo war Trauthoffs Widerstand gegen die Japanfreundlichkeit geblieben, die dem Vermittlungsszenario doch aus allen Knopflöchern schielte?

In der Tat: Der Botschafter hatte – ganz anders als bei ihren Gesprächen im vergangenen Sommer und Herbst – offensichtlich seinen inneren Frieden wieder gefunden. Gelassen war er bei Kleinerts erregter Wanderung durch sein Arbeitszimmer hinter seinem Schreibtisch sitzen geblieben.

»Sie haben eine Menge Fragen, nicht wahr? Aber ich weiß nicht, ob jetzt die richtige Zeit ist, sie zu stellen«, hatte er gesagt, als ob er Kleinerts Gedanken erraten hatte, und war dann von sich aus noch einmal auf die erhitzten Nankinger Abende zurück gekommen. »Wir müssen uns abfinden, Kleinert, und aus der Situation das Beste machen. Und das Beste ist für alle – glauben Sie mir, für alle! – ein Waffenstillstand, und zwar so bald wie möglich.«

»Waffenstillstand – natürlich!«, hatte Kleinert gerufen. »Da bin ich doch ganz Ihrer Meinung. Was für ein Unsinn wäre es ja auch, den nicht zu wollen nach all dieser Schlächterei. Aber lassen Sie uns doch konkret werden. Welches sind nun die Bedingungen, zu denen dieser Waffenstillstand geschehen soll? Liegt da schon Genaueres vor?«

»Natürlich«, hatte Trauthoff geantwortet und aus den Telegrammen, die vor ihm lagen, eines ausgewählt und über den Schreibtisch geschoben. »Setzen Sie sich hin und lesen Sie, was Harksen dazu aus Tokio geschrieben hat.«

Kleinert hatte sich den Zettel gegriffen und – die Trauthoffsche Aufforderung ignorierend – seine Wanderung fortgesetzt. Dann hatte er sich vor Trauthoff aufgebaut und in einer Lautstärke, die ihn selbst überraschte, seiner immer größer werdenden Wut Luft gemacht.

»Das sind« – er hatte mit dem Telegramm gewedelt – »die Bedingungen, die die Japaner stellen?«

Trauthoff hatte genickt.

»Aber Sie meinen doch nicht im Ernst, Herr Botschafter, dass die von den Chinesen je akzeptiert werden könnten?«

Trauthoff war unbewegt geblieben.

»Ich glaube« – Kleinert hatte sich endgültig in Rage geredet –, »dass nicht ein einziger dieser Vorschläge für die Chinesen akzeptabel ist. Mandschukuo soll von den Chinesen als Separatstaat anerkannt werden – das ist doch ganz und gar unglaublich! Und die Innere Mongolei soll Autonomie erlangen? Und Nordchina auch? Damit Japan dann über kurz oder lang auch dort Separatstaaten gründen kann? Die wie Mandschukuo nichts anderes als Marionettentheater sind? Absurd!«

Trauthoff hatte sich auch jetzt nicht aus der Ruhe bringen lassen.

»Und hier, weiter.« Kleinert hatte mit der Rechten auf das Telegramm geschlagen. »Ihren Nichtangriffspakt mit den Russen sollen die Chinesen kündigen – haben sie den nicht gerade erst im August abgeschlossen? Und dem Antikominternpakt sollen sie beitreten! Und den Kommunismus im Lande bekämpfen! Und am Ende auch noch japanische Kriegs- und Besatzungskosten tragen! Herr Botschafter, sagen Sie selbst, das ist doch hanebüchen! Das ist doch nichts anderes als nackte Erpressung! Und diesen Unfug – verzeihen Sie – haben Sie ernsthaft an Tschiang Kai Schek weiter gegeben?«

»Sind Sie fertig?« Trauthoff hatte sich nun doch erhoben. »Dann kommen Sie von Ihrem hohen Ross herunter – und setzen Sie sich endlich, verdammt noch mal! Kleinert, ich wiederhole mich ungern, aber jetzt tue ich's: Wir müssen uns abfinden und aus der Situation das Beste machen.« Er hatte Kleinert zur Beruhigung die Hände auf die Schultern gelegt.

»Und da müssen wir doch zunächst einmal feststellen: Dass diese Situation so mies ist, dafür können wir Deutschen nun wahrhaftig nichts. Im Gegenteil: Wir haben eine Menge dafür getan, dass sie sich nicht noch viel mieser darstellt! Hören Sie sich doch zur Abwechslung mal die Japaner an! Die sind der festen Überzeugung, dass sie ohne unsere militärische Hilfe für die Chinesen – und damit meinen sie unsere Waffen und natürlich auch die Arbeit der Beraterschaft – schon einen Monat früher in Nanking gewesen wären! Dann stünden sie jetzt vielleicht schon vor Hankou! Also – da müssen wir beide, Sie und ich, nun wirklich nicht im Büßerhemd vor den Marschall treten. Nein, nein, diese Kriegslage müssen die Chinesen schon mit sich selbst ausmachen. Und was die japanischen Bedingungen betrifft« – Trauthoff war wieder zu seinem Stuhl zurück gekehrt –, »so werden Sie ja wohl nicht ernsthaft in Zweifel gezogen haben, dass mir genauso klar ist wie Ihnen, dass sie für die Chinesen unakzeptabel sind. Aber wenn ich nun alles zusammen nehme – die Kriegslage und das Bedürfnis nach Frieden und unser deutsches Interesse, die guten Geschäfte, die wir hier angebahnt haben, in Ruhe weiter führen zu können –, dann muss ich Ihnen eben sagen, dass mir nichts Besseres einfällt als ein Waffenstillstand. Und weil die Bedingungen, die die Japaner stellen, nun einmal so sind, wie sie sind, habe ich mich mit Neurath in Berlin und mit Harksen in Tokio so vereinbart, dass wir nicht als Vermittler auftreten, sondern als Briefträger.«

Trauthoff hatte eine Pause gemacht, um diesen letzten Gedanken ein wenig nachhallen zu lassen. »Als Briefträger, verstehen Sie? Die sich einer eigenen Stellungnahme tunlichst enthalten sollten.«

»Was aber nicht mehr geht, seit – wie Sie im Herbst ja schon völlig richtig gesagt haben – Berlin eine Anerkennung Mandschukuos ins Auge gefasst hat.« Kleinert hatte sich den Trauthoffschen Beruhigungsversuchen beim besten Willen nicht anschließen können.

»Damit ist doch – ich wiederhole Ihre eigenen Worte aus unseren damaligen Gesprächen – alle Neutralität hinfällig geworden! Das ist gegen China gerichtet und sonst gar nichts. Und wenn Sie mit Ihrer Äußerung zu unseren Wirtschaftsinteressen meinen sollten, dass es uns egal ist, ob wir sie unter Tschiang Kai Schek realisieren oder unter japanischer Besatzung – na, dann sind Sie doch nicht neutral, sondern dann nehmen Sie doch Stellung – und zwar eine eindeutig projapanische! Und bei all dem wollen Sie auch noch, dass ich mitspiele? Einen eigenen Part übernehme? Nein, beim besten Willen nicht. Eine Beeinflussung, die unter den gegebenen Umständen nur zugunsten der Japaner ausgehen kann – o nein, dafür bin ich nicht der richtige Mann.«

Sie waren ohne Ergebnis und in schlechter Stimmung auseinander gegangen. Vom freundschaftlichen Beginn ihrer Begegnung war nicht viel übrig geblieben. Kleinert war aufgewühlt in seine kleine Wohnung zurück gekehrt. Jetzt, im April, wusste er, was er damals nur geahnt hatte: Es hatte ein ungeheurer Druck auf Trauthoff gelegen. Wie denn sonst wäre zu erklären gewesen, dass dieser so durch und durch mit China verbundene Mann plötzlich Auffassungen vertrat, wie Kleinert sie bisher nur aus ganz anderer Ecke vernommen hatte. Ja richtig, hatte er sich plötzlich wieder erinnert, die Farben- und Stickstoffleute, Kampmann und Fuhrmann, die hatten solche Sätze schon 1930 in Tientsin verkündet – dass es egal sei, wer da gerade regiere oder verwalte, wenn es denn nur ihren Geschäften nützlich sei. Und Herbert Howe – o ja, auch der war schon vor Jahren kräftig auf dieser Welle geritten.

Kampmann, Fuhrmann, Howe? Kleinert hatte in Gedanken die Namen noch ein wenig hin und her gedreht, hatte sich Gespräche und Eindrücke deutlicher ins Gedächtnis zurück gerufen, und plötzlich waren ihm Zusammenhänge klar geworden, über die er vielleicht mit Hsü Tao Lin schon einmal nachgedacht hatte, die ihm aber im Erfolgsgefühl, das sich mit den Vertragsverhandlungen, der Vorbereitung der Delegationsreisen und den Planungsarbeiten für den Marschall verbunden hatte, völlig aus dem Blick geraten waren.

Warum – fiel ihm jetzt ein – hatten sie denn nicht teilgenommen an den Verhandlungen über den Austauschvertrag, die Leute von der Farben- und Stickstoffindustrie und von den großen Elektrofirmen? Doch nur, weil sie sich nicht an Tschiang Kai Schek binden wollten. Und warum wollten sie das nicht? Weil sie offenbar schon lange auf das japanische – und eben nicht das chinesische! – Pferd gesetzt hatten. Klar, dachte Kleinert, wer nur auf den Absatz seiner eigenen Produkte konzentriert war und wenig Wert darauf legte, was im Gegenzug nach Deutschland herein kam – und genau das war es, was sich die Farben-, Düngemittel- und Elektrogerätehersteller leisten konnten –, dem konnte es in der Tat egal sein, ob er seine Geschäfte in einem souveränen oder japanisch verwalteten China betrieb. Und wenn einer dann noch anfällig war für die Entschlossenheit, mit der Japan seine Gebietseroberungen betrieb, und für die Propaganda von einem paradiesischen Großostasien, dessen Errichtung die Eroberer nicht müde wurden zu versprechen – nun, dann war klar, dass ein rechtzeitiges Arrangement mit den Japanern und das Vermeiden jedweder Verpflichtungen in Richtung Tschiang Kai Schek auf der Hand lagen.

Bloß: Bisher waren die Vertreter solcher Auffassungen eine Minderheit gewesen. Zwar nicht mehr in Nordchina – da hatten sich die Kampmanns und Fuhrmanns, die ja auch in Mandschukuo schon ihr Schäfchen ins Trockene gebracht hatten, bereits seit längerem durchgesetzt. Wohl aber in Nanking, auch in Schanghai – und vor allem in Berlin.

Nun aber waren dort, in Berlin, die Weichen neu gestellt worden, und die Weichensteller saßen – Kleinert wunderte sich, dass er nicht schon längst darauf gekommen war – nicht nur in den Ministerien, sondern auch in der Industrie, und sie hatten sich nun zusammen getan. Das war es, was Trauthoff im Herbst gemeint hatte, als er davon sprach, dass für den Fall eines Scheiterns der Vermittlung für seinen und manch anderen Posten längst neue Leute bereit stünden. Deshalb hatte er sich wie verzweifelt an die Vermittlung geklammert und sich zum Briefträger jeder auch noch so absurden Forderung der Japaner gemacht. Er hatte geahnt, dass in diesem Krieg auch sein Lebenswerk würde untergehen können, und weil er es bis zum Letzten verteidigen wollte, hatte er sich fast selbst verraten.

Dann aber hatten sich die Ereignisse überschlagen und den aussichtslos kämpfenden Trauthoff einfach überrollt.

Gemerkt hatte es Kleinert schon, als er einige Tage nach der langen Unterredung mit Trauthoff von Tschiang Kai Schek empfangen worden war. Etwas beklommen war er dem Marschall gegenüber getreten, weil er nicht sicher war, was er zur Vermittlung hätte sagen sollen. Sich nicht zum Briefträger machen zu lassen war das eine – was aber, wenn ihn der Marschall nach den Positionen Berlins befragt hätte? Den Loyalitätskonflikt hätte er nur schwer bewältigen können. Und auch zu den Erfolgsaussichten eines Waffenstillstandes hätte er sich kaum äußern können. Zu wenig wusste er von der Lage im Lande insgesamt, keinen Einblick hatte er in Truppenstärken und Verteidigungslinien – nein, das alles war Spechthausens Sache und die der anderen Militärberater, da wollte er sich nichts anmaßen.

Dann aber hatte sich gezeigt, daß alle diese Sorgen völlig umsonst gewesen waren, denn der Marschall hatte die Vermittlungsaktion nicht einmal erwähnt. Er wolle, hatte der Marschall ihm statt dessen bedeutet, mit ihm um darüber reden, wie mit seinen – den Kleinertschen – Organisationsplänen unter den Bedingungen des Krieges weiter verfahren werden könnte.

»Sie wollen an diesen Plänen festhalten?«, hatte Kleinert erstaunt gefragt.

»Ja, warum denn nicht?« Der Marschall hatte gelächelt. »Wir bleiben bei diesen Plänen, auch wenn wir uns das Zentrum ihrer Ausführung ein ganzes Stück weiter westlich im Landesinneren denken müssen. Bisher haben wir mit Nanking als Zentrum geplant, und nun werden wir es mit Tschungking tun. Auch das liegt am Yangtse, auch dort trägt der Strom noch die großen Schiffe, die einen ordentlichen Handel gewährleisten und den Transport großer Industriegüter ermöglichen, und was die tausend Kilometer betrifft, die Tschungking von Hankou entfernt liegt, so werden wir sie überwinden, aber für die Japaner werden sie unüberwindbar sein.«

Nicht über die quälenden japanischen Bedingungen hatte der Marschall geredet, sondern über die Fortsetzung des Widerstandes, und nicht Pessimismus hatte er ausgestrahlt, sondern Zuversicht – es musste schon eine Entscheidung heran gereift sein, die Kleinert noch nicht gekannt hatte.

Wieder ein paar Tage später – es war Mitte Januar geworden – kannte er sie: Die ganze Vermittlungsaktion war wie ein Kartenhaus in sich zusammen gefallen. Die Chinesen hatten mit ein paar Nachfragen versucht, größere Klarheit über Einzelheiten in den japanischen Bedingungen zu gewinnen, aber die Japaner hatten jede weitere Erörterung abgelehnt. Nur eine sofortige widerspruchslose Annahme aller Bedingungen – so hatten sie wissen lassen – könne die Wiederaufnahme der Kampfhandlungen verhindern. Als die Chinesen sich diesem Druck nicht beugen wollten, hatte Tokio kurzerhand erklärt, die Regierung Tschiang Kai Schek nicht mehr anzuerkennen. Weil man bei ihr – so hatte Kleinert in einem Telegramm, das Harksen aus Tokio gekabelt hatte, kopfschüttelnd gelesen – jede Friedensbereitschaft vermisse. Der Krieg also – das hatte nun festgestanden – würde mit unverminderter Härte weiter gehen.

Als Kleinert Ende Februar eher zufällig wieder mit Trauthoff zusammen getroffen war, hatte er einem gebrochenen Mann gegenüber gestanden. »Nun sind sie am Ruder, die neuen Leute«, hatte der Botschafter resigniert verkündet, nachdem sie sich im Deutschen Klub mit einer Flasche Whisky in eines der Hinterzimmer zurück gezogen hatten. »Neurath ist als Außenminister von Ribbentrop abgelöst worden – da wissen Sie, was die Stunde geschlagen hat. Auf einen Mann, der aus der guten alten deutschen Diplomatie stammt und sich immer für China stark gemacht hat, folgt ein Blitzaufsteiger, der sich damit brüstet, der Erfinder des Antikominternpaktes zu sein. Da haben wir Chinafreunde nun endgültig ausgespielt!«

»Und Sie meinen, dass das auch für Sie Konsequenzen haben wird?«, hatte Kleinert gefragt.

»Na klar«, hatte Trauthoff geantwortet, »die Spatzen pfeifen es doch schon von den Dächern. Botschafter bin ich nur noch auf Abruf. Und was soll ich denn auch noch hier? Hitler hat gerade Mandschukuo offiziell anerkannt, und haben Sie gelesen, was er, um diese Entscheidung zu begründen, über China gesagt hat? Es hat sich mir regelrecht eingebrannt ins Gedächtnis, so – entschuldigen Sie schon, Sie werden mich ja wohl nicht verpfeifen? – absurd ist es. China sei, so hat er gesagt, materiell und seelisch nicht gekräftigt genug, um aus eigenem einem bolschewistischen Ansturm standhalten zu können. Das müssen Sie sich mal auf der Zunge zergehen lassen! Und vor allem, was das im Klartext heißt! Das japanische Vorgehen wird also in Berlin geradezu für notwendig gehalten! Weil, wie es der Antikominternpakt verlangt, dem Kommunismus ein Riegel vorgeschoben werden muss! Nein, da kann man mit einem wie mir weiß Gott nichts mehr anfangen.«

Trauthoff war wieder da angekommen, wo er vor der Vermittlungsaktion schon einmal gewesen war. Alle Spannkraft war wieder verschwunden, und schnell hatte er sich ein zweites Glas Whisky eingegossen.

»Und ich will ja auch gar nicht mehr«, hatte er gesagt. »Wie soll ich denn Tschiang Kai Schek noch gegenüber treten, wenn meine Regierung ihn für einen Schwächling hält? Den man lieber heute als morgen weg haben möchte? Und was nützt es mir noch, dass ich immer und immer wieder nach Berlin gemeldet habe, dass die Methoden, mit der die Japaner in China vorgehen, den hiesigen Kommunismus nicht schwächen, sondern stärken? Weil die Brutalität und die Arroganz der Eroberer den Chinesen gar keine andere Wahl lassen, als sich zu entschlossenem Widerstand zusammen zu finden? Ach, Kleinert, vergessen Sie's einfach. Ich habe mein Werk hier getan – nun wünschen Sie mir nur, dass ich irgendwo in aller Stille mein Gnadenbrot verzehren darf.«

Der Abend hatte in tiefer Whiskyseligkeit geendet, und am nächsten Tag war Kleinert langsam dämmernd bewusst geworden, dass auch er sich würde neu orientieren müssen. Denn tatsächlich hatte sich schon bald das Gerücht verbreitet, dass Berlin nicht nur den Botschafter, sondern auch die Militärberaterschaft aus Hankou abziehen würde.

Zwar hatte der Marschall Kleinerts Bedenken mit einem entschlossenen »Aber das gilt doch nicht für Sie!« sofort zu zerstreuen versucht und ihm mit dem Hinweis, dass er doch weder einen militärischen Rang habe noch einer deutschen Behörde unterstehe, prompt eine Vertragsverlängerung angeboten, und Kleinert hatte keine Sekunde gezögert, das Angebot anzunehmen – aber sich eine Fortsetzung der Arbeit ohne Trauthoff und ohne Spechthausen vorzustellen hatte ihm doch einige Kopfschmerzen bereitet.

Aber was bedeuteten diese kleinen Unsicherheiten schon im Verhältnis dazu, dass er, wenn er bleiben konnte, ja vielleicht doch noch würde erfahren können, was aus Tschang Li geworden war! Wenn auch die Berichte, die Georg Nelken von Januar bis März über die Entwicklungen in Nanking nach Hankou geschickt hatte, alles andere als ermutigend gewesen waren.

Die Brutalität, mit der die Japaner in den ersten Tagen in der Stadt gewütet hatten, war – so hatte Nelken geschrieben – in den folgenden Wochen noch gewachsen. Die Brandschatzungen und Vergewaltigungen hätten bis in den März hinein nicht aufgehört, und zeitgleich mit diesen Gräueltaten gegenüber der Zivilbevölkerung sei es zu unglaublichen, sich aller Vorstellungskraft entziehenden Racheakten an den kriegsgefangenen Soldaten gekommen. Rings um die Stadt seien Hinrichtungsplätze eingerichtet worden, und tausenden wehrlosen Männern habe man dort mit dem Schwert den Kopf abgeschlagen.

Und auf der politischen Bühne – war es Kleinert durch den Kopf gegangen – hatten die Japaner zur gleichen Zeit mit ihren erniedrigenden Waffenstillstandsbedingungen hantiert! Und die Nankinger, aufs Bitterste gestraft schon in den Tagen der Einnahme der Stadt, hatten noch einmal doppelt büßen müssen – erst, weil die Japaner mit ihrem Blut die Annahme der Bedingungen erpressen und dann, weil sie Vergeltung für deren Ablehnung üben wollten.

Und dennoch: Kleinert wollte sich nicht damit abfinden, dass es für Tschang Li nicht doch Hoffnung geben könnte. Immer wieder waren ja Flüchtlinge in Hankou eingetroffen, Leute, die bewiesen hatten, dass der Einschließungsring der Japaner Lücken gehabt haben musste, und als den Berichten Georg Nelkens im März auch Aufzeichnungen von Johann Stieglitz beigelegen hatten, die davon kündeten, dass sich das Leben in der Stadt allmählich zu beruhigen begonnen hatte, hatte er sogar mit dem Gedanken gespielt, selbst noch einmal nach Nanking zu fahren.

Dies allerdings hatte ihm der Marschall untersagt. »Ich brauche Sie hier«, hatte er ihm mitgeteilt, und Kleinert hatte sich – was wäre ihm auch anderes übrig geblieben? – im Vertrauen auf Nelken und Stieglitz gefügt.

Nun war das Jahr 1938 vier Monate alt geworden, und auf seinem Tisch lag eine Meldung, die ihm ein erneutes Mal bestätigte, wie entschieden sich in Berlin der Wind gedreht hatte. Die deutschen Waffen- und Munitionslieferungen, hieß es, würden eingestellt werden. Aha, dachte Kleinert, habt ihr euch also endgültig mit den Japanern verbündet. Und Hsü Tao Lin, der Skeptiker, hat Recht behalten: Der Antikominternpakt hatte sich als stärker erwiesen als der Warenaustauschvertrag.

Kapitel 15

Ho, ho! Jetzt wird es ja richtig spannend! Da muss man ja wirklich neugierig werden!«

Die großgewachsene, blonde Frau, die sich mit diesen Worten von ihrem Barhocker herab in das Tischgespräch einmischte, hatte Paul Kleinerts Blicke schon eine ganze Weile auf sich gezogen. Weil sie ganz allein und ohne Begleitung an der Bar Platz genommen hatte. Und in ihrer eleganten Abendrobe so selbstbewusst ihre hübschen, ein wenig fülligen Rundungen präsentierte. Und mit spöttisch-herablassender Geste an ihrer langen Zigarettenspitze sog – ganz so, als sei ihr alles längst bekannt, was die Männer da auf eine Art beredeten, als handele es sich um brandheiße Neuigkeiten. Ihr macht Euch wichtig, schien sie sagen zu wollen, aber mich, die ich in dieser Stadt und Gegend schon lange zu Hause bin, könnt Ihr damit nicht beeindrucken.

Nun aber hatte einer von ihnen mit einem Reisebericht begonnen, und plötzlich war alle Distanz wie weggeblasen. Übermütig sprang sie von ihrem Barhocker herunter, zog sich einen freien Stuhl vom Nebentisch heran und drängte sich neben den Mann, dem ihre Aufforderung gegolten hatte.

»Na los, Schoknecht! Lassen Sie sich nicht lumpen! Ich tu's auch nicht, und die nächste Runde geht auf mich. Sind Sie einverstanden mit Whisky-Soda, meine Herren?«

Mehrfaches Nicken bestätigte ihr, dass sie mit Aufforderung und Angebot gleichermaßen ins Schwarze getroffen hatte, und Wolf Schoknecht, der Angesprochene, winkte einen der chinesischen Kellner heran, die mit Argusaugen darüber wachten, dass die Getränke auf den vielen Tischen im Saal nicht ausgingen. Ordentlicher Umsatz war nötig – und darum ordentlicher Durst bei den Botschafts- und Konsulatsmitarbeitern, den Chefs und Angestellten der ausländischen Firmen, den Offizieren und Matrosen der im Hafen ankernden amerikanischen, englischen und französischen Kanonenboote – kurz, all jenen noch immer in Hankou ausharrenden oder zum Ausharren gezwungenen Ausländern, die hier, im »International«, dem letzten noch verbliebenen der großen und einst glamourösen Hankouer Tanzlokale, Zerstreuung suchten. Denn leben wollten von diesem Umsatz nicht nur die amerikanische Besitzerin, das Personal, die Leute in der Küche und die Herren von der Kapelle, sondern auch die vielen jungen Russinnen, die in entrückt wirkenden Abendkleidern die Tanzfläche säumten, sich im Laufe des Abends immer öfter an die Tische der Gäste bitten ließen und dort mit mal sehnsuchtsvoller Anschmiegsamkeit, mal gewerbsmäßiger Routine ihren Beitrag dazu leisteten, dass der Wein-, Bier- und Whiskydurst nicht so bald gestillt war und auch die kleinen Zimmer in den beiden oberen Etagen nicht lange ungenutzt blieben.

Seltsam, hatte Kleinert schon beim Hereinkommen gedacht, wie sich die Bilder in den internationalen Niederlassungen glichen. Überall waren es die Russinnen, die sich verkaufen mussten, um sich irgendwie über Wasser halten zu können. Im Norden hatte er es so erlebt, in Tientsin und Harbin, und diesen Umstand mit der Nähe dieser Städte zum russischen Osten in Verbindung gebracht, aber der Strom der durch die Revolution Entwurzelten hatte sich, wie er nun sah, noch viel weiter ins chinesische Landesinnere ergossen. So waren sie zu einem Stück Seele der Ausländerviertel geworden, diese Frauen – Geborgenheit bietend so vielen und selbst ohne alle Geborgenheit.

Schoknecht, der die Idee mit dem »International« gehabt hatte, hatte ihn nicht lange solchen Überlegungen nachhängen lassen. »Früher«, hatte er schon zu reden begonnen, als sie noch dabei waren, quer durch den Saal auf den freien Tisch an der Bar zuzusteuern, »früher gab es hier natürlich auch jede Menge chinesische Gäste. Vor allem im Sommer, wenn die Familienväter, die sich's leisten konnten, ihre Frauen und Kinder in weniger heiße Gegenden geschickt hatten und sich mit den Russinnen die Zeit vertrieben – was die finanzkräftigen Junggesellen der Stadt ohnehin das ganze Jahr über taten. Aber nun ist Hankou Kriegshauptstadt, und der Marschall hat seinen Landessöhnen solcherart Vergnügen untersagt. Was für ein Glück ist es da« – Schoknecht hatte mit fröhlichem Schwung das Glas erhoben und zum Anstoßen aufgefordert –, »dass wir nicht zu diesen Landessöhnen gehören, nicht wahr, meine Herren?«

Sie hatten laut die robusten Gläser aneinander geschlagen, das zweite Bier war so rasch bestellt wie das erste, und bald waren ihnen die Zungen locker geworden zu launiger Rede und Gegenrede, wie sie Kleinert seit langem nicht mehr erlebt hatte.

Wozu es aber gleich einer ganzen Reihe kräftiger Zufälle bedurft hatte. Denn wie sonst hätten sie sich zusammen finden können an diesem schon sommerlich heißen späten Maientag des Jahres 38! Hermann Kröper, der gute Freund, Partner vieler nachdenklicher Gespräche aus glücklichen Nankinger Tagen, und Rudolf Fuchs, der so ungeliebte wie zugleich heimlich bestaunte Kompagnon seiner ersten Chinareise im Januar 30 und dann noch einmal der Eisenbahnstunden mit den Dreiheiligs im Herbst 34, an einem Tisch – Kleinert glaubte seinen Augen immer noch nicht trauen zu können. Dazu dieser Wolf Schoknecht, von dessen Hilfsbereitschaft auf der Flucht aus Schanghai Tschang Li so berührt gewesen war!

Das ungewisse Schicksal Hankous schien eine magische Anziehungskraft auf sie alle auszuüben. China oder Japan – man spürte immer deutlicher, dass hier in Hankou eine Entscheidung heran reifte. Und diese Entscheidung, dachte Kleinert, würde den Lebensweg auch mancher derjenigen entscheidend beeinflussen, die sich jetzt noch ganz als unbeteiligte Beobachter des Krieges wähnten.

Und das schienen alle zu ahnen, die jetzt hier am Tisch beisammen saßen am Abend eines Tages, der zunächst begonnen hatte wie jeder andere auch. Zu Mittag hatte sich Kleinert wie gewohnt im Deutschen Klub eingefunden, wie gewohnt war er an seinem Tisch allein geblieben, und wie gewohnt war ihm das nicht unrecht gewesen, denn er war es leid geworden, über die vielen Unerfreulichkeiten der vergangenen Wochen auch noch lange Gespräche führen zu müssen. Es war ja alles so klar und unbeeinflussbar: Aus den Gerüchten über die sofortige ersatzlose Rückberufung des Botschafters und der Militärberater nach Berlin war harte Realität geworden; die deutschen Waffen- und Munitionslieferungen waren eingestellt; die Japaner demonstrierten mit ihren täglichen Bombenangriffen, die zwar nur punktuell Zerstörungen anrichteten, aber überall die Nerven strapazierten, dass sie mit der nächsten Offensive den Yangtse hinauf wohl nicht mehr lange warten würden; und von Tschang Li gab es noch immer keinerlei Nachrichten. Mit seinem Angebot zu künftiger Zusammenarbeit auch in Tschungking hatte der Marschall ihm, Kleinert, zwar Mut gemacht, aber zugleich auch Öl gegossen ins Feuer des nervösen Wartens. Denn Tschungking war ungewisse Zukunft, der Weg dorthin unübersichtlich, und der Zeitpunkt, wann man sich auf ihn würde begeben müssen, stand in den Sternen. Manchmal, wenn er das Gefühl gehabt hatte, im schwebenden Warten zermürbt zu werden, hatte sich Kleinert dabei ertappt, sich mehr als alles andere Klarheit herbei zu wünschen – um welchen Preis auch immer. Hauptsache, überhaupt eine Nachricht zu erhalten über Tschang Li – wenn sie denn nur Erlösung aus der Ungewissheit bedeutete; Hauptsache, keinerlei Zweifel mehr daran zu haben, dass die Japaner wirklich bis zum Herbst Hankou erreichen und die Chinesen tatsächlich – wie ihm Spechthausen vor seiner Abreise noch einmal beschwörend versichert hatte – zu einer erfolgreichen Verteidigung nicht in der Lage sein würden. Wenn das Schlimmste ohnehin unvermeidbar war – warum konnte es dann nicht klipp und klar vor einem stehen, sondern musste so lähmend herbei gewartet werden?

Und dann war es ausgerechnet Hermann Kröper gewesen, der selbst so Grüblerische, der Kleinert aus diesen dunklen mittäglichen Gedankenspielen gerissen hatte.

Monatelang hatten sie nichts voneinander gehört – jetzt war der Geologe plötzlich im Deutschen Klub aufgetaucht und hatte mit einem fröhlichen, ja überschwänglichen »Da sind Sie ja!« für einen überraschenden Stimmungsumschwung gesorgt. Mit sichtlichem Appetit hatte Kröper sich eine große Portion Bratwurst mit Sauerkraut und Salzkartoffeln kommen lassen, gut gelaunt dem vorzüglichen Pilsner des Hauses zugesprochen und begeistert begonnen, von seiner gerade beendeten Tschungking-Reise zu berichten. Wie immer hatte er geologische Erkundungsfahrten ins Landesinnere unternommen, und wie immer war ihm dabei – Kleinert hatte es voller Freude registriert – durch das so geliebte spartanische Leben unter gleißender Sonne und donnernden Regenfällen mit Übernachtungen in kargen Herbergen und Zelten neue Seelenstärke zugeflossen. Eine gute Grundlage, hatte Kleinert gedacht, für ein ausführlicheres Gespräch, bei dem er sich in alter Vertraulichkeit wegen seiner Nanking-Sorgen ein wenig Luft würde machen können.

Aber als sie sich gerade für den Abend hatten verabreden wollen, war ein junger, schlanker, straff gescheitelter Mann im hellen, eleganten Zweireiher neben ihrem Tisch stehen geblieben.

»Professor Kröper, sind Sie es wirklich?«, hatte der Fremde ausgerufen, und Kröper hatte mit einem Lächeln genickt, dem im Gegensatz zur so offensichtlichen Freude des Neuankömmlings die Reserviertheit deutlich anzusehen war. Das Rätsel hatte sich schnell gelöst, als Kröper den Namen des Fremden genannt hatte: »Wolf Schoknecht, Korrespondent der ›Völkischen Nachrichten‹.«

Kein Wunder, hatte Kleinert gedacht, da hatten sich zwei wiedergefunden, die ganz bestimmt nicht auf der gleichen Wellenlänge lagen: der alte Freund der Sozialdemokratie auf der einen und der Korrespondent der wichtigsten Zeitung des Führers und Reichskanzlers auf der anderen Seite. Aber Schoknecht war auch der Mann gewesen, der sich um Tschang Lis Schiffspassage von Schanghai nach Nanking gekümmert hatte!

Mit den Worten »Ich habe eine Menge Gutes über Sie gehört« hatte Kleinert denn auch rasch die aufkommende Sprachlosigkeit zu überwinden versucht, und als Schoknecht seinerseits zu erkennen gegeben hatte, dass er sich sehr wohl an die gemeinsame Reise mit Tschang Li erinnerte, hatte einer nun zu dritt getroffenen Verabredung für den Abend nichts mehr im Wege gestanden.

Und dann war ihnen auf dem Weg ins »International« Rudolf Fuchs begegnet, den Schoknecht und Kleinert, die ihn beide seit langem kannten, ganz gewiss in Mandschukuo oder Japan vermutet hätten, und nun, da sie sich an ihrem Tisch in Stimmung geredet hatten, bekamen sie sogar noch weibliche Gesellschaft.

»Darf ich vorstellen« – Schoknecht behielt auch jetzt die Initiative in der Hand und wandte sich an seine Nachbarin: »Paul Kleinert und Hermann Kröper – zwei Herren, an die Sie sich halten sollten, denn sie stehen direkt in Diensten des Marschalls, sind also von den Berliner Rückzugsbefehlen nicht betroffen. Dazu Rudolf Fuchs, ein Mann des Buches, bestens vertraut mit allem, was mit der Entwicklung im Norden zu tun hat, und irgendwie auf abenteuerlichem Wege hierher zu uns an den Yangtse gelangt. Und das, meine Herren«, – er erhob sich zu einem förmlichen Handkuss – »ist Lotte Ribbegg, meine schärfste Konkurrentin in Fernost, Korrespondentin gleich mehrerer großer deutscher Blätter, und warum soll ich's nicht gleich zugeben: Wir liegen meist im Streit miteinander.«

»Ja und?« Lotte Ribbegg lächelte. »Das hat unserer Arbeit doch immer nur gut getan. Und da wir – wie ich annehme – beide keinerlei Ambitionen haben, uns in unseren Zeitungen ins Gehege zu kommen, wird das wohl auch so bleiben. Aber nun« – sie griff zu einem der Whiskygläser, die der Kellner gerade gebracht hatte, und forderte die Männer zum Anstoßen auf – »sollten Sie wirklich weiter erzählen, Schoknecht, denn wer hat es in diesen Zeiten schon geschafft, von Hankou nach Schanghai und zurück zu kommen! Das kann doch nur einem Hans Dampf in allen Gassen gelingen, wie Sie einer sind. Also heraus mit der Sprache!«

Schoknecht ließ sich nicht länger bitten, und Kleinert wurde wieder einmal bewusst, wie wenig er im Grunde noch immer von diesem Lande wusste – von seiner Größe und von der Vielgestaltigkeit der in ihm herrschenden politischen Verhältnisse –, und wie unmöglich es war, alles gleichzeitig im Auge zu haben.

Es sei ja, begann Schoknecht, klar, dass mit dem Schiff von Hankou den Yangtse hinab nach Schanghai nicht mehr durchzukommen sei, und auch eine Bahnreise über Kiukiang, Nantschang und Hangtschou sei durch den Frontverlauf völlig unmöglich geworden. Nur vom Meer her sei Schanghai noch zu erreichen, und so müsse man also entsprechend große Umwege in Betracht ziehen. Als einer der möglichen Umwege sei ihm vom Hankouer Vertreter der deutschen Eurasia-Fluggesellschaft – Kleinert erinnerte sich, dass ihm Breitenschlager in Peking schon einmal von diesem erstaunlichen Unternehmen erzählt hatte – ein Direktflug nach Hongkong empfohlen worden, von wo aus es per Schiff hätte weiter gehen können, aber leider seien die Maschinen auf dieser Linie bereits auf Wochen hinaus von chinesischen Geschäftsleuten ausgebucht gewesen.

»Woran man doch trefflich sehen kann«, mischte sich Rudolf Fuchs mit seinem Kleinert nur zu gut bekannten dröhnenden Bass ins Gespräch, »dass die hiesigen Wirtschaftsgrößen ihr einstmals geliebtes Hankou bereits aufgegeben haben und eilig das Weite suchen!«

»Natürlich«, antwortete Schoknecht, »und selbst der 6000-Kilometer-Umweg, der – auch dies als Flugreise – mit einem Schlenker nach Hsi'an im Norden und Tschengtu im Westen beginnt, dann nach Kunming im Süden und von dort aus nach Hanoi in Französisch-Indochina führt, von wo aus der weitere Weg mit dem Schiff über Hongkong nach Schanghai zu absolvieren wäre, ist mir aus diesem Grunde versperrt geblieben. Sogar auf diesen abgelegenen Strecken ist alles ausgebucht! Das muss man sich mal vorstellen! Wer ist denn früher von hier nach Hsi'an geflogen? Oder nach Tschengtu? Da haben Sie immer noch ein freies Plätzchen gefunden. Aber jetzt – bedauerndes Kopfschütteln. Es ist, wie Sie es sagen, Fuchs: Wer irgend kann, versucht, sein Schäfchen in Hongkong ins Trockene zu bringen.«

»Dafür sind in der Gegenrichtung die Flugzeuge um so leerer.« Fuchs war froh, auch ein paar eigene Erlebnisse einstreuen zu können. »Die wird offensichtlich nur noch von ein paar Lebensmüden wie uns sensationsgierigen Ausländern frequentiert. Ich jedenfalls habe, nachdem ich mich von Peking aus noch ganz gemütlich per Eisenbahn nach Taiyüän hatten bewegen können und es mir dann gelungen war, mich auf Lastkraftwagen und Pferdekarren nach Hsi'an durchzuschlagen, von dort nach Hankou fast allein in der

Maschine gesessen. Ich hatte dabei allerdings den Eindruck, dass mich das Personal dafür eher bemitleidet als bewundert hat.« Fuchs lachte.

»Und wie haben Sie den Weg nach Schanghai nun trotzdem geschafft?«, wandte sich Kröper wieder an Schoknecht.

Mit dem Zug sei er schließlich gefahren, nahm Schoknecht seinen Faden wieder auf, und zwar nach Kanton. Zwar hätten die Japaner die Hankou-Kanton-Bahn schon oft bombardiert, und schon einige Mal habe man ihren Betrieb einstellen müssen, aber bisher sei es doch immer wieder gelungen, die entstandenen Schäden zu beseitigen. Und als es dann noch geheißen habe, dass es sogar einen internationalen, den Japanern zum Schutz vor Bombardements speziell avisierten Flüchtlingszug geben werde, habe er, Schoknecht, alle Hebel in Bewegung gesetzt, um ein Ticket zu ergattern. Er habe sich dann mit zwei- bis dreihundert Frauen und Kindern aus der Ausländerkolonie von Hankou und noch einmal an die hundert amerikanischen und englischen Missionaren gemeinsam in diesem Zug befunden, und tatsächlich seien sie von Luftangriffen verschont geblieben. Aber nur quälend langsam sei der Zug voran gekommen – nach zwei Tagen habe man gerade mal das erste Drittel der insgesamt eintausend Kilometer langen Strecke bewältigt gehabt.

»Und was hatten Sie für einen Eindruck von der Landschaft und den Leuten?« fragte Lotte Ribbegg. »Ich habe gehört, dass auf dem flachen Land in dieser Gegend noch kaum etwas vom Krieg zu spüren sein soll.«

»Ja, das stimmt.« Schoknecht freute sich über die rege Anteilnahme an seinem Bericht, und weil Lotte Ribbegg in der Zwischenzeit für eine zweite Runde Whisky-Soda gesorgt hatte, gewannen seine Schilderungen zusätzlich an Schwung.

»Sie können sich kaum vorstellen, wie gut die Bauern in der Provinz Hunan leben! Kein Vergleich mit den ärmlichen Verhältnissen in Nordchina mit seinen hässlichen Lehmhütten-Dörfern oder den Bambusbehausungen im unteren Yangtse-Tal. Gepflegte Steinhäuser sehen Sie in dieser Gegend, auch sehr ordentliche Stallgebäude, und immer wieder fallen hübsche kleine Familientempel ins Auge. Ist aber natürlich auch kein Wunder bei der Fruchtbarkeit des dortigen Bodens und der außergewöhnlichen Milde des Klimas. Und Sie haben völlig Recht, Lotte: Wenn Sie die Bauern mit ihren Wasserbüffeln ruhig ihre Reisfelder bestellen sehen, haben Sie den Eindruck, als sei der Krieg tausende Kilometer weit fort.«

Er machte eine nachdenkliche Pause. »Aber dann fährt der Zug in die Provinzhauptstadt Tschangscha ein, und das Bahnhofsgebäude ist bei einem japanischen Bombenangriff weggesprengt worden, und auf den Bahnsteigen wimmelt es nur so von Verwundeten und Flüchtlingen – da sind Sie wieder mitten drin im Krieg. Und später dann, als wir Kanton näher kamen, nahmen die Zerstörungen, ja Verwüstungen gewaltig zu, und es ist ein riesiges Glück, dass es uns nicht doch irgendwann getroffen hat. Tief aufgewühlte Bombentrichter neben den Gleisen, immer wieder ganz langsame Fahrt über nur notdürftig geflickte Behelfsbrücken, rechts und links der Strecke Wracks von Lokomotiven und Güterwagen – eine Odyssee, das können Sie mir glauben.«

»Und von Kanton nach Hongkong – wie haben Sie dieses Stück gemeistert? Normalerweise endet der Zug doch in Kanton – und die Engländer als die Hausherren in Hongkong, die sie nun mal sind, haben doch bestimmt kein Interesse daran, sich in irgendeinen Konflikt mit den Japanern einzulassen.« Lotte Ribbegg hatte sichtliches Vergnügen daran, ihrem Kollegen zu beweisen, dass sie sehr genau wusste, wovon er sprach, und sich nicht hinters Licht würde führen lassen.

»Auch da haben Sie wieder Recht, liebe Kollegin«, fuhr Schoknecht in seiner Erzählung fort, »einen Konflikt mit den Japanern wollen die Engländer wirklich nicht. Aber weil es umgedreht genauso ist, gibt es eben manch gütliche Abmachung und Einigung. Das hieß in diesem Falle: Der Zug durfte unbehelligt die achtzig Kilometer bis Kowloon, dem Festlandsteil der Kolonie, weiter rollen. Und Sie können mir glauben, Lotte, und auch Sie, meine Herren: Das war wieder so ein Moment, an dem ich zutiefst bedauert habe, dass wir nicht auch noch so eine nette kleine Kolonie in China besitzen. Was für ein gutes Gefühl ist es doch, nach drei Tagen und Nächten halsbrecherischer Eisenbahnfahrt in einem ordentlichen Hotel in ein weiches Bett fallen zu können – ohne die Angst, jeden Moment von den Japanern bombardiert werden zu können, und auch – verzeihen Sie schon – ohne die Sorge, immer vor diesen unberechenbaren chinesischen Flüchtlingen auf der Hut sein zu müssen.«

»Da haben Sie's, meine Herren«, sagte Lotte Ribbegg in einem Ton, der verriet, dass sie schon lange auf eine Situation gewartet hatte, die ihr Anlass zum Widerspruch bot, »warum ich mit diesem Mann so oft über Kreuz liege. Irgendwie will er immer noch nicht so richtig wahrhaben, dass er sich hier in einem überfallenen Land befindet. Alle Bedrohungen sind bei ihm immer eins – egal, ob sie von Japanern oder von Chinesen kommen. Und dann diese Kolonialnostalgie – Mensch, Schoknecht, Sie sind doch ein junger Mann, sie haben doch Kiautschou und Tsingtao gar nicht mehr erlebt, wie kommen Sie denn nur immer auf solche Gedanken?«

»Und Sie«, entgegnete Schoknecht, »sind wie immer ein bisschen zu sehr chinaverliebt. Die Chinesen als Engel – ich weiß nicht, ob diese Sicht auf die Dinge sehr viel glücklicher ist. In Schanghai jedenfalls, das wir dann nach einigen Tagen Schiffsreise glücklich erreicht hatten, konnten wir im Hafenbecken wieder einmal erleben, was in diesem Land ein Menschenleben wert ist. Wir hatten in einer Barkasse unser Küstenschiff verlassen, das weiter unten im Fluss vor Anker gegangen war, und sahen vor uns einen Sampan chinesischer Bauern kentern, und nun raten Sie mal, worum sich die Leute auf den anderen Sampans kümmerten? Um die nach Hilfe schreienden Ertrinkenden? Mitnichten. Aber um die herumschwimmenden Gemüsekörbe haben sie sich gesorgt – denn mit denen war ja vielleicht noch ein bisschen Geld zu machen!«

»Und was, bitte, hat das eine mit dem anderen zu tun?« Lotte Ribbegg wurde ärgerlich. »Als ob ich nicht auch von der unglaublichen Armut in Schanghai wüsste und von den Dingen, die sie da erzählen. Aber um so unseliger ist doch dieser Krieg, mit dem die Japaner das Land überziehen – und den Sie immer irgendwie entschuldigen. Ganz so, als hätten die Japaner gar nicht anders gekonnt. Aber mit der Schlacht um Schanghai, die die Japaner vom Zaune gebrochen haben und in der ein paar Hunderttausend Leute ums Leben gekommen sind – da ist doch der Wert eines Menschenlebens nur immer noch weiter gesunken!«

Sie nahm einen Schluck vom Whisky, sah Schoknecht lange an und fuhr dann fort: »Und was die Kolonien betrifft, mein Lieber: Meinen Sie denn wirklich, in Hongkong, wo Sie genau die gleichen Verhältnisse vorfinden wie in Schanghai, hätten die Engländer an dieser zum Himmel schreienden Armut irgend etwas geändert? O nein, wenn sie das gewollt hätten, hätten sie sich ja erst einmal von den Ungleichen Verträgen lossagen müssen, mit denen sie seit Mitte des vorigen Jahrhunderts ja ganz beträchtlich zur chinesischen Malaise beigetragen haben.«

Kleinert hatte bis dahin vor allem deshalb gespannt zugehört, weil er begierig darauf war, Hinweise zu erhalten, wie Tschang Li vielleicht doch noch aus Nanking heraus gekommen sein könnte. Und eigentlich hätte er Schoknecht jetzt gern gefragt, ob es in Hongkong oder Schanghai Gelegenheit zu Kontakten mit den dortigen Filialen von Buckowitz & Co. oder vielleicht sogar zu einem Gespräch mit Christian Stochlow gegeben hatte – wobei ja, möglicherweise, auch die Sprache auf die Verschollene hätte gekommen sein können. Aber nun hatte das Gespräch plötzlich eine ganz andere Wendung genommen. Ganz so, als ob sie froh waren, wieder bei ihrem Dauerthema gelandet zu sein, hatten sich die beiden Journalisten bereits nach den ersten Worten von Lotte Ribbegg so fest ineinander verhakt, dass den drei anderen am Tisch kaum noch Gelegenheit zum Eingreifen blieb. Kleinert warf einen etwas verzweifelten Blick zu Kröper und Fuchs hinüber, aber die beiden schienen an dem heftig gewordenen Disput durchaus ihre Freude zu haben.

»Ich wundere mich, Lotte«, hob Schoknecht wieder an, »dass Sie noch immer so fürchterlich sentimental sind. Als ob seit der Schlacht um Schanghai nicht etliche Monate ins Land gegangen wären! Monate, in denen die Chinesen Fehler über Fehler gemacht haben! So klar hat es doch noch nie auf der Hand gelegen: Dass die Chinesen wirklich zu schwach sind, um in einem modernen Krieg bestehen zu können.«

»Und ich wundere mich«, sagte Lotte Ribbegg, »wie eifrig Sie sich die neuesten Sätze aus Berlin über diesen Krieg zu eigen gemacht haben. Das habe ich doch schon einmal gehört mit diesem zu schwachen China – war es nicht in der Begründung der Mandschukuo-Anerkennung? Von ganz oben?«

»Lassen Sie Ihren Sarkasmus ruhig stecken.« Schoknecht ließ sich nicht aus dem Konzept bringen. »Die Tatsachen sprechen doch für sich: Sie können nicht richtig kämpfen, die Chinesen, haben keine schlagkräftige Rüstungsindustrie aufgebaut, und dann waren sie auch noch zu ungeschickt, um den Japanern einen Waffenstillstand abzuhandeln. Was wollen Sie denn da immer noch verteidigen? Natürlich ist Krieg etwas Schreckliches – aber er hilft doch auch, herauszufinden, wer in der Zukunft wirklich bestehen kann. Und da sind die Japaner nun einmal ganz offensichtlich die Besseren.«

»Und Sie sind es gewohnt, sich schnell auf die Seite der Sieger zu schlagen, was?« Lotte Ribbegg lächelte wieder. »Aber passen Sie auf, dass Sie sich nicht verrechnen dabei!«

»Wieso sollte ich das?«

»Nun«, sagte Lotte Ribbegg, »ich bin auch unterwegs gewesen. Aber im Gegensatz zu Ihnen, der Sie sich in der Etappe herum getrieben haben« – sie hatte wieder das Herablassend-Spöttische im Blick, mit dem sie ihrer Unterhaltung vom Barhocker aus gefolgt war – »habe mich in der Gegend von Hsütschou umgesehen, also direkt im Frontgebiet, und da waren die Chinesen beileibe nicht so schwach, wie Sie sie immer zu beschreiben pflegen.«

»Hsütschou? Das ist doch gerade gefallen! Vor ein paar Tagen erst, am 19. Mai, nicht wahr? Also – was soll da nicht ganz so schwach gewesen sein?« Schoknecht verfiel in ein erregtes, fast wütendes Dozieren. »Hsütschou ist – das wissen Sie doch ganz genau – ein entscheidender Eisenbahnknotenpunkt. Da trifft die von Hsi'an im Westen kommende Lunghai-Bahn auf die von Norden nach Süden führende Tientsin-Pukou-Bahn. Mit der Einnahme von Hsütschou haben die Japaner also erstens die entscheidende Verbindung zwischen Nordchina und dem Yangtse in der Hand. Damit haben sie ein wichtiges Kriegsziel erreicht – die beiden bisher voneinander isolierten besetzten Gebiete miteinander zu verknüpfen. Und damit nicht genug: Sie kommen zweitens von Hsütschou aus auch ungehindert nach Westen, nach Tschengtschou, und was das bedeutet, können Sie sich an fünf Fingern abzählen, denn von Tschengtschou aus führt die Eisenbahn direkt nach Hankou hinein. Großartig – damit ist Hankous Schicksal endgültig besiegelt. Und Sie, verehrte Kollegin, reden von ›gar nicht so schwach‹. O nein, da kann ich Ihnen wirklich nicht mehr folgen.«

»Aber Sie lassen mich ja gar nicht zu Wort kommen.« Lotte Ribbegg hatte ihr Lächeln wiedergefunden. »Männer können nicht anders, nicht wahr?« Sie warf Kleinert einen herausfordernden Blick zu. »Oder sollten ausgerechnet Sie und Fuchs und der Professor anders gestrickt sein? Ich mag es kaum glauben! Wer – übrigens – fühlt sich eigentlich verantwortlich für den Nachschub an Trinkbarem?«

Sie schob mit einer burschikosen Bewegung die leeren Gläser zusammen, und ehe Kleinert die Initiative ergreifen konnte, war der Kellner schon herangekommen. »Noch einmal dasselbe?« fragte er, und Kleinert war schnell genug, wenigstens »ja« sagen zu können. Lotte Ribbegg lächelte verschmitzt.

»Wenn Sie mir nämlich zuhören würden« – nahm sie den Disput mit Schoknecht wieder auf –, »verstünden Sie auch, dass ich gegen Ihre Schwarz-Weiß-Malerei nicht einfach eine andere setzen will, sondern dass es mir um ein komplexeres Verständnis der Dinge geht. Ich weiß, das geht Ihnen gegen den Strich – Sie denken immer, gerade das Komplexe sei etwas, das den Männern vorbehalten ist. Aber Sie werden gleich merken, dass Sie sich damit in einem großen Irrtum befinden.«

Sie blickte triumphierend von einem zum andern. »Während mein Kollege Schoknecht also in Schanghai nach dem Rechten geschaut hat, habe ich die Schlacht von Tai'erhtschuang miterlebt, und da haben die Chinesen gezeigt, dass sie den Japanern viel mehr entgegen zu setzen haben, als man nach den Niederlagen von Schanghai und Nanking vielleicht glauben mag.«

»Aber es wurde trotzdem eine Niederlage!«, konterte Schoknecht. »Und zwar eine, die sich dann in Hsütschou fortsetzte! Womit – wie ich schon sagte – den Japanern den Weg nach Hankou geebnet wurde. Was muss man denn da komplex sehen, wie Sie meinen?«

»Die Art und Weise, wie sich die Chinesen aufbäumen. Schauen Sie – hat denn nicht jeder hier gedacht, mit der Einnahme Nankings seien die Dinge für Tschiang Kai Schek und seine Leute besiegelt gewesen? Die Hauptstadt eingenommen, der Widerstand zusammengebrochen, die chinesische Armee nicht in der Lage, die Frauen und Kinder vor Gräueln zu schützen – was sollte da noch an Widerstand wachsen? Und nun das Signal Tai'erhtschuang. Mehrmals rennen die Japaner an, mehrmals werden sie zurück geschlagen. Erst, als sie ihre Truppen verdoppeln, gelingt ihnen der Erfolg. Das heißt: Es war den Chinesen gelungen, neue Truppen aufzustellen, diese neuen Truppen haben ihre Feuertaufe bestanden, und wenn es nun auch nicht gelungen ist, die Japaner wirklich zu stoppen – Sie werden erleben, dass von diesem Teilerfolg eine enorme Ermutigung für die künftigen Auseinandersetzungen ausgehen wird.«

»Es ist Wunschdenken, das Ihnen da die Rede führt.« Schoknecht blieb unerbittlich, und weil Fuchs seine Worte mit einem kräftigen Nicken begleitete, fühlte er sich in seinen Argumenten zusätzlich bestärkt. »Sie sagen, liebe Lotte – und ich habe den Spott in Ihrer Stimme durchaus nicht überhört –, ich sei ja nun mal nur in der Etappe gewesen – der japanischen zumal –, und das könne ja dann eigentlich nicht sehr ergiebig gewesen sein. Aber da irren Sie sich.«

Er schaute sie mit nachdenklich zusammen gekniffenen Augen an, lehnte sich zurück und verschränkte die Arme – ganz so, als wolle er den Gedanken, die er jetzt vorzutragen gedachte, schon im Vorhinein etwas Endgültiges, Unverrückbares verleihen.

»Denn die Erkenntnisse«, fuhr er fort, »die ich dort in vielen Gesprächen mit Leuten gewonnen habe, auf deren Urteil ich mich seit Jahren verlassen kann – o doch, die haben die weite und umständliche Reise schon gelohnt. Weil man wohl nur dort, in Schanghai, in vollem Umfang ermessen kann, was der Verlust der Ostküste für Tschiang Kai Schek und die ganze Kuomintang wirklich bedeutet. Schauen Sie, Lotte, in Schanghai hatte der Marschall immer seine wichtigsten Finanzquellen – die Seezöllen und den Opiumhandel. Aber diese Quellen sprudeln nun für andere. Und in Schanghai hatte die Kuomintang auch ihre wichtigsten politischen Wurzeln – nämlich die, aus denen ein halbwegs modernes Reformprogramm sprießen konnte. Und die sind nun ebenfalls gekappt. Die Männer, die jetzt mit dem Marschall nach Hankou gegangen sind und ihm sicher auch nach Tschungking folgen werden, mögen ja nicht die schlechtesten sein – aber sie sind hier fremd, sind Flüchtlinge, haben keine eigenen Wurzeln in dieser Gegend, keine Hausmacht. Sie sind Leute aus einer Großstadt, die zugleich Welthafen ist, sind im Ausland herum gekommen, kennen sich auf internationalen Märkten aus, sind mit den Banken verbandelt, wissen durchaus, was moderne Industrien sind – aber was sollen sie mit alle dem hier draußen anfangen?«

Er blickte selbstsicher in die Runde. »Hier herrschen wie eh und je die Großgrundbesitzer, Leute also, denen nichts wichtiger ist als die Sicherung ihrer Macht in ihren kleinen und größeren Fürstentümern. Die Modernisierungsprogramme der Kuomintang, die womöglich auch noch mit einer Agrarreform einher gehen, interessieren diese Leute überhaupt nicht. Und auch nicht die Anstrengungen des Marschalls, eine starke, straff von einem einheitlichen Oberkommando geführte Armee zu schaffen. Sie hegen und pflegen ihre Privatarmeen und quetschen die Bauern aus bis zum Letzten – ganz genau so, wie das schon ihre Väter und Vorväter getan haben. Das ist« – Schoknecht wandte sich wieder Lotte Ribbegg zu – »eine schlechte Basis für einen erfolgreichen Widerstandskrieg, finden Sie nicht?«

Anstelle seiner Kontrahentin war es wieder Fuchs, der inständig nickte, und Schoknecht schloss: »Ich glaube, womit wir es hier zu tun haben, ist eine weit über das Militärische hinaus gehenden Schwächung der chinesischen Regierung, und da finde ich es durchaus kühn, dass Sie, liebe Kollegin, immer noch an so etwas wie eine Kriegswende glauben.«

»Gut«, räumte Lotte Ribbegg ein, »das sind Faktoren, die ich vielleicht wirklich unterschätzt habe. Aber auch Ihre Argumentation, Schoknecht, scheint mit nicht ohne Lücken zu sein. Die chinesischen Generäle, mit denen ich in Tai'erhtschuang sprechen konnte, haben mir gesagt, dass Japan seinen Chinafeldzug ursprünglich nur mit fünfzehn Divisionen hatte bestreiten wollen – im Einsatz sind aber jetzt bereits sechsundzwanzig. Das bedeutet doch nichts anderes, als dass man auf japanischer Seite die Größe der Aufgabe ungeheuer unterschätzt hat. Und dabei ist doch erst ein kleiner Teil Chinas besetzt, und die chinesische Armee ist – wie Tai'erhtschuang ja gerade erst gezeigt hat – alles andere als zerschlagen! Die Generäle haben in diesem Zusammenhang übrigens einen interessanten Begriff gebraucht, der mich seitdem nicht mehr losgelassen hat. China werde, haben sie gesagt, den Raum als Waffe einsetzen. Nun, wenn das wirklich gelingt, dann wird die Japaner ein Schicksal ereilen, wie es Napoleon 1812 in Russland widerfahren ist.«

»Den Raum als Waffe – das klingt sehr überzeugend.« Zum ersten Mal schaltete sich Hermann Kröper in die Debatte ein. »Bis hierher, nach Hankou, hat ein solches Konzept wohl noch keine Chance. Da gibt es noch Eisenbahnlinien, die die Japaner nutzen können, und es gibt weite Ebenen, die schwer zu verteidigen sind. Aber wenn ich mir die unwegsamen Gebirgszüge vorstelle, die zwischen Hankou und Tschungking liegen – o doch, da scheint mir die Idee, die japanischen Truppen ins Leere laufen zu lassen, gar nicht so abwegig.«

»Es geht aber den chinesischen Strategen gar nicht nur darum, den Gegner an der Front ins Leere laufen zu lassen.« Lotte Ribbegg war sichtlich dankbar für die Unterstützung, die sie durch den Geologen erhalten hatte.

»Ich glaube, in dieses Konzept passen auch die Aktionen, die von chinesischer Seite in den bereits besetzten Gebieten gegen die Eisenbahnlinien unternommen werden. Die Chinesen haben ja schnell gemerkt, dass es den Japanern, wenn sie denn einmal an der Eisenbahn oder den großen Flussläufen entlang vorgestoßen sind, an Kräften fehlt, das ganze eroberte Land auch wirklich lückenlos zu kontrollieren. Also stoßen sie aus der Tiefe des Raumes gegen die Eisenbahnlinien vor, bringen damit den Nachschub der Japaner zum Stocken und hindern sie auf diese Weise daran, ein effektives Besatzungsregime aufzuziehen.«

»Sie reden jetzt aber von Freischärlern, liebe Kollegin«, meldete sich Schoknecht wieder zu Wort, »von Leuten, die nicht der regulären chinesischen Armee angehören!«

»Ja gewiss«, sagte Lotte Ribbegg, »warum denn auch nicht? Die Japaner kämpfen doch auch nicht nur gegen die chinesische Armee, sondern – wie es sich in Nanking besonders krass gezeigt hat, aber auch in anderen Landesteilen immer wieder vorgekommen ist – gegen die gesamte chinesische Bevölkerung. Warum also soll sich da nicht auch die gesamte Bevölkerung wehren? Nennen Sie sie Freischärler oder wie auch immer sie wollen – es sind die Bewohner eines überfallenen Landes, und sie wehren sich entsprechend.«

»Und sei es auch um den Preis, von den Kommunisten vereinnahmt zu werden!«, rief Schoknecht.

»Ach, da haben wir es wieder.« Nun war es an Lotte Ribbegg, triumphierend in die Runde zu schauen.

»Wie finden Sie das, meine Herren? Mein Kollege hat, obwohl er doch schon so lange in China ein und aus geht, immer noch nicht begriffen, dass man die chinesischen Kommunisten nicht mit der gleichen Elle messen kann, wie er das vielleicht von Deutschland gewohnt ist. Ja, haben Sie denn, lieber Schoknecht« – sie legte ihrem Kontrahenten die Hand auf den Unterarm – »noch immer nichts von der Einheitsfront gehört, die Tschiang Kai Schek mit den Kommunisten eingegangen ist? Vielleicht ja doch, weil er einsehen musste, dass ohne sie ein erfolgreicher Widerstand ganz und gar unmöglich ist?«

Aus Schoknechts Gesicht war alle Freundlichkeit gewichen.

»Und in dieser Einheitsfront« fuhr Lotte Ribbegg fort, »sehe ich im übrigen einen weiteren entscheidenden Grund für meine Annahme, dass die Japaner diesen Krieg so, wie sie ihn jetzt führen, nicht werden gewinnen können. Denn es hat sich ein neuer Widerstandswille formiert. Sie sind jetzt aufeinander angewiesen, die Kuomintang und die Kommunisten, haben ihre Kämpfe gegeneinander, die ja nichts anderes waren als ein wahnsinnig kräftezehrender Bürgerkrieg, weitgehend eingestellt, und das wird den Japanern erheblich zu schaffen machen.«

»O Gott«, ließ sich nun Fuchs wieder einmal vernehmen, »gehören Sie tatsächlich auch zu denen, die diese Einheitsfront für eine gute Sache halten?«

»Ja, zu denen gehört sie«, stieß Schoknecht wütend hervor, ohne dass Lotte Ribbegg selbst zu Wort gekommen wäre. »Und zwar schon lange, und bisher habe ich das ihrer sentimentalen Chinaliebe zugute gehalten. Jetzt aber, nach allem, was ich heute Abend hier gehört habe, finde ich diesen Umstand – das muss ich denn doch deutlich sagen – gar nicht mehr lustig.«

»Wie bitte?« Lotte Ribbegg hatte Mühe, Fassung zu bewahren. »Ich verstehe wohl nicht recht? Bisher haben wir hier Ansichten ausgetauscht und uns in der Unterschiedlichkeit dieser Ansichten akzeptiert – aber dass sich einer zum Gesinnungsprüfer glaubt aufschwingen zu müssen, das, verehrter Herr Schoknecht, haben wir hier noch nicht gehabt, und ich sage Ihnen auch klipp und klar, dass ich mir so etwas verbitte.«

Kleinert, dem nicht wohl war bei dieser Zuspitzung des Gesprächs, wollte eingreifen, aber Kröper gab ihm ein Zeichen, dies nicht zu tun, und es hätte auch gar nichts genützt, denn Schoknecht hatte sich nun vollends in Rage geredet.

»Sie haben sich gar nichts zu verbitten, Frau Kollegin«, herrschte er Lotte Ribbegg an, als ob es die fröhliche und angeregte Unterhaltung der vergangenen Stunde nie gegeben hätte, »denn es geht hier nicht mehr um einen Austausch von Ansichten, wie Sie meinen, sondern um politische Stellungnahmen, über die man sich schon ein wenig mehr Gedanken machen sollte. Dass die Einheitsfront existiert – gut, das ist Sache der Chinesen selbst. Aber dass Sie, eine Deutsche, dieser Einheitsfront auch noch positive Seiten abzugewinnen versuchen – das ist etwas ganz anderes. Ich will Ihnen sagen, was ich davon halte. Wer wie Sie meint, dass diese Einheitsfront für die Chinesen besser ist, als es ein Arrangement zwischen Tschiang Kai Schek und den Japanern gewesen wäre, wie wir es ja mit unserer Vermittlung herbeizuführen versucht hatten, der muss sich doch ernsthaft fragen, auf welcher Seite er eigentlich steht. Auf der des entschiedenen Kampfes gegen den Kommunismus, wie ihn sich Führer und Partei auf ihre Fahnen geschrieben haben und wie er – da wir hier ja über Ostasien reden – auch im Antikominternpakt mit Japan zur Verpflichtung gemacht ist, ja offensichtlich nicht.«

Das Drohende in den Worten Schoknechts hatte man nicht überhören können, und das Unbehagen, das sich nun breit machte, war fast mit Händen zu greifen. Lotte Ribbegg hatte ihr Kinn in die linke Hand gestützt und schaute durch die Männer hindurch auf die Tanzfläche. Kleinert, im Bemühen, irgend etwas Auflockerndes zu tun, hielt nach einem Kellner Ausschau. Fuchs, der sich bisher so eng an Schoknecht gehalten hatte, dass es Kleinert zuweilen schon peinlich gewesen war, schien plötzlich verunsichert, ob mit der direkten Attacke auf Lotte Ribbegg nicht doch eine Grenze überschritten worden war, und blickte starr in sein Whiskyglas. Nur Kröper, der – so hatte Kleinert gedacht – sich doch am meisten hätte erregen müssen, setzte nach einem kurzen Augenblick des Innehaltens das Gespräch fort, als ob nichts geschehen wäre.

»Es gefällt mir«, sagte er, und Kleinert brauchte eine Weile, bis er begriff, dass hier einer, der durch übereifrige Parteigenossen schon des öfteren in Bedrängnis geraten war, nicht mit Widerspruch, sondern mit der List des Lobes die Situation zu retten versuchte. »Ja, es gefällt mir, wie klar Sie uns Ihren Standpunkt darlegen. Sie haben ja völlig Recht: Man muss die Dinge in der Tat aufs Gründlichste prüfen und darf dabei vor Zuspitzungen nicht zurückschrecken. Dafür sind die Zeiten wirklich zu ernst. Also helfen Sie mir bitte, Schoknecht, mit ein paar weiteren Überlegungen zur chinesischen Einheitsfront, die Sie ja sicher parat haben, auf die Sprünge. Sie wissen, ich habe allweil mit den Leuten aus Tschiang Kai Scheks Umfeld zu tun und komme reichlich im Lande rum – da sind mir Ihre Erkenntnisse und Einsichten besonders wichtig.«

Schoknecht war schon zu sehr von seiner Mission erfüllt, um ein Ohr für das Hintersinnige in Kröpers Worten haben zu können. Außerdem war Kleinert mit der Bestellung einer erneuten Runde Whisky-Soda erfolgreich gewesen, und das frische Getränk beflügelte den Mann von den »Völkischen Nachrichten« um ein weiteres.

»Sehen Sie, Kröper«, sagte er und zog die Stirn in bedeutungsvolle Falten, »diese Einheitsfront ist doch gar nicht nur so eine innerchinesische Angelegenheit, wie manche das glauben. Passen Sie auf, ich zeige Ihnen etwas.«

Er griff in seine Aktentasche und legte einen Stapel Papier auf den Tisch, der sich als eine Sammlung von aufgeklebten Ausschnitten aus chinesischen Zeitungen mit handschriftlich beigefügten Übersetzungen ins Deutsche erwies.

»Hier können Sie sich mal ein Bild machen, was die Kommunisten so von sich geben in dieser Einheitsfront – und zwar nicht nur über die Vorgänge in China, sondern auch über uns, über Deutschland. Und das, meine ich, darf uns doch wohl beim besten Willen nicht egal sein.« Er wies auf einen Artikel aus der Hsin Hua Jih Pao. »So einen Schmutz dürfen die Kommunisten hier in Hankou drucken! In einer Zeitung, die sie auch noch ›Neues China‹ nennen dürfen.«

Fuchs, erleichtert darüber, dass sich das Klima wieder ein wenig entspannt hatte und ihm zugleich Gelegenheit gegeben war, Schoknecht seiner ausdrücklichen Nähe zu versichern, begann aus dem Artikel vorzulesen. Es sei, vernahm Kleinert, an der Zeit, diejenigen Leute in der Regierung entschieden zu bekämpfen, die auch jetzt, im Frühsommer 1938, wieder versuchten, China zu einer Annäherung an Deutschland und Italien zu bewegen. Deutschland und Italien hätten Japan so offen und unverhohlen Unterstützung bei seinem Aggressionskurs gegen China gewährt, dass eine Zusammenarbeit mit diesen beiden Mächten nur zur Unterwerfung Chinas unter japanisches Diktat führen könne. Eine solche Unterwerfung aber stehe im krassen Gegensatz zur Linie der Einheitsfront, den Aggressor Japan aus dem Landes zu jagen.

»Na«, meldete sich Schoknecht wieder zu Wort, als Fuchs zu Ende gelesen hatte, »da kann es doch keinerlei Zweifel geben, nicht wahr? Das sind doch ganz klar antideutsche Positionen! Und da gibt es doch wohl nichts und gar nichts zu tolerieren!«

»Ach, Schoknecht.« Lotte Ribbegg seufzte. Sie war nun sichtlich erregt und zündete sich mit unruhigen Bewegungen eine Zigarette an. Aber ehe sie sich erneut in einen Streit mit Schoknecht begeben konnte, war ihr Paul Kleinert schon zuvorgekommen.

»Entschuldigen Sie, Schoknecht, aber sehr überzeugend finde ich das nicht, was Sie da sagen. Was meinen Sie denn mit antideutschen Haltungen? Was ich aus diesem Artikel heraus höre, ist, dass die chinesischen Kommunisten meinen, unsere Regierung verhalte sich projapanisch. Nun, ich kenne genügend Deutsche, die mit den Kommunisten und ihren Ansichten überhaupt nichts am Hut haben – Politiker, Militärs, Handelsleute, Journalisten – und trotzdem seit den Ereignissen dieses Frühjahrs der gleichen Auffassung sind. Und auch Sie selbst werden ja wohl kaum ernsthaft behaupten wollen, die Anerkennung Mandschukuos, der Abzug der Beraterschaft, die Abberufung Trauthoffs und der Stop der Waffenlieferungen an den Marschall seien prochinesische Aktionen gewesen. Das sind sie nicht. Und es sind auch keine Aktionen der Neutralität, wie hier und da noch zu hören ist. Nein, nein, das kann man drehen, wie man will: Unser Land hat sich mit deutlicher Entschiedenheit an die Seite Japans gestellt, und wer China entschlossen verteidigen will – und das wollen die Kommunisten ja offensichtlich –, der muss dann wohl auch die deutsche Politik entsprechend verurteilen. Egal, ob uns das gefällt oder nicht.«

»Was haben Sie nur für windelweiche Ansichten!« Schoknecht fühlte sich wieder herausgefordert. »Schauen Sie doch einfach mal genauer hin! Die Hsin Hua Jih Pao bezeichnet Japan, Italien und Deutschland als Eroberermächte! Gegen die sich die demokratischen Staaten zusammen zu schließen hätten! Ich bitte Sie – das ist eine offene Kampfansage!«

»Ja, Sie haben Recht.« Kröper versuchte sich ein zweites Mal in der Strategie, Schoknecht durch nachfragendes Interesse davon abzubringen, aus dem Disput heraus immer wieder persönliche Angriffe zu entwickeln. »Das ist tatsächlich eine Kampfansage. Und wie, meinen Sie, sollten wir mit dieser Kampfansage umgehen?«

»Nun, ich für meinen Teil«, antwortete Schoknecht, »habe mich mit dem Presseattaché unserer Botschaft dahingehend verständigt, dass ich ihn bei der Durchsicht der Presse nach solchen offensichtlichen Hetzartikeln unterstützen werde. Ich weiß, dass er in solcher Angelegenheit schon mehrmals im chinesischen Außenministerium vorstellig geworden ist, und ich meine, dass er darin auch nicht nachlassen sollte. Denn es ist natürlich unsere Pflicht, in der Regierung all die vielen zu unterstützen, die die noch vor kurzem so glänzenden Beziehungen zu Deutschland gerade jetzt, da das alles etwas schwierig ist, mit Klauen und Zähnen verteidigen.«

Er erhob sich unvermittelt, gab, indem er betont energisch die Knöpfe seines Zweireihers schloss, zu verstehen, dass er den gemeinsamen Abend für beendet ansah, und fügte im Abgehen mit einer Stimme, in der ein drohender Unterton nicht zu überhören war, hinzu: »Ganz gewiss nicht zu unseren Pflichten dürfte es jedoch gehören, uns an allem möglichen Einheitsfrontgewäsch zu beteiligen. Man tut das einfach nicht – ins Bett zu steigen mit Leuten, die in ihrer Hetzpresse das eigene Land und dessen Freunde mit

Dreck bewerfen. Ich empfehle Ihnen dringend, meine Herren, und auch Ihnen, Frau Ribbegg, sich das noch einmal gründlich durch den Kopf gehen zu lassen.«

Fuchs war der erste, der nach dieser überraschenden Sprengung ihrer Runde die Sprache wieder fand. Kein Wunder, dachte Kleinert, er hatte sich auch eng genug an Schoknecht gehalten, um sich von dessen Drohungen nicht gemeint fühlen zu müssen. Und war das nicht auch ganz folgerichtig? Es war doch nun einmal so: Nur selten änderten die Leute ihre einmal gefassten Ansichten. Schon vor acht Jahren in Tientsin hatte sich der Schriftsteller ja auf die Seite derjenigen geschlagen, die Ostasien gern als etwas einheitliches Ganzes hatten sehen wollen und sich dabei einen Teufel darum scherten, dass dies so, wie die Dinge nun einmal lagen, ohne eine Zerschlagung Nationalchinas nicht zu haben sein würde. Dabei hatten die japanischen Bestrebungen, ihre Großostasien-Pläne in die Tat umzusetzen, damals noch in den Kinderschuhen gesteckt! Was Wunder, dass sich Fuchs jetzt, da sie diesen Kinderschuhen längst entwachsen waren und eine Großostasien-Karte bereits den ganzen chinesischen Norden und Osten als von Japan beherrscht ausweisen musste, in seinen damaligen Auffassungen vollständig bestätigt fühlte! Und genau so redete er nun auch auf Kleinert ein.

»Ich habe es Ihnen immer und immer wieder gesagt, lieber Paul: Sie werden sich früher oder später in Ihrer Hingabe an dieses Land verlaufen! Nicht, dass ich Ihre Verdienste nicht schätzen würde – o ja, die sehe ich sehr wohl, und Sie wissen ganz genau, dass ich sie anderen gegenüber auch immer gewürdigt habe. Was für ein Unsinn wäre es auch gewesen, dies nicht zu tun! Mit Ihrem Vertrag haben Sie ja Geschichte geschrieben!« Er lachte wieder sein dröhnendes Lachen. »Aber Sie sind«, setzte er mit beschwörender Stimme hinzu, »immer ein wenig zu dicht dran an den Chinesen, gestatten sich keine Distanz zu ihnen, und das macht Sie eng in Ihrer Sicht auf die Gesamtlage.«

Er warf einen Blick in die Runde, ob es sich lohnen würde, ein weiteres Mal nach dem Kellner zu rufen, stieß dabei auf Ablehnung und zögerte eine Weile, ob er trotzdem weiter reden sollte. Da aber niemand Anstalten machte, zu gehen, ließ er seine Bedenken wieder fahren und fuhr fort:

»Schoknecht hat doch Recht, wenn er die Frage darauf hin zuspitzt, was wir Deutschen wollen. Wollen wir ein China, das von den Kommunisten beherrscht wird, oder wollen wir eines, das sich mit den Japanern arrangiert? Deutschland braucht einen großen Markt in Ostasien, und Deutschland braucht einen zuverlässigen politischen Verbündeten. Für beides ist Japan ein sicherer Garant. Und was ist China? Wenn Hankou genommen ist – und das wird ja nun wahrscheinlich nur noch ein paar Wochen dauern –, erst einmal gar nichts mehr.«

Die anderen schwiegen.

»Lassen Sie's gut sein, Fuchs«, sagte Kröper nach einer Weile. »Wir haben von dieser Art Belehrung, glaube ich, erst einmal genug.«

»Dann nichts für ungut.« Fuchs spürte nun doch, dass er am Tisch keine guten Karten mehr haben würde. »Es hat mich trotz allem sehr gefreut, und, lieber Paul« – er fand auch jetzt wieder zu seiner polternden Fröhlichkeit zurück – »da wir uns nun schon das dritte Mal begegnet sind, wird es sicher auch ein viertes Mal geben. Bis dahin also!«

Unter den am Tisch Zurückgebliebenen breitete sich Nachdenklichkeit aus.

»Das ist starker Tobak, den uns Schoknecht und Fuchs da geboten haben, nicht wahr?«, brach Lotte Ribbegg das Schweigen. »Ich kenne Schoknecht ja nun schon eine ganze Weile, und gestritten haben wir uns oft, aber dass nun eine solche Schärfe in seine Rede gekommen ist ... Umso mehr danke ich Ihnen beiden, dass Sie sich so deutlich auf meine Seite geschlagen haben.«

»Der Dank ist ganz auf meiner Seite«, sagte Kröper. »Denn das ist doch vielleicht ein wichtiger Gewinn dieses Abends: Gespürt zu haben, dass es da auch noch andere gibt, die nicht alles einfach so hinnehmen, wie es ihnen vorgesetzt wird.«

»Ich schließe mich dem Dank meines Freundes Kröper gern an«, sagte Kleinert. »Wissen Sie, was mir gerade durch den Kopf geht? Wie deutlich Botschafter Trauthoff diesen Kurswechsel in Berlin schon vor Monaten voraus gesehen hat und wie klar ihm war, dass das auch erhebliche Personalkonsequenzen mit sich bringen wird. Die neuen Leute stehen schon bereit, hat er gesagt, und heute, glaube ich, haben wir einen von diesen neuen Leuten erlebt.«

»Ja gut«, sagte Kröper, »aber was machen wir nun?«

»Ich denke«, sagte Lotte Ribbegg, »dass wir uns zuerst einmal noch einen gemeinsamen Schuck Whisky verdient haben.« Sie winkte einen Kellner heran.

»Und was die Zukunft betrifft, so glaube ich nach wie vor daran, dass hier draußen nichts so heiß gegessen wird, wie es gekocht wird. Da mögen sich Leute wie Schoknecht so sicher sein, wie sie wollen: Der Ausgang des Krieges ist völlig offen, und so wird auch unsere Meinung gefragt bleiben.«

»Das glaube ich durchaus«, erwiderte Kröper. »Auch ich denke, dass ich hier weiter mein Auskommen finden und mit einigem Glück von Attacken übereifriger Nazis verschont bleiben werde. Aber die Dinge haben natürlich noch eine andere Seite, und wie ich mit der umgehen werde, weiß ich beim besten Willen noch nicht. Ich will nun den Belehrungen, die uns Schoknecht und Fuchs haben zu Teil werden lassen, weiß Gott nicht noch weitere hinzu fügen, aber in Erinnerung rufen sollten wir uns schon, was vielleicht unter dem Eindruck der hiesigen Bombardierungen und unserer Sorgen mit der Kriegslage insgesamt manchmal in Vergessenheit gerät: Seit März gehört Österreich zum Reich, und wenn ich die Zeitungsmeldungen richtig deute, dann wird in Berlin schon sehr offen darüber geredet, dass bald auch die Tschechoslowakei besetzt werden soll.«

Er machte eine Pause, weil die Getränke kamen, und fuhr fort: »Wir sind also tatsächlich Bürger eines Landes geworden, das – da hat die Hsin Hua Jih Pao ja völlig Recht – ebenso wie Japan zu den Eroberern gehört. Ich weiß nicht, wie Sie das beurteilen – mir macht es, das bekenne ich ganz offen, ziemlich zu schaffen.«

»Mir auch«, sagte Lotte Ribbegg, »aber ich fürchte, wir werden da heute Abend keinen Ausweg finden. Lassen Sie uns anstoßen nochmal – und dann: Wir sind ja alle nicht aus der Welt. Warum sollen wir unser Gespräch nicht irgendwann fortsetzen?«

»Ja«, sagte Kleinert, »das ist eine gute Idee.«

Sie machten sich gemeinsam auf den Heimweg, und da Hermann Kröper der erste war, der sich verabschiedete, fand sich Kleinert plötzlich allein mit Lotte Ribbegg. Schweigend gingen sie weiter und nahmen erst jetzt das grausig faszinierende Schauspiel wahr, das sich ihnen vom anderen Ufer des Yangtse her bot.

Dort lag Wutschang, die Arbeiterstadt der großen Dreierstadt Wuhan, und Flammenschein markierte die Viertel, gegen die die Japaner wieder Bombenangriffe geflogen hatten. Zu hören war nur ein leises, dumpfes Grollen – zu weit entfernt waren sie vom Ort des Geschehens, als dass sie Zeuge hätten werden können der Schreie der Getroffenen und des Lärmes der Flüchtlinge. Aber sofort standen Kleinert die Nankinger Bilder wieder vor Augen. Da hatte ihn nicht der breite Strom von den Bränden getrennt, da war er selbst mitten hinein geraten, und mit ihm Tschang Li, von der er noch immer keine Nachricht hatte.

Lotte Ribbegg, schwer vom Whisky und müde vom langen Gespräch, schmiegte sich an ihn, und er legte mehr instinktiv als zielstrebig den Arm um sie. »Dass man den Blick nicht wenden kann von der seltsamen Schönheit des Feuers«, flüsterte sie, »wenn es nur weit genug weg ist und einem nichts anhaben kann.«

Er strich ihr übers Haar, noch immer mechanisch, als ob es gar nichts mit ihr zu tun hatte, und mit einem plötzlichen Erstaunen, als er gewahr wurde, dass sie nicht klein und zart war wie Lisa, sondern so groß wie er selbst, und mit dem gleichen Erstaunen fand er ihre wartenden Lippen, und ihm fiel ein, wie begeistert er diesen Mund schon angeschaut hatte, als sie an der Bar gesessen hatte mit ihrer aufreizenden Zigarettenspitze und Brüsten und Hüften, die sie ihn nun in ihrer ganzen Fülle spüren ließ.

»Kommen Sie mit zu mir«, sagte Lotte Ribbegg, als sie sich wieder voneinander gelöst hatten, und in ihrer Stimme klang nur wenig Alkohol, aber viel bodenschweres, Geborgenheit heischendes Verlangen. »Ich mag solche Stillen, wie Sie einer sind.«

»Dann ist es ja gut«, sagte Paul Kleinert und umarmte sie wieder, und fast war es ihm, als trüge sie ihn hinfort auf ihrem weichen, großzügigen Leib, und die Feuer in der Ferne verschmolzen zu einem seltsamen Widerschein von Traurigkeit und Glück, der auch, als sie längst in ihrem breiten, freundlichen Bett in so unverhoffter wie seliger Vertrautheit eingeschlafen waren, nicht aus seinen Träumen weichen wollte.

Kapitel 16

Auch in Peking – merkte Paul Kleinert – gab es heiße Sommer. Und trockene dazu. Der Jahrgang 38 jedenfalls war ein schlagender Beweis dafür. Wie gut, dass es grünen Tee gab und die schöne Gewohnheit, die Blätter, die man am Morgen in die Kanne gegeben hatte, durch immer neue Aufgüsse aufzufrischen. Der durststillende herbe Geschmack blieb auf diese Weise erhalten, aber die aufputschende Wirkung hielt sich in erträglichen Grenzen. Und sparsam – natürlich – war es auch.

Der Mann, der Paul Kleinert gerade mit solcherart frischem Aufguss versorgte, hätte von der Sanftheit seiner Stimme und der Fürsorglichkeit seines Gebarens her Seelsorger oder Hausarzt sein können, aber er war keines von beidem, sondern Rechtsanwalt, und auch in diesem Beruf war er nur noch gelegentlich und höchstens für ein Freundschaftshonorar zu Hause. Seinen Lebensunterhalt verdiente er sich mit Kunsthandel, und weil er dabei mit den Jahren ein nicht unbeträchtliches Geschick für feine, aber gewinnträchtige Geschäfte entwickelt hatte, blieb ihm nun von Monat zu Monat mehr Zeit für das, was ihm recht eigentlich ans Herz gewachsen war: die Übertragung klassischer chinesischer Theaterstücke ins Deutsche.

Nach Peking gekommen war dieser Victor Schafstetten einst, weil ihm kurz nach dem Weltkrieg die Regelung der Erbschaft einer alteingesessenen chinadeutschen Familie übertragen worden war, und eigentlich hatte er es dabei auch bewenden lassen und nach Deutschland zurück kehren wollen. Die Dinge hatten ihn dann aber viel länger in China fest gehalten, als zu erwarten gewesen war, und weil er kein Mann des Müßiggangs und der Langeweile war, hatte er die Zeit zu einer Vertiefung seiner Sprachkenntnisse und zu allerlei Literaturstudien genutzt und auf diese Weise allmählich begonnen, den Verzögerungen etwas Erfreuliches ab zu gewinnen. Warum, hatte er immer öfter gedacht, sollte man das hektische Tempo einer Hamburger Anwaltskanzlei nicht gegen die Geruhsamkeit eines kleinen Pekinger Büros eintauschen – eines Büros, dessen Betrieb einem auch Zeit für anderes lassen würde? An Aufträgen aus der Pekinger und Tientsiner deutschen Kolonie würde kein Mangel sein, die Deckung der notwendigsten Ausgaben mithin nie gefährdet. Also hatte er seine Rückreisepläne immer weiter hinaus gezögert, dann gänzlich aufgegeben, und als sein Entschluss zum Bleiben ein endgültiger geworden war, hatte er in einiger Entfernung von der internationalen Niederlassung ein Grundstück erworben und damit begonnen, sich ein

Anwesen aufzubauen, dem schon bald anzusehen war, dass dem Anwaltlichen hier nur noch eine Nebenrolle zukommen würde. Zunächst hatte er sich ein Wohnhaus mit zweckmäßig und zugleich poesievoll gestalteten einfachen Räumen für die Bibliothek und seine Übersetzungsarbeiten eingerichtet, und später waren noch Werkstätten hinzu gekommen, in denen er gemeinsam mit einer Handvoll chinesischer Assistenten seine Texte selbst druckte und zu fertigen Büchern band.

Kleinert war zunächst überrascht gewesen, als Hsü Tao Lin ihn gleich, nachdem er in Peking eingetroffen war, aufgefordert hatte, mit ihm gemeinsam zu Schafstetten hinaus zu fahren. Diese Überraschung aber war schnell verflogen, als er merkte, wie stark die geistige Verwandtschaft zwischen diesen beiden Männern war – dem Pekinger mit seiner Liebe zur deutschen und dem Hamburger mit seiner Liebe zur chinesischen Literatur.

Und es erfüllte Kleinert mit einem lange nicht gehabten Glücksgefühl, dass Hsü ihn ohne langen Umweg teil haben ließ an dieser Freundschaft. Nein, das hätte er sich auf dem strapazenreichen und abenteuerlichen Weg, auf dem er hierher gelangt war, nicht träumen lassen: dass er schon so bald in gelassener Selbstverständlichkeit mit Freunden würde beieinander sitzen können. Einmal mehr beschämte ihn die leise und unaufdringliche Energie, mit der Hsü ihre Beziehung behütete und pflegte und mit sicherem Gespür seinen – Kleinerts – Wünschen und Bedürfnissen entgegen kam.

Er blickte sich um. Von einer Mauer umfasst, die bis auf Traufhöhe des ebenerdigen Wohnhauses und der ebenso flachen Werkstätten aufragte, bot das Schafstettensche Anwesen in seinem offenen Innenraum Platz nicht nur für verschiedene Sitzgruppen, sondern auch für eine kleine Theaterbühne, und die Pappeln, die der Hausherr gepflanzt hatte, als mit dem Bau gerade begonnen worden war, hatten sich als schnellwüchsig genug erwiesen, um nun schon reichlich Schatten spenden zu können, und sie machten ihrem Ruf, für den Namen »Pappelhof« verantwortlich zu sein, alle Ehre.

Was Wunder, dachte Kleinert, dass in einer solchen Umgebung des tiefsten Friedens all das, was ihn aufgewühlt hatte in den vergangenen Monaten, bereits in einer fernen, kaum noch erkennbaren Vergangenheit zu liegen schien: Hsüs unzufriedene Abreise aus Nanking damals, 1936, als sie über den Antikominternpakt in Streit geraten waren; dann die Ungewissheit, was der Krieg in Nordchina für den Freund und dessen Pläne, seine Karriere an der Universität in Peking fort zu setzen, bedeuten würde; später die Wirren und Ängste in Nanking; schließlich die neuerliche Ungewissheit über das Schicksal Hankous.

Und was für ein erstaunlicher Gastgeber war dieser Schafstetten! Er musste die Siebzig schon um einiges überschritten haben, und sein glatt rasierter Schädel verriet ebenso wie der hoch geschlossene, kragenlose Anzug alter chinesischer Machart, der seine hagere Gestalt umgab, dass er sich mit den Jahren immer mehr eins fühlte mit den Helden seiner Bücher und wohl auch dem einen oder anderen der chinesischen Nachbarn, die, wie er erzählte, ihm gern und voller Bewunderung Besuche abstatteten. Ein Chinadeutscher, dem die aufgeregte Betriebsamkeit der Handelskontore ebenso fremd geworden war wie die Routine der Botschaftsbüros und die Langeweile der Deutschen Klubs – und mit welch bewundernswerter Konsequenz hatte er sich von all dem zu lösen gewusst! Hatte sich seine eigene Welt geschaffen, bestimmte selbst, mit wem er Umgang pflegte und mit wem nicht, und das, was er produzierte in dieser Welt, schien für die Ewigkeit gemacht.

Freundlich lächelnd hatte er einiges davon präsentiert, als er sie zur Begrüßung zu einem Rundgang durch die Werkstätten eingeladen hatte. O nein, das waren nicht einfach nur Bücher, die da unter Schafstettens sorglicher Hand entstanden – das waren Kunstwerke hohen Ranges.

In einem ersten Raum, in dem der Hausherr gemeinsam mit zwei chinesischen jungen Leuten, die sich als Germanistikstudenten vorstellten, an den Übersetzungen arbeitete, zeugten lange Reihen von Wörterbüchern und Nachschlagewerken von der Akribie, mit denen hier darum gerungen wurde, nicht nur die Poesie der chinesischen Theatersprache so treffend wie nur irgend möglich ins Deutsche zu bringen, sondern auch ihrer feinsinnigen Gesellschaftskritik gerecht zu werden.

»Schauen Sie dort«, hatte Schafstetten erklärt. »Dort liegen etwa ein Dutzend unterschiedlicher chinesischer Fassungen des Dramas ›Die Päonienlaube‹, mit dessen Übersetzung wir jetzt gerade fertig geworden sind. Meine Freunde« – er hatte auf die beiden Studenten gewiesen – »sind sie alle durch gegangen, diese verschiedenen Varianten des Stücks, um die besten von ihnen aufzuspüren, und mir blieb dann die Aufgabe, zu entscheiden, welche als die ursprünglichste gelten könnte. Das mag Ihnen etwas seltsam erscheinen – dass ein einmal geschriebenes Schauspiel in so unterschiedlicher Form existieren kann, aber bedenken Sie: Der Dichter der ›Päonienlaube‹, Tang Hsiän Tsu, lebte von 1550 bis 1617. Das ist lange her, und es war die letzte Phase der Ming-Dynastie. Schon kurze Zeit später kamen die Mandschu an die Macht, begründeten die Tsching-Dynastie – ja, genau: dieselbe, die dann bis 1911 reichen sollte – und sie verhielten sich, wie das in der Geschichte sehr oft der Fall ist: Sie schmähten alles, was ihre Vorgänger geleistet hatten. Das galt auch für die Literatur – und zwar umso mehr, als die Mandschu ja doch Fremde im eigentlichen chinesischen Kernland waren. Und so war es ihnen nicht geheuer, was sich da womöglich an Konterbande aus den alten Texten gegen sie würde wenden können. Also taten sie, was man in solchen Fällen immer tut: Sie setzten Zensoren ins Amt, die dafür sorgten, dass mal der eine, mal der andere Aufzug des einen oder anderen Dramas kurzerhand gestrichen wurde und manche der Stücke auch ganz und gar von der Bildfläche verschwanden. Da sehen Sie – wir übersetzen nicht nur, sondern haben auch etwas von Restauratoren an uns.«

Im nächsten Raum lagen sorgsam aufgeschichtet die Buchblöcke, die darauf warteten, in blau lackierte Leineneinbände eingehängt zu werden. »Über das Material dieser Einbände bin ich nicht glücklich«, hatte Schafstetten gesagt, »denn der wundervolle Text hat Besseres verdient. Aber was will man machen – es ist Krieg, und da kann man sich nicht alle Wünsche erfüllen. Aber umso mehr freue ich mich, dass ich diese herrlichen Holzschnitte erwerben konnte.«

Er hatte Kleinert ein schon fertiges Exemplar des Buches in die Hand gelegt und ihn aufgefordert, ein wenig darin zu blättern, und tatsächlich waren die auf besonders saugfähigem, weichem Papier gedruckten, mit zartem Pergament gegen den Textdruck der gegenüber liegenden Seite geschützten fein ziselierten Szenenbilder nicht zu übersehen gewesen. »Stellen Sie sich vor«, hatte der Hausherr geschwärmt, »sie stammen von einem unbekannten Künstler, der ebenso wie Tang Hsiän Tsu in der Ming-Zeit gelebt hat. Bessere Illustrationen hätte ich mir nicht wünschen können.«

Als sie dann in der Nachbarwerkstatt die fast altertümliche Tiegeldruckmaschine bewundert hatten und die Setzkästen, an denen zwei weitere junge Mitarbeiter Schafstettens die Druckplatten des nächsten Buches vorbereiteten, hatte Kleinert noch einmal einen Blick in das fertige Werk geworfen, von dem er natürlich hoffte, dass er es würde erwerben können, und voller Überraschung festgestellt, dass ganz vorn, dort, wo Schafstetten seinen Mitarbeitern mit einer kurzen Würdigung Dank abstattete, auch der Name Hsü Tao Lin verzeichnet war – des guten Rates wegen, wie er las, mit dem er dem Übersetzer zur Seite gestanden hatte.

Das ist Hsü, wie er leibt und lebt, dachte Kleinert jetzt, da sie sich unter den Pappeln gegenüber saßen. Hatte ihn mit keiner Silbe darauf vorbereitet, dass er nicht einfach nur Besucher bei Schafstetten war, sondern an dessen Werken seinen Anteil hatte! Und war mit freundlichem Gleichmut auch all den Erklärungen Schafstettens während des Rundgangs gefolgt, die ihm ja nun ganz gewiss nichts Neues hatten bringen können. Da war sie wieder, die Sicherheit, die Kleinert an ihm von Beginn ihrer Freundschaft an bewundert hatte, und die Bescheidenheit, die aus dieser Sicherheit erwuchs. Wo nahm dieser Mann das nur alles her? Sie war – das merkte er nun von neuem – alles andere als eine Marotte gewesen, jene feierliche Übergabe der Goethe-Zeitung, mit der er sie damals, im Herbst 32, in Herbert Howes Berghütte im Laoschan überrascht hatte. Nein, diese Liebe zur deutschen Sprache, zur deutschen Kultur war wirklich ein beständiges, unverrückbares Maß in seinem Leben, und es war ein Wunder, wie dieses Maß die so unterschiedlichen Felder seines Wirkens gleichzeitig prägte.

Denn noch immer war Hsü ja auch politisch tätig, hatte sich ja nicht zurück gezogen in den Elfenbeinturm eines Studierzimmers, und wenn es anders gewesen wäre, hätte sich Kleinert auf den komplizierten Weg nach Peking auch gar nicht machen können. Nein, sie waren noch immer genau da, wo sie sich begegnet waren in Berlin vor fast genau zehn Jahren: bei Tschiang Kai Schek und Deutschland, und dass das immer auch mit Büchern zu tun hatte – nun, das war ihnen offensichtlich so vorgezeichnet, und sie wären, dachte Kleinert, doch töricht, wenn sie es nicht als beglückende Fügung nähmen. Zumal jetzt, da sie sich von Schafstetten verwöhnen ließen.

»Ich brauche Sie wieder einmal in delikater Angelegenheit, Ke Lan Pao *hsiänscheng*«, hatte der Marschall ihm in Hankou mitgeteilt und ihn schnell davon überzeugt, dass er mit einer Reise nach Peking seinem Dienstherrn wohl weitaus nützlicher würde sein können, als wenn er sich in der zeitweiligen Kriegshauptstadt am allgemeinen Warten auf das voraussehbare Ende beteiligte oder in Tschungking Planungsarbeiten betriebe, die Gefahr liefen, ins Leere zu gehen, solange die Verlagerung der gesamten Regierung noch nicht wirklich vollzogen war. In Peking aber werde er Hsü Tao Lin treffen können, und der werde ihm – so der Marschall – ganz sicher ein zuverlässiges Bild davon vermitteln können, ob man der von den Japanern eingesetzten chinesischen Übergangsregierung tatsächlich Erfolgschancen einräumen müsse.

»Hsü kennt eine Menge Leute«, hatte Tschiang betont, »ich konnte mich auf seine Analysen immer verlassen. Und wenn es gelingen sollte, dass Sie dann auch noch ein paar Eindrücke davon mitbringen, wie Ihre eigenen Landsleute die Dinge in Nordchina sehen, bin ich ganz sicher, dass die Anstrengung, diese gewiss etwas mühselige Reise zu unternehmen, nicht umsonst sein wird.«

Mühselig, dachte Kleinert, war ein treffendes Wort für das, was ihn dann erwartet hatte. Die Schanghai-Tour, von der Wolf Schoknecht in Hankou berichtet hatte, mochte ja schon manches Abenteuer bereit gehalten haben – gegen den Weg nach Peking aber war sie wohl doch ein Kinderspiel, denn nur das erste und das letzte Stück der mehr als tausend Kilometer langen Strecke hatte Kleinert mit der Eisenbahn zurück legen können. Dazwischen – und durch die Front hindurch – hatte er sich in Fahrerhäuser von Lastwagen gequetscht, nicht selten mit einem Platz auf der Ladefläche vorlieb nehmen müssen, ein paar Tagesreisen ganz und gar auf holpernden Eselkarren zugebracht und das Leben in den chinesischen Dörfern und kleinen Städten aus einer Perspektive kennen gelernt, wie sie ihm bis dahin immer fremd geblieben war.

Weit entfernt waren sie nun gewesen, die Restaurants, in denen vier, fünf oder sechs Gerichte gleichzeitig auf den runden Drehplatten standen. Reis mit sauer-scharf eingelegtem Gemüse oder Reis mit Kohl, dazu ein oder zwei Dampfbrötchen – das war über viele Tage hinweg früh, mittags und abends die immer wieder kehrende Speisefolge, zu der nur selten auch ein kleines Stück Fleisch gehörte. Und nicht leicht war es ihm gefallen, sich an die Kargheit der schmutzigen kleinen Herbergen zu gewöhnen, in denen er übernachtete, und an die Armut, die ihm noch schlimmer vorgekommen war als die in den Gassen von Nanking oder Schanghai.

Aber er war durchgekommen, und es war nicht wenig Befriedigung in ihm über diese Tatsache, denn er hatte das Gefühl, eine wichtige neue Bewährungsprobe bestanden zu haben. Es war ihm, als bekomme durch diese Erfahrungen sein China-Dasein nun erst seinen richtigen Sinn. Natürlich war es absurd, dachte er, dass es des Krieges bedurfte zu solcher Sinnstiftung. Aber so war es nun einmal, und er versuchte, aus seinen Eindrücken etwas

Bleibendes für sich zu machen, etwas, das, so hoffte er, sein künftiges Handeln würde beeinflussen können.

Wie das genau gehen könnte – davon hatte er freilich noch keine Ahnung. Jetzt erst einmal hafteten die Bilder in seinem Kopf: von den Kindern, die in Scharen in den Gassen der Dörfer spielten mit kaum einem Fetzen auf dem Leib, mitten zwischen den schmutzigen, stinkenden Rinnsalen, an denen sich grunzende Schweine und streunende Hunde zu schaffen machten, und wie sie fröhlich aufjauchzten, wenn sie ihn, den *waiguojen*, den Fremden, den »Menschen von außerhalb des Landes«, entdeckten, neugierig zusammen liefen und lebhaft gestikulierend mit weit ausgestreckten Armen und spitzen Zeigefingern auf ihn wiesen, um dann doch in respektvollem Abstand zu verharren und sich mit aufgeregtem Schnattern zu begnügen; von den Frauen, die er auf den Feldern gesehen hatte, wo sie in der brennenden Sonne auf knochenharter Erde mit primitiven Gerätschaften Schwerstarbeit verrichteten, gehüllt in grobleinene dunkelblaue Hosen und Jacken, in denen man sie dann auch abends noch in den Gassen treffen konnte, wenn sie geschäftig Besorgungen zu erledigen hatten; von den Männern, die auf den Feldern fehlten, weil sie vielleicht für den Kampf in der Armee des Marschalls mobilisiert worden waren, vielleicht auch, nachdem ihre Dörfer in japanische Hand geraten waren, sich irgendwo zu bewaffnetem Widerstand zusammen gefunden hatten oder – auch das war möglich – von den Japanern zu Patrouillen- und Polizeidiensten rekrutiert worden waren.

Sie waren ihm in all diesen Rollen auf den Straßen und Feldwegen, über die ihn seine Reise führte, begegnet, diese Männer: blutjung noch oder schon etwas älter, schlecht gekleidet und nur spärlich ausgerüstet zumeist, und nur schwer war ihr Woher und Wohin zu deuten – der Krieg spielte auf beiden Seiten der Front ein seltsames Spiel in diesen weiten, unüberschaubaren Landschaften fernab der Eisenbahnlinien. War es Flucht, auf der sich die Einheiten Tschiang Kai Scheks im noch unbesetzten Gebiet befanden, oder wurde eine neue Auffangstellung formiert? Die Richtung der Kolonnen gab darüber keine Auskunft. Und waren die Freischärler schon im Kampf, oder suchten sie noch in Bergen und Schluchten nach Deckung und verborgenen, unzugänglichen Quartieren? Auch das – natürlich – war aus der Bewegung der kleinen Trupps nicht heraus zu lesen. Wie hatte Lotte Ribbegg gesagt? Den Raum als Waffe würden sie benutzen, die Chinesen, und würden die Japaner damit ausbluten in den von ihnen eroberten, aber nie wirklich unter Kontrolle zu bringenden Gebieten. Und tatsächlich hatten sich Kleinert zwei Eindrücke besonders eingeprägt: zum einen, dass die Freischärler in etlichen Dörfern wohl gut gelitten sein mussten, denn nicht selten sah man sie ohne Argwohn an Feldrändern entlang marschieren, wo sie – andere Verhältnisse voraus gesetzt – leicht hätten verraten werden können; und zum anderen, dass er nur selten auf größere Einheiten japanischer Soldaten getroffen war.

Die aber hatten dem Ausbluten, von dem Lotte Ribbegg in ihrem Bemühen, ein treffendes Bild zu finden, so leichthin gesprochen hatte, auf einer Station seiner Reise ein grausig reales Gesicht gegeben. Ein Schwarm Krähen war es gewesen, der ihn und den Bauern, der sich gern bereit erklärt hatte, ihn für ein Zubrot auf seinem Eselkarren zur nächsten Kreisstadt mit zu nehmen, auf halbem Wege mit lautem Krächzen und wildem Zank um offensichtlich Fressbares darauf aufmerksam gemacht hatte, dass Ungewöhnliches geschehen sein musste mitten in den Feldern, und wenig später hatte er gewusst, dass es eine Lüge war, wenn von manchem in Hankou behauptet wurde, nach der Einnahme Nankings habe es keine Gräueltaten der japanischen Soldaten mehr gegeben. Denn das Bild, das sich ihm hier geboten hatte, war ein Bild noch nie erlebten und trotz der Nankinger Erinnerungen nicht vorstellbaren Schreckens gewesen, und es hatte angesichts der zerfetzten chinesischen Uniformen und der herum liegenden Stahlhelme mit dem Symbol der weißen, von einem Strahlenkranz umgebenen Sonne auf blauem Grund keinen Zweifel daran geben können, wer hier von wem aufs Brutalste umgebracht worden war. Sie hingen an ihren rücklings zusammen gebundenen Armen an Bäumen, die fünf oder sechs Männer, die einst chinesische Soldaten gewesen waren, und man hatte ihnen buchstäblich die Haut vom Leibe gezogen.

Sie hatten den Ort des unfassbaren Geschehens fluchtartig hinter sich gelassen und sich in der Kreisstadt wortlos voneinander getrennt. Stumm hatte der Bauer seinen Lohn entgegen genommen, kein Feilschen hatte es mehr gegeben und kein Fragen nach dem weiteren Wohin, und erst am nächsten Morgen, nach einer unruhig in einem winzigen Gasthof verbrachten Nacht, hatte Kleinert wieder die Kraft gefunden, sich um die Weiterreise zu kümmern und den Wirt zu entsprechenden Erkundigungen zu ermuntern.

War jetzt, im »Pappelhof«, die Zeit gekommen, über diese Erlebnisse zu berichten? Kleinert war sich nicht sicher. Mit Hsü Tao Lin, natürlich, würde er sehr ausführlich darüber reden – aber hatte es Sinn, einen Mann wie Schafstetten mit in diese Debatten zu ziehen? Er hatte es ja oft genug erlebt, dass seine Landsleute, wenn sie mit Berichten über das japanische Vorgehen konfrontiert waren, zwar einräumten, dass es tatsächlich grausam sei, dann aber gern darauf verwiesen, dass es sich am Ende doch kaum von denjenigem unterscheide, mit dem sich chinesische Truppen seit Jahr und Tag in ihren Bürgerkriegen gegenseitig traktiert hatten. Kannte man so etwas nicht alles schon vom Taiping-Aufstand im vergangenen Jahrhundert und von den Schlachten Tschiang Kai Scheks mit den Kommunisten Ende der zwanziger, Anfang der dreißiger Jahre? Waren nicht die Anstrengungen Sun Yat Sens, die Macht der lokalen Kriegsherren zu brechen und einen einheitlich geleiteten Zentralstaat aufzubauen, immer wieder auch an der brutalen Rücksichtslosigkeit gescheitert, mit der diese Kriegsherren durch ihre Soldaten mit Terrorakten gegen Eisenbahnlinien, Städte und Dörfer Angst und Schrecken unter der Bevölkerung verbreiten ließen? Und hatten – Kleinert erinnerte sich an die Gespräche mit Xaver Dreiheilig im Zug von Peking nach Harbin – die Chinesen nicht im Boxer-Aufstand zu blutigster und grausamster Gewalt auch gegen die Ausländer gegriffen? Hatten also die Japaner nicht einfach nur etwas fortgesetzt, was in China seit Ewigkeiten gang und gäbe war, und es ziemte sich für den deutschen Beobachter daher tatsächlich eher, sich neutral zu verhalten?

Schafstetten selbst enthob Kleinert seiner Zweifel, indem er ihn freundlich, aber bestimmt zum Erzählen aufforderte.

»Ich möchte alles wissen von Ihnen«, sagte er, »von Nanking, von Hankou und natürlich auch von Ihrer Reise hier herüber. Es ist, wie Sie sich denken können, bei mir hier nicht mehr so lebhaft wie früher mit dem Reiseverkehr, seitdem der Krieg ausgebrochen ist. Da ist man froh, wenn man mal wieder ein neues Gesicht sieht, und da ich von Hsü Tao Lin weiß, dass Sie gemeinhin nicht mit oberflächlichen Schilderungen der Verhältnisse hausieren gehen, bin ich gespannt auf Ihre Berichte und Eindrücke.«

»Aber die Verbindung nach Deutschland« – Kleinert versuchte es mit einer Gegenfrage, um noch ein wenig Zeit zu gewinnen –, »die klappt doch noch?«

»Ja«, bestätigte Schafstetten, »die klappt. Da hat sich nichts geändert. Die Strecke hinauf zur Transsibirischen Eisenbahn funktioniert, und die Transsibirische selbst natürlich auch. Aber in Berlin, scheint's, hat das Interesse an Peking ziemlich nachgelassen. Kein Vergleich jedenfalls mit der Zeit von vor zwei, drei Jahren, als immer mal wieder Leute vom Handel und von der Industrie, die hier das Terrain sondierten, auch den Weg in meine Einsiedelei schafften.« Er strich sich über den kahl rasierten Schädel, räusperte sich und fuhr dann fort: »Jetzt aber warten wohl alle erst mal ab, wie es hier weiter gehen wird. Wer will denn auch die Garantie dafür übernehmen, dass diese Übergangsregierung, die die Japaner jetzt installiert haben, tatsächlich in der Lage ist, wieder so etwas wie einen Aufbauprozess in Gang zu setzen. Mich selbst allerdings« – er räusperte sich wieder – »berührt das wenig. Zumindest, solange hier nicht plötzlich wieder Kampfhandlungen beginnen. Das würde dann freilich auch für mich alles ändern. Bis dahin aber habe ich mein Auskommen – egal, wer da gerade welche Regierungsgeschäfte führt. Bloß – die Geschichten« – seine Stimme wurde plötzlich lebhaft, und er warf einen erwartungsvollen Blick in Kleinerts Richtung, um ihn nun endlich zum Erzählen zu ermuntern –, »die dürfen mir nicht ausgehen, die brauche ich zu meiner Arbeit, sonst vertrockne ich. Denn die Übersetzungen, die sind ja nur das eine. Ich muss auch immer selbst etwas schreiben, muss mir auf meine Weise ein Bild machen von den Zeiten, in die es mich verschlagen hat, und da braucht es Anregung und Mitteilsamkeit.«

Kleinert verstand das Signal und erzählte so lange und ausführlich, wie Schafstetten, der ihn nur selten mit einer Zwischenfrage unterbrach, hin und wieder aber zum Bleistift griff, um sich ein paar Notizen zu machen, es sich wünschte. Auch Hsü folgte seiner Erzählung geduldig und mit nur seltenen Unterbrechungen. Erst, als Kleinert selbst zum Fragenden wurde, weil er mit seinen Grübeleien über die Gräuel der japanischen Truppen nicht allein bleiben wollte, mündete sein Bericht in Rede und Gegenrede, wobei sich seine Befürchtungen, Schafstetten könne für diese Art des Gesprächs die falsche Adresse sein, rasch als völlig unbegründet erwiesen.

»Sie haben doch Recht mit Ihren Zweifeln«, sagte Schafstetten, »es ist doch wirklich so, dass diese Grausamkeiten in Ostasien nichts Ungewöhnliches sind. Bloß: Es ist an dieser Stelle immer auch angezeigt, sehr gründlich darüber nachzudenken, ob es denn in Europa tatsächlich um so vieles anders ist! Gut, mancher wird dann vielleicht einwerfen, dass die Zeiten andere geworden sind und das, was wir heute hier in Ostasien erleben, in Mitteleuropa vielleicht für die Zeit des Dreißigjährigen Krieges – also die Zeit vor dreihundert Jahren – typisch gewesen ist. Also: dieses Hinschlachten ganzer Dorfeinwohnerschaften, dieses wilde und alle Grenzen überschreitende Marodieren und Vergewaltigen und Niederbrennen. Aber Sie selbst haben vorhin auf den Boxeraufstand verwiesen, und genau an diesem Beispiel haben Sie es schwarz auf weiß, dass man sich keineswegs darauf verlassen sollte, dass sich die angeblich so hoch zivilisierten Mitteleuropäer heute eines anderen Herangehens befleißigten. Bei der Niederschlagung dieses Aufstandes waren es die Weißen, die, als alle Kampfhandlungen längst vorbei waren, aus nichts als purer Rache ganze Dörfer nieder brannten und furchtbare Gemetzel verübten.«

Kleinert erinnerte sich deutlich, dass ihm genau das auch von Xaver Dreiheilig so geschildert worden war.

»Oder nehmen Sie doch Afrika«, fuhr Schafstetten fort. »Wissen Sie, wie unsere Landsleute dort, in Deutsch-Südwest, bei der Niederschlagung des Herero-Aufstandes gewütet haben? Das war ungefähr zur gleichen Zeit, in der es auch gegen die Boxer ging. Man hat die Leute in die Wüste getrieben – alle, egal, ob Frauen, Kinder oder Greise – und hat sie dort verhungern und verdursten lassen. Also« – er strich sich mit der Hand nachdenklich über den glatt rasierten Schädel –, »wenn Sie sich darauf einlassen wollen, das, was Sie da jetzt selbst erlebt haben, mit Hilfe geschichtlicher Vorgänge als ›normal‹ erklären zu wollen, geraten Sie ganz unweigerlich auf eine sehr merkwürdige, in meinen Augen schiefe Bahn, mit der sich am Ende alles, aber auch wirklich alles irgendwie rechtfertigen lässt. Ich bin ja nun selbst hier draußen glücklicherweise von Erlebnissen, wie Sie sie gehabt haben, verschont geblieben, aber nach all dem, was ich von Ihnen gehört habe und was ich aus anderen Quellen kenne, kann ich Ihnen nur raten: Bleiben Sie bei Ihrer entschiedenen Ablehnung dieser japanischen Gräuel. Es mag Kriege gegeben haben, bei denen man bis heute nicht genau weiß, wer sie eigentlich angefangen hat. Bei diesem Krieg, dessen Zeuge wir hier gerade sind, ist das jedoch nicht der Fall. Der ist in aller Eindeutigkeit von Japan vom Zaune gebrochen worden. Und darum muss Japan sich auch besonders kritisch nach seinen Methoden fragen lassen.«

»Ich bin froh, dass Sie das auch so sehen«, sagte Kleinert.

»Aber Sie sind dennoch unsicher, weil wir ja Verbündete der Japaner sind, nicht wahr?« Schafstetten hakte noch einmal nach. »Da kann ich nur sagen: Vielleicht ist es ja gerade die besondere Pflicht von Verbündeten, ein waches und kritisches Auge aufeinander haben!«

»Das ist edel gedacht«, schaltete sich Hsü ins Gespräch ein, »aber ich fürchte, dass Sie mit dieser Auffassung ziemlich ins Abseits geraten sind. Diejenigen unter Ihren Landsleuten, die jetzt den Ton angeben, sehen das völlig anders. Ich habe gerade die deutschsprachigen Zeitungen durchgesehen, die wir in unserem Institut regelmäßig zugestellt bekommen, und dabei die gar nicht erfreuliche Entdeckung gemacht, dass der Abdruck der Tagebuchaufzeichnungen von Johann Stieglitz abgebrochen worden ist. Johann Stieglitz – das war doch der Mann, mit dem Sie in Nanking zusammen gewesen sind, nicht wahr, Paul?«

»Ja«, sagte Kleinert, »Stieglitz war beim Eindringen der Japaner in die Stadt der Organisator der Sicherheitszone für die chinesische Zivilbevölkerung, er hat alle wichtigen Verhandlungen geführt und Vorbereitungen getroffen, ich habe ihm erst in der Endphase ein bisschen zur Seite gestanden. Aber dass er Tagebuch geführt hat – und dass dieses Tagebuch sogar abgedruckt worden ist –, das wusste ich ja gar nicht!«

»Sehen Sie«, sagte Hsü, »so kann es gehen. Wir hier oben in Peking bekommen noch immer all die Zeitungen – und zwar über Schanghai –, auf die Sie in Hankou wegen der Frontentwicklung schon lange verzichten müssen. Und darum konnte ich auch die zwei oder drei ersten Kapitel dieses Tagebuches lesen, in denen Stieglitz sehr detailliert und offen über die Ereignisse in den letzten Tagen vor der Einnahme der Stadt und dann über die Gräuel während der Einnahme selbst berichtet. Jetzt aber sind diese Wahrheiten nicht mehr erwünscht, und Deutschland erweist sich prompt als treuer Verbündeter und verbietet, damit das Bündnis nicht gefährdet wird, den eigenen Leuten das Wort. Gerade war Stieglitz noch als Held gefeiert worden – und ich bin sicher, viele Chinadeutsche sehen in ihm tatsächlich und mit vollem Recht einen Helden, denn er hat das verteidigt, was er und viele andere über Jahrzehnte hinweg aufgebaut haben –, und nun muss er den Mund halten.«

Kleinert nickte. »Das Schlimme ist: Dieses Vorgehen kommt für mich gar nicht einmal mehr überraschend«, sagte er und erzählte vom Auftritt Wolf Schoknechts im Hankouer »International«. »Man kann es wirklich nicht mehr anders sagen«, schloss er, »die deutsche Landsmannschaft hat sich wohl endgültig in zwei Lager geteilt.«

»Geteilt ist sie gewiss schon seit vielen Jahren«, meldete sich Schafstetten in die Debatte zurück. »Ich jedenfalls glaube einige Leute zu kennen, die schon vor zehn Jahren absolut nichts dagegen hatten, dass die Japaner hier das Heft in die Hand nehmen. Und wir sollten es uns mit der Beurteilung dieser Haltung wohl auch nicht zu einfach machen. Es gab schon gute Gründe dafür. Denken Sie nur an das ewige machtpolitische Hick-Hack zwischen den Warlords! Das war doch rundum eine Katastrophe! Für die Bevölkerung bedeutete es – Sie haben es ja vorhin völlig richtig beschrieben, lieber Kleinert – einen fast ununterbrochenen Bürgerkrieg. Und dieser Bürgerkrieg blieb ja nicht nur auf die unmittelbaren Kampfhandlungen beschränkt und auch nicht nur auf die Überfälle auf Dörfer und Eisenbahnlinien – obwohl das alles schon schlimm genug gewesen ist. Er machte darüber hinaus auch einen normalen Handel fast unmöglich, und Investitionen zur Modernisierung der

Landwirtschaft oder zur Errichtung von Werkstätten oder Industriebetrieben – und sei es auch nur von ganz kleinen – konnten nur unter größten Mühen in Angriff genommen werden. Das heißt, die Entwicklung insgesamt war zu einem Stillstand gekommen, Licht am Ende des Tunnels war nicht erkennbar. Wenn man das alles zusammen nimmt, kann man – glaube ich – schon verstehen, dass da mancher all seine Hoffnungen auf die Japaner setzte. Und sich, als sie dann kamen, durchaus befreit fühlte.«

»Sie reden jetzt nicht nur von den Deutschen, nicht wahr?« fragte Kleinert.

»Ganz recht«, sagte Schafstetten, »ich rede jetzt erst einmal von den Chinesen. Unter ihnen sind – ich glaube, das sehr genau zu wissen, und will es deshalb noch einmal nachdrücklich wiederholen – zumindest hier im Norden nicht wenige, die das Vordringen der Japaner für sich selbst als Befreiung empfunden haben.«

»Was wohl zweifellos auch damit zusammen hängt«, warf Hsü ein, »dass hier im Norden Tschiang Kai Schek noch nie so richtig hat Fuß fassen können.«

»Ja gewiss, natürlich.« Schafstetten, der seine Überlegungen bisher mit großem Ernst vorgetragen hatte, konnte sich ein spöttisches Grinsen in Kleinerts Richtung nicht verkneifen.

»Er mag es nicht« – Schafstetten deutete auf Hsü –, »wenn man seinen großen Meister nicht angemessen würdigt. Und will darum auch nicht hören, dass dessen Schwäche im Norden ja vielleicht nicht nur mit seinen Gegnern, sondern auch mit ihm selbst zusammen hängt. Vielleicht unterscheidet sich Tschiang Kai Schek ja nicht gründlich genug von den übrigen Warlords, spielt zu stark auf dem gleichen Klavier wie sie selbst, und darum sehen es manche eben besonders radikal und halten's dann lieber gleich ganz und gar mit den Japanern.«

Hsü schürzte skeptisch schmollend die Unterlippe, aber Schafstetten ließ sich nicht unterbrechen.

»Und im übrigen wollten wir ja zu den Deutschen zurück kommen«, sagte er. »Also« – seine Stimme hatte nun den Ernst der vorherigen Ausführungen wieder gewonnen: »Es ist vor diesem Hintergrund doch völlig klar, dass es auch Deutsche gibt, die die japanische Besetzung begrüßen. Und zwar – und das möchte ich Ihnen beiden gleichermaßen stark ans Herz legen – völlig unabhängig davon, ob Deutschland nun mit Japan verbündet ist oder nicht. Das ist für etliche unter diesen Leuten wirklich zweitrangig. Was sie im Auge haben, ist ganz und gar ihr eigenes Lebensinteresse, ist das Schicksal ihrer Firma, ist die Zukunft ihres Geschäfts, und da sie sich mit vielen ihrer chinesischen Freunde einig wissen, würden sie auch jeden Vorwurf des Verrats an China oder an ihren eigenen bisher erbrachten Leistungen weit von sich weisen.«

»Ja, gut«, sagte Kleinert, »das ist nachvollziehbar, und so, wie Sie die Dinge jetzt beschreiben, bringen Sie – wofür ich Ihnen sehr dankbar bin – auch ein wenig Licht ins Dunkel meiner Erinnerungen an meine Gespräche in Tientsin 1930. Ich hatte damals – Anfänger, der ich war – überhaupt nicht erwartet, auf diese Art von Japanfreundlichkeit zu treffen, bin also entsprechend überrascht gewesen, habe mich kaum ernsthaft mit ihr auseinander setzen können, und sie ist mir dann auch – das muss ich schon sagen – trotz mancher weiter gehenden Informationen immer sehr fremd geblieben. Aber Ihre Argumente machen nun manches verständlicher, und es ist gut, sie zu kennen.«

Er nickte Schafstetten zu. »Bloß: Zu meinem Argument, dass die Spaltung der deutschen Landsmannschaft nun endgültigen Charakter angenommen habe – zu dem haben Sie sich noch nicht geäußert.«

»Weil ich – verzeihen Sie – Ihren Blick zunächst noch etwas weiten wollte.« Schafstettens Handbewegung, mit der er sich über die Glatze strich, hatte diesmal etwas Behagliches.

»Gönnen Sie mir als dem Älteren doch diese Freude! Natürlich stimme ich Ihnen in Ihrem Urteil zu! Aber nicht gern, sondern voller Schmerzen, denn es macht mir wirklich keinerlei Freude, zu sehen, wie aus den ganz pragmatischen Erörterungen, wie sie die Kaufleute hier oben betrieben haben, oder den eher akademischen Debatten, wie sie unsereiner gerne führt, harte politische und ideologische Auseinandersetzungen mit Maulkörben und Denkverboten werden. Eine solche Entwicklung ist doch immer schlecht – die einen trauen sich nicht mehr, sich eine eigene Meinung zu bilden, und die anderen lernen es gar nicht erst. Dabei ist gerade jetzt, gerade in diesen Monaten, ein eigenes, unbestechliches Urteil von besonderer Wichtigkeit.«

»Wie meinen Sie das?« Kleinert blickte etwas verdutzt. »Ich glaube, ich kann Ihnen im Moment nicht richtig folgen.«

»Nun«, sagte Schafstetten, »es ist doch gerade jetzt zu prüfen, ob und wie sich die Erwartungen derer, die da so inständig auf die Japaner gehofft haben, denn erfüllt haben. Verstehen Sie, Kleinert? Ich will da immer noch eine andere Ebene mit bedacht haben als die, die Sie vor allem im Auge haben. Sie sind ein Mann Tschiang Kai Scheks, und deshalb ist Ihre Parteinahme schon immer und von vornherein klar und eindeutig gewesen, und zu Ihrer geistigen und konzeptionellen Parteinahme ist, seitdem Sie erlebt haben, wie die Japaner in Nanking und anderswo gehaust haben, nun auch noch eine starke gefühlsmäßige Komponente gekommen. Das ist alles ehrenwert und folgerichtig – und bleibt doch immer auch irgendwie angreifbar. Ein paar Gründe dafür haben wir ja vorhin hier erörtert. Aber nun versetze ich mich mal in die Lage der anderen Seite – und da interessiert mich natürlich, was denn nun im Gefolge des Feldzuges tatsächlich an Positivem entstanden ist.«

»Da ist nur schwer etwas zu finden«, sagte Hsü.

»Gemach, gemach.« Schafstetten gewann sichtliche Freude daran, die Rolle des altehrwürdigen, gründlich abwägenden und vor jedem schnellen Urteil sich hütenden Weisen zu spielen.

»Im Falle Mandschukuos fällt die Antwort – da können Sie nun sagen, was Sie wollen, lieber Hsü – bei weitem nicht nur negativ aus. Sie haben es ja selbst gesagt: Weder Sun Yat Sen noch Tschiang Kai Schek ist es gelungen, diesen Teil des Landes unter Kontrolle zu bringen. Und selbst wenn diese beiden es geschafft hätten, bleibt immer noch die Frage, ob dann die Wirtschaftskraft, die sie hätten mobilisieren können, ausgereicht hätte, das enorme Potential dieser Region tatsächlich zu erschließen. Die Japaner aber haben das alles vermocht. Sie haben eine straffe Zentralverwaltung eingeführt, haben viel Geld in die Entwicklung der Kohlen- und der Eisenerzgruben gesteckt, haben eine erstaunliche Infrastruktur aufgebaut und einer Menge Leute Arbeit verschafft – aus der Mandschurei selbst, aber auch aus Nordchina und sogar aus Japan.«

»Nun gut«, sagte Hsü, »das ist Mandschukuo, da liegen die Dinge auch ethnisch etwas anders.«

»Gewiss«, entgegnete Schafstetten, »aber trotzdem müssen die japanischen Erfolge doch erst einmal zur Kenntnis genommen werden. Denn nur so werden ja die Illusionen verständlich, die sich die Japaner gemacht haben, als sie daran gegangen sind, ihre Mandschukuo-Politik auch auf Nord- und Zentralchina auszudehnen.«

»Und die Illusionen vieler unserer Landsleute gleich mit«, fügte Kleinert hinzu.

»Ja, natürlich«, sagte Schafstetten. »Gehen wir doch also die Bilanz seit dem Juli 1937 einmal durch.«

»Das werde ich jetzt einmal übernehmen«, sagte Hsü, »sonst denkt mein Freund Paul noch, ich hätte, seit ich wieder nach Peking zurück gekehrt bin, aller Politik abgeschworen.« Er blinzelte Kleinert in fröhlicher Vertrautheit zu.

»Also, systematisieren wir das ein wenig: Für die Provinzen Tschahar und Suiyüän sowie den nördlichen Teil der Provinz Schanhsi haben die Japaner eine ›Föderative Autonome Regierung der Mongolei‹ mit Sitz in Kalgan eingesetzt, an deren Spitze der mongolische Prinz Dewan steht. Da hat wohl die Idee mitgespielt, das mandschurische Modell noch einmal zu kopieren, denn so, wie in Mandschukuo das Volk der Mandschu in der Mehrheit ist und entsprechende antichinesische Grundstimmungen nutzbar sind, so ist es hier das Volk der Mongolen. Allerdings gibt es in dieser projapanischen Mongolei so gut wie keine Industrie, kaum moderne Infrastruktur und keinen Zugang zum Meer – die politischen Erfolge werden also nicht wie in Mandschukuo in wirtschaftliche umzumünzen sein.«

Er machte eine Pause, trank einen Schluck vom Tee, den Schafstetten längst ein weiteres Mal aufgegossen hatte, und fuhr dann fort: »Und was uns hier in Nordchina betrifft, so haben wir seit dem 14. Dezember 37 eine ›Provisorische Regierung der Republik China‹ unter dem durchaus namhaften alten Politik-Haudegen Wang Ko Min.«

»Glauben Sie übrigens, dass das ein Zufall gewesen ist mit diesem 14. Dezember?«, unterbrach ihn Kleinert.

»Sie meinen, weil dieses Datum mit der Einnahme Nankings zusammen fällt? Und der 14. einer derjenigen Tage war, an dem die Japaner in Nanking besonders schlimm gehaust haben?« Hsü schüttelte den Kopf. »Nein, das war ganz bestimmt kein Zufall. Ich glaube, es war der Versuch, mit Zuckerbrot und Peitsche zu operieren: Seht her, wollten uns die Japaner sagen, wenn Ihr keinen Widerstand leistet, machen wir Euch Kooperationsangebote, und wenn Ihr Euch wehrt – nun, dann können wir auch anders. Oder was meinen Sie, Victor?«

»Ich bin ganz Ihrer Meinung«, sagte Schafstetten, »und man sollte außerdem nicht vergessen, dass zum gleichen Zeitpunkt auch noch die deutschen Vermittlungsbemühungen im Gange waren. Auch da sollte die Regierungsbildung in Peking offensichtlich Eindruck machen.«

»Hat sie aber nicht«, sagte Kleinert.

»Richtig«, sagte Hsü, »und darum möchte ich ja auch diesen 14. Dezember und das Schicksal Wang Ko Mins noch ein bisschen näher beleuchten. Zu konstatieren ist doch zunächst einmal, dass sich mit Wang und seinen Leuten zum ersten Mal eine Gruppe *han*-chinesischer Politiker für eine Marionettenregierung der Japaner zur Verfügung gestellt hat. Das ist wirklich etwas anderes als in Mandschukuo oder in den mongolischen Gebieten. Und da vor ein paar Wochen – am 28. Mai – in Nanking mit der sogenannten ›Erneuerungsregierung‹ unter Liang Hung Tschi etwas ganz Ähnliches probiert worden ist, schält sich doch ein Handlungsschema der Japaner heraus. Sie haben erkannt, dass sie Leute finden müssen, die fest in der *han*-chinesischen Bevölkerung verankert sind, die Vertrauen genießen und im Volke glaubhaft vermitteln können, dass eine Zusammenarbeit mit den Japanern eine Verbesserung der allgemeinen Wohlfahrt mit sich bringen wird.«

»Aber ist denn davon in Nordchina, wo die Regierung ja nun schon mehr als ein halbes Jahr im Amt ist, tatsächlich irgend etwas zu sehen?«, fragte Kleinert.

»Sie sind sehr ungeduldig, lieber Paul«, sagte Hsü, »aber Sie wissen, dass ich es mir mit einer Antwort nicht zu leicht machen will. Ich will, verstehen Sie, jeder Versuchung widerstehen, die Dinge in irgend einer Weise schönzufärben. Ich bin hier oben in Peking, der Marschall ist auf dem Sprung, mit Hankou nach Nanking auch die zweite Hauptstadt aufzugeben und sich nach Tschungking zurückzuziehen – da habe ich, denke ich, allen Grund zur Vorsicht und will es darum vielleicht einmal so formulieren: Die Regierung von Wang Ko Min besteht aus einer ganzen Reihe von Leuten, die durchaus das Zeug dazu haben, eine ordentliche Verwaltungsarbeit zu leisten.«

»Aber?« Kleinert wusste, dass der Freund nicht wirklich böse war, wenn er ihn ein wenig drängte. Im Gegenteil, es würde seiner Lust an systematischer Problemerörterung nur entgegenkommen.

»Aber es gibt Hindernisse, die sie einfach nicht überwinden kann. Das erste ist, dass Wang Ko Min zwar durchaus einen Namen hat, aber doch nicht einen so großen, wie es sich die Japaner wahrscheinlich gewünscht hätten. Ich glaube, sie haben ursprünglich einmal davon geträumt, jemanden zu finden, der direkt aus dem Umfeld des Marschalls stammt. Das ist ihnen nicht gelungen. Dazu ist Wang Ko Min eine Nummer zu klein – und Liang Hung Tschi in Nanking übrigens auch. Damit ist die Autorität Tschiang Kai

Scheks im chinesischen Volk nicht wirklich gebrochen, er bleibt die wichtigste Bezugsperson. Das zweite Hindernis ist die dauernde Unklarheit, welche Kompetenzen die Japaner ihren Marionetten tatsächlich zu übertragen bereit sind.«

»O ja, das kann ich Ihnen nur bestätigen«, sagte Schafstetten. »Darüber hört man auch auf meinem Pappelhof so einiges. Es verlaufen sich ja nicht nur unsere Landsleute hier her, es schauen auch mal Engländer oder Amerikaner vorbei, und auch die Japaner, die hier zum Teil schon sehr lange leben, gehören ja nicht plötzlich alle zur Kriegspartei. Also – da kommt schon einiges an interessanter Information zusammen. Und wenn man das alles zusammen nimmt, zeigt sich, dass es auf der japanischen Seite offenbar ein erhebliches Gerangel um den Kurs gibt, der nun am besten eingeschlagen werden sollte. Die Armeeführung hier oben im Norden hat wohl andere Vorstellungen als die im Süden, und in Tokio sieht man die Dinge wieder ganz anders.«

»Genau«, sagte Hsü. »Bis heute weiß zum Beispiel Wang Ko Min nicht, auf welche Exekutive er sich eigentlich stützen darf. Wer nimmt die polizeilichen Aufgaben in seinem Herrschaftsbereich wahr? Die Polizei, die er bilden durfte? Die bleibt der japanischen Armee unterstellt. Und wie ist es mit der Gerichtsbarkeit? Ebenso. Und auch alle wirtschaftspolitischen Entscheidungen werden von der japanischen Armee getroffen und alle infrastrukturellen, und so bleibt Wangs Regierung am Ende nur das bloße Verwalten übrig. Und selbst da kann er nicht auf Sicherheit oder Kontinuität bauen, weil Entscheidungen der Armeeführung von Tokio durchaus wieder über den Haufen geworfen werden können.«

»Und zu diesen Hindernissen hinzu«, ergänzte Schafstetten, »kommt schließlich noch jenes, mit dem die Japaner insgesamt zu tun haben und von dem ja schon oft die Rede war: dass sie nie wirklich genau sagen können, welches Territorium sie denn nun eigentlich wirklich beherrschen und welches ihnen durch Freischärler verschiedenster Herkunft immer wieder entrissen wird. Und wenn also die Japaner selbst schon immer wieder um ihre Eroberungen bangen müssen – was soll da ein Wang Ko Min sagen, der über keinerlei Mittel verfügt, diese Dinge irgendwie zu beeinflussen.«

»Aber wenn dies alles«, hakte Kleinert noch einmal nach, »so eindeutig zuungunsten von Wang Ko Min ausfällt – warum bleiben Sie dennoch so skeptisch?«

»Weil mit dem weiteren Vormarsch der Japaner im Süden alles auch sehr rasch kippen kann.« Hsü nahm wieder einen Schluck Tee, suchte nach einer bequemeren Sitzposition, verschränkte nachdenklich die Arme und nahm den Faden seiner Rede wieder auf. »Wenn Hankou gefallen ist – und dass es fallen wird, daran gibt es doch keinen Zweifel mehr –, was wird dann passieren? Die Probleme der Japaner, das besetzte Territorium zu sichern, werden nicht kleiner, sondern größer werden, gewiss. Aber die Freischärler, die das Hinterland nicht zur Ruhe kommen lassen – ihre Kampfkraft hängt natürlich davon ab, ob Tschiang Kai Scheks Autorität erhalten bleibt. Wenn es den Japanern gelingt, diese Autorität gründlich zu erschüttern – dann kann das von ungeheurer Wirkung sein. Dann kann der Widerstand im Hinterland plötzlich und sehr schnell zusammen brechen.«

»Und die Kommunisten?«, fragte Kleinert. »Meinen Sie, dass deren Widerstandskraft auch von der Autorität des Marschalls abhängt?«

»So direkt wohl nicht«, sagte Hsü, »sie haben natürlich ihren eigenen Kopf und ihre eigene Strategie. Aber im Moment dürften ihre Kräfte noch nicht ausreichen, um daraus auch eine eigenständige, das ganze Land umfassende Widerstandsbewegung zu entwickeln. Sie hängen voneinander ab, der Marschall und die Kommunisten – auch wenn sie das beide nur ungern zugeben.«

»Und was, denken Sie, müsste der Marschall tun, damit es zu dem von Ihnen gefürchteten Autoritätsverlust nicht kommt?«

»Das ist in der Tat die alles entscheidende Frage. Er darf, glaube ich, vor allem an seinem Widerstandswillen nicht den geringsten Zweifel lassen. Der Rückzug nach Tschungking ist längst beschlossene Sache, er wird mittlerweile von allen erwartet – das ist also nicht mehr das Problem. Entscheidend ist die Art und Weise, in der dieser Rückzug vollzogen wird. Wenn die Leute davon überzeugt sind, dass dort der Grundstein für einen Neuanfang gelegt wird – dann werden sie auch im Hinterland alles daran setzen, Widerstand zu leisten, und dann werden sie ihn als unbestrittene Führungspersönlichkeit akzeptieren. Auch seitens der Kommunisten. Wenn aber der Verdacht aufkommen sollte, der Marschall wolle in Tschungking nur Zeit gewinnen, um über kurz oder lang doch zu einem Arrangement mit den Japanern zu gelangen – dann wird das seine Autorität enorm untergraben, und dann besteht die Gefahr, dass die Kommunisten das Heft des Handelns in die Hand nehmen. Der Widerstandswille im Volke jedenfalls – das müssen Sie dem Marschall immer wieder sagen! – ist außerordentlich groß. Wäre er das nicht, hätten Leute wie Wang Ko Min oder Liang Hung Tschi einen viel größeren Einfluss.«

Da Schafstetten zu diesen letzten Sätzen von Hsü besonders nachdrücklich genickt hatte, hatte Kleinert das sichere Gefühl, dass dies eine Botschaft war, von der sie wollten, dass er sie unter allen Umständen und mit allem gebotenem Ernst an Tschiang Kai Schek weiter vermittelte.

O doch, dachte Kleinert, das alles war nicht einfach nur so dahin gesagt. Das waren Informationen, auf die er vertrauen durfte. Darauf, wie Hsü Tao Lin die Lage bewerten würde, hatte der Marschall ausdrücklich Wert gelegt, und natürlich hatte sich Hsü entsprechend vorbereitet. Das war keine Überraschung. Aber dass Victor Schafstetten dem Freund so engagiert und kenntnisreich zur Seite getreten war – das wohl doch. Und nicht nur als kenntnisreich hatte sich der zuweilen etwas kauzige Literaturliebhaber erwiesen, sondern auch als bauernschlau und geschickt. Das, was er da zur Bewertung der Handlungsspielräume der Wang-Ko-Min-Regierung gesagt hatte, war ganz gewiss nicht nur das Resultat eifrigen Zeitunglesens, sondern auch manchen eher unauffälligen Gesprächs mit all jenen Chinesen und Ausländern, die –

er hatte es ja selbst angedeutet – aus alter Verbundenheit oder wohlbegründetem Kunstinteresse immer mal wieder im Pappelhof vorbei schauten.

Die Sonne war hinter der Umfassungsmauer des Schafstettenschen Anwesens verschwunden, die Luft hatte sich angenehm abgekühlt, und Hsü Tao Lin machte Anstalten zum Aufbruch, denen sich Kleinert sofort anschloss. Der Hausherr – das war deutlich zu spüren – hoffte, noch ein wenig Zeit für seine Assistenten zu haben, und Kleinert konnte sich gut vorstellen, dass die Arbeit, der er sich verschrieben hatte, eines festen und zuverlässigen Rhythmus' bedurfte, den er zwar gern für ein Gespräch wie das heutige unterbrach, dann aber doch auch ebenso gern wieder aufnahm. Und was die Gespräche mit seinem Freund Hsü betraf – für die, dachte Kleinert, würde es in den nächsten Tagen ohnehin noch genügend Gelegenheit geben. Die Verabredung zu einem Besuch in Hsüs Arbeitszimmer in der Universität jedenfalls war bereits getroffen.

»Ach übrigens«, sagte Schafstetten, als er seine beiden Gäste zum Eingangstor des Pappelhofs begleitete, »wenn Sie, lieber Kleinert, das, was Sie heute hier gehört haben, noch ein wenig vertiefen wollen – ich glaube, Siegfried Breitenschlager würde einem Meinungsaustausch mit Ihnen nicht abgeneigt sein.«

Kleinert war überrascht. »Legationsrat Siegfried Breitenschlager? Leitet der die Dienststelle der Botschaft etwa immer noch?«

»Ja, das tut er.«

»Hat er sich also tatsächlich durchgesetzt und ist geblieben! Obwohl er doch – warten Sie: wann hat er mir das erklärt? Ja, tatsächlich, es ist schon vier Jahre her! – längst hätte in Rente gehen können! Haben seine Argumente, dass in Zeiten der Krise ein gestandener Chinamann wie er noch besonders nützlich würde sein können, in Berlin also doch ihre Wirkung gehabt.«

»Es freut mich, dass Sie das so positiv sehen«, sagte Schafstetten. »Ich fürchte nur, ganz so ist es nicht gewesen. Dass Breitenschlager noch hier ist, hängt wohl eher mit dem nachlassenden Interesse Berlins an Peking zusammen, von dem ich Ihnen schon eingangs sprach. Da lässt man die Alten noch ein bisschen weiter werkeln, aber wenn es dann plötzlich doch vorwärts gehen sollte mit der Wang-Regierung und Berlin sogar auf die Idee kommen würde, ein Separatabkommen mit ihr abzuschließen – na, dann werden Sie schon sehen, wie die Jungen sich um die Posten reißen und wie schnell so ein altes Schlachtross abserviert ist.«

»Na, wie dem auch sei« – Kleinert machte kein Hehl daraus, welche Freude ihm die Aussicht auf eine neuerliche Begegnung mit Breitenschlager bereitete –, »ich weiß jedenfalls, dass mich ein weiteres gutes Gespräch erwartet. Über den Boxer-Aufstand haben wir geredet seinerzeit, und Breitenschlager war ein ganz liebenswürdiger Stadtführer – es müsste doch mit dem Teufel zu gehen, wenn wir uns nicht wieder bestens verstehen sollten.«

Sie verabschiedeten sich von Victor Schafstetten, und als sich das Tor des Pappelhofes hinter ihnen geschlossen hatte, bemächtigte sich Hsüs eine geradezu jungenhafte Fröhlichkeit. Übermütig trieb er auf dem staubigen Weg mit dem Fuß ein Steinchen vor sich her, und nur mit Mühe konnte ihn Kleinert davon abhalten, in lauten Gesang auszubrechen.

»Was ist los mit Ihnen?«

»Ach, Paul, Sie kennen mich doch. Sie wissen doch, was mir die Begegnungen mit Ihnen bedeuten. Und nun, nach so langer Zeit, und dass es mir wieder gelungen ist, Sie ein bisschen zu überraschen mit dem Besuch bei Schafstetten – ich freue mich ganz einfach, verstehen Sie das nicht?«

»Natürlich verstehe ich.« Kleinert schmunzelte. »Mir geht es doch nicht anders.«

In einer kleinen, einfachen Kneipe, in der man sich an einem Schalter anstellen musste, an dem die *djaodse*, die zuvor mit großen Kellen aus einer riesigen Schüssel direkt auf die Teller gefüllt worden waren, grußlos heraus gereicht wurden, was ihrem unverfälschten Geschmack aber keinen Abbruch tat, zumal auf den runden Holztischen neben der obligatorischen Sojasauce auch ausreichend scharfe Sesampaste zum Würzen zur Verfügung stand und im übrigen anstandslos einem kräftigen *kaoliang*-Schnaps zugesprochen werden konnte, beschlossen sie den Abend.

Kapitel 17

Der Weg vom Hotel zur Botschaft, den er am nächsten Morgen nahm, schien Paul Kleinert unverändert. Hier und da ein paar japanische Patrouillen waren das einzige, was daran erinnerte, dass Krieg herrschte. Von Verwüstungen, wie sie Nanking getroffen hatten, war Peking verschont geblieben. Majestätisch wie eh und je ragten die Mauern und Tore der »Verbotenen Stadt«, unverändert quirlig schob sich der Strom der Bauern mit ihren Eselkarren, der Dienstboten, die mit Lastenrikschas oder zu Fuß durch die Straßen hasteten, der Straßenköche mit ihren fahrbaren Garküchen, der Rikschakulis, die ihren blasiert drein schauenden, gut gekleideten Fahrgästen nie schnell genug vorwärts drängten, und der seltenen, aber durch lautes Hupen um so mehr auf sich aufmerksam machenden Autos durch die Tore, die die Tatarenstadt im Norden von der Chinesenstadt im Süden trennten, und schön und harmonisch wie vor vier Jahren zeigten sich die Gebäude der Botschaft mit ihren klassisch geschwungenen Dächern und den sorgsam gepflegten Gartenanlagen.

Auch Siegfried Breitenschlager war ganz der alte geblieben. Gewohnt jovial und freundlich begrüßte er Kleinert und schlich, als sie sich in sein Büro zurück gezogen hatten, nicht lange um den heißen Brei. »Ich bin – das sage ich Ihnen in aller Offenheit – von den Entwicklungen hier oben sehr enttäuscht. Die Japaner erweisen sich als so unfähig, wie man überhaupt nur sein kann. Ich habe das alles auch nach Berlin gemeldet, aber dort interessiert sich kein Mensch für diese Dinge. Japan ist ihnen als Verbündeter so wichtig geworden, dass sie sich einen Dreck darum scheren, wie es um diesen Verbündeten eigentlich bestellt ist.«

Kleinert, dem immer wieder das Schoknecht-Gespräch vor Augen stand, wollte ihn mit einem Hinweis darauf, dass derlei Offenheit vielleicht nicht überall erwünscht sein könnte, bremsen, aber der Legationsrat lachte nur. »Lassen Sie man. Ich kann mir schon denken, dass es da bei Ihnen in Hankou ein paar Übereifrige gibt. Ist ja kein Wunder, denn in der Hauptstadt werden nun einmal die Karten gemischt, und wer da aus Berlin hin kommt, der will natürlich Karriere machen.«

Dann stockte er plötzlich. »Warten Sie mal – welchen Namen haben Sie da eben genannt? Wolf Schoknecht? Na, da müssen Sie sich nicht wundern. Bevor der Journalist geworden ist, war er Funktionär in der Reichsjugendführung. Ein strammer junger Hitler-Mann ist das – klug, ehrgeizig, erfolgreich. Überlegen Sie mal: ›Völkische Nachrichten‹! Höher geht's ja dann kaum noch. Ist doch klar, dass der sich hier beweisen will.« Er überlegte noch einen Moment, prüfte wohl, ob ähnliche Leute in seinem eigenen Umfeld tätig waren, und schloss: »Aber hier in Peking – ach was, da fährt mir niemand in die Parade!«

Kleinert hatte keinen Grund, an Breitenschlagers Diagnose zu zweifeln, und auch kein Interesse daran, das Thema weiter zu vertiefen. Es ging ihn nicht wirklich etwas an – er hatte in Hankou seine Lektion gelernt und musste nun nur darauf achten, dass er seine Arbeit für den Marschall nicht durch unbedachte Zuspitzungen gefährdete. Und viel wichtiger war ja auch, was den Legationsrat denn nun tatsächlich so aufbrachte. Breitenschlager ging bereitwillig auf Kleinerts Fragen ein.

»Ich hatte wirklich gehofft«, sagte er, »dass die Japaner hier so etwas wie eine Modernisierung in Gang setzen würden – so ähnlich, wie ihnen das in Mandschukuo gelungen ist. Sie erinnern sich sicher, dass ich Ihnen schon bei Ihrem ersten Besuch hier deutlich gesagt habe, dass ich Ihren Optimismus, Tschiang Kai Schek könne hier oben im Norden richtig Fuß fassen, nicht teile und die Bildung eines nordchinesischen Separatstaats durchaus für möglich und auch für sinnvoll halte. Und warum sollten die Japaner dafür nicht den Grundstein legen?«

Er fingerte ein silbernes Zigarettenetui aus der Tasche seines trotz der Hitze korrekten dunklen Anzuges, schob es über den Schreibtisch hinweg zu Kleinert hinüber, erinnerte sich, als Kleinert dankend ablehnte, daran, dass die gleiche Geste schon vor vier Jahren vergeblich gewesen war, bediente sich selbst, gab sich mit einem umständlich großen Tischfeuerzeug Feuer und fuhr dann fort:

»Nichts machen sie richtig, die Japaner, buchstäblich gar nichts. Mit bewaffneter Faust und mit dem Stock wollen sie die Chinesen zur Japan-Freundschaft erziehen. Was für ein Irrweg! Gewalttaten, Brutalitäten, sexuelle Ausschreitungen – all das ist Tagesordnung im Vorgehen der japanischen Truppen gegenüber der Zivilbevölkerung, verstehen Sie, Tagesordnung!«

Kleinert beschlich ein Gefühl, das ihn seiner Zwiespältigkeit wegen schaudern machte. Einerseits empfand er Genugtuung – Genugtuung darüber, dass er sich nicht verrannt hatte in seiner Bewertung des japanischen Vorgehens, sondern mit dem, was er beobachten konnte in Nanking und dann auf der Reise nach Peking, tatsächlich zum Wesen dieses Vorgehens vorgedrungen war. Nelken hatte es ihm aus Nanking bestätigt, Schafstetten und Hsü hatten aus ihren Erfahrungen und Kontakten heraus gleiches getan, und nun traf Breitenschlager eine nahezu identische Einschätzung, und der Legationsrat war viel zu ernsthaft in seiner Arbeit, als dass man hätte annehmen müssen, er würde seine Analyse vielleicht nur auf einzelne Zufallsberichte gründen – nein, es lag allzu deutlich auf der Hand, dass die japanischen Truppen hier tatsächlich eine Art der Kriegführung praktizierten, die allen Rechtsnormen Hohn sprach.

Aber diese Genugtuung war eine seltsame – denn natürlich war sie nicht zu trennen von dem unsäglichen Schrecken, der ihn immer wieder befiel, wenn ihm die Nankinger Erlebnisse wieder in den Kopf kamen oder sich in fotografischer Genauigkeit die Leiber der Enthäuteten in seine Träume drängten, deren Bilder sich ihm seit jener so vergnügt begonnenen, holprigen Tagesreise auf dem Eselkarren in Richtung Norden unauslöschlich ins Gehirn gebrannt hatten. Das alles – hatte ihm Breitenschlager gerade bestätigt – war nicht zehn Mal passiert oder zwanzig Mal, sondern es war Alltag geworden dieses Krieges.

Und doch – Kleinerts Gedanken kehrten an ihren Ausgangspunkt zurück – war es gerechtfertigt, Genugtuung zu empfinden: Genugtuung darüber, dass ein anderer die Dinge ebenso sah, denn zur Unsäglichkeit der Verbrechen selbst hatte sich die Unsäglichkeit des verordneten Verschweigens gesellt. Eines Verschweigens, dem sich – und das war das Unbegreiflichste und Beschämendste von allem – Berlin so bereitwillig und gefügig anschloss. Was, zum Teufel, dachte Kleinert, wurde da zu Hause geplant, das ein solch übles Handlangertum zur Staatsräson machte.

»Und bei diesen Gewalttätigkeiten gegen Leib und Leben hört es ja noch lange nicht auf«, fuhr Breitenschlager fort. »Ich habe es gestern erst wieder für Berlin notiert und auf den Kurierweg gebracht, auch wenn ich kaum noch Hoffnung habe, dass es dort von irgendwem gelesen wird: Die Japaner vergehen sich rücksichtslos am Privateigentum chinesischer Bürger, sie enteignen ganze Straßenzüge, übereignen entschädigungslos chinesische Theater, Kinos, Geschäfte und Fabriken an neue japanische Besitzer, und nachdem sie zunächst versucht hatten, die gebildeten Schichten der Bevölkerung mit einem Appell der guten Worte und mancher interessanter Modernisierungsvorschläge auf ihre Seite zu ziehen, üben sie nun auch diesen Leuten gegenüber nur noch brutalen Zwang aus. Mit all dem wird – und ich wundere mich wirklich, dass das in Berlin niemand begreifen will – unter den Chinesen ein Hass auf Japan erzeugt, den es gerade hier in Nordchina zuvor nie gegeben hat! Das heißt, mit dieser Kriegführung wird das komplette Gegenteil von dem erreicht, was doch wohl eigentlich hatte erreicht werden sollen.«

»Von Botschafter Trauthoff habe ich solche Sätze schon im Herbst 1937 gehört – dass die Japaner mit ihrem Vorgehen, das ja angeblich vor allem der Bekämpfung des Kommunismus dienen soll, dem Kommunismus erst recht der Weg bereitet wird«, warf Kleinert ein.

»Ja«, sagte Breitenschlager, »Trauthoff hat das in der Tat schon sehr zeitig erkannt. Ich habe ihm immer nicht so recht glauben wollen – aber nun stoßen mich unsere fabelhaften Verbündeten geradezu mit der Nase drauf, dass er Recht hatte.«

»Aber Trauthoff ist mittlerweile kalt gestellt«, sagte Kleinert.

»Ja eben«, sagte Breitenschlager, »das ist ja das ganze Dilemma.«

Kleinert merkte: Von dem Gedanken, dass es da irgendwo noch einen nutzbaren Draht nach Berlin geben würde, musste er sich wohl endgültig verabschieden. Aber das änderte ja nichts daran, dass er noch mehr Informationen brauchte, um dem Marschall mit guter Begründung Rede und Antwort stehen zu können, und so drängte er Breitenschlager, sich doch auch noch zu den wirtschaftlichen Entwicklungen in Nordchina zu äußern.

»Was soll ich Ihnen sagen«, sagte Breitenschlager, »da sieht es nicht einen Deut besser aus als im Politischen. Was haben die Japaner nicht alles versprochen vor einem Jahr – und heute haben wir eine Lage, die man nur als – na, sagen wir mal: – Stillstand mit rückläufiger Tendenz bewerten kann. Wo auch immer Sie hinschauen – nichts, aber auch gar nichts ist bisher getan worden, um wenigstens das Notwendigste zu erreichen – nämlich eine Linderung der durch den Krieg entstandenen Schäden.«

»Aber hier in der Pekinger Innenstadt sieht es doch gar nicht so dramatisch aus«, sagte Kleinert.

»Das stimmt«, sagte Breitenschlager, »aber lassen Sie sich davon nicht täuschen. Anderswo hat es auch hier oben im Norden große Zerstörungen gegeben – in den Städten und an Fabriken, die sich oft auch auf dem flachen Land befinden. Und wenn nun aber nicht einmal diese notwendigsten Wiederherstellungsarbeiten in Angriff genommen werden – wie soll da eine Modernisierung in Gang gesetzt werden?«

Er nahm einen tiefen Zug aus seiner Zigarette, versank für einen Moment in tiefem Nachdenken und sagte dann in einem erregten Ton, wie ihn Kleinert bisher an ihm noch nicht gekannt hatte:

»Wissen Sie, Kleinert, was mich besonders schmerzt, ist, dass ich einsehen muss, dass wir schöne Deppen gewesen sind in den vergangenen Jahren. Was haben die Japaner nicht alles angekündigt in ihren Vierjahresplänen für die wirtschaftliche Entfaltung Nordchinas, von wieviel Millionen, ach was, Milliarden ist dabei die Rede gewesen, und mit welcher Blauäugigkeit habe ich unseren Firmen immer wieder zugeredet, ihre Wünsche nach Beteiligung an diesem Aufbauwerk rechtzeitig zur Sprache zu bringen. Botschafter Harksen in Tokio hat das Gleiche mit unseren Japan-Firmen getan. Nordchina, haben wir gedacht, ist so groß – das können die Japaner doch gar nicht alleine schultern, das ist doch völlig klar, dass man sich diesen riesigen Kuchen teilen muss. Aber da haben wir die Rechnung so gründlich ohne den Wirt gemacht, dass ich mich heute wirklich fragen muss, wo ich denn meine Augen gehabt habe.«

Die schnellen Züge, mit denen Breitenschlager jetzt seine Zigarette zu Ende rauchte, und die Hast, mit der er sich gleich eine zweite anzündete, verrieten, wie schwer ihm dieses Eingeständnis seiner Irrtümer fiel.

»Denn so«, nahm er seine Rede wieder auf, »wie die Japaner jetzt umgehen mit der Wirtschaft hier – da haben wir nicht die geringste Chance auf eine sinnvolle, in die Zukunft weisende Beteiligung. Die Japaner machen gegenwärtig nur eines: Sie richten das, was nicht durch die Kämpfe zerstört ist, ganz unmittelbar auf ihre Kriegsbedürfnisse zu. Also: Sie brauchen schnell Kohle und Erz, und dafür fahren sie die vorhandenen Anlagen in Grund und Boden. Was danach kommt, wie man die Anlagen erneuert, woher die Ersatzteile kommen sollen – das alles interessiert sie erst einmal nicht. Logisch, dass unter solchen Bedingungen auch etwaige deutsche Investitionen völlig uninteressant sind. Wer nicht in die Zukunft plant, schafft natürlich auch keine Voraussetzungen für ausländische Investitionen.«

»Aber wie kommt es«, fragte Kleinert, »dass die Japaner so radikal, wie Sie sagen, von ihren ursprünglichen Planungen abgerückt sind? Haben Sie dafür eine Erklärung? Ich mag mit einfach nicht vorstellen, dass sie tatsächlich so konzeptionslos in diesen Krieg gegangen sein sollen.«

»Ich weiß es nicht«, sagte Breitenschlager. »Wir machen insgesamt die Erfahrung, dass die Japaner nicht sehr vertrauensvoll mit uns umgehen – es ist also auch sehr schwer, etwas Zuverlässiges über die Beweggründe ihres jeweiligen Handelns zu erfahren. Man gewinnt immer wieder den Eindruck, als werde das Bündnis, das wir miteinander eingegangen sind, von der uralten Gegnerschaft zwischen Weißen und Gelben überlagert. Die Japaner sehen in allem, was hier passiert zwischen ihnen und den Chinesen, eine ausschließlich asiatische oder – wenn Sie so wollen – gelbe Angelegenheit, aus der sie die Europäer und Amerikaner unter allen Umständen heraus haben wollen. Und zu den Europäern zählen natürlich – auch wenn wir mit ihnen verbündet sind – auch wir, die Deutschen. Der Antikominternpakt ist für die Japaner ein reines Zweckbündnis, nichts weiter. Sie lächeln darüber, wenn wir aus ihm irgendwelche Ansprüche ableiten wollen – und sei es nur der, dass sich ihre Truppen bei ihrem Vorgehen nicht an unserem Eigentum vergreifen.«

»Ja gut«, sagte Kleinert, »aber das erklärt noch nicht den Konzeptewandel.«

»Nein, natürlich nicht«, sagte Breitenschlager, »aber es erklärt zunächst mal, dass wir bei so wichtigen Fragen eben ziemlich im Dunkeln tappen. Wissen Sie, dieser Reiseschriftsteller, der uns hier immer mal mit seinem Besuch beehrt hat – Sie kennen ihn doch auch – richtig, Rudolf Fuchs heißt er –, für den war dieser Weiß-Gelb-Gegensatz schon immer so etwas wie ein Steckenpferd. Das hat er geritten, auch wenn es von uns niemand wirklich hören wollte. Noch so einer«, – Breitenschlager lächelte etwas gequält – »auf den man zeitiger hätte hören sollen.«

Kleinert versuchte sich zu erinnern, ob auch er den Genannten einmal in einer solchen Attitüde erlebt hatte – und tatsächlich, fiel ihm ein, waren es die Schanghaier Zustände gewesen, die ihm Fuchs mit diesem Gestus beschrieben hatte, damals, auf seiner allerersten Reise hier her. Er war schon ein Fuchs, dieser Fuchs. Schade nur, sehr schade, dass er sich mit diesen Überlegungen am Ende so eindeutig auf die japanische Seite geschlagen hatte. Richtig gemocht hatte Kleinert den selbstsicheren Polterer nie. War es aber bis dahin etwas gewesen, worüber man auch hätte lächeln können, so hatte sein Auftritt bei ihrem gemeinsamen Hankouer Abend bei Kleinert endgültig ein nachhaltiges Missbehagen hinterlassen.

»Aber ich will« – Breitenschlager riss ihn aus seinen Gedanken – »Ihnen trotz meiner Unsicherheit die Antwort auf Ihre Frage natürlich nicht schuldig bleiben. Ich glaube, das japanische Verhalten wird viel stärker, als sie sich das selbst zugestehen, von der Stärke des chinesischen Widerstandes bestimmt. Damit haben sie einfach nicht gerechnet, als sie ihre Vierjahrespläne träumten: dass man ihnen das eroberte Territorium immer wieder streitig machen wird und sie mit einem enormen Kräfteeinsatz jede Bahnlinie, jeden Bahnhof, jeden Straßenknoten gegen die Attacken der Freischärler verteidigen müssen. Sie haben, glaube ich, wirklich gedacht, es würde überall so funktionieren wie in Mandschukuo.«

Da war sie wieder, die These von Lotte Ribbegg, dass die Chinesen den Raum als Waffe benutzen und den japanischen Vormarsch ausbluten würden.

Lotte Ribbegg – Kleinert war plötzlich, als stünde sie neben ihm. Seltsam – sie hatten nicht viel Aufhebens gemacht voneinander nach jener Nacht, in die sie die Gesprächsrunde im »International« mit ihrem Zauber plötzlich und unverhofft entdeckter Gemeinsamkeit und dem berückenden Gleichklang verführerischer Alkoholseligkeit sanft hatte hineingleiten lassen. Lotte war vor ihm aufgewacht, hatte fürsorglich die Decke über ihn gebreitet, damit er weiter schlafen konnte, war dann, als sie merkte, dass auch er erwacht war, mit einem Becher Tee zu ihm gekommen, hatte, schon zum Fortgehen bekleidet, auf der Bettkante gesessen wie eine Mutter, die sich von ihrem Kind verabschiedet, war ihm mit weichem Mund zu einem langen, fröhlichen Kuss entgegen gekommen, hatte ihn mit verschmitzten Augen leicht mit ihren schweren Brüsten gestreift und war, ohne noch einmal den Blick zu wenden, auf selbstbewussten hohen Absätzen aus dem Zimmer geschritten – ihm noch einmal all das vor Augen führend, was ihm schon, als er sie an der Bar sitzen sah, die Sinne geraubt hatte.

Danach hatten sie sich nicht noch einmal gesehen, er wusste nicht, ob sie noch in der Stadt bleiben würde oder zu einer neuen Reportage aufgebrochen war, und da er seine eigenen Reisevorbereitungen zügig hatte zu einem Abschluss bringen müssen, hatte er beschlossen, sich der von ihr ja offensichtlich so gewollten Nachrichten- und Kontaktlosigkeit zu fügen. Das half ihm auch, mit den Gewissensbissen fertig zu werden, die er sich in Bezug auf Tschang Li gemacht hatte, über deren Schicksal er noch immer völlig im Unklaren war.

Aber so problemlos, merkte er jetzt, da Breitenschlager seine Gedanken vor ihm ausbreitete, waren die Gefühle doch nicht zu steuern. In aller Unschuld hatte der Legationsrat mit seinen Argumenten eine Brücke zu Lotte Ribbegg gebaut, und je länger er redete, desto brennender fühlte Kleinert die Spuren, die die Journalistin an und in ihm hinterlassen hatte. Noch nie zuvor hatte er eine Frau erlebt, die sich mit solch beweglicher, sinnlicher Leidenschaft in einem Streit zu engagieren und zu behaupten vermochte. Vielleicht, dachte er, sind es ja die Spannungen und Aufregungen der Reise, die die Erinnerung nachträglich versüßen, aber es war ihm jetzt, als habe sie an jenem Abend ihren ganzen wunderbaren Körper für die Überzeugungskraft ihrer Ansichten in die Waagschale geworfen. Die Harmonie ihrer Gesten, die Unruhe verbreitende Fülle ihrer Lippen, der souveräne Schwung ihres Kopfes, die hübsche Lebendigkeit ihrer Brüste, wenn sie sich über den Tisch neigte, und ihre wogende, wissende Stattlichkeit, wenn sie sich wieder zurücklehnte, das Versprechen, das in der kraftvollen Weichheit ihrer bloßen Oberarme lag – Kleinert konnte sich plötzlich gar nicht mehr satt sehen in den Bildern jenes Abends. Und wie sie ihn dann in seinem schmalen Bett umschlungen hatte im trunkenen Saugen ihres Mundes und ihres Schoßes und ihn hatte teilhaben lassen an der freigiebigen Fülle ihrer Schenkel, der sanften Breite ihrer Hüften und der animalischen Gelenkigkeit ihres verschwenderischen Leibes, über die er, weil er es nicht besser wusste, plötzlich in ein verdutztes Staunen verfallen war, aus dem sie ihn ganz so, als ob sie ihm auf die Schliche gekommen wäre, herausgeholt hatte mit einer Gebärde knieend-hochgereckter Aufforderung, mit der sie ihm die samtene Linie ihrer Taille so übermütig darbot wie die Verletzlichkeit ihres Nackens, und in der er eine glückliche und erkennende Erfüllung gefunden hatte, die sie mit wach glucksender Zufriedenheit aufnahm und für deren Nachklang sie ihm mit der runden Üppigkeit ihres Bauches, der Schmiegsamkeit ihrer Brüste und ihren allmählich sich schlafmüde kosenden Lippen noch einmal bereitwillig Lagerstatt gewesen war – nein, nein, was immer da auch kommen mochte, das war nicht mehr hinweg zu wischen aus seinem Gedächtnis, bildete, so fühlte er jetzt – und es war dabei nicht nur heiß aufwallende Zärtlichkeit in ihm, sondern auch liebevolle Dankbarkeit – einen Hort von Zuflucht und geradezu urtümlicher Geborgenheit im Gebäude seines Erinnerns, dem durch die Nanking-Tage und die Reiseerlebnisse so gewalttätige Erschütterungen zugefügt worden waren. Es wunderte ihn nicht mehr, dass ihm nun plötzlich auch wieder jene Verse in den Kopf kamen, die Hsü Tao Lin im Laoschan als Goethesche Nachdichtungen chinesischer Lyrik vorgetragen hatte. Er hatte sie sich damals eingeprägt, dann waren sie ihm lange entfallen gewesen, aber jetzt hatte er sie plötzlich wieder parat: Seit ich entfernt von Deinen Blicken / Weiß ich nicht mehr, was ziert und schmückt. Aber seltsam – er wusste sich nicht zu entscheiden, mit welchem Gesicht sie sich für ihn verbanden, diese Zeilen: mit dem der zartgliedrigen Lisa, die mit der Heiterkeit ihrer Hüften tausend Schranken zugleich in ihm niedergerissen und ihn endgültig nach China geholt hatte, oder mit dem Lottes, von der ihm war, als habe sie in ihrem so wunschvollen und erbötigen Leib ein Stück Heimat zu ihm gebracht?

»Was ist mit Ihnen?« Die kräftige Stimme Breitenschlagers riss Kleinert aus seinem Wachtraum. »Sie sind so still geworden.«

»Ach, es ist nichts, machen Sie sich keine Sorgen.« Kleinert war verlegen. Mit solcher Körperlichkeit waren die Bilder über ihn gekommen – er brauchte ein paar Sekunden, um sich wieder zurecht zu finden. »Aber wenn Sie einen Tee hätten?«

Breitenschlager hatte natürlich, sie plauderten noch ein wenig weiter, und als sie sich voneinander verabschiedeten, versuchten sie beide, den Ernst, mit dem sie die Ereignisse beredet hatten, hinwegzulächeln. Aber es gelang ihnen nur halb, denn sie wussten, dass sie über ihre Zukunft so gut wie keinerlei Gewissheit hatten. Breitenschlager hatte noch einmal betont, dass es nun endgültig nichts mehr gäbe, das ihn nach Berlin zurück ziehen könnte, und dass er hoffe, in Peking doch irgendwann in einen friedlichen Ruhestand gehen zu können. Und Kleinert? Kleinert bedankte sich für die vielen nützlichen Informationen, aber ob er sie in Hankou würde an den Mann bringen können oder gezwungen sein würde, sich gleich nach Tschungking durch zu schlagen, das stand in den Sternen.

Und noch war er ja mit seinen Gesprächsmöglichkeiten in Peking nicht am Ende. Als er am nächsten Tag verabredungsgemäß in der Peking-Universität erschien, hielt Hsü Tao Lin erneut eine Überraschung für ihn bereit. Er hatte ihn am Haupttor des ausgedehnten Universitätsgeländes, das weit draußen im Nordwestteil der Stadt gelegen war, in Empfang genommen, war mit ihm zu einem Komplex idyllisch in der Sonne liegender flacher Gebäude gepilgert, die unter ihren geschwungenen Dächern kleinen Vorlesungssälen, Seminarräumen und schmalen Arbeitszimmern Platz boten und, weil sie durch Mauern mit pittoresken Durchgängen verbunden, eine Art eigene Parklandschaft bildeten, hatte ihn in eines der schmalen Arbeitszimmer gebeten, neben dessen Eingangstür, kunstvoll in senkrechter Anordnung der Zeichen kalligraphiert, sein Name stand, und machte ihn nun mit einem weiteren Gast bekannt.

»Jobst v. Tryck zu Senz«, stellte sich der junge, noch nicht dreißigjährige Mann mit schmal geschnittenem, durchgeistigtem, offen seinem Gegenüber zugewandtem Gesicht, feingliedrigen Künstlerhänden und leicht gebeugter Gestalt dem eintretenden Kleinert vor.

Hsü lächelte sein verschwörerisches Lächeln. »Seien Sie nicht verwundert, Paul, dass Sie von Dr. Tryck noch nichts gehört haben. Er ist nicht von Deutschland aus hierher gekommen, sondern von England. Dort hat er, nachdem er sich in England und in Deutschland juristischen Studien gewidmet hat, ein Stipendium erhalten, um sich ein wenig gründlicher mit China befassen zu können. Mit der deutschen Botschaft hat er ... aber ich glaube, das wird er Ihnen lieber selber sagen.«

»Na, da gibt es keine großen Geheimnisse«, sagte Tryck, »es wird ja doch schon aus meinem Herkommen klar, dass ich durchaus eine gewisse Distanz zu unseren Behörden bevorzuge. Das hat aber – um es gleich vorweg zu nehmen – weniger etwas mit möglichen Positionsdifferenzen als vielmehr damit zu tun, dass ich hier ruhig und unabhängig an meinem Meinungsbild arbeiten will.«

»Und von diesem Meinungsbild«, sagte Hsü, »dachte ich, sollten Sie, lieber Paul, Kenntnis erhalten. Denn es ist wichtig für die deutsche Fernostpolitik, und es ist wichtig für Tschiang Kai Schek.«

Kleinert setzte sich gespannt auf einen Hocker, den Hsü schnell noch von einem wackligen Stapel Bücher befreit hatte, Jobst v. Tryck zu Senz nahm auf einem ähnlichen Gestühl Platz, Hsü drängte sich hinter seinen ebenfalls von Bücherstapeln okkupierten Schreibtisch, und nun, da zwischen den zum

Bersten vollen Regalen und einigen auf dem Boden liegenden Zeitungsstößen für einen weiteren Gesprächsteilnehmer beim besten Willen kein Platz mehr gewesen wäre, drückte der Wissenschaftler Kleinert eine um die dreißig, vierzig Seiten umfassende Ausarbeitung in die Hand.

»Ich habe hier ein Memorandum verfasst«, sagte er. »Es geht um die Möglichkeiten der deutschen und der britischen Politik angesichts des Krieges, mit dem wir es hier draußen zu tun haben. Ich kann es ihnen so, wie es ist, nicht überlassen, denn ich habe es für meine Förderer in England verfasst – das sind, um es Ihnen ganz offen zu sagen, Mitglieder des Oberhauses mit der Möglichkeit, mit dem Außenminister ins Gespräch zu kommen –, und ich will es in Übereinstimmung mit diesen Herren auch einigen Persönlichkeiten in Deutschland zukommen lassen. Gedacht habe ich dabei an Leute, die auch jetzt, da ja manches in Veränderung begriffen ist, eine gute deutsch-englischen Zusammenarbeit nicht einfach in den Wind schreiben wollen. Aber ich würde Ihnen gern ein paar der wichtigsten Überlegungen vortragen.«

»Tun Sie das«, sagte Kleinert. Er betrachtete den jungen Mann aufmerksam. Es ist ein bemerkenswertes Selbstbewusstsein, dachte er, das er da an den Tag legt, aber er war den Umgang in den Kreisen, von denen er mit solcher Selbstverständlichkeit sprach, offensichtlich gewohnt. Na klar, schon der Name war ja keine Alltäglichkeit: Jobst v. Tryck zu Senz. Das musste eines der großen Adelsgeschlechter sein, von denen er, Kleinert, im Geschichtsunterricht beim Thema preußische Reformen und Befreiungskriege einmal gehört hatte. Die Herren von und zum Stein und von Hardenberg – das waren Namen, die er sich gemerkt hatte. Und stammte nicht auch v. Saecken aus einer solchen alten Familie? Aber nie und nimmer wäre ihm in den Sinn gekommen, den General dazu näher zu befragen. Nein, auf solchem Fuße hatten sie nicht miteinander gestanden, wie eng sie auch zusammen gearbeitet haben mochten. Dafür hatte v. Saecken mit seinem ganzen Habitus und Umgang selbst gesorgt, aber auch Kleinert hatte keinen Anlass gesehen, Hand an Schranken zu legen, die ihm, da er sie als normal empfand, als solche gar nicht bewusst geworden.

Mit Tryck aber – Kleinert machte es sich rasch bewusst – war es natürlich etwas ganz anderes. Hier war keiner des anderen Vorgesetzter, und nichts, aber auch gar nichts zählte hier, ob da einer in Deutschland auf einem ostelbischen Adelsgut zu Hause war mit ausgedehnten Ländereien, weitläufigen Pferdekoppeln und gepflegten Abendgesellschaften oder in einem mitteldeutschen Industriestädtchen mit kleinem Hausgarten und hin und wieder einem Tanzvergnügen im Gasthaus mit Kegelbahn und Schrammelkapelle. Kleinert war für Tryck die Brücke zu Tschiang Kai Schek, die er selbst nicht zu schlagen vermochte, und allein das zählte, und Tryck selbst machte auch nicht im mindesten den Eindruck, als sei für ihn irgend etwas anderes von Bedeutung.

»Ich möchte«, begann der Wissenschaftler, »im Kern nichts anderes, als dass Deutschland eine neue Anstrengung zur Vermittlung eines Friedens zwischen Japan und China unternimmt, und damit eine solche Anstrengung von Erfolg gekrönt sein kann, halte ich es für notwendig, dass sich Deutschland und England über einen solchen Schritt miteinander verständigen.«

»Sie wissen«, sagte Kleinert, »dass Botschafter Trauthoff mit einer solchen Anstrengung – die allerdings die Engländer nicht eingeschlossen hat – gerade erst gescheitert ist?«

»Das weiß ich, natürlich«, sagte Tryck, »aber ich glaube, dass sich seither die Bedingungen um einiges verändert haben. Es gibt, denke ich, heute, im Sommer 1938, sowohl in Japan als auch in China eine größer werdende Gruppe von Leuten, die durchaus verstehen, dass eine Fortsetzung des Krieges beide Länder zugleich in tödlicher Weise schwächen wird. Die Japaner werden das Land nie vollständig besetzen können. Eine umfassende Durchdringung selbst ihres bisher geschaffenen Hinterlandes würde wahrscheinlich – nimmt man alle dabei zu erwartenden Widerstände und Hindernisse zusammen – Jahrzehnte dauern. Allerdings: Auch die Chinesen ihrerseits werden nicht stark genug sein, die Dinge zu entscheiden, das heißt: die Japaner wieder aus dem Lande zu vertreiben. So werden sie sich im Stellungskrieg an einer Front, die sich nach dem Fall von Hankou in gar nicht allzu ferner Zukunft stabilisiert haben wird, und in unablässigen kleinen Schlachten um diese und jene Eisenbahnlinie und diesen und jenen möglichen Standort einer größeren Bergwerks- oder Industrieunternehmung gegenseitig aufreiben, und am Ende werden sie alle beide kraftlos darnieder liegen.«

»Aber woher nehmen Sie die Gewissheit«, fragte Kleinert, »dass die Zahl derer, die einsehen, dass es so nicht weiter gehen kann, in beiden Ländern zunehmen könnte? Soviel ich weiß, haben die Japaner im vergangenen Herbst und Winter Forderungen aufgemacht, die auch die Gutwilligsten auf der chinesischen Seite nicht akzeptieren konnten.«

»Das stimmt«, sagte Tryck, »und mit dieser Erfahrung im Hintergrund habe ich einmal versucht, die alles entscheidende Frage heraus zu filtern, und die ist meiner Meinung nach die nach der Anerkennung Tschiang Kai Scheks. Hier, glaube ich, liegt der Schlüssel zu allem anderen.«

»Und gerade hier«, sagte Kleinert, »sind die Japaner bisher auch besonders dickfellig.«

»Genau«, bestätigte Tryck, »und darum denke ich, dass Deutschland als Verbündeter der Japaner in eben dieser Frage noch einmal Druck aufmachen sollte. Es müsste doch, wenn man die Politik der Japaner, Tschiang Kai Scheks und Deutschlands in den vergangenen zehn Jahren betrachtet, so schwer nicht sein, als gemeinsamen Nenner das Interesse an zentralstaatlich geleiteter Modernisierung, Zugang zu neuen Märkten und an einem wirksamen Schutz vor der Gefahr des Kommunismus auszumachen. Und da sollte es nicht möglich sein, zu Kompromissen zu gelangen? Ich bin mir ganz sicher – und viele meiner Gesprächspartner, die ich hier gefunden habe, haben mir das bestätigt: Wenn die Japaner dazu bereit sine, Tschiang Kai Schek zu akzeptieren, wird Tschiang seinerseits auch zu Zugeständnissen an die Japaner bereit sein. Zum Beispiel in Nordchina, das ihm ja ohnehin nicht besonders gewogen ist und dass ohne die Wirtschafts- und Finanzkraft der Japaner wohl auch gar nicht zu modernisieren ist.«

»Dann müsste aber«, schaltete sich Kleinert wieder ein, und er war froh, dass er sich durch die Gespräche mit Lotte Ribbegg und Hsü Tao Lin, Schafstetten und Breitenschlager ein sicheres Fundament für seine Argumente geschaffen hatte, »etwas ganz Außergewöhnliches passieren: Tschiang Kai Schek müsste die Freischärler auffordern, ihren Widerstand einzustellen.«

»Ja«, sagte Tryck, »das müsste er.«

»Aber das kann er nicht!« Hsü, der bis jetzt geschwiegen hatte, meldete sich mit einer Erregtheit zu Wort, wie sie Kleinert bei ihm nur in den seinerzeit heftigen Debatten um den Antikominternpakt erlebt hatte.

»Und wieso kann er das nicht?« Tryck blieb gelassen. »Die Freischärler, von denen Sie reden, sind – wir alle wissen es – entweder selbst Kommunisten oder irgendwie mit den Kommunisten verbunden. Tschiang Kai Schek ist – auch das wissen wir alle – in nicht geringerem Maße Antikommunist als die Japaner selbst. Warum also soll da keine Verständigung möglich sein?«

Hsü war sichtlich enttäuscht. »Wir haben über diesen Punkt ja schon des öfteren gesprochen, lieber Tryck *hsiänscheng*, und darum bin ich wirklich sehr traurig, dass es mir nicht gelungen ist, Ihnen verständlich zu machen, dass es nicht richtig ist, den chinesischen kommunistischen Widerstand einfach mit allem in einen Topf zu werfen, was es an Kommunismus auf der Welt gibt.«

»Ich muss«, sagte Kleinert, »meinem Freund Hsü Recht geben. Wenn Tschiang Kai Schek sich jetzt von den Freischärlern lossagen würde, würde es ihn von seinem Posten hinwegfegen. Und zwar nicht, weil die Leute nach dem Kommunismus schreien, sondern weil sie entschlossenen Widerstand wollen. Den Ruf nach solchem Widerstand haben die Kommunisten schon immer am lautesten ertönen lassen, und es hätte vielleicht – wie es ja auch eine ganze Weile geschehen ist Ende der Zwanziger, Anfang der dreißiger Jahre – ein isolierter Ruf bleiben können, wenn – ja, wenn eben die Japaner mit ihrem Vorgehen nicht unentwegt genau diesen Kommunisten in die Hände arbeiten würden. Die Japaner sind es, die die Kommunisten endgültig groß und wichtig gemacht haben in diesem Land. Das, glaube ich, muss endlich begriffen werden.«

Er schaute zu Hsü, freute sich über dessen Nicken, blickte dann zu Tryck hinüber, dessen Gesicht unverändert offenes Interesse an seinen Ausführungen widerspiegelte, und fügte hinzu: »Botschafter Trauthoff war übrigens der erste, der das mit aller Schärfe erkannt und darüber auch – wir haben uns beide oft darüber unterhalten – beharrlich nach Berlin Bericht erstattet hat. Und er war darum auch in höchstem Maße aufgebracht, als die Japaner bekanntgegeben hatten, dass sie den Marschall künftighin nicht mehr als Staatsoberhaupt anerkennen würden.«

»Ich weiß von den Positionen Trauthoffs«, sagte Tryck, »und ich schätze sie sehr, und irgendwie denken wir ja auch in die gleiche Richtung. Ich bin mir nur nicht sicher, ob der von Ihnen, lieber Kleinert, und Ihnen, lieber Hsü, beschriebene Zustand, dass Tschiang Kai Schek in solch starkem Maße vom kommunistischen Widerstand abhängt, tatsächlich schon eingetreten ist. Ich sage Ihnen in aller Offenheit, dass ich diesen Zustand noch nicht für eingetreten halte und dass ich meine, dass er auch nicht eintreten darf. Eben deshalb will ich, dass wir mäßigend auf beide einwirken: auf Japan, selbstverständlich, aber eben auch auf Tschiang Kai Schek.«

»Sagen Sie doch bitte noch einmal«, ergriff Hsü wieder das Wort, »was Ihrer Meinung nach das deutsche Interesse an diesen Entwicklungen ausmacht. Ich muss es hier noch einmal sagen, was Sie beide bereits wissen: Ich bin ein entschiedener Gegner des Antikominterpaktes, und ich glaube, dass Deutschland damit alle ernsthaften Interessen an einem Ausgleich zwischen Japan und China endgültig verspielt hat.«

»Sehen Sie«, sagte Tryck, »und genau dieser Meinung bin ich eben nicht. Ich glaube, dass dieser Vertrag regelmäßig missdeutet wird. Manche messen ihm nur eine imaginäre Bedeutung zu – und damit haben sie nicht Recht, denn es ist genau dieser Vertrag, mit dem sich Deutschland, das hier in Ostasien schon im Weltkrieg und dann noch einmal durch die Versailler Verträge so tief gedemütigt worden ist, endlich wieder ins Spiel zurück gebracht hat. Und andere überschätzen den Vertrag als ein Dokument strategisch geplanten gemeinsamen Handelns beider Länder, und auch die haben nicht Recht, denn was der Vertrag verkündet, ist nicht mehr – aber eben auch nicht weniger – als die Tatsache, dass sich Deutschland und Japan durch vergleichbare Frustrationen in ihrer Entwicklung gehemmt fühlen und nun nach einer Grundlage suchen, auf der sie gemeinsam Wege zur Überwindung dieser Frustrationen finden können. Dass die eindeutigste Gemeinsamkeit die Gegnerschaft zu den Zielen des Kommunismus ist – nun, das ist ja angesichts der Bedrohungen, die von der Sowjetunion sowohl in Europa als auch in Ostasien ausgehen, wahrlich kein Wunder.«

»Ich bitte Sie, noch ein bisschen klarer zu werden«, sagte Hsü. »Was, denken Sie, will Deutschland hier bei uns?«

»Ich weiß es nicht genau«, sagte Tryck, »deswegen bin ich ja von England aus hierher gekommen und nicht von Berlin. Was ich sagen kann, ist, was Deutschland meiner Meinung nach wollen sollte. Es sollte, denke ich, den Willen haben, in diesem Teil der Welt unbedingt präsent zu bleiben – und zwar mit England, Frankreich und den Vereinigten Staaten gemeinsam. Das heißt, es sollte hier Investitionsmöglichkeiten haben, sollte genau wie alle anderen freien Handel treiben können, sollte gute Kulturbeziehungen pflegen – kurz, sollte all das tun können, was zu modernen internationalen Beziehungen gehört.«

»Und diese Ziele«, sagte Hsü, »sehen Sie, wenn ich Sie richtig verstanden habe, durch den Kriegsverlauf gefährdet, und darum wollen sie einen Friedensschluss, und zwar nicht irgend einen, sondern einen solchen, bei dem die Präsenz der Europäer und der Amerikaner garantiert bleibt.«

»Richtig«, sagte Tryck. »Das ist es, was ich will.«

»Und das« – Hsü ließ nicht locker – »heißt mit anderen Worten: Sie wollen unter keinen Umständen das, was manche eine asiatische Lösung nennen.«

»Auch das ist richtig«, bestätigte Tryck, »denn eine solche asiatische Lösung kann ich mir, weil Japan als Gewinner aus den vorhin genannten Gründen ausscheidet, nur als Sieg der russischen und der chinesischen Kommunisten vorstellen, und einen solchen Sieg hielte ich für eine Katastrophe.«

»Ich kann«, sagte Hsü, »wenn ich mich in Ihre Lage versetze, Ihre Ansichten und Wünsche gut verstehen, aber ich glaube – und Sie sind mir hoffentlich nicht böse, wenn ich das so sage –, dass sie die Komplexität der chinesischen Entwicklung unterschätzen. Ihr Bild von den Wechselwirkungen zwischen Tschiang Kai Schek, der Kuomintang und den Kommunisten hat nicht all die Farben, die es, so denke ich, haben müsste.«

Er lehnte sich in seinem Stuhl zurück, rückte die Bücherstapel auf seinem Schreibtisch ein wenig zurecht, und Kleinert freute sich zu sehen, wie der Freund wieder jenen Gestus staatsmännischer Abgeklärtheit gewann, den er schon oft an ihm bewundert hatte.

»Und was die Notwendigkeit der europäischen Präsenz in Ostasien betrifft«, fuhr er fort, »so wird es Sie nicht wundern, wenn ich jene Überlegungen Sun Yat Sens geltend machen will, die auf Gleichberechtigung aller Mächte hinaus laufen – womit voraus gesetzt ist, dass China diese Gleichberechtigung überhaupt erst einmal erlangen muss. Ein jeder Versuch, einen Frieden ohne diese Gleichberechtigung zu erzielen, wird – da bin ich mir sehr sicher – scheitern müssen.«

Kleinert war gespannt, wie Tryck zu Senz aus der Klemme, in die er geraten war, herauskommen würde. Der Disput hatte den Knackpunkt klar zu Tage gebracht: Tryck war ein Gegner des jetzigen japanischen Vorgehens, und er war auch ein Gegner jenes Berliner Kurses, in dessen Folge Trauthoff abberufen worden war, was ja nicht anders gedeutet werden konnte als eine Schwächung Tschiang Kai Scheks auch durch die Deutschen. Aber eine Gefahr sah er auch in entschlossenem chinesischem Widerstand, und deutsche Präsenz konnte er sich offensichtlich nur vorstellen in einer Fortschreibung der Verhältnisse, wie sie vor dem Ausbruch des Krieges geherrscht hatten. Das – natürlich – konnte Hsü nie und nimmer akzeptieren.

Tryck schwieg – und Kleinert, je länger dieses Schweigen dauerte, merkte, dass er selbst auch keine Antwort hatte. Was wollte er denn am Ende selbst? Hatte der Wissenschaftler nicht Recht mit seiner Warnung vor den Gefahren des Kommunismus? Wie wollte er, Kleinert, sich in seinen Diensten für Tschiang denn künftig selbst verhalten? Würde er, wenn es so weiter ging, bald schon selbst mit den Kommunisten an einem Tisch sitzen? War es das, was man sich wünschen sollte? Das Vorgehen der Japaner zu verurteilen, dämmerte es ihm, war das eine, aber einen Ausweg zu finden – und dazu noch einen, der Deutsches und Chinesisches würde unter einen Hut bringen können: Das war damit noch längst nicht gelungen.

Hsü half seinem Gast über die Verlegenheit hinweg. »Ich bewundere die Kraft, lieber Tryck, mit der Sie fast Unmögliches versuchen. Wir mögen, wie sich gerade heraus gestellt hat, in manchen Dingen unterschiedlicher Auffassung sein – aber glauben Sie mir, ich habe lange genug in den internationalen Beziehungen zu tun, um zu wissen, wie schwierig es ist, dann, wenn ein Strom erst einmal ins Fließen gekommen ist, auch nur den geringsten Schritt gegen die Strömung zu setzen. Ihr Versuch, eine Anerkennung Tschiang Kai Scheks durch die Japaner zu erreichen, ist ein solcher scheinbar geringer Schritt, aber da alle beteiligten Seiten wissen, dass es der entscheidende ist, wird man Ihnen alle nur denkbaren Steine in den Weg legen – ganz so, wie man es bei Botschafter Trauthoff auch getan hat.«

Tryck war sichtlich erleichtert über die Wendung, die Hsü dem Gespräch gegeben hatte. »Wissen Sie was«, sagte er, »lassen Sie uns doch noch einmal gemeinsam zum *weiminghu* gehen, dem Namenlosen See, der sich so trefflich in Ihr Universitätsgelände einfügt. Sie haben mir mit einem solchen Spaziergang schon neulich eine große Freude bereitet, lieber Hsü – ich würde die Runde gern ein zweites Mal machen.«

Sie waren einverstanden, Kleinert genoss die Harmonie der fast unbewegten Wasseroberfläche mit dem vielstöckigen, ein liebliches Spiegelbild zaubernden Pagodenturm, und als Tryck ihn am Ende noch einmal fragte, ob er denn damit rechnen könne, dass er, Kleinert, sich bei Tschiang Kai Schek für die Ideen des Memorandums einsetzen würde, bestätigte er ihm das gern. Er selbst, sagte Tryck, werde das Papier einigen Männern im britischen Oberhaus zur Kenntnis geben und versuchen, es über gute Freunde gezielt auch in Berlin zu lancieren. Finanzminister Hjalmar von Schacht zum Beispiel scheine ihm als Adressat geeignet, denn er bringe nicht nur einiges Verständnis für China auf, sondern sei auch ein Verfechter einer vernünftigen deutsch-britischen Zusammenarbeit.

Hsü begnügte sich bei diesem Spaziergang ganz mit der Rolle des zurückhaltenden Gastgebers. Er hatte, fand Kleinert, noch einmal mit unerwarteter Heftigkeit seine Ansichten dargelegt, und Kleinert war ihm dankbar dafür. Auch wenn, wie er sich eingestehen musste, die Zahl der Fragen eher größer als kleiner geworden war.

Kapitel 18

Das Wasser, das Kleinert in den Mund lief, war brackig und lauwarm, er spürte den Schmutz, den es ihm auf die Zunge spülte, und er spürte auch, dass er es so nicht mehr lange aushalten würde. Den Kopf zu heben wagte er aber nicht, denn noch immer pfiffen Kugeln über ihn hinweg, und er war, so misslich sich seine Lage für den Moment auch darstellte, heilfroh, dass er es überhaupt bis zu diesem Graben geschafft hatte. Es musste der Rand eines Reisfeldes sein, den er da gerade noch erreicht hatte, bevor aus dem ersten Schusswechsel richtiges Gefechtsfeuer geworden war. Wer da mit wem kämpfte – Kleinert hatte keine Ahnung, und es interessierte ihn auch nicht, denn er hatte mehr als genug mit sich selbst zu tun. Bewegte er sich nicht, rutschte er immer tiefer hinein in den weichen, nachgiebigen Schlamm, über dem eine dünne Wasserschicht stand, auf der sich – es geschah auf der Höhe seiner Augen, und so hatte er den Eindruck, Zuschauer eines bizarren, die Dinge ins Unwirkliche verzerrenden Schauspiels zu sein – allerlei Laufkäfer tummelten und in der, so wusste er aus Erzählungen, auch an Blutegeln kein Mangel sein dürfte. Bewegte er sich aber, konnte er sicher sein, dass eine der Maschinengewehrgarben, die nach wie vor in dichter Folge das Feld bestrichen, auch für ihn eine Kugel bereit halten würde. Nicht nur den Kopf, sondern auch die Fersen unten halten, hämmerte er sich ein. Die Männer, die von der Front in den Heimaturlaub gekommen waren, damals, in L., hatten, als er mit großen Augen in ihrer Runde sitzen durfte, wilde Geschichten zu erzählen gewusst von den Dummköpfen, die diese Regel missachtet hatten. Nein, die Hacken würden sie nicht treffen bei ihm, die nicht. Aber wenn er den Kopf nicht bald frei bekam, würde es darauf vielleicht auch gar nicht mehr ankommen. Er zog die rechte Hand, die er bisher mit der linken verschränkt schützend über den Kopf gehalten hatte, nach unten, in dem er den Ellbogen tief in den Schlamm bohrte, und versuchte, auf diese Weise eine Stütze zu schaffen, mit der es ihm möglich wurde, das Gesicht zur Seite zu drehen, ohne ein neues Ziel zu bieten. Nun hatte er wenigstens Mund und Nase frei, aber das Gehirn fand keine Ruhe, und die Gedanken überschlugen sich. Hoffentlich hatte er sich mit dem schmutzigen Wasser nicht irgend etwas eingehandelt. Von Hakenwürmern hörte man allweil, die sich in den Dünndarm bohren, und winzigen Pärchenegeln, die sich in der Leber festsetzen konnten und, wenn man den Befall nicht rasch erkannte und schnellstens eine Behandlung einleitete, den Betroffenen in ein langes, qualvolles Siechtum zu schicken in der Lage waren. War nicht Theodor Landmann, der legendäre erste Militärberater, seinerzeit an Pocken zu Grunde gegangen? Irgendwo – wie jetzt auch er – weit draußen auf dem flachen Land, Lichtjahre entfernt von wenigstens halbwegs geregelter Hygiene? Man musste verdammt vorsichtig sein mit solchen Sachen in diesen Gegenden. Aber was nützte sie, diese Vorsicht, wenn plötzlich das Haus, in dem man gerade noch Quartier gehabt hatte, in Flammen stand und man von hastigem Maschinengewehrgebelfer über die Straße gehetzt wurde, nichts anderes mehr im Sinn als das nackte Überleben?

»Kleinert!« Die Stimme, die ihn rief, klang gepresst, war aber deutlich zu verstehen. »Kleinert, sind Sie da? Leben Sie noch?«

»Ja, ich lebe.« Kleinert wusste nicht, aus welcher Richtung der Ruf gekommen war, und so gab er einfach nur Laut, wie ein verschrecktes Tier, das einen klagenden Hilferuf aussandte. Ein paar Minuten später vernahm er ein leise platschendes Schleifen und Schlurren, und Hans Shippe kam neben ihn zu liegen, herangerobbt ganz in der Art eines erfahrenen Frontkämpfers.

»Halten Sie aus, Mann, das kann nicht mehr lange dauern, so viel Munition können die gar nicht haben«, sagte er, und Kleinert hoffte begierig, dass er Recht behalten möge.

Er musste es wissen, dieser Shippe – nach allem, was er ihm, Kleinert, am gestrigen Abend bei einer Schüssel voll Reis und scharfem Kohl erzählt hatte. Es war unklar, woher dieser Mann gekommen war und wo es ihn hin führte – aber egal, er war ihm zum Schutzengel geworden, als die Granaten einschlugen und die Herberge in Brand setzten, und auch jetzt hatte er wieder die Nerven behalten, ihn in all dem Getöse und dem Durcheinander der aufspritzenden Schlammfontänen ausgemacht und einen Weg gefunden, zu ihm zu stoßen. Nie und nimmer, dachte Kleinert, hätte er selbst sich jetzt so um einen anderen kümmern können, wie Shippe es mit ihm getan hatte. Da mochten manche noch so sehr davon überzeugt sein, dass man es trainieren könne – dieses Maß an Kaltblütigkeit, das nötig war, mit solchen plötzlichen Gefahrensituationen fertig zu werden: auf ihn, Kleinert, schien das nicht zuzutreffen. Nanking hatte ihn – er merkte es immer wieder – nicht hart gemacht, hatte ihn nicht geschmiedet, wie es so häufig hieß, sondern seine Nerven eher noch blanker werden lassen.

Aber Shippe hatte die Lage tatsächlich richtig eingeschätzt – so plötzlich, wie das Gefecht los gebrochen war, so unvermittelt kam es auch zu einem Ende. Noch zwei, drei Mal krachten Granaten ins Feld, Schlammklumpen hoch in die Luft schleudernd und todbringende zischende Splitter aussendend – dann war alles vorbei, und nur ein paar von Ferne zu hörende scharf herausgeschrieene Befehle erinnerten daran, dass an der Attacke auch Menschen aus Fleisch und Blut beteiligt gewesen sein mussten. Gesehen hatte Kleinert von denen nichts – er war ihnen so wie die ganze kleine, am Dorfrand liegende Herberge einfach nur ins Schussfeld geraten.

»Was meinen Sie«, fragte er nun, da sie die Köpfe heben und daran denken konnten, nach einem bequemeren Ort Ausschau zu halten, an dem sie ihre Sachen würden ordnen können, »wer ist da wem in die Quere gekommen?«

»Ich glaube«, sagte Shippe, »es war ein typischer japanischer Vergeltungsschlag. Es muss wohl gestern irgendwann einen Angriff chinesischer Partisanen gegeben haben, und nun haben sich die Japaner gewehrt. Da kommt es ihnen in aller Regel nicht ungelegen, wenn sie den auf dem Wege liegenden Dörfern gleich ebenfalls eine Lektion erteilen können – zur Abschreckung, wie sie sagen.«

Sie fanden einen kleinen, mit Bambus bestandenen Hügel, und Kleinert spürte, wie plötzlich alle Anspannung von ihm abfiel. Müde streckte er sich im Schatten der leise und friedlich im Winde raschelnden Halme und Blätter auf dem nun harten und trockenen Boden aus, froh, auf dem Rücken liegen zu können und nicht mehr darüber nachdenken zu müssen, ob nicht vielleicht seine Zehenspitzen oder ein zur Lockerung in die Höhe gereckter Arm ein willkommenes Ziel bieten könnten, und es war ihm erst einmal egal, wie er Anzug, Hemd und Schuhe würde trocknen und reinigen können. Shippe indes hatte den Blick schon wieder nach vorn gerichtet.

»Bleiben Sie hier«, sagte er, »ich laufe ins Dorf zurück und schaue nach, wie wir weiter kommen können. Ich melde mich dann wieder bei Ihnen.«

Kleinert hatte keinen Grund, an der Lauterkeit dieses Mannes zu zweifeln. Zwar hatte sie nichts anderes als ein Zufall zusammen geführt, und ganz gewiss waren keinerlei Verpflichtungen füreinander entstanden, aber die Art, wie sie miteinander umgegangen waren vom ersten Moment ihrer Begegnung an, gab Kleinert das sichere Gefühl, sich ganz in die Hände des Anderen geben zu können.

Wie verrückt die Dinge immer wieder liefen, dachte Kleinert. Da hatte er auf seiner Reise nun wahrlich schon mit vielen überraschenden Wendungen zu tun gehabt, aber das Arsenal war offenbar noch lange nicht aufgebraucht.

Im beglückenden Gefühl ihrer erneut bestätigten Freundschaft hatte er sich von Hsü Tao Lin verabschiedet. Lange noch hatten sie nach dem Spaziergang, mit dem sie das Zusammentreffen mit Jobst v. Tryck zu Senz beschlossen hatten, zu zweit in Hsüs Wohnung zusammen gesessen, und mit der gleichen freundlichen Beharrlichkeit, mit der ihn Hsü einst in Berlin davon überzeugt hatte, dass es sich lohnen würde, etwas für die deutsch-chinesischen Beziehungen zu tun, war er auch jetzt wieder in ihn gedrungen, um ihn zu bestärken, Tschiang Kai Schek mit größter Offenheit die Ergebnisse seiner Pekinger Gespräche zu unterbreiten. Auf keinen Fall, so hatte Hsü ihn beschworen, dürfe er sich davon beeindrucken lassen, dass es in Hankou und später in Tschungking eine Menge Leute geben werde, die den Marschall in ganz anderer Richtung zu beeinflussen versuchen würden, als dass aus ihrer beider Sicht notwendig sei.

»Tryck hat doch Recht«, hatte er gesagt, »natürlich gibt es in der Kuomintang-Spitze Etliche, die lieber heute als morgen zu einem Ausgleich mit den Japanern kommen wollen und selbstverständlich auch bereit sind, dafür die Kommunisten über die Klinge springen zu lassen. Und diese Etlichen werden jeden Erfolg der Japaner – und die Einnahme Hankous wird ja noch einmal ein sehr großer sein – natürlich dazu nutzen, ihr Druckpotential zu erhöhen. Aber ich kann vor einem solchen Kurs nur immer wieder warnen. So erfolgversprechend er für den Moment aussehen mag – auf lange Sicht führt er in die Sackgasse, denn der Widerstandswille im Volk ist nicht mehr zu brechen. Egal, was man sich in diesen oder jenen Regierungskreisen auch immer einreden mag. Bitte, lieber Paul, seien Sie mutig! Der Marschall gibt viel auf Ihre Meinung, sonst hätte er Sie nicht hier herauf geschickt!«

Und völlig einig waren sie sich auch gewesen, dass es von größter Wichtigkeit sein würde, welche Signale Tschiang Kai Schek aus Tschungking senden würde.

»Die großen Modernisierungsprogramme«, hatte Hsü gesagt, »von denen der Marschall schon in Nanking immer wieder gesprochen hat – sie müssen nun von Tschungking aus in Gang gesetzt werden. Die Japaner haben einen großen Teil Chinas besetzt – aber das verbliebene freie Land ist trotzdem immer noch groß genug, um lebensfähig zu sein, und wenn man alle Kräfte konzentriert, kann man hier Zeichen des wirtschaftlichen Aufbaus und der Entwicklung der Landwirtschaft setzen, die auch auf den Widerstand in den besetzten Gebieten ausstrahlen.«

Und weil ihm Kleinert offensichtlich noch nicht enthusiastisch genug erschienen war, hatte er ihn auch bei seinem Ego zu packen versucht: »Bringen Sie Ihre alten Pläne zum Staats- und Wirtschaftsaufbau wieder ins Spiel, Paul! Jetzt können Sie das tun, was Theodor Landmann Ende der zwanziger Jahre getan hat: Sie können Pionierarbeit leisten!«

Mit diesen Worten im Ohr war Kleinert in Peking in den Zug gestiegen, aber schon nach ein paar Dutzend Kilometern, auf einem Kleinstadtbahnhof nicht weit hinter Paoting, war die Fahrt zu Ende gewesen. Als Ursache hatte sich schnell das Übliche heraus gestellt: Freischärler hatten die Geleise gesprengt, an eine Weiterreise auf der Schiene war in absehbarer Zeit nicht zu denken.

Kleinert war aus dem Zug gesprungen und hatte Umschau gehalten, an wen er sich bei der Suche nach einer anderen Fortbewegungsmöglichkeit würde halten können, und sein Blick war auf einen lang aufgeschossenen, hageren Europäer gefallen, der mit sicherem Schritt einem Fuhrhof zustrebte, auf dem einige schon etwas mitgenommene, aber offensichtlich fahrtüchtige Lastkraftwagen geparkt waren. Die Kleidung des Mannes hatte verraten, dass er nicht aus einem der üblichen ausländischen Büros oder Handelskontore zu kommen schien. Der in der Taille mit einem ledernen Gürtel geraffte Anzug aus dunkelgrünem Baumwollstoff ähnelte einer chinesischen Kampfuniform, auch die Schirmmütze entstammte diesem Arsenal, und die aus derbem Leinen gefertigte, ebenfalls dunkelgrüne Kartentasche, die ihm, von einem Schulterriemen getragen und durch den Gürtel gebändigt, an der linken Hüfte hing, verlieh ihm das Aussehen von einem, der es gewohnt war, Entscheidungen zu treffen und Befehle zu geben. Kleinert war ihm nach gegangen, und als der Fremde sich mit einigen energischen Rufen in chinesischer Sprache am Tor des Fuhrhofes bemerkbar gemacht hatte, war er an ihn heran getreten.

Die Reaktion des Mannes war zunächst alles andere als freundlich gewesen. Kleinert, unsicher, in welcher Sprache er ihn anreden sollte, hatte sich für das Englische entschieden, und sein Gegenüber hatte dann auch in dieser Sprache geantwortet, aber es war ihm deutlich anzumerken gewesen, dass ihm die Begegnung Unbehagen bereitete. Mit knappen, unwirschen Antworten und Gesten hatte er zu verstehen gegeben, dass ihm an Gesellschaft nicht gelegen war. Erst als Kleinert sich umgewandt und in seiner Enttäuschung einen kräftigen deutschen Fluch ausgestoßen hatte, hatte er plötzlich doch noch die Aufmerksamkeit des Anderen gefunden.

»Sie sind Deutscher?«, hatte der Fremde in akzentfreiem Deutsch gefragt und hinzugefügt: »Das hat man nicht so oft, dass sich jemand aus diesen Landstrichen hier alleine durch die Gegend schlägt.«

Sie hatten dann gemeinsam einen Platz auf der Ladefläche eines Lastkraftwagens ergattert, und immer dann, wenn es ein wenig gemächlicher voran gegangen war und sie nicht alle Kraft hatten darauf verschwenden müssen, sich gegen die Planken zu stemmen, um im Wechsel von Schlaglöchern und aus dem Wege heraus ragenden Feldsteinen nicht wild herum geschleudert zu werden, hatten sie sich im Gespräch wieder ein Stück weiter aneinander herangetastet. Das hatte, weil der Fremde sein Misstrauen wie einen schützenden Mantel um sich gezogen hatte, viel länger gedauert, als es Kleinert gewohnt war, aber als sie nach ein paar Stunden holpernder Fahrt mit schmerzenden Knochen und staubverklebten Gesichtern von der Ladefläche gestiegen waren und in jenem kleinen Gasthof Quartier gefunden hatten, der ihnen am nächsten Morgen fast zur Todesfalle geworden wäre, war das Eis dann doch gebrochen gewesen.

Trotzdem, dachte Kleinert jetzt, da er im Rascheln der Bambushalme und im Zirpen der Zikaden vor sich hin dämmerte – ganz genau wusste er immer noch nicht, wer der Andere wirklich war. Aber was spielte das schon für eine Rolle. Er hatte ihm das Leben gerettet, würde sich auch jetzt um ihrer beider Fortkommen kümmern, und wen interessierte da schon, ob ein Name der richtige war oder nicht und wo auch immer da einer zu Hause war.

Denn es war schon erstaunlich mit diesem Hans Shippe, als der er sich vorgestellt hatte. Aus Australien komme er, hatte er gesagt, und tatsächlich hatte in seinem Englisch, mit dem ihr Kontakt seinen Anfang genommen hatte, jener breite, langgezogene ai-Laut geklungen, wie ihn Kleinert von anderen Begegnungen mit Leuten aus Melbourne oder Sydney bestens kannte. Über eine schreckliche *organizaition* hatte er im Fuhrhof geklagt und seinem Ärger über die unfähige *administraition* Luft gemacht, und Kleinert hatte trotz der Unübersichtlichkeit der Lage herzlich schmunzeln müssen. Aber das akzentfreie Deutsch? Nun, das habe er von seinen Eltern gelernt, die einst aus Deutschland ausgewandert seien. Zu Hause habe man nur Deutsch gesprochen, und so etwas vergesse man schließlich nicht. Aber war damit die Frage beantwortet, warum er ihn, Kleinert, erst akzeptiert hatte, nachdem er ihn hatte in deutscher Sprache fluchen hören? Warum nicht, hatte Shippe gesagt, es seien ihm plötzlich bei genau diesem Fluchen so lebendige Erinnerungen an seinen Vater in den Kopf gekommen. Das hatte überzeugend geklungen, aber dann waren, nachdem sie am späteren Abend einige *kaoliang*-Schnäpse miteinander getrungen hatten, plötzlich polnische Wendungen in Shippes Rede gerutscht, und Kleinert war aufs Neue verunsichert gewesen. Fragen indes hatte er keine weiteren gestellt, denn dass dieser Shippe, woher er nun in Wahrheit auch immer kommen mochte, ein Sprachtalent sein musste, offenbarte sich ja auch in der Art, wie er mit der lokalen chinesischen Mundart zu hantieren wusste.

Egal also – Hans Shippe nannte er sich, und was er, nachdem Kleinert ihm mit einer schnörkellosen Darstellung seiner Bindung an Tschiang Kai Schek entgegengekommen war, über seine Wege in China erzählt hatte, war von einer Art, bei der weiteres Nachfragen wohl nur unnötig neues Misstrauen provoziert hätte.

Ob Kleinert, wenn er so viel wie möglich Wissen aus erster Hand aus Nordchina mit nach Hankou nehmen wolle, denn eigentlich auf dem Laufenden sei darüber, wie sich die Achte Armee entwickelt habe?

Die Art, wie Shippe seine Frage formuliert hatte, hatte verraten, dass er die überraschende Begegnung mit Kleinert endgültig akzeptiert und beschlossen hatte, sie zu seinen eigenen Gunsten auszunutzen. Und das bedeutete für ihn offensichtlich nicht nur, Kleinert gezielt auszufragen, sondern auch, ihn mit ebenso gezielten Informationen und Ansichten auszustatten. Wie gerufen war es ihm darum gekommen, dass Kleinert in Sachen der genannten Armee tatsächlich nur zu ein paar vagen Bemerkungen in der Lage war, und er hatte mit ernstem und zugleich werbendem, einnehmendem Gesichtsausdruck zu einer längeren Erklärung ausgeholt.

Er, Kleinert, hatte Shippe begonnen, solle auf keinen Fall denen glauben, die der Annahme seien, dass das, was er hier im Norden als antijapanischen Widerstand erlebe, nur die Aktionen verstreut und unzusammenhängend agierender Freischärler oder Partisanen seien. Nein, diese Aktionen seien häufig ganz direkte Unternehmungen der Achten Armee, und diese Armee sei ja nun seit dem Sommer 1937 glücklicherweise eine reguläre, von Tschiang Kai Schek anerkannte und seinem Oberbefehl unterstellte. Er, Shippe, unterstreiche das deshalb so nachdrücklich, weil viele es immer noch nicht glauben wollten: dass die von den Kommunisten geführten Kampfverbände, die sich so lange im erbitterten Bürgerkrieg mit den Tschiang-Truppen befunden hatten, nun tatsächlich zu regulären Armeen der Republik China geworden waren. Zwei solche Armeen gebe es: die Vierte, die ihr Aktionsgebiet weiter im Süden habe, und eben die Achte, die im Norden kämpfe und zu der er gerade wieder unterwegs sei.

Aber wieso denn er, ein Ausländer?, hatte Kleinert wissen wollen, und Shippe hatte nur gelacht. »Das ist hübsch«, hatte er gesagt, »das ist wirklich hübsch – dass mich das einer fragt, der selber Ausländer ist und einen chinesischen Auftrag in der Tasche hat.«

Kleinert war verblüfft gewesen. Tatsächlich – Shippe hatte ihn ertappt. Ertappt bei der seltsamen Ansicht, ausländische Beraterschaft sei überall erlaubt, nur bei den Kommunisten nicht. Dabei waren doch gerade sie es, die überall im Ruf standen, vaterlandslose Gesellen zu sein! Da musste es doch das Normalste von der Welt sein, dass einige von ihnen auch hier anzutreffen waren. Wie kam es, dass er sich bisher damit noch nie auseinander gesetzt hatte?

Aber er hatte sich, war ihm klar geworden, im Konkreten ja ohnehin noch nie um die Kommunisten gekümmert. Zwar war von ihnen immer wieder die Rede gewesen – egal, ob im Gespräch mit Hsü Tao Lin oder mit Hermann Kröper, mit Lotte Ribbegg oder Victor Schafstetten, Siegfried Breitenschlager oder Jobst v. Tryck zu Senz – aber den direkten Kontakt mit ihnen, den hatte er bisher nicht gesucht, und es war auch noch niemand auf die Idee gekommen, ihm einen solchen Kontakt anzubieten.

Nun stieß ihn dieser Hans Shippe mit der Nase drauf.

»Haben Sie«, hatte er ihn gefragt, »denn schon einmal versucht, Tschou En Lai, den Vertreter der Kommunistischen Partei in Hankou, zu treffen? Das muss Ihnen doch wichtig sein, denke ich, zu wissen, wie diese Leute die Dinge sehen.«

Das ist wohl wahr, dachte Kleinert, aber er war sich auch jetzt in seinem Bambushain ziemlich sicher, dass der Marschall es kaum goutieren würde, wenn ausgerechnet er, der Deutsche, sich mit solcher Art von Kontaktarbeit befassen würde. Dennoch konnte man es drehen, wie man es wollte: Was war das Hörensagen schon wert gegen die eigene Erfahrung – und wie wollte man es denn nun kennen lernen, das Besondere der chinesischen Kommunisten, von dem so oft die Rede gewesen war, wenn man nicht auch einmal neue Wege ging und sich selbst ein Bild machte?

»Sehen Sie«, hatte Shippe gesagt, um den Grund für seine Aufforderung noch einmal zu unterstreichen, »Tschou En Lai ist ja in Hankou beileibe nicht nur der Vertreter von zwei Armeen. Diese Aufgabe könnte ja jeder bessere Generalstabsoffizier übernehmen. Nein, Tschou ist viel mehr. Er ist der Vertreter mehrerer gesonderter Verwaltungsgebiete, ja, wenn Sie so wollen, sogar richtiger kleiner Staatswesen.«

»Staatswesen? Haben Sie sich da nicht versprochen?« Kleinert hatte ihn mit dem Ausdruck kompletter Ungläubigkeit angesehen.

»Nein, nein, keineswegs«, hatte Shippe geantwortet, »Sie müssen sich nur, um das zu begreifen, noch auf eine längere Befassung mit den Besonderheiten der Kriegführung einlassen.«

Er hatte dann zunächst einmal auf all das verwiesen, was Kleinert nun schon zur Genüge kannte: dass die Japaner die riesigen Territorien, die sie erobert hatten, nicht wirklich kontrollieren konnten und sich darum auf die

Sicherung der Eisenbahnlinien und der Städte beschränken mussten; dass sich dadurch im Hinterland und dort, wo die Front sich in der Unübersichtlichkeit unwegsamer Landschaften verlor, beständig neue Räume für den Widerstand öffneten; und dass dieser Widerstand die Japaner zwang, immer wieder solche Truppen im schon besetzten Gebiet zu konzentrieren, die sie eigentlich für den weiteren Vormarsch gebraucht hätten.

Dann aber war Shippe auf Dinge gekommen, an die Kleinert bisher in der Tat noch keine Überlegungen verschwendet hatte. Zum Beispiel, wie denn das Alltagsleben funktionierte in diesen von den Japanern zwar eroberten, aber nicht zu kontrollierenden Gebieten ihres Hinterlandes. Wer hatte dort das Sagen? Japanische Vassallen? Leute von der Kuomintang? Oder wer sonst?

»Diese Gebiete«, hatte Shippe erklärt, »sind ja nicht klein, sie umfassen Zehntausende von Quadratkilometern, und das ist es, was Sie ganz einfach wissen müssen: Die Achte Armee hat eine Strategie entwickelt, in diese Gebiete einzudringen und dort eigenständige Verwaltungsstrukturen zu schaffen.«

»Sie meinen« – Kleinerts Ungläubigkeit war nicht um einen Deut kleiner geworden –, »dass dort gegen den Willen der Japaner verwaltet und regiert wird?«

»Ja, genau das meine ich«, hatte Shippe geantwortet. »Im Grenzgebiet der Provinzen Tschahar, Schanhsi und Hopei, von dem wir hier vielleicht zweihundert Kilometer entfernt sind, ist im Januar der Anfang gemacht worden und etwas weiter im Südosten, dort, wo die Provinzen Schanhsi, Hopei, Hunan und Schantung aufeinander treffen, hat diese Strategie ihre Fortsetzung gefunden. In beiden Regionen ist etwas entstanden, das die Kommunisten ›Befreite Gebiete‹ nennen und wo sie eigene Militärverwaltungsräte eingesetzt haben.«

»Und dort treffen sie eigenständige Entscheidungen?« Kleinert war weiterhin skeptisch geblieben.

»Und was für welche.« Shippes Stimme hatte stolz geklungen, als sei er selbst an ihnen beteiligt gewesen. »Die schmecken zwar einigen überhaupt nicht, denn eine bestand zum Beispiel darin, das Vermögen von Landesverrätern zu konfiszieren – also von Leuten, die sich den Japanern zur Zusammenarbeit angedient hatten. Dass die nun Zeter und Mordio schreien, ist nicht verwunderlich. Aber anderen schmecken sie dafür um so besser. Sie würden sich, wenn Sie Gelegenheit hätten, die Dinge in Augenschein zu nehmen, wundern, auf welch breite Zustimmung dieses Vorgehen stößt. Zumal es ja nicht nur um diesen einmaligen Akt von Enteignung geht. Die Kommunisten haben auch begonnen, eine für die hiesigen Verhältnisse neue Form von Einkommenssteuern zu erheben – nämlich progressive, damit die Dorfarmut einen Vorteil davon hat. Und schließlich – und das ist vielleicht das Wichtigste – haben sie die Bodenpacht gesenkt.«

Er hatte Kleinert Zeit gegeben, das Gehörte zu verarbeiten, und mit kaum verhohlenem Triumph verkündet: »Wenn Sie demnächst also mal wieder gefragt werden sollten, warum die Kommunisten so einen großen Einfluss haben: Hier haben Sie eine Antwort. Sie verwirklichen etwas, wovon die Bauern seit Ewigkeiten träumen.«

Kleinert hatte Zweifel daran geäußert, dass die Aktionen tatsächlich von so Vielen unterstützt würden, aber Shippe hatte einfach auf die Tatsachen verwiesen. »Sie können doch eine ganz simple Rechnung aufmachen: Wenn die Bevölkerung in ihrer Mehrheit gegen die Maßnahmen der Kommunisten wäre, könnte sie sich doch ohne alle Probleme auf die Seite der Japaner schlagen – die militärischen Kräfte der Kommunisten würden niemals ausreichen, dagegen etwas zu unternehmen. Aber so ist es eben nicht. Der Widerstandswille der Leute gegen die Eindringlinge ist eben tatsächlich viel größer, als viele das gedacht haben.«

Ob er, Shippe, denn auch der Meinung sei, dass es die Japaner selbst seien, die mit ihrem Vorgehen diesen Widerstandswillen erst richtig angefacht hätten? Kleinert hatte beschlossen, sich nicht länger bei seiner Skepsis aufzuhalten, sondern das Gespräch auch selbst ein wenig voran zu treiben. Es würde sich in Hankou schon zeigen, ob Shippe realistisch geblieben oder im Gefühl, Kleinert beeindrucken zu müssen, übers Ziel hinaus geschossen war.

»Ganz zweifellos«, hatte Shippe geantwortet. »Es sind tatsächlich die Japaner selbst, die mit ihren geradezu fanatisch antichinesischen Aktionen die Leute erst so richtig gegen sich aufgebracht haben.«

Aber wie er sich diesen Fanatismus denn erkläre? »Ich denke«, – Shippe hatte ihn nachdenklich angesehen, ganz so, als ob er erst einmal prüfen wolle, ob die gedankliche Anstrengung, die er zu unternehmen beabsichtigte, auch offene Ohren finden würde – »dass ich, um antworten zu können, Ihnen einen neuen Vortrag werde zumuten müssen – einen, bei dem wir sehr weit in die Geschichte der beiden Völker zurück gehen müssen.«

»Muten Sie nur«, hatte Kleinert geantwortet, »wir haben doch Zeit«, und Shippe hatte sich erneut in Fahrt geredet, wobei es ihm – zu Kleinerts großer Überraschung – sogar unterlaufen war, das bis dahin seine Äußerungen bestimmende Prinzip, keine nachprüfbaren Auskünfte zu seinem Tun und Lassen im Land preis zu geben, aufs Spiel zu setzen.

»Ich kenne«, hatte er gesagt, »aus meiner publizistischen Arbeit in Schanghai einige japanische Kollegen, die der Meinung sind, die Erklärung liege in Folgendem: Die Überlegenheit Chinas gegenüber Japan in den vergangenen tausend Jahren sei so drückend gewesen, dass sich in Japan ein mächtiger Unterlegenheitskomplex breit gemacht habe. Dieser sei nicht einfach mit dem einen oder anderen konkreten Einzelerlebnis zu begründen, sondern mit einer über die Generationen hinweg vererbten Grunderfahrung. Alles in der japanischen Ursprungskultur sei überlagert worden, seitdem die Chinesen ihren Einfluss in Japan geltend gemacht haben. Die in einfachen, geraden Linien und Materialien sich darstellende Architektur sei durch die geschwungenen Linien und den Farbenüberschwang der chinesischen verdrängt worden, die japanische Schriftsprache bediene sich seither der chinesischen

Zeichen, in den Essgewohnheiten habe das Chinesische Einzug gehalten, und in Kultur und Wissenschaft habe China über Jahrhunderte hinweg einen geradezu niederschmetternden Vorsprung vor Japan gehabt. Seit dem Ende des vergangenen Jahrhunderts habe sich in all dem ein Wandel angekündigt. Der Triumph der Japaner im japanisch-chinesischen Krieg 1894/95 sei ein erster militärisch-politischer Ausdruck dieses Wandels gewesen. Und nun, da Japan sich mit einer gewaltigen Modernisierungsanstrengung, hinter der die Chinesen weit zurückgeblieben sind, in die Lage gebracht hat, endlich auch auf dem asiatischen Festland eine Rolle zu spielen – da breche sich nun dieser alte Unterlegenheitskomplex in einem oft grausigen Ausbruch purer Rache und Vergeltung Bahn. Es sei – haben mir diese von mir sehr geachteten, ernsthaften Kollegen gesagt – in vielen Militäreinheiten tatsächlich das Gefühl entstanden, in dieser gnadenlosen Abrechnung mit dem Feind liege ein Akt der Befreiung – der Befreiung von einer ungeheuren, über Jahrhunderte hinweg erlittenen Schmach.«

»Und Sie«, hatte Kleinert gefragt, »glauben Sie diesem Erklärungsmuster?«

»Es ist sicher nicht das einzige«, hatte Shippe geantwortet, »aber einen Baustein zum Begreifen der Vorgänge bildet es, denke ich, schon.«

»Zumindest«, hatte Kleinert zugestimmt, »hat es unter solchen Voraussetzungen eine gewisse Logik, dass nicht nur die Soldaten der gegnerischen Armee als Feinde gesehen und behandelt werden, sondern alle Angehörigen des anderen Volkes – egal, ob es sich dabei um Männer, Frauen, Greise oder Kinder handelt.«

Sie waren dann ganz folgerichtig auf Nanking zu sprechen gekommen. Kleinert hatte von seinen dortigen Erlebnissen berichtet, und er war froh gewesen, zu sehen, wie er damit dem Anderen geholfen hatte, sein Misstrauen weiter abzubauen. So hatten sie mit fortschreitender Abendstunde immer offener darüber gesprochen, wie Shippe mit der kommunistischen Partei zusammenarbeitete. Als Journalist für verschiedene chinesisch-, englisch- und deutschsprachige Zeitungen in Schanghai sei er lange tätig gewesen, hatte er berichtet, jetzt aber sei er zu kommunistischen Armeezeitungen im Frontgebiet gewechselt, hin und wieder mache er sich nützlich in etwas, das sie in den Armee- und Partisaneneinheiten politische Schulung nannten, zuweilen brauchten sie ihn als Agitator in Dorfversammlungen, und schließlich, wenn Not am Mann war oder die Verhältnisse es geboten, lasse er sich als Kurier einsetzen.

Im Eindruck dieser Rede und manchen Einwurfes, den Kleinert zur Zusammenarbeit mit seinen chinesischen Auftraggebern und Freunden machen konnte, waren sie sich, als sie sich nach dem letzten Glas *kaoliang*-Schnaps auf den schmalen Pritschen im Schlafraum der Herberge zur Ruhe begaben, ein wenig wie Brüder vorgekommen.

Der dumpfe Klang von Schritten auf der Erde verriet, dass Shippe von seinem Erkundungsgang zurück gekehrt war. »Es hat noch keinen Zweck«, sagte er, »wir werden heute von hier noch nicht weiter kommen. Die Leute sind zu verängstigt, glauben noch nicht daran, dass auf die morgendlichen Attacken keine weiteren folgen werden.«

Er ließ sich neben Kleinert, der sich aufgesetzt hatte, nieder und reichte ihm ein mit Kraut gefülltes Dampfbrötchen. »Das macht aber nichts«, fuhr er fort, »denn ich habe ein paar freundliche Leute gefunden, bei denen wir die kommende Nacht bleiben können, und Ihre Klamotten« – er wies auf Kleinerts schlammverkrusteten Anzug – »kriegen wir dort sicher auch wieder stadtfein.«

Sie gingen zwischen den Reisfeldern zum Dorf zurück. Von der Herberge, die gestern noch den Eindruck gemacht hatte, als könne sie ihnen allen Schutz dieser Welt bieten, war nur noch ein rauchender Trümmerhaufen übrig geblieben. Auch einige Bauernhäuser am Dorfrand trugen Narben des morgendlichen Gefechts. Aber das Haus, in dem Shippe Quartier angeboten worden war, stand unversehrt. Kleinert wunderte sich, dass Shippe sich so weit ins Zentrum der kleinen Ortschaft vor gewagt hatte, aber der erfahrene Kurier und Aufklärer winkte ab.

»Dafür kriegen Sie ein Gespür – ob Ihnen ein Dorf gewogen ist oder nicht.«

»Und wenn es Sie einmal trügt – dieses Gespür?«, fragte Kleinert.

»Nun – es ist Krieg«, antwortete Shippe. »Da gilt er doppelt und dreifach, der alte Satz, dass, wer nicht wagt, auch nicht gewinnt.«

Sie wurden freundlich empfangen, und tatsächlich konnte Kleinert seinen Anzug gründlich reinigen. Es war ihm, merkte er, für sein Selbstbewusstsein wichtiger, als er gedacht hatte, wieder geordnet und unversehrt unter die Leute treten zu können. Er verspürte plötzlich eine heftige Sehnsucht nach der geregelten Welt seines Büros und nach Abenden, wie man sie an den weiß gedeckten Tischen der Restaurants und Klubs verbringen konnte.

Obwohl – auf Gesprächspartner wie Hans Shippe würde er dann wieder verzichten müssen. Und das war schade, denn Shippe fühlte sich in der Geborgenheit des neuen Quartiers durch die Aufmerksamkeit, die er ihm gestern entgegen gebracht hatte, zu immer neuen Mitteilungen und Erörterungen heraus gefordert.

»Sie werden es mir nicht verübeln«, sagte er, als Kleinert, weil sein Anzug zum Trocknen im Hof aufgehängt worden war, sich im Unterzeug an den kleinen Tisch gehockt hatte, der ihnen von den Hausbewohnern in den kühlen, halbdunklen Raum, in dem sie die Nacht verbringen würden, gestellt worden war, »dass ich Ihren Beraterjob mit etwas anderen Augen sehe, als Sie das tun.«

»Warum sollte ich?« Kleinert lächelte. »Nur zu! Ich weiß doch längst, dass Sie froh sind, noch einen Tag für ausführliche Referate gewonnen zu haben. Ich überlege nur noch, welchen Verlust Sie an mir ausgleichen wollen. Kann es sein, dass Sie in Ihrem früheren Leben weitaus öfter Gelegenheit hatten, solche Vorträge zu halten? Vielleicht sogar an einer Universität?«

Shippe schrak auf wie einer, der plötzlich entdecken musste, dass dem Anderen Dinge bekannt waren, über die er ihn lieber im Unklaren gelassen hätte, und im selben Moment, da er dieser Reaktion gewahr wurde, ärgerte sich Kleinert auch schon, denn natürlich wusste er nichts, hatte nur ein bisschen gepokert, und mitnichten wollte er das gute Klima, das zwischen ihnen entstanden war, um einer Information willen, mit der er ohnehin nichts hätte anfangen wollen, einer Belastungsprobe aussetzen. Also lenkte er mit einem betont lässigen »Vergessen Sie's!« ein, und Shippe begann, ein Bild der Beraterschaft vor ihm auszubreiten, von dem Kleinert so in der Tat noch keine Ahnung gehabt hatte, das ihn aber zugleich darin bestärkte, dass er es in der Person Shippes mit einem Mann zu tun hatte, der seine Zeit durchaus nicht nur in Schanghaier Redaktionsstuben verbrachte hatte, sondern über weit mehr Erfahrung und Verbindungen verfügen musste, als er es mit der eher beiläufigen Beschreibung seines Tuns in China bisher zu erkennen gegeben hatte.

Ja, gewiss, begann Shippe, Oberst Theodor Landmann sei ein Mann voller interessanter Modernisierungsideen gewesen, und mit ihm könne auch einer wie er, der für das kaiserliche deutsche Heer nun weiß Gott keine Sympathien übrig habe, durchaus einverstanden sein, denn sein militärischer Einsatz, seine Planungen und Ratschläge hätten noch vor allem dem Kampf gegen die Warlords gegolten, und in diesem Sinne sei der Kampf Tschiang Kai Scheks ja auch wirklich eine unterstützenswerte Angelegenheit gewesen. Aber dann, als Wellersdorff die Führung übernommen hatte, habe sich das Bild dramatisch geändert. Zum Hauptfeld des Wirkens dieses Generals sei die Unterstützung der fünf Feldzüge Tschiang Kai Scheks gegen die Kommunisten geworden, und damit habe sich das Unternehmen Beraterschaft insgesamt in einer Weise parteiisch verhalten, wie sie Tschiang sicher sehr gefallen habe, aber mit dem, was China wirklich brauche, doch mächtig in Widerspruch geraten sei. Mehrmals habe Wellersdorff 1930/31 den Marschall bei diesen Feldzügen im fahrbaren Hauptquartier begleitet, und es sei bekannt geworden, dass er sich direkt in die Mobilisierung der Truppen, die er als zu müde, zu wenig kampfbereit und zu nachlässig geführt beurteilt hatte, eingeschaltet habe.

»Aber damit nicht genug«, fuhr Shippe fort. Auch die entscheidenden strategischen Anregungen seien von Wellersdorff gekommen. Das habe sich besonders deutlich gezeigt, als den Tschiang-Generälen zunächst keine Antwort auf die Methode der kommunistischen Einheiten eingefallen sei, in kleinen, sehr beweglichen Trupps Überraschungsangriffe zu führen, sich dann rasch wieder zurück zu ziehen und zugleich mit Nadelstichen die rückwärtigen Verbindungslinien des Marschalls zu zerstören. Wellersdorff habe in dieser Situation dazu aufgefordert, diese beweglichen Trupps zeitig und offensiv zu umzingeln, und weil er sich gleichzeitig um eine Sicherung der Nachschublinien gekümmert habe, seien damit bemerkenswerte Erfolge gegen die Kommunisten erzielt worden.

Später, in den Jahren 1933/34, habe Wellersdorff dann gemeinsam mit den Generälen Tschiangs die sogenannte »Blockhausstrategie« entwickelt, mit der das Aktionsgebiet der kommunistischen Truppen immer weiter abgeschnürt worden sei. Die deutschen Berater seien zu dieser Zeit auch als Lehrer in den Militärschulen des Marschalls tätig geworden und hätten die Offiziere intensiv in dieser Strategie geschult, bei der es darauf angekommen sei, einen sich immer enger ziehenden Blockadering zu bilden, der an strategisch wichtigen Punkten durch Blockhäuser – also massiv befestigte Stellungen mit Ausfall- und Rückzugsmöglichkeiten – zu sichern war.

»Sie waren erfolgreich mit dieser Strategie«, beendete Shippe diesen Exkurs in die Geschichte, »und zwar so sehr, dass die Kommunisten von ihrer Partisanentaktik abrückten und die offene Feldschlacht suchten. Das aber konnte nicht gut gehen, denn dazu waren die Tschiang-Truppen zahlenmäßig viel zu überlegen.«

»Ich kann«, sagte Kleinert, »Ihre Sicht auf die Dinge nicht teilen. Kann es sein, dass Sie sich in dieser Fixierung auf den antikommunistischen Kampf ein wenig verrannt haben? Das, was Sie da an Einsatzbereichen deutscher Offiziere schildern, hatte meinen Erkenntnissen und Erfahrungen zufolge nicht, wie Sie meinen, in erster Linie mit dem Kampf gegen die Kommunisten zu tun, sondern mit der Abwehr der immer dreister werdenden japanischen Truppen. Denken Sie nur an Schanghai 1932. Da hat sich Wellersdorff persönlich um die Kampfbereitschaft und die Schlachtordnung der Tschiang-Truppen gekümmert, und die japanische Attacke, die angesichts des Vormarsches in Mandschukuo ja wirklich ernst zu nehmen war, ist erfolgreich zurück geschlagen worden.«

Er überlegte einen Augenblick und fuhr dann fort: »Und wie sonst, übrigens, wäre der enorme Druck erklärbar, den die Japaner seit 1936 auf unsere Beraterschaft ausgeübt haben. Sie war ihnen mehr als nur ein Dorn im Auge, war ihnen ein wirklich großes Ärgernis. Und das hätte ja, wenn der Schwerpunkt ihres Wirkens tatsächlich der Kampf gegen die Kommunisten gewesen wäre, ganz anders klingen müssen.«

»Ich werde«, sagte Shippe, »den Teufel tun und jetzt einen Streit mit Ihnen vom Zaune brechen. Nein, das ist wirklich nicht meine Absicht – und schon gar nicht hier, wo wir erst einmal sehen müssen, wie wir aus dieser vertrackten Situation wieder heraus kommen. Ich denke nur, dass in meiner Sicht auf die Dinge vielleicht ein Schlüssel dafür zu finden ist, warum auch jetzt wieder der Antikommunismus in der deutschen Chinapolitik eine so entscheidende Rolle spielt und die Notwendigkeit des antijapanischen Bündnisses zwischen dem Marschall und den Kommunisten nicht begriffen wird.«

»Aber das eine hat doch mit dem anderen nichts zu tun«, sagte Kleinert. »Die Leute, die in Berlin heute die Entscheidungen treffen, und die Militärberater – die haben doch überhaupt nichts miteinander zu tun. Im Gegenteil, sie stehen sich doch – nun, vielleicht nicht feindlich – aber doch jedenfalls entschieden unfreundlich gegenüber, denn sonst hätte es ja nicht zu diesem geradezu demütigenden Abzug der Berater kommen können. Sie können also doch nicht eine gleichartige Motivation unterstellen, wenn es um geradezu entgegen gesetzte Aktionen geht!«

»Meinen Sie wirklich« – Shippe blieb ganz gelassen –, »dass den in der Tat entgegengesetzten Aktionen auch unterschiedliche Motivationen zu Grunde liegen? Ich meine, dass das – jedenfalls in Bezug auf den hier zur Debatte stehenden Antikommunismus – keineswegs der Fall ist. Man hätte in dieser Frage in Berlin schon sehr gern Kontinuität gehabt. Das Problem ist doch nicht, dass die Linie der Militärberater unakzeptabel geworden wäre, sondern das Problem sind die Japaner, die mit ihrem Krieg eine neue Lage geschaffen haben, und das Problem ist Tschiang Kai Schek, der sich den Japanern nicht unterworfen hat. Hätte der Marschall diese Unterwerfung vollzogen – und erinnern Sie sich bitte, dass einige der Militärberater ihn dazu ziemlich heftig gedrängt haben! –, hätte er also die japanischen Friedensbedingungen akzeptiert und sich außerdem auch noch dem Antikominternpakt angeschlossen – nun, dann hätten Sie mal sehen sollen, wie auch Ihre Militärberater ihre Arbeit hätten fortsetzen können. Denn dann – das ist doch klar – hätte es für alle gemeinsam wie schon 30/31 nur einen Feind gegeben: die Kommunisten, die zur Fortsetzung ihres antijapanischen Widerstandes auf jeden Fall und unter allen Umständen bereit waren. Denn das waren und sind sie sich schuldig, nachdem sie sich dem fünften Feldzug, von dem wir vorhin sprachen, durch ihren Langen Marsch, der sie Tausende Kilometer weit in einem Halbrund von Süden her nach Westen und dann nach Norden durch das ganze Land führte, entzogen und sich im unwegsamen Yän'an im Nordwesten eine neue Basis geschaffen hatten.«

Er hat Recht, dachte Kleinert, was soll da jetzt ein Streit. Zumal er selbst dabei schlechte Karten hatte, weil er sich – wie er wieder einmal merkte – in jenen Jahren, da es ihm um den Austauschvertrag gegangen war, so gut wie gar nicht für diesen militärischen – oder gar politischen – Teil der Beraterschaft interessiert hatte. Die Aufgaben waren klar voneinander abgegrenzt gewesen, und das hatte ihn nicht gestört, und so konnte er jetzt in der Tat nichts anderes tun, als die Ansichten, die Shippe ihm präsentierte, geduldig zur Kenntnis zu nehmen.

Aber auf etwas anderes, dachte er weiter, kam es doch auch gar nicht an. Wozu hätte denn er, Kleinert, den Anderen bekehren sollen? Viel wichtiger war es doch, so viele Eindrücke und Ansichten wie nur irgend möglich mit zu nehmen. Und da lohnte es sich nicht, vorher schon herauszusieben, was wichtig sein könnte und was nicht. Der Marschall würde ihm in jedem Falle mit freundlichem Lächeln und interessierter Zugewandtheit lauschen – und ihm, so gut kannte er ihn längst, mit keiner Regung des Gesichts oder der Hände zu erkennen geben, was von dem, das er ihm da mitteilte, für ihn neu oder von Bedeutung war und was nicht, was ihn freute und was ihn ärgerte. Er hatte – und nur das zählte – signalisiert, dass ihm an jeder und wirklich jeder Information gelegen war – und da musste Kleinert jetzt nicht darüber nachdenken, wie er sich in der Debatte vorteilhaft zu schlagen vermochte, sondern er musste Shippe dankbar sein für dessen Mitteilungsdrang und ihn nicht stoppen, sondern, ganz im Gegenteil, noch zu weiteren Erörterungen herausfordern. Wann denn je würde sich eine solche Gelegenheit wiederholen?

Und es ging ihnen doch gut in ihrem so überraschend gewonnenen Quartier. Die Hausfrau, eine noch junge, kleine, rundliche Person in dunkelblauer Hose und weißer Bluse, hatte ihnen mit den gleichen quirligen, von fröhlichem Geplapper begleiteten Bewegungen, mit denen sie zuvor auf dem Hof zugange gewesen war, eine Kanne Tee, eine Schüssel mit Reis und ein paar Schalen mit scharf eingelegten verschiedenen Gemüsen, die Kleinert auch jetzt, nach so vielen Jahren im Land, noch immer nicht zu bestimmen wusste, hereingetragen, die Kleinertschen Sachen waren mittlerweile getrocknet, und die Stille, die über dem Dorf lag, gab begründeten Anlass zu der Hoffnung, dass sich am nächsten Tag ein Gefährt finden würde, mit dem sie sich wieder in Richtung Süden würden auf den Weg machen können.

Warum also zögern, dachte Kleinert, und beschloss, Shippe nach jenem Vertrag zu fragen, dessen Ausdeutungen und Wirkungen ihn nun schon so lange beschäftigten: nach dem Antikominternpakt.

»Ich habe da«, sagte Shippe, »wenig Zweifel. Für mich ist dieser Vertrag ein wirkliches Kriegsbündnis, ein Bündnis, dem die ganze Welt unterworfen werden soll.«

»Sie wissen, dass die meisten das ganz anders sehen?«

»Ja gewiss«, sagte Shippe, »das ist doch auch ganz klar: Wer etwas zu verschleiern hat, spielt diesen Vertrag herunter. Aber wer den Mut hat, die Dinge so zu sehen, wie sie sind, dem bleibt gar keine andere Wahl – der muss erkennen, dass der Vertrag Japan internationale Rückendeckung für den Überfall auf China gegeben hat und seit diesem Jahr umgekehrt auch Deutschland Rückendeckung gibt – nämlich für seine Expansionspolitik in Europa. Schauen Sie doch nur, wie sich die Methoden gleichen: Japan hat – mit Mandschukuo beginnend – immer energischer getestet, wie viel an chinesischem Territorium es unter seine Kontrolle bringen kann – und zwar noch im Zustand des Friedens! –, ohne dass es zu irgendeiner Art von internationaler Gegenmaßnahme kommt, und siehe: Die Welt hat einfach zugesehen. Der Antikominternpakt hat Japan in seinem Vorgehen dann noch weiter bestärkt, das halbe Nordchina haben sich die Japaner in seinem Gefolge – und zwar immer noch im Zustand des Friedens! – unter ihren Nagel gerissen, und als sie dann schließlich im Juli 37 den großen Krieg vom Zaune brachen – na, da mussten sie mit internationaler Gegenwehr nun schon gar nicht mehr rechnen. Und zwar deshalb nicht, weil die, die diese Gegenwehr zu leisten in der Lage gewesen wären – nämlich England und Frankreich – bereits viel zu viel Angst davor hatten, mit einer solchen Aktion Deutschland, den Verbündeten Japans, zu provozieren.«

»Meinen Sie wirklich, dass es einen solchen Zusammenhang gegeben hat?« Kleinert spürte, wie er zunehmend skeptischer wurde, wenn er mit solchen allzu schlüssigen Beweisketten konfrontiert wurde.

»Ja, das meine ich.« Shippe war sich seiner Sache sicher. »Schauen Sie doch hinüber in Ihr Europa, das einem hier ansonsten all zu leicht aus dem Blickfeld gerät. Deutschland macht das Gleiche wie Japan: Es testet, wie weit es gehen kann. Anschluss Österreichs – alle halten still. Jetzt wird ganz offen davon geredet, dass man mit der Tschechoslowakei genauso verfahren will – und wieder gibt es keine Gegenwehr. Ich weiß nicht, was in den englischen und französischen Köpfen vor geht – aber offenbar träumt man davon, die Angreifer besänftigen zu können, wenn man nur still genug hält. Hier in Asien war das noch nicht so verwunderlich – schließlich hatte China weder mit England noch mit Frankreich irgendwelche Verteidigungsbündnisse, auf die es sich hätte berufen können, und die Engländer und Franzosen ihrerseits hoffen offenbar immer noch, auch unter den Japanern ihre Sonderrechte beibehalten zu können. Sie werden erst aufwachen, wenn es zu spät ist.«

Er machte eine Pause, weil er den Eindruck hatte, dass Kleinert etwas einwerfen wollte, aber Kleinert hatte lediglich sinnend mit dem Kopf genickt, weil er sich wieder der Reden von Rudolf Fuchs über den gelb-weißen Gegensatz erinnert hatte.

»Aber in Europa«, fuhr Shippe fort, »dort gibt es ja Bündnisverpflichtungen und ein völkerrechtliches Regelwerk, das viel stabiler ist als hier in Asien – und trotzdem dieses unsägliche Stillhalten. Wie auch – übrigens – in Afrika. Dort ist es Italien, das dritte Unterzeichnerland des Paktes, das mit dem Krieg in Abbessinien die Rolle des Testers und Herausforderers spielt, und die Antwort der klassischen Kolonialmächte ist wieder dieselbe – nämlich, gar nichts zu tun. Da haben Sie sie doch also in ihrem ganzen Ausmaß vor sich liegen – die Wirkung des Antikominternpaktes: Er schüchtert ein, weil er die drei aggressivsten Mächte der Erde miteinander verbündet, und er stärkt die drei Unterzeichnerstaaten weiter, weil sie sich mit ihm gegenseitig versichern, dass sie sich nicht in den Rücken fallen werden.«

Er hat Recht, dachte Kleinert, so schmerzhaft es auch klingt. Er hat Recht, denn genau da liegt ja auch die Antwort auf die Frage, warum Deutschland nicht protestiert hat gegen die Gräuel der japanischen Truppen und so schnell bei der Hand war, als die Japaner gefordert hatten, Tschiang Kai Schek die Unterstützung zu entziehen. Sie sind tatsächlich Programm, die Sätze, die Hitler bei der Anerkennung Mandschukuos durch Deutschland über die Schwäche Chinas gesprochen hat und darüber, dass das japanische Vorgehen gerechtfertigt sei, weil China aus Eigenem dem Kommunismus nicht werde widerstehen können.

Was für ein vertrackter Kreislauf hatte sich mit all dem aufgetan. Kleinert fühlte sich plötzlich richtiggehend erschöpft. Es gab doch viele Gründe, die dafür sprachen, den Kommunismus wirklich mit allen Mitteln zu bekämpfen und dafür zu sorgen, dass es eine zweite Sowjetunion nicht geben werde. Sie waren ja nicht aus den Fingern gesogen, die Nachrichten, die in den Kreisen der Exilrussen in Hankou immer wieder die Runde machten und in denen von massenhafter Enteignung und Vertreibung der Bauern, von Hungersnöten und politischen Schauprozessen die Rede war, und dass sich die Sowjetunion als Ausgangspunkt kommunistischer Umstürze überall in der Welt verstand – nun, dafür gab es eine solche Beweisfülle, dass man weiter nicht darüber reden musste. Und es stimmte auch, dass China dafür ein besonders treffendes Beispiel war.

Und doch: Auch dies war eine so überaus schlüssige Beweiskette, dass man ihr offensichtlich mit Skepsis begegnen musste. Und der Schlüsselgedanke dieser Skepsis musste sein, dass, wie Hsü es immer wieder betont hatte, Kommunismus nicht einfach gleich Kommunismus war.

Sie waren beide müde geworden, Hans Shippe und er, und weil es ihnen gelungen war, den Hausherrn, nachdem er von seiner Arbeit in der Dorfverwaltung zurück gekehrt war, davon zu überzeugen, dass es sein Schade nicht sein werde, wenn er einmal nachschaute, ob sich nicht irgendwo noch ein Flasche *kaoliang*-Schnaps finden ließe, konnten sie sich sogar wie am Abend zuvor an einem kräftigen Schlummertrunk gütlich tun.

Gut, dachte Kleinert, dass er nicht würde allein reisen müssen am nächsten Morgen und sie noch ein, zwei Stunden für eine Fortsetzung des Gespräches haben würden. Als er aber die Augen aufschlug nach Stunden tiefen und erholsamen Schlafes, der ihm die Überanstrengung noch einmal bewusst machte, mit der die plötzliche Flucht ins Reisfeld verbunden gewesen war, war Shippe verschwunden. Na klar – Kleinert ging ein Licht auf: Hätte der Fremde sich denn so offen über seine Ansichten verbreitet, wenn er nicht von Beginn an geplant hätte, ihn, Kleinert, schon bald auf Nimmerwiedersehen zu verlassen? Still und heimlich hatte er sich davongemacht, wohl wissend, dass es keinerlei Spuren geben würde. Eine Zufallsbegegnung – und Schluss. Kleinert staunte über die Wehmut, die er bei dieser Einsicht empfand.

Aber es war, wie er schon bald nach seiner glücklichen Rückkehr nach Hankou merkte, kein Wunder, dass sie ihn so tief bewegt hatte, die Begegnung mit Hans Shippe, und zwar nicht nur, weil der ihm das Leben gerettet hatte. Eine aufgeregte Lotte Ribbegg brachte ihn wieder auf die Spur seines geheimnisvollen Reisegefährten zurück.

»Ach, Paul«, rief sie ihm schon von der Eingangstür zu, als sie ihn wieder einmal unangemeldet besuchte – ganz so, wie sie sich das ausgemacht hatten, um sich, wie sie glaubten, auf diese Weise das Fröhlich-Ungezwungene ihrer Beziehung erhalten zu können –, »Schoknecht, dieser Übereifrige, spielt mal wieder verrückt. Ist mal wieder auf Feindesjagd gegangen im Dschungel der Zeitungen. Irgendein Engländer ist es diesmal oder Australier, den er auf dem Kieker hat. Seaman ist sein Name, aber Schoknecht meint, vom Duktus und den Argumenten her könne es sich nur um einen Deutschen handeln, der sich eines Pseudonyms bedient. Jedenfalls seien ihm gleich ein paar Artikel von diesem Seaman untergekommen, bei denen es sich um wüste Hetze gegen Deutschland und gegen das deutsch-japanische Bündnis handele.«

»Und«, fragte Kleinert, »wissen sie schon Genaueres?«

»Natürlich nicht«, antwortete Lotte Ribbegg und umschlang ihn mit jener Freigiebigkeit, nach der er sich in Peking so heftig gesehnt hatte. »Aber er hat ganz stolz berichtet, unser Aufpasser, dass er in der Botschaft ordentlich Dampf gemacht hat und auch schon im chinesischen Außenministerium vorstellig geworden ist.«

Soll er nur, dachte Kleinert und überließ sich widerstandslos Lottes kundigen Händen. Es müsste, dachte er noch, doch mit dem Teufel zugehen, wenn es diesem Shippe an Ideen mangeln würde, seine Ansichten so geschickt unter die Leute zu bringen, dass sie ihn nicht finden würden und er doch unverkennbar bliebe. Shippe oder Seaman oder wie auch immer – Schoknecht sollte sich die Finger wund suchen.

Kapitel 19

Lastträger! Man muss auch Lastträger einbeziehen! Verdammt noch mal, natürlich, das ist die Lösung!«

Kleinert, der sinnend aus dem Fenster geschaut hatte, schlug sich mit der flachen Hand an die Stirn. »Mein Gott, Lotte, dass wir darauf nicht schon viel früher gekommen sind. Sieh doch nur!«

Er lud sie mit einer Armbewegung ein, an seine Seite zu treten, und wies auf eine Kolonne von Männern, die jeweils zu Zweien mit einem Paar federnder Tragestangen, die von den Schultern des einen zu denen des anderen reichten und als Aufhängung für eine mit vier kräftigen Bändern befestigte, auf etwa Kniehöhe sanft im Schrittrhythmus schwingende, grob geflochtene Bambusstrohmatte dienten, zwei oder gar drei große Steinbrocken die steile Gasse hinauf schleppten. »Das muss doch mit unserem Wolframerz auch möglich sein, nicht wahr?«

Lotte Ribbegg nickte. Eine Spur milden Spotts leuchtete ihr aus den Augen – wie immer, wenn ihr der Freund etwas umständlich vorkam, denn in der Tat: Das hätte ihm wirklich eher einfallen können. Gerade hier in Tschungking, wo wegen der Steilheit der schmalen Straßen und Pfade, die oft in lange Treppen übergingen, buchstäblich alles auf Händen und Schultern getragen oder mit dicken Seilen gezogen wurde, von zehn, zwanzig oder, wenn es nötig war, auch einmal fünfzig oder hundert Mann. Vor allem aber empfand sie Freude darüber, dass er wieder eine richtige Aufgabe für sich gefunden hatte. Denn das, endlich, war etwas, wofür sich neue Kraftanstrengung wirklich lohnte – diese Planung neuer Handelswege nach Deutschland.

Lange, fast zu lange, dachte sie, hatte es Kleinert an genau solchen Aufgaben gefehlt. Dabei hatte es verheißungsvoll begonnen, damals, im Sommer 1938, als er sich mit selbstbewusstem Schwung und einigem Stolz darauf, die schwierige Reise nach Peking nicht nur gesund und unversehrt gemeistert, sondern auch mit den vom Marschall erhofften Informationen und Analysen zu einem handfesten Erfolg gemacht zu haben, in Hankou in die letzten noch verbliebenen Arbeiten zur Räumung der Hauptstadt und zur Verlagerung der Ministerien nach Tschungking gestürzt hatte.

Der größte Teil dieser Arbeiten – sie hatten es beide mit Zufriedenheit registriert – war glücklicherweise bereits bewältigt gewesen, denn es gab diesmal keine hektische Flucht wie seinerzeit aus Nanking heraus. Man hatte die frühen Ahnungen, wonach der Vormarsch der Japaner auf Hankou, das von vielen ohnehin nur als provisorischer Übergangssitz der Regierung betrachtet worden war, nicht aufzuhalten sein würde, sehr ernst genommen, sich langfristig auf den neuerlichen Rückzug vorbereitet und versucht, die Dinge geordnet und in Ruhe anzugehen. Das war wichtig, um die Schäden für Menschen und Material möglichst gering zu halten, aber es hatte auch noch einen anderen, weit in die Zukunft reichenden Hintergrund: Mit Tschungking musste es völlig anders werden als mit Hankou.

Tschungking – darüber waren sich Kleinert und Lotte Ribbegg völlig einig, und mit Genugtuung hatten sie sich gegenseitig auf jedes Zeichen aufmerksam gemacht, das darauf hindeutete, dass diese Auffassung auch im Umkreis Tschiang Kai Scheks immer mehr an Kraft gewann – durfte, wenn China eine Chance haben wollte in der Auseinandersetzung mit Japan, unter keinen Umständen als Provisorium behandelt werden. Hier ging es nicht um ein paar Monate mehr schlecht als recht organisierten Verwaltens und hilfloser Einflussnahme auf unweigerlich zum Rückzug gezwungene Armeen – hier ging es um ein uneinnehmbares Bollwerk und Zentrum eines sich im Widerstand erneuernden Staates zugleich. Die Japaner würden sie auch bei größter Kraftanstrengung nicht erreichen, diese Stadt. Zu groß war die Zahl der Gebirgsketten und Schluchten, die auf dem Weg dorthin zu überwinden waren, keine Eisenbahnlinie würde den Vormarsch erleichtern, und die reißende Strömung des Yangtse, der auch in Tschungking, mehr als zweitausend Kilometer von seiner Mündung entfernt, noch eine Breite von hunderten von Metern hatte, würde es jedem japanischen Kanonenboot unmöglich machen, weiter vorzudringen. Und der Raum, dieser unendliche und zugleich unendlich schwierig zu durchdringende, war es ja nicht allein. Die chinesischen Armeen würden sich neu organisieren, würden eine modernere Ausrüstung erhalten, Millionen neuer Soldaten würden rekrutiert werden, und die Unterstützung des Krieges durch die Bevölkerung der freien, vom Schlachtenlärm nicht betroffenen westlichen und südwestlichen Provinzen, für die der Krieg bisher nur ein sehr fernes, noch nicht wirklich einschneidendes Ereignis war, würde unter dem Einfluss der zahlreicher werdenden Nachrichten aus dem Osten und einer klugen Propaganda ein Ausmaß annehmen, das der Welt zeigen würde, dass dieses China nicht zu schlagen war.

Wenn es denn aber wirklich so werden sollte, dann – natürlich – durfte es nicht nur um die Verlagerung des Regierungssitzes und des Generalstabes gehen, sondern dann musste Tschungking auch zu einem Mittelpunkt der wirtschaftlichen Entwicklung gemacht werden, und entsprechend gewaltig hatten sich seit Monaten bereits die Transporte den einzigen Verkehrsweg – den Yangtse – hinauf gestaltet.

Welchen schier unglaublichen Umfang dieses ganze Unternehmen angenommen hatten, war Kleinert bewusst geworden, als er sich – von Robert Tschen, dem Dolmetscher, der ihm schon damals, bei den Vertragsverhandlungen der Mamo Impex, so zuverlässig zur Seite gestanden hatte, unterstützt – in Hankou in die abschließenden logistischen Planungsarbeiten eingeschaltet hatte. Noch immer hatte es gegolten, ganze Fabrikausrüstungen umzusiedeln, und da nicht alle diese Umsiedlungen nach Tschungking gehen sollten, sondern einige auch nach Süden, in die Industriestadt Tschangscha, waren Pläne zusammenzustellen gewesen, wie das mit geringsten Reibungsverlusten und möglichst ohne Fehlleitungen geschehen konnte. Den Yangtse hinauf mussten diese Transporte zunächst alle gleichermaßen, aber nach dreihundert Kilometern Weg, in Schahsi, würden sie sich trennen – die für Tschangscha bestimmten bogen zum Tungting-See ab, die nach Tschungking gehen sollten, blieben auf dem großen Strom. Was in Hankou auf dem falschen Schiff landete, würde nicht mehr zurückzuholen sein.

Und die Gefahr, dass es zu solcherart Irrtümern kommen konnte, war – Kleinert hatte sich schon wenig später bei seinen eigenen Transporten ein anschauliches Bild davon machen können – riesengroß.

Er möge sich doch, hatte der Marschall Kleinert in jenen Tagen bedeutet, um all das kümmern, was von der Beraterschaft an Planungsunterlagen, Studien, Akten und Büchersammlungen hinterlassen worden war, und so hatte er sich an einem nebligen Septembermorgen mit einigen Dutzend großer Blechkisten, in denen er dieses umfängliche Archiv verstaut hatte, im Hafen eingefunden und Gelegenheit gehabt, all die Aufregungen, die die Endphase dieses einzigartigen Massenumzuges prägten, mitzuerleben.

Trotz allem, was über die Monate hinweg bereits geleistet worden war – nun, da es ernst wurde, hatte das Bild im Hankouer Hafen am Ende doch wieder dem von Nanking geglichen. Die großen Schiffe, die für die Fahrt flussauf bereit lagen, hatten nicht mehr direkt an der Pier festmachen können, weil sie dann gestürmt worden wären. So hatten kleine Barkassen eine Art Fährdienst aufgemacht, und Kleinert hatte von Glück reden können, dass er auf eine Gruppe kräftiger Kulis getroffen war, die sich bereit gezeigt hatten, die Kisten nicht nur zu tragen, sondern auch dafür zu sorgen, dass die drei oder vier dieser kleinen Boote, auf die sie ihre Last gestapelt hatten, auch tatsächlich am richtigen Dampfer längsseits gingen und die wertvolle Fracht das schwankende Umladen unbeschadet überstand.

Bis zur Stadt Itschang hinauf – das war ungefähr die Hälfte der eintausend zu bewältigenden Kilometer – war die Fahrt dann planmäßig und sicher verlaufen, aber dort, wo es verstärkter Hilfe bedurft hätte, hatte keiner jener speziellen Flussdampfer mehr bereit gelegen, die mit ihren besonders starken Maschinen eigens dafür konstruiert waren, der Strömung in den Yangtse-Schluchten Paroli zu bieten, die all das, was man sonst von diesem Strom an Kraft und Geschwindigkeit kannte, noch weit übertraf, und so hatte Kleinert seine Fracht und sich selbst zwei Dschunken anvertraut, die in althergebrachter Weise von zwanzig oder gar dreißig Männern, die sich auf uralten Treidelpfaden am Ufer entlang bewegten und dabei nicht selten gefährliche Felsen zu überwinden hatten, stromauf gezogen wurden.

Um die zehntausend solcher Dschunken, hatte er bei seinen Planungsarbeiten erfahren, waren von der Regierung angemietet worden, dazu ganze

Heere von Kulis, die sich in die Treideltaue gekniet hatten, und so waren schließlich im Sommer 1939 auch die letzten der wichtigen Fabrikausrüstungen, die seit November in Itschang zwischengelagert worden waren, in Tschungking eingetroffen.

Lotte Ribbegg, die den Weg von Hankou in die neue Hauptstadt mit dem Flugzeug zurückgelegt und dort rasch alte Verbindungen aufgefrischt und neue angeknüpft hatte, war bei ihrer Suche nach Geschichten, mit denen sie ihren Lesern das große Epos des Umzuges bildhaft nahe bringen konnte, auf höchst abenteuerliche Vorgänge gestoßen. So sei, hatte man ihr berichtet, von chinesischen Kaufleuten und Fabrikanten in Hankou ein dort schon lange festliegender japanischer Ozeandampfer wieder flott gemacht und mit Waren und Ausrüstungen beladen worden, und man habe versucht, so viele Schlepper vor ihn zu spannen, dass es am Ende doch glücken sollte, ihn durch die Schluchten nach Tschungking zu bringen. Auch mit der großen Eisenbahnfähre, die früher ihren Dienst zwischen Nanking und Pukou versehen hatte – Kleinert hatte sich gut daran erinnert, wie sie ihn einst über den Yangtse gebracht hatte – wolle man, so war das Gerücht gegangen, auf diese Weise verfahren. Die ausländischen Spezialisten der Yangtse-Schifffahrt, die von der Journalistin befragt worden waren, hielten beide Unternehmungen für undurchführbar – nicht nur der Strömung wegen, die man vielleicht noch hätte besiegen können, sondern weil es in dieser Strömung Klippen und Strudel gab, die selbst den erfahrensten Kapitänen auch dann schon größte Schwierigkeiten bereiteten, wenn sie »nur« mit ihren regulären Flussdampfern unterwegs waren. Die Chinesen aber glaubten daran, dass ihnen irgendeine Lösung einfallen werde – auch wenn sie im Sommer 1939 erst einmal alle Anstrengungen eingestellt hatten. Es war, hatte Lotte immer deutlicher gespürt, für sie eine Sache der Ehre. Es war genug, endgültig genug, was man den Japanern an Territorium und Städten und Fabriken überlassen hatte – um alles Weitere würde man kämpfen, und dies mit allen nur denkbaren Anstrengungen und Ideen.

Aber die Sache mit den Schiffen blieb trotzdem unvorstellbar. Mit immer wieder neuem Erstaunen hatten Kleinert und Lotte, als sie die ersten Spaziergänge durch Tschungking unternommen hatten – fröhlich und Arm in Arm und voller Glück darüber, dass ihnen der Umzug trotz ihrer immer wieder erneuerten gegenseitigen Beteuerungen, die Dinge nicht zu eng, nicht zu gegenseitiger Verpflichtung werden zu lassen, doch zu etwas Gemeinsamem geraten war –, vom Yangtse-Ufer aus die Dampfer beobachtet, die stromauf unterwegs waren: gewaltige Rauchschwaden ausstoßend und doch fast still stehend in der Strömung. Und wie sie im Gegenzug vorüber eilten, ja flogen, die flußab fahrenden Schiffe und Dschunken, und welche Steuerkünste es erforderte, aus solch rasender Fahrt heraus mit kühnem Wendemanöver an einer der Piers festzumachen! Aber gegen die Fahrt durch die Schluchten – Kleinert hatte es erlebt auf seiner Dschunke und auf den Wegen, die er zuweilen mit den Treidlern gemeinsam gegangen war – war selbst das fast noch ein Kinderspiel.

Zur neuen Heimat geworden war Kleinert und Lotte die neue Hauptstadt nur allmählich. Es war anders, dieses Tschungking, als all die anderen chinesischen Städte, in denen sie bisher gelebt hatten – anders in seiner landschaftlichen Gestalt, anders im Klima, und anders, ganz anders auch darin, dass Ausländer sich hier bislang – sah man einmal von einigen christlichen Missionen ab – kaum angesiedelt hatten. Zu weit lag die Stadt den großen europäischen und amerikanischen Handelsunternehmen von den Meereshäfen entfernt, zu lang und beschwerlich war der Weg und zu gering die Möglichkeit, Geschäfte zu machen, die auch nur annähernd jenen Gewinn versprachen, wie er in den Küstenstädten zu erzielen war.

Und so hatte die nur noch recht kleine Schar von Ausländern, die sich entschlossen hatte, der Regierung in diesen tiefen Westen des Landes zu folgen, vieles nicht wiedergefunden, worauf sie in Peking oder Tientsin, Schanghai, Nanking oder Hankou immer fest hatte rechnen können: eine internationale Niederlassung, große Hotels und Restaurants europäischen Stils, den Deutschen Klub.

Aber war das nicht eigentlich herrlich? Schon nach der ersten gemeinsamen Woche in der Stadt hatte Kleinert versucht, Lotte für eine solche Sicht auf die Dinge einzunehmen. Eine Stadt, die noch unverfälscht chinesisch war! Die sie in all ihren Regungen, all ihren Atemzügen ganz und gar chinesisch umfing!

An der schroff ansteigenden Landzunge, die durch die Mündung des Kialing-Flusses in den Yangtse entstanden war, war Tschungking empor gewachsen – mit langen steinernen Treppen, die am Ufer begannen und sich bald in einem Gewirr von steilen Gassen und immer wieder neuen Treppen verloren, über die sich die beiden Neuankömmlinge bei ihrem ersten Rundgang so, wie man es ihnen empfohlen hatte, mit Tragstühlen, die gemessen zwischen zwei geübten Trägern schaukelten, befördern ließen. Es hatte sich diese Art des Vorankommens nicht nur im ständigen und zuweilen geradezu halsbrecherischen Auf und Ab der Gassen und Gässchen als vorteilhaft erwiesen, sondern auch, weil sie sich, wenn sie sich zu Fuß auf den Weg gemacht hätten, wohl nur mit Mühe einen Pfad hätten bahnen können durch die Menge, die ihnen hier, wo sich zu all den üblichen Händlern, Garköchen, Handwerkern, Straßenbarbieren, Müßiggängern und Kauflustigen auch noch die nach Tausenden und Abertausenden zählenden Lastträger gesellten, ganz besonders gedrängt und undurchdringlich erschienen war. So hatten ihnen die Männer, denen sie sich anvertraut hatten in der nur manchmal mit einigem Herzklopfen in Zweifel gezogenen Sicherheit, dass sie auch die schroffesten Abstiege ohne Sturz würden meistern können, auch noch die Arbeit des um freien Durchlass ersuchenden lauten Rufens abgenommen.

Trotz allem – hatten sie bald gemerkt – waren es nur bescheidene Dienste geblieben, die sie in Anspruch genommen hatten. Die Sänften der Reichen der Stadt hatten nicht zwei, sondern vier oder gar sechs Träger, und eine Schar voraus- und nacheilender Diener sorgte dafür, dass die Menge sich rechtzeitig an den Rand der Gassen und in die Nischen der offenen Läden,

Werkstätten, Spelunken und – wovon Tschungking mehr als jede andere chinesische Stadt zu beherbergen schien – unzähligen Teehäuser verzog.

»So stelle ich mir eine Stadt im Mittelalter vor«, hatte Lotte, ihre Eindrücke resümierend, festgestellt, als sie unter den Teehäusern eines gefunden hatten, von dem man, da es günstig am Absatz einer der endlos langen Treppen gelegen war, sich eines weiten Blicks hinunter auf den alles beherrschenden Strom erfreuen konnte. Und tatsächlich: Das Fehlen jeder Art von Fahrzeugen in den steilen Gassen ließ das Urtümliche des Alltags dieser Stadt doppelt deutlich hervor treten. Das Gewimmel der Träger; die einladenden Gesten der Wasserhändler, die in den Morgenstunden an den Straßenecken dampfendes Waschwasser feil boten; die Behandlung der Kranken in zur Gasse hin offenen Läden oder – im Falle der Zahnärzte – gar mitten im vorübereilenden Getriebe; die kleinen Tische, an denen – auch dies auf offener Gasse – Briefschreiber und Wahrsager ihre Wohltaten unter die Leute brachten; die dicht sich aneinander reihenden, in mystische Düfte gehüllten Läden von Medizin- und Kräuterhändlern; die lärmenden Werkstätten der Schmiede und der Kesselmacher; die Zunftordnung, nach der sich hier die Fell-, dort die Seiden- und wieder ein paar Gassen weiter die Reishändler nieder gelassen hatten – all das machte den Eindruck, als sei es seit Jahrhunderten unberührt und unverändert geblieben.

Gewöhnen müssen hatten sich Kleinert und Lotte auch an das subtropische Klima. Es war Ende November gewesen, als sie diesen ersten Rundgang unternommen hatten, aber winterliche Kälte hatte sich weder zu dieser Zeit noch in den folgenden Monaten eingestellt. Im Gegenteil: An den Obstbäumen in Parks und Gärten waren bereits die ersten Knospen zu sehen gewesen, und schon im Dezember würden ihre Blüten zu bewundern sein. Zu ihrem wachsenden Bedauern hatte die Schönheit dieser Bilder jedoch ihren Preis, denn die fast vollständige Windstille, die, wie sie später merken sollten, nur selten einmal einer erfrischenden Luftbewegung Platz machte, führte dazu, dass der Dunst, der von den Flüssen herauf stieg und sich mit dem Rauch aus Zehntausenden zur Zubereitung der Mahlzeiten kräftig befeuerten Kohleöfen verband, eine beständig über der Stadt liegende feuchte Glocke bildete, die schon in den kühleren Monaten das Atmen erschwerte, in der sommerlichen Hitze aber zu einem Alpdruck wurde.

Aber was zählte das alles jetzt, da Tschungking in einen Aufbruch geraten war, wie es ihn noch nie erlebt hatte! Natürlich war die steil- und schmalwegige Altstadt für diesen Aufbruch nicht der richtige Ort – also hatte man begonnen, weit draußen, oben, dort, wo die Luft frischer war und es schon ein paar breite Straßen gab mit Rikschas und Eselkarren und sogar Personen- und Lastkraftwagen und einigen palastartigen Gebäuden an ihrem Rand, die davon zeugten, dass die chinesischen Banken und großen Handelsfirmen den Vorteil, den Tschungking als Tor zur reichen Provinz Setschuan schon immer gehabt hatte, auch künftig in klingende Münze umzuwandeln gedachten, eine neue, zweite Stadt zu errichten für die Regierung und ihre Verwaltungen, für wissenschaftliche Institute und Bildungsstätten und für all die vielen Firmen, die sich – auch wenn sie von der Richtigkeit einer solchen Entscheidung oft nur schwer zu überzeugen gewesen waren – entschlossen hatten, den Programmen Tschiang Kai Scheks für einen Neubeginn hier im Westen des Landes Vertrauen zu schenken und dafür die Mühsal der Verlagerung ihrer Fabriken und Büros auf sich zu nehmen.

Kleinert, dem der Marschall eine kleine Wohnung gerade an der Grenze zwischen der alten und der neuen Stadt zur Verfügung gestellt hatte, hatte bis in den Februar, März 1939 hinein nicht wenig Grund zu Freude und Genugtuung gehabt. Mehrfach hatte ihn Tschiang Kai Schek – ganz wie in ihren besten Nankinger und Hankouer Zeiten – zu längeren Unterredungen zu sich gebeten, und es hatte sich gezeigt, dass die Überlegungen, die Kleinert bezüglich der Stärkung des zentralen Entscheidungsapparates, der Struktur und der Aufgaben der Ministerien und des Zusammenwirkens der zentralstaatlichen Behörden mit denen der Provinzen trotz der Turbulenzen, die nach dem Unglücksjahr 37 auch das Jahr 38 in übergroßer Zahl bereit gehalten hatte, nicht in Vergessenheit geraten waren. So konnte er, Paul Kleinert, zehn Jahre zuvor ausgezogen, sein Leben mit dem Aufbau eines modernen China zu verbinden, sich tatsächlich zu Gute halten, an all dem, was da jetzt von Tschungking aus in Gang gesetzt wurde, seinen Anteil zu haben.

Das war erstaunlich genug, aber noch viel erstaunlicher – sie hatten oft darüber gesprochen, er und Lotte, und ein weiteres Mal einen schönen Gleichklang ihrer Auffassungen fest gestellt – war, wie der Marschall die Erschütterungen der vergangenen Monate überstanden und die Kraft gefunden hatte, von Tschungking aus Signale des Mutes und der Widerstandsbereitschaft auszusenden. Es war gekommen, dachte Kleinert, wie Hsü Tao Lin es sich gewünscht hatte.

Und dabei hatte sich die militärische, politische und wirtschaftliche Lage nur immer weiter verschlechtert. Ende Oktober war Hankou, war die ganze Dreierstadt Wutschang-Hanyang-Hankou wie erwartet in die Hände der Japaner gefallen. Während dort die chinesische Armee aber immerhin noch wochenlang Widerstand geleistet und so Zeit für weitere Evakuierungen sowie für die geordnete Regelung der Weitertransporte von Itschang nach Tschungking heraus geschlagen hatte, war Kanton, die große Hafenstadt im Süden, den anlandenden japanischen Truppen im gleichen Monat ganz und gar kampflos übergeben worden. Das war schlimm für die Moral gewesen, und der Verlust der beiden wichtigen Städte hatte zudem dramatische Folgen für die Verbindungswege im Land: Mit dem Fall von Hankou war Tschiang Kai Schek die letzte noch verbliebene Eisenbahnverbindung zwischen seinen Truppen im Norden und denen im Süden genommen worden, und die Einnahme Kantons bedeutete, dass es außer dem unter britischer Verwaltung stehenden Hongkong, das nun aber ebenfalls nicht mehr mit der Eisenbahn zu erreichen war, keinen Seehafen mehr gab, über den die Regierung in Tschungking eine Verbindung zur Außenwelt hätte herstellen können.

Das Wort vom Neuanfang hatte nun, unter den Bedingungen fast völliger Isolierung, auch in dem Sinne eine Bedeutung bekommen, dass es – zusätzlich zur Inbetriebnahme der evakuierten Fabriken – darauf ankam, sich der Ressourcen der bisher vernachlässigten Provinzen in Westchina zu besinnen, Industrialisierungsprogramme in Gang zu setzen und den Bau von völlig neuen Verkehrswegen, den man bisher wegen der außerordentlich schwierigen geographischen Verhältnisse für gar nicht realisierbar gehalten hatte, in Angriff zu nehmen.

Das waren Aufgaben von Jahrhundertdimension, und Kleinert hatte keine Kräfte geschont, zu ihrer Planung, zur terminlichen Konzipierung und zur Bilanzierung des notwendigen Kräfte- und Materialeinsatzes seinen Beitrag zu leisten.

Bloß: Seit Anfang 1939 hatte er allmählich erkennen müssen, dass seinen chinesischen Auftraggebern an einem Engagement solchen Ausmaßes nicht mehr gelegen war. Die Folgen des Frühjahrs 1938 – der Rückberufung von Botschafter Trauthoff nach Berlin, des Abzugs der Militärberater und der Einstellung der deutschen Rüstungslieferungen nach China – machten sich nun auch für Kleinert bemerkbar.

Nein, er durfte sich nicht wundern über diese Veränderungen – auch wenn er lange nicht daran hatte glauben wollen, dass sie ihn so direkt betreffen würden. Die Demütigung Tschiang Kai Scheks durch Berlin hatte ja nach dem verhängnisvollen Frühjahr von 1938 nicht aufgehört: Nicht nur, dass es für Trauthoff keinen Nachfolger gegeben hatte – es war auch nur noch ein geradezu beschämend kleines Kontingent von Botschaftsmitarbeitern mit nach Tschunking entsandt worden, und in den besetzten Städten Peking, Tientsin, Schanghai und Nanking waren derweil die Botschaftsdienststellen und Handelsabteilungen dazu übergegangen, eine Art von Kontakt mit den japanischen Besatzungsbehörden und den von ihnen eingesetzten Marionettenregierungen zu entwickeln, die nur den einen Schluss zuließ: dass man sich ohne Rücksicht auf Tschiang Kai Schek mit den neuen Verhältnissen arrangieren und mit den Japanern gemeinsame Sache machen würde.

So war er, Kleinert, der seine Arbeit in China einst im Rahmen eines klaren Systems von Regeln, Anweisungen, Unterstellungsverhältnissen und Berichtspflichten begonnen und auch dann, als er durch den persönlichen Vertrag mit dem Marschall aus diesem System heraus gehoben worden war, immer den Austausch und die Beratung mit den Landsleuten in Botschaft und Beraterschaft gesucht hatte, plötzlich in einer Art Vakuum gelandet. In der kleinen deutschen Kolonie hatte er keine Arbeitspartner mehr und von der chinesischen Seite keine Aufträge.

Er war – was er bis dahin noch nie erlebt hatte – in eine tiefe Antriebslosigkeit verfallen. Tagelang hatte er die Wohnung, die durch zugezogene Vorhänge in trostloses Dämmerlicht getaucht war, nicht verlassen. Mürrisch und verschlossen hatte er von dem chinesischen Hausdiener, der auch hier zur Selbstverständlichkeit eines Ausländerhaushaltes gehörte, die notwendigen Besorgungen erledigen lassen. Immer schwerer war es ihm gefallen, die Zuwendung, die Lotte Ribbegg ihm entgegenbrachte, als so liebevoll zu empfinden, wie sie gemeint war. Zwar war es ihr hin und wieder gelungen, ihn mit ihrer auch jetzt in froher Unbefangenheit dargebotenen Sehnsucht nach herzhafter Umarmung und glücklicher gemeinsamer Erschöpfung für ein, zwei Stunden aus seinem Selbstmitleid herauszureißen, aber ihre Versuche, ihn aufzurütteln mit ihrer sinnlichen Weltzugewandtheit, die ihr die Kraft gab, in ihrer Arbeit nicht auf Anstöße von anderen zu warten, sondern sich selbst die Aufgaben zu stellen, in deren Lösung sie sich ausprobieren konnte und Erfüllung fand – sie hatten auf ihn eine zwiespältige Wirkung gehabt. Er hatte sie bewundert für den Schwung, mit dem sie arbeitete, für die Wachheit, mit der sie die Veränderungen, die sich in Tschungking vollzogen, zu begreifen versuchte, aber dann hatten ihn genau dieser Schwung und diese Wachheit, weil sie die Kluft zwischen ihrer und seiner Geistesverfassung so überdeutlich hervortreten ließen, auch wieder besonders deprimiert, und weil außerdem die Nachrichten, die sie von ihren Erkundungsgängen und Reportagefahrten mitbrachte, seine Lage nur immer noch aussichtsloser hatten erscheinen lassen, war ihm all das, was er gerade noch an ihr bewundert hatte, plötzlich wie Hohn vorgekommen. Das hatte er sie mit einer neuen Welle all seine Selbstzweifel über sie ausgießender Barschheit spüren lassen, und sie war nicht nur einmal drauf und dran gewesen, ihn in seiner allzu selbstverliebten Weltuntergangsstimmung einfach allein zu lassen.

Dann aber hatte sie die Nachrichten, die sie ihm zu verkünden gehabt hatte, noch einmal Revue passieren lassen, und der Drang, ihm neuerlichen Trost nicht zu versagen, hatte wieder die Oberhand gewonnen.

Ein australischer Berater, hatte sie berichten müssen, habe jetzt bei Tschiang Kai Schek Aufgaben übernommen, wie sie zuvor ihm, Kleinert, zugedacht gewesen waren. Einen Austauschvertrag, wie er, Kleinert, ihn einst abgeschlossen hatte und mit dem Deutschland zum wichtigsten Partner der chinesischen Modernisierungsanstrengungen geworden war, hatte Tschiang Kai Schek jetzt mit der Sowjetunion unterzeichnet. Bis ins Detail – Kleinert war gehörig verblüfft gewesen, als sie ein solches Maß an Sachkenntnis vor ihm ausgebreitet hatte – glichen sich diese beiden Abkommen, das damalige, seine, und das heutige, das die Russen in der Rolle der Deutschen sah: Kriegsmaterial gegen Antimon, Wolfram und Tee. Neue Handelsverträge gab es auch mit den Vereinigten Staaten und Großbritannien – es wehte, wer hätte es übersehen können, ein neuer Wind.

Wenig Freude hatte Kleinert auch eine andere Nachricht bereitet, denn er ahnte, dass sie die Japanfreunde unter seinen Landsleuten nur noch weiter bestärken würde: Wang Tsching Wei, einst einer der engsten Mitstreiter Tschiang Kai Scheks in der Führung der Kuomintang, hatte sich im Dezember 1938 nach Hanoi abgesetzt und von dort den Japanern signalisiert, dass er bereit sei, eine Regierung zu bilden, die die japanischen Bedingungen für einen Friedensschluss weitgehend akzeptieren, den Widerstand einstellen und dem Antikominternpakt beitreten würde. Das Einzige, was er seinerseits zur Bedingung machen wollte, war, dass China alles in allem ein souveräner Staat bleiben, das heißt, weder zu einer Kolonie herabgewürdigt noch in Teilstaaten zerstückelt werden sollte. Und auf das Wohlwollen Englands, Frankreichs und Amerikas hatte er spekuliert: Deren Sonderzonen in den großen Hafenstädten sollten unangetastet bleiben.

Natürlich hatte sich Kleinert sofort der Gespräche mit Hsü Tao Lin in Peking erinnert. Genau davor hatte der Freund so nachdrücklich gewarnt: Dass die Japaner einen Mann auf ihre Seite ziehen könnten, der mehr war als nur eine lokale Größe wie Wang Ko Min in Peking oder Liang Hung Tschi in Nanking. Und Wang Tsching Wei war ein solcher Mann, da gab es überhaupt keine Frage. Zu seiner Biographie gehörten ein ihn weit über die meisten seiner Kollegen und Rivalen heraus hebendes Kapitel siebenjähriger Zusammenarbeit mit dem unangetastet als Vater der Revolution geltenden Sun Yat Sen in den schwierigen Jahren von 1918 bis 1925 und die Erfahrung eines mehrjährigen Kuomintang-Vorsitzes später, in den Dreißigern. Gespannt musste man sein – Lotte hatte auch in dieser Frage Zugang zu interessanten Informationen gefunden –, wie sich auf seine Position und die Fähigkeit, weitere hochrangige Leute nachzuziehen, die Rivalität auswirken würde, die über lange Jahre sein Verhältnis zu Tschiang Kai Schek bestimmt hatte. Erst 1932 waren die beiden Rivalen um das Sun-Yat-Sen-Erbe zu einer Einigung gelangt – aber die hatte Tschiang Kai Schek immer deutlicher an der Spitze und Wang Tsching Wei zunehmend im Hintertreffen gesehen waren, denn während der Marschall die Regierungsgeschäfte und die Aufgaben des Oberbefehlshabers auf sich konzentriert hatte, war Wang die besagte Rolle des Parteivorsitzenden geblieben, die sich immer mehr als eine Art Abstellgleis erwiesen hatte. Nun würde sich zeigen müssen, ob man in der Kuomintang seiner Flucht einen ernsthaften, tieferer Prüfung stand haltenden politischen Hintergrund beimessen oder sie als Resultat einer nach wie vor unbewältigten persönlichen Feindschaft abtun würde.

Nicht gewusst hatte Kleinert, wie er die Mitteilungen bewerten sollte, die Lotte ihm von den Aktivitäten Wolf Schoknechts gemacht hatte. Eine Zeitlang hatte er geglaubt, dass die »Völkischen Nachrichten« mit ihrer deutlich herausgestellten Japanfreundlichkeit vielleicht gar kein Interesse daran haben würden, dem Marschall nach Tschungking zu folgen, sondern ihre Aufmerksamkeit vielmehr auf die Entwicklungen in Peking, Schanghai und Nanking konzentrieren würden. Nun aber hatte Lotte berichtet, dass Schoknecht nicht nur eifrig Artikel verfasste, sondern offenbar auch noch andere Ziele verfolgte.

Klarheit hatten sie darüber erlangt an einem Frühlingstag des Jahres 1937, der sie nach einigen Wochen einer fast unwirklichen Friedlichkeit in die brutale Gegenwart des Krieges zurück geholt hatte. Gerade war es Lotte gelungen, Kleinert aus seiner Lethargie zu wecken und zu kleinen Wanderungen in die einem lieblichen Garten gleichende Umgebung der Stadt zu überreden. Sie hatten die auch jetzt, im April, unbeweglich über der Stadt hängende und auf die Stimmung drückende Dunstglocke hinter sich gelassen, sich an den grünen Terrassen der Reisfelder und der malerischen Kulisse der Bambushaine, Palmen und Apfelsinenbäume erfreut, und Lotte, in ihrem

Glück darüber, dass Kleinert bereit war, sich endlich einmal wieder von ihrem Schwung anstecken zu lassen, hatte gejubelt, als sie in ein schmales Tal gelangt waren, an dessen Rand sich ein paar felsige, an bizarren Vorsprüngen von knorrigen Kiefern bewachsene Berge gezeigt hatten. »Hier also gibt es sie«, hatte sie gerufen, »die Berge, wie man sie so oft auf chinesischen Malereien sieht«, und sie hatte ihre Phantasie spielen lassen und sich noch einen Lusttempel und eine kleine Pagode in die Szenerie geträumt.

Und dann waren sie plötzlich wieder da gewesen, die japanischen Bombergeschwader, von denen so lange nichts zu sehen gewesen war, und hatten Tschungking mit einer Wucht angegriffen, die, so glaubten sie beide, das, was sie in Nanking und Hankou schon erlebt hatten, noch übertraf. In nur kurzer Zeit waren, wie sie von Kleinerts Fenster aus hatten sehen können, ganze Stadtviertel von den Bomben in Flammen gesetzt worden, und mit Schrecken hatten sie feststellen müssen, dass sich der Angriff offenbar ganz bewusst und zielgerichtet gegen die Zivilbevölkerung gerichtet hatte. Denn seltsam: Die Vororte, in denen sich die Banken und Ministerien angesiedelt hatten, waren fast unbehelligt geblieben.

Und das war dann auch das Thema gewesen, bei dem sie ein paar Tage später mit Schoknecht wieder ins Gespräch gekommen waren. Begegnet waren sie sich zufällig, als sie, aus unterschiedlichen Richtungen kommend, auf eine der Gaststätten, die die kleine Ausländerkolonie zu ihren Stammrestaurants erkoren hatte, zugesteuert waren, und es hatte keine überschwängliche Begrüßung gegeben, denn die Hankou-Erinnerungen saßen tief. Die Dramatik der Bombardements und der anhaltenden Brände in der Stadt, die ihnen allen dreien noch immer ins Gesicht geschrieben stand, hatte dann aber doch die Zungen gelöst, und ausgerechnet Schoknecht war es nun gewesen, der, ohne ein Blatt vor den Mund zu nehmen, über das Vorgehen der Japaner geflucht hatte.

»Das ist unglaublich«, hatte er geschimpft, »die Japaner haben noch immer nicht begriffen, dass sie mit solchen Aktionen die Chinesen nicht demoralisieren, sondern im Gegenteil die Position Tschiang Kai Scheks nur immer weiter festigen.«

Sie hatten ihn, überrascht von der Offenheit und der Richtung seiner Kritik, fragend angesehen, und er hatte hinzu gesetzt: »Haben Sie mal in die Zeitung geschaut? Sie sind verrückt, die Japaner! Feiern das Bombardement als großen Sieg! Was für eine Verkennung der Lage! Wo doch mit diesen Bomben auf einen Schlag etwas erreicht worden ist, wovon Tschiang bisher nur träumen konnte – dass nämlich die Provinzchefs von Setschuan und Yünnan mit ihm endgültig gemeinsame Sache machen.«

»Das war wohl bisher nicht so?«, hatte Kleinert gefragt, und Lotte hatte ihm einen Blick zugeworfen, als ob sie sich der Naivität dieser Frage hätte schämen müssen.

»Nein, natürlich nicht!«, hatte Schoknecht geantwortet und gleich den Faden ihrer bekannten Meinungsverschiedenheiten wieder aufgenommen. »Sie ist doch schon ganz schwach gewesen, die Position ihres geliebten Marschalls! Wochenlang hat er doch gegrübelt, wie er mit der Abtrünnigkeit von Wang Tsching Wei fertig werden soll. Und gerade im Süden hat Wang ja einige fast sichere Bastionen gehabt. Die Voraussetzungen, Tschiang weich zu klopfen, waren also so günstig wie selten zuvor. Und was machen sie, unsere hochverehrten Verbündeten? Dreschen blindlings auf die Hauptstadt ein und hauen damit all jenen, die gerade in den letzten Wochen mit viel Geduld und Beharrlichkeit auf eine Kursänderung in Richtung Friedensschluss hingearbeitet haben, die Beine weg. Wer soll sich denn jetzt noch trauen, den Kopf in Richtung Japan raus zu strecken? Da wird der arme Wang Tsching Wei nun vergeblich auf Zulauf hoffen!«

Sie habe sich nur gewundert, hatte Lotte eingeworfen, dass so blindlings, wie Schoknecht das dargestellt hatte, die Bombardements ja doch nicht gewesen sein konnten. Denn immerhin: das Regierungsviertel sei glimpflich davon gekommen.

»Das stimmt«, hatte Schoknecht weiter geschimpft, »aber es macht die Sache eigentlich nur noch schlimmer. Denn es ist ja auch eine Art von Blindheit, nach zwei Jahren Krieg immer noch zu glauben, man könne die Führer der Chinesen dadurch klein kriegen, dass man sich an der Bevölkerung auslässt.«

Sie waren dann noch eine Weile bei der Erörterung der Stimmungen in der chinesischen Regierung stehen geblieben, und dabei hatte Schoknecht, einmal in Fahrt gekommen, ganz von sich aus das Spektrum seines Wirkens in Tschungking aufgeblättert.

O doch, ja, er habe erhebliche Hoffnung gehabt, dass Tschiang Kai Schek zu einem Kurs der Versöhnung mit den Japanern finden werde. Es seien doch ermutigende Zeichen gewesen, dass der Marschall schon in Hankou gezeigt habe, dass die erzwungene Allianz mit den Kommunisten für ihn nicht das letzte Wort bleiben müsse. Mit dem Verbot einiger kommunistischer Zeitungen und einem entschlossenen Vorgehen gegen kommunistische Jugendorganisationen, die sich zur Tarnung harmlos klingende Vereinsnamen zugelegt hatten, habe er sehr deutlich zu erkennen gegeben, wer Herr im Hause ist, und dass er ein paar übereifrige kommunistische Agitatoren resolut habe erschießen lassen – nun, das habe jeden Zweifel daran erstickt, dass er in Bezug auf den wahren Charakter der Kommunisten seine Meinung geändert habe.

»Bedauerlich ist nur«, hatte er mit einem abschätzigen Seitenblick auf Lotte Ribbegg erklärt, »dass nicht alle Kollegen gleichermaßen eindringlich über diese doch sehr erfreulichen Entwicklungen nach Deutschland berichtet haben. Das ist etwas, was ich im Angesicht der Dramatik der Lage beim besten Willen nicht verstehen kann. Ich selbst habe jedenfalls« – es hatte bei diesen Worten wieder jener prahlerische Stolz in seiner Stimme geklungen, mit dem er in Hankou über seine Interventionen im chinesischen Außenministerium gesprochen hatte – »meine alten Verbindungen in die Reichsjugendführung genutzt und angeregt, etwas mehr für die Unterstützung dieses wahren, dieses eigentlichen Tschiang Kai Schek zu tun. Wissen Sie, dass er die Kuomintangjugend nach dem Muster der Hitlerjugend organisieren will? Also habe ich aus Berlin Materialien angefordert – Zeitschriften, Bilder, aber auch Organisations- und Gliederungspläne –, mit denen wir dieses Vorhaben unterstützen können. Ich hoffe nur, dass die Sendungen, die nun natürlich den Luftweg über Hongkong gehen müssen, bald hier eintreffen werden.«

Das war deutlich gewesen. Schoknecht – das war nun noch einmal in aller Deutlichkeit zu Tage getreten – war einer, der auch in Tschungking richtig mitmischen wollte.

»Du könntest«, hatte Lotte am Abend zu Kleinert gesagt, »Dir an ihm ja durchaus ein Beispiel nehmen.« Er hatte sie ungläubig angestarrt. »Nein, nicht, was seine Ansichten anbetrifft. Natürlich nicht! Aber dass er sich nicht davon beeindrucken lässt, dass die Botschaft so klein und er fast zum Einzelkämpfer geworden ist, sondern dass er aus der Not eine Tugend gemacht und nun erst recht die Initiative ergriffen hat – das, mein Lieber, könntest Du Dir durch den Kopf gehen lassen.«

Und als die heißesten Tage des Sommers vorüber gewesen waren – Tage, an denen es auch Leuten in bester Verfassung schwer fiel, nicht vor der klebrig-dunstigen Hitze zu kapitulieren und nichts anderes mehr zu tun, als sich ein Teehaus zu suchen, in dem man den Tag verdämmern konnte –, hatten sich Umstände ergeben, die es Kleinert leicht gemacht hatten, sich der Lotteschen Aufforderung zu fügen. Es war, wie es Schoknecht richtig im Gespür gehabt hatte: Im Verhältnis zwischen der Kuomintang und den Kommunisten waren ernste Spannungen ausgebrochen, und zugleich hatten sich in der Kuomintang neue Sympathien für Deutschland entwickelt. In beidem zusammen – so hatte Kleinert gemerkt – konnte für ihn eine Chance stecken, zurück ins Rennen zu kommen.

Wenngleich es nicht so einfach gewesen war, den widerspruchsvollen Zusammenhang der Dinge zu begreifen. Es hatte ihnen beiden, Kleinert und Lotte, gleichermaßen Schmerzen bereitet, einsehen zu müssen, dass die Verschlechterung im Klima zwischen der Kuomintang und den Kommunisten zwar seltsam, aber keineswegs unlogisch war. Der Druck der Japaner hatte nachgelassen, die Front war, weil es ihnen an Kräften für einen weiteren Vorstoß ins Landesinnere fehlte, zum Stehen gekommen, und da die Kuomintang und die Kommunisten ihrerseits zu schwach waren, um die Frontlinie zu ihren Gunsten, also zurück nach Osten, zu verschieben, war eine Pattsituation entstanden, in der die beiden früher so erbittert verfeindeten chinesischen Kräftegruppierungen offenbar meinten, es sei eine Zeit angebrochen, da man die alten Fehden wieder aufnehmen könnte. Tschiang Kai Schek hatte Truppenkontingente zusammenziehen lassen, deren Aufgabe nicht in der Stabilisierung der Front oder gar in der Vorbereitung von Gegenangriffen, sondern in der Eindämmung und Kontrolle der von den beiden kommunistischen Armeen geschaffenen Befreiten Gebiete bestand, und Mao Tse Tung, der Führer der Kommunisten, hatte seinerseits Öl ins Feuer gegossen mit der Erklärung, dass die Diktatur der Kuomintang zerschlagen werden müsse. Berichte über Zusammenstöße, ja sogar richtiggehende Gefechte zwischen kommunistischen und Kuomintangtruppen hatten gezeigt, dass es kein Kinderspiel war, was die beiden rivalisierenden Gruppen da miteinander veranstalteten.

Dies alles hatte Kleinert zunächst in neuerliches Grübeln gebracht. Wenn sie nun doch wieder aufeinander einschlugen, die Chinesen, selbst jetzt, da die Japaner als – so sollte man doch meinen – ihr eigentlich gemeinsamer Feind so weit im Lande standen: Würden nicht am Ende doch jene Recht behalten, die ihn in seiner Parteinahme für die Chinesen immer belächelt und später auch gewarnt hatten? Hatte er sich – bestärkt durch Lotte, die ihn befeuert hatte mit ihrem Schwung und ihn liebte dafür, wie vorbehaltlos er in seinem Engagement gewesen war – nicht tatsächlich verrannt in seinen Sympathien?

Aber dann hatte er sich auch jener Gespräche aus seiner frühen Chinazeit erinnert, bei denen es – etwa im Disput mit Gottfried Rieckmüller in Berlin oder Herbert Howe im Laoschan – darum gegangen war, im Zweifelsfalle immer wieder nur eines in den Mittelpunkt zu stellen: die deutschen Interessen nämlich. Und wie hätte er da die erstaunliche Wirkung übersehen können, die die Entwicklungen in Europa auf die Kuomintang ausübten?

Natürlich hatte sich in Tschungking wie ein Lauffeuer die Nachricht verbreitet, dass am 1. September 1939 die deutschen Truppen in Polen einmarschiert waren. Die Kommunisten – wie nicht anders zu erwarten – hatten von ihrem Hauptquartier in Yän'an aus die Aktion scharf verurteilt, sie als eine Aggression gebrandmarkt, die Beweis sei für die Welteroberungspläne der Achse Berlin-Tokio, und entschlossenen Widerstand angekündigt. Und auch Tschiang Kai Schek hatte – vor der beeindruckenden Kulisse des Politischen Volksrates – eine große Rede gehalten. Lotte hatte den Text mitgebracht und einige Passagen vorgelesen.

»Ich glaube«, hatte der Marschall erklärt, »dass wir angesichts des europäischen Konflikts unserem Kampfgeist neue Kraft geben und unseren Glauben in Chinas unausbleiblichen Sieg erneuern sollten; das ist der Weg, auf dem wir einen noch größeren Beitrag zur neuen Weltordnung leisten werden.« Und später hatte er den Gestus der Kampfentschlossenheit noch weiter verstärkt: »Wir kämpfen, um unsere Souveränität zu verteidigen und unsere eigene nationale Existenz zu bewahren, und wir kämpfen auch, um dem internationalen Gangstertum, an dessen Spitze Japan steht, Einhalt zu gebieten. Der Weltfrieden kann nicht erreicht werden, wenn Japan nicht aus China vertrieben wird. Kurz und knapp: Der chinesisch-japanische Krieg war der Ausgangspunkt eines allgemeinen Konflikts, und er ist das wirkliche Zentrum des gegenwärtigen Kampfes. Da China ein Viertel der Weltbevölkerung repräsentiert, muss es auch eine besonders schwere Bürde bei der Schaffung der Grundlagen für den Weltfrieden tragen.«

Das war starker Tobak gewesen – und doch, wer genau hingesehen hatte, hatte schnell erkennen können, worin der fundamentale Unterschied zur Erklärung der Kommunisten bestand: Deutschland war von Tschiang Kai Schek nicht genannt worden. Nur ganz allgemein von einem »Zweiten Europäischen Krieg« hatte der Marschall gesprochen, eine Schuldfrage hatte er nicht aufgeworfen, und damit hatte er die unmissverständliche Botschaft ausgesandt, dass er auf dem Weg zu seiner »neuen Weltordnung« durchaus auch eine Wiederbelebung der Beziehungen mit Deutschland für möglich halte.

Bestätigt gesehen hatten sich Kleinert und Lotte in dieser Deutung des Tschiang-Auftrittes auch dadurch, welche Wirkung der Abschluss des deutsch-sowjetischen Nichtangriffspaktes am 23. August auf die Chinesen gehabt hatte.

Wie ein Blitz aus heiterem Himmel war die Nachricht von diesem Vertrag in Tschungking eingeschlagen. Bis in den Juli hinein war immer von Anstrengungen der Franzosen und Engländer die Rede gewesen, zu einem Vertrag mit der Sowjetunion zu kommen, mit dem man dem immer offener zum Ausdruck gebrachten Expansionsstreben der Deutschen einen Riegel vorzuschieben gedacht hatte. Nun aber hatte sich das Blatt völlig gewendet! Die Franzosen und Engländer waren unverrichteter Dinge wieder aus Moskau abgezogen, und die scheinbar so unversöhnlichen Gegner Hitler und Stalin waren zu einer Vereinbarung miteinander gelangt! Warum – wenn es denn schon so weit gekommen war – sollte nicht auch Tschiang Kai Schek in diesem großen weltpolitischen Spiel eine Rolle beanspruchen?

Denn es traf doch zu, was man sich – die unermüdliche Lotte hatte mehr als genug Eindrücke aus erster Hand gewinnen können – auf den Fluren des Außenministeriums zugeraunt hatte: Plötzlich waren – was es noch nie zuvor gegeben hatte – Deutschland, die Sowjetunion und China durch Verträge miteinander verbunden! Das Kontinentalbündnis, von dem Sun Yat Sen immer geträumt hatte – plötzlich schien es greifbar nahe! Zwar hatte es noch nicht die Gestalt eines tatsächlich soliden Vertragsdreiecks, mit dem alle drei Länder gleichermaßen einander verpflichtet waren, aber ein Anfang war gemacht! War gemacht mit dem Nichtangriffspakt, den Tschiang Kai Schek schon im August 1937 mit Stalin abgeschlossen hatte, und nun mit diesem neuerlichen Vertragswerk vom August 1939, mit dem sich Deutschland und die Sowjetunion in ein Boot gesetzt hatten. England und Frankreich waren in Europa Polen zur Seite gesprungen mit Kriegserklärungen an Deutschland – aber wenn Deutschland sich als stark genug erweisen würde: War da nicht eine Chance, mit Deutschland und der Sowjetunion gemeinsam die beiden alten Kolonialmächte zu schwächen? Und konnte man von Deutschland nicht, wenn man ihm günstige neue Angebote bei der Lieferung kriegswichtiger Rohstoffe unterbreitete, die es nun, da es mit England im Krieg war, kaum noch von woanders her würde beziehen können, Gegenleistungen im Kampf gegen Japan erwarten?

Es war wie ein Fieber, dass sich plötzlich in der Führung der Kuomintang ausgebreitet hatte – angefacht vor allem von jenen, die in Deutschland studiert hatten und – wer hatte das direkter und mit mehr Herzblut erlebt als Kleinert – in den glorreichen Jahren zwischen 1928 und 1938 all ihre Kraft in die Entwicklung der Beziehungen mit Deutschland gesteckt hatten. Schoknecht war in seinem Element gewesen: Die Kisten mit seinen Propagandamaterialien waren tatsächlich über Hongkong nach Tschungking gelangt, er hatte für die vielen Gemeinsamkeiten geworben, die seiner Meinung nach Nationalsozialisten und Kuomintang miteinander verbanden, hatte gemeinsam mit alten chinesischen Freunden Pläne geschmiedet, wie man die Kulturbeziehungen zwischen beiden Ländern wieder beflügeln könnte, und hatte dabei zuweilen vergessen, dass die Wege, die es noch gab zwischen Berlin und Tschungking, inzwischen zu nur noch schwer passierbaren Nadelöhren geworden waren. War zunächst nur die Front in China ein Hindernis gewesen, die man entweder auf dem Luftweg über Hongkong umgehen oder entbehrungsreich und gefahrvoll durchqueren konnte, so war nun die Blockade der Engländer in Europa hinzu gekommen.

Das war dann auch der Punkt gewesen, an dem Kleinert endgültig wieder aufgewacht war. Wenn man alle Veränderungen zusammen nahm, hatte er gedacht, also den für Deutschland günstigen Stimmungsumschwung gegen die Erschwernisse bei den Verbindungswegen aufwog – lohnte es sich dann nicht, darüber nachzudenken, wie man die Wolfram- und Antimonlieferungen für Deutschland wieder in Gang bringen konnte?

Als es November geworden war im bis dahin so deprimierenden Jahr 1939, hatte er auf die Anfrage, die er nach Berlin gesandt hatte, eine Antwort erhalten, die noch positiver war, als er erwartet hatte. Gottfried Rieckmüller, sein einstiger Chef bei der Mamo Impex, hatte versprochen, seinerseits sofort alle Möglichkeiten des Aufbaus eines Transportweges in die Sowjetunion hinein zu prüfen – seine, Kleinerts, Aufgabe müsste dann darin bestehen, den Anschluss von der chinesischen Seite aus herzustellen. Als Schnittpunkte, hatte Rieckmüller geschrieben, könne man sich Alma-Ata oder auch das in der Mongolei gelegene Ulan-Bator vorstellen.

Was Kleinert aber darüber hinaus noch angespornt hatte, war die etwas mysteriöse Andeutung Rieckmüllers gewesen, bei Wolframerz seien die deutschen Erwartungen an chinesische Lieferungen jetzt noch höher als ehedem. Es musste, hatte Kleinert gedacht, etwas sehr Wichtiges, strengstens geheim zu Haltendes sein, wenn der erfahrene Handelsspezialist selbst in einem verschlüsselten Telegramm wie diesem so vage blieb. Aber was? Dass das Metall zur Härtung von Panzerplatten gebraucht wurde, wusste jedes Kind – da erübrigte sich jede Geheimniskrämerei. Was also noch konnte das Erz so interessant machen?

Des Rätsels Lösung hatte Kleinert gefunden, als – wieder einmal – ganz unerwartet und wie aus dem Boden gestampft Hermann Kröper vor ihm gestanden hatte. Es war – Kleinert hatte es kaum fassen können – wie ein Wunder: So oft der Geologe und Freund auch immer auf eine seiner langen und angesichts der Kriegslage keineswegs ungefährlichen Erkundungsfahrten gegangen war – immer war er gerade dann wieder in Nanking, Hankou und jetzt auch in Tschungking aufgetaucht, wenn Kleinert ihn wirklich gebraucht hatte. Diesmal aber – so hatte sich Kleinert beschämt eingestehen müssen – hatte er, Kleinert, ihn seit ihrer letzten Begegnung in Hankou nicht nur aus den Augen, sondern, weil er sich in seinen Depressionen eingeigelt hatte, auch aus dem Sinn verloren gehabt. Kröper indes – erfreut wohl auch, wie fröhlich ihn Lotte Ribbegg begrüßt und gleich zu einem gemeinsamen Abendbrot eingeladen hatte – war nicht der Mann, der daraus wirklich ein Problem gemacht hätte.

»Ach, Kleinert«, hatte er gesagt, »was glauben Sie, wie oft ich in den vergangenen Monaten an niemand anderes als an mich selbst habe denken können. Lassen Sie uns lieber auf das schauen, was wir jetzt vielleicht wieder gemeinsam auf die Beine stellen können!«

»Eben, das können wir«, hatte Kleinert gesagt und ihn ohne langes Vorgeplänkel mit der Wolfram-Frage konfrontiert. Kröper hatte darauf auch prompt eine Antwort gewusst, sich aber erst einmal einen Spaß daraus gemacht, Kleinert ein wenig zu bespötteln.

»Wo, sagten Sie, sind Sie zu Hause? In L.? Steht da nicht eine riesige Chemiefabrik? Na, dann denken Sie mal nach, was da so produziert wird.«

Kleinert war auf alles Mögliche gekommen, hatte auch Benzin genannt, aber den letztendlich entscheidenden Punkt hatte er verfehlt.

»Sie haben schon Recht«, hatte Kröper ihm aus der Klemme geholfen, »es wird Benzin dort produziert, und darum geht es auch. Aber nicht um das, das aus Erdöl gewonnen wird, sondern das, das man außerdem dort seit langem per Kohleverflüssigung zu erzeugen versucht. Die Verfahren dazu stecken, so weit ich informiert bin, noch immer ziemlich in den Kinderschuhen. Zwar beherrscht man den Prozess aus rein chemischer Sicht durchaus, aber es ist noch nicht gelungen, die Sache wirtschaftlich so günstig zu gestalten, dass man im Endpreis wenigstens annähernd an das heran kommt, was mit Benzin aus Erdöl erreicht werden kann. Nun kann ich mir gut vorstellen, dass, wenn der Krieg Deutschland von weiteren Ölquellen abschneidet, die Frage des Benzins aus Kohle eine völlig neue Dimension gewinnt. Und da Wolfram für das Verfahren einen vorzüglichen Katalysator abgibt, kann ich mir denken, dass dies der Grund für das gewachsene Interesse an den chinesischen Erzen ist.«

Und nun, im Frühjahr 1940, saß Kleinert gemeinsam mit Kröper über den Feinplanungen dafür, tatsächlich wieder Wolframerz nach Deutschland zu bringen, und je tiefer er sich hinein vertieft hatte in diese Aufgabe, desto klarer war ihm geworden, dass es eigentlich unmöglich war.

Aber durfte es das denn geben, das Wort »unmöglich«, wenn diesen schwärzlichen Erzklumpen tatsächlich eine so entscheidende Rolle für Deutschlands Fähigkeit, in diesem Krieg zu bestehen, zufiel? Auf eine Testlieferung von 20 Tonnen hatten sie sich mit Berlin geeinigt. 20 Tonnen Wolframerz – das klang sehr wenig, und zu anderen Zeiten hätte man darüber nur gelächelt. Es wäre des Aufhebens nicht wert gewesen, sie mit Lastkraftwagen zum Hafen zu bringen und dort auf einem Schiff zu verstauen, ja, man hätte sie auch bequem auf der Transsibirischen Eisenbahn nach Deutschland bringen können. Eine Routinesache, weiter nichts.

Nun jedoch, da es um einen Katalysator ging, bei dem jedes Gramm reinen Wolframs zählte, waren 20 Tonnen Erz so etwas wie eine Staatsaktion, und herkömmliche Kostenrechnungen durften so wenig eine Rolle spielen wie die schier unüberwindlich scheinenden Schwierigkeiten des Transports.

Indes: Was hieß denn »schier unüberwindlich«? Waren nicht seit vielen Jahrhunderten Karawanen von der alten Kaiserstadt Hsi'an aus nach Westen über Lantschou, Hami und Urumtschi ins kasachische Alma Ata gezogen? Hatten sie nicht die von Bergen und Schluchten zerklüftete Provinz Kansu ebenso bezwungen wie die endlosen Steppen und Wüsten der Dsungarei und dann wieder die Gebirgszüge des Tienschan? Und warum sollte heute nicht gelingen, was damals möglich war? Zumal große Teile des Weges als gewalzte, wenn auch ungepflasterte Straße ausgebaut waren und von Lastkraftwagen befahren werden konnten! Man musste nur den Mut haben, auch die archaischen Transportmethoden in die Planungen einzubeziehen. Wie eben den Einsatz von Lastenträgern, wie sie Kleinert von seinem Fenster aus beobachtet hatte.

Natürlich blieb es dennoch ein höchst kompliziertes Unterfangen. Ein Weg von viertausend Kilometern war es geblieben, und anders als damals drängte diesmal die Zeit. Aber der Gedanke daran, wieder etwas in Gang zu setzen, was es schon einmal gegeben hatte, weckte in Kleinert neue Ideen und Kräfte.

Stunden- und tagelang saß er mit Kröper über den Karten, beriet er mit Tscheng Sun Hao, der ihm schon vor sechs Jahren wichtigster Partner bei seinen Vertragsverhandlungen gewesen war, wo das Erz bereit gestellt und welche Transportleistungen von der chinesischen Seite erbracht werden konnten, und tüftelte er, unterstützt von dem nimmermüden Robert Tschen, im Finanzministerium über der Berechnung der Kosten und den Finanzierungsmodalitäten.

Nichts ging so, wie es in Friedenszeiten hätte gehen können. Allen drei beteiligten Seiten – der deutschen, der russischen und der chinesischen – war selbstverständlich an strengster Geheimhaltung gelegen. Kleinert spürte, wie sie sich jetzt auszahlte – die vertrauensvolle, auf Gleichberechtigung setzende Art, in der er mit seinen chinesischen Partnern immer umgegangen war, und er war froh, dass sich seine Selbstzweifel nicht bestätigten. Nein, er hatte sich nicht verrannt in seinen Sympathien – im Gegenteil, er konnte sie jetzt wieder geltend machen auf eine Art, die ihm das lange entbehrte Gefühl des unbedingten Gebrauchtwerdens zurück brachte. Kein Stück weiter würde er jetzt mit Tscheng Sun Hao und den Leuten vom Finanzministerium kommen, wenn sie nicht genau wüssten, dass er in seiner Haltung dem Marschall gegenüber nie geschwankt hatte. Und niemals würden sie ihn Einblick in ihre geheimsten Unterlagen nehmen lassen, wenn sie nicht sicher sein konnten, dass er mit ihnen so sorgfältig umgehen würde wie sie mit den Dingen, die er aus Berlin übermittelt bekam.

Als der Sommer des Jahres 1940 begann, hatten sie einen Plan in trockenen Tüchern. In Kweiyang, Hauptstadt der an Erzlagerstätten reichen, südlich an Setschuan grenzenden Provinz Kueitschou – Kröper hatte mit nicht wenig Stolz von seinen Erkundungsfahrten dorthin berichtet – sollten die 20 Tonnen Wolframerz auf die Reise gehen. Verpackt werden sollten die Brocken, um kein unnötiges Aufsehen zu erregen, in Benzinfässer. Es war aber noch nicht abzusehen, ob davon tatsächlich genügend würden zur Verfügung gestellt werden können. Für den Transport nach Lantschou standen sieben Lastkraftwagen bereit, von denen man nur hoffen musste, dass sie die mehr als eintausend Kilometer lange Fahrt mit etlichen auf Fähren zu bewältigenden Flussüberquerungen ohne größeren Schaden überstehen würden. Von Lantschou aus würde man in besonders unwegsamen Gebieten auch Eselkarren und Lastenträger einsetzen, und in der Wüste würde man auf Kamelkarawanen zurückgreifen können. Schon ab Hami – hatte man sich bei den parallel verlaufenen Gesprächen in Moskau geeinigt – würde die Verantwortung für den Weitertransport bei der russischen Seite liegen. In Alma-Ata würde die Fracht dann auf die Eisenbahn verladen werden und über Moskau schließlich ins ostpreußische Königsberg gelangen. Die Frachtpapiere würden – auch dies aus Geheimhaltungsgründen – von Beginn an diesen Zielbahnhof ausweisen, und als Auftraggeber würde eine deutsche Transportfirma fungieren, die zufälligen Beobachtern als völlig harmlos gelten musste. Die Bezahlung des Erzes und der chinesischen Transportleistungen sollte, weil sie in Schanghai ganz gewiss die Aufmerksamkeit der Japaner auf sich gezogen hätte, in New York bei der dortigen Filiale der Bank of China erfolgen, und die Transitgenehmigungen für die Sowjetunion würde die sowjetische Handelsvertretung in Tschungking ausstellen.

Es war ein kühner Plan, den sie ausgearbeitet hatten, und sie saßen zufrieden beieinander – Kleinert, Lotte und Kröper. Alles weitere würden sie jetzt nicht mehr beeinflussen können. Man musste die Dinge ganz und gar der chinesischen Seite überlassen, denn wenn Kleinert sich etwa aufgemacht hätte, um den Weg der kostbaren Fracht zu kontrollieren, wäre alle Geheimhaltung sofort dahin gewesen.

So feierten sie den Erfolg mit einem ausgiebigen Essen und einem ebenso ausgiebigen Umtrunk mit einem vorzüglichen *maotai*, und Kleinert – Lotte registrierte es mit größtem Vergnügen, und ihre Gesten waren wieder voll jenen verschwenderischen Versprechens, mit dem sie ihn immer wieder in ihren Bann gezogen hatte – war euphorisiert wie seit vielen Monaten nicht.

»Haben Sie auch schon von diesem seltsamen Gerücht gehört«, wandte er sich an Kröper, »dass Botschafter Trauthoff zurück nach China kommen soll?«

Kröper schüttelte den Kopf.

»Aber das wäre doch eine großartige Sache, nicht wahr?« Kleinert forderte ihn zum Anstoßen auf. »Trauthoff in Tschungking – dann könnte man doch wieder so richtig in die Vollen gehen!«

»Und es scheint ja gar nicht so unwahrscheinlich zu sein, dass er kommt«, sagte Lotte Ribbegg. »Die Engländer jedenfalls reden schon ganz aufgeregt darüber.«

»Natürlich«, bestätigte Kleinert, »sie merken doch auch, dass Tschiang Kai Schek von unseren erfolgreichen Feldzügen im Westen sehr beeindruckt ist – noch viel mehr, als er das vom schnellen Vormarsch in Polen ohnehin schon war. Sie sind wohl doch mächtig überrascht davon, wie sich die Dinge entwickelt haben. Aber ich selbst« – er wandte sich wieder an Kröper – »bin es, offen gestanden, auch.«

Kapitel 20

Aber im Herbst, als die Hitze des Sommers einer erträglichen Wärme gewichen war und manchmal, wenn Regen aufkam, der Wind ein paar Löcher in den ewigen Tschungkinger Dunstschleier riss, zerstoben die Hoffnungen wieder. Aus Berlin kam die Nachricht, dass ein Militärpakt geschlossen worden war zwischen Deutschland, Japan und Italien, und das hieß nichts anderes, als dass Deutschland sein Kriegsschicksal nun endgültig mit dem Japans verbunden hatte. Eine Unterstützung Tschiang Kai Scheks, wie auch immer formuliert und ausgehandelt, war von nun an Bruch eines Kriegsbündnisses. Undenkbar also, auch nur in Ansätzen so weiter zu arbeiten wie bisher.

Sie trafen sich, wie Kleinert es liebte, draußen vor der Stadt, Kröper, Lotte Ribbegg und er, und versuchten, bei einem Spaziergang ihre Gedanken und Eindrücke zu ordnen und abzuwägen, was ihnen noch zu tun bleiben könnte.

»Ich habe es nie wirklich glauben wollen«, sagte Kleinert, »wovon mein Freund Hsü Tao Lin schon 1936 fest überzeugt war: dass der Antikominternpakt für Deutschland tatsächlich die Bedeutung einer Richtungsentscheidung hatte. Dass mit ihm ein für allemal die Weichen gestellt worden sind – auch wenn es danach noch manchmal so aussah, als könne der Zug über ein Nebengleis auf die alte Strecke zurück kehren.«

»Wir neigen wohl immer dazu«, sagte Kröper, »die Leute, mit deren Ansichten wir nicht einverstanden sind, ein wenig zu unterschätzen, und so ist es Ihnen – und mir auch, warum soll ich es nicht zugeben – offensichtlich mit den Japanfreunden unter unseren Landsleuten gegangen. Hier, im großen China sitzend, haben wir gedacht, sie gehörten zu einer kleinen, irregeleiteten Minderheit, und haben sie entsprechend belächelt. Und nun sehen wir: Nicht die anderen gehören belächelt, sondern wir selbst.«

»Aber bei Hsü Tao Lin«, sagte Kleinert, »hatte ich gerade immer den umgekehrten Eindruck. Er unterschätzt sie nicht, die andere Seite, dachte ich, sondern er überschätzt sie. Sieht also Verbindungen und Zusammenhänge, wo gar keine sind, unterstellt Absichten, die gar nicht existieren, und malt daher die Dinge viel zu schwarz. Dachte ich! Und fühlte mich in diesem Denken bestätigt, als ich merkte, dass er mit seinen Ansichten auch noch ausgerechnet mit den Kommunisten in einem Boot saß. Mit den Kommunisten!« Er ließ ein gequältes Lachen vernehmen. »Aber er hatte Recht, mein lieber

Freund Hsü! Es gab diese Zusammenhänge tatsächlich. Das Bündnis mit Japan steht für Berlin tatsächlich über allem anderen. Die Beziehungen mit China hingegen sind etwas, was man offensichtlich vollständig zu opfern bereit ist.«

»Ich denke, lieber Paul«, schaltete sich Lotte Ribbegg in die Unterhaltung ein, »dass Du die Dinge wieder einmal wie damals, als der Marschall plötzlich keine Aufgaben mehr für Dich hatte, viel zu persönlich nimmst, viel zu sehr auf Dein eigenes Engagement beziehst. Was Berlin zu opfern bereit ist, ist ja gar nicht China insgesamt. Geopfert werden soll lediglich das China der Tschiang-Kai-Schek-Regierung. Natürlich: Das tut Dir besonders weh, denn es ist für Dich das ganze und einzige China, für das Du Dich mit all Deinen Kräften eingesetzt hast. Aber in Wirklichkeit – entschuldige schon – ist China doch viel mehr!«

Sie spürte, wie verblüfft Kleinert auf ihre Worte reagierte, und legte ihm mit einer besänftigenden Geste den Arm um die Schulter. »Du weißt«, fuhr sie fort, »dass ich Deine Sympathien für Tschiang Kai Schek immer geteilt habe und dass ich genau so glücklich war wie Du über die guten Signale der letzten Monate – und trotzdem, sage ich Dir, müssen wir jetzt wohl Realisten sein.«

Kleinert fühlte, wie eine schmerzhafte Beklemmung in ihm hoch stieg. Wie konnte ihm Lotte plötzlich mit solchen Ansichten kommen! Immer waren sie sich doch einig gewesen seit jenem Abend im Hankouer »International«, der sie so überraschend zusammengebracht hatte, hatten sich gemeinsam der Schoknechtschen Attacken erwehrt, hatten sich in Mut spendender Übereinstimmung lustig gemacht über die Übereifrigen, die lieber heute als morgen mit den Japanern gemeinsame Sache machen wollten, hatten sie verspottet, die Zweifler, die unter dem Eindruck des Falles von Hankou und Kanton und im Angesicht der japanischen Bomben auf Tschungking kleinmütig geworden waren und all die wohl begründeten Argumente für die Stärke Tschiang Kai Scheks plötzlich nicht mehr hatten hören wollen, und waren sich eins gewesen in der Verachtung, die sie für die Versuche von Wang Ko Min in Peking und Liang Hung Tschi in Nanking übrig hatten, so etwas wie einigermaßen handlungsfähige Verwaltungen auf die Beine zu stellen. Und trotzdem hielt es Lotte plötzlich für angezeigt, ihn zu einem angeblich notwendigen Realismus zu überreden!

»Du meinst doch nicht im Ernst«, stieß er gepresst hervor, »dass wir uns einfach umorientieren? Von Tschiang Kai Schek auf Wang Tsching Wei?«

Es fiel ihm schwer, sich zu beherrschen, und in seiner Erregung sah er blitzschnell ein ganzes Szenario vor sich ablaufen. Ja, so musste es gewesen sein: Lotte hatte sich wirklich beeindrucken lassen von Wang Tsching Wei. Im März hatten die Japaner den ehemaligen Tschiang-Freund zum Chef der Nankinger Regierung bestimmt, Wang Ko Min und Liang Hung Tschi in die zweite Reihe zurück geschickt und mit ein paar Absichtserklärungen zu erkennen gegeben, dass sie es nun ernst meinen würden damit, den Aufbau in den besetzten Gebieten in enger Zusammenarbeit mit chinesischen Politikern zu realisieren. Wang Tsching Wei seinerseits hatte mit dem Hinweis auf die Sinnlosigkeit weiteren Blutvergießens und die offensichtlich gewordene Unmöglichkeit, den Krieg militärisch zu entscheiden, dazu aufgerufen, den Widerstand gegen die Japaner einzustellen und die Kräfte der Chinesen darin zu vereinen, gemeinsam mit den Japanern an eine Modernisierung des Landes zu gehen. Einen Beitritt Chinas zum Antikominternpakt hatte Wang auf diesem Weg für selbstverständlich angesehen, und auch in der Mandschukuo-Frage hatte er Bewegung in Aussicht gestellt. China werde, so hatte er verkündet, sich mit dem Status quo abfinden und die Existenz eines selbstständigen Staates Mandschukuo nicht mehr in Frage stellen. Und dies alles ging Lotte – seiner Lotte, dachte Kleinert, seiner unnachahmlichen, selbstbewussten Lotte, die ihn mit einer so unwiderstehlichen Mischung aus Arbeitsschwung und Liebeshunger aus allen Depressionen gerissen und über die dramatischen Erinnerungen an Nanking und Tschang Li hinweg getröstet hatte – nun offensichtlich so nahe, dass sie tatsächlich in eine völlig neue Richtung zu denken bereit war.

»Dann schlag doch auch gleich noch vor«, sagte er in einer Barschheit, die ihn selbst überraschte, »dass wir wieder zurück nach Nanking gehen! Und uns zu dieser glorreichen Wang-Regierung auch gleich noch einen neuen deutschen Botschafter wünschen! Ist doch sicher ohnehin nur noch eine Frage der Zeit, bis einer aus der neuen Berliner Garde dort auftaucht, wenn Deutschland nun ganz offiziell mit den japanischen Eroberungen einverstanden ist. Nein, es tut mir leid« – er schrie es jetzt fast heraus –, »aber mit dieser Art von Chinaverständnis kann ich mich beim besten Willen nicht anfreunden.«

Lotte war entsetzt über diesen Ausbruch, und aus der Geste liebevoller Besänftigung war eine der erschrockenen Suche nach ein wenig Abstand geworden.

»Ich weiß nicht«, sagte Kröper, dem die Schärfe in Kleinerts Ton ein nicht zu übersehendes Unbehagen bereitete, »ob es jetzt tatsächlich noch darum geht, womit man sich anfreunden kann und womit nicht.«

Kleinert wurde immer erregter. »Wieso fallen denn jetzt ausgerechnet Sie mir in den Rücken? Gerade Sie haben doch immer auf der Seite des Marschalls gestanden!«

»Beruhigen Sie sich«, sagte Kröper, »bitte, beruhigen Sie sich. Ich falle Ihnen nicht in den Rücken, sondern versuche einfach nur, in ganzem Umfang zu begreifen, was eigentlich in en letzten Monaten geschehen ist.«

Lotte Ribbegg nickte ihm dankbar zu, und er fuhr fort:

»Wir haben doch gar nicht so viel Spielraum, wie Sie offenbar glauben. Berlin ist doch nicht der einzige Ort, an dem gehandelt wird. Tschungking handelt doch auch und hat dabei selbstverständlich seinen eigenen Kopf. Sie selbst, Kleinert, haben es doch im vergangenen Jahr schon viel stärker gespürt als ich. Ich konnte auch damals, als es Ihnen hier so schlecht ging, in meinen Bergen herum kraxeln und das tun, was ich schon immer getan habe: nach Mineralen und Erzen suchen. Aber Sie – Sie waren doch damals schon einmal das, was man ›abgeschaltet‹ nennt, nicht wahr? Hatten einfach keine

Aufträge mehr, waren nicht gefragt im Umfeld der Regierung. Und das hatte natürlich nichts mit Ihren Fähigkeiten zu tun und auch nichts mit den Verdiensten, die Sie sich in der Vergangenheit erworben haben, sondern einfach damit, dass ein enger Umgang mit Ihnen politisch nicht mehr angezeigt war. Ihre Verdienste – die hat Ihnen der Marschall damit beglichen, dass er Ihnen weiter ein erträgliches Gehalt gezahlt hat. Aber politisch – politisch konnte er mit Ihnen nichts mehr anfangen.«

»Aber dann hat er mich wieder zurückgeholt, und die Planungen für die Wolframerztransporte – die habe ich doch nicht einfach nur geträumt!« Kleinert hatte Mühe, sich vom beherrschten Ton Kröpers beruhigen zu lassen.

»Ich weiß es nicht«, sagte Kröper. »Ich weiß es wirklich nicht, ob wir nicht einfach nur geträumt haben in den vergangenen Wochen. Uns eine Traumwelt zurecht gebaut haben mit allem, was wir so gerne für dieses China und auch für unsere Heimat Deutschland tun würden, und uns diese Traumwelt als Mittelpunkt der Welt gedacht haben, während das, was hier tatsächlich passiert ist, doch nur eine kleine und wohl unbedeutende Episode war.«

Sie waren auf ihrem Weg durch den Orangenhain an einen kleinen Tempel gelangt, und Kröper setzte sich bedächtig auf die Stufen, ehe er seine ebenso bedächtige Rede wieder aufnahm.

»Was ich meine, ist, dass jetzt, wo es diesen Militärvertrag gibt, nicht nur Deutschland nichts mehr unternehmen kann mit Tschiang Kai Schek, sondern umgekehrt auch Tschiang Kai Schek nichts mehr mit Deutschland. Er hat noch ein bisschen zu spielen versucht, unser Marschall, im Frühjahr und im Sommer dieses verrückten Jahres 1940 – und wir, die wir mit ihm verbunden sind, haben natürlich begeistert mit gespielt. Aber nun, lieber Kleinert – da hat unsere wunderbare Lotte doch völlig Recht, und Sie sollten sie mal ein bisschen in den Arm nehmen als Wiedergutmachung für Ihr wirklich ganz unangemessenes und überflüssiges Aufbrausen – ist es vorbei mit diesem Spiel. Das weltpolitische Kartenmischen, mit dem wir es seit Jahren zu tun haben – es ist mit dem deutsch-japanisch-italienischen Militärbündnis endgültig zu einem Abschluss gekommen. Die Karten kreisen nicht mehr irgendwo unter der Hand – nein, sie liegen offen und unmissverständlich auf dem Tisch. Wenn sich auf der einen Seite Deutschland, Japan und Italien verbündet haben, bleibt Tschiang Kai Schek als Kriegsgegner Japans nur die Wahl, sich mit den Kriegsgegnern Deutschlands zu verbünden – also mit England, Frankreich und Amerika. Und dazwischen – dazwischen gibt es nun nichts mehr.«

Kleinert war mit Lotte gemeinsam stehen geblieben, hatte aber noch zu sehr mit sich selbst zu tun, um der freundlichen Aufforderung des Älteren nach einer versöhnenden Geste in Lottes Richtung schon Folge leisten zu können, und sagte darum mehr zu sich selbst als zu den beiden anderen: »Und aus diesem Grunde sollen unsere Anstrengungen also auch nur in einer Traumwelt stattgefunden haben.«

»Ja, genau so ist es«, bekräftigte Kröper. »Lassen Sie uns doch, damit wir gelassener mit den Dingen umgehen können, noch einmal gemeinsam die letzten beiden Jahre rekapitulieren. Eigentlich war für Tschiang Kai Schek in Bezug auf Deutschland Mitte 38 doch bereits alles gelaufen: Deutschland hatte Mandschukuo offiziell anerkannt, die Militärberater abgezogen und die Waffenlieferungen eingestellt. Insofern waren die Depressionen des Jahres 39, unter denen Sie so gelitten haben, doch ganz logisch und folgerichtig. Tschiang und die ganze Tschungkinger Führung hatten sich bereits mit aller Konsequenz in eine neue Richtung orientiert. Die Burma-Straße, mit der sie sich zur Überwindung der Isolierung eine Landbrücke in Richtung Südwesten schufen und damit Zugang zu den Häfen am Indischen Ozean gewannen – mit welcher Unterstützung ist die entstanden? Mit britischer und amerikanischer – und keineswegs mit deutscher. Dazu kam der wieder zunehmende Handel mit den Westmächten. Und eigentlich hätte es in dieser Richtung schon damals weitergehen müssen. Aber dann hatten wir diesen raschen Erfolg mit dem Polenfeldzug, und wie der in Tschungking gewirkt hat, das allerdings – das muss ich schon zugeben – hat mich dann doch einigermaßen überrascht.«

»Sie meinen«, sagte Lotte, »dass die Stimmung plötzlich wieder so deutlich zu unseren Gunsten umschlug?«

»Ja«, sagte Kröper, »das konnte ich nicht verstehen – auch wenn ich natürlich gesehen habe, wer dafür verantwortlich war. Wie sich also all unsere alten Deutschlandfreunde in der chineischen Spitze schnell wieder in die vorderste Front zurückgemeldet haben und wie sie dann, als nach dem Polenfeldzug auch noch der Frankreichfeldzug zu einem schnellen Erfolg geworden war, in ihrer Begeisterung geradezu über die Stränge schlugen. Sie kam mir wunderlich vor, diese Wellenbewegung in der Politik des Marschalls – aber da es für uns ja nur positiv war und wir, lieber Kleinert, eine gemeinsame Aufgabe hatten, habe ich natürlich nicht länger herumgegrübelt. Jetzt allerdings« – er ließ seinen Blick zwischen Lotte und Kleinert hin und her schweifen und strich sich mit der Rechten prüfend übers Kinn –, »da wir einigen Abstand zu dieser Euphorie haben, wird mir das Spiel klar, das Tschiang mit uns gespielt hat. Er hat es gemacht wie bei einem guten Flirt: Mit uns hat er ganz heftig angebändelt, aber im Auge hatte er die Westmächte. Die wollte er eifersüchtig machen, denen wollte er zeigen, wie wichtig und unverzichtbar er ist.«

»Und das hat ja dann auch geklappt«, sagte Lotte.

»Na ja«, sagte Kröper, »und hier nun ist wieder das eine nicht ohne das andere denkbar, also: Dazu, dass es so schnell geklappt hat, haben wir mir unserem Japan-Bündnis natürlich ganz entscheidend beigetragen. Aber um auf das Spiel von Tschiang Kai Schek noch einmal zurückzukommen: Ich finde, Kleinert, wir sollten dem Marschall darüber nicht gram sein. Denn immerhin ist ihm etwas gelungen, wovon China in den vergangenen hundert Jahren nie auch nur träumen durfte: Er hat das Land zu einem weltpolitischen Mitspieler gemacht! Das hat es seit den Opiumkriegen doch noch nie gegeben! Immer war China Spielball der großen Mächte – und jetzt hat es endlich einmal selbst gespielt.«

»Und Sie meinen, das sollte uns trösten.« Kleinert hatte nun doch in dem unruhigen Schritt inne gehalten, mit dem er vor Kröper und Lotte, die sich an Kröpers Seite nieder gelassen hatte, auf und ab stolziert war. »Da war unser ganzer Einsatz wenigstens in diesem Spiel etwas nütze, und wir können – wenn uns schon sonst nichts anderes bleibt – immerhin sagen, wir seien dabei gewesen. Na prima!«

Es schien, als habe er sich beruhigt, aber dann brach es doch wieder aus ihm heraus. »Na gut«, schimpfte er, »daran ist nun nichts mehr zu ändern. Aber was Du, Lotte, mit Deinen Bemerkungen darüber gemeint hast, dass es auch noch ein anderes, größeres China gibt – das musst Du mir dann doch noch genauer erläutern.«

Drei Tage später wusste er, dass keine auch noch so gut gemeinte Erläuterung würde zurückholen können, was ihm mit der plötzlichen Abreise Lottes verloren gegangen war. Sie hatte es so gesagt, wie sie es in tiefster Überzeugung empfunden hatte: Tschiang Kai Schek hatte in ihren Augen ausgespielt, die Zukunft Chinas lag in den Händen Wang Tsching Weis, und Deutschland sei gut beraten, wenn es all die Hoffnungen auf einen gegenseitig Gewinn bringenden Warenaustausch, die es einst mit dem Marschall verknüpft hatte, nun auf Wang Tsching Wei übertragen würde.

Sie hatten sich noch einen ganzen Tag lang gestritten, und Kleinert war der völligen Verzweiflung nahe gewesen. Wie konnte es sein, dass sie sich so ineinander geirrt hatten? Oder hatten sie sich gar nicht geirrt, sondern er war nur – wie sie ihm vorwarf – stehengeblieben in seiner – wie sie es nannte – kindlich-romantischen Tschiang-Schwärmerei? Es sei doch unnormal, hatte sie ihm mit lauter, streitbarer Stimme und in all ihrer überbordenden, verschwenderischen Beweglichkeit, die ihm zu anderen Zeiten ein so zuverlässiger Rettungsanker in seiner Lethargie gewesen war, entgegengehalten, dass er noch immer in jener Welt lebe, die ein gewisser Hsü Tao Lin vor zwölf, dreizehn Jahren vor ihm ausgebreitet habe. So fixiert auf diese eine und einzige Ansicht könne man doch gar nicht sein, wenn man so viel erlebt habe wie er. Da müsse man doch wissen, dass man auf veränderte Situationen auch einmal mit einem neuen Konzept zu reagieren habe. Die Welt richte sich nun einmal nicht nach unveränderlichen, starren Ideen, sondern sei in Bewegung, und es seien traurige Gestalten – ja, hatte sie wiederholt: traurige Gestalten! –, die nicht begriffen, dass eine Anpassung an diese Bewegung nichts Ehrenrühriges, sondern im Gegenteil ein Gebot vernünftigen Handelns sei.

Und wie er es denn, war sie weiter in ihn gedrungen, mit den deutschen Interessen halte. Da habe er nun ein ums andere Mal davon geredet, wie wichtig es sei, dass gerade er und niemand sonst sich um die Versorgung des Reiches mit Wolframerz kümmere. Mit welcher Begierde er doch die Kröperschen Vorträge über die Bedeutung von Wolfram für die Kohleverflüssigung in sich aufgesogen habe! Und nun brauche er doch nur nach Nanking zu gehen, einen Kontakt mit Wang Tsching Wei zu suchen und zu sichern, dass die Wolfram-Lieferungen eben nicht aus dem unbesetzten, sondern statt dessen aus dem besetzten China nach Deutschland gelangten. Für die deutschen Armeen, die dringend auf das aus Kohle hergestellte Benzin warteten, mache das doch keinen Unterschied!

Mit selbstzerstörerischer Vehemenz hatten sie ihren Streit auf die Spitze getrieben. Stundenlang hatten sie sich nicht anzusehen vermocht nach einem heftigen morgendlichen Wortwechsel. Mit versteinertem Gesicht hatte Kleinert die Wohnung verlassen, war ziel- und bald auch atemlos in unsinniger Anstrengung die steilen Treppen der Stadt hinauf und hinunter gehastet in der vergeblichen Hoffnung, irgendwo einen Halt zu finden – einen Platz in einem Teehaus vielleicht, wo man ihn in ein belangloses Gespräch verwickeln würde, oder in einer Spelunke, wo ein Glas *kaoliang*-Schnaps helfen könnte, Zerstreuung zu finden – aber egal, wohin es ihn auch getrieben hatte: Sie waren ihm nicht aus dem Kopf gegangen, die Reden der Geliebten, und nicht ihre Bewegungen, die auch in der wütenden Erregung des feindseligen und lauten gegenseitigen Überzeugenwollens nichts von ihrer betörenden, selbstbewussten Schönheit verloren hatten.

Dann war er wieder zurückgekehrt, verschwitzt, wütend, beschämt über die Unsinnigkeit seiner Flucht, und Lotte, bemüht, mit einer Geste des Entgegenkommens der gereizten Stimmung wenigstens ein bisschen von ihrer Explosivität zu nehmen, hatte nicht nur aus einer der nahen kleinen Gaststätte einen dampfenden Topf fleischgefüllter *djaodse* kommen lassen, sondern sich auch einer Flasche Whisky erinnert, mit der sie hoffte, Erinnerungen an ihre erste Begegnung in Hankou wieder wachrufen zu können.

Und tatsächlich hatte ihn dieser Whisky in Friedfertigkeit versinken lassen, und als er sie geküsst und sie seinen Kuss nicht einfach nur erwidert, sondern mit schmerzhaft saugender Heftigkeit zu dem Ihrigen gemacht hatte, hatte es für einen Moment den Anschein gehabt, als würde alles in schmiegende Versöhnung münden können. Denn dass das Bohren und Erkunden ihrer Zunge ein wenig nach Verzweiflung schmecken konnte, hatte er auch in Zeiten erfahren, da das Wort Streit im Vokabular ihrer Begegnungen nur ein fernes, kaum zu denkendes Fremdwort gewesen war, und auch das wilde, ja geradezu verbissene Drängen ihrer Hüften, der ungestüme, fast rücksichtslose Griff ihrer Hände und die nicht minder ungestüme Art, in der sie, kräftiges Zufassen oder gar Aufruhr verheißenden Biss erheischend, ihre Brüste und ihren Nacken dargeboten hatte, war ihm zuvor schon so oft auf Glück verströmende Weise widerfahren, dass er auch jetzt das Gefühl gehabt hatte, in allem sei wie eh und je in ihrer Liebe nicht nur augenblickliche Erfüllung, sondern auch ein immerwährendes großes Versprechen verborgen.

Aber die Verzweiflung hatte am Ende doch die Übermacht gehabt. Ihr Streicheln war einem grimmig-hilflosen, seinen Rücken mit brennenden Striemen markierenden Furchen ihrer schönen Nägel gewichen, ihre Münder hatten nicht mehr in Seligkeit, sondern nur noch in trauriger Resignation zueinander gefunden, und ein letztes fest ineinander verschlungenes Aufbäumen hatte ihnen zwar körperliche Erlösung und erschöpften Schlaf gebracht, nicht aber die Lust, sich am nächsten Morgen, wie es sonst gewesen war, aufs Neue umeinander zu rollen und sich zu wecken in finger- und schenkelflinker, süß umwallender Behaglichkeit.

Leer und ausgebrannt war Kleinert aufgestanden, hatte ein Frühstück bereitet, und wortlos hatte Lotte ihre Sachen genommen und war gegangen – mit müden Schultern und ohne einen Blick zurück. Die Rede ging, dass sie sich nach Nanking durchschlagen werde, und Kleinert hatte keinen Zweifel daran, dass sie es schaffen würde. Sie hatte schon viel schwierigere Reisen unternommen, und es war jetzt auch nicht mehr so schwer, die Frontlinie zu passieren, wie in den ersten Jahren des Krieges. Findige Leute hatten sichere Passagen aufgebaut für die vielen Händler, die dies- und jenseits der Front ihre Geschäfte machten, für die Kuriere, die sich zwischen dem besetzten und dem unbesetzten Gebiet tummelten, für junge Leute – Studenten meist –, die es in den freien Westen des Landes trieb, wo sich die großen und traditionsreichen Universitäten des Landes rechtzeitig vor den Japanern in Sicherheit gebracht und nun neue Forschungseinrichtungen und Studiengänge aufgemacht hatten, und natürlich auch für den einen oder anderen, der den umgekehrten Weg ging und seine Hoffnungen mit dem Kurs der Regierung Wang Tsching Weis verknüpfte. Man musste sie nur finden, diese Passagen – aber wie sollte das einer Frau wie Lotte Ribbegg mit ihren Erfahrungen und glänzenden Verbindungen misslingen!

Kleinert indes fiel es schwer, sich aufzuraffen und nach etwas zu suchen, womit er sich würde nützlich machen können. Es war eine eigenartige Situation wie in den ersten Monaten in Tschungking, nur, dass er sie diesmal ohne den Lotteschen Schwung meistern musste. Wie damals hatte der Marschall keine Aufträge für ihn, zahlte ihm aber pünktlich sein monatliches Salär, und so war er gebunden und doch wieder nicht, und wenn er zurück ins Spiel kommen wollte, musste er mit eigenen Ideen vorstellig werden. Denen aber – das war deutlich abzusehen – würde wohl kaum ein erneutes Mal ein so günstiger Stern leuchten wie jener des Herbstes 39. Das hatte Kröper ja völlig richtig erkannt und dargestellt: Eine nochmalige Wiedergeburt würde es in den Beziehungen zwischen Deutschland und Tschiang Kai Schek in diesem Krieg nicht geben.

War Lotte Ribbegg mit ihrem Wechsel nach Nanking die Glücklichere? Hatte sie ihrer Liebe zu China das bessere, das dauerhaftere Bett gebaut? War ihr Blick tatsächlich – wie sie meinte – der umfassendere, weil er sich nicht allein an Tschiang Kai Schek festmachte? Sondern Wang Tsching Wei, der ja in seinen Plänen zum Staats- und Wirtschaftsaufbau von Tschiang Kai Schek nur um Nuancen entfernt war, als ernsthafte Alternative in Betracht zog? Kleinert, nun wieder allein in seiner kleinen Wohnung und ganz dem eigenen Grübeln ausgeliefert, wusste es nicht. Sollte es wirklich so sein, dass, wie Lotte es im Streit so drastisch formuliert hatte, er, Kleinert, in eine geradezu kindliche Abhängigkeit von den Gedanken und Konzepten Hsü Tao Lins geraten war? Fast war er geneigt, es zu glauben, aber dann zogen sie alle wieder durch seinen Kopf, die Gespräche mit Walter Schuchardt, dem

Wirtschaftsberater, bei seinem ersten Nanking-Aufenthalt, mit Wilhelm Trauthoff, dem Botschafter, dem die Verzweiflung über den projapanischen Kurs Berlins nicht nur einmal ins Gesicht geschrieben gestanden hatte, mit Johann Stieglitz, dem Freund in einem Kampf um Leben und Tod, damals, in den wenigen Ruhepausen, die ihnen die Japaner bei ihrem mörderischen Sturm auf Nanking gelassen hatten, mit Georg Nelken, dem Legationssekretär, der mutig wie nur wenige sonst wichtige Wahrheiten, die, weil sie das japanische Vorgehen betrafen, schon zu unerwünschten geworden waren, nach Berlin gekabelt hatte, mit Victor Schafstetten, dem schlau von seinem Pappelhof aus sich ein Bild machenden klarsichtigen Beobachter chinesischer, japanischer und deutscher Aktionen und Versäumnisse, mit Jobst von Tryck zu Senz, dem Idealisten, der nicht ablassen wollte von seiner Hoffnung, dass dem fernöstlichen Konflikt beizukommen sein könnte mit etwas, das er sich gern als eine Art europäischer Vernunft vorstellte – und es wollte ihm, bei aller Liebe zu Lotte, partout nicht in den Sinn, dass nun auch sie alle, mit denen er so viele gleiche und ähnliche Ansichten hatte, gleich ihm Opfer kindlich-romantischen Träumens geworden sein sollten.

Oder hatten sie vielleicht doch alle zusammen die Zeit verschlafen? Und Lotte den wachsten, frischesten Blick von ihnen allen gehabt? Mit dem sie den Gleichklang mancher seiner, der Kleinertschen, Ansichten mit denen der chinesischen Kommunisten und ihres deutschen Kollegen Hans Shippe, von dem er ihr natürlich ausführlich erzählt hatte, zwar nicht wie ein Wolf Schoknecht öffentlich entlarvt und verfolgt sehen wollte, wohl aber zum Anlass nahm, über die Konsequenzen dieses Gleichklangs nachzudenken? War es nicht tatsächlich so, dass sich Tschiang Kai Schek in einem Übermaß von den Kommunisten abhängig gemacht hatte? Trotz der Distanz, die er gerade jetzt wieder zu ihnen suchte? Und dass Wang Tsching Wei mit seiner Bereitschaft, dem Antikominternpakt beizutreten, vielleicht doch die sicherere Garantie dafür darstellte, dass China nicht eines Tages kommunistisch regiert werden würde? So, wie es mit der Sowjetunion heute schon der Fall war?

Es wäre, dachte Kleinert, wieder einmal ein gründliches Gespräch mit Hermann Kröper fällig. Seltsam: Selbst in den Wochen der engsten Zusammenarbeit, als sie beide bis in die Nacht hinein über den Landkarten gehockt und den Transportweg für das Wolframerz ausgetüftelt hatten, waren sie sich nicht wieder so nahe gekommen wie damals in Nanking in Kröpers im Jasminduft versinkenden Garten. Freilich – ihr gemeinsamer Wertevorrat hatte sie ohne jeden Missklang die Herausforderungen Hankous und nun auch Tschungkings in zuverlässig erprobter Gemeinsamkeit bewältigen lassen, und die Tipps, an denen es dem Geologen nie gemangelt hatte, waren Kleinert oft genug Halt und Orientierungspunkt gewesen. Aber irgend etwas hatte zwischen ihnen gestanden, das die alte Vertrautheit, in der sie beide auch ihren Gefühlen einmal hatten freien Lauf lassen können, nicht wieder aufkommen ließ. Sollte es, dachte Kleinert, Lotte Ribbeggs Nähe gewesen sein? Die Kröper befangen machte, weil er sich die begehrenswerte Frau auch selbst an seine Seite gewünscht hätte? Oder sie sogar – Kleinert musste lächeln, denn das hätte ganz ohne Weiteres zu Lottes Art des nicht auf Ewigkeit angelegten Umgangs mit ihren Liebesbeziehungen gepasst – schon einmal an seiner Seite gehabt hatte? Was sie nun beide in stillem gegenseitigem Einverständnis ihm, Kleinert, gegenüber zu verschweigen versuchten?

Mal sehen, dachte Kleinert, ob er den Professor direkt auf eine solche aparte Verwicklung hin ansprechen würde. Aber dann verwarf er diesen Gedanken wieder, denn wahrscheinlich lagen die Gründe ja doch ganz woanders. Wieso eigentlich – zum Beispiel – hatte er, Kleinert, den Professor niemals wieder nach dem Schicksal seines Sohnes gefragt? Der hatte – ganz genau erinnerte sich Kleinert nun plötzlich daran, weil Kröper mit so eindringlicher Sorge davon berichtet hatte – doch Deutschland verlassen seinerzeit, um der Rache der Nazis, deren Machtübernahme er hatte verhindern wollen, zu entgehen. Von Prag als Fluchtort war dann die Rede gewesen und später – was Kröper sehr beruhigt hatte – von London, aber seitdem waren sie auf diese Dinge nie mehr zurückgekommen. Nichts wusste Kleinert davon, wie sie sich weiterentwickelt hatten. Man hörte zuweilen, dass Nazigegner zurück nach Deutschland gegangen waren, um dort im Untergrund ihre politische Arbeit fortzusetzen – war es vorstellbar, dass der junge Kröper einen solchen Weg eingeschlagen hatte?

Oder – Kleinert wurde ganz schwindlig bei diesem Gedanken – hatte gar der Professor selbst etwas zu verbergen in seiner Arbeit? Hatte er sich nur deshalb bei ihrem Spaziergang zu dritt so demonstrativ auf Lottes Seite geschlagen, weil er von sich selbst ablenken wollte? Weil seine geologischen Erkundungsreisen durchaus nicht nur den Bodenschätzen, sondern auch der einen oder anderen heimlichen Kontaktpflege gegolten hatten? Und ein Hans Shippe ja ganz sicher nicht der einzige war, der sich im Auftrag der Kommunisten um brandheiße Informationen und Eindrücke aus Tschungking kümmerte? Ja genau, dies und nichts anderes – Kleinert war sich nun fast sicher – war der Grund für Kröpers überraschendes Gebaren. Er spielte sein eigenes Spiel, der Professor, und hatte, als er merkte, dass Lotte sich gedanklich schon von Tschungking verabschiedet und nach Nanking begeben hatte, alles daran gesetzt, die Wolframerz-Pläne, denen er natürlich zunächst eine genau so große Bedeutung beigemessen hatte wie Kleinert auch, so weit wie möglich herunterzuspielen. Es war die gleiche Methode gewesen, die er auch in Hankou gegenüber Schoknecht schon angewandt hatte: dem Gegenüber so weit wie möglich Recht zu geben, ihn in seinen Ansichten – auch wenn sie von den eigenen meilenweit entfernt lagen – nicht aufgesetzt, aber sanft drängend zu bestärken, um dann selbst unauffällig den Rückzug antreten zu können.

O Gott, dachte Kleinert erschrocken über sich selbst, das ist ein größerer Brocken an Vermutungen, als er würde wegtragen können, und die Herbstsonne, die mit noch immer fast sommerlicher Heftigkeit in sein Zimmer brannte, tat ein Übriges, um ihn schlaff und schwermütig werden zu lassen. Nicht nur Lotte – musste er jetzt einsehen – hatte er wohl verloren bei dieser Wanderung in die Tschungkinger Orangenhaine, sondern auch Kröper.

Nur als Einzelkämpfer, so schien es, konnte man noch durch diese Zeiten kommen.

Ein paar Wochen später – das Weihnachtsfest des Jahres 1940 stand vor der Tür – erfuhr Kleinert in einem Teehaus von einem in Tränen aufgelösten Robert Tschen, der ihn dringend zu diesem Treffen gebeten hatte, dass Hermann Kröper mit einem Strick seinem Leben ein Ende bereitet habe.

»Verstehen Sie das?«, fragte der Dolmetscher, der mit dem Geologen fast fünfzehn Jahre zusammengearbeitet hatte. »Wir waren«, fügte er fast beschwörend hinzu, »doch eigentlich richtige Freunde.«

Wir auch, wollte Kleinert sagen, aber der Kummer verschlug ihm die Sprache und Scham verschloss ihm den Hals – Scham darüber, dass er dem Nachdenken über den Professor nicht prompt die Einladung zum Gespräch hatte folgen lassen und zu einer Flasche *maotai*, mit der sie den Jasminduft wieder hätten aufleben lassen können und die Geborgenheit eines gemeinsamen Ziels.

Kapitel 21

Das Büro, in dem Christian Stochlow seinen Geschäften nachging, sah immer noch genauso aus wie an dem Tag, an dem Kleinert es zum ersten Mal betreten hatte. Nichts hatte sich verändert in den vergangenen acht Jahren an der erlesenen Gleichzeitigkeit von hanseatisch gediegenem Prunk und feinfüßiger, heiterer chinesischer Möbelkunst, unverblasst strahlte die vom Ruhm vergangener Zeiten kündende goldene Schiffsglocke, und der riesige Globus, der sich prächtig neben den Folianten mit alten Seekarten wölbte, lud noch immer dazu ein, mit dem Finger die Linien nachzuziehen, auf denen die Schiffe von Buckowitz & Co. die Meere durchpflügten. Und vornehm und selbstbewusst wie bei ihrem ersten Zusammentreffen zeigte sich auch der Hausherr selbst. Natürlich waren die Jahre nicht spurlos an ihm vorüber gegangen. Ein wenig grau an den Schläfen war er geworden, nun, da er die fünfzig überschritten hatte, und die schmalrandige Brille von damals war einer bedeutungsvolleren, die Gläser breit und dunkel einrahmenden gewichen, aber die Elastizität seiner Bewegungen und die bedächtige, gleichwohl hellwache Entschlossenheit, mit der er seine Ansichten kund tat, verrieten, dass er noch nicht müde geworden war in dem nun schon mehr als ein Dutzend Jahren, das er in Schanghai für sein namhaftes Hamburgisches Handelshaus tätig war.

Er hat es am Ende doch gar nicht so schlecht getroffen, dieser Stochlow, dachte Kleinert, trotz der Sorgen, die er sich einst wegen des Mamo-Impex-Vertrages gemacht hatte. Hat sein Schäfchen offensichtlich immer wieder ins Trockene gebracht – damals mit Hilfe der Zusatzvereinbarungen, die den Handelshäusern ihr Stück vom großen Kuchen der Waffen- und Ausrüstungslieferungen in die eine und der Erz- und Rohmaterialtransporte in die andere Richtung gesichert hatten, und dann, als Schanghai den Japanern in die Hände gefallen war, gewiss mit geschickten Arrangements mit den neuen Herren in Nanking und Berlin und sicher auch im Küstenverkehr zwischen Mandschukuo und Schanghai und Schanghai und Yokohama und Yokohama und Hongkong und wer weiß zwischen welchen Häfen sonst noch.

Aber war er, Kleinert, in einer Position, darüber rechten zu können? Er schaute an sich hinunter. Was er da am Leibe trug heute, im Februar 1945, war nicht der flotte, vom Meister an der Ecke aufs Beste und Flinkeste angemessene Anzug aus feinem Tuch wie damals, Anfang 37, als er hier mit großem Verhandlungsauftrag eingerückt war. Man sah es ihr an, der robusten karierten Alltagsjacke, dass sie schon ein paar Jahre auf dem Buckel hatte, und Schuhen und Mantel erging es nicht anders, und er, Kleinert, hatte ja auch keine Angebote mehr zu unterbreiten oder großzügig Vermutungen darüber anzustellen, wie sich die alten Chinafahrer am vorteilhaftesten ihrer Berliner Lobby bedienen sollten, um bei der Revolution des deutschen Chinahandels – denn nichts anderes, war er sich sicher, war das damalige Vertragswerk doch gewesen – nicht zu kurz zu kommen. Nein, das musste er schon ganz nüchtern akzeptieren: Nicht als Partner saß er jetzt in diesem Zimmer, sondern als Bittsteller – als ganz gewöhnlicher, um sein nacktes Schicksal bangender Bittsteller, und er musste froh sein, wenn es Buckowitz & Co. so gut ging, dass sie eine Verwendung für ihn haben würden.

Von seinem lange gehegten Traum, im Stochlowschen Büro vielleicht auch Tschang Li wieder zu finden – Tschang Li, die schlanke, betörende Tschang Li, deren blitzende Augen und frohe Hüften ihn in einer Zeit, die schon Unendlichkeiten zurück zu liegen schien, schier um den Verstand gebracht hatten und vor deren zartgliedrigem Mut und schreckloser Hilfsbereitschaft er ebenso in die Knie gesunken war wie vor ihrer alle Hüllen zerreißenden Hingabe, mit der sie in der überbordenden Freude ihrer ersten, fast jungfräulichen Zweisamkeit wie auch später in der frierenden Angst der Kriegsnächte eine Nähe gesucht und gespendet hatte, die ihm auch jetzt noch und trotz Lotte und mancher flüchtigen Begegnung seither auf allen Häuten und Fasern brannte: von diesem Traum hatte sich Kleinert schon seit langem verabschieden müssen. Sie hatten alle bedauernd abgewinkt, Stochlow und die Chefs der Niederlassungen anderer deutscher Firmen, als er vor fast genau vier Jahren, Ende Januar 1941, kaum, dass er glücklich in Schanghai eingetroffen war, sofort in ihren Büros vorgesprochen hatte in der Gewissheit, dass, wenn ihr die Flucht aus Nanking gelungen wäre, sie ganz bestimmt bei ihnen eine Arbeit gefunden hätte, und auch späteres Nachforschen war ergebnislos geblieben und sein fernschriftliches Nachfragen in Nanking auch.

»Es ist schwierig«, sagte Stochlow auch jetzt wieder, vier Jahre später, da es nicht mehr um Verträge und nicht mehr um Nachforschungen, sondern nur noch um einen einfachen Arbeitsplatz ging. »Es ist schwierig, aber Sie können bei uns anfangen. Allerdings mit einem – das will ich Ihnen gleich offen sagen – keineswegs fürstlichen Gehalt. Wir sind nicht auf Rosen gebettet in diesen Tagen. Sie wissen ja selbst: Die Japaner teilen nicht gern.«

Ja, Kleinert wusste. Zu oft schon hatte er, seit er wieder hier war, dieses Klagelied vernommen im Deutschen Klub oder bei den Versammlungen der Handelskammer, zu denen er hin und wieder eingeladen worden war, um von dieser Mitteilung überrascht zu sein. Aber auch darüber würde er jetzt nicht diskutieren. In Deutschland standen die Russen bereits an der Oder und die Amerikaner am Rhein. Im Stillen Ozean vertrieben die Amerikaner die Japaner von einer Insel nach der anderen. Die Front der Japaner in China, so lange sie bisher auch stabil geblieben war, schien plötzlich doch nicht mehr für die Ewigkeit gemacht. Niemand wusste, was die nächsten Monate bringen würden. Da hieß es still halten und nochmals still halten und zusehen, dass sich wenigstens das Notwendigste regeln ließe.

Und was er denn tun solle für dieses Gehalt?

»Es gibt Weisungen aus Berlin«, sagte Stochlow, »wonach alle deutschen Industrie- und Transportkapazitäten zur Unterstützung der Japaner eingesetzt werden sollen. Zur Koordinierung des Ganzen haben sie sogar extra einen zusätzlichen Militärattaché und einen Japanisch-Dolmetscher her geschickt. Per U-Boot, stellen Sie sich das mal vor!«

Seine Stimme gewann plötzlich eine ungewohnte Lebhaftigkeit. »Ein heller Wahnsinn, finden Sie nicht auch? Wann kommt ein solcher Kahn schon mal durch durch die Blockaden der Engländer im Atlantik und die der Amerikaner hier draußen! Aber sie haben es geschafft! Gleich nach Weihnachten waren sie da. Und schienen gar nicht so hoffnungslos, wie man meinen möchte. Offenbar gibt es in Berlin doch ein paar Pläne, wie man den Kopf noch aus der Schlinge ziehen könnte. Vielleicht durch einen Separatfrieden mit den Engländern und Amerikanern? Dem man mit einer Stärkung der Japaner zwecks Zeitgewinn ein wenig nachhelfen könnte?«

Er sah, dass Kleinert keinerlei Anstalten machte, ihm in seiner Begeisterung zu folgen, und fiel wieder in den nüchternen Ton seiner Eingangsrede zurück.

»Es müssen also in all unseren Lagerhäusern und bei unseren Lieferpartnern Bestandsaufnahmen gemacht werden dahingehend, was den Japanern nützlich sein könnte und was nicht. Das erfordert an diesen Plätzen selbst eine Menge Kleinarbeit, und dann wird von uns außerdem erwartet, dass wir Dreh-, Bohr- und ähnliche Maschinen, die einmal zum Versand an andere Firmen vorgesehen waren, aber noch nicht zur Auslieferung gelangt sind, gleich hier zur Produktion einsetzen – in der Herstellung von einfachen Ersatzteilen zum Beispiel. Die Koordinierung des Letzteren läge, glaube ich, bei Ihnen in guten Händen.«

Kleinert war bei diesem Vorschlag nicht besonders wohl zu Mute. Er hatte keine große Lust, mit den Japanern in Verhandlungen zu treten. Aber sollte er das mit Stochlow jetzt lang und breit erörtern? Ach was, es war ein Angebot, das der Hamburger ihm unterbreitete, und er würde es annehmen, und wie weit man kommen würde in dieser Arbeit und welche Schwierigkeiten sich auftun konnten, würde sich erweisen. Und wer weiß – vielleicht war es ja auch wirklich nicht das Schlechteste, den Fuß endlich einmal in verschiedenen Türen gleichzeitig zu haben.

Denn genau das, dachte Kleinert, als er sich von Stochlow verabschiedet hatte und hinüber zur anderen Seite des Bundes gegangen war, dorthin, wo man sich an die Kaimauer lehnen und gedankenverloren dem lauten Getriebe der nach Hunderten zählenden Sampans und Dschunken zuschauen konnte – genau das hatte er in der Vergangenheit nie für nötig gehalten: ein bisschen zu spielen mit den unterschiedlichen Entscheidungsmöglichkeiten, sich Optionen offen zu halten für den einen oder den anderen Partner, und die Gegenseite immer auch ein bisschen unter Druck zu setzen. Klare Bekenntnisse hatte er immer haben wollen – von sich selbst und von den anderen. Klare Bekenntnisse ohne Hintertürchen. Und wohin hatte ihn das gebracht am Ende? In die Bittstellerrolle, in der er sich jetzt befand, abhängig von Stochlows guten Worten und davon, dass ihn die Japaner am Ende nicht gar noch hochnehmen würden als einen, der sich allzu offensichtlich gegen sie gestellt hatte.

Aber nein – er musste aufpassen, dass er sich nicht Gespenster an die Wand malte, von denen vielleicht überhaupt keine Rede sein konnte. Freilich war er als Tschiang-Kai-Schek-Mann nach Schanghai gekommen und als nichts anderes. Aber vielleicht könnte ja gerade das ihn auch wieder interessant machen? Man musste kühlen Kopf bewahren und das Für und Wider alles Gewesenen noch einmal in aller Ruhe Revue passieren lassen.

Dass er 1937 in Nanking deutsches Eigentum hatte schützen helfen – nun, das dürfte den Japanern kaum ein Grund zu heutigen Feindseligkeiten sein. Auch nicht, dass sich chinesische Zivilisten auf diesem Eigentum befanden – die Sicherheitszone war schließlich eine von Johann Stieglitz auch mit der japanischen Seite abgesprochene Angelegenheit gewesen.

Und sein folgendes Wirken für Tschiang Kai Schek in Hankou und Tschungking? Da würde er immer wieder darauf verweisen können, dass es mehr als nur eine Situation gegeben hatte, in der er im Falle eines neuerlichen Vorfühlens in Sachen Waffenstillstand oder Friedensschluss in einer ausgezeichneten Position gewesen wäre, um vermittelnd eingreifen zu können.

Was ihm freilich aus seinen Kontakten mit den Kommunisten für Schwierigkeiten erwachsen konnten – nun, darüber konnte er nur spekulieren. Die Shippe-Geschichte lag lange zurück, und ob sie je aufgewärmt werden würde, war zweifelhaft, denn Hans Shippe war – jedenfalls hatte es eine entsprechende Zeitungsmeldung gegeben – irgendwann im Herbst 1941 bei Kämpfen der von den Kommunisten geführten Achten Armee mit den Japanern gefallen. Kleinert hatte nicht gleich verstanden, warum den Kommunisten so sehr an einer öffentlichen Bekanntmachung dieses Ereignisses gelegen war. Aber dann hatte er sich daran erinnert, dass ihm schon bei der Reaktion Tschiang Kai Scheks auf den Dreierpakt zwischen Deutschland, Japan und Italien aufgefallen war, welche große Bedeutung es für die Chinesen hatte, ihren Krieg aus seiner regionalen asiatischen Dimension herausgerissen und in einen engen Zusammenhang mit dem Krieg in Europa gestellt zu sehen. Warum also sollten die Kommunisten vor diesem Hintergrund nicht stolz darauf zu sein, zeigen zu können, dass für ihren Kampf gegen die japanischen Eindringlinge auch Kommunisten aus anderen Ländern ihr Leben ließen?

Aber egal, ob die Meldung über Shippes Tod richtig oder falsch gewesen war – und wer wollte das schon genau wissen bei den verschiedenen Namen, unter denen dieser Mann in China tätig geworden war, und bei der nur allzu bekannten Neigung von Kriegsparteien, die andere Seite durch Falschmeldungen zu irritieren: Es würde, dachte Kleinert, schon außergewöhnlich gründlicher Recherchen bedürfen, ihn, den Wirtschaftsmann, wegen der beiden Tage, die er notgedrungen mit dem umtriebigen kommunistischen Kurier, Berater und Journalisten verbracht hatte, dingfest zu machen.

Mehr wissen könnten die Japaner hingegen über seine Kontakte mit einer anderen ausländischen Kommunistenfreundin, einer Deutschen, die er an einem der langen, nach Lottes Abreise nur noch trübseligen arbeits- und antriebslosen Abende der Vorweihnachtszeit des Jahres 1940 in einem kleinen, nur mit dem Notwendigsten ausgestatteten Restaurant kennengelernt und die sich ihm als Martha Hsiao vorgestellt hatte. Der Betreiber des Restaurants – Kleinert musste in der Erinnerung herzlich schmunzeln, und das Wasser lief ihm im Munde zusammen – war ein kleiner, witziger und kugelrunder Setschuan-Chinese gewesen, der sich aufs Vortrefflichste auf die Zubereitung gebackenen Fisches verstanden hatte, und nie wieder seither war Kleinert auf einen Koch gestoßen, der den köstlichen Gegensatz zwischen der krossen, süß und scharf zugleich schmeckenden Kruste und dem zartweißen, auf der Zunge zerschmelzenden Inneren eines am offenen Feuer präparierten, in Gänze über den großen länglich-runden Teller hingestreckten, von unzähligen Gemüsen garnierten einfachen Flussbarsches so wunderbar zur Geltung zu bringen vermocht hatte wie er.

Vor einem solchen Fisch also hatte Kleinert gesessen, als die Unbekannte hereingetreten war und sich suchend umgeschaut hatte, und er hatte sie rasch an seinen Tisch gebeten, denn es hätte ihm nicht gefallen, wenn sie zum Mittelpunkt der Neugierde der übrigen ausschließlich einheimischen Gäste geworden wäre. Und sie hatte die Einladung nach einem nur kurzen Zögern mit schöner Selbstverständlichkeit angenommen, Kleinert hatte noch eine Schüssel Reis kommen lassen und eine Flasche süßen Pflaumenweins, und sie waren in ein langes, erst spät in der Nacht zu Ende gehendes Gespräch gekommen, an dessen Ende Kleinert die erstaunliche Nachricht vernommen hatte, dass Martha Hsiao für eine Frau arbeitete, von der ihm einst Tschang Li schon erzählt hatte: für Sung Tsching Ling, Schwägerin von Tschiang Kai Schek und Witwe von Sun Yat Sen.

Schade, dachte Kleinert jetzt, da er versonnen auf die im Abendlicht glänzenden kleinen Wellen des Huangpu schaute, dass alles dagegen gesprochen hatte, dass sie den Kontakt hätten vertiefen können. Es war ein Zufall gewesen, dass Martha Hsiao an jenem Abend allein unterwegs gewesen war. Nur schnell einen Tee hatte sie nehmen und dann die kleine Kneipe rasch wieder verlassen wollen, aber dann war sie Kleinerts Aufforderung zum Platznehmen doch gefolgt, weil an diesem Abend – anders als sonst – auch auf sie nur eine leere Wohnung gewartet hatte. Im Normalfall – sie hatte es ihm bald zu verstehen gegeben, weil sie sehr wohl gespürt hatte, dass er gerade dabei war, einen Kummer herunterzuspülen und eine verständnis- und liebevolle Tröstung dabei nur gar zu gern in Anspruch genommen hätte – warte dort ihr Mann auf sie, ein Chinese, den sie in früheren Jahren einmal in Berlin kennen gelernt habe und dem sie voller Träume und Illusionen in dieses verrückte Land gefolgt sei.

Aber das sei doch wunderbar, hatte Kleinert gesagt, und man könne sich doch gewiss einmal zu einem gemeinsamen Essen treffen – aber Martha Hsiao hatte abgewinkt. Nein, das sei nun ganz bestimmt nicht möglich. Jeder habe seine Arbeit, seine Verpflichtungen, und dabei möge es auch bleiben. Er möge sich doch mit dem kleinen, aber dennoch kostbaren und ja auch seltenen Glück dieses einen gelungenen Abends bescheiden. Ohnehin werde sie sich demnächst wieder verändern müssen, denn Sung Tsching Ling sei gerade nach Hongkong abgereist, und so sei man doch am besten beraten, wenn man sich auf keine weiteren Bindungen oder Verpflichtungen einlasse.

Woran es gelegen hatte, dass sie dann doch noch zu einer Verabredung bereit gewesen war – Kleinert wusste es nicht zu sagen, aber es machte ihn nun, da er darüber nachdachte, dass es von Wichtigkeit sein könnte, wie die Japaner seine Tschungking-Zeit beurteilten, doch noch einmal unangenehm misstrauisch. Sollte es ihm zum Verhängnis werden können, dass er sich in ihre Zurückhaltung zwar dreingefunden, ihre freundliche, aus dunklen, warmen Augen in einem nachdenklichen Gesicht zu ihm sprechende Zuneigung aber natürlich mit Vergnügen genossen hatte? So sehr, dass er bei dieser zweiten Begegnung nicht nur zu einem aufmerksamen Zuhörer ihres Berichts geworden war, mit dem sie ihn – ganz entgegen ihrer ursprünglichen Absicht – bereitwillig über ihre Arbeit informiert hatte, sondern auch zu einem ausdrücklichen Befürworter dessen, was sie da tat? Weil er etwas wiedergefunden hatte in ihren Erzählungen und Plänen, womit ihn schon Tschang Li mit ihren Schanghaier Schwärmereien über das Engagement der First Lady, der Frau des Marschalls, in der Neues-Leben-Bewegung beeindruckt hatte – nämlich eine Kraft der Frauen in der Politik, die ihn nicht nur einfach überraschte, sondern geradezu magisch in ihren Bann schlug? Was ihn – wie ihm jetzt mit einigem Erschrecken klar wurde – ganz leicht zu einer Figur im Spiel der Sung Tsching Ling hätte machen können?

Nein, genau wusste er es natürlich nicht, ob die Japaner tatsächlich die Vorgänge in Tschungking so minutiös unter Kontrolle gehabt hatten, wie er sich das jetzt zusammenreimte. Aber dass sie dort präsent waren und ihre Verbindungsleute hatten – darüber konnte es nicht den geringsten Zweifel geben. Und darüber, dass Sung Tsching Ling zu ihren bevorzugtesten Überwachungszielen gehörte, auch nicht. Denn es war ja bekannt, dass diese Frau, deren Schönheit und Ausstrahlungskraft bei Freund und Feind gleichermaßen in aller Munde war, sich zur vielleicht wichtigsten öffentlichen Repräsentantin der Sache der beiden kommunistischen Armeen und der von ihnen beherrschten Befreiten Gebiete in der Hauptstadt gemacht hatte. Gewiss, ging man nach der offiziellen Etikette, dann waren es Tschou En Lai und seine Offiziere, die alle diesbezüglichen Fäden in der Hand hielten und die Verbindung mit dem obersten kommunistischen Führer Mao Tse Tung in Yän'an, ihrem Hauptquartier hoch oben im unzugänglichen Nordwesten, sicherten. Aber Geld sammeln für die sozialen Unternehmungen der beiden Armeen – für die Einrichtung von Krankenhäusern zum Beispiel oder dafür, dass die Kinder der Bauern kostenlos zur Schule gehen konnten – oder werbende Kontakte entwickeln mit amerikanischen und englischen Journalisten, um internationale Aufmerksamkeit für die Anstrengungen der Kommunisten zu gewinnen – das konnte, so hatte Kleinert mit wachsendem Erstaunen aus Martha Hsiaos Mund vernommen, niemand so gut wie Sung Tsching Ling, die zudem klug genug gewesen war, trotz aller Unverträglichkeit mit der Politik ihrer Schwager Tschiang Kai Schek und H. H. Kung und ihres Bruders T. V. Soong am Sitz ihrer großen Familie wohnen zu bleiben. So hatte sie – Martha Hsiao hatte es leidenschaftlich beschworen, und Kleinert hatte sich mit Wehmut und fröhlichem Stolz zugleich daran erinnert, mit welch anrührender Ernsthaftigkeit Tschang Li all diese Verquickungen und Verstrickungen bei den Sungs damals, als sie sich entdeckt hatten füreinander, vor ihm ausgebreitet hatte – mit ihrem eigenen alltäglichen Sein und Arbeiten ein Zeichen dafür gesetzt, dass es etwas geben musste, was über dem Streit um politische Parteien oder Programme stand: nämlich Einigkeit in der Gewissheit, dass zuerst und vor allem anderen die Japaner aus dem Lande vertrieben werden mussten.

Und so, wie Sung Tsching Ling die Verbindung zu ihren antikommunistischen Geschwistern und Schwagern demonstrativ in aller Öffentlichkeit pflegte und sehen ließ, so hatte – dachte Kleinert – Martha Hsiao wohl auch für sich den Entschluss gefasst, zu prüfen, ob sie nicht ihn, den gerade auftragslosen Berater des Marschalls, der kommunistischer Neigungen wohl kaum verdächtigt werden dürfte, für eine Zusammenarbeit würde gewinnen können. Und Kleinert, mitgerissen von dem sanften Charme, mit dem sie das tat, eingesponnen in die Erinnerungen an Tschang Li, die sie in ihm weckte, und aufgewühlt davon, wie nah ihre Ansichten denjenigen waren, die ihm sein Lebensretter Hans Shippe damals beim Rückweg aus Peking, der fast sein letzter geworden war, präsentiert hatte, war drauf und dran gewesen, auf ihre Avancen einzugehen. Warum denn auch nicht, hatte er gedacht: Aus dem, was offizielle deutsche Politik geworden war, war er, da er seinen Vertrag mit dem Marschall nicht gekündigt und sich nicht nach Nanking abgesetzt hatte, ohnehin ausgeschaltet, und wenn ihn Tschiang Kai Schek für den Moment nicht brauchte – und er war davon überzeugt gewesen, dass es nur um einen Moment gehen konnte in dieser Sache und nicht um einen Zustand, der lange andauern würde: Was sollte ihn dann daran hindern, sich auf andere Weise für dasjenige China einzusetzen, dass er seit eh und je als das Seinige betrachtet hatte?

Es war dann der Marschall selbst gewesen – und Kleinert, jetzt, am Kai des Huangpu, fragte sich ein erneutes Mal, wer da die entscheidenden Fäden gezogen haben mochte –, der der Sache mit Martha Hsiao ein rasches Ende bereitet hatte. Nicht, dass er in irgendeiner Weise direkt auf den Vorgang Bezug genommen hätte. Nein, das wäre seine Art nicht gewesen. Er hatte ihn einfach wieder einmal zu sich gebeten – nach langer Zeit, endlich, und Kleinert hatte sich unsicher und nervös gefühlt wie ganz am Anfang ihrer Zusammenarbeit – und ihm in seiner üblichen jovialen und feinen, beherrschten Art einen neuen Auftrag angeboten.

»Ke Lan Pao *hsiänscheng*«, hatte er gesagt, und natürlich war Kleinert gerührt gewesen, die alte vertraute Anredeformel wieder einmal zu hören, »ich könnte mir vorstellen, dass Sie beim Schutz meiner Anwesen in Schanghai eine wichtige Rolle spielen könnten.« Und dann war er ganz kurz geblieben und hatte sich auf einen festen Händedruck zum Abschied und die Mitteilung beschränkt, dass Robert Tschen ihm alles weitere ausführlich erläutern und ihm auch bei den Reisevorbereitungen zur Verfügung stehen werde.

Im Januar 1941 war das gewesen, und alles war dann so schnell gegangen, dass er sich mit Martha Hsiao gar nicht noch einmal hatte verständigen können. Einen Flug nach Hongkong hatten sie für ihn vorgesehen und dann die Weiterfahrt mit einem Küstendampfer nach Schanghai, und alles war schnell und problemlos gegangen, woraus Kleinert geschlossen hatte, dass der Marschall über eine Menge zuverlässiger Verbindungsleute verfügen musste. Keine nervenaufreibenden Kontrollen in den Häfen hatte es gegeben, keine Behinderung durch längsseits festmachende Patrouillenboote draußen auf dem Meer oder bei der Einfahrt ins unermesslich wie eh und je sich dehnende Yangtse-Delta, und unauffällig war er an Land gekommen und dort von einem Mann empfangen worden, dem er bisher nur zwei-, dreimal flüchtig begegnet war, der aber in der deutschen Beraterschaft eine ganz besondere Rolle gespielt hatte: Hauptmann Franz Mönnings.

Es war eine Legende um diesen drahtigen Mittfünfziger mit dem scharf geschnittenen, asketischen Gesicht, der zu jenem Männertyp gehörte, bei dem man immer die Vorstellung hatte, er sei bereits in Uniform zur Welt gekommen. Zu Hitlers Männern der ersten Stunde habe er gehört, schon in München 1923 sei er dabei gewesen, habe für seine entschlossenen Aktionen gegen die Republik ein paar Jahre in Festungshaft gesessen, sei damit zu einer Art Märtyrer der Nazis geworden, habe dann aber wohl zuviel Ehrgeiz im Gerangel um Führungspositionen erkennen lassen, und mit seiner Entsendung nach China habe man sich darum im inneren Zirkel der Naziführung gleich einen doppelten Gefallen getan: Man habe Tschiang Kai Schek, der sich genau einen solchen mit allen Wassern gewaschenen, vor nichts zurückschreckenden Militär und fanatischen Antikommunisten für die Erfüllung von Spezialaufgaben gewünscht habe, einen großen Gefallen getan und sich zugleich eines gefährlichen Konkurrenten entledigt.

Dass es bisher zu keiner engeren Verbindung zwischen ihnen beiden, Kleinert und Mönnings, gekommen war, lag natürlich zunächst einmal daran, dass sie auf so unterschiedliche Weise von Tschiang Kai Schek in Anspruch genommen waren. Als Kleinert im Auftrag der Mamo Impex seine ersten Schritte in China gegangen war, hatte Mönnings den Marschall bereits bei dessen Feldzügen gegen die Kommunisten als Leibwächter begleitet und in Nanking ein System des kompletten Personenschutzes für seinen Dienstherrn organisiert. Und als Kleinert direkt in Tschiangs Dienste getreten war und ihn nach Hankou und dann nach Tschungking begleitet hatte, war längst ausgemacht gewesen, dass Mönnings sich um die Schanghaier Angelegenheiten des Marschalls kümmern würde.

Aber das, wie gesagt, war es nicht allein. Zu groß, hatte Kleinert schon bei ihrem ersten kurzen Aufeinandertreffen gemerkt, waren auch ihre Differenzen in der Sicht auf die Welt und auf die Aufgaben, die hier in China zu erfüllen waren. Und als sie sich nun erneut gegenüber gestanden hatten im Januar 41, war ihm, Kleinert, dies mit geradezu beklemmender Deutlichkeit wieder bewusst geworden. Mönnings, hatte er sich erinnert, war ja genau einer jener Leute gewesen, vor denen ihn seinerzeit schon Walter Schuchardt inständig gewarnt hatte. Weil er aus seiner Sicht zu passgenau den Tschiangschen Vorstellungen von einem Militär, der gegen jeden politischen Gegner hart und ohne langes Federlesen durchgreifen würde, entsprach. Und später hatte ihn Kleinert dann auch selbst erlebt: diesen Hang des Hauptmanns, alles nur aus der Sicht des militärischen Säuberns und Ordnungschaffens zu betrachten. Was für eine Ironie des Schicksals war es da nun gewesen, dass er, Kleinert, ausgerechnet in dem Moment, in dem er darüber nachgedacht hatte, ob er nicht die Unternehmungen von Martha Hsiao unterstützen sollte, unter den Befehl und die Weisungen gerade dieses Mannes gestellt worden war!

Aber Mönnings war viel zu sehr mit seinen eigenen Angelegenheiten beschäftigt gewesen, um sich lange mit Kleinert aufzuhalten. Er hatte ihn zu einem hinter hohen Mauern verborgenen Anwesen geführt, das in schöner klassischer Anlage mehrere hintereinander liegende, durch flache Quergebäude voneinander getrennte Höfe umschloss, hatte ihm in einem dieser Gebäude drei Zimmer als Wohnung zugewiesen, ihn kurz mit dem chinesischen Dienstpersonal bekanntgemacht, zu dem auch ein grauköpfiger, dünnbärtiger alter Herr gehörte, der der deutschen Sprache mächtig war, ihm einen Zettel übergeben, auf dem notiert war, auf welchem Wege er mit seiner, Mönnings, Hilfe würde Kontakt zum Marschall herstellen können und ihn dann mit der Aufgabe allein gelassen, sich einen exakten Überblick über diesen Teil der Tschiangschen Besitzungen, der nun seiner Obhut anvertraut war, zu verschaffen und sich Gedanken darüber zu machen, wie dies auch künftig für den Marschall zu bewahren sein würde.

Kleinert hatte dann schnell gemerkt, dass das, was Tschiang Kai Schek mit ihm gemacht hatte, nichts anderes als ein Abschieben in eine Wartestellung gewesen war. Ein geschicktes, wie er zugeben musste, denn mit ihm war er in Tschungking der dortigen Aufmerksamkeit der chinesischen und ausländischen Öffentlichkeit entzogen worden und nun in Schanghai für noch nicht absehbare politische Entwicklungen gewissermaßen zwischengeparkt. Und da dies in einer Art goldenen Käfigs stattfand, hatte Kleinert auch keinen rechten Grund gehabt, sich zu beklagen. Der ihm abgeforderte Überblick über die Reichtümer des Anwesens war schnell gewonnen gewesen, denn natürlich waren alle dazu notwendigen Vorarbeiten von den chinesischen Angestellten längst geleistet worden, und so hatte er seine Tage fast ganz nach eigenem Duktus verbringen können. Nur hin und wieder hatte ihn Mönnings besucht oder zu sich beordert, sie hatten sich über die Kriegslage in Europa und in China ausgetauscht, hatten jedes Mal von Neuem und mit der immer gleichen Befriedigung feststellen können, dass die Japaner kein Interesse daran hatten, in der Frage des Immobilienbesitzes ihres Dienstherren und der anderen großen chinesischen Familien in irgendeiner Weise aktiv zu werden, waren sich einig darin gewesen, dies als sicheres Zeichen dafür werten zu dürfen, dass die Japaner irgendwann doch einmal wieder zu Gesprächen mit Tschiang Kai Schek bereit sein würden, und es war – vor allem dann, wenn der Abend schon weiter fortgeschritten war und sie sich einen der reichlich vorhandenen guten Schnäpse hatten kommen lassen – auch der Tratsch über die eine oder andere Affäre in der deutschen Kolonie, die hier in Schanghai auch jetzt noch mehr als zweitausend Leute zählte, nicht zu kurz gekommen.

An einer freundschaftlichen Vertiefung ihrer Beziehungen aber war ihnen beiden nicht gelegen gewesen. Mönnings war Kleinert auch dann, wenn er sich leutselig und zuweilen sogar lustig gegeben hatte, fremd geblieben in seiner schnarrenden Steifheit und in dem herablassenden Ton, mit dem er sich zu chinesischen Angelegenheiten zu äußern pflegte. Es war Kleinert in solchen Momenten immer besonders deutlich bewusst geworden, was er in den vielen Jahren seines Gedankenaustausches mit Hsü Tao Lin, im Zusammenleben mit Tschang Li und in den dramatischen Tagen und Nächten von Nanking, aber auch in den Gesprächen mit Walter Schuchardt, Hermann Kröper, Johann Stieglitz, Lotte Ribbegg oder Victor Schafstetten an Chinablick gewonnen hatte. Nein, sein Gefühl hatte ihn nicht getrogen, schon damals nicht, als ihm dieses Herablassende, Arrogante in den ersten Reiseberichten, die er studiert hatte, so säuerlich aufgestoßen war: Er war für diese Art der Selbstüberhebung nicht geschaffen, wollte aus seinem tiefsten Inneren heraus – auch wenn es dafür im Alltag unzählige Hindernisse gab – gleichberechtigt leben, wollte in China etwas schaffen, das ihn zu einem Teil dieses Landes werden ließ und nicht, wie er es jetzt bei Mönnings wieder erlebt hatte, das fremde Land nur zu einer Projektionsfläche der eigenen Ambitionen und des Ausspielens von Macht und Überlegenheit – eingebildeter oder durch die finanziellen Verhältnisse tatsächlich gegebener – herabwürdigen.

Und auch Mönnings seinerseits hatte mit Kleinert offensichtlich nicht allzu viel anzufangen gewusst. Kleinert hatte keine Ahnung gehabt, was der Andere sich durch den allgegenwärtigen Buschfunk hatte über ihn zutragen lassen, und er hatte sich auch keine Mühe gegeben, dazu nähere Informationen einzuholen, aber mit jeder Geste, jedem Tonfall hatte Mönnings ihn spüren lassen, dass er sich sehr wohl ein Bild gemacht hatte von ihm als einem ganz und gar unmilitärischen, romantischen Chinavorstellungen anhängenden Träumer, dem er wohl, wenn sie denn wirklich einmal ernsthaft miteinander zu tun haben sollten, sehr unmissverständlich würde sagen müssen, wo es denn eigentlich lang geht. Weil aber alles so gleichmäßig unaufregend geblieben war, hatten sie sich leidlich miteinander arrangiert und waren möglichen Streits und Auseinandersetzungen tunlichst aus dem Wege gegangen.

Abwechslung und Anregung hatte sich Kleinert verschafft, indem er täglich drei, vier Stunden für die deutsche Übersee-Nachrichtenagentur tätig geworden war. Im Deutschen Klub, in dem er sich in lockeren Abständen immer wieder hatte sehen lassen, war er mit deren Schanghaier Vertreter Roland Bevering bekannt geworden, und Bevering hatte ihm vorgeschlagen, sich doch an der Auswertung der zahlreichen englischsprachigen Publikationen, die in der Stadt vertrieben wurden, zu beteiligen. Er, Bevering, könne auf diesem Gebiet nie genug Mitarbeiter haben und sei dankbar für jeden, der ihm beim täglichen Weg durch den Dschungel der oft sich überschlagenden Meldungen und Nachrichten ein wenig zur Seite stünde. Kleinert hatte den Vorschlag begierig aufgegriffen und eine wachsende Befriedigung darin gefunden, Bevering mit knappen, aussagekräftigen Inhaltszusammenfassungen sowie mit Statistiken über die Häufigkeit der Behandlung ausgewählter Themenschwerpunkte in einigen der wichtigsten chinesischen, japanischen und ausländischen englischsprachigen Zeitungen versorgen zu können. Auch mit einer speziellen Bitte Beverings war er schnell vertraut geworden: herauszufinden, wo und in welchem Umfang Meldungen, die die Agentur hier in Schanghai über Entwicklungen in Deutschland in Umlauf gebracht hatte, abgedruckt worden waren.

Vor allem aber war Kleinert froh gewesen, mit seiner Arbeit für Bevering, die er ohne alles Aufsehen in seiner im Vergleich mit der Tschungkinger Unterkunft geradezu prachtvollen Wohnung bewältigen und so aufs Einfachste mit seinen Anwesenheitsverpflichtungen in Übereinklang bringen konnte, umfassend über die Kriegereignisse und ihre Interpretation durch sehr verschiedene Beobachter informiert zu sein.

Freilich war er dabei gleich durch mehrere Wechselbäder der Gefühle gegangen. Anfang Juni 1941 hatte Berlin die Wang-Tsching-Wei-Regierung offiziell anerkannt. Das – natürlich – hatte von Tschiang Kai Schek in Tschungking unter gar keinen Umständen akzeptiert werden können. Eine Anerkennung des japanisch besetzten China als Staat – damit hatte Deutschland das Fass unwiderruflich zum Überlaufen gebracht, hatte es sich endgültig zum Feind des freien, unbesetzten China erklärt, und so hatte es für den Marschall – welche Sympathien er auch nach wie vor für Adolf Hitler, die Nazi-Partei und den straffen zentralistischen deutschen Staats- und Wirtschaftsaufbau hegen mochte – keine andere Konsequenz geben können als die, nun seinerseits die diplomatischen Beziehungen Tschungkings zu Deutschland vollständig abzubrechen. Die Vertreter des freien, unbesetzten China in Berlin hatten Deutschland daraufhin verlassen, und dieser Gang der Ereignisse war für Kleinert mehr als nur bedrückend gewesen. Ein paar Tage lang hatte er wieder jene Lähmung empfunden, die ihn schon in Tschungking ein paar Mal aller Antriebe beraubt hatte. Dann aber, als es am Unabänderlichen dieser Entwicklungen keinen Zweifel mehr hatte geben können, hatte er auch wieder Genugtuung gespürt – Genugtuung darüber, dass ihm mit seiner Entsendung nach Schanghai noch rechtzeitig ein wenigstens halbwegs ehrenvoller Absprung geschenkt worden war. Denn was denn, bitte schön, hätte er jetzt noch in Tschungking tun können? In der Hauptstadt eines Landes, das nun endgültig mit den Westmächten gegen die Achse Berlin-Rom-Tokio verbündet war und wo demgemäß jeder auch nur einigermaßen ernsthafte Kontakt der Regierung mit einem Deutschen nur zu größten Verwicklungen und Komplikationen hätte führen können? Nein, da war es schon besser, man saß hier, in Schanghai, wo – weil die Japaner bei ihrer Besetzung der Stadt das internationale Settlement unangetastet gelassen hatten – sie alle noch immer gleichermaßen präsent geblieben waren: die Westmächte ebenso wie die Mächte der Achse, und sie alle daraus ihren Vorteil zu schlagen versuchten und in einem verwirrenden, von niemandem durchschaubaren Spiel ihrer Geheimdienste, an dem natürlich auch die Sowjets beteiligt waren und erst recht die Chinesen selbst, sich gegenseitig belauerten, aushorchten, nach Schwächen und Erpressungsmöglichkeiten abtasteten, auf falsche Fährten oder in Fallen lockten, mit Drohkulissen unter Druck setzten oder ganz einfach nur in beständiger Spannung und Aufregung hielten, denn wenn man sich in solchem Gestrüpp auch rettungslos verfangen konnte – man konnte sich mit ein bisschen Geschick und ein paar klug eingesetzten Tarnfarben auch unauffällig machen in ihm und sogar, wenn man Glück hatte, ein paar eigene Fäden spinnen, die sich im Gewirr der anderen verlieren und dadurch gänzlich unentdeckt bleiben konnten.

Und genau das war Kleinert, wie er jetzt fand in seiner nachdenklichen Rückschau am Huangpu-Kai, für ein paar Jahre dann doch ganz gut gelungen, dieses Spinnen eines eigenen Fadens, denn es hatte ihn auch die nächsten scharfen Brüche in der Politik einigermaßen heil überstehen lassen – auch wenn er zunächst ein weiteres Mal hatte feststellen müssen, dass in seinen Konzepten und Vorstellungen wohl viel zu oft der Wunsch der Vater des Gedankens gewesen war. Das war am 22. Juni 1941 gewesen, als die Nachricht vom Einmarsch der deutschen Truppen in die Sowjetunion die Runde gemacht hatte. Mit welcher Blauäugigkeit – hatte er sich da eingestehen müssen – hatte er noch ein Jahr zuvor in Tschungking daran geglaubt, dass der Nichtangriffsvertrag, der im Sommer 39 zwischen Berlin und Moskau abgeschlossen worden war, tatsächlich so etwas wie eine feste Größe in der deutschen Politik werden würde! Und für wie selbstverständlich hatte er es gehalten, dass es sich lohnen würde, die Planungen für Festlandsverbindungen zwischen Tschungking, Moskau und Berlin voranzutreiben! Nun aber, nur zwölf Monate später, konnte von all so etwas nicht die Spur einer Rede mehr sein. Die Meldungen von raschen und großflächigen deutschen Raumgewinnen hatten sich geradezu überschlagen in den Wochen bis zum Jahresende. Und als dann noch am 8. Dezember – die Deutschen standen schon kurz vor Moskau – die Rundfunkstationen verkündet hatten, dass den Japanern ein vernichtender Schlag gegen den amerikanischen Pazifikstützpunkt Pearl Harbor gelungen war und damit der Kampf um ein Groß-Ostasien begonnen hatte, in dem die Westmächte nichts mehr zu sagen haben würden, hatte es für eine Weile den Anschein gehabt, als sei es ein unverzeihlicher Gipfel an Torheit, sich nicht schleunigst aus allen noch bestehenden Bindungen mit

Tschiang Kai Schek zu lösen und sich entweder ganz bei den eigenen Landsleuten zurückzumelden oder doch wenigstens dem nun auf der Seite der Sieger stehenden Wang Tsching Wei seine Dienste anzubieten. Zumal Tschiang Kai Schek in der Folge der Pearl-Harbor-Attacke Deutschland den Krieg erklärt hatte und er, Kleinert, damit tatsächlich auf die Seite der Kriegsgegner des eigenen Landes geraten war.

Aber dass er ihn dann doch nicht gegangen war, diesen scheinbar so logischen und klarsten aller Wege, sondern festgehalten hatte an seinem Vertrag mit dem Marschall – das, so schien es ihm jetzt mit dem Abstand der Jahre, war wohl doch eher Klarsichtigkeit gewesen als Blauäugigkeit. Er hatte den Verlauf des Russlandfeldzugs nicht betrachten können ohne den Vergleich mit dem Chinafeldzug der Japaner. Hier wie da hatte es anfangs rasche und durchschlagende Erfolge gegeben – aber stellte sich nicht auch hier wie da das Problem des nur schwer kontrollierbaren Raumes und Hinterlands? Hatten sich nicht hier wie da schon bald Freischärlereinheiten gebildet, die in den rückwärtigen Linien für Unruhe, ja zum Teil sogar für beträchtliche Verluste sorgten? Und als die deutschen Truppen vor Moskau das erste Mal zum Stehen gebracht worden waren – musste das nicht Erinnerungen wachrufen daran, dass auch der Kampf der Japaner um Schanghai 1937 nicht so schnell zum Erfolg gekommen war, wie man sich das in Tokio ursprünglich einmal vorgestellt hatte, und dass in der Folge sehr viel mehr Truppen hatten mobilisiert werden müssen als geplant? Mit dem zweifelhaften Erfolg, dass am Ende die Front doch auf halbem Wege zum Stehen gekommen war und die Verluste im Hinterland nicht ab-, sondern zugenommen hatten? Nein, es hatte sich, wenn man das alles in Betracht zog, für Kleinert geradezu verboten, sich von den euphorischen Gefühlen und Prognosen, an denen im Deutschen Klub kein Mangel war, hinreißen zu lassen. Wobei ihm – da durfte er sich, wenn er ehrlich mit sich selbst bleiben wollte, nichts vormachen – der Umstand, dass er durch seinen Tschiang-Vertrag bei der offiziellen deutschen Politik ohnehin ins Zwielicht geraten war, das Festhalten an diesem Standpunkt nicht unbeträchtlich erleichtert hatte

Ein Jahr später, im Spätherbst 42, hatten sich Kleinerts Bedenken im Hinblick darauf, dass der deutsche Vormarsch steckenbleiben würde wie der japanische, auf eine Weise bestätigt, die all seine Skepsis noch übertroffen hatte. In Stalingrad war eine ganze deutsche Armee eingekesselt worden, und auch die Euphorischsten unter den Mittagsgästen im Deutschen Klub hatten hinter vorgehaltener Hand begonnen, zuzugeben, dass sie den künftigen Entwicklungen des Krieges mit Sorge, ja sogar mit Angst entgegen sähen.

Die Genugtuung über seine diesmalige Klarsichtigkeit, die Kleinert in diesen Wochen empfunden hatte, war erheblich getrübt worden durch die bittere Nachricht, dass Tschiang Kai Schek den Vertrag, der sie beide nun sechs Jahre aneinander gebunden hatte, zum Jahresende 42 auslaufen ließ. Ob das damit zusammenhing, dass sich der Marschall angesichts der Erfolge der mit ihm verbündeten Russen und eines sich allmählich verstärkenden Engagements der Amerikaner und Engländer auf dem chinesischen Kriegsschauplatz aller noch bestehenden und möglicherweise lästig werdenden Abmachungen mit Deutschen entledigen wollte, oder ob Mönnings die Hand im Spiel gehabt hatte, weil ihm klar geworden war, dass es eng für ihn wurde, und er sich eines Konkurrenten hatte entledigen wollen – Kleinert wusste es nicht, und es war am Ende ja auch ganz egal, denn beeinflussen konnte er die Dinge ohnehin nicht mehr.

Aber immerhin hatte es sich ausgezahlt, dass er die Vereinbarung mit Bevering eingegangen war, denn die hatte sich nun als Rettungsanker erwiesen. Zwar nicht als einer, mit dem noch gutes Geld zu verdienen war. Nein, von der Großzügigkeit, die ihm das Gehalt des Marschalls ermöglicht hatte, hatte er sich rasch verabschieden müssen, und natürlich auch von der Wohnung, die ihm Mönnings zwei Jahre zuvor mit einer Geste zur Verfügung gestellt hatte, als reiße er sie sich aus der eigenen Seele, und die von ihm nun gegen ein bescheidenes Quartier in der Nähe des Deutschen Klubs einzutauschen war. Aber ein Rettungsanker für die Tatkraft war diese Vereinbarung gewesen, einer, der ihn nicht wieder abstürzen ließ in die Lethargie, und einer, mit dem er auch weiterhin unter Menschen blieb.

Bloß: Die Zeitungs- und Radiomeldungen, die er zu verarbeiten gehabt hatte, waren immer weniger von der Art gewesen, dass es hätte Freude machen können, sich über sie mit anderen auszutauschen. Nach der Niederlage in Stalingrad hatte es im Sommer 43 für die deutschen Armeen in Russland am Kursker Bogen gleich noch eine zweite gegeben – noch vernichtender als die erste, weil nun klar geworden war, dass der Gegner endgültig die Initiative übernommen und die Deutschen auf der ganzen Breite der Front und mit hoher Geschwindigkeit zum Rückzug gezwungen hatte. Zugleich waren immer düsterere Nachrichten aus der Heimat gekommen. Die Amerikaner und Engländer hatten damit begonnen, systematisch große Städte und wichtige Fabriken und Rüstungsanlagen zu bombardieren.

Das war seltsam für die Chinadeutschen gewesen: Fast alle hatten schon die Luftangriffe der Japaner miterlebt, hatten das Leid und das Grauen, das die Bomben verbreiteten, mit eigenen Augen gesehen – aber dass ihre Angehörigen zu Hause nun in die Rolle der Chinesen hatte geraten können, in die Rolle der wehrlosen und ohnmächtigen Zivilbevölkerung, das hatten sie sich nicht vorstellen können. Und so hatte der eine oder andere bei den ersten dieser Meldungen auch immer noch geglaubt, so schlimm werde es schon nicht kommen und ihn selbst ganz bestimmt nicht betreffen. Dann aber hatte sich das Bild gewandelt, denn auch in der privaten Post, über die man sich im Deutschen Klub und in den Stammrestaurants der deutschen Kolonie natürlich unterhalten hatte, waren immer öfter Schilderungen von zerstörten Häusern, verbranntem Eigentum und bald auch Mitteilungen über den Tod von Angehörigen aufgetaucht.

Mit Wilhelmshaven, Bremen, Emden und Cuxhaven waren gleich zu Beginn einige jener norddeutschen Städte als wichtige Ziele der Bombergeschwader genannt worden, in denen die Familien aus den Niederlassungen der großen hanseatischen Handelshäuser zu Hause waren – was Wunder, dass die Aufregung darum gerade in den Büros von Buckowitz & Co., Schröder & Tackelmann, Garbsen und Harmssen besonders hohe Wellen geschlagen hatte. Es hatte sich dann aber bald herausgestellt, dass dies trotz allem nur erst ein Vorspiel gewesen war. Ab Juli 43 hatte man sich auf Ereignisse noch ganz anderen Ausmaßes einstellen müssen. Nicht von einigen Hundert Opfern war nunmehr berichtet worden, sondern davon, dass in einer einzigen Nacht in Hamburg einige zehntausend Menschen ihr Leben verloren hatten. Und als dann in den Meldungen über verheerende Bombardements auch Berlin und Köln, Essen, Dortmund und Düsseldorf, Rostock, Kassel, Hannover, Magdeburg und Schweinfurt und viele andere Städte mehr genannt worden waren und auch die großen Fabriken der Chemieindustrie, war allen, mit denen Kleinert gesprochen hatte in dieser Zeit, klar geworden, dass der Brand ganz Deutschland erfasst hatte und der Krieg auf eine Weise, wie man sie nie für möglich gehalten hatte, auf die Heimat zurückschlug zu einem Zeitpunkt, da die eigenen Truppen trotz der bedenklichen Niederlagen an der Ostfront und in Nordafrika doch noch tief in Feindesland standen und keineswegs schon auf verlorenem Posten.

Roland Bevering, zwar nicht von der Mitteilsamkeit eines Walter Schuchardt oder Hermann Kröper, aber doch wie diese beiden auch sehr bald spürend, dass er, Kleinert, immer jemand brauchte, mit dem er das, was da auf ihn einstürmte, in Rede und Gegenrede verarbeiten konnte, war ihm ein wichtiger Partner auch in der schwierigen Aufgabe geworden, in der Fülle der sich überlagernden und häufig gegenseitig widersprechenden Meldungen einen einigermaßen klaren Kopf zu bewahren. Es war – wie hätte es auch anders sein können – mit den Meldungen über den Krieg in Deutschland natürlich nicht anders als mit denen über den Krieg in China: Die Kriegsgegner führten ihren Kampf nicht nur mit Waffen, sondern auch mit Nachrichten, beurteilten die Ereignisse so, wie sie es für sich selbst als besonders nützlich und für die andere Seite als besonders schädlich betrachteten. Bevering hatte ihn auf das Besondere ihrer Lage aufmerksam gemacht: dass sie hier, in Schanghai, an alle diese unterschiedlichen Informationen zugleich heranzukommen vermochten. »Stellen Sie sich nur mal vor«, hatte er gesagt, »Sie würden das zu Hause probieren – sich englische Informationen beschaffen zu wollen. Darauf steht dort die Todesstrafe!«

Hier aber hatten sie sie also zu ihrer Verfügung, all diese Informationen, und es hatte einiger Übung bedurft, mit diesem Vorteil auch wirklich vorteilhaft umzugehen, denn es war am Ende eben doch etwas anderes, ob man sich ein Bild von den Entwicklungen an der japanisch-chinesischen Front machen wollte oder davon, wie es denn nun tatsächlich um die Heimat bestellt war. Hatten, wie die englischen Agenturen vermeldeten, die Bombardierungen von Hamburg und Berlin tatsächlich das Leben dieser Städte fast ausgelöscht und die Bevölkerung aufs Tiefste demoralisiert, oder war es doch nicht eher so gewesen, wie es die deutschen Blätter vermeldet hatten: dass die Zerstörungen zwar alle Vorstellungen übertrafen, die Schäden in der Trinkwasser- und Stromversorgung, an Eisenbahn- und Straßenbahngleisen und in den

Fabriken aber mit heldenhafter Anstrengung so schnell, wie es nur irgend ging, beseitigt worden waren und die Menschen in diesen Stunden und Tagen höchster Gefahr und größter Opfer auf beispiellose Weise einander halfen und füreinander einstanden? Von einer Demoralisierung oder gar – wie einige englische Stimmen gemeint hatten – dem Entstehen einer Stimmung des Aufruhrs gegen die Führung in Berlin also keinerlei Rede sein konnte?

O ja, dachte Kleinert, und er blickte noch immer versonnen auf den Huangpu hinunter, der ihm mit seinen rasch wechselnden Bildern des quirligen Tuns und Treibens der Schanghaier Bootsbewohner, die ihr ganzes Leben auf dem Fluss verbrachten, eine trotz allen Trubels in sich ruhende, Friedfertigkeit verbreitende Kulisse für sein grüblerisch bilanzierendes Erinnern bot – o ja, sie hatten sich eine Menge Gedanken gemacht, Bevering und er, um den Gang des Krieges und den Wert der Informationen, die sie darüber erhalten hatten, und natürlich immer und immer wieder auch über den Wert ihrer Arbeit und über die Perspektiven, die sie hatten mit dem, was sie da Tag für Tag taten mit ihrem Lesen und Hören und Herausfiltern und Vergleichen und Zusammenstellen und Absenden, aber am Ende hatte sich alles als überflüssig und nutzlos erwiesen, denn die Nachrichten waren nur immer noch trostloser und deprimierender geworden – so sehr, dass es am Ende nicht einmal mehr der Gegenüberstellung von feindlicher und eigener Quelle bedurft hatte, weil die Dinge zu klar und eindeutig auf der Hand gelegen hatten. Die Sowjets hatten ihre Offensive mit großer Entschlossenheit und ungeahnter Kraft vorangebracht, im Frühsommer 44 ihr Territorium wieder fest in eigener Hand gehabt und dann, ohne sich eine Pause zu gönnen, die deutschen Truppen immer weiter in Richtung Oder zurückgetrieben. Zur gleichen Zeit hatten die Amerikaner und Engländer an der französischen Kanalküste eine zweite Front eröffnet und sich in Richtung der deutschen Westgrenze in Bewegung gesetzt. Umfassung also von allen Seiten, dazu immer neue schwere Bombardements der Städte – da gab es nichts mehr, was noch hätte Hoffnung auf eine Wende machen können.

Wobei Kleinert, wenn er sich gründlich prüfte, auch gar nicht wusste, wie er sich eine solche Wende vorstellen sollte, denn er hatte sich – das war ihm allerdings erst in den beiden Jahren mit Bevering und in den Gesprächen im Deutschen Klub in dieser Zeit so richtig bewusst geworden – für diesen Krieg ja nie wirklich engagiert. Nicht, dass er das von Anfang an so gewollt oder gar ein wohlbedachtes Konzept zur Begründung eines solchen Weges parat gehabt hätte – nein, es hatte sich ganz einfach so ergeben, hatte sich so gefügt durch seine Bindung an den Marschall und dadurch, wie die Dinge nun einmal gelaufen waren, und so war sie fast ohne sein Zutun so tief geworden, die Kluft zwischen ihm auf der einen Seite und Leuten, die sich der Berliner Politik ohne Abstriche verschrieben hatten, auf der anderen, und wie gleichgültig ihm da manches geblieben war, hatte ihm Bevering einmal sehr nachdrücklich mit der Frage vor Augen geführt, ob er denn im Jahre 39 den Einmarsch der deutschen Truppen in Polen eigentlich begrüßt oder abgelehnt habe. Keines von beidem, hatte sich Kleinert eingestehen müssen, denn er hatte ihn wirklich nur beobachtet von Tschungking aus, diesen Einmarsch, war – weil ihn Tschiang Kai Schek in diesen Monaten so lange ohne Auftrag gelassen hatte – in dieser Beobachtung sogar müde und teilnahmslos gewesen, und das hatte natürlich in einem gewaltigen Gegensatz stehen müssen zu den Erwartungen derjenigen unter seinen Landsleuten, die da in Schanghai schon ganz auf das deutsch-japanische Bündnis gesetzt und sich mit dem Gedanken identifiziert hatten, dass Deutschland und Japan gleichermaßen das Recht zugestanden war, Krieg zu führen zur Eroberung neuen Wirtschafts- und Lebensraums.

Es war in solchen Momenten des Rückblicks und der Erörterung ein großes Aufatmen in Kleinert darüber gewesen, dass Bevering nichts, aber auch gar nichts von Eiferertum an sich hatte und er sich dadurch in seinen Unsicherheiten ohne Arg hatte öffnen, ja sogar selbst entdecken können. Denn Bevering hatte doch Recht gehabt, als er gemutmaßt hatte, dass Kleinerts Distanz zum Krieg keine prinzipielle war, sondern, wenn die Umstände andere gewesen wären, er sich auch zu einem sehr vehementen Engagement für den Krieg hätte bereitfinden können – zum Beispiel, wenn es tatsächlich, wie es im Sommer 40 einmal kurz als Möglichkeit aufgeschienen war, im Kontinentalblock mit den Russen und Tschiang Kai Schek gemeinsam gegen die Engländer und Amerikaner gegangen wäre. Ja, hatte Kleinert gedacht, so hätte es wohl kommen können, obwohl er – und das Gespräch mit Bevering hatte ihm geholfen, sich wieder genauer zu erinnern – schon am Beginn seiner Chinajahre nicht viel für das Militärische in der Zusammenarbeit übrig gehabt hatte. Na, na, hatte Bevering da eingewandt, der Mamo-Impex-Vertrag sei ja nun aber bekanntermaßen alles andere gewesen als ein unmilitärisches, fernab von jedem Krieg sich bewegendes Unterfangen, und Kleinert hatte ihm auch darin zustimmen müssen, und es war ihm schließlich nichts weiter übrig geblieben als für sich zu konstatieren, was ihn schon manchmal in schmerzhaftes Grübeln gebracht hatte: dass er am Ende wohl tatsächlich viel öfter zu den Getriebenen gehört hatte als zu den Treibenden.

Indes, was besagte das schon, dachte er jetzt am Kai. Wer wollte ihn denn endgültig bestimmen, den Wert des einen oder anderen in diesem Januar 45, da alles wieder auf den Kopf gestellt zu werden drohte.

Zur Trostlosigkeit der Nachrichten war nun also auch noch die gekommen, dass der immer geringer werdende Umfang der Agenturarbeiten Bevering eine Weiterbeschäftigung Kleinerts nicht mehr erlaubt und ihn gezwungen hatte, die entsprechenden Konsequenzen zu ziehen. Das hatte – wie das erfolgreiche Gespräch mit Stochlow erwiesen hatte – zwar nicht zur Folge, dass Kleinert auf der Straße stand, aber es hatte ihn dieses – wie er glaubte – letzten verständnisvollen Partners beraubt. Und das – Kleinert ahnte es – war kaum leichter zu ertragen als der möglich gewesene materielle Verlust. Denn mit vielem waren sie nicht zu Ende gekommen in der Hektik der Erfüllung der Alltagsaufgaben und bei dem wachsenden psychischen Druck, unter dem sie ihre Arbeit verrichtet hatten.

Zum Beispiel mit den Nachrichten über das Attentat auf Hitler im Juli 44. Wie stets bei solchen die Emotionen aufstachelnden Meldungen hatten sie beide – Bevering und er – keine Eile gehabt, sich im Deutschen Klub sehen zu lassen. Mochte sie sich ruhig erst ein wenig legen, die Aufregung, in der die Aufpasser, die um so penetranter ihres Amtes walteten, je unsicherer die Zukunft wurde, in höchster Alarmierung jeden feindlichen oder auch nur zweifelnden Ton zu erhaschen suchten. Ein paar Wochen später – das hatten sie schon des öfteren gemerkt – würde man zwar nicht gänzlich gefahrlos, aber doch in deutlich geringerer unmittelbarer Gefährdung über manches reden können, weil das internationale Klima Schanghais natürlich auch bei anderen unter ihren Landsleuten den Drang zur fanatischen Gefolgschaft entweder gar nicht erst hatte entstehen oder, wenn das nicht zu verhindern gewesen war, jedenfalls nicht zur bedrohlichen Blüte hatte kommen lassen. Und so war – wie sich bei einem dieser späteren Gespräche herausgestellt hatte – einem der nachdenklicheren Gesprächspartner aufgefallen, dass sich unter den in der Folge des Attentats Hingerichteten auch ein Jobst v. Tryck zu Senz befand – ein Mann, dem der Berichtende in Peking einmal persönlich begegnet war.

Jobst v. Tryck zu Senz! Natürlich hatten Kleinert sofort die Bilder vom Pappelhof vor Augen gestanden und vom Disput mit Victor Schafstetten und von dieser letzten – ja, es war tatsächlich die letzte gewesen! – Begegnung mit Hsü Tao Lin. War da ein roter Faden erkennbar zwischen Trycks Reden von damals und seiner späteren Zugehörigkeit zu denen, die Hitler hatten beseitigen wollen? Lag dieser rote Faden – vielleicht – in der Vorstellung Trycks, Deutschland und England müssten unter allen Umständen zusammengehen? Was ihn – vielleicht! – bewogen hatte, auch im Jahre 44 ein solches Zusammengehen herbeiführen zu wollen? Mittels – vielleicht! – eines Friedensschlusses zu einem Zeitpunkt, da alle Armeen noch handlungsfähig waren? So, wie er das auch für China und Japan vorgehabt hatte? Um das Feld nicht den Kommunisten zu überlassen – gleich, ob es sich um chinesische oder russische handelte?

Es war bei den Fragen geblieben. Die Arbeit, die jetzt zu tun war, würde ihm, Kleinert, keine Zeit mehr für längere Gespräche mit Bevering lassen.

Und auch mit einem Weiteren würde er wohl allein fertig werden müssen: Mit dem Fehlen aller Nachrichten aus seiner Heimatstadt L. Es hatte ihn über die Jahre nicht gestört, dass der Kontakt zwischen ihm und seinen Eltern fast völlig abgebrochen war und sich auf hin und wieder einen Weihnachtsgruß beschränkt hatte. Schon sein Abschied nach Berlin hatte ja etwas Endgültiges gehabt, etwas, das dem Herben, dem – wie der Vater wohl meinte – Männlichen in ihren Beziehungen entsprach. Eine Lebensphase der zuverlässigen, keine Außenstände zurücklassenden elterlichen Pflichterfüllung war zu Ende gegangen – von nun hatte jeder seine eigenen Weg zu gehen. Sie hatte sich ihm, dem Sohn, tief eingeprägt, diese Auffassung – so tief, dass er es bei seinen beiden Deutschlandaufenthalten, die nun aber auch schon um die zehn, ja zwölf Jahre zurücklagen, bei knappen Kurzbesuchen belassen und die Idee, extra eines Urlaubs wegen den langen Weg nach Deutschland und zurück in Angriff zu nehmen, gar nicht erst weiter vertieft hatte. Es hatte das Vertrauliche seiner Pflichterfüllung in China – und Vater und Mutter hatten das selbstverständlich gut verstanden und waren auch gar nicht weiter in ihn gedrungen – ja auch jedes ausführlichere Gespräch von selbst ausgeschlossen, und als er sich die Nähe der Mutter wirklich einmal wieder herbeigewünscht hatte, weil es diesmal nicht um die Pflicht, sondern um Herzensdinge gegangen war – da war es zu spät gewesen, weil ihn gerade diese Herzensdinge zu intensiv an China gebunden hatten und die Wege in die Heimat durch den Krieg schon viel zu kompliziert geworden waren.

So hatten sich die Beziehungen ohne – wie er aus seiner Hankouer, Tschungkinger und Schanghaier Sicht sagen zu können glaubte – größeres Aufsehen abgekühlt, aber nun hatten die Agenturen von schweren Bombardements auch auf L. berichtet, weil den Engländern und Amerikanern natürlich die dortige Benzinproduktion nicht gefallen konnte, und das hatte ihm – Abkühlung hin, Abkühlung her – schlaflose Nächte bereitet, und er hatte verzweifelt versucht, an zuverlässige Nachrichten zu gelangen. Die aber waren nicht zu erhalten gewesen – auch über die Leute von den Farben- und Chemiewerken nicht.

Arbeit haben musste er in den nächsten Wochen, dachte Kleinert und machte sich auf den Weg in seine kleine Wohnung, Arbeit bis zum Umfallen, um nicht zu viel nachdenken zu müssen.

Kapitel 22

Sie ließen Kleinert in Ruhe, die Japaner, und stocherten nicht, wie er das befürchtet hatte, in seiner Vergangenheit. Sie verließen sich darauf, dass er bei einer deutschen Firma arbeitete, die willig in alle Kooperationsforderungen eingestiegen war, und es zählte nichts als die Effektivität, mit der er das tat.

So blieb es auch nach dem 8. Mai, dem Tag, an dem Deutschland kapitulierte, obwohl die japanischen Behörden sofort erklärt hatten, dass mit dieser Kapitulation natürlich das Bündnis beendet und Deutschland faktisch zu Feindesland geworden sei. Zu bedeutend waren die Lagerbestände der deutschen Chemiefirmen in Schanghai und anderswo im besetzten China, zu leistungsstark die metallverarbeitenden Fabriken, zu groß das technische und kaufmännische Wissen der Deutschen, als dass die Japaner ein Interesse daran haben konnten, dies alles durch Einschränkungen oder gar Beschlagnahmen lahm zu legen.

Und zu unsicher war ja auch ihre eigene Zukunft. Kleinert hatte in den Monaten seit Januar, da er für Buckowitz & Co. von Lagerhaus zu Lagerhaus und von Lieferant zu Lieferant gezogen war, um die geforderten Listen verfügbarer Waren zu erstellen und Pläne für kurzfristig zu errichtende kleine Produktionsanlagen für Ersatzteile auszuhandeln, mit genügend japanischen Offizieren und Behördenangestellten zu tun gehabt, um sich ein Bild von der Nervosität machen zu können, mit der sie überall agierten. Sie hatte ihnen nichts genutzt, die Offensive, mit der ihre Truppen im Jahr zuvor die so lange erstarrte Front in China noch einmal dramatisch in Bewegung gebracht und den Armeen Tschiang Kai Scheks gewaltige Verluste zugefügt hatten. Hatte nichts genutzt, weil sie nicht wie gewünscht zum Ausgangspunkt für eine Verbesserung der Lage der japanischen Armeen auf dem asiatisch-pazifischen Kriegsschauplatz insgesamt geworden war. Und das, obwohl mit ihr doch gerade jene entscheidende strategische Schwäche, die in den Kleinertschen Gesprächsrunden so oft eine Rolle gespielt hatte – die Unfähigkeit nämlich, große zusammenhängende Räume zu kontrollieren – in durchaus bemerkenswertem Umfang überwunden worden war! Denn nicht mehr nur einzelne Abschnitte der Peking-Hankou- und der Wuchang-Kanton-Eisenbahn kontrollierten die Japaner seither, sondern die gesamte Strecke, und nicht nur diese wichtigste, mehr als zweitausend Kilometer lange Nord-Süd-Verbindung des Landes hatten sie damit vollständig und stabil in ihrer Hand, sondern auch solche großen Städte wie Tschengtschou und Loyang in der Provinz Honan, Tschangscha in der Provinz Hunan und Kueiling in der Provinz Kwangsi. So weit hatten die Japaner vor allem im Süden die Front nach Westen vorangetrieben, dass selbst ein Angriff auf Tschungking plötzlich als möglich erschienen war.

Aber dann hatte man in Tokio erkennen müssen, dass die Niederlagen, die man im Pazifik gegen die Amerikaner erlitt, selbst dann, wenn die Erfolge in China noch größer gewesen wären, nicht mehr kompensiert werden konnten, und so war die Offensive im Dezember 44 eingestellt worden. Es konnten – da waren sich Kleinert und Bevering in der Beurteilung der Vorgänge völlig einig gewesen – von den Japanern die Versäumnisse der vergangenen Jahre nicht einfach vergessen gemacht werden: Was ihnen in sieben Jahren Besatzung nicht gelungen war – das von ihnen kontrollierte China zu einem wirtschaftlich starken und militärisch schlagkräftigen Partner zu machen, um die eigenen Truppen frei zu haben für den Kampf gegen die Amerikaner –, konnte nun nicht plötzlich mit einer Blitzanstrengung nachgeholt werden. Zumal Wang Tsching Wei, der Chef der von ihnen im Frühjahr 40 installierten Nanking-Regierung, auf den sie einst so große Hoffnungen gesetzt hatten, nach vier Jahren nur mäßig erfolgreichen Wirkens im November gestorben war und nicht durch einen auch nur annähernd gleichwertigen Nachfolger hatte ersetzt werden können.

Und nun war den Japanern also auch noch der europäische Bündnispartner abhanden gekommen, und nicht nur, dass die Amerikaner im Pazifik in erbitterten Kämpfen Insel für Insel zurückeroberten und in Burma mit den Briten gemeinsam zum Gegenangriff übergingen – im Gefolge der Kapitulation Deutschlands drohten auch Angriffe der Sowjets auf die japanischen Truppen in China und Mandschukuo vom Norden her.

Nein, in einer solchen Lage verprellte man nicht die wenigen Partner, die einem noch nützlich sein konnten, und so durfte Kleinert auch weiter ungehindert seiner Arbeit nachgehen.

Die war zeitaufwendig, zeitigte aber nur geringen Erfolg, und das war kein Wunder, denn auch die Deutschen waren – und wie hätte Kleinert es ausgerechnet seinen Landsleuten verdenken sollen – zutiefst verunsichert und darum natürlich vor allem darauf aus, ihr eigenes Schäfchen ins Trockene zu bringen. Was hatte man denn noch an die Japaner zu denken in einer Zeit, da man selbst nicht wusste, ob und wie man die kommenden Wochen würden überstehen können! Zumal die Japaner ihrerseits – wie Kleinert noch häufig zu hören bekam in den Kontoren der Handelshäuser und kleinen Produktionsfirmen – sich umgekehrt ja nun keineswegs besonders kooperativ gezeigt hatten in den vergangenen Jahren. Wie oft hatte man sich darum bemüht, von ihnen beteiligt zu werden an den großen Geschäften, die sie im besetzten China machten, und wie kläglich war man zumeist abgespeist worden – ganz anders, als es die wohltönenden Reden der Politiker von Bündnis und Gemeinsamkeit verheißen hatten. Wie schnell – und gar nicht so selten – hatten sie insbesondere am Anfang des Krieges deutsches Eigentum mit englischem oder französischem gleichgesetzt und beschlagnahmt, und wie lange hatte es dann gedauert, bis man die örtliche Militärführung davon überzeugt hatte, dass man im Unterschied zu den Engländern oder Franzosen nicht Feind, sondern Verbündeter war. Und wie unendlich lange hatte es gedauert, den Japanern so etwas wie eine Vereinbarung abzuringen, auf die sich die Handelskammern bei ihren Anstrengungen, am streng kontrollierten Markt Anteil zu haben, berufen konnten. Da war es jetzt, wo man, weil von zu Hause keinerlei Hilfe mehr erwartet werden konnte, völlig auf sich allein gestellt war, nur recht und billig, dass man an sich selbst dachte und nichts sonst. Der eine Strudel, in den man durch den Verlust der Heimat – denn wusste man denn, ob man sie je wiedersehen würde? – geraten war, reichte völlig aus; da wollte man nicht auch noch in einen zweiten, der sich mit der absehbaren Niederlage der Japaner ganz unweigerlich öffnen würde, hineingerissen werden.

Aber war das überhaupt noch zu verhindern? Kleinert, bei seinen Rundgängen immer öfter nicht mehr als Verhandlungs-, sondern einfach nur noch als Gesprächspartner willkommen, mit dem man seine Sorgen und düsteren Erwartungen ein wenig hinweg reden konnte, hatte bald das Gefühl, als sei die Angst, die sich überall in der deutschen Kolonie breitmachte, mit Händen zu greifen. Von zu Hause trafen keine persönlichen Nachrichten mehr ein, nichts erfuhr man von den Angehörigen, und die Fotos, die in den Zeitungen zu sehen waren von in Trümmern liegenden Städten und russischem, amerikanischem, englischem und französischem Militär auf den Straßen waren alles andere als dazu angetan, die große Beunruhigung zu mildern. Ungewiss war, wie man materiell würde über die Runden kommen können – nur wenige hatten ein Vermögen oder ein größeres Konto auf einer der internationalen Banken im Hintergrund, das ihnen Sicherheit zu bieten vermochte, und niemand wusste, wie lange die deutsche Botschaft ihrer Versorgungs- und Betreuungsrolle, auf die ihre Aktivitäten nach dem Zusammenbruch reduziert worden waren, noch gerecht werden konnte oder wie lange die Handelsfirmen ihre Angestellten noch zu entlohnen vermochten. Und über allem lag die Drohung harter und lang andauernder Gefechte, die zu erwarten waren, wenn die Japaner sich in Schanghai ähnlich hartnäckig gegen die Amerikaner zur Wehr setzen würden, wie man das etwa von den Inseln Iwojima und Okinawa gehört hatte. Dort hatte es wochen-, ja monatelange blutige Kämpfe mit Zehntausenden von Toten auf beiden Seiten gegeben – grausig die Vorstellung, aber, wenn man die Entschlossenheit der Japaner, sich mit Klauen und Zähnen zu verteidigen, in Rechnung stellte, durchaus nicht aus der Luft gegriffen, dass dies alles auch in der dichtbesiedelten Großstadt geschehen könnte. Bombardements, die Kleinert sofort wieder an Nanking, Hankou und Tschungking denken ließen, nur, dass sie diesmal nicht von den Japanern, sondern von den Amerikanern kamen, lieferten einen ebenso zerstörerischen wie nervenzerreißenden Vorgeschmack darauf, wie blutig der Krieg hier würde zu Ende gehen können.

Die Truppen Tschiang Kai Scheks spielten – Kleinert vermerkte es für sich ohne größere Überraschung, denn nach den vernichtenden Niederlagen des vergangenen Jahres hatte man kaum anderes erwarten können – bei den Spekulationen über das Schicksal Schanghais überhaupt keine Rolle. Nein, da waren sich alle einig: Dies würde eine Sache ganz allein zwischen den Japanern und den Amerikanern werden – und darum auch waren die Ängste bei den Deutschen so besonders groß. Denn die Chinesen – die würden mit ihnen schon glimpflich umgehen, würden sich ganz gewiss der guten Zusammenarbeit in den zwanziger und dreißiger Jahren erinnern und den Kriegszustand, der zwischen Tschungking-China und Deutschland geherrscht hatte, nun, da Deutschland völlig am Boden lag, ganz gewiss nicht auf die Goldwaage legen. Im Gegenteil: Man durfte wohl sogar darauf rechnen, dass sie alles tun würden, um sich recht rasch des deutschen Könnens und der deutschen Leistungskraft wieder versichern und bedienen zu können. Denn Arbeit – Arbeit gab es, weiß Gott, mehr als genug.

Aber die Amerikaner – von denen war solche Art Nachsicht ganz bestimmt nicht zu erwarten. Sie hatten – ganz anders als die Chinesen – direkt im Kampf mit den Deutschen gestanden, hatten Zehntausende ihrer Kameraden in der Normandie, in den Ardennen und auf ihrem Vormarsch bis zur Elbe verloren, und man hatte sie ja zur Genüge lesen können in Schanghai, die Berichte, die in den amerikanischen und englischen Blättern gestanden hatten über die Konzentrationslager, auf die sie gestoßen waren bei diesem Vormarsch, und über die Gefühle, die sie bewegt hatten, als sie vor Leichenbergen gestanden hatten und vor Tausenden und Abertausenden von bis aufs Blut ausgemergelten Gefangenen, um eine Vorstellung davon zu haben, dass da manche Rechnung offen sein konnte, die vielleicht gerade hier in Schanghai beglichen werden sollte.

Da war es wieder, dachte Kleinert, als er von einem seiner Inspektionsgänge, bei dem am Ende nur noch dieses eine Thema eine Rolle gespielt hatte, erschöpft nach Hause gekommen war: dieses Gefühl der völligen Hilflosigkeit und des gänzlichen Getriebenseins. Was würde er denn entgegenzusetzen haben, wenn ihn die Wut und Rachsucht der Amerikaner erreichten? Dass er mit all dem Geschehen in Deutschland nichts, aber auch gar nichts zu tun hatte, weil er immer in China gewesen war? Das mochten sie ihm glauben oder auch nicht – einen Einfluss darauf, wie sie entscheiden würden, würde er nicht geltend machen können. Dass er in China während des Krieges sein Geld nicht bei den Deutschen und nicht bei den Japanern, sondern bei Tschiang Kai Schek, der den USA zum Verbündeten geworden war, verdient hatte? Aber am Ende waren es dann ja doch deutsche Dienste gewesen, in denen er gestanden hatte, und – wenn man es partout darauf anlegen wollte – sogar japanische. Er konnte es drehen und wenden, wie er wollte – er würde auf den Zufall angewiesen sein und darauf, dass ihn das Glück, das ihn schon oft gerettet hatte, auch diesmal wieder nicht im Stich lassen würde.

Im August 1945 nahm der Druck, der auf der ganzen Stadt lastete, weiter zu. Es verdichteten sich die Gerüchte, dass es zu einer Entscheidungsschlacht im Yangtse-Becken kommen könnte, die um Schanghai keinen Bogen machen würde. Aber dann überschlugen sich die Ereignisse anderswo. Am 6. und dann noch einmal am 9. August – so meldeten die Zeitungen – hatten die Amerikaner über den japanischen Städten Hiroshima und Nagasaki eine Bombe von bis dahin unbekannter und alles Vorstellungsvermögen übertreffender Sprengkraft zum Einsatz gebracht. Zehntausende Menschen seien – so hieß es – binnen weniger Sekunden in einer einzigen Explosion zu Tode gekommen, die Druckwelle habe mit einem Schlag ganze Stadtteile hinweg gefegt, und der nachfolgende Feuersturm habe ein Übriges getan, um die beiden Städte dem Erdboden gleich zu machen. Ein paar Tage später machte das Gerücht die Runde, dass es sich bei diesen beiden Bomben um nichts anderes als um Atombomben gehandelt habe – eine Waffe, an deren Entwicklung übrigens auch in Deutschland mit größten Anstrengungen gearbeitet worden sei – und dass die absolute Neuartigkeit der Explosion und ihrer Folgewirkungen die Japaner derart demoralisiert habe, dass nun mit einem beschleunigten Kriegsende gerechnet werden könne.

Dies Letztere wurde zur Gewissheit, als Meldungen aus Nordchina und Mandschukuo eintrafen, in denen von einem Blitzfeldzug der Sowjets gegen die dort stationierte Kwantung-Armee der Japaner die Rede war. Innerhalb weniger Tage – so las Kleinert, und er wollte es nicht glauben, denn er kannte von seinen Eisenbahnfahrten ja die großen Enfernungen, die man da zu überwinden hatte – waren Harbin, Mukden und Hsinking von den Truppen der Sowjets eingenommen worden. Dann fielen auch Dairen, die große Hafenstadt, der von Rudolf Fuchs damals in Tientsin eine so glänzende Zukunft unter japanischer Oberhoheit vorausgesagt worden war, und jener Kriegshafen, der einst, bevor die Japaner gekommen waren, unter dem Namen Port Arthur der russischen Flotte als Stützpunkt gedient hatte, und am 14. August kapitulierte Japan, ohne dass es noch zu der von den Schanghaiern so sehr gefürchteten Schlacht am Yangtse hatte kommen können.

Die Stadt lag nun im Frieden, aber die Unruhe unter den Deutschen blieb. Kaum einer von ihnen – sah man einmal von den wenigen Bäckern, Gaststättenbesitzern und kleinen Handwerkern ab – konnte noch seiner gewohnten Arbeit nachgehen. Im Deutschen Klub, wo man, in ungewohnter Weise dicht aneinander gedrängt, Zuflucht suchte vor den Ängsten und der Ungewissheit, brodelte die Küche der Gerüchte und Mutmaßungen. Kleinert, von Buckowitz & Co. mit einer kleinen Geldsumme abgefunden, die ihn wenigstens bis ans Jahresende bringen würde und, wenn er sich weiter einschränkte, vielleicht auch bis ins Frühjahr hinein, vertrieb sich – gut trainiert darin durch die Arbeit mit Bevering – die wachsende Nervosität mit neuerlichen Presseanalysen. Wer wusste denn schon, so dachte er, ob an den Ergebnissen solcher Arbeit nicht über kurz oder lang wieder ein ernsthaftes Interesse bestehen würde? Da konnte es nur gut sein, wenn man mit ein wenig Vorlauf ausgestattet war. Und Bevering, den Fachmann auf diesem Gebiet – den hatte er seit Januar zwar aus den Augen verloren, aber war es nicht denkbar, dass sie, wenn sie sich wieder träfen, das alte Büro zu neuem Leben erweckten?

Man musste, da war er sich ganz sicher, verschiedene Pferde satteln können, wenn man all die Hürden, sie sich jetzt vor einem auftun konnten, meistern wollte.

Allerdings erwies sich die selbstgewählte Aufgabe als schwieriger, als er sich das gedacht hatte. Nicht im Technischen, natürlich nicht. Da verfügte er über sichere Methoden und hatte, weil das Geld knapp war und er keine Zeitung doppelt kaufen konnte, das Verfahren zur Auswahl und Ablage der Zeitungsausschnitte, das er von Bevering kannte, mit viel Akribie und wachsender Lust am Detail durch ein aus zwei Buchstaben und vier Zahlen bestehendes Ordnungssystem so ergänzt, dass er, wenn er nur diszipliniert genug die entsprechenden Notierungen sowohl auf dem Ausschnitt selbst als auch in dem extra dafür eingerichteten Kassabuch vornahm, jeden Artikel so archivieren konnte, dass er ihn, auch wenn er nur unter einem der möglichen Stichwörter abgelegt worden war, jederzeit auch von anderen Stichwörtern her rasch zu finden vermochte.

Aber im Inhaltlichen und im Psychischen wurde sie zu einem Problem, diese Aufgabe, und es war sein eigenes Ordnungssystem, dass dafür verantwortlich war. Er hatte es sich fein ausgedacht: Die jeweils letzte Ziffer der Zahlenkombination sollte das Land bezeichnen, in dem der jeweilige Artikel entstanden oder dessen Autor beheimatet war, damit man sich einen Überblick über die gesammelten Stücke nicht nur zu den auf den Ablageschachteln verzeichneten Sachthemen wie etwa »Schanghai« oder »Japan« oder »Kriegsende in Europa« verschaffen konnte, sondern, wenn man sie neu sortierte, auch zu den Tendenzen und Schwerpunkten der Berichterstattung in den verschiedenen Ländern. Endete die Zahlengruppe auf Eins, war damit Deutschland als Herkunftsort bezeichnet, die Zwei hatte Kleinert an China vergeben, die Drei an die Vereinigten Staaten von Amerika und so weiter. Als er aber dieses System nach zwei Wochen das erste Mal einer Prüfung unterzog und sich bei der Endziffer ausgerechnet für die Sechs entschied, hatte er ein Resultat vor sich, das ihm fast den Atem nahm. Denn die Sechs war die Zahl, die für die Sowjetunion stand, und die Größe des Stapels, der sich in dieser kurzen Zeit angesammelt hatte, machte ihm deutlicher als alle Worte oder Vermutungen bewusst, was er – wie manch anderer in der deutschen Kolonie auch – bis jetzt wohl immer noch gewaltig unterschätzt hatte: Dass es nichts mehr geben würde in den nächsten Monaten – ganz egal, ob es sich dabei um die Entwicklungen in der Heimat, in der Welt oder in Schanghai handelte –, wo nicht auch die Sowjets – die Kommunisten also – ein gewichtiges, ja sogar entscheidendes Wort mitzureden haben würden.

Nicht also nur die Amerikaner, sondern auch die Russen, und wenn man schon über die mögliche Rachsucht der Amerikaner im Deutschen Klub so ängstlich spekuliert hatte – wie groß musste diese Rachsucht erst bei den Russen sein. Die hatten – und Kleinert merkte, dass er bei weitem nicht der Einzige war unter seinen Landsleuten, dem das erst jetzt, da es ihnen plötzlich selbst an den Kragen gehen konnte, richtig bewusst wurde – ganz anders als die Amerikaner den Krieg jahrelang auf ihrem eigenen Territorium gehabt, waren überfallen worden von den Deutschen, hatten die Schmach eines monatelangen Rückzuges ertragen müssen und das Niederbrennen von Tausenden Städten und Dörfern und eine Zahl von Opfern, die in die vielen Millionen ging, waren dann in der Lage gewesen, ihre Kräfte zu einem gewaltigen, aber erneut opferreichen Gegenschlag zu bündeln und die deutschen Truppen durch halb Europa zurück zu treiben, und hatten schließlich selbst im Endkampf um Berlin noch Zehntausende an Toten zu beklagen gehabt. Wieviel Großmut, dachte Kleinert, als er über den Artikeln saß, die ihm immer neue Details über den zu Ende gegangenen Krieg enthüllten, durfte da erwartet werden? Und die Angst schnürte ihm die Kehle zu.

Ein paar Tage später sah es dann aber – jedenfalls, soweit es die Lage der Deutschen in China betraf – schon wieder nicht mehr ganz so bedrohlich aus. Die Russen, hieß es, würden im Norden bleiben – dort, wo ihre Truppen die Japaner besiegt hatten und die chinesischen Kommunisten, die ihnen dabei eine beträchtliche Hilfe gewesen waren, daran gingen, ihren dank der Sowjets um ein Vielfaches vergrößerten Einflussbereich gegen Tschiang Kai Schek abzusichern –, und in Schanghai würden die Amerikaner zwar eine Kontrollfunktion übernehmen, aber die politischen und Verwaltungsangelegenheiten würden in den Händen der Tschungking-Regierung liegen, die nun wieder die Mitte und den Süden des Landes beherrschte. So bekam sie neue Nahrung: die Hoffnung Kleinerts und vieler anderer Chinadeutscher, dass sich die Tschiang-Kai-Schek-Leute ihrer Verdienste erinnern und sich erkenntlich zeigen würden.

Und Kleinert empfand nicht neue Angst, sondern sogar Erleichterung, als ihm im November von den chinesischen Behörden mitgeteilt wurde, dass er sich in einem Internierungslager einzufinden habe, das im Norden der Stadt für die Deutschen eingerichtet worden sei. Dort – da war er sich sicher – würde sich in Ruhe klären lassen, wie es mit ihnen allen weitergehen würde, und da er allein war und nur für sich selbst verantwortlich, würde er sich – auch daran hatte er keinen Zweifel – mit mancher Entscheidung anfreunden können, wenn sie nur einigermaßen überschaubar war und den Lebensunterhalt zu sichern vermochte. Es war in ihm nicht diese Erwartung wie bei denjenigen, die sehnsüchtig darauf hofften, dass es so bald wie möglich einen Dampfer geben möge, der sie nach Deutschland zurück bringen würde, damit sie dort wieder mit ihren Familien zusammen sein konnten. Und er empfand auch nicht die Sorge der anderen, die eine solche Repatriierung gerade nicht wollten, weil sie schon zu lange in China waren oder sich vor den Bildern ihrer zerstörten Heimatstädte fürchteten oder davor, dass sie mit den veränderten Verhältnissen und den Problemen eines Neuanfangs nicht zurechtkommen würden. Er war jetzt vierundvierzig Jahre alt und noch immer jung genug, um sich anpassen oder Neues beginnen zu können. Wichtig war nur, dass es überhaupt irgendeine Klarheit gab.

Und so verschloss er seine kleine Wohnung mit dem ausgeklügelten Zeitungsarchiv, von dem er noch immer nicht wusste, ob es einmal einen Interessenten finden würde, zog ein in die mit einem Stacheldrahtzaun umgebene Schule, die mitsamt Turnhalle zum Internierungslager gemacht worden war, und merkte schon bald, dass ihm tatsächlich kaum irgendeine Gefahr drohte, denn das Leben war – sah man einmal von der Langeweile ab, die sich aus der Arbeitslosigkeit ergab – erträglich, die Verpflegung ausreichend, und die chinesischen Behörden ließen genau so, wie das von vielen erwartet worden war, kein besonderes Interesse daran erkennen, aus dem Lager eine Dauereinrichtung zu machen. Schon, dass nur einige Hundert der über zweitausend Schanghai-Deutschen hatten einziehen müssen, zeigte, wie nachlässig man vorgegangen war bei der Ausfindigmachung derer, die eigentlich alle in Frage hätten kommen müssen, und bald machte im Lager auch die mehr oder weniger laut geflüsterte Information die Runde, welche Schlupflöcher es gab, um schnell wieder in Freiheit zu sein. Eine Bürgschaft müsse man beibringen von einer chinesischen Institution oder einem chinesischen Unternehmen, hieß es, und wenn die durch eine bei der Stadtverwaltung geschaffene Spezialbehörde bestätigt sei, könne man mit baldiger Entlassung rechnen.

Blieb also, dachte Kleinert, nur noch die Frage, wen er, da die Regierung noch immer in Tschungking saß, in den Schanghaier Behörden treffen könnte, der von seinem früheren Vertrag mit dem Marschall wusste und eine solche Bürgschaft übernehmen würde.

Dies aber erwies sich nun plötzlich doch als Problem, und zwar von unerwarteter Seite. Denn der Verdacht, den er gehegt hatte, als ihm Ende 42 der Tschiang-Vertrag gekündigt worden war – er bekam auf einmal einen realen Hintergrund. Nicht von den Chinesen war – wie Kleinert schon damals vermutet hatte – der Anstoß zu dieser Kündigung gekommen, sondern von Franz Mönnings, und Mönnings versuchte auch jetzt, ihm Steine in den Weg zu legen. Und dies auf eine Art und Weise, die Kleinert, nachdem er sich so lange einigermaßen sicher gefühlt hatte, aufs höchste alarmierte.

Ob er denn immer noch nicht begriffen habe, hatte ihn Mönnings gefragt, als sie sich einmal bei einem Spaziergang auf dem weitläufigen Schulhof des Lagers getroffen hatten, dass er mit einer Unterstützung durch den Marschall nicht mehr rechnen könne? So unzuverlässig, wie er sei? Und gerade jetzt, da alles auf eine Entscheidungsschlacht hinaus laufe?

Kleinert war es eiskalt geworden, und Mönnings hatte triumphierend nachgelegt. Ob ihm, Kleinert, denn wirklich nicht aufgefallen sei, dass der Wind sich gedreht habe? Der Kampf gegen die Japaner sei für Tschiang Kai Schek doch schon lange nicht mehr das Wichtigste gewesen, sondern stattdessen der uralte Kampf gegen die Kommunisten. Und zwar nicht erst seit ein paar Monaten – nein, schon Ende 40/Anfang 41 habe das begonnen. Da sei – aber das könne Kleinert bei seinen Lageanalysen doch nicht übersehen haben! – beim Marschall die Überzeugung gereift, dass die Japaner ihr Pulver verschossen hatten und weiter ins Land nicht würden vordringen können. So habe er seine Kräfte schon damals mit Blick auf den Nachkrieg umgruppiert – worin im Übrigen auch eine Erklärung dafür liege, dass der Widerstand gegen die 44er-Offensive der Japaner so kläglich gewesen sei –, und nun, da die Japaner ihr Spiel verloren hatten, müsse der Kampf gegen die Kommunisten endlich zu Ende gefochten werden. Weil es natürlich nur einen geben könne, der in China regiert – Tschiang Kai Schek oder Mao Tse Tung.

Hier hatte Mönnings eine Pause gemacht, in der er sich sichtlich an Kleinerts Verunsicherung geweidet hatte, und dann hatte er die Katze aus dem Sack gelassen und war mit unverhüllter Schärfe persönlich geworden:

»Mensch, Kleinert, kapieren Sie denn noch immer nicht? In diesem Kampf kann man Verräter nicht gebrauchen! Und Träumer, die es schick finden, auf eigene Faust ein bisschen antijapanische Einheitsfront zu spielen, auch nicht!«

Kleinert waren die Knie weich geworden bei diesen Worten, und er hatte Stunden gebraucht, um seine Fassung wieder zu finden. Das also war es, was Mönnings immer schon gegen ihn in der Hand gehabt hatte! Man hatte gewusst in Tschungking von den Kontakten, die er mit Martha Hsiao gehabt hatte, und vielleicht – wer wusste das schon zu sagen – auch von denen mit Hans Shippe, und Mönnings war – auf welchem Wege auch immer – an dieses Wissen herangekommen.

Kleinert war verzweifelt. Nein, auf einen solchen Gang der Dinge war er auch in seinen skeptischsten Mutmaßungen über das, was ihn erwartete, nicht vorbereitet gewesen. Dass die Japaner ihm gefährlich werden könnten, die Amerikaner, die Sowjets – alles hatte er durchgespielt, aber nicht, dass der Schlag, der ihn treffen konnte, aus den eigenen Reihen kommen würde.

Und er hatte keine Idee, wie er reagieren sollte. Mönnings war – und Kleinert hatte nach allem, was er mit ihm erlebt hatte, darüber nicht mehr staunen können – am Tage nach ihrem Schulhofgespräch aus dem Lager verschwunden. Aber wohin? Wenn er untergetaucht war irgendwo, um sich in sicherem Schutz vor den amerikanischen Nachforschungen für künftige Dienste für den Marschall bereit zu halten – nun gut, dann würde er ihm vielleicht nicht mehr in die Quere kommen. Aber wenn nicht? Wenn seine Position so gefestigt und ungefährdet war, dass er in allem, was das Schicksal der Deutschen anging, seine Finger drin haben konnte? Wie sollte er, Kleinert, sich dann diesem für ihn unsichtbaren Zugriff entziehen? Einen eigenen Draht nach Tschungking – das musste er sich ohne alle Illusionen eingestehen – würde er nicht knüpfen können. Und einen nach Peking, wo Hsü Tao Lin vielleicht noch immer seinen Universitätsposten inne hatte, erst recht nicht, denn dort saßen nicht die Leute der Kuomintang, sondern die Kommunisten. Nein, es blieb ihm – wie immer es auch drehte und wendete – nichts als zu warten. Und zu hoffen, dass die Dinge zwischen den beiden chinesischen Lagern sich nicht auf eine Weise zuspitzten, die ihn sogar in Lebensgefahr bringen konnte. Die Schärfe, mit der Mönnings von Verrätern gesprochen hatte, ließ ahnen, dass er, wenn er es für zweckmäßig hielt, auch vor dem Äußersten nicht zurückschrecken würde.

Erlöst wurde er aus dieser lähmenden Lage im Mai des folgenden Jahres – man schrieb nun bereits das Jahr 1946 –, und auch dies geschah – wie schon die Mönnings-Attacke – aus einer Richtung, aus der es überhaupt nicht erwartet hatte.

Das Internierungslager hatte sich zu diesem Zeitpunkt bereits beträchtlich geleert. Immer mehr seiner Insassen hatten die erforderliche Bürgschaft erhalten, waren – egal, was auch immer sie vorher in der Botschaft, in den Handelshäusern, den Firmenvertretungen, den gemischten deutsch-chinesischen Unternehmen, in der deutschen Schule oder wo auch immer getan hatten – von chinesischen Läden, Büros oder Fabriken als Mitarbeiter angefordert worden. Es war unübersehbar gewesen – die alten Verbindungen hatten bestens funktioniert. Kleinert hatte darum des öfteren erwogen, auch diesen ganz einfachen Weg zu gehen und sich mit Hilfe eines derjenigen, die den Sprung nach draußen schon geschafft hatten, irgendeiner kleinen Firma als Mitarbeiter anzubieten, war dann aber immer wieder davon abgekommen, weil ihm die Sache mit Mönnings zu heikel war.

Mit ihrer immer kleiner werdenden Zahl hatte sich aber nicht nur den Einsitzenden die Frage nach der Zukunft des Lagers überhaupt gestellt, sondern auch – worüber sie bald ganz offen sprachen, denn der Krieg war seit mehr als einem halben Jahr zu Ende, und die Kapitulation Deutschlands lag gar schon fast ein ganzes Jahr zurück – den chinesischen Behörden. So erfuhr Kleinert eines Tages, dass man noch einmal eine Registrierkarte von ihm anfertigen werde, wozu auch ein offizielles Foto von ihm gemacht werden müsse, und dass er dann in seine alte Wohnung zurückkehren dürfe.

Der Fotograf, der wenig später das Lager betrat und sich als Johannes Kunzelberg vorstellte, war ein etwa fünfzigjähriger, magerer, klein gewachsener, schmallippiger Deutscher in einem bescheidenen, aber sorgfältig angemessenen Anzug, zu dem er eine ebenso sorgfältig ausgesuchte Fliege trug, und schlug Kleinert, nachdem er ihm beim Hin- und Herdrehen für die obligaten Front- und Profilansichten ein paar Auskünfte über sein früheres Tun und Lassen in Schanghai entlockt und mit offensichtlichem Interesse von Presseanalysen, Archiv und Ungebundenheit erfahren hatte, vor, doch dann, wenn er die notwendigen Formalitäten hinter sich gebracht hatte, in sein – Kunzelbergs – kleines Geschäft einzusteigen. Es sei nichts Besonders, nein, weiß Gott nicht, nur ein kleines Fotoatelier, aber er denke daran, sich nicht länger nur bei den üblichen Privat- und Familienfotografien aufzuhalten, mit denen er sich durch die vergangenen Jahre geschlagen habe, sondern die neuen Freiheiten zu nutzen und sich verschiedenen Zeitungen anzubieten, Buchverlagen vielleicht auch, denen seine Motive vom Aufbruch der Stadt in die Freiheit interessant und nützlich sein könnten, und da würde ihm ein Mitarbeiter, der sich auskennt in der Presseszene und vielleicht auch einmal Partner werden könnte, herzlich willkommen sein.

Kleinert war sich nicht sicher, ob er sich über diese ganz und gar unverhoffte Offerte so deutlich freuen sollte, wie es ihm ein erster Impuls eingegeben hatte. Wäre es nicht besser, er wartete auf seine Entlassung und ergriffe dann selbst die Initiative? Damit er allein bestimmen könnte, mit wem er sich einließe und mit wem nicht? Denn wenn ihn einer so direkt ansprach wie dieser Kunzelberg – wo war die Sicherheit, dass er nicht von Mönnings geschickt war, um ihn weiter unter Kontrolle zu halten?

Indes: Ein Mönnings-Beauftragter hätte ihn, Kleinert, ganz sicher nicht als jemand angesprochen, der sich in der Presseszene auskennt, sondern gewusst, dass es eine reine Schreibtischarbeit war, die er da für die Agentur erledigt hatte. Und von einem Schreibtischarbeiter hätte er nicht Hilfe beim Zugang zu Redaktionen oder Buchverlagen erwartet. Und dann: Wieso sprach Kunzelberg eigentlich von »neuen Freiheiten«, die er in Schanghai jetzt haben werde? So etwas hatte Kleinert bisher von noch keinem Chinadeutschen gehört. Sollte – ging es ihm durch den Kopf – der Fotograf einer derjenigen Ausländer sein, die nicht in der internationalen Niederlassung, sondern auf der anderen Seite des Sutschou-Flusses, im Stadtteil Hongkju, lebten?

Mit Tschang Li – erinnerte er sich – war er damals, als sie sich gerade kennengelernt hatten, ein Stück durch diese bettelarme Gegend gewandert, aber seitdem er aus Tschungking zurückgekehrt war, hatte er keinen Grund gesehen, sich wieder einmal auf den Weg dorthin zu machen. Nur aus seinen Zeitungsausschnitten wusste er, dass sich dort im Jahre 39 um die zwanzigtausend Flüchtlinge aus Deutschland und Österreich angesiedelt hatten. Ein größeres Interesse an diesem Umstand aber hatte er nicht entwickelt, denn man hatte ihm in der deutschen Kolonie schon sehr bald zu verstehen gegeben hatte, dass man Kontakte dorthin für unerwünscht hielt, und mit der Erklärung, dass es sich bei den Flüchtlingen um Juden handele, mit denen man hier ebenso umzugehen habe wie in Deutschland, wo man – aber das wisse er natürlich selbst – die einschlägigen Gesetze zur Reinhaltung des deutschen Volkskörpers mit größter Entschlossenheit und Disziplin durchsetze, war alles, was aus der Sicht der Botschaft in dieser Sache notwendig schien, gesagt worden, und ihm, dem Neuankömmling, war das ohne Mühe einsichtig gewesen. Sie hatten Recht, hatte er gedacht, die alten Schanghai-Deutschen mit ihrer gängigen Rede, dass sie doch froh darüber sein sollten, diese Juden, dass man sie überhaupt aus Deutschland hatte entkommen lassen.

Kapitel 23

Sie gingen gemeinsam die Tungschan-Road – die quirlige, laute Hauptstraße von Hongkju – hinunter, und Paul Kleinert hatte, obwohl sie sich doch erst seit wenigen Stunden kannten, nicht das Gefühl, mit einem Fremden unterwegs zu sein. Mit der fröhlichen Zufriedenheit eines Mannes, dem gerade ein richtiggehender Coup gelungen war, hatte Johannes Kunzelberg ihn, den gerade noch Internierten, aus dem Lager herausgelotst, und nun marschierte er mit schnellen Schritten und ausgreifenden Armbewegungen vor ihm her, und ganz so, als sei das zwischen ihnen beiden schon immer so üblich – dass die Arbeitsberatungen bei raschen Spaziergängen stattfinden –, verhielt er hin und wieder das Tempo, drehte sich zu Kleinert um und ließ ihn von einem weiteren der für die nächsten Wochen ins Auge gefassten Vorhaben wissen. Für die deutschsprachige Beilage des »Schanghai Herald« und für das »Schanghai Journal« wolle er Fotoserien über die Normalisierung des Flüchtlingslebens in Hongkju gestalten, rief er, als sie an einer im Durcheinander von Rikschas, Fahrrädern und Fußgängern fast versinkenden Kreuzung halt machten; und natürlich – erklärte er atemlos und gegen die lauten Rufe der Händler ankämpfend, als sie einen kleinen Markt durchquerten – müsse er auch darüber berichten, wie die Hongkju-Bewohner allmählich wieder in anderen Schanghaier Stadtteilen Fuß fassten; des weiteren – sie hatten nun einen etwas ruhigeren Abschnitt der Straße erreicht, und er konnte seine Stimme etwas dämpfen – müsse er sich unbedingt mit Adalbert Dreisam treffen, einem Theatermann, mit dem er eine Dokumentation der Schauspiel- und Konzertaufführungen der vergangenen Jahre zusammenstellen wolle; und schließlich verlange natürlich auch das Tagesgeschäft sein Recht, denn da es den Leuten wieder etwas besser gehe, seien auch diese Dienste wieder stärker gefragt. Es werde ja doch wieder geheiratet in diesen Tagen, und es gebe auch wieder Babys, die fotografiert werden müssten, und mancher, der bereits von zu Hause träume, habe den Wunsch nach einem gediegenen Erinnerungsfoto.

Kleinert wusste sich auf nichts von alledem schon wirklich einen Reim zu machen, aber er beschloss, sich davon nicht stören zu lassen. Die nächsten Tage, da war er sich ganz sicher, würden ihm die nötige Aufklärung bringen, und warum sollte er sie jetzt nicht erst einmal einfach nur genießen, diese unerwartete Entlassung – auch wenn sie so viel Unbekanntes bereit hielt.

Es war doch schön, die Straße entlang zu laufen, ohne dass man mit Fliegerangriffen rechnen musste! Und es war erfreulich zu sehen, mit welcher Selbstverständlichkeit in die vielen kleinen, dicht an dicht sich reihenden Läden und Lädchen der Alltag wieder Einzug gehalten hatte und mit welcher Energie man überall daran gegangen war, die Schäden, die durch die Bombardierungen entstanden waren, zu beseitigen. Natürlich war die Armut in all den Gassen und Gässchen noch immer dieselbe wie vor acht Jahren, als er mit Tschang Li hier entlang gewandert war. Nichts hatte sich geändert an der bedrückend dunklen und schmutzigen Enge der langen, im rechten Winkel von den Gassen weit in die Tiefe reichenden Häuserblocks, in deren Mittelgängen unter der zum Trocknen aufgehängten Wäsche Kinder spielten und Bettler versuchten, ein Almosen zu erhaschen. Nichts auch an der Trostlosigkeit des Schicksals der Kulis, die in abgerissener Kleidung schweißtriefend mit ihren Lastenrikschas durch die Straßen hasteten, und der verhärmten Frauen, denen man ansah, dass sie beim Kauf von Reis oder Kohl, einem Stück Stoff oder irgendeiner Kleinigkeit für den bescheidenen Hausstand jeden Cent dreimal umdrehen mussten. Und doch schien es Kleinert, als spüre man auch hier, wo ein einzelnes Leben schon immer besonders zerbrechlich war und noch nie einen hohen Wert besessen hatte, dass mit dem Ende des Krieges eine Last von der Stadt genommen war, und die Sicherheit, mit der sich Kunzelberg in dieser Szenerie bewegte – eine Sicherheit, die himmelweit entfernt war von der sonst üblichen arroganten Distanz so vieler Ausländer – und mit der er ihn, Kleinert, immer wieder in einen der weit offen stehenden Läden hineinzog, um ihn dort in unbekümmerten Ton mit dem chinesischen oder auch einmal einem deutschen Besitzer bekannt zu machen, bestärkte ihn in diesem Gefühl. Ja, es musste wohl etwas dran sein an der Kunzelbergschen Bemerkung, dass sich die Stadt in einem Aufbruch befand – auch wenn noch niemand zu sagen vermochte, wohin dieser Aufbruch sie führen würde.

Sie hatten den östlichen Teil der Tungschan-Road erreicht, und Kunzelberg wies einladend auf eine schmale Tür, die neben einem kleinen zweigeteilten Schaufenster, dessen eine Seite aus einem bunt beklebten Stück Karton bestand, dessen andere, gläsern gebliebene dafür aber umso sorgfältiger mit geschmackvollen Porträtfotos gestaltet war, in die Tiefe eines Ladens führte.

»Willkommen in meinem kleinen Reich«, sagte Kunzelberg, »und wundern Sie sich nicht über die eine oder andere Unzulänglichkeit« – er machte eine lächelnde Kopfbewegung in Richtung des provisorisch geflickten Schaufensters. »Das sind Andenken, die mir die Japaner hinterlassen haben. Sie waren wohl mit der Art meiner Geschäftstätigkeit nicht immer ganz einverstanden.«

Kunzelberg verschwand in einem kleinen Nebengelass. »Ich darf Sie doch zu einem Tee einladen?«, rief er von dort, und ehe Kleinert noch Einwände hätte geltend machen können, war er schon mit einem Geschirr aus bunt glasierten Tassen, Untertassen und Tellern wieder aufgetaucht.

»Machen Sie mir, bitte, die Freude und bleiben Sie noch ein wenig«, sagte er, »auch wenn ich mir denken kann, dass Sie so schnell wie möglich in Ihrer eigenen Wohnung nach dem Rechten sehen wollen.«

Kleinert war unschlüssig. Natürlich hätte er sich am liebsten gleich erst einmal wieder auf den Rückweg gemacht – die Tungschan-Road entlang in Richtung Westen und dann über den Sutschou-Fluss in die Internationale Niederlassung hinein – und sich, wie Kunzelberg richtig vermutete, gern davon überzeugt, dass in seiner Wohnung alles beim alten geblieben war. Aber was, wenn ihn Kunzelberg am nächsten Tag schon zu intensiver Arbeit brauchte? Da könnte es schwierig werden, wieder in eine Stimmung zu kommen, in der der Fotograf so guter und mitteilsamer Laune sein würde und man sich ausführlich miteinander unterhalten konnte. Und wenn er, Kleinert, sich auch vorgenommen hatte, die Dinge langsam auf sich zukommen zu lassen – ein paar der vielen Fragen, die ihn seit dem heutigen Morgen bewegten, hätte er durchaus gern schon sehr bald beantwortet bekommen. Da musste man jede Gelegenheit nutzen, und die Wohnungsbesichtigung konnte ruhig noch ein paar Stunden warten.

»Ich sähe es gern«, sagte Kunzelberg, als er mit dem Tee und einem kleinen Imbiss aus – Kleinert wagte seinen Augen nicht zu trauen – mit Wurst belegten Graubrotscheiben wieder ins Zimmer trat, »wenn wir beide mit absolut offenen Karten spielten.« Er rückte mit flinken Bewegungen die Tassen und Teller zurecht, platzierte die Platte mit den Broten in der Mitte des Tisches, füllte die Tassen, schaute Kleinert bei all dem immer wieder prüfend in die Augen und fuhr fort: »Und damit daran keinerlei Zweifel besteht, will ich auch gleich den Anfang machen und Ihnen ohne alles Drumherum sagen, dass ich weiß, wer Sie sind, und dass meine Wahl nicht zufällig auf Sie gefallen ist.«

Kleinert war von dieser Mitteilung nicht sonderlich überrascht. Das Tempo, mit dem im Internierungslager die Formalitäten erledigt waren, hatte so etwas vermuten lassen. Blieb allerdings die Frage, woher dieses Wissen stammte – aber Kunzelberg, nun ins Reden gekommen, ließ sie nicht lange im Raume stehen. Er habe, sagte er freimütig, einen guten Kontakt zu den Amerikanern, und die seien schon seit Monaten dabei, sich einen sehr genauen Überblick über die Deutschen in China zu verschaffen. Da gebe es detaillierte Auskünfte zu nahezu jedem Einzelnen – und Kleinert werde sicher verstehen, dass er, Kunzelberg, sich habe absichern wollen, um bei seiner Suche nach einem Mitarbeiter für sein Geschäft nicht gerade an einen alten Nazi zu geraten. Denn das, mit Verlaub, könne man ja nun weiß Gott nicht von ihm verlangen – dass er einem derjenigen mit einer Arbeitsstelle helfe, die die Verantwortung dafür trügen, dass er Deutschland überhaupt erst habe verlassen müssen, und denen sein Flüchtlingsschicksal hier in Schanghai bis gestern noch völlig egal gewesen sei.

»Und die Amerikaner«, fragte Kleinert, »haben Angaben über mich, die Ihnen angenehm sind?«

»Ja«, sagte Kunzelberg, »die haben sie. Es ist dort die Rede davon, dass Sie schon seit Anfang der dreißiger Jahre in China sind und seit dem Jahre

38 direkt in den Diensten von Tschiang Kai Schek gestanden haben. Und dieses Letztere – was Sie seit 38 gemacht haben: Das hat mich interessiert. Was in der Zeit davor los war in China und in den Beziehungen zwischen China und Deutschland – darüber weiß ich so gut wie gar nichts, denn ich habe ja, bevor ich gezwungenermaßen hier angelandet bin, mit alledem nichts zu tun gehabt. Ein kleiner Fotograf bin ich gewesen im Sächsischen – was sollte mir da Schanghai! Aber seitdem ich nun hier bin, in diesem China, da habe ich für Tschiang Kai Schek und die Kuomintang auch ein bisschen gekämpft – und darum eben denke ich, wir könnten uns vielleicht ganz gut verstehen.«

»Aber ich bin nicht bis zum Schluss bei Tschiang Kai Schek gewesen«, sagte Kleinert.

»Auch das weiß ich aus den Unterlagen der Amerikaner«, sagte Kunzelberg, »aber glauben Sie mir: Wenn Sie so wie ich ein paar Jahre illegale Arbeit gemacht haben, dann bekommen Sie einen Blick dafür, wem Sie vertrauen können und wem nicht. Ich wusste schon lange vor Kriegsende ziemlich genau, wer hier in Schanghai außer den offziellen Parteifunktionären, die ja ohnehin jeder kannte, die wichtigsten Nazis waren und in welchen Firmen sie gearbeitet haben. Und auch, wer es besonders dicke mit den Japanern gehabt hat. Da kann ich es durchaus richtig einordnen, wenn ich lese, dass einer von Tschiang Kai Schek entlassen worden ist und in einer Nachrichtenagentur über die Runden zu kommen versucht hat. Also machen Sie sich mal keine Sorgen – ich bin mir ziemlich sicher, mit Ihnen eine gute Wahl getroffen zu haben.«

Na gut, dachte Kleinert, wenn dies die Grundlage dafür ist, dass man gedeihlich miteinander auskommen kann, dann soll es so sein – und wenn Kunzelberg tatsächlich Recht hatte mit seiner Vermutung, dass die Amerikaner ihn, Kleinert, mit einem blauen Auge davon kommen lassen würden – um so besser. Aber das mit den offenen Karten – war Kunzelberg auch bereit, das für sich selbst gelten zu lassen? Oder lief er, Kleinert, Gefahr, in neue, von ihm nicht durchschaubare Kräftespiele hineingezogen zu werden? In denen – vielleicht – die Amerikaner die verschiedenen Deutschen gegeneinander benutzten oder gar aufwiegelten? Oder man sich plötzlich – wie Mönnings das angedeutet hatte – im innerchinesischen Machtgerangel wiederfand? Hatte Kunzelberg vielleicht genau deshalb – weil er Stellung beziehen wollte in dieser Frage – seine Sympathien für die Kuomintang so hervorgehoben? Und gab es möglicherweise auch in diesen Kreisen Leute, die ihm, Kleinert, plötzlich seine Gespräche mit Martha Hsiao vorhalten und daraus politisches Kapital für sich zu schlagen versuchen würden?

Kunzelberg schien Kleinerts Gedanken erraten zu haben. »Sie wundern sich immer noch ein bisschen, nicht wahr?«, sagte er. »Staunen, wie Ihnen da plötzlich ein Landsmann eine Arbeitsstelle anbieten kann, dem Sie im Deutschen Klub noch nie begegnet sind und der jetzt mit den Amerikanern auf gutem Fuße steht, und es ist Ihnen alles nicht so sonderlich geheuer. Also gestatten Sie mir, dass ich Ihnen einen Vorschlag mache: Sie lehnen sich zurück und lassen mich einfach noch ein wenig erzählen.«

Kleinert stimmte zu, Kunzelberg, froh über diese Entscheidung seines Gastes, ließ seinen Erinnerungen freien Lauf, und vor Kleinert entstand ein Bild der Verhältnisse in Deutschland und in Schanghai, wie er es noch nie gesehen hatte.

Von dem kleinen sächsischen Städtchen D. erzählte Johannes Kunzelberg und von dem niemals mehr aus dem Gedächtnis zu streichenden Krachen, mit dem die Schaufensterscheibe geborsten war unter den wütenden Steinwürfen einer aufgebrachten Menge, die – am 9. November des Jahres 38 war es gewesen – sich plötzlich, obwohl man über all die Jahre in gänzlicher Friedlichkeit und in freundlicher Nachbarschaft miteinander gelebt hatte, in dem beklemmenden, die Kehle abschnürenden Wahn getroffen hatte, dass das Fotoatelier des Juden Kunzelberg, das doch schon in der zweiten Generation am Marktplatz beheimatet war und alle Hochzeiten, Kindstaufen, Schuleinführungen und Betriebsfeste wie auch alle Ringer-, Turner- und Männerchortreffen aufs Treulichste und in solcher Qualität begleitet hatte, dass die sauber gerahmten Ablichtungen auf kaum einem Schreibtisch oder Vertiko, über kaum einem Sofa oder Vereinstresen im Ort fehlen durften: dass dieses Fotoatelier also dort künftig kein Existenzrecht mehr haben sollte – genauso wie auch die benachbarte Schneiderei des Juden Lobemann. Und weiter erzählte er von der groben, von Schlägen begleiteten Verhaftung am nächsten Tag, vollbracht von den gleichen braunhemdigen Männern, die schon in der Nacht mit Triumphgeheul an der Spitze des Mobs marschiert waren und nun ihnen beiden – dem Vater, der schon die Siebzig überschritten hatte, und ihm, dem Sohn, dem nach dem Tode der Mutter die Verantwortung auch noch für den ganzen kleinen Hausstand zugefallen war – voller Hass und Hohn mitgeteilt hatten, dass sie büßen müssten für das Attentat von Paris, wo ein Jude einen deutschen Diplomaten erschossen hatte. Und Kunzelberg erzählte weiter von den Monaten im Konzentrationslager Buchenwald, wohin man ihn, nachdem er sich vom Vater gerade noch knapp hatte verabschieden können, verbracht hatte ohne Gerichtsverfahren und ordentlichen Haftbefehl, »zum Schutze«, wie es hieß, und wo er in einer kalten Baracke den Winter mehr schlecht als recht überstanden hatte und auf eine ihn selbst erstaunende – und erschreckende, wie er jetzt sagte – Weise hart geworden war bei zermürbenden Zählappellen, knochenmahlender Steinbrucharbeit und erniedrigendem Kampf um die erbärmlichen Rationen an Suppe und Brot, und wie das dann alles plötzlich und unverhofft ein Ende gehabt hatte, als – und bis heute wisse er nicht, warum eigentlich: Weil vielleicht einfach nur Platz geschaffen werden sollte für neue, wichtigere Gefangene? Oder man wieder einmal ein Signal nach außen hatte senden wollen wie damals, zu Olympia 36, dass ja alles gar nicht so schlimm sei in Deutschland, wie es von manchem immer wieder behauptet werde? – nun, jedenfalls, ein Ende gehabt hatte, als also plötzlich die Nachricht ins Lager gedrungen war, dass man ihn, Kunzelberg, ebenso wie viele andere der »November-Juden« auch freilassen werde, wenn er sich denn binnen eines

Monats aus dem Lande scherte unter dem Schwur, für immer den Mund zu halten darüber, wie es ihm ergangen sei. Und von der flirrenden Hektik sprach er, mit der er dann, einen dürftigen Schein zum Erhalt eines Reisepasses in der Tasche und getrieben von der ständigen Angst, dass die Gestapo nur eines ihrer Spiele mit ihm treiben wolle und es sich jeden Tag wieder anders würde überlegen können, nach D. gehastet sei und dann nach Berlin, wo man ihm die Hoffnung gemacht hatte, dass man ihn, wenn – ja, wenn! – er das nötige Geld dafür aufbringen würde, mit dem Zug nach Triest an der Adria und von dort mit dem Schiff nach Schanghai würde bringen können.

»Aber wieso denn ausgerechnet Schanghai?« Kleinert hatte schon lange auf eine Gelegenheit gehofft, ihnen beiden mit einer Zwischenfrage eine Pause zum Durchatmen und für einen frischen Schluck Tee zu verschaffen, denn natürlich war ihm nicht verborgen geblieben, wie sehr es Kunzelberg anstrengte, sich diese dramatischen Abschnitte seines Lebens wieder in Erinnerung zu rufen. Aber das, wenn er ehrlich war, war es nicht allein. Auch ihn, den Zuhörenden, hatte die Erzählung viel Kraft gekostet, weil nicht nur neugierige Spannung in ihm aufgestiegen war, sondern zugleich jenes schmerzhafte Ziehen eines verzweifelten Nicht-wissen-Wollens, das er schon einmal in sich gespürt hatte, damals, in Berlin, irgendwann im Frühjahr 35, nach dem nächtlichen Kneipengespräch mit dem selbstzerstörerisch betrunkenen, ihm unbekannt gebliebenen Richter, und auch später noch, wenn Kröper ihm mit seinen unbehaglichen Wahrheiten zu tief unter die Haut gegangen war.

Kunzelberg zeigte sich dankbar für die kleine Pause, verschnaufte auch ein wenig, setzte dann aber seinen Bericht in unveränderter Gedrängtheit fort. Von der Verwirrung erzählte er nun, in die er genau durch diese Frage, die Kleinert jetzt gestellt hatte, für viele Stunden gestürzt worden war – und zwar nicht nur, weil er nicht die Spur einer Vorstellung davon gehabt hatte, was ihn in dieser völlig fremden Gegend der Welt erwarten würde, sondern auch, weil ihm trotz langen und gründlichen Nachdenkens nicht hatte einleuchten wollen, wieso das höchst unsichere, im Krieg lebende Schanghai – so viel, immerhin, hatte er über diese seltsame Stadt ja doch zu erfahren vermocht! – auf Einreisegenehmigungen verzichten konnte, während etwa die friedliche Schweiz oder das friedliche Amerika mit – wie sich unter ihnen allen, die sie übernervös auf der Suche nach Rettung gewesen waren, natürlich schnell herumgesprochen hatte – oft grausamer Konsequenz auf dem Nachweis solcher Genehmigungen, deren Erwerb aber von ihnen selbst immer weiter erschwert worden war, beharrt hatten. Und erinnerte sich dann des fast schon nicht mehr für möglich gehaltenen Glücks, das ihm dann doch gelacht hatte in all dem Unglück, weil Freunde ihm nach der glassplitternden Nacht des 9. November 38 die kostbare Foto- und Laboreinrichtung gerettet und aufbewahrt hatten und er nun all diese Stücke so günstig zu verkaufen in der Lage gewesen war, dass der Erlös gemeinsam mit seinen wenigen Ersparnissen für die Deckung des Preises der Bahn- und Schiffspassage ausgereicht hatte, und später der Erschöpfung, in die er gesunken war, als er mit dem Ticket und einem einzigen Koffer in der Hand den Zug bestiegen und ohne den noch bis zur letzten Minute ängstlich befürchteten Zwischenfall die Grenze nach Italien überquert hatte – eine Erschöpfung so stark, dass es ihm bald ganz egal gewesen war, was dieses Schanghai am Ende tatsächlich für ihn bereithalten mochte an Elend oder Glück – wenn er nur endlich draußen war aus diesem Deutschland, das er mit aller Selbstverständlichkeit dieser Welt als das Seinige betrachtet und das ihn nun auf so schmähliche, unfassbar erniedrigende Weise einfach abgestoßen hatte.

Jetzt war es Kunzelberg selbst, der nach einer Unterbrechung verlangte, und Kleinert – nachdem er einen Blick auf die Uhr geworfen und festgestellt hatte, dass es Zeit für ihn wurde, wenn er noch zu einer vernünftigen Zeit in seiner Wohnung eintreffen wollte – wagte einen erneuten Einwurf. »Wollen wir uns nicht«, fragte er vorsichtig, »erst einmal vertagen? Uns morgen wieder zusammensetzen? Wenn wir ausgeruht sind?«

Aber Kunzelberg, wiewohl sichtlich erschöpft, bat ihn, von solchen Überlegungen Abstand zu nehmen. »Bleiben Sie hier, bitte«, sagte er, »ich habe ein Bett für Sie und auch – wenn Sie mögen – einen *kaoliang*-Schnaps, und für Ihre Wohnungsangelegenheiten ist ganz gewiss morgen noch Zeit genug. Sie spüren es doch – es tut mir gut, wenn Sie mir zuhören. Also bitte – tun Sie mir den Gefallen!«

Es stimmt, dachte Kleinert, es tut ihm gut, dem anderen, dass er einen geduldigen Zuhörer hat. Und ihm selbst – tat es ihm auch gut, was er da vernahm aus Kunzelbergs Mund? Trotz des schmerzhaften Ziehens in der Brust – oder gerade wegen ihm?

Er versuchte nun seinerseits, sich genau zu erinnern, was er in diesen Monaten getan hatte, von denen bisher in Kunzelbergs Erinnerungen die Rede gewesen war. Im November 38 – da hatte er gerade den Umzug von Hankou nach Tschungking hinter sich gebracht und versucht, in der neuen Hauptstadt Fuß zu fassen. Großartige Pläne hatte er damals geschmiedet zum Aufbau einer neuen, modernen Verwaltung des freien, unbesetzten China, und Lotte Ribbegg hatte er an seiner Seite gehabt in diesen glücklichen Monaten – die selbstbewusste, starke, freigiebige Lotte, von der er – und natürlich bedauerte er es – nichts mehr gehört hatte seit ihrem Streit und ihrem Weggang nach Nanking und zu Wang Tsching Wei im Sommer 40 außer der kurzen Nachricht, dass es ihr gelungen war, im Juni 41 mit einem der letzten Züge vor dem deutschen Einmarsch über die Sowjetunion nach Hause gelangt zu sein. Über Deutschland nachgedacht? Das hatte er in diesen für ihn so glücklichen Monaten fast gar nicht. Und noch weniger im Frühsommer 39 – jenen Wochen, da Kunzelberg in brütender Hitze und quälender Ungewissheit auf seiner Schiffsreise über Bombay, Colombo, Singapur und Hongkong nach Schanghai unterwegs gewesen war. Da war es nicht mehr das Gefühl des Glücks gewesen, das ihm, Kleinert, den Blick für die Dinge, die sich in der Heimat abspielten, verstellt hatte, sondern dessen Gegenteil – die tiefe Enttäuschung darüber, dass ihn der Marschall nicht mit neuen

Aufträgen bedacht hatte, und das deprimierende Gefühl, nicht mehr gebraucht zu werden.

Hatte es Sinn – fragte er sich –, dies jetzt zur Sprache zu bringen? Um die Situation vielleicht ein wenig zu entspannen? Weil das Gespräch dann nicht so einseitig bliebe und der Bericht des einen den des anderen ganz nützlich würde ergänzen und bereichern können? Was doch möglich sein musste angesichts dessen, dass Kunzelberg ja ganz genau wusste, dass er, Kleinert, persönlich mit den Vorgängen in Deutschland nichts zu tun haben konnte und darum auch nicht wirklich auf gegnerischer Seite stand! Aber andererseits – waren sie nicht gar zu lächerlich, seine Freuden und Sorgen in dieser 38er, 39er Zeit, wenn man sie mit denen verglich, von denen Kunzelberg ihm jetzt berichtet hatte? Und vor allem: Was würde er denn am Ende wirklich sagen können, wenn Kunzelberg ihn fragen würde danach, ob ihm denn niemals Zweifel gekommen seien an den Dingen zu Hause? Wie sollte er es ihm denn beschreiben, dieses Ziehen im Leib, und die Anstrengungen, die er immer wieder unternommen hatte, um es zu unterdrücken? Wie sein Verhältnis schildern mit Hermann Kröper, und wie das Nachdenken um Hans Shippe und Martha Hsiao?

Nein, spürte er, so schnell würde er das alles nicht ausbreiten können – vor Kunzelberg nicht und auch nicht vor irgend einem anderen. Mochte es also zu Ende gehen am heutigen Tag, wie es begonnen hatte. Mit Kunzelberg als dem, der erzählte, und ihm, Kleinert, dem das Zuhören blieb.

Und Kunzelberg war noch lange nicht am Schluss seines Berichtes angelangt. Von der Ankunft in Schanghai erzählte er nun. Vom Glück zunächst, das sie alle, die sie auf dem aus Triest einlaufenden Schiff zusammengedrängt waren, empfunden hatten, als sie – genau wie die Tausenden vor und nach ihnen, die es auf dieser Route aus Deutschland heraus geschafft hatten – die Stadt tatsächlich ohne Einreise- und Arbeitserlaubnis hatten betreten können. Dann von den Entbehrungen, die fast allen von ihnen dennoch vom ersten Tag an auferlegt waren, weil nur die wenigen, die auf Hilfe von Verwandten in Amerika oder Australien hatten rechnen können, eigene Wohnungen oder gar Häuser anzumieten vermocht hatten, die anderen aber in leerstehende Schulen und Fabrikhallen, die man notdürftig zu Massenunterkünften umgebaut hatte, verfrachtet worden waren, wo sie nicht nur mit äußerster Beengtheit hatten fertig werden müssen, sondern auch mit den ihnen völlig ungewohnten Bedingungen der Armut à la Schanghai: dass sie ihre Notdurft auf Blechkübeln hatten verrichten müssen, die täglich im Morgengrauen geräuschvoll von chinesischen Latrinenarbeitern in Bottichkarren entleert worden waren; dass sie sich zu fünfzigst und mehr einen einzigen Wasserhahn zu teilen hatten, der aber lediglich zum Waschen genutzt werden konnte, weil zum Trinken nur abgekochtes Wasser taugte – Wasser, das von chinesischen Händlern in großen, in den Hauseingängen stehenden Zementbottichen zubereitet und zum Kaufen feilgeboten wurde und in Thermoskannen und Töpfen heranzuschleppen war, denn an ein individuelles Abkochen war wegen des Mangels an Gasherden und der Unmöglichkeit, in den stickigen Unterkünften die auf ständige Frischluftzufuhr angewiesenen chinesischen Holzkohleöfchen aufzustellen, nicht zu denken gewesen; dass Moskitonetze zu teuer waren für die schmalen Flüchtlingsportemonnaies und man sich daher mit speziell als Insektenvernichter angepriesenen Kerzen zu behelfen versucht hatte, durch deren Anwendung aber das Schlafen in den großen Gemeinschaftsräumen nur noch unerträglicher geworden war; und dass man zufrieden hatte sein müssen, wenn man einmal am Tag in einer der Flüchtlingsküchen mit einer warmen Mahlzeit versorgt worden war. Und doch – Kunzelberg strich mit einer energischen Handbewegung das Tischtuch glatt, ganz so, als wolle er damit einen Schlussstrich ziehen – müsse man immer wieder feststellen, was selbst dies am Ende für ein Glück gewesen sei, und welches Glück überhaupt, dass es die internationalen Hilfsorganisationen gegeben hatte, die ihnen, den jüdischen Flüchtlingen, die vornehmlich aus Deutschland und Österreich stammten, diese wenn auch ärmliche, so doch leidlich gesicherte Existenz geschaffen hatten. Denn es sei ja doch alles kein Pappenstiel gewesen: Auf etwa Zwanzigtausend war die Zahl der Schanghai-Emigranten bis zum Frühjahr 41 angestiegen – das waren zwanzigtausend Schicksale, zwanzigtausend Schiffspassagen, zwanzigtausend Schecks mit Hilfsgeldern, zwanzigtausend Unterkünfte –, und danach – nun, mehr als diese Zwanzigtausend hatten sie dann nicht werden können, weil nun auch noch die letzten Fluchtlöcher verstopft worden waren, und was den Daheimgebliebenen dann geschehen war – nun, das sei ja nach Kriegsende in seiner ganzen unfassbaren Grausamkeit endgültig ans Tageslicht gekommen. Was für ein Glück also vor all diesem Hintergrund – er müsse es immer und immer wieder betonen –, dass er den Weg geschafft hatte hierher.

»Und wann und wie, bitte« – Kleinert hielt den Augenblick für gekommen, sich wieder mit einem kleinen Einwurf zu Wort zu melden – »sind Sie dann an Ihr Fotogeschäft gekommen?«

»Nun, eines Tages« – und endlich strich einmal ein Lächeln über Kunzelbergs Züge, und er holte nun auch den *kaoliang*-Schnaps hervor, von dem einzuschenken er Kleinert schon vor Stunden versprochen hatte, und sie stießen an mit den robusten Wassergläsern, die in Ermangelung kleinerer Gefäße wohl schon öfter zu diesem Zweck verwendet worden waren – »eines Tages bin ich ausgebrochen aus dieser Enge, habe all meinen Mut zusammengenommen, meine winzigen Ersparnisse zusammengekratzt und auf gut Glück ein Atelier gesucht, wo man mich vielleicht würde gebrauchen können. Keine Ahnung hatte ich von der Sprache, keinen Schimmer davon, wie ich mich würde verständigen können, aber ich hatte das Gefühl, meine Selbstachtung zu verlieren, wenn ich weiter im Heim bliebe – taten- und bald auch antriebslos –, und so fand ich eben diesen Laden hier. Mit einem chinesischen Chef, der mich ebenso wenig verstand wie ich ihn, aber wir bastelten uns mit hier einem englischen, dort einem chinesischen Wort eine gemeinsame Sprache zusammen, und bald hatte ich es geschafft: Er ließ mich in die kleine Wohnung hier oben einziehen. Das verschlang fast meinen ganzen

Lohn – aber was scherte mich das, ich war raus aus der Enge und fast wieder mein eigener Herr.«

Kleinert – froh darüber, dass Kunzelberg wieder zu der tatkräftigen Fröhlichkeit des Vormittags und der Eilwanderung die Tungschan-Road hinunter zurückgefunden hatte – schenkte gleich noch einmal nach, und Kunzelberg versprach, nun mit seinem Bericht zu einem Ende zu kommen.

Gut sei es ihm gegangen, erzählte er, seit jenem November 39, da er sein Herz in beide Hände genommen hatte. Das Geschäft habe sich gut entwickelt, denn er, Kunzelberg, habe ja nicht nur die ihm übertragenen Routinearbeiten im Entwicklungslabor erledigt, sondern auch Neues einbringen können. Nicht nur an Ideen, was etwa die Porträtfotografie betraf oder den Versuch, sich auch einmal im Ansichtskartengewerbe auszuprobieren, sondern auch an Verbindungen. Er habe den Laden weithin in der Flüchtlings-Community bekannt gemacht, und im Gegenzug sei er einbezogen worden in viele der interessanten Aktivitäten, die dort allmählich entwickelt worden waren. Von Adalbert Dreisam habe er ihm ja schon auf ihrem Spaziergang erzählt – der also habe hier ein Theater aufgezogen, ein anderer ein Sinfonieorchester und einen Chor, und das sei trotz der ärmlichen Lebensbedingungen und der großen Mühen, einen einigermaßen intakten und dennoch erschwinglichen Saal zu finden, sehr gut gegangen, denn es sei ja bekannt, dass in jüdischen Familien immer viel Wert auf Hausmusik und gute künstlerische Ausbildung gelegt worden sei, und so habe man Aufführungen von erstaunlichem Niveau veranstalten können, an die sich die Mitwirkenden wie auch die Gäste bis heute gleichermaßen gern erinnerten. Auch Buchlesungen habe es selbstverständlich gegeben und Filmvorführungen – kurz, man habe mit den Jahren trotz aller Armut und Schwierigkeiten ein richtiggehendes eigenes Kulturleben entwickeln können. Zumal auch andere den Weg, den er, Kunzelberg, eingeschlagen hatte, gegangen waren und sich Arbeit gesucht hatten – nur wenige mit dem Glück wie er, in ihrem Beruf tätig sein zu können, am Ende aber doch auch dann zufrieden, wenn sie sich beim Wiederaufbau zerschossener Häuser, bei Reparaturarbeiten oder als Angestellte derjenigen, die ein eigenes Geschäft zu gründen vermocht hatten, nützlich machen konnten.

Bis – und hier verschwand die Fröhlichkeit wieder aus Kunzelbergs Gesicht – im Februar 43 die Japaner einen Teil Hongkjus zum Ghetto erklärten und die jüdischen Flüchtlinge zwangen, sich in diesem nur wenige Straßen umfassenden Gebiet anzusiedeln – ganz gleich, was sie sich bisher anderswo in Hongkju oder gar im Zentrum der Stadt an Wohnungen oder Geschäften geschaffen hatten.

»Nun werden Sie sagen: Auch da hat er wieder Glück gehabt, dieser Kunzelberg, denn sein Fotoladen lag ja schon drin in diesem Ghetto, und so brauchte er seine Geschäfte doch einfach nur fortzuführen – aber wenn Sie wirklich so denken sollten, dann wissen Sie nichts davon, wie es nach diesem verhängnisvollen Datum hier tatsächlich ausgesehen hat.«

Kunzelberg erhob sich. »Aber das – das wird noch mal ein ganz neues Kapitel in meinem Bericht, und das lassen Sie uns dann doch mal auf morgen vertagen oder auf irgendwann danach.« Er trat auf Kleinert zu und gab ihm mit einem langen, nachdenklichen Blick in die Augen die Hand zu einem festen Händedruck. »Jedenfalls danke ich Ihnen für die Geduld, mit der Sie mir heute zugehört haben.«

»Aber wieso?« Kleinert war erstaunt. »Ich bin es doch, der hier zu danken hat. Sie haben mich heute aus der Internierung geholt, ganz überraschend, und mir ein Angebot unterbreitet, das mir in diesem ganzen Durcheinander so etwas wie eine Perspektive gibt. Ich stehe in Ihrer Schuld – und wenn mein Zuhören der Anfang davon gewesen sein sollte, diese Schuld abzutragen, dann freilich sollte es mich freuen.«

Kunzelberg führte ihn über eine schmale Stiege in das oben gelegene kleine Schlafzimmer und verabschiedete sich.

»Ich habe unten eine Pritsche, gleich neben meinem Labor«, sagte er, als er merkte, dass Kleinert zögerte, auf seinen Vorschlag zur Verteilung der Schlafplätze einzugehen. »Ich hoffe, Sie haben eine gute Nacht.«

Kapitel 24

Es dauerte mehr als zwei Wochen, bis Kleinert und Kunzelberg ihren Gesprächsfaden wieder aufnahmen. Der Fotograf hatte Recht gehabt: Die Auftrags- und Terminliste war schon so lang geworden, dass auch für zwei Leute nicht viele freie Stunden blieben – zumal Kleinert abends, wenn er mit dem Gefühl eines ordentlich verrichteten Tagwerks über die geschäftige Tungschan-Road nach Hause zurückgekehrt war, noch einmal alle Hände voll zu tun gehabt hatte, um auch das kleine Archiv, das er in seiner Wohnung eingerichtet hatte, wieder auf den neuesten Stand zu bringen. Man müsste beides zusammenfügen, dachte er – sein Archiv und die Fotosammlung von Kunzelberg –, und mit diesem Plan im Hinterkopf hatte er auch begonnen, so, wie Kunzelberg sich das gewünscht hatte, Kontakte zu den ausländischen Zeitungen der ganzen Stadt aufzubauen.

Dies aber hatte sich als nicht so einfach erwiesen wie ursprünglich gedacht. Nicht jeder in der Internationalen Niederlassung war gleichermaßen erfreut gewesen, wenn er auf der Kleinertschen Visitenkarte die Adresse »Hongkju, Tungschan-Road« gelesen hatte. War das nicht im Ghetto, dem ehemaligen?, hatte man ihn immer wieder gefragt. Dort, wo die Flüchtlinge lebten? Und wenn er die Frage bejaht hatte, war die Reaktion auf seine Bitte nicht selten Ablehnung gewesen – denn mit denen, das werde er sicher verstehen, wolle man doch lieber nichts Näheres zu tun haben.

Kleinert hatte sich von diesen Erlebnissen zunehmend bedrängt gefühlt und darum beschlossen, nicht erst zu warten, bis Kunzelberg einen neuen Gesprächsvorschlag machen würde, sondern selbst die Initiative zu ergreifen, und Kunzelberg hatte zugesagt – sichtlich erfreut darüber, dass ihm die Entscheidung abgenommen war, und mit einer Lockerheit, die verriet, dass er mit der gemeinsamen Arbeit zufrieden war und das Gefühl hatte, in Kleinert tatsächlich jenen zuverlässigen, seinen Gefühlen und Ansichten gegenüber aufgeschlossenen Partner gefunden zu haben, den er sich gewünscht hatte.

Natürlich hatte Kleinert für dieses Mal auch die Imbissbeschaffung übernommen, und als er alles mit einer gewissen Feierlichkeit im Atelier arrangiert hatte – die rustikal schmeckenden, auf Holzstäbe gezogenen und überm Grill beim Fischbrater an der Ecke gegarten Tintenfische, den scharf eingelegten Kohl, ein paar *mantou*-Brötchen, zwei Flaschen Bier und den obligaten *kaoliang*-Schnaps – begann Kunzelberg zu schildern, wie er die Ghetto-Zeit erlebt hatte.

»Ich kann das gut verstehen«, begann er, »dass einer ganzen Menge von Leuten da drüben in der Internationalen Niederlassung nicht ganz wohl ist, wenn sie sich jetzt plötzlich mit uns abgeben sollen. Es ist ja nicht nur, dass sie ein schlechtes Gewissen haben wegen uns – nein, wir sind doch auch richtige Feinde gewesen! Nicht alle, nein, nein, ganz gewiss nicht – viele waren ja viel zu schwach, um sich gegen das, was ihnen angetan worden ist, zu wehren. Aber einige eben doch.«

»Und Sie«, fragte Kleinert, »Sie haben zu diesen Feinden dazu gehört?«

»Ja«, sagte Kunzelberg, »ich bin in dieser Zeit wirklich ein Illegaler geworden.«

Er schaute Kleinert eine Weile an, um die Wirkung dieses Satzes zu prüfen, und war sichtlich überrascht, dass der andere ganz ruhig blieb. Warum aber auch, dachte Kleinert seinerseits, sollte ihn diese Mitteilung erstaunen? Hans Shippe, Martha Hsiao – er würde Kunzelberg von diesen beiden erzählen müssen, dann würde der begreifen, dass solche Dinge für ihn tatsächlich nichts Neues waren.

Aber Kunzelberg war schon dabei, fortzufahren.

»Und dieser Schritt«, sagte er, »hat – das können Sie mir glauben – vor allem mich selber überrascht. Denn mit Politik hatte ich in Schanghai eigentlich ebenso wenig zu tun haben wollen wie damals in D., und es hatte ja auch viel zu viel Arbeit gegeben im Geschäft, als dass da noch Zeit gewesen wäre für irgendetwas anderes. Aber als die Japaner uns dann plötzlich alle ins Ghetto sperrten, hatte ich das Gefühl, dass ich diesen Standpunkt wohl würde über Bord werfen müssen. Jetzt zeigte sich plötzlich, dass wir gar nicht so in einem Niemandsland lebten, wie wir uns das vielleicht manchmal ausgedacht hatten. Nein – die Japaner hatten uns völlig in ihrer Hand, hatten uns nun sogar zu ihrem Faustpfand gemacht! Wir waren nicht außerhalb des Krieges – nein, keineswegs –, sondern mittendrin!«

Er nahm sich einen der Tintenfische, biss genüsslich hinein, freute sich an der kräftigen, ein wenig gummiartigen Konsistenz, die den Zähnen einige Anstrengung abverlangte, und Kleinert war erleichtert, dass das Gespräch, obwohl es auch diesmal wieder um bitterernste Themen ging, nicht mehr diese bedrückende Schwere hatte wie beim letzten Mal und auch nicht die Gehetztheit, in der es so schwierig gewesen war, Kunzelberg zu einer Unterbrechung zu bewegen.

Heute passten Gespräch und gemeinsames Essen besser zueinander. Noch kauend und zum Bier greifend, fuhr Kunzelberg fort: »Und zu einer endgültigen Entscheidung trieb es mich dann, als ich erfuhr, dass sie eine Schutzpolizei bildeten, die sich zur einen Hälfte aus Chinesen und zur anderen aus jüdischen Flüchtlingen zusammensetzen sollte. Stellen Sie sich das mal bildlich vor! Wir sollten uns selbst überwachen!«

Er griff nochmal zum Bier, holte sich einen zweiten Tintenfisch herüber, und dann allerdings gewann seine energische Rede an Schärfe. »Und es fanden sich natürlich auch Etliche, die da mitmachten! Nicht gern sicherlich, aber sie taten es! Weil es ihnen ja ein Einkommen verschaffte, das vielleicht ein bisschen höher war als anderswo! Als ob sie nicht gewusst hätten, was die Spatzen längst von den Dächern pfiffen: dass die japanischen Ghetto-Behörden eng mit den Schanghaier Gestapo-Leuten zusammenarbeiteten! Mit unseren Peinigern von früher also! Und trotzdem waren es am Ende nicht nur ein paar Wenige, sondern ein paar Hundert der Unseren, die sich für diesen Verräterdienst einspannen ließen!«

O Gott, dachte Kleinert, nun verbeißt er sich doch wieder zu tief in seine Erinnerungen, aber Kunzelberg hatte diese Gefahr schon selbst erkannt, räusperte sich, nahm sich Zeit für ein paar gelassenere Schlucke Bier und bemühte sich, wieder etwas ruhiger zu sprechen.

»Sie werden sich fragen, woher wir das so genau wussten – dass die Japaner die Dossiers, die die Gestapo über uns angefertigt hatte, gezielt nutzten? Nun, es waren – zum Beispiel – Ausweise notwendig geworden, wenn man von der Wohnung oder Unterkunft im Ghetto zu einem Arbeitsplatz in der Internationalen Niederlassung gelangen wollte, und bei Gelegenheit der Genehmigung solcher Papiere hatte man einigen der – im übrigen nur wenigen! – Kommunisten unter den Flüchtlingen ganz unmissverständlich zu verstehen gegeben, dass man bestens über ihre Vergangenheit informiert war und keineswegs zulassen würde, dass sie ihre – wie man es ihnen vorwarf – ›Wühlarbeit‹ hier fortsetzten.«

Seine Stimme wurde wieder lauter. »Und wo, bitte, hätten sie dieses Wissen hernehmen sollen, die Japaner, wenn nicht von der Gestapo? Und glauben Sie mir: Sie nutzten es schamlos aus, dieses Wissen, zeigten uns, zu welch rücksichtslosem Durchgreifen sie fähig waren, wenn man ihren Anordnungen nicht Folge leistete oder wegen irgendwelcher anderer Gründe in ihr Visier geraten war. Es wurden Passierscheine verweigert – das war für die Betroffenen gleichbedeutend mit Arbeitsplatzverlust und Rückfall in tiefste Armut. Es wurden Versammlungen verboten und auch die meisten der Theateraufführungen und Konzerte, an denen wir so lange unsere Freude gehabt hatten, und es wurden die ›Rädelsführer‹ dieser Veranstaltungen ›vorgeladen‹ und mit der Androhung von Strafen unter Druck gesetzt. Das hatte Wirkung, denn immer öfter erfuhr man – unter der Hand freilich, denn wer wollte sich schon mit solcher Art von Nachrichten selbst in Gefahr bringen? –, dass Leute, die mit dem Gefängnis der Japaner Bekanntschaft gemacht hatten, dort brutal gefoltert oder gar zu Tode gebracht worden waren.«

Er machte eine Pause, zwang sich nun regelrecht zur Ruhe und sagte mit einer Stimme, in der Schärfe und Traurigkeit zugleich lagen: »Und an den scheinbar harmlosen Überwachungs- und Spitzeldiensten, ohne die das alles nicht hätte funktionieren können – Sie merken schon, dass mich das bis heute wütend macht und ich eigentlich nicht damit fertig werde – waren Leute aus unseren Reihen beteiligt. Die meisten – das will ich ihnen zugute halten – ohne böse Absicht, bloß: Was zählte das am Ende schon.«

Er trank einen weiteren Schluck und fuhr sich mit einer Bewegung neuer Entschlossenheit durch die Haare. »Na, jedenfalls, wie ich schon sagte: Für mich war das der Anlass, mich mit zwei weiteren Deutschen, die ich als Kunden unseres Ladens kannte und von denen ich aus mancher kleinen Andeutung wusste, dass sie sich wie ich als Antinazis fühlten, in einer illegalen Widerstandsgruppe zusammenzutun – mit dem am Ende allerdings gar nicht gemütlichen Ergebnis, dass mir die Japaner den ganzen Laden zerschlugen.«

Er hielt einen Moment inne. »Ich sage Ihnen«, sagte er dann und ließ seinen Blick über die noch immer sichtbaren Spuren des Überfalls schweifen, »es ist ein Wunder, dass ich da mit heiler Haut davon gekommen bin.«

»Und es ist ein Grund zum Anstoßen«, sagte Kleinert, bemüht, das Selbstbewusste in Kunzelbergs Stimmung, das am Anfang ihres Gesprächs so wohltuend gewesen war und von dem auch er ein bisschen Zuversicht gewann, zu bestärken.

»Nun müssen Sie mich aber«, fuhr er, nachdem er die Gläser gefüllt hatte, fort, »auch noch ein bisschen genauer wissen lassen, was Sie nun eigentlich konkret getan haben in Ihrer Gruppe. Wo und wie sind Sie aktiv geworden? Ich habe keine Ahnung – und das, obwohl ich in der gleichen Stadt gelebt habe wie Sie. Oder man könnte auch sagen« – er lachte –, »obwohl ich Schanghaier gewesen bin wie Sie.«

Kunzelberg, das Glas schon in der Hand, zuckte zusammen – fast unmerklich zwar, aber deutlich genug, um Kleinert erschrecken zu lassen –, und Kleinert wusste im gleichen Moment, dass er einen Fehler gemacht hatte. Nein, diesen Satz hätte er nicht sagen dürfen – diesen Satz von den Schanghaiern –, denn er beschwor eine Gleichheit herauf, die es nicht gab, und er passte nicht zu ihrem Gespräch – am allerwenigsten hier, in diesem Raum, wo er, Kleinert, so viel erfahren hatte darüber, dass in Schanghai nicht nur Chinesen und Ausländer durch ganze Welten voneinander getrennt waren, sondern auch sie, die Deutschen, je nachdem, ob sie zur deutschen Kolonie oder zu den Flüchtlingen gehörten, und wo ihn die Kunzelbergschen Berichte geradezu mit der Nase drauf gestoßen hatten, wie seltsam es gewesen war und wie befremdend, dass er, Kleinert, sie hingenommen hatte, diese Klüfte – hingenommen als etwas, das mit ihm selbst nichts zu tun hatte und deshalb eingeschlossen bleiben durfte in die Zeitungsausschnitte und in die Gespräche im Deutschen Klub, deren Ton nur Häme und Spott gewesen war und auch Hass, wenn einer das Wort »Hongkju« in den Mund genommen hatte.

Was rede ich denn da, wollte er also zu dürftiger Entschuldigung sagen – aber Kunzelberg hielt ihm mit einem hintergründigen Lächeln, aus dem der Schreck noch nicht verschwunden war und trotzdem Verständnis sprach, das andere *kaoliang*-Glas entgegen, prostete ihm zu und sagte – und Kleinert saß ein Kloß aus Freude und Unbehagen zugleich im Hals -: »Ja, auf uns beide Schanghaier.«

Sie tranken miteinander, und Kunzelberg fuhr fort in seinem Bericht und erzählte Geschichten, die Kleinert in ein neues Wechselbad der Unsicherheiten stießen. Das, was er bisher von Kunzelberg gehört hatte – die Erzählungen über Verfolgung, Vertreibung, Leid und das Glück, alles noch gerade so überstanden zu haben: Das hatte ihn aufgewühlt, hatte ihn beschämt, hatte

Verdrängungsmechanismen in ihm ausgelöst und das Bedürfnis, immer neue Gründe dafür zu entdecken, warum er es nicht hatte wissen können oder wollen oder dürfen, aber eines war nie passiert: dass es Zweifel hätte geben können daran, dass das Erzählte der Wahrheit entsprach – so unglaublich es zuweilen auch geklungen haben mochte.

Jetzt aber war das anders. Zu sehr, dachte Kleinert, hörten sich diese neuen Geschichten an wie geradewegs einem Abenteuerroman entliehen, zu sehr schienen ihre Helden irgendeinem Film entstiegen zu sein. O doch, da war Skepsis wohl wirklich angebracht.

Zugleich schalt er sich der Kleingläubigkeit. Was, wenn Kunzelberg all das tatsächlich so und kein Deut anders erlebt hatte? Wenn das Leben sie wirklich bereitgehalten hatte, diese dramatischen Verwicklungen? Wer war er denn, dass er das in Zweifel zog? Zumal er selbst doch auch schier unglaubliche Dinge erlebt hatte mit Stieglitz und Shippe und Tschang Li und Lotte Ribbegg und Martha Hsiao? War es nicht einfach nur Angst, die ihn dazu bewog, das Gehörte nicht glauben zu wollen? Angst, weil es ihm den Spiegel der Verdrängung, der Ignoranz nun gar mit doppelter Heftigkeit vor Augen hielt, denn nun ging es ja nicht um China hier und Deutschland da oder Tschungking hier und Schanghai da, nun ging es ja tatsächlich um zur gleichen Zeit in der gleichen Stadt gelebtes Leben, ging es ja wirklich um »uns beide Schanghaier«!

Nein, sie waren albern, diese plötzlichen Zweifel! Sie waren albern und unwürdig, und wenn er ihnen nachgab, würde er bald auf einer Stufe stehen mit jenen, die ihn abblitzen ließen wegen der Hongkju-Adresse, weil sie mit der anderen, viel größeren Gruppe von Schanghai-Deutschen gar nicht erst in Berührung kommen wollten. Es hatte sich – dank Kunzelberg – so ergeben, dass er, Kleinert, einen Fuß gesetzt hatte über die Grenze zwischen den beiden deutschen Gemeinschaften – nun musste er aufpassen, dass er den Gewinn, den er daraus zog für sein Wissen und für seine Seele, nicht durch das Aufrichten neuer innerer Schranken wieder zunichte machte.

Aber wie er es auch drehte, und wie aufgeschlossen er sich dem Erzähler Kunzelberg auch zuwandte: Die Geschichten blieben das, was man unglaublich nennt.

Mit ein bisschen Glück – berichtete Kunzelberg – hatten sie Kontakt zu Chinesen aufgenommen, die ihrerseits dem antijapanischen Untergrund angehört hatten. Rundfunknachrichten der britischen BBC und der sowjetischen Nachrichtenagentur TASS über die Frontverläufe in Europa und Asien hatten sie abgehört und Flugblätter hergestellt, auf denen sie diese Nachrichten weitergaben. Geschützt hatten sie sich gegenseitig, wenn die Japaner eine ihrer gefürchteten Razzien gestartet hatten auf der Suche nach Gegnern – amerikanischen, russischen, englischen, deutschen, chinesischen –, die sie immer und überall vermutet hatten und von denen sie, wenn sie ihrer habhaft geworden waren, in ihrer berüchtigten Polizeizentrale – wie man nach er Kapitulation hatte entdecken müssen – viele zu Tode gebracht hatten, egal, was immer sie ihnen hatten beweisen können oder auch nicht. Einen Verbindungsmann zur deutschen Kolonie hatten sie gehabt – Mitglied der Nazi-Partei war der gewesen, aber bereit, ihnen bei illegalen Treffen, die sie geschickt arrangiert hatten irgendwo draußen in der Internationalen Niederlassung, Auskünfte zu geben, wenn besondere Gefahr gedroht hatte.

Wie etwa – und da verbot sich, wie Kleinert aus all dem, was er seit Kriegsende erfahren hatte, nur allzu gut wusste, jeder Gedanke an etwaige Übertreibung oder gar künstliche Abenteuerlichkeit – im Sommer 43, als das Gerücht durch die Gassen gewabert war, man wolle sie, die jüdischen Flüchtlinge, alle abtransportieren mit unbekanntem Ziel. Natürlich war da höchste Alarmstufe gewesen – man hatte ja Nachrichten aus Europa, wusste ja, dass solche Transporte dort nichts anderes als Vernichtung bedeuteten, und wer konnte denn schon sagen, ob die Gestapo nicht auch in Schanghai die Macht hatte, so eine Vernichtungsmaschinerie in Gang zu setzen? Oder die Japaner plötzlich selbst Lust verspürten, so etwas zu tun? Um den Deutschen ein besonderes Signal ihrer Bündnistreue zu senden oder die Amerikaner unter Druck zu setzen oder weiß der Teufel warum? Aus heiterem Himmel heraus hatten sie ihre anfängliche Toleranz aufgegeben und die Juden in ein Ghetto gesperrt – wer konnte da garantieren, dass sie nicht auch den nächsten Schritt gehen würden?

Glücklicherweise, erzählte Kunzelberg weiter, hatte ihr Verbindungsmann nach kurzer Zeit Entwarnung geben können. Es habe, war gemunkelt worden, auf der japanischen Seite Skrupel gegeben, weil man die vielen Zehntausend in den Vereinigten Staaten internierten Japaner nicht gefährden wolle. So war der Trog des Allerschlimmsten noch einmal an ihnen vorüber gegangen.

Aber die Aufgabe, Leute, die der Gestapo bekannt waren, aus der Schusslinie zu nehmen, war geblieben, und so hatten sie ein Netz von geheimen Wohnungen und Unterkünften geschaffen, wo die besonders Gefährdeten hatten untertauchen können.

Aber wie das denn alles gegangen war, wollte Kleinert wissen, in einer Umwelt, die ihnen doch fremd gewesen sei in allen Sitten und Gebräuchen, und außerdem habe man doch sicher auch mit innerchinesischen Lagerkämpfen zu tun gehabt zwischen Tschiang-Kai-Schek-Leuten hier, Wang-Tsching-Wei-Anhängern da und Kommunisten dort?

»Da haben Sie«, sagte Kunzelberg, »den typischen Blick von einem aus der Internationalen Niederlassung. Dort kann man sich ja in der Tat ein Zusammenleben von Europäern und Chinesen auf gleicher Ebene nicht vorstellen. Da gibt es immer nur Herren und Kulis. Aber in Hongkju war das anders – von Anfang an. Dort hat sich das entwickelt, was man Solidarität nennt. Ich weiß, manche können dieses Wort nur mit einem spöttischen Unterton aussprechen – aber wer sie erlebt hat, diese Solidarität, wird das nicht tun. Die Deutschen, die in Hongkju ankamen, waren arm – und die Chinesen, die da wohnten, auch. Antijüdische Gefühle oder Stimmungen gab es nicht – warum auch, das ist ja nie ein Problem gewesen in China. Also hat man sich gegenseitig geholfen. Zumal man auch ohne die Japaner einen alltäglichen gemeinsamen Gegner hatte: die chinesischen oder ausländischen – wer will das in Schanghai schon immer so genau wissen – Immobilienhaie, denen lückenlos ganze Straßenzüge gehören und die natürlich versucht haben, noch aus der ärmlichsten Unterkunft Gewinn zu schlagen. War ja auch kein schlechtes Geschäft für sie – die Spendengelder der internationalen Hilfsorganisationen für die Juden gleich in ihre eigenen Taschen umzuleiten.«

Kunzelberg unterbrach sich und lächelte ein etwas gequältes Lächeln. »Na gut – das ist ein anderes Kapitel. Das wollen wir mal lieber weglassen«, sagte er. »Die haben uns ja immer noch im Griff – da hat sich ja nichts geändert seit damals, als wir angekommen sind.«

Er bediente sich vom scharfen Kohl und goss Kleinert und sich noch einmal *kaoliang*-Schnaps in die Gläser. »Aber zurück zur Solidarität: Die hat – ich sage es Ihnen noch einmal – sehr gut funktioniert, und sie ist auch durch die von Ihnen vermuteten politischen Kämpfe zwischen den Chinesen nicht zerstört worden. Jedenfalls nicht, soweit ich das überblicken kann. Denn das« – er hob die Hände zu einer beschwichtigenden Geste – »muss ich ja zur Einschränkung immer sagen: Was ich überschauen kann, ist ja nur ein kleiner Teil, nur ein kleiner Ausschnitt aus dem Leben dieser Zwanzigtausend-Leute-Gemeinde, den die Flüchtlinge insgesamt darstellen.«

Kleinert nickte. Natürlich wusste er das. Und er fand, dass es trotzdem über die Maßen erstaunlich war, was Kunzelberg da zu berichten und zu beurteilen wusste, und er sagte ihm das jetzt auch und zollte ihm mit herzlichen Worten seine Hochachtung. Es mussten viele Fäden gewesen sein, die der Fotograf von seinem kleinen Laden aus ins Ghetto und übers Ghetto hinaus geknüpft und mit viel Geschick zusammengehalten hatte, und natürlich hatte er sich damit auch eine Menge Feinde gemacht. Ganz gewiss, dachte Kleinert, war es kein Zufall gewesen, dass die Japaner gerade sein Geschäft überfallen hatten und es gerade er, Kunzelberg, gewesen war, den sie immer wieder einzuschüchtern versucht hatten.

Fragen hatte Kleinert noch immer, was das Verhältnis der Deutschen zueinander betraf. Einen geheimen Verbindungsmann in die Botschaft habe es für seine Widerstandsgruppe gegeben, hatte Kunzelberg erzählt. Aber hatte man außer solchen Untergrundkontakten tatsächlich gar keine Beziehungen zueinander gehabt? Hatte er, Kleinert, nicht seinerzeit im Büro von Roland Bevering auch Nachrichten darüber gelesen, dass es bei Konzerten oder Theateraufführungen Begegnungen gegeben hatte zwischen den einen und den anderen? Das war vor der Ghetto-Zeit gewesen, gewiss – aber zeigte es nicht, dass da mehr gewesen sein musste, als Kunzelberg möglicherweise zu übersehen vermochte? Und kannte er, Kleinert, nicht auch ein paar Leute in der Internationalen Niederlassung, die nach Hongkju zum Einkaufen gegangen waren? Weil ihnen die Atmosphäre in den dortigen Läden gefallen hatte?

Aber Kunzelberg redete ihm jeden Gedanken daran, dass es vielleicht nicht so schlimm gewesen sein könnte mit der Kluft zwischen beiden Seiten, mit energischen Worten und Gesten aus.

»Bestimmt hat es das eine oder andere an persönlichen Kontakten gegeben, das will ich ja gar nicht bestreiten. Aber insgesamt war es hier nicht anders als in Deutschland selbst – und das ist doch auch gar kein Wunder. Wir sind Juden, Kleinert! Juden!«

Er sah Kleinert eindringlich an. »Man hat in Deutschland so gut wie keinen einzigen von uns übrig gelassen! Alle sind umgebracht oder vertrieben worden! Nur durch Zufall kann vielleicht der eine oder andere zu Hause überlebt haben! Und die Leute haben das geduldet! Haben mitgemacht! Haben es irgendwie normal gefunden, dass ihre Nachbarn abtransportiert wurden in den sicheren Tod!«

Stakkatoartig hatte er diese Sätze hervorgepresst.

»So war es zu Hause«, fuhr er fort, »und warum, um alles in der Welt, sollte es unter den Schanghai-Deutschen anders gewesen sein?«

Er blickte Kleinert fragend an – ganz so, als ob nicht er, Kunzelberg, diese Frage beantworten müsste, sondern Kleinert selbst, denn der war es schließlich, der sie erlebt hatte, die Stimmungen in der deutschen Kolonie, und der wissen musste, warum so viele – und ja auch er selbst – den Weg nach Hongkju nie gegangen waren. Aber Kleinert, erschüttert von dem, was Kunzelberg sagte, und bedrückt darüber, dass das Gespräch nun doch wieder die Schwere ihrer ersten langen Unterhaltung bekommen hatte, schwieg, und so blieb Kunzelberg nichts anderes übrig, als mit seiner eigenen Deutung der Geschehnisse fortzufahren:

»Gut, hier, in Schanghai, hatte man, weil wir in Hongkju untergebracht wurden, nicht das Problem der direkten Nachbarschaft wie in den deutschen Städten und Dörfern. Dort – ich habe Ihnen das ja aus meinem eigenen Erleben in D. geschildert – konnte sich keiner entziehen, da war man immer irgendwie Augenzeuge. Hier aber saßen wir nicht am Markt mit unseren Läden und Wohnungen, waren wir nicht mittendrin im Zentrum einer Stadt, sondern hockten wir in einem abgelegenen Stadtteil, in dem es Deutsche bis dahin nicht gab. Darum waren die Alteingesessenen ja auch so erleichtert über diese Hongkju-Entscheidung. Da konnten sie Distanz wahren – zu uns als Menschen, aber auch zu uns als Problem. Sie mussten uns einfach nur ignorieren – dann sparten sie sich auch etwaige Gewissensbisse.«

Er unterbrach sich erneut – diesmal aber nicht, weil er Kleinert zu einer Meinungsäußerung bewegen wollte, sondern weil ihm offensichtlich ein Gedanke gekommen war, den er so noch nicht erörtert hatte.

»Vielleicht«, sagte er nachdenklich, »war diese Ignoranz am Ende ja sogar das Richtigste, was sie tun konnten, die alten Chinadeutschen – so bitter das auch war für uns. Denn wer weiß schon, was passiert wäre, wenn es bei ihnen zu richtigen Auseinandersetzungen um uns gekommen wäre. Dann hätten sich die Scharfmacher erst richtig durchgesetzt – und welchen Einfluss die Gestapo hatte, nun, davon habe ich Ihnen vorhin ja schon einiges erzählt.«

Er sann dieser Überlegung noch ein wenig nach, straffte sich dann aber wieder und fuhr fort: »Aber das ändert nichts daran, dass man uns feindlich gesonnen war und uns nicht als Landsleute, sondern als rechtlose Juden betrachtet hat, und dass es immer dann, wenn sich unsere Lage verschlechtert hat, auch keinen Versuch gegeben hat, uns zu helfen. Jedenfalls keinen, der über den heimlichen Einsatz des einen oder anderen hinausgegangen wäre. Berlin hat uns die deutsche Staatsbürgerschaft aberkannt – und die Schanghai-Deutschen haben das nicht nur akzeptiert, sondern zum Anlass genommen, die Kluft zwischen sich und uns noch weiter zu vertiefen. Die Japaner haben uns ins Ghetto gesteckt – und die Schanghai-Deutschen haben zugesehen.«

Kunzelberg lehnte sich mit einer Geste, die Kleinert bedeuten sollte, dass nun alles Notwendige gesagt sei, zurück, und Kleinert wusste, dass er das zu akzeptieren hatte. Die Brücke, die er gesucht hatte für sich – irgendeinen Hinweis darauf, dass die Schuld an der tiefen Kluft zwischen den Schanghai-Deutschen und den Flüchtlingen vielleicht doch nicht nur auf der Seite der Schanghai-Deutschen lag: diese Brücke war beim besten Willen nicht zu bauen. Die Schuldfrage war eindeutig, und wenn er ehrlich war mit sich selbst, dann wusste er das auch aus seiner eigenen Erfahrung. Es war ja nicht aus dem luftleeren Raum gekommen, das Nachdenken über die inneren Verdrängungsmechanismen, das in ihm war, seit er mit Kunzelberg zusammenarbeitete, sondern es hatte seine Wurzeln ja im konkreten Erleben seit vielen Jahren schon.

Und Kunzelberg – so dachte Kleinert weiter – hatte mit seiner Entscheidung, ihn, Kleinert, zu sich zu holen, schon das Äußerste getan, was an Brückenbau überhaupt möglich schien. Weitere Antworten zu finden, würde ihnen nun auch mit längerem Reden nicht mehr gelingen. Erweisen musste sich nun etwas ganz anderes: Ob es ausreichen würde – dieses Viele, was sie sich gegenseitig über die Vergangenheit gesagt und was sie voneinander verstanden hatten –, um ihnen gemeinsam die Kraft zu geben, mit dem fertig zu werden, was in der Zukunft lag.

Denn diese Zukunft – das ahnten sie beide, der Flüchtling wie auch der alteingesessene Chinadeutsche – lag noch ganz und gar in einer undurchsichtigen Grauzone, und es war völlig ungewiss, ob die Unterschiede der Vergangenheit in ihr noch irgendeine Rolle spielen würden.

Kapitel 25

Im Januar 1947 – siebzehn Jahre, nachdem er das erste Mal chinesischen Boden betreten hatte, und elf, seitdem er nicht mehr in Deutschland gewesen war – dämmerte es Paul Kleinert, dass er sich auf Abschied würde einstellen müssen.

Er empfand keine Freude darüber. Nicht, dass er nicht schon oft nachgedacht hätte darüber, wie es weitergehen sollte in seinem Leben – und natürlich wusste er auch, dass er irgendwann eine Entscheidung würde treffen müssen zwischen China und Deutschland. Aber er hätte sie gern selbst getroffen, diese Wahl, und sich noch Zeit gelassen, weil über beiden Möglichkeiten die gleiche bohrende Ungewissheit lag.

Nun aber zeigte sich, dass auch diesmal wieder andere für ihn entscheiden würden – und, wie es aussah, auf nicht sehr freundliche Weise.

Denn es gebe Listen, hatte Kunzelberg berichtet – amerikanische Listen mit der Überschrift »unerwünschte Deutsche«, und wenn ihn, Kunzelberg, nicht alles täusche, sei auch Kleinerts Name auf diesen Listen verzeichnet.

Kleinert hatte keinen Zweifel daran, dass Kunzelbergs Mitteilung verlässlich war. Er wusste ja – und fand es, auch wenn es ihm manchmal schwer fiel, durchaus gut und folgerichtig –, dass der Fotograf bei den Amerikanern ein und aus ging und Zugang zu vielen Informationen hatte, und dass sie umgekehrt auch auf sein – Kunzelbergs – Urteil großen Wert legten, weil sie offensichtlich erkannt hatten, welche Anerkennung er seines mutigen Widerstandes wegen in der Flüchtlingsgemeinde genoss. Und ohne all dies – das lag doch auf der Hand – hätte Kunzelberg ihn, Kleinert, ja auch nie aus dem Internierungslager herausholen und ihm eine Arbeit geben können.

Aber nun lag in der Verlässlichkeit der Mitteilung auch zugleich das Deprimierende. Keineswegs – da war sich Kleinert ganz sicher – hätte Kunzelberg sie verkündet, wenn er für sich noch irgendeine Möglichkeit der Einflussnahme gesehen hätte. Es gab sie also nicht, eine solche Möglichkeit – und so musste er wohl, dachte Kleinert, die Dinge hinnehmen, wie sie denn kommen würden.

Was auch sonst hätte ihm einfallen sollen? Sicher – das letzte Wort war noch nicht gesprochen. Eine schriftliche Vorladung, die ihn namentlich aufgefordert hätte, sich bei einer Behörde zu melden, oder irgendein anderes Papier, dem er hätte entnehmen können, dass er, Paul Kleinert, konkrete Vorbereitungen zur Abreise in Angriff zu nehmen habe, hatte er nicht in der

Hand. Allerdings – und das bedauerte er von Tag zu Tag stärker – auch keinerlei Hinweise darauf, wovon die Entscheidung über die Ausweisung letztlich abhängen würde. So blieb ihm nichts weiter übrig, als die aufkommende Erregung hinunter zu schlucken und abzuwarten.

Immerhin: Die Sache hatte auch etwas Versöhnendes, etwas Mutmachendes, denn Kunzelberg hatte ihm – wohl, um das Bedrängende seiner Mitteilung etwas abzumildern – in gleichem Atemzug mit unerwarteter Herzlichkeit zu verstehen gegeben, dass er ihn eigentlich gern in seiner Nähe behalten würde. Und wenn nun auch kaum Hoffnung bestand, dass das für die Amerikaner irgendeine Bedeutung haben würde – es war gut, dachte Kleinert, so etwas gesagt zu bekommen – sehr gut sogar, in dieser Zeit, da Denunziationen, Verleumdungen und das Schönreden von Lebensläufen Hochkonjunktur hatten.

Denn dass die Amerikaner die Biographien der Chinadeutschen aufs Genaueste durchleuchten würden, das war ja nichts Neues. Das hatte Kleinert schon im Internierungslager erfahren – und auch, wieviel Kraft seine Landsleute darauf verwandten, sich dieser Prüfung zu entziehen. Sie musste noch zugenommen haben, diese Kraft, denn Kunzelberg brachte fast täglich neue Informationen darüber mit, welche Blüten diese Anstrengungen trieben.

Da hätten – so erfuhr Kleinert bei ihren abendlichen Gesprächen, die sie sich zur Regel gemacht hatten, um den Tag in Ruhe zu bilanzieren – plötzlich Leute, von denen alle wussten, dass sie hohe Funktionen in der Nazi-Partei oder in der Gestapo gehabt hatten, hoch und heilig versichert, dass der Zweck ihres China-Aufenthaltes kein anderer gewesen sei als der des Sammelns von alten Kunstgegenständen. Andere, die sich schon im Jahre 37 zu eifrigen Vorreitern eines engen Zusammengehens mit den Japanern gemacht hatten und nicht davor zurückgeschreckt waren, Leuten, die im Gegensatz dazu an guten Beziehungen mit dem unbesetzten China hatten festhalten wollen, das Leben schwer zu machen, schwörten plötzlich Stein und Bein, schon immer Gegner der japanischen Eroberungspolitik gewesen zu sein und nichts mit den Anstrengungen zu tun gehabt zu haben, mit denen noch im Frühjahr 45 der Krieg der Japaner unterstützt worden war. Wieder andere, die immer mit Stolz darauf verwiesen hatten, zu welcher Größe sie als Chefs ihre Firmen geführt und welche Netzwerke sie geschaffen hatten, um Zulieferung und Absatz lückenlos garantieren zu können, ließen sich plötzlich von chinesischen Unternehmern bestätigen, dass sie nie etwas anderes gewesen waren als kleine Angestellte, die nichts hatten wissen können darüber, dass die Lieferungen der letzten Jahre vor allem nach japanischen Häfen gegangen waren. Und einige, die sich besonders geschickt dünkten, hätten, um von sich selbst abzulenken, mit willkürlich ausgedachten Geschichten andere ins Visier der Amerikaner gebracht.

Kunzelberg, wenn er davon erzählte, war erschrocken und wütend und fassungslos zugleich, und Kleinert, je gründlicher er sich hineindachte in diese Verhältnisse, wusste von mal zu mal deutlicher: Einen solchen Weg würde er nicht gehen.

Nicht nach all dem, was er mit Kunzelberg erlebt und durch ihn zur Kenntnis bekommen hatte. Nicht nach seinen eigenen Erfahrungen mit Wolf Schoknecht und den anderen Übereifrigen in Sachen Nazikurs und Japanbündnis. Und nicht – wie hätte er es vergessen können! – nach dem Selbstmord von Hermann Kröper, über dem noch immer nur allzu deutlich der Schatten von Erpressung und Ausweglosigkeit lag.

Nein, er würde nichts fälschen und nichts verbiegen, würde sie nicht umdeuten, seine Biografie. Da war er sich ganz sicher.

Aber je gründlicher er darüber nachdachte, über dieses Umdeuten, desto klarer wurde ihm, dass vor das Umdeuten wohl erst einmal das Deuten gesetzt war. Ja, richtig: Er musste sie erst einmal für sich selbst deuten, seine Chinajahre. Was hatte er getan – und was nicht? Und was tatsächlich konnte ihn zu einem »unerwünschten Deutschen« gemacht haben? Sie war, dachte er, vielleicht nicht die gelungenste Form der Kategorisierung, diese Bezeichnung als »unerwünscht«, und sie kam ja auch – wie Kunzelberg geschildert hatte – nicht von den Chinesen, sondern von den Amerikanern, aber war sie nicht vielleicht dennoch hilfreich in solch einer Bilanz? Weil mit ihr vielleicht auch klarer werden konnte, was er denn an Erwünschtem entgegen zu halten hatte? Wobei – er merkte, dass es nicht einfach werden würde, die Dinge immer weiter in die Tiefe zu treiben – dann ja immer noch zu klären blieb, für wen das, was er getan hatte, am Ende tatsächlich Erwünschtes war, und auch, wie rasch Erwünschtes in Unerwünschtes hatte umschlagen können.

Kunzelberg – das merkte er bald – war ihm bei diesen Überlegungen zwar geduldiger Zuhörer, aber praktische Ratschläge vermochte er ihm nicht zu geben. So eng sein Kontakt mit den Amerikanern auch war – auch ihn ließen sie im Unklaren darüber, was einer getan haben musste oder nicht, um auf die »Unerwünscht«-Listen zu kommen.

Was also sollte das Schielen auf die Listen – um ihn selbst ging es, um seine eigene Bilanz, und da war nun einmal aktenkundig, dass er, Kleinert, bei Buckowitz & Co. für ein paar Monate als Koordinator für die Zusammenarbeit mit den Japanern tätig gewesen war. Da gab es nichts zu leugnen und nichts herunterzuspielen – die Fakten lagen unmissverständlich auf dem Tisch. Spielend leicht konnte man seinen Namen in Beratungsprotokollen finden, und jeder wusste, dass es bei diesen Beratungen nicht um Nebensächlichkeiten gegangen war, sondern um Kriegsmaterial. Sollte er dagegen halten, dass er einmal in den Diensten von Tschiang Kai Schek gestanden hatte? Natürlich, das würde er, wenn es darauf ankäme, tun – aber er lag lange zurück, dieser Vertrag, und dass er von der chinesischen Seite gekündigt worden war, würde sich nur als ein weiterer Makel erweisen. Es änderte nichts: Die Chancen standen schlecht.

Aber wenn es vielleicht doch um Fürsprache ginge? Wenn es wichtig wäre, dass sich da einer bereit fände, der bei den Amerikanern zu seinen Gunsten vorstellig würde?

Auch das, merkte Kleinert, würde ihm nicht viel nützen können. Es war dies – so wurde ihm jetzt immer deutlicher bewusst – die logische Konsequenz seines ganzen Lebens. Es zählte für die Abwägung dessen, was er jetzt zu seinen eigenen Gunsten geltend machen konnte, nicht nur, was er getan hatte, sondern auch, wie das geschehen war. Das »Was« – es war für die Amerikaner interessant, und sie würden es ihrem Interesse entsprechend bewerten. Das »Wie« – es bestimmte seinen inneren Kompass und seine Möglichkeiten.

Wer sollte sein Fürsprecher sein, da er doch ein Einzelgänger geworden war mit den Jahren? Von dem Moment an, da der Vertrag mit Tschiang Kai Schek unterzeichnet war, sich auf einen Pfad begeben hatte, den er von da an ganz allein hatte beschreiten müssen – ohne Seil und ohne Sicherung? Da war es doch nur folgerichtig, dass er auch jetzt auf sich allein gestellt blieb. Es war ihm nicht gegeben, eine Person oder Gruppe für seine Interessen instrumentalisieren zu können – und schon gar nicht würde es ihm möglich sein, Druck auszuüben oder gar Geldsummen ins Spiel zu bringen, um Aussagen zu seinen Gunsten herbeizuführen. Da mochte es Gerüchte geben darüber, wie ein Christian Stochlow jetzt all seine Verbindungen und Rückendeckungen mobilisierte, um aus der Klemme zu kommen, oder ein Franz Mönnings – für ihn, Kleinert, waren das Geschichten aus einer anderen Welt.

Aus einer anderen Welt? Hatte er nicht einmal ganz fest hinein gehört in diese Welt? Hatte er ihr nicht sogar einmal seinen Stempel aufdrücken wollen, damals, mit dem Mamo-Impex-Vertrag? Und damit einen gewichtigen Anteil daran, dass sie ihre Positionen ausgebaut hatten in China, damals, 1936/37 – all die Firmen und Handelshäuser, die sich dann später auf die andere Seite geschlagen hatten? Was war das aus heutiger Sicht, sein damaliges Tun – Erwünschtes oder Unerwünschtes? Was hätte er tun sollen, dass es Erwünschtes hätte bleiben können? Ihnen ein Treuegelöbnis auf ein freies China abverlangen – den Firmen, mit denen er verhandelt hatte? Ja, gerne hätte er das getan, weil es ihm so ernst gewesen war mit seinen Bindungen an Hsü Tao Lin und später an Tschiang Kai Schek – aber wie hatten sie ihn belächelt, wenn er sie nur hatte anklingen lassen, diese Bindungen, wie ihn bespöttelt für etwas, das sie naiven Idealismus und kindliche Chinaliebe genannt hatten, und wie vehement hatten sie ihm immer wieder klarzumachen versucht, dass er die deutschen Interessen in den Mittelpunkt zu stellen habe und keine anderen.

Aber was waren denn die gewesen, diese deutschen Interessen, im Jahre 37 in Nanking? Als die Japaner alles niedergewalzt und sich einen Dreck darum geschert hatten, dass es da auch noch so etwas wie deutsche Unternehmen gab? Und die Warnung so manches Deutschen, dass der Kurs, den sie fuhren, den Kommunisten in die Hände spielte?

O doch, das würde er schon gerne hören von denen, die ihn damals bespöttelt hatten – wie das denn nun wirklich war mit den deutschen Interessen, und ob nicht viel mehr er, Kleinert, mit seinen Plänen auf dem richtigen Dampfer gesessen hatte.

Obwohl: Auch das war aus der jetzigen Sicht nicht so eindeutig, wie es den Anschein hatte. Gut: den projapanischen Kurs seiner Landsleute – den hatte er, Kleinert, tatsächlich nicht mitgemacht. Aber auf der Seite der jetzigen Sieger hatte er natürlich auch nicht gestanden! Wie war das denn gewesen im Sommer 1940 – hatte er da nicht frohlockt über die Aussicht, China und Deutschland und die Sowjetunion könnten sich im Kontinentalbündnis finden? Gegen den Westen? Und gegen Japan? Hatte er sie nicht begierig aufgesogen – alle Nachrichten, die davon kündeten, wie groß das Interesse seines Dienstherrn Tschiang Kai Schek an den Entwicklungen in Deutschland und an den Erfolgen auf den Kriegsschauplätzen war? Und hatte er nicht geglaubt, er vollbringe sein Lebenswerk, wenn er den Transport von Wolframerz aus China nach Deutschland sichere, damit Deutschland unter allen Umständen kriegsfähig bleibe?

Was nun also – wenn er dies alles zusammen nahm – war er da für die Amerikaner: erwünscht oder unerwünscht? Und was für die Chinesen?

Aber halt – er grübelte weiter: Auch im Falle der Chinesen war eine Antwort ja alles andere als eindeutig. Für welche denn wollte er diese Probe bestehen – für die Tschiang-Kai-Schek-Leute oder für die Kommunisten? Das war ja längst mehr geworden als nur eine rhetorische Frage. Überschlugen sich nicht die Meldungen, wonach die Kommunisten im Norden auf einem kaum noch zu stoppenden Vormarsch waren? Dass sie die Mandschurei, die nun wieder zu China gehörte, schon fest in ihren Händen hatten? Und viele weitere Gebiete auch?

Unter diesen Umständen – dachte er weiter, und seine Überlegungen waren nun wieder ganz auf das praktische Handeln in den nächsten Tagen und Wochen gerichtet – war es vielleicht gar nicht so schlimm, wenn ihn die Amerikaner nach Deutschland zurückbrachten?

Wichtig war doch am Ende eigentlich nur, dass diese Ausweisung nicht auch noch mit einer Anklage verbunden sein würde. So etwas gebe es auch – solch eine Anklage –, hatte Kunzelberg berichtet, aber da habe er, Kleinert, nun ganz bestimmt nichts zu befürchten. Da gehe es ausschließlich um Leute, die sich noch nach der Kapitulation Deutschlands am 8. Mai gegen die Alliierten betätigt hatten. Eine deutsche Geheimdienstgruppe sei aufgespürt worden in diesem Zusammenhang, und gegen die werde es wohl auch einen Prozess geben in Schanghai. Für alle anderen aber – da könne er ihn vollständig beruhigen – sei lediglich der Rücktransport nach Deutschland vorgesehen.

Auch für diejenigen übrigens – als Kunzelberg dies mitgeteilt hatte, war in ihm wieder jene Wut aufgestiegen, die Kleinert schon von den Erzählungen über die Flüchtlingszeit kannte –, die als Nazi-Funktionäre und Gestapoleute die antijüdische Politik durchgesetzt hatten. »Tatsächlich!«, hatte Kunzelberg gerufen, »man wird diesen Lumpen, wie es aussieht, kein Haar krümmen! Wird sie ungeschoren lassen dafür, was sie uns hier angetan haben.« Und mit einem sarkastischen, bitteren Lächeln hatte er hinzugefügt: »Da fragt man sich doch wirklich, warum die alle dann überhaupt solche Anstrengungen unternehmen, ihre Lebensläufe zu fälschen! Wenn es ihnen sowieso nicht an den Kragen geht!«

Vielleicht – dachte Kleinert, und dieser Gedanke überraschte ihn selbst, aber er hatte jetzt, da er so lange an seinem eigenen Beispiel über Einflussmöglichkeit und Ohnmacht nachgedacht hatte und darüber, wie oft er geglaubt hatte, Dinge in der Hand zu haben, und dabei doch nur Spielball gewesen war, eine geradezu zwingende Berechtigung: Vielleicht also musste man sich das gar nicht fragen, weil längst – und ohne alle Rücksicht auf die Erfahrungen und Ideale solcher Leute wie Kunzelberg – ganz andere Würfel gefallen waren. Vielleicht waren sie ihnen ja gar nicht so grundsätzlich gram, die Amerikaner – den »unerwünschten Deutschen«. Vielleicht wollten sie sie einfach nur nicht hier in China haben, weil sie hier ihre eigenen Pläne hatten und ungestört sein wollten. Aber in Deutschland – da waren sie ihnen vielleicht willkommen? Egal, was immer sie hier in China getan hatten?

In den folgenden Wochen – Kleinert versah wie gewohnt seine Dienste im Kunzelbergschen Geschäft – lichtete sich der Schleier ein wenig, der über der Ausweisungs- und Rückreisefrage lag. Es war nun klar, dass die Amerikaner zwei oder drei Truppentransporter für eine Überfahrt nach Deutschland vorbereiteten und die meisten der alteingesessenen Chinadeutschen mit ihnen würden reisen müssen – egal, wie sie sich auch dagegen zu wehren versuchten. Man war – eine andere Erklärung hatte Kunzelberg nicht finden können – bei den Amerikanern wohl zu der Auffassung gelangt, dass es am besten sei, ganz und gar reinen Tisch zu machen. Zu undurchsichtig erschien ihnen offensichtlich das Gebaren einiger Deutscher, und vielleicht fürchtete man sogar, dass sich auch in China so etwas entwickeln könne wie in Argentinien. Dort – so hatte Kleinert in einem englischen Zeitungsartikel lesen können – habe man ernsthafte Hinweise darauf gefunden, dass sich unter dem Schutz der Regierung hohe und mittlere deutsche Naziführer würden verbergen können.

»Und seien Sie ehrlich«, hatte Kunzelberg gesagt, als Kleinert ihm das vorgelesen hatte, »so ganz unbegründet sind diese Ängste doch auch nicht! Nach allem, was Sie mir über die Zuneigung Ihres Marschalls zu Hitler und seiner Partei erzählt haben!«

Und noch etwas anderes war Kleinert und Kunzelberg klar geworden, als sie, wie sie es bei ihrer gemeinsamen Arbeit immer taten, die Kunzelbergschen Informationen mit den Kleinertschen Zeitungsausschnitten zusammenfügten: dass nämlich die Angst der Chinadeutschen vor einer Heimkehr nur zu einem Teil mit der Politik zusammenhing. Viel größer war die Angst vor dem Hunger, der zu Hause, in Deutschland, herrschte, und vor den Trümmern in den Städten und vor Armut und Chaos und dem unerträglichen Gefühl, hilflos dazustehen in einem Land, das man einst unter glücklichen Verhältnissen verlassen hatte und nun in unbegreiflicher Zerstörung wiedersehen würde.

Und auch in politischer Zerrissenheit – denn es war ja nicht ein einheitliches Deutschland, in das man da zurück kam, sondern in eines, das in Besatzungszonen aufgeteilt war und zudem einen großen Teil seiner Gebiete ganz und gar verloren hatte. Wer einst aus Breslau gekommen war oder Königsberg, aus Danzig oder Krakau oder Kattowitz – wohin würde es ihn jetzt verschlagen, wenn er in Hamburg vom Schiff gestiegen war? Und was – in aller Welt – erwartete einen in der sowjetischen Besatzungszone? Einem Herrschaftsgebiet der Roten, der Kommunisten? Wenn man nun einst aus Chemnitz gekommen war oder aus Dresden oder Magdeburg – würde man eine Rückkehr dorthin denn verweigern können – oder wollen? Wie lange sollten sie denn bestehen bleiben, diese Besatzungszonen? Und was – eigentlich – war mit Berlin? Wie sollte man sie sich vorstellen, die Aufteilung der Stadt unter den Alliierten? Wie konnte man wohnen in dieser Unübersichtlichkeit, wie arbeiten, wie einen neuen Anfang finden? Und die Amerikaner – wenn sie sich hier in Schanghai so entschlossen zeigten, wie würden sie zu Hause umgehen mit den Biografien der Chinadeutschen? Und wie die Engländer, und wie die Franzosen?

O doch, es gab viele Gründe, warum die Unruhe immer weiter wuchs in Schanghais deutscher Kolonie – zumal nun auch die Landsleute aus Nanking und Hankou eintrafen und aus Peking und Tientsin ebenso.

Und groß war die Aufregung auch unter den Flüchtlingen. Viele von ihnen hatten Schanghai schon den Rücken gekehrt in Richtung Amerika oder Australien, fest entschlossen, Deutschland nie mehr wiederzusehen – dieses Land, das sie ausgetrieben hatte und ausgebürgert und sie ausgelöscht hätte wie Millionen ihresgleichen ohne das zufällige Glück des Schanghai-Billetts. Glücklich und erwartungsvoll waren sie auf die Schiffe gestiegen in der Zuversicht, einen Neuanfang zu finden in einer Welt, die ihnen günstig war.

Ein paar Mal waren Kleinert und Kunzelberg zusammen am Hafen gewesen, um beim Ablegen der Schiffe dabei zu sein, und sie hatten ihn mit Händen zu greifen vermocht, den Unterschied, der zwischen der einen und der anderen Aufregung bestand. Waren die einen – die Chinadeutschen – voller Angst und Unwillen, die Stadt zu verlassen, so waren die Flüchtlinge froh, endlich wieder eine Zukunft zu haben. Hofften die einen, die Abfahrt ihres Schiffes werde sich noch ein paar Wochen hinauszögern, so sehnten sich die anderen nach möglichst raschem, durch nichts mehr behindertem Fortkommen.

Aber auch hier, auch bei den Flüchtlingen, waren die Wünsche nicht überall gleich, und Kunzelberg war auf unerwartete Weise zwischen die Fronten geraten.

Für sich selbst hatte er die Dinge schon lange geregelt. Er wollte in Schanghai bleiben – und er hatte die Gewissheit, dass weder Amerikaner noch Chinesen etwas dagegen haben würden.

»Wissen Sie«, hatte er zu Kleinert gesagt, »ich fühle mich viel zu alt, um irgendwo in Deutschland noch einmal etwas anzufangen. Nach D. zurück? Nein, das kommt für mich unter keinen Umständen in Frage. Es müsste eine andere Stadt sein, eine größere, wo man mich nicht von früher kennt – aber was soll ich dort, wenn ich hier mein Geschäft weiter betreiben kann? Die Schanghaier mögen meine Fotos, ich habe mich an die Lebensumstände gewöhnt, und es gibt viele gute Erinnerungen, die mich mit der Stadt verbinden und die bösen Erinnerungen überlagern.«

Aber weil er Verbindungsmann war und Vertrauensperson, hatten ihn in die Sorgen der anderen in die Klemme gebracht.

»Stellen Sie sich vor«, hatte er Kleinert eines abends konsterniert mitgeteilt, »sie machen uns Schwierigkeiten, die Amerikaner. Sie wollen nicht begreifen, dass nicht alle von uns nach Amerika oder Australien wollen, sondern einige auch nach Deutschland zurück. Für völlig verrückt halten sie diese Leute – anstatt deren Wünsche ernst zu nehmen. Gut, es sind nur ein paar Hundert, und was ist das schon im Vergleich zu den anderen Zwanzigtausend – aber ändert das etwas an der Berechtigung ihres Vorhabens?«

Kunzelberg hatte dann von Adalbert Dreisam erzählt, dem Theatermann, den es nach Berlin zurückzog und der gespannt darauf sei, wie sich die Dinge in der sowjetischen Zone entwickeln würden, und von einigen anderen Kommunisten, die ebenfalls in den Osten Deutschlands wollten, weil sie hofften, dort gebraucht zu werden mit ihren Erfahrungen im Kampf gegen die Nazis und ihren Ideen von einer anderen Lebensordnung, und von wieder anderen, die ohne alle politischen Beweggründe einfach nur an Rückkehr in die Heimat dachten – egal, welcher Besatzungszone die nun gerade zugefallen war –, und von den Erwartungen schließlich, die diese Reisewilligen an ihn, Kunzelberg, hatten, und seiner Enttäuschung, dass er diesen Erwartungen nicht gerecht werden konnte, weil die Amerikaner sich eben auch hier nicht hineinreden ließen.

»Und die Chinesen?«, fragte Kleinert. »Sollten Sie nicht an dieser Stelle einmal den Weg über die Chinesen gehen? Die Hilfsorganisationen für die Flüchtlinge – sie sind doch, wenn ich das richtig verstanden habe, nicht nur eine amerikanische Angelegenheit, sondern eine internationale. Könnte man da nicht über die Chinesen einen Anlauf wagen? Die hier die Verbindungsleute sind? Und die Dinge auf diese Weise auf das richtige Gleis setzen?«

Am Abend darauf wusste Kleinert, dass er mit seiner harmlosen Bemerkung vor allem eines erreicht hatte: den Lauf seines eigenen Lebens zu verändern.

Nicht eine einzige Sekunde Zeit blieb ihm da, um dem Kunzelbergschen Bericht zu lauschen oder sich Gedanken zu machen über Sinn oder Unsinn seines Vorschlages, nicht ein Wimpernschlag, die Reaktionen der Chinesen zu erörtern oder die Rückfragen der Amerikaner, ganz egal waren plötzlich Schiffe und Auslaufzeiten und Listen und Lebensläufe, denn nicht allein war der Fotograf in den Laden zurückgekehrt und nicht wie sonst mit geräuschvoller Fröhlichkeit, sondern zaghaft hatte sich die Tür geöffnet, ein Frauenkopf hatte sich durch den schmalen Spalt hereingeschoben, und eine Stimme, von der ihm im selben Moment klar gewesen war, dass das nicht irgendeine Stimme war, sondern genau die, deren Klang er seit zehn Jahren in seinem Kopf gespeichert hatte, abrufbereit in frageloser Wiedererkennbarkeit für jeden nur denkbaren Augenblick, sagte den seltsamen Satz: »Kennen Sie mich noch?«

Wie denn, um alles in der Welt, sollte er sie nicht mehr kennen – Tschang Li, die Verlorengegangene, die Herbeigeträumte, die Totgeglaubte, die Lebendiggewünschte.

Sie trat ganz in den Raum, Kunzelberg, strahlend über die unglaubliche Tat, die er da vollbracht hatte, hinter ihr – und Kleinert blieb fassungslos auf seinem Stuhl hocken. Nein, dachte er, das konnte nicht sein, das war undenkbar, dass sie da plötzlich im Zimmer war, schlank und betörend wie eh und je, lächelnd und selbstbewusst mit jedem Schritt, den sie ihm näherkam, die Heiterkeit ihrer Hüften auf ihn zu tragend und den verzaubernden Charme ihrer Hände. Nein, das konnte nicht sein – aber es war so, und er glaubte es endlich und sprang, als sie noch einen, den letzten, Schritt zu gehen hatte, auf und riss sie in seine Arme, und als er sie an sich presste und ihrer Brüste gewahr wurde unter ihrem dünnen Sommerkleid und des festen, kugeligen Drängens, mit dem sie sich gegen seine ungestüme Heftigkeit behaupteten und in rührender Unverblümtheit eigenen Anspruch geltend machten, und ihrer Finger, wie sie seinen Hals und Nacken zu furchen begannen, da wusste er, dass er sich nicht geirrt hatte in seinen Träumen, nicht in der Sehnsucht, die ihr Bild in schmerzhafter Lebendigkeit hatte vor ihm aufscheinen lassen in höchster Not in den Reisfeldern vor Paoting, im entrückten Erinnern auf der Schiffsfahrt den Yangtse hinauf und in der quälenden, lendenverzehrenden Einsamkeit zahlloser liebesleerer Nächte, und nicht in der Vertrautheit, die immer in ihm geblieben war trotz Lotte und trotz der vielen Jahre, die ins Land gegangen waren und doch – wie er nun, da sich endlich auch ihre Münder gefunden hatten, in selbstvergessener, glücklicher Gier zu kosten vermochte – nichts geändert hatten am Geschmack ihrer Lippen und der zielstrebigen, zungengewandten Unbeirrbarkeit ihres Kusses.

Kunzelberg, der Urheber dieses plötzlichen, den ganzen Raum verwandelnden Glücks, war still an der Tür stehen geblieben. Er hatte sie neben sich gehabt schon den ganzen Weg die Tungschan-Road hinunter, diese junge Frau, hatte neidvoll beobachtet, wie ihr Schritt ausgreifender geworden war und ihr Gesicht weicher und der Schwung ihrer Arme erwartungsfroh, und er hatte geglaubt, schon zu wissen, wie es sein würde, wenn sich da zwei in die Arme fielen, denn sie waren ihm, gerade ihm, ja schon häufiger vorgekommen im Auf und Ab seines Lebens, solche unverhofften Begegnungen und überraschenden Wiedersehen – nun aber, da er Kleinert und Tschang Li in hilfloser Unbedingtheit ineinander versinken sah, hatte das alles keine Bedeutung mehr, war ihm, als sei dies das allererste Mal, und es wurde ihm schwach um die Knie und – es ging ihm ein Schmunzeln übers Gesicht, als er es sich eingestand – ein wenig tölpelhaft um den Kopf. Er zwang sich, die Augen abzuwenden von diesen Händen, die immer ungeduldiger wurden, und von den schmiegenden Schenkeln und Tschang Lis zerbrechlich wirkendem, sanft nach hinten sich biegendem Rücken, und beschloss, sich still in das obere Zimmer davonzumachen, aber Kleinert bemerkte ihn und bedeutete ihm mit einem halb entrückten, halb zielsicheren Blick über Tschang Lis Schulter hinweg zu bleiben.

Es war – später würde Kleinert es lachend zugeben – Berechnung in diesem Blick gewesen, lustvolle Berechnung, darauf hoffend, das endgültige Miteinander, in dem sie – das war ja längst besiegelt – übereinander herfallen würden bremsenlos und ohne Angst und Bangigkeit, noch ein wenig hinauszuzögern, denn er wollte sie sich anschauen können zuvor, wollte sich weiden an ihren Augen, wenn sie sprach, und an ihren lockenden Gesten, die ihn zurückholen würden in die Seligkeit des Frühjahrs 37, hier in Schanghai, und in die Geborgenheit, die ihm ihr Mut gegeben hatte in ihrer Umschlungenheit noch in der letzten Nacht im brennenden, berstenden Nanking.

Und sie mussten ja auch reden erst einmal!

Kunzelberg brach den Bann – übersprudelnd in seinem Stolz darauf, im Büro der Hilfsorganisation Kleinerts Namen erwähnt zu haben, was natürlich nur beiläufig geschehen war und nur mit dem Ziel, die Seriosität seines Fotogeschäfts zu unterstreichen, aber warum und wie auch immer er es getan hatte, was zählte das schon, da doch entscheidend nur war, dass die junge Frau, die bis dahin unbeteiligt an einem Schreibtisch in der anderen Ecke des Raumes ihre Papiere geordnet hatte, plötzlich aufgeschreckt war und ungläubig zu ihm hinübergeschaut hatte.

»Wie, sagten Sie gerade«, hatte sie in sofort parat gewesenem Deutsch gefragt, »war der Name Ihres Kompagnons?«

Sie war dann zusammengesunken an ihrem Platz, aufgelöst weinend und unfähig, Worte zu finden, und eine Kollegin hatte sie tröstend herausgeführt, während Kunzelberg – fassungslos und unsicher nun auch er – versucht hatte, in seinen Verhandlungen voranzukommen. Aber seine Gedanken – natürlich – waren bei der jungen Frau geblieben, und plötzlich war ihm eine Ahnung gekommen von den Zusammenhängen, die es da vielleicht gab, denn hatte Kleinert ihm nicht erzählt gehabt von einer Liebsten, die Tschang Li geheißen hatte, und auch, dass sie seit Jahren schon verschollen war für ihn? Also hatte er nachgefragt nach ihr und war ihr nachgegangen, und sie hatten sich gemeinsam auf den Weg gemacht in die Tungschan-Road, und nun, bitte schön, wollte er, Kunzelberg, gefeiert sein für seine Tat, denn wann schon wurde einem so etwas im Leben zuteil: dass einer einen solchen Zufall so resolut am Schopfe packte!

Und Tschang Li? Sie sprudelte nicht über wie Kunzelberg, aber war vorbereitet auf fröhliches Erzählen, denn sie hatte ja einen Vorsprung vor Kleinert wegen des langen Weges, den sie mit dem Fotografen schon gegangen war und auf dem sie ihre Gedanken hatte ordnen können, und so berichtete sie nun in ihrem sorgfältigen, hübsch akzentuierten Deutsch, das Kleinert wie früher schon in einen Zustand doppelter Betörung versetzte und dem Dramatischen, von dem unweigerlich die Rede sein musste, Etliches von seiner Schärfe nahm, von ihrer Flucht aus Nanking, bei der es um des nackten Überlebens willen keinen Moment des Rückschauens hatte geben dürfen, und davon, wie sie sich dann einer Gruppe von Professoren und Studenten angeschlossen hatte, die in Richtung Südwesten unterwegs gewesen war, nach Kunming, wo sich einige Universitäten aus dem besetzten Osten ein neues Domizil geschaffen hatten. Dort sei es ihr gut gegangen, ja, denn Arbeit habe es genug gegeben und den Enthusiasmus der »Neues-Leben«-Bewegung – Ke Lan Pao werde sich natürlich erinnern, nicht wahr? – auch, und so habe sie mit Übersetzungen zu tun gehabt aus dem Englischen und Deutschen und mit interessanter Organisationsarbeit zudem, und die Zeit sei ihr nicht lang geworden in diesen Jahren und schon gar nicht dann, als es um Rückkehr gegangen war nach Schanghai und darum, sich hier nützlich machen zu können beim Wiederaufbau. Froh sei sie gewesen, natürlich, riesig froh, als das Hilfskomitee für die Flüchtlinge Leute gesucht hatte, die Deutsch sprechen können, und irgendwo ganz hinten im Kopf, ganz verborgen hinter den Alltagsgedanken, hatte sie auch die kleine Hoffnung genährt, eine Spur zu finden zu ihm, ihrem Lan Pao.

»Aber das war nicht leicht«, sagte sie, »denn ich wusste ja gar nichts von Dir, wusste nicht, ob Dir in Nanking etwas geschehen war und ob Du, wenn Du alles glücklich überstanden hattest, noch in China warst oder nach Deutschland zurückgekehrt ...«.

Aber sie musste doch gar nichts begründen und erklären, dachte Kleinert, hingerissen von ihrem Blick und ihren sanft gestikulierenden Händen. Zehn Jahre älter war sie geworden? Ach was! Jung war sie und verheißungsvoll, und voll taumelnden Glücks über ihr Wiedersehen war sie wie er, und was sonst denn sollte noch zählen an so einem Abend, an dem man doch schon wusste, dass man später noch jeden Tag des Getrenntseins würde bis ins Kleinste hinein zu erzählen versuchen.

Jetzt hatte Kunzelberg einen guten Schlummertrunk bereit und verschwand, und Kleinert und Tschang Li blieben noch eine Weile stumm auf ihren Stühlen sitzen, tief und glücklich sich in die Augen schauend, bis der Moment gekommen war, da die Berührung ihrer Fingerspitzen sie wieder aneinander riss – nun auch nicht den kleinsten Raum mehr lassend für den Gedanken, dass da noch irgend etwas zu besprechen sei.

»Lisa«, sagte er noch, und »Ja, jetzt bin ich wieder Lisa«, bestätigte sie ihm, und alles andere verschmolz in der wiedergewonnenen Zweisamkeit.

Zwei Monate später stand Paul Kleinert mit Tschang Li und Kunzelberg am Kai und sah zu, wie das Schiff mit der letzten Gruppe von repatriierten alteingesessenen Chinadeutschen und rückkehrwilligen Flüchtlingen Schanghai verließ. Es blieb ein Geheimnis, warum ihn eine Aufforderung, mit aufs Schiff zu gehen, nicht erreicht hatte. Hatte Kunzelberg Gehör gefunden mit seiner Bitte, sein Geschäft weiterführen zu können? Oder war es – aber wer, um alles in der Welt, wollte an solcherlei Einfluss einer kleinen Angestellten glauben – Tschang Li gelungen, an den längst fertigen Listen noch etwas zu verändern?

Es spielte, dachte Kleinert, keine Rolle. Er war hier, in Schanghai, und Lisa an seiner Seite, und er fühlte sich jung, als sei er eben erst eingetroffen.

Die chinesischen Namen, geographischen Bezeichnungen und Begriffe

Seit die erste Kunde von China nach Europa drang, ist es ein Problem, wie die chinesischen Schriftzeichen in die jeweilige europäische Sprache zu übertragen sind. Groß ist die Zahl der Umschriftsysteme, und manchmal wurde auch ganz ohne System übertragen, wobei sich Elemente aus englischen, französischen und deutschen Systemen durchaus miteinander vermischen konnten. Erst in den fünfziger und sechziger Jahren haben chinesische Wissenschaftler – übrigens mit sowjetischer Unterstützung – von sich aus ein Umschriftsystem entwickelt – pinyin genannt –, das international allmählich anerkannt wurde und heute als Standard gilt.

In diesem Buch ist eine Umschrift verwendet worden, wie sie in den dreißiger Jahren verbreitet war. Zum besseren Verständnis sind im Folgenden in einer alphabetischen Anordnung die Namen und Bezeichnungen sowohl in dieser Umschrift als auch in pinyin noch einmal aufgeführt.

Die Aussprache der pinyin-Umschrift muss speziell gelernt werden – wie die Aussprache etwa des Englischen oder Französischen auch. Aussprachehilfen für komplizierte Silben sind in Klammern angefügt. Dabei ist das x in xi, xu, xiao auszusprechen mit einem ch wie in »ich«, aber noch etwas schärfer (weshalb früher auch hsi, hsü oder hsiao geschrieben wurde). Bei han, hai, he, hong, hu ist das ch auszusprechen wie in »ach«. Das r in ri oder ren wird gesprochen mit der Zungenspitze am hinteren Gaumen, es klingt weich wie ein ž.

Die Schreibweise der Namen Sun Yat Sen und Tschiang Kai Schek ist eine bis heute üblich gebliebene Umschrift aus dem Kanton-Chinesischen (und nicht aus der chinesischen Hochsprache Mandarin – vgl. S. 18). In pinyin werden die Namen Sun Zhongshan und Jiang Jieshi geschrieben.

Bezeichnungen, Namen und Begriffe ohne Unterschied zwischen alter Umschrift und pinyin sind in der Liste nicht aufgeführt.

Bei den chinesischen Namen steht traditionell der – immer einsilbige – Familienname am Beginn. Also: Hsü Tao Lin – Familienname Hsü, Vorname Tao Lin.

Antsching	Anqing (an tching)
Anschan	Anshan
Baoschan	Baoshan
Chingan	Xing'an (ching an)
Dairen (Dalnyj)	Dalian (da liän)
Djaodse	Jiaozi (djao dshh)
Fuschun	Fushun
Hangtschou	Hangzhou (hang dschou)
Hankiang	Hanjiang (chan djiang)

Hankou	Hankou (chan kou)
Hantschung	Hanzhong (chan zhong)
Hanyang	Hanyang (chan yang)
Harbin	Harbin (char bin)
Hoangho	Huanghe (chuang che)
Hofeh	Hefei (che feh)
Hongkew	Hongkou (chung kou)
Hopeh	Hebei (che beh)
Hsiakuan	Xiaguan (chia guan)
Hsi'an	Xi'an (chi an)
Hsikang	Xikang (chi kang)
Hsin Hua Jih Pao	Xinhua Ribao (chin hua žhh bao)
Hsinkiang	Xinjiang (chin djiang)
Hsinking	heute: Changchun (tschang tschun)
Hsü	Xu (chü)
Hsüänwuhu	Xuanwuhu (chüän wu chu)
Hsü Tao Lin	Xu Daolin (chü dao lin)
Hsütschou	Xuzhou (chü dschou)
Huangpu	Huangpu (chuang pu)
Hunan	Hunan (chu nan)
Itschang	Yichang (yi tschang)
Jehol	heute: Chengde (tscheng de)
Kang Teh	Kang De
Kanton	Guangzhou (guang dschou)
Kaoliang	Gaoliang
Ke Lan Pao	Ke Lanbao
Kialing	Jialing (dja ling)
Kiangsi	Jiangxi (djang chi)
Kiangsu	Jiangsu (djang ssu)
Kiangyin	Jiangyin (djang yin)
Kiaotschou	Jiaozhou (djao dschou)
Kiukiang	Jiujiang (dju djang)
Kowan	Kewan
Kuanhua	Guanhua (guan chua)
Kueiling	Guiling
Kueitschou	Guizhou (gui dschou)
Kung Hsiang Hsi	Kong Xiangxi (kung chiang chi)
Kuomintang	Guomindang
Kwangsi	Guangxi (guang chi)
Kwantung	Guandong (guan dung)
Kweiyang	Guiyang
Lantschou	Lanzhou (lan dschou)
Laoschan	Laoshan
Liang Hung Tschi	Liang Hongzhi (liang chung dschh)
Liuho	Liuhe (liu che)

Lukoutschiao	Lugouqiao (lu gou tchiao)
Luschan	Lushan
Nanking	Nanjing (nan djing)
Nantschang	Nanchang (nan tschang)
Mandschukuo	Manzhouguo (man dschou gou)
Mao Tse Tung	Mao Zedong (mao dse dung)
Martha Hsiao	Martha Xiao (chiao)
Mukden	heute: Shenyang
Paiho	Haihe (chai che)
Peitaiho	Beidaihe (beh dai che)
Peking	Beijing (beh djing)
Poyang	Boyang
Robert Tschen	Robert Chen (tschen)
Schahsi	Shaxi (scha chi)
Schanghai	Shanghai (schang chai)
Schanhaikuan	Shanhaiguan (schan chai guan)
Schanhsi	Shanxi (schan chi)
Schantung	Shandong (schan dung)
Schensi	Shaanxi (schen chi)
Soong Tsu Wen	Song Ziwen (sung zhh wen)
Sung und Soong	Song (sung)
Sung Ai Ling	Song Ailing (sung ai ling)
Sung Meh Ling	Song Meiling (sung meh ling)
Sung Tsching Ling	Song Qingling (sung tching ling)
Suiyüän	Suiyuan (ssui yüän)
Szetschuan	Sichuan (shh tschuan)
Tai'erhtschuang	Tai'erzhuang (tai erh tschuang)
Taiyüän	Taiyuan (tai yüän)
Taku	Dagu
Tangku	Tanggu
Tang Hsiän Tsu	Tang Xianzi (tang chiän dshh)
Tienschan	Tianshan (tjän schan)
Tientsin	Tianjin (tjän djin)
Tsai Yüan Peh	Cai Yuanpei (tzai yüän peh)
Tschang Hsüe Liang	Zhang Xueliang (dschang chüe liang)
Tschang Li	Zhang Li (dschang li)
Tschangscha	Changsha (tschang scha)
Tschang Tsuo Lin	Zhang Zuolin (dschang dsuo lin)
Tschekiang	Zhejiang (dsche djang)
Tschengtu	Chengdu (tscheng du)
Tscheng Sun Hao	Cheng Sunhao (tscheng sun chao)
Tschengtschou	Zhengzhou (dscheng dschou)
Tsching	Qing
Tschitschihar	Qiqihar (tchi tchi har)
Tschou En Lai	Zhou Enlai (dschou en lai)

Tschungking	Chongqing (tschung tching)
Tschungschan	Zhongshan (dschung schan)
Tsingtao	Qingdao (tching dao)
Tungling	Dongling (dung ling)
Tungschan	Dongshan (dung schan)
Tungting	Dongting (dung ting)
Tungtan	Dongdan (dung dan)
Tungtschi	Tongji (tung dji)
Waiguojen	waiguoren (wai guo žen)
Wang Tsching Wei	Wang Jingwei (wang djing weh)
Wang Ko Min	Wang Kemin
Wuhan	Wuhan (wu chan)
Wuhsi	Wuxi (wu chi)
Wuhu	Wuhu (wu chu)
Wusung	Wusong (wu sung)
Wutschang	Wuchang (wu tschang)
Yangtsekiang	Yangzijiang (yang dshh djiang) auch: Changjiang (tschang djang)
Yangtsun	Yangcun (yang tzun)
Yän'an	Yan'an (yän an)
Yünnan	Yunnan (yün nan)

Zeittafel mit ausgewählten, für die Romanhandlung wichtigen Daten

18. September 1931
Überfall Japans auf die Mandschurei (Nordostchina), aus der am 16. Februar 1932 der Marionettenstaat Mandschukuo gebildet wird. Bis 1937 schrittweises Vorrücken japanischer Truppen von Mandschukuo aus in Richtung Peking.

Januar-März 1932
Japanische Kriegshandlungen gegen Schanghai.

30. Januar 1933
Reichspräsident Paul v. Hindenburg ernennt Adolf Hitler zum Reichskanzler. Beginn der faschistischen Diktatur in Deutschland.

23. August 1934
Abschluss eines Warenaustauschvertrages zwischen einer deutschen Firma und der chinesischen Regierung (Hapro-Vertrag).

13. Mai 1936
Aus Anlass der Umwandlung des Austauschvertrages von 1934 in einen Staatsvertrag bekräftigt Adolf Hitler in einem Schreiben an Tschiang Kai Schek die große Bedeutung des Warenaustausches zwischen Deutschland und China und spricht von »freundschaftlicher Verbundenheit zwischen beiden Völkern«.

25. November 1936
Antikomintern-Pakt zwischen Deutschland und Japan. Italien tritt dem Pakt am 6. November 1937 bei. Herausbildung der zum Weltkrieg treibenden »Achse« Berlin-Rom-Tokio.

7. Juli 1937
Beginn der umfassenden Aggression Japans gegen China. Manche sagen: Beginn des Zweiten Weltkrieges in Asien.

21. August 1937
Nichtangriffspakt zwischen China und der UdSSR.

11. November 1937
Die Japaner nehmen Schanghai ein.

13. Dezember 1937
Die Japaner nehmen die Hauptstadt Nanking ein und ermorden in den folgenden Wochen 250 000 Einwohner und entwaffnete Soldaten. Zuvor war die Tschiang-Kai-Schek-Regierung nach Hankou (Teilstadt von Wuhan) geflohen.

12./13. März 1938
Besetzung Österreichs durch deutsche Truppen und Eingliederung ins Deutsche Reich.

1. Oktober 1938
Besetzung des tschechischen Sudetengebietes durch deutsche Truppen. Am 15. März 1939 Annexion der restlichen Gebiete der Tschechoslowakei.

Oktober 1938
Die Japaner nehmen Wuhan (Hankou) und Kanton ein. Die Tschiang-Kai-Schek-Regierung hatte sich zuvor nach Tschungking zurückgezogen.

Ende 1938 bis Sommer 1939
20 000 Juden aus Deutschland und anderen europäischen Ländern gelingt die Flucht nach Schanghai, das – von Japan besetzt – keine Einreisevisa verlangt.

23. August 1939
Deutsch-sowjetischer Nichtangriffspakt mit Geheimklausel zur Aufteilung Polens.

1. September 1939
Deutschland überfällt Polen. Beginn des Zweiten Weltkrieges in Europa.

30. März 1940
Bildung der von Japan eingesetzten Wang-Tsching-Wei-Regierung mit Sitz in Nanking.

9. April 1940
Deutschland überfällt Dänemark und Norwegen.

10. Mai 1940
Deutschland überfällt die Niederlande, Belgien, Luxemburg und Frankreich.

27. September 1940
Drei-Mächte-Pakt zwischen Deutschland, Japan und Italien.

11. Februar 1941
Beginn deutscher Kampfhandlungen in Nordafrika.

6. April 1941
Deutschland überfällt Jugoslawien und Griechenland.

22. Juni 1941
Deutschland überfällt die UdSSR.

1. Juli 1941
Deutschland erkennt die Wang-Tsching-Wei-Regierung an. Tschiang Kai Schek bricht die Beziehungen mit Deutschland ab.

8. Dezember 1941
Überfall Japans auf den USA-Stützung Pearl Harbor (Hawaii). Damit hat der Weltkrieg auch den pazifischen Raum erfasst.

9. Dezember 1941
China – die Tschiang-Kai-Schek-Regierung – erklärt Deutschland den Krieg

19. November 1942 bis 2. Februar 1943
Schlacht um Stalingrad. Mit dem Sieg der sowjetischen Truppen wird der grundlegende Umschwung im Zweiten Weltkrieg eingeleitet.

6. Juni 1944
Eröffnung der zweiten Front in Europa durch Landung der Alliierten an der französischen Kanalküste.

8. Mai 1945
Deutschland kapituliert bedingungslos. Ende der faschistischen Diktatur.

14. August 1945
Japan kapituliert bedingungslos. Am 2. September wird die Kapitulationsurkunde unterzeichnet.

Über den Autor

Wolfram Adolphi, Jahrgang 1951, befasst sich seit 1976 mit der Geschichte und Gegenwart Chinas.

Während zweier Forschungsaspiranturen bei international anerkannten Lehrern an der Sektion Asienwissenschaften der Humboldt-Universität zu Berlin hatte er ein paar Mal das Glück, zur rechten Zeit am rechten Ort zu sein. So im Frühjahr 1978 in Peking, als er als erster DDR-Deutscher nach der chinesischen »Kulturrevolution« (1965-1969) wieder an einer chinesischen Hochschule studieren konnte, und im Herbst 1987 in Nanking, als das dort beheimatete Zweite Historische Archiv Chinas seine Aktenbestände ausländischen Wissenschaftlern öffnete.

1980 bis 1985 Journalist in Tokio mit Reportagen, Berichten, Skizzen in »horizont«, »Berliner Zeitung« und »Junge Welt«. Neben wissenschaftlichen Veröffentlichungen immer auch unterhaltende Publizistik: 1988 mit Joachim Adolphi das Japan-Buch »High-Tech im Land der Samurai«; 1985-1990 Texte in »Die Weltbühne«, »Das Magazin« und »Urania«, seit 1998 in »Das Blättchen«.

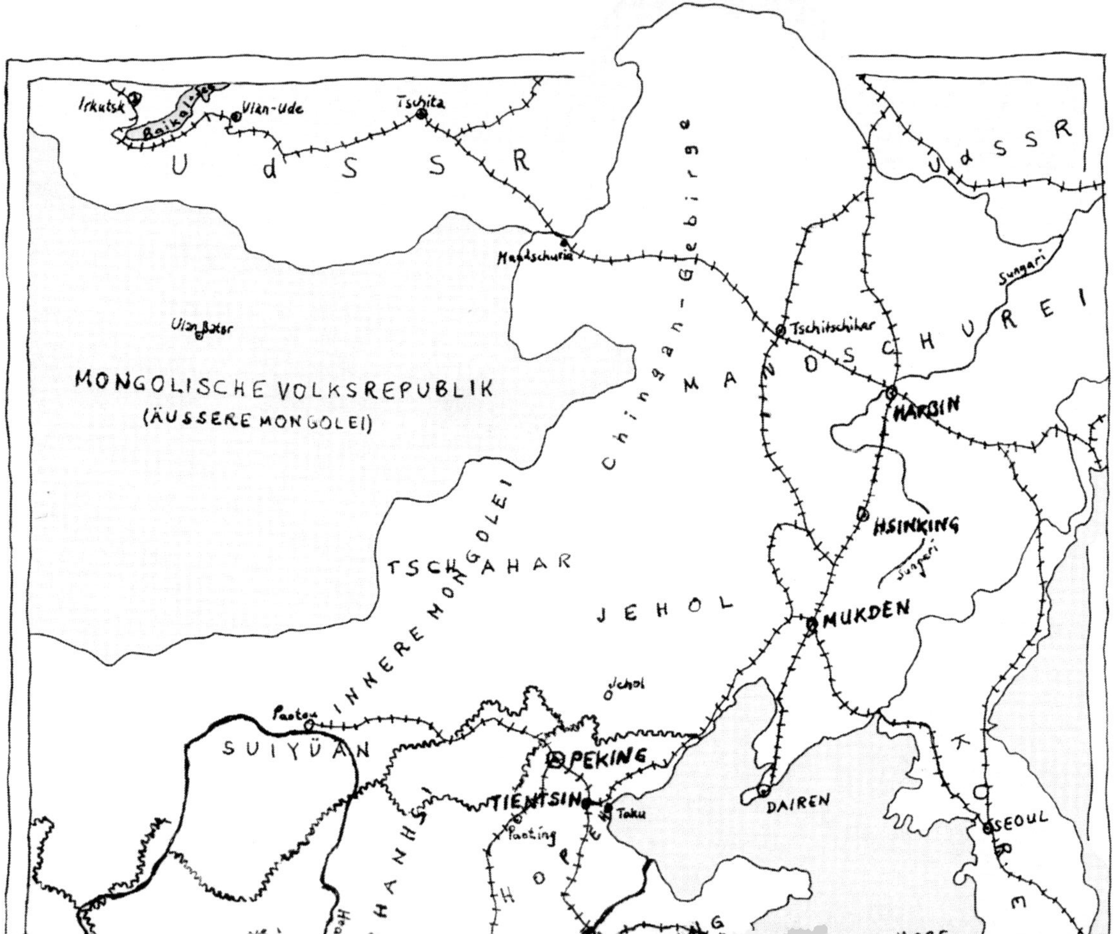
UdSSR
UdSSR
Irkutsk
Baikal-See
Ulan-Ude
Tschita
Mandschuria
Ulan Bator
MONGOLISCHE VOLKSREPUBLIK
(ÄUSSERE MONGOLEI)
Chingan-Gebirge
MANDSCHUREI
Tschitschihar
Sungari
HARBIN
HSINKING
Sungari
MUKDEN
TSCHAHAR
JEHOL
INNERE MONGOLEI
Jehol
Paotou
SUIYÜAN
PEKING
TIENTSIN
Taku
Paoting
DAIREN
SEOUL
KOREA
HOPEH
SHANSI